LAVYRLE SPENCER

Was der Himmel verspricht

Buch

Eddie Olczak ist ein glücklicher Mann. Der hingebungsvolle Familienvater und liebende Ehemann steht als dienstbarer Geist der katholischen Kirche St. Joseph mitten im Zentrum des dörflichen Lebens. Doch dann wird seine Frau bei einem Verkehrsunfall getötet. Das Leben mit ihr bedeutete alles für Eddie, sein Herz scheint gebrochen. Es folgen lange Wochen der Trauer und des Schmerzes. Freunde der Familie stehen Eddie und seinen zwei Töchtern bei, darunter auch die an ihrer Berufung zweifelnde Schwester Regina, die Lehrerin der beiden Mädchen. Sie fühlte sich immer besonders zu Eddie und seiner Familie hingezogen, aber die strikten Regeln des Benediktiner-Ordens verbieten ihr eine zu große Annäherung. So vergehen die Tage, und Eddies und Reginas Wege kreuzen sich von Zeit zu Zeit. Doch tief in ihrem Innern spüren sie, daß sie mehr verbindet als die gemeinsame Sorge um die beiden Mädchen ...

Autorin

LaVyrle Spencer ist Bestsellerautorin von über zwanzig Büchern, sowohl historischen als auch modernen Liebesromanen. Sie lebt mit ihrem Mann in Minnesota.

Von LaVyrle Spencer im Taschenbuch lieferbar:

Melodie des Lebens. Roman (35017)
Ein Bild von einem Mann. Roman (42986)
Ein Haus im Himmel. Roman (42985)
Ein Sommer in Maine. Roman (43713)
Vergib, wenn du kannst. Roman (41580/35011)
Vorbei und nie vergessen. Roman (42611)
Wo der Traum die Nacht verläßt. Roman (41558/35061)

LaVyrle
Spencer

Was der Himmel verspricht

Roman

Deutsch von
Cornelia Haenchen
und Alexandra Bröhm

BLANVALET

Die Originalausgabe erschien 1997 unter dem Titel
»Then Came Heaven«
bei G. P. Putnam's Sons, New York

Umwelthinweis:
Alle bedruckten Materialien dieses Taschenbuches
sind chlorfrei und umweltschonend.
Das Papier enthält Recycling-Anteile.

Deutsche Erstveröffentlichung August 1999

Umschlaggestaltung: Design Team München
Umschlagfoto: TIB/Swanstock
Satz: deutsch-türkischer fotosatz, Berlin
Druck: Elsnerdruck, Berlin
Verlagsnummer: 35138
Lektorat: JE
Herstellung: Heidrun Nawrot
Made in Germany
ISBN 3-442-35138-3

1 3 5 7 9 10 8 6 4 2

In liebevoller Erinnerung
an meine Mutter und meinen Vater,
Jennie und Louie Kulick

Vorwort der Autorin

Ich hörte einmal ein Lied, in dem es hieß, daß man in der Jugend die Heimat flieht und sie im Alter wieder sucht. Browerville, der Schauplatz dieses Romans, ist mein Heimatort. Ich verließ ihn im Alter von neun Jahren, und jetzt, in meinen Vierzigern, bin ich wieder zurückgekehrt. Ich habe mir ganz in der Nähe ein Blockhaus gebaut und fahre hin und wieder nach Browerville, um an meinem Geburtshaus vorbeizuschlendern, einen Blick in die Kirche und meine alte Schule zu werfen und auf dem Markt polnische Würste zu kaufen.

Hier, in diesem Städtchen, bin ich aufgewachsen, und ich hätte mir keine schönere Kindheit, keinen besseren Start ins Leben wünschen können. Meine Eltern und Geschwister liebten mich, und ich liebte sie. Ich brauchte niemanden zu fürchten, denn jeder kannte jeden in der kleinen Ortschaft, wo Kirche und Pfarrschule die traditionelle Grundlage für ein starkes Gefühl der Geborgenheit schufen.

So ist es nicht verwunderlich, daß ich meinen ersten Roman in Browerville spielen ließ. Und so dürfte es auch nicht verwundern, daß ich jetzt, da ich mein letztes Buch schreibe, wieder nach Browerville zurückkehre.

Die Handlung dieses Romans ist frei erfunden. Und dennoch habe ich in Erinnerung an Mama und Papa und all die Menschen aus der Welt meiner Kindheit die eine oder andere wirkliche Person eingeflochten. Viele sind inzwischen tot, andere leben noch dort. Keiner von ihnen hat genau die Worte gesprochen, die ich ihnen in den Mund legte, und keiner von ihnen hat eine Nonne namens Schwester Regina gekannt. Denn sie hat nicht wirklich existiert.

Aber es gab eine Schwester Dora. Und sie gibt es noch. Sie war in der ersten und zweiten Klasse meine Lehrerin, und ich habe sie in das Personal dieses Romans miteinbezogen, weil ich es ihr zu verdanken habe, daß ich mein Leben lang Spaß am Lernen hatte. Auch Schwester Marl, meine Lehrerin in der dritten und vierten Klasse, habe ich in bester Erinnerung. Sie lebt noch immer als Nonne und ist eine liebenswürdige alte Dame.

In Krystyna habe ich meiner Mama ein Denkmal gesetzt. Sie war es, die sich daheim als Friseurin ein Zubrot verdiente, die all unsere Kleider nähte und meine Schwester und mich wie »kleine Püppchen« in die Schule schickte. Mein Papa war nicht der Kirchendiener dieses Romans, aber wie dieser schreinerte er alle Möbel und Schränke für unser gelb getünchtes Backsteinhaus selbst, bastelte uns eine Puppenstube hinten in seiner kleinen Werkstatt. Unserer Mama baute er ein Bad ein, und sie war es, die die Badschränkchen rosa anstrich.

In unserem Haus waren die Türen nicht verschlossen, und auf dem Herd stand immer eine Kanne heißen Kaffees bereit. Nachbarn und Freunde klopften nicht an. Sie kamen einfach herein und gossen sich eine Tasse ein.

An einem trüben Herbsttag im Jahre 1996 ging ich noch einmal in die Pfarrschule St. Joseph's, um ein paar Einzelheiten für diesen Roman zu recherchieren. Es war später Vormittag, doch das Gebäude lag verwaist. Verwundert streifte ich durch die Gänge. Überall standen die Klassenzimmertüren weit offen, so wie sie auch in meiner Schulzeit offen gestanden hatten. Ich erfuhr schließlich, die Kinder seien nebenan in der Kirche. Es war der »Tag der Großeltern«. Ich ging hinüber, schlüpfte leise hinein, und da waren sie alle – sie führten gerade für ihre Omas und Opas ein kleines Singspiel auf. Wie wenig hatte sich doch seit damals verändert! Noch immer war Browerville ein Paradies für Kinder.

Das Nonnenkloster ist verschwunden, und mit ihm die wunderbaren Außenaltäre aus den fünfziger Jahren. Doch die Grotten existieren noch, und auch mein gelbes Geburtshaus steht noch am selben Fleck. Zwar beherbergt es heute die Redaktion des *Browerville Blade*, aber die Badschränkchen sind noch immer rosa!

Es hat mir Spaß gemacht, auf den Spuren der Erinnerung in mein Heimatdorf zurückzukehren. Und so wird es vielleicht auch manchen meiner Leser ergehen, besonders denen, die in kleinen, katholisch geprägten Städtchen wie Browerville aufwuchsen.

Das vorliegende Buch ist mein letztes, denn ich werde mit dem Schreiben aufhören. Ich wünsche mir, daß es Ihnen, meinen treuen Lesern und Leserinnen, einen kleinen, lebendigen Eindruck von meiner Kindheit verschafft. Und vor allem möchte ich mich damit bei Ihnen bedanken für jedes meiner Bücher, das Sie gekauft und für jeden Brief, den Sie mir geschickt haben. Es waren wundervolle einundzwanzig Jahre!

L. S.
22. April 1997
Stillwater, Minnesota

1

Donnerstag, 7. September 1950

Cyril Case machte seine tägliche Tour von St. Cloud nach Cass Lake. Er thronte hoch oben auf dem Führerstand der Lokomotive Nr. 282, neben ihm sein Heizer, Merle Fuller, der lässig einen Arm aus dem Fenster hängen ließ. Das gestreifte Jeans-Käppi hatte er sich so weit in den Nacken geschoben, daß sein Schirm unternehmungslustig nach oben ragte. Es war ein schöner, sonniger Morgen mit strahlend blauem Himmel. Auf den Feldern entlang der Strecke holten die Farmer die restliche Ernte ein. Die meisten fuhren Traktoren, doch unten in Sauk Center hatten sie noch ein Pferdegespann bei der Arbeit gesehen. Ein paar Meilen weiter waren sie an einer Dorfschule vorbeigekommen, von deren Pausenhof ihnen die Kinder begeistert zuwinkten. Die Lehrerin, ein schlankes junges Ding in gelbem Kleid, die gerade Wiesenblumen pflückte, richtete sich auf. Eine Hand hielt sie sich zum Schutz vor der blendenden Sonne über die Augen, mit der anderen schwenkte sie grüßend einen großen Strauß Margeriten, als sie zu ihnen herüberschaute. An Tagen wie diesem konnte sich Cyril keinen schöneren Job vorstellen, als mit dem Zug gemütlich durch die Gegend zu fahren – grüne Wälder und goldene Felder, der Duft frisch gemähter Luzernen und das vertraute Stampfen der Dampflok, die friedlich die Schienen entlangzog.

Cy und Merle hatten mal wieder eine ihrer üblichen politischen Kabbeleien.

»Klar, Mann«, brummte Merle, »natürlich hab ich Truman gewählt. Aber nicht, damit er unsere Jungs nach Korea schickt!«

»Was soll er denn machen, Mensch? Diese Kommunisten bombardieren jetzt schon Seoul! Das können wir denen doch nicht durchgehen lassen!«

»Mag sein. Aber du hast keinen neunzehnjährigen Sohn wie ich. Jetzt will Truman auch noch das Einberufungsalter um ein Jahr heruntersetzen. Verdammt noch mal, ich will nicht, daß Rodney eingezogen wird! Es gefällt mir ganz und gar nicht, wie sich diese Geschichte entwickelt.« Merle deutete nach vorn. »Da kommt ein Signal.«

»Hab ich schon gesehen«, nickte Cyril. »Mach dir keine unnötigen Sorgen, Merle. Noch bevor Rodney seinen Einberufungsbefehl kriegt, hat MacArthur da drüben aufgeräumt, verlaß dich drauf.«

Als das weiße Signal, das in der Sonne blinkte, näher kam, zog Cyril an der Leine über seiner linken Schulter. Durchdringend heulte die Dampfpfeife auf, zweimal lang, einmal kurz, einmal lang – das Warnsignal vor dem nächsten Bahnübergang.

Das Pfeifen verstummte, als das Signal vorbeiflog, und überließ die Männer wieder den sanfteren Fahrgeräuschen der Lok.

»Tja«, fuhr Cy fort, »dann schätz' ich, wird dein Junior ja wohl auch bei der Bahn anfangen, wenn er nicht …« Er erstarrte mitten im Satz und schaute entsetzt nach vorn. »Verdammt, der will doch nicht …!«

Links vor ihnen war ein Auto vom Highway 71 abgebogen und kam, eine gewaltige Staubwolke hinter sich her ziehend, mit hohem Tempo auf den Bahnübergang zugerast. Wollte der Kerl allen Ernstes noch vor dem Zug über die Gleise?

Einen Herzschlag lang starrten die Männer wie gebannt

auf den heransausenden Wagen, dann brüllte Cy: »Ein Auto auf der Strecke! Los, hau die Notbremse rein!«

Merle machte einen Satz und zog wie wild die Bremse. Cy packte den Schalthebel und riß daran, als ginge es um sein Leben. Bei voller Fahrt preßte er ihn auf die Position »Rückwärtsgang«. Erst blockierten die Räder, dann begannen sie langsam rückwärts zu mahlen. Hart bremste die Lok ab. Ein ohrenbetäubendes Kreischen pflanzte sich von der Maschine her durch den ganzen Zug fort. Dampf zischte, als hätte sich das Tor zur Hölle aufgetan. Der Gestank von heißem Öl und glühendem Eisen breitete sich aus wie das Parfüm des Leibhaftigen selbst. Donnernd wie eine Salve schwerer Artillerie krachten die Puffer der zwanzig Waggons einer nach dem anderen aufeinander. Die beiden altgedienten Eisenbahner mit ihren insgesamt dreiundfünfzig Jahren Berufserfahrung spürten den Kampf der beiden titanischen Kräfte mit jeder Faser ihres Körpers: Hunderte Tonnen Vortrieb gegen die Wucht der Vollbremsung. Das war der Alptraum jedes Eisenbahners.

»Nicht aufgeben, Merle, wir schaffen es!«

»Jesus, Maria und Josef!« stöhnte Merle, während der Zug kreischend vorwärts schlitterte und das winzige Auto unausweichlich in sein Verderben raste.

Noch dreißig Meter: Jetzt war es nicht mehr abzuwenden.

Noch zwanzig Meter: Ihre Hände krampften sich fest.

Noch zehn Meter: Sie sahen die Person am Steuer.

O Gott, eine Frau! flüsterte Cy. Vielleicht war es auch nur ein Gedanke oder ein Stoßgebet.

Und dann stießen sie zusammen.

Es krachte wie bei einer Explosion. Glas splitterte, und Metall knirschte, als sich der stählerne Schienenräumer in das graue Blechkleid des 49er Ford bohrte. Mit dem aufgespießten Auto vor der Lok donnerte der Zug weiter. Immer tiefer wurde der aufgerissene Wagen in das scharfkantige

Gitterwerk des Schienenräumers getrieben. Verformte Blechteile schnitten über Hunderte Meter in das Holz der Schwellen und rissen die Erde auf. Sie brachen ab, ratterten scheppernd über das Schotterbett, bis sie der Luftdruck von den Gleisen fegte und sie taumelnd in die Wiese segelten. Über all dem lag wie eine Melodie aus der Hölle das gellende Kreischen von zusammengepreßtem Blech, das funkensprühend über die Schienen geschleift wurde. Dazu der Staub! Noch nie hatten die Männer eine so dichte, braune Staubwolke gesehen. Sie hüllte sie ein, raubte den Atem, nahm die Sicht und verstärkte das Gefühl völliger Hilflosigkeit. Trotz der Vollbremsung schlitterte der schwere Zug weiter vorwärts. Der Geruch von brennendem Benzin stieg ihnen in die Nase. Es troff aus dem aufgerissenen Tank, flammte an den funkenspeienden Schienen kurz auf, ehe es unter den hinwegratternden Waggons verpuffte.

Endlich! Der Zug wurde langsamer. Die beiden Eisenbahner hatten das Schlimmste hinter sich, aber sie standen unter Schock. Der eine hielt den Ganghebel noch immer mit eiserner Faust umklammert, auch wenn die Antriebsräder der Lok längst im Rückwärtsgang mahlten. Der andere hing weiter mit seinem ganzen Gewicht am Griff der Notbremse, obwohl die Räder der Waggons schon seit einer Viertelmeile blockierten.

Doch die vielen Tonnen Stahl schoben den Zug weiter und weiter. Für die beiden Männer dehnten sich die Sekunden zu einer Ewigkeit. Mit aufgerissenen Augen lauschten sie, wie das schrille, metallische Kreischen langsam verebbte, und dann nach einem letzten Quietschen endlich verstummte.

Noch ein letztes Nachzittern des Zuges …

Dann Stille.

Cy und Merle standen wie angewurzelt. Sie waren totenbleich, als sie sich schließlich wieder faßten und einen entsetzten Blick wechselten. Die Lok Nummer 282 hatte den Ford eine gute halbe Meile mitgeschleift und stand jetzt still, schnaufte wie ein fetter alter Wal, der aufgetaucht war, um Luft zu schnappen.

Draußen hörte man ein leises Klirren – vielleicht ein Stück Glas, das zu Boden fiel.

Merle fand als erster die Sprache wieder. Seine Stimme klang brüchig und gepreßt. »Diese Frau ... die lebt bestimmt nicht mehr!«

»Los, schauen wir nach!« bellte Cy.

Sie kletterten vom Führerstand. Ohne die Leiter zu benutzen, rutschten sie hastig das Geländer herunter. Aus dem Dienstabteil, zwanzig Waggons zurück, rannten bereits der Schaffner und ein Bremser nach vorn auf sie zu. Sie fuchtelten wie wild mit den Armen und brüllten: »Was ist denn los?« Ganz hinten fing ein zweiter Bremser damit an, den Zug zu sichern. Er zündete ein Signalfeuer, das dichte Schwaden roten Rauchs in das zarte Blau des Septemberhimmels spie. Der Gestank von Schwefel vermischte sich mit dem Duft der Luzernen.

Atemlos rannte Cy an der Lokomotive entlang. »Die Lok hat kaum was abgekriegt!« schrie er. Der Rahmen war seitlich etwas verkratzt, und einige Halterungen waren verbogen. Doch als die Männer um den Schienenräumer herumkamen, blieben sie wie vom Schlag gerührt stehen.

Ein grauenhafter Anblick!

Das Auto hing im Schienenräumer, als wäre es in eine Schrottpresse geraten. Die Führungsstange der Aufhängung hatte sich wie ein Speer durch den Wagen gebohrt und ragte silbern schimmernd aus dem grauen Blechkleid. Scharfkantige Glassplitter blitzten im Fensterrahmen der Fahrertür.

Cy trat näher und spähte in das Wrack.

Sie hatte braune Haare. Sie war jung und hübsch. Oder besser: gewesen.

Sie trug ein nettes, blau geblümtes Schürzenkleid. Um sie herum zerbrochene Einmachgläser. Cy wagte nicht, den Rest anzuschauen, und langte ins Wageninnere. Ob sie noch am Leben war?

Nach einer knappen Minute zog er seine Hand wieder zurück. Er trat auf eine Schwelle und drehte sich zu Merle um.

»Ich glaub, sie ist tot.«

»Bist du sicher?«

»Ich kann keinen Puls mehr fühlen.«

Merle wurde noch blasser. Stumm bewegte er die Lippen, doch er brachte keinen Laut hervor. Cy wurde sich bewußt, daß er jetzt die Verantwortung für die notwendigen Maßnahmen übernehmen mußte.

»Wir brauchen eine Hebevorrichtung, um sie da rauszuholen«, wies er Merle an. »Du läufst zur Straße hinunter und hältst ein Auto an. Sag ihnen, sie sollen sofort nach Browerville fahren und Hilfe holen ...« Und schon stolperte Merle hastig davon. »Und sag ihnen, sie sollen den Sheriff in Long Prairie anrufen!« rief er ihm hinterher.

In diesem Augenblick kamen schnaufend und schwitzend der Schaffner und der Bremser an.

»Ist er tot?« fragte der eine.

»Sie. Es ist eine Frau.«

»O mein Gott.« Der Schaffner, ein Mann mit rot angelaufenem, verquollenem Gesicht, schaute kurz auf das Wrack, dann zu Cy. »Tot?«

»Glaub schon. Konnte keinen Puls mehr fühlen.«

Fassungslos starrten die Männer ihn an. Keiner von beiden rührte sich. Doch Cy hatte sich schon wieder unter Kontrolle. Er war der Lokführer. Es war sein Job, im Notfall das Kommando zu übernehmen.

»Bring das zweite Signalfeuer nach vorn«, wies er den Bremser an.

»Ja, natürlich.« Der Mann machte sich mit wehender roter Fahne in Richtung Norden davon, um entgegenkommende Züge, die die Unfallstelle passieren würden, rechtzeitig zu warnen. Nach einer Meile erst würde er das Feuer entzünden. Der zweite Bremser hatte das Ende des Zuges bereits auf die gleiche Weise gesichert.

Cy und der Schaffner blieben zurück. »Überall entlang der Strecke liegen kaputte Einmachgläser neben dem Gleis«, stammelte der Schaffner. »Was die bloß mit all den Gläsern wollte.«

Die Männer blickten zurück. Entlang der Gleise blinkten immer wieder Glasscherben im Sonnenlicht.

»Wahrscheinlich eine Farmersfrau mit ’nem Riesengarten«, erwiderte Cy.

Auf einmal war ihm, als begriffe er erst jetzt das ganze Ausmaß der Tragödie, so wie der Schmerz nach dem Schlag immer mit einer kleinen Verzögerung kommt. Er zitterte leicht, hatte auf einmal Mühe, Arme und Beine unter Kontrolle zu halten. Ein Anflug von Übelkeit machte sich in seinem Magen breit. Hilflos stand er da, am Kopf seines Zuges neben dieser toten Frau, die da in ihrem zermalmten grauen Autowrack eingeklemmt saß.

»Das hintere Nummernschild ist ab. Ich schau mal, ob das vordere noch dran ist.« Der Schaffner stapfte los, kehrte aber kurz darauf enttäuscht zurück. »Ist auch ab. Soll ich die Gleise absuchen? Vielleicht find ich’s ja noch.«

»Sie muß doch ’ne Handtasche haben«, antwortete Cy mit dumpfer Stimme. »Ich glaub, ich hab sie gesehen, unter einem ihrer …« Er schluckte.

»Soll ich nachschauen, Cy?« fragte der Schaffner mitfühlend.

»Nein, nein … nicht nötig. Ich mach das schon.«

Cy riß sich zusammen und ging wieder zu dem Autowrack. Eine Herde Rinder blickte teilnahmslos von einer nahen Weide über den Zaun zu ihm herüber. Träge mahlten ihre Kiefer. Der sanfte Morgenwind trieb ihm den Geruch frischen Dungs in die Nase, der, gemischt mit dem der gemähten Luzernen, durchaus angenehm war. In der Ferne ragte ein Silo in den Himmel. Ob die Frau dorthin hatte fahren wollen? Aus den Wipfeln des nahen Eichenwäldchens erhob sich ein Schwarm Stare und flog davon. Eine der Kühe muhte, und wie zur Antwort ließ die Lok zischend Dampf ab. Überall grünte und blühte Gottes herrliche Natur. Und mitten in dieser Idylle war Cy damit beschäftigt, die Handtasche der toten Frau aus dem Wageninnern hervorzuholen. Er wischte sie an seinem blau-weiß gestreiften Overall ab.

In dem Moment kam Merle von der Straße zurückgelaufen. »Hab einen Typ aus Eagle Bend angehalten«, stieß er atemlos hervor, »hat gesagt, daß er dem Sheriff Bescheid sagt, sobald er nach Browerville kommt. Ist das ihre Handtasche?«

Alle schauten auf das schmale, keilförmige weiße Plastiktäschchen in Cys riesigen Händen. Der Metallbügel war bei dem Unfall abgebrochen, und auch der Schnappverschluß funktionierte nicht mehr.

Vorsichtig öffnete Cy die Tasche, holte die wenigen Habseligkeiten hervor und steckte sie ebenso vorsichtig wieder zurück: ein sauberes weißes Taschentuch, ein Rosenkranz mit blauen Glasperlen, eine Packung Sen-Sen. Und ein kleines, schwarzes Gebetbuch. Behutsam blätterte er es durch. Ein Briefumschlag steckte zwischen den Seiten, auf dessen Rückseite ein Rezept für »Breslauer Gurken« gekritzelt war. Oben rechts das Wort *Mutter* in der gleichen Schrift. Auf der Vorderseite mit der abgestempelten Drei-Cents-Marke stand ein Name, darunter als Adresse lediglich: *Browerville, Minn.* Der gleiche Name stand auf der Innenseite des Buchdeckels und auf der Sozialversicherungskarte, die sie in einem kleinen Notizbuch fanden. Darin steckten auch die Fotos von zwei kleinen Schulmädchen, ein Ein-Dollar-Schein sowie achtzehn Cents Kleingeld.

Ihr Name war Krystyna Olczak.

Alle in Browerville kannten Eddie Olczak. Und alle in Browerville mochten ihn. Er war das achte oder auch neunte Kind von Hedwig und Casimir Olczak, polnischen Einwanderern aus dem Osten des Ortes. Das achte oder auch neunte Kind deshalb, weil Hedy und Casimir vierzehn hatten, und weil man bei einer so kinderreichen Familie die Reihenfolge schon einmal durcheinanderbringen konnte. Eddie wohnte im ältesten Haus des Dorfes, gleich hinter der Main Street, auf der Westseite der engen Gasse hinter der Lee State Bank und dem Quality Inn Café. Nach der Hochzeit mit der hübschen Krystyna Pribil, deren Eltern gleich jenseits des Clarissa Highways im Norden der Ortschaft eine kleine Farm bewirtschafteten, hatte er das gemeinsame Domizil liebevoll restauriert. Richard und Mary Pribil hatten sieben Sprößlinge, doch Krystyna war in ganz Browerville bekannt, denn im Sommer, bevor sie Eddie heiratete, war sie zur traditionellen Milchprinzessin des Todd County gekürt worden.

Die Kinder von Browerville kannten Eddie, weil er der Kirchendiener der katholischen St.-Josephs-Kirche und der Hausmeister der Pfarrschule war, und das schon seit zwölf Jahren. So sah man diesen groß gewachsenen Mann ständig auf dem Pfarrhof beschäftigt, mal, wie er den Staubmop ausschüttelte, mal, wie er die vollen Milchkannen schleppte. Und dann hörte man ihn morgens, mittags und abends im ganzen Ort – wenn er nämlich die Kirchenglocken läutete Eddie Olczak hatte jede Menge Nichten und Neffen, und gelegentlich bat er einen von ihnen, am Samstag das Mittagsläuten oder Sonntag um sechs Uhr das Angelusläuten für ihn zu übernehmen, damit er sich auch einmal ein Stündchen ausruhen konnte. Denn Eddie Olczak kannte kein Wochenende, er war sieben Tage im Dienst. Jeden Morgen wurde die Messe gelesen, und dann mußte Eddie läuten, ja, oft selbst die Andacht halten. Zum Glück wohnte er nur einen Katzensprung von der Kirche entfernt.

Die Glocken von St. Joseph's regelten so ziemlich das gesamte Leben in Browerville, denn fast alle Einwohner waren katholisch. Fremde, die auf der Durchreise waren, wunderten sich immer wieder, daß sich ein so kleines Nest mit nur 800 Seelen gleich zwei katholische Kirchen leistete.

Die zweite Kirche war St. Peter's im Süden des Ortes. St. Joe's, die polnische Kirche von Browerville, war die ältere. St. Peter's hatten ein paar aufmüpfige Deutsche gegründet, die sich seinerzeit über die Kirchenfinanzen aufgeregt hatten und sich vor allem mit der Liturgie nach polnischem Ritus nicht anfreunden konnten. So zogen sie schließlich unter Protest aus St. Joseph's weg, bis ans andere Ende des Dorfes, als wollten sie sagen: *Zur Hölle mit euch Polen, dann bauen wir eben unsere eigene Kirche!*

Und das taten sie denn auch.

St. Peter's war ein unscheinbares, schmuckloses Gotteshaus. Ganz anders St. Joseph's, ein majestätischer neobarocker Bau, mit Türmchen und korinthischen Säulen verziert, und ganzen fünf üppig geschmückten Altären. Seine eindrucksvollen Heiligenfiguren und die Grotte hatten sich zu Touristenattraktionen entwickelt, ebenso die traditionelle Orgel, deren voller Klang in der Weihnachtsmette die Dachsparren erzittern ließ. Und all diese Pracht überragte der imposante Kirchturm und beherrschte weithin sichtbar die Main Street. Seine Kuppel barg drei Glocken, deren Läuten das gesamte Leben der Gemeinde bestimmte.

Und Eddies Leben war am meisten von diesen Glocken beherrscht.

Jeden Tag um halb acht ließ er sie zum *Ersten Läuten* erklingen: sechs gleichmäßige Schläge, die die Gläubigen daran erinnerten, daß in einer halben Stunde die Morgenmesse begann. Um acht läutete er dann alle drei Glocken gleichzeitig zum Gottesdienst. Punkt zwölf Uhr mittags schlug er die Glocke wieder, zwölfmal, jedoch nur mit einer Glocke, um alle im Dorf aufzufordern, sich zu erheben und das Angelusgebet zu sprechen. In den Sommerferien wußte beim Angelusläuten jedes Kind im Ort, daß es jetzt noch genau fünf Minuten Zeit hatte, wenn es Ärger vermeiden und rechtzeitig zum Mittagessen daheim sein wollte. Und am Ende eines jeden Werktages rannte Eddie, obwohl er immer schon um halb sechs nach Hause kam, noch einmal schnell zur Kirche zurück, um Punkt sechs Uhr zum Abend-Angelus zu läuten. Erst dann setzte man sich in der Gemeinde zu Tisch, um zu essen. Sonntag morgens läutete Eddie zweimal, zur Messe und zum Hochamt, abends dann außerdem noch zur Vesper. Und am Samstag nachmittag, wenn die Glocken zum Rosenkranz und zum Benedictus rufen mußten, war er wieder zur Stelle.

Zu besonderen Anlässen hatte er zusätzlich zu läuten, zum Beispiel in der Fastenzeit, wenn man den Kreuzweg betete, und natürlich bei Todesfällen die Totenglocke. Es war Tradition bei den polnischen Katholiken, wenn einer von ihnen gestorben war, die Totenglocke so oft anzuschlagen, wie der Verstorbene an Lebensjahren erreicht hatte.

Der feste Zeitrahmen und das strenge Reglement des Glockendienstes – manchmal forderte der Ritus zum Beispiel, daß zwischen jedem Glockenschlag eine Minute zu verstreichen hatte –, hatten Eddie nicht nur Zuverlässigkeit, sondern auch Geduld gelehrt.

Im Umgang mit den Schulkindern hatte er eine ganz besondere Geduld, geradezu eine Art Schicksalsergebenheit, entwickelt. Sie verschütteten Milch im Speisesaal, warfen in den Klassenzimmern mit den Schwämmen herum, leckten im Winter die Eisblumen von den Fensterscheiben, schleppten im Frühling mit ihren Schuhen den Dreck herein, klebten die verbotenen Kaugummis unter die Schulbänke und ihre Popel unter die Klappstühle. Und nach den Sommerferien, wenn er Jahr für Jahr in mühevoller Arbeit die Böden frisch gewachst und gebohnert hatte, scharrten die quirligen Rabauken mit ihren Füßen, bis in Windeseile wieder alles zerkratzt war.

Aber Eddie konnte ihnen nicht böse sein. Er liebte die Kinder. Seine beiden eigenen waren dieses Jahr bei Schwester Regina – Anne in der vierten und Lucy in der dritten Klasse. Heute morgen noch hatte er sie auf dem Schulhof hinter dem Kloster mit den anderen Fangen spielen sehen, Schwester Regina unter ihnen. Ihre schwarze Nonnentracht bauschte sich in der frischen Herbstbrise.

Jetzt waren die Kinder wieder im Unterricht, und das fröhliche Geschnatter, das die Gänge erfüllt hatte, war verstummt. Eddie arbeitete im Pfarrgarten. Es war viel zu erledigen, bevor der Winter kam. Von der anderen Seite der Stadt drang das Brummen der Mühle zu ihm herüber. Um diese Jahreszeit lief sie den ganzen Tag durch, um all das Getreide zu mahlen, das die Farmer von ihren Feldern herbeikarrten. Eddie mochte den Geruch von Staub und Hafer, er erinnerte ihn an den Kornspeicher seiner Kindheit.

Im Dorf herrschte reges Treiben. Von Wenzels Schreinerei gleich um die Ecke hörte er das Surren der elektrischen Säge. Hin und wieder rumpelten die wuchtigen silberfarbenen Lastwagen der Milchfabrik mit neuer Ladung vorbei, hupten kurz vor dem Werktor, wenn sie hinein wollten. Manchmal trug der Wind auch das metallische Hämmern aus den zwei Schmieden zu ihm herüber – Sam Berczyks an der Main Street und Frank Plotniks gleich gegenüber von Eddies Haus.

Man mochte über Browerville die Nase rümpfen, weil es ein kleines, rückständiges Provinznest war, dessen Bewohner ländliche Sitten und Gebräuche pflegten, die andernorts längst als überholt galten. Aber Eddie kannte hier Hinz und Kunz. Er konnte jedes Geräusch identifizieren und sagen, woher es kam. Mit zufriedenem Lächeln legte er Werkzeug in die Schubkarre und schob sie zum Fischteich in Pater Kuzdeks Vorgarten hinüber. Er mußte das Betonbecken säubern, das während des Sommers einen dichten Algenbelag angesetzt hatte. Der Garten, der sich nach Süden hin an die Kirche anschloß, war riesig, eigentlich ein Park. In seiner Mitte lag das Pfarrhaus. Weiter unten an der Straße stand, in einer Steingrotte geborgen, die Statue der Heiligen Jungfrau Maria, zu deren Füßen duftende Rosen blühten. Den langen Weg, der von hier aus zu Pater Kuzdeks Haus führte, säumten mächtige, schattenspendende Bäume, zwischen ihnen bunte Blumenbeete und kleine Steingärten. Das ganze Gelände umgab ein massiver Zaun aus schwarzen Eisenstangen, die von gemauerten Pfeilern gehalten wurden, stark genug, um bis zum Jüngsten Tag zu überdauern. Der Zaun um den verwunschenen Pfarrgarten sah zwar wunderschön aus, hatte für Eddie aber den Nachteil, daß er den Rasen entlang der ganzen Grundstücksgrenze mit der Hand mähen mußte. Zum Glück halfen ihm dabei manchmal die Mitglieder der *Knights of Columbus*. Letzten Samstag erst waren zwei von ihnen als brave Helfer herübergekommen und ihm fleißig zur Hand gegangen.

Eddie kniete gerade am Boden des Beckens, als er überrascht bemerkte, wie einer der beiden, Conrad Kaluza, auf dem Gartenweg heraneilte. Conrad hatte pechschwarzes Haar, und sein schwarzer Bart schimmerte auch frisch rasiert noch durch. Er besaß ein kleines Musikgeschäft an der Main Street. Wie immer war seine Hose tadellos und sein Hemd blütenweiß. Eddie setzte sich auf die Fersen, zog die Gummihandschuhe aus und schaute ihn an.

»Hey, Con, was machst du denn hier um diese Tageszeit?

Du willst mir doch nicht etwa helfen, den Fischteich zu säubern?«

Con kam über den Rasen zu ihm herüber. Sein Gesicht war noch weißer als sonst.

»Mensch, Con, wie siehst du denn aus? Ist dir nicht gut? Was ...«

Con kniete neben dem Teich nieder. Seine Kinnmuskeln arbeiteten, und die Koteletten waren schwarz wie noch nie auf seiner schneeweißen Haut.

»Was ist los, Con?«

»Eddie, ich hab ... schlechte Nachrichten für dich. Ein ...« Con brach ab und räusperte sich. »Ein Unfall ist passiert.«

Eddie streckte den Rücken und schaute nach Süden zu seinem Haus hinüber. Er richtete sich auf. »Krystyna ...«

»Ja ...«, stieß Con hervor.

»Es geht ihr doch gut, Con?«

Con räusperte sich wieder und holte tief Luft.

»Es ... es tut mir leid, Eddie, aber ...«

»Was ... was ...«

»Der Zug hat den Wagen auf dem Bahnübergang erfaßt, draußen bei ihren Leuten.«

»*Jesus, Maria.*« Eddie sagte es auf Polnisch – Yezhusch. Marr ... ah – und bekreuzigte sich. Es kostete ihn Überwindung zu fragen: »Und ... wie geht's ihr?«

Als Con keine Antwort gab, erfaßte Eddie Panik. »Sie lebt doch, oder?« schrie er auf und packte Con am Ärmel. »Sie ist doch nicht tot?! Sie ist nur verletzt, stimmt's?!«

Con bewegte tonlos die Lippen. Die Ränder seiner Augenlider hatten sich gerötet. Als es ihm gelang zu sprechen, klangen seine Worte spröde und gepreßt.

»In meinem ganzen Leben habe ich noch niemandem eine so schreckliche Nachricht überbringen müssen.«

»O Gott, Con, nein!«

»Sie ist tot, Eddie. Friede ihrer Seele.«

Eddies Finger krallten sich in Cons Arm. »Nein ...« Seine Züge verzerrten sich, und er begann beinahe unmerklich, den Oberkörper vor- und zurück zu wiegen. »Das kann nicht sein. Sie ... sie ist doch ...« Eddie sah nach Norden, in die Richtung, in der die Farm seiner Schwiegereltern lag. »Sie ist doch draußen bei ihrer Mama im Garten ... Gurken ernten. Sie sagte ... sie und ihre Mama ... o nein, Con, nein, Jesus! ... Nicht Krystyna!«

Eddie begann zu weinen, und Con stützte ihn, als er taumelte. Drüben bei Wenzel surrte die Säge wieder los, und als sie kurz darauf erneut verstummte, war alles still. Nur Eddies Schluchzen war zu hören.

Con schwieg einen Moment. »Komm, Eddie«, drängte er dann, »laß uns zu Pater Kuzdek gehen und ihm alles erzählen. Er wird mit uns für sie beten ...«

Willenlos ließ sich Eddie auf die Beine helfen. Doch dann drehte er sich plötzlich um, als wollte er zur Schule hinter der Kirche. »Die Mädchen ...«

»Laß, Eddie. Das hat Zeit. Laß uns als erstes zu Pater Kuzdek gehen, ja?«

Der polnische Pater öffnete ihnen persönlich. Er war ein bulliger Mann mit Glatze. Nacken und Schultern waren stark wie die eines Zugpferdes. Er durfte etwa Anfang Vierzig sein und trug eine runde Brille wie Präsident Truman, deren Drahtbügel sich in die Schläfen seines runden, rosigen Gesichts drückten. Er trat unter das verglaste Vordach und schaute sie verwundert an.

»Con, Eddie ... was ist los?«

»Ein Unfall ist geschehen, Pater«, sagte Con.

»Kommt rein.«

Während sie hineingingen, erzählte Con in knappen Worten, was passiert war. »Krystyna ... sie ... ihr Wagen ... er wurde vom Zug erfaßt.«

Pater Kuzdek blieb wie vom Schlag gerührt stehen. Eddie

arbeitete seit nunmehr zwölf Jahren für die Pfarrei. Der Pater empfand mehr für ihn als für andere Gemeindemitglieder. »*Kyrie eleison*«, flüsterte er auf Lateinisch. *Herr, erbarme dich.* »Ist sie tot?«

Con konnte nur stumm nicken.

Pater Kuzdek stöhnte leise. Er schaute nach oben, als erflehte er göttlichen Beistand. *»Erue, Domine, animam ejus«, rette ihre Seele, Herr,* betete er mit gedämpfter Stimme, dann legte er seinen kräftigen Arm um Eddies Schultern.

»Ach, Eddie, Eddie ... was für eine Tragödie! Grauenhaft. Sie war noch so jung, deine Krystyna, und was für eine Seele von Mensch!«

Es dauerte einen Augenblick, bis beide Männer ihre Gefühle wieder unter Kontrolle hatten. Dann segnete Pater Kuzdek Eddie mit dem Zeichen des Kreuzes und murmelte ein lateinisches Gebet dazu. Er legte seine riesigen Hände auf Eddies Kopf und schloß sein Gebet auf Englisch: »Der Herr segne dich in dieser Stunde der Prüfung. Er möge dich leiten und dir beistehen in den schweren Tagen, die vor dir liegen.« Wieder segnete er Eddie, dann ließ er die Hände auf seine Schultern sinken. »Denk daran, mein Sohn – es ist nicht an uns, zu fragen, wann und warum der Herr unsere Lieben zu sich holt. Gottes Ratschluß ist unerforschlich, Eddie.«

Eddie schaute zu Boden. Tränen liefen ihm über die Wangen.

Der Pater ließ die Hände sinken und wandte sich an Con: »Wann ist es passiert?«

»Vor einer knappen Stunde.«

»Wo?«

»An der Kreuzung Country Road 89 und Highway 71, im Norden des Ortes.«

»Ich hol meine Sachen.«

Pater Kuzdek war im Nu zurück. Er trug sein schwarzes Birett und das Lederköfferchen mit den heiligen Ölen. Con und Eddie folgten ihm zu der kleinen Garage zwischen dem Pfarrhaus und der Kirche. Con nahm im Fond des schwarzen Buick Platz, Eddie auf dem Beifahrersitz.

Reverend Anastasius T. Kuzdek fuhr seinen Wagen mit der gleichen ehrfurchtgebietenden Geste, mit der er seiner Gemeinde von der Kanzel die Leviten las. Browerville hatte zwar einen Bürgermeister, doch das eigentliche Oberhaupt des Ortes war der Priester. Denn diese ganze Gegend war vom polnischen Katholizismus geprägt, und das Herz der alten katholischen Welt schlug in Browerville. Pater Kuzdek war eine absolute Autorität. So erzählte man sich zum Beispiel, daß sich einmal zwei betrunkene Schwager in die Haare geraten waren und einander umzubringen drohten. Weder die Familie noch der eilends herbeigerufene Dorfpolizist waren in der Lage, die Kampfhähne zu trennen. Da erschien Pater Kuzdek auf der Bildfläche. Wortlos packte er die beiden Heißsporne mit seinen gewaltigen Pranken am Kragen, schlug ihre Köpfe wie zwei Gummibälle kurz gegeneinander, und schon war der Streit geschlichtet. Wenn er in der Sonntagspredigt verkündete: »Das Kloster braucht Holz!«, stapelte sich über Nacht auf wundersame Weise, schön trocken und sorgfältig zugeschnitten, reichlich Brennholz im Klosterhof, geheimnisvoll wie weiland die Erscheinung der Heiligen Jungfrau in Fatima. Wenn er anordnete, daß am Tag des heiligen Anastasius, seines Namenspatrons, die Schule geschlossen bleiben sollte, blieb die Schule geschlossen, und niemand wagte es, darüber zu meckern, nicht einmal der Erzbischof. Einmal verfügten ein paar hohe Tiere in St. Paul, daß um Browerville eine Umgehungsstraße gebaut werden sollte, die den Highway 71 um das Städtchen herumführen sollte. Dies hätte bedeutet, daß all die Touristen ausgeblieben wären, die alljährlich St. Joseph's besichtigten, ihre Spende in den Opferstock warfen und anschließend in der Ortsmitte ihr Geld ausgaben. Pater Kuzdek machte eine Eingabe gegen das Projekt beim Minnesota State Highway Department, der umgehend stattgegeben wurde. Und so führt der Highway 71 weiterhin mitten durch Browerville (wo er dann Main Street heißt) geradewegs auf die Stufen von St. Joseph's zu.

Und in diesen Highway bog der Pater jetzt links ein. Sie fuhren auf die Unglücksstelle zu. »Lasset uns beten«, sagte er.

Die rötliche Rauchwolke des Signalfeuers sahen sie schon, lange bevor sie den Zug erkennen konnten. Je näher sie kamen, desto mehr verzog sich die Wolke gen Osten und hinterließ nichts als ihren beißenden Schwefelgestank. Der Zug, einer der regionalen Güterzüge mit nur zwanzig Waggons, hatte Eisenwaren geladen, Getreide, Maschinen, Briefe und Pakete. Sie fuhren am Dienstabteil vorbei bis zur Lokomotive. Die war bereits von etlichen Autos umlagert – von Wachtmeister Cecil Monnies Chevrolet, einem von Leo Reamers Lastwagen, dem Polizeiauto sowie dem Leichenwagen von Iten&Heids. Browerville hatte kein eigenes Krankenhaus, und so benutzte Ed Iten bei Bedarf seinen Leichenwagen als Ambulanz.

Der Pater verlangsamte das Tempo. »Hat der Zug sie die ganze Strecke mitgeschleift?« stieß Eddie tonlos hervor. Dann sah er sein Auto, das die Lokomotive zermalmt und in Stücke zerlegt hatte. Neben dem Zug hatte man jemanden aufgebahrt.

Eddie stieg aus dem Buick und stolperte durch hüfthohes Gras und durch einen Wassergraben auf die Bahre zu, dicht gefolgt von Pater Kuzdek und Con. Die Lokomotive dampfte noch immer. Merle hatte darauf geachtet, daß der Kesseldruck gleich blieb, und dann und wann eine Schaufel Kohle nachgefüllt. Die Lok zischte leise. Jenseits der Gleise glotzte eine Herde Rinder über den Zaun. Der Schaffner, der auf seinem Klemmbrett von Merle und Cy die näheren Unfalldaten für die Eisenbahngesellschaft notierte, hielt in seiner Arbeit inne, und seine Augen folgten den dreien mit ehrfürchtigem Ausdruck.

Von diesem Tag an würde Eddie Olczak keine Hölle mehr fürchten, denn in dem Moment, als er am Leichnam seiner Frau niederkniete, durchlitt er so entsetzliche Qualen, daß ihn weder in diesem Leben noch im nächsten irgend etwas mehr würde schrecken können.

»O Krystyna ... Krystyna, warum nur ...«

Er begann zu schluchzen und zu weinen, so verzweifelt, wie wohl die Seelen im Fegefeuer weinten, um von ihrer Pein erlöst zu werden. Mit schmerzverzerrtem Gesicht, von Weinkrämpfen geschüttelt, wandte er sich an die Umstehenden: »Warum? Warum?« fragte er immer wieder. Doch die konnten ihm nur die Hand auf die Schulter legen. »W ... wie soll ich nur ... wie soll ich das nur ... meinen beiden Kleinen ...? Wie können sie ... ohne sie ... Was können wir alle ... ohne sie ...?« Sie wußten nicht, was sie antworten sollten, konnten ihm nur stumm beistehen in seiner Erschütterung. Was war der Mensch im Angesicht seiner Sterblichkeit?

Eddie schaute seiner geliebten Frau ins Gesicht. Hilflos ergriff er den blutverschmierten Kragen ihres Schürzenkleides und streichelte ihn zärtlich. »Das ... das hat sie selbst genäht ...« Wieder schaute er zu den Umstehenden hoch. »W ... wußtet ihr das? S ... sie hat dies Kleid hier ... selbst genäht!« Sein Blick wanderte wieder zu Krystyna zurück. Pater Kuzdek küßte den Saum seiner Stola, kniete dann nieder, um zu beten.

»In nomine Patris ...«

Eddie lauschte dem Murmeln des Priesters, der Krystyna die Letzte Ölung erteilte. Es war die gleiche Stimme, die ihre Hochzeitsmesse gelesen, die ihre Kinder bei der Taufe gesegnet hatte. Mit dumpfem Blick beobachtete er Pater Kuzdeks riesigen Daumen, der die Stirn seiner Frau salbte und dann das Kreuz über ihrer zerschundenen Haut machte.

Kurz darauf kamen Krystynas Eltern und ihre Schwester Irene. Schluchzend umarmten sie Eddie, hielten sich schwankend aneinander fest, fielen schließlich gemeinsam auf die Knie. Eddie stammelte immer wieder die gleichen Worte: »S ... sie war unterwegs zu euch ... wollte mit euch im Garten Gurken ernten ... das wollte sie machen, Mary. Sie ... könnte jetzt ... bei euch sein ... in ... in eurem Garten ...« Und sie schauten durch ihre Tränen zu den zerbrochenen Einmachgläsern am Bahndamm hinüber, die in der Mittagssonne blitzten. Und sie dachten daran, wie Krystyna diese Gläser vor ein paar Stunden in den Wagen geladen hatte, und stellten sich vor, sie würde heute abend heimkommen, mit all diesen Gläsern, randvoll mit köstlichen sauren Gurken.

Als sie sich ein wenig ausgeweint hatten, segnete Pater Kuzdek Mary, Richard und Irene. Dann trug man die Bahre durch den Graben zum Leichenwagen hinüber. Die Trauernden folgten ihr stumm. Als sich die Wagenklappe schloß, fragte Mary ihren Schwiegersohn leise: »Hast du es schon Anne und Lucy gesagt?«

»Noch nicht.« Bei dem Gedanken kamen Eddie wieder die Tränen, und Krystynas Vater schloß seinen Schwiegersohn in die Arme.

»Möchtest du, daß wir dabei sind, wenn du ... wenn du es ihnen sagst?« fragte Mary, nachdem Richard noch immer keiner Worte fähig war.

»Ich ... ich weiß nicht.«

»Wir kommen mit, Eddie«, schaltete sich Irene ein. »Wenn du willst, kommen wir mit.«

»Ich weiß nicht«, wiederholte er mit einem leisen Stöhnen. Hilflos schaute er zu den Rindern auf der Weide hinüber, als hoffte er, sie würden ihm eine Antwort geben. »Ich glaube ...« Sein Blick wanderte wieder zu Krystynas Familie. »Ich glaube … ich … ich muß das allein hinter mich bringen. Aber wenn ihr mit mir bis zur Schule mitkämt, ja? Ich meine, ich weiß nicht, was … was hinterher … was …« Er hielt inne. Noch nie hatte er einen nahen Angehörigen verloren. Er kannte sich nicht aus mit Tod und Trauer. Einen Augenblick lang wußte er gar nichts mehr, als weigerte sich sein Verstand weiterzudenken.

Pater Kuzdek trat näher. »Komm, Eddie. Wir beide sagen es den Mädchen, du und ich. Und dann bringen du und Mary, Richard und Irene sie zusammen nach Hause.«

»Ja.« Eddie war erleichtert, daß ihm jemand sagte, was als nächstes zu tun sei. »Ja. Danke, Pater.«

Die kleine Gruppe verteilte sich auf die Autos. Eine neue Last drückte auf ihre Schultern. So schrecklich die letzte Stunde gewesen war – die, die vor ihnen lag, würde schlimmer sein.

2

Schwester Regina läutete mit der Handglocke und stellte sich dann neben die weit geöffnete Westpforte. Die Pause war zu Ende. Lachend purzelten die Kinder die überwucherte Böschung herab und kamen dann angerannt, um sich auf dem schmalen Weg, der das Schulhaus mit dem Kloster verband, in Zweierreihen aufzustellen. Die Braven waren sofort zur Stelle, während ein paar Lausbuben wie immer ein wenig länger brauchten, weil sie unbedingt noch ein wenig herumalbern mußten. Schwester Regina wartete geduldig, bis alle in Reih und Glied standen, und führte sie dann ins Schulhaus. Nach dem gleißenden Sonnenlicht, das über der Schulwiese gelegen hatte, wirkte der Gang jetzt düster und eng. Einige Kinder verschwanden noch schnell in der Toilette, während Schwester Regina vorausging. Sie stellte die Messingglocke wieder an ihren Platz in der Schulhalle, wo sie bis zum nächsten Pausenläuten zu bleiben hatte, und wehe, ein Schüler wagte es, die Glocke unerlaubt anzurühren! Schwester Regina wartete neben dem Trinkwasserbrunnen vor ihrem Klassenzimmer, die Hände in den Ärmeln versteckt, bis alle Kinder sich auf ihre Räume verteilt hatten.

Die Pfarrschule St. Joseph war ein symmetrischer Bau, dessen Zentrum die Halle bildete. An beiden Längsseiten trennten wuchtige, von Vierkantsäulen geschmückte Geländer geräumige Korridore ab. Von diesen beiden Korridoren öffneten sich die Türen zu je zwei Klassenzimmern, jedes für zwei Jahrgänge. In der nordwestlichen Ecke des Gebäudes befand sich der Speisesaal. Den hellen Raum gegenüber, im Südwesten, nutzten die Nonnen, um darin Blumen für den Altarschmuck zu ziehen. An die östliche Schmalseite der Halle grenzte ein Lagerraum mit einer ganzen Front großer, heller Fenster. Doch da dessen breite Flügeltüren gewöhnlich geschlossen waren, lag die Halle stets im Dämmerlicht. Die westliche Schmalseite wurde von einer Bühne dominiert. Ein uralter Theatervorhang aus Leinen, der pompös mit venezianischen Motiven, Gondeln und Kanälen bemalt war, nahm die ganze Breite des Raumes ein. Vor langer Zeit hatte ein unbekannter Künstler dieses Machwerk geschaffen, das in den berauschend eintönigen Farben von Steckrüben gehalten war. Auf dieser Bühne waren im Lauf der Jahre unzählige Klavierkonzerte aufgeführt worden, denn Musikunterricht hatte in St. Joseph einen so hohen Stellenwert, daß man der Schulhalle den Namen *Paderewski Hall* gegeben hatte, Polens berühmtem Komponisten zu Ehren.

An diesem Nachmittag aber war der Bühnenvorhang zugezogen und die Flügeltüren des Lagerraums geschlossen. Das strahlende Licht der Nachmittagssonne konnte nicht herein, so daß die Halle wie gewohnt im Halbdunkel lag.

Schwester Regina wartete geduldig, bis die Dritt- und Viertkläßler wieder aus der Toilette kamen und auch der letzte am Brunnen noch schnell ein wenig Wasser getrunken hatte.

»Das reicht, Michael. Komm jetzt.«

Hastig nahm er drei weitere Schlucke, wischte sich im Laufen mit dem Ärmel den Mund ab und huschte dann an Schwester Regina vorbei, gerade rechtzeitig, bevor sie die Klassentür schloß.

Sie klatschte zweimal in die Hände und faltete sie dann zum Gebet. »Nun, liebe Kinder, wollen wir aufstehen und vor dem Unterricht unser Nachmittagsgebet sprechen.«

Auf dem Weg zu seinem Platz knuffte Michael Poplinski noch schnell seinen Kumpel Jimmy Lucas. Er wich dessen Revancherempler geschickt aus und legte einen Endspurt hin, bevor er schlitternd an seiner Bank zum Stehen kam. Schwester Regina wartete mit gefalteten Händen, bis das Geschiebe und Geschubse ein Ende hatte und die Klasse zur Ruhe gekommen war.

»Im Namen des Vaters, des Sohnes und des Heiligen Geistes ...«

Fünfunddreißig Kinder machten mit ihr das Kreuzzeichen und begannen den Nachmittagsunterricht wie immer mit einem Gebet. Als sie nach dem Amen Platz nahmen, machten die Klappbänke ein Geräusch, wie wenn eine Schar Gänse zur Landung ansetzt.

Schwester Regina umrundete das Katheder und schaute ihren Schützlingen ins Gesicht. Sie war eine große, schlanke Frau mit blassem Teint und freundlichen haselnußbraunen Augen. Ihre Brauen hatten den goldbraunen Schimmer von reifen Ähren, und ihr Mund erinnerte an einen roten Apfel. Auch wenn ihr etwas mißfiel, wirkte sie nicht zornig. Nie wich der Ausdruck gütiger Vergebung von ihren Zügen, und ihre Stimme klang stets geduldig und verständnisvoll.

»Drittkläßler, ihr übt jetzt bitte das Buchstabieren.« Die Drittkläßler saßen in zwei Reihen auf der rechten Seite des Raums an den Südfenstern. Die Mädchen trugen alle Kleider, die Jungen entweder Overalls mit gestreiften T-Shirts oder Kordhosen und Cowboyhemden. »Ich habe euch eine Reihe von Wörtern an die Tafel geschrieben, die ihr bitte abschreibt. Hat jeder seinen Block bereit?« Vierzehn Kinder kramten unter der Bank, um ihren Block zu suchen. »Reißt bitte ein Blatt ab.« Vierzehn Kinder rissen vierzehn Blätter ab, um anschließend den Block wieder unter der Bank zu verstauen. Als wieder Ruhe eingekehrt war, fuhr Schwester Regina fort: »Wenn ihr die Wörter abgeschrieben habt, dann tragt ihr sie bitte in die leeren Felder dieser Arbeitsblätter ein.« Sie teilte die Arbeitsblätter aus. So, jetzt waren die Drittkläßler beschäftigt. Sie wandte sich der linken Seite des Raumes zu, um mit ihren Viertkläßlern Rechnen zu üben. Sie hatte einen Korb Orangen mitgebracht, um Addition und Subtraktion zu demonstrieren: drei Orangen plus zwei Orangen sind fünf Orangen. Schwester Regina sammelte ihre einundzwanzig Viertkläßler ums Katheder, um ihnen die Orangen und die dazugehörigen Zahlen auf der Rechentabelle zu zeigen.

Jetzt, so aus der Nähe, roch sie, daß die Kinder in der heißen Mittagssonne wild gespielt hatten. Der Geruch ihrer verschwitzten Haare erinnerte sie an den der Hunde auf der Farm ihrer Kindheit. Die rochen so, wenn sie im Winter draußen im Schnee herumgetollt hatten, dann triefend vor Nässe in die Küche getapst kamen und sich vor den flackernden Herd kauerten, um ihr Fell zu trocknen und sich wieder aufzuwärmen.

Ohne den Unterricht zu unterbrechen, ging Schwester Regina zur Südfront und schob drei Fenster hoch, um die frische Brise hereinwehen zu lassen. Dann ließ sie die grünen Jalousien herunter und kehrte zum Katheder zurück.

Sie war noch immer mit ihren Orangen beschäftigt, als es plötzlich an der Tür klopfte. Sofort erhob sich aufgeregtes Geschnatter in den Reihen, und Schwester Regina hatte Mühe, die Kinder wieder zur Ruhe zu bringen. Dann öffnete sie die Tür.

Auf dem Gang standen Pater Kuzdek und Eddie Olczak.

»Guten Tag, Pater. Guten Tag, Mr. Olczak.« Sie sah sofort, daß etwas Schreckliches passiert sein mußte.

»Schwester, es tut mir leid, daß ich Ihren Unterricht störe«, sagte der Priester. »Könnten Sie bitte die Tür schließen?« Pater Kuzdek wirkte angespannt, und Eddie schien geweint zu haben. »Wir bringen eine sehr schlechte Nachricht, Schwester«, fuhr der Pater fort, als die Tür ins Schloß gefallen war. »Es hat einen schrecklichen Unfall gegeben. Eddies Frau wurde heute morgen auf dem Bahnübergang vom Zug erfaßt und getötet.«

Schwester Regina stieß einen leisen Schrei aus und schlug sich die Hand vor den Mund. »O nein!« Sie bekreuzigte sich und legte Eddie spontan die Hand auf den Arm – was sie als Nonne nicht hätte tun dürfen. »Mein Beileid, Mr. Olczak«, flüsterte sie tonlos. Bei dem Gedanken an die beiden kleinen Mädchen in der Klasse krampfte sich ihr Herz zusammen. Und dieser fleißige und liebenswerte Mann, den alle so gern mochten – daß ihn ein solcher Schicksalsschlag treffen mußte! Warum gerade ihn? Hastig zog sie die Hand zurück. »Ihre liebe junge Frau, nein, das darf nicht wahr sein! Wie … wie ist es denn passiert?« Fragend schaute sie zum Pater.

»Sie fuhr im Auto zu ihren Eltern«, begann er mit zitternder Stimme. Offenbar fiel es auch ihm schwer, die Fassung zu bewahren. »Wahrscheinlich hat sie gemeint, daß sie …« Er schluckte und schob die Brille hoch, um sich verstohlen eine Träne aus dem Augenwinkel zu wischen, »… daß sie den Übergang noch vor dem Zug überqueren könnte.«

Ein eiskalter Schauer lief Schwester Regina über den Rükken. Ihr Atem stockte. Krystyna Olczak hatte immer ein offenes Ohr für die Nöte der Nonnen gehabt, hatte ihnen geholfen, wo immer sie konnte. Sie war eine der liebenswertesten und hilfsbereitesten Frauen in der ganzen Gemeinde gewesen. »Oh, Mr. Olczak, ist das furchtbar!«

Eddie wollte antworten, doch seine Stimme versagte. »Ich ...« Er räusperte sich und machte einen neuen Versuch. »Ich muß es den Mädchen sagen.«

»Ja, natürlich«, sagte die Schwester leise, doch sie rührte sich nicht vom Fleck. So sehr sie einsah, daß die Mädchen die schreckliche Nachricht erfahren mußten – es widerstrebte ihr einfach, die Tür zu öffnen, die Kinder herauszurufen und mitansehen zu müssen, wie das Glück dieser beiden kleinen Engel zerbrach. Die Olczak-Mädchen waren so reizende Wesen – heiter, unbekümmert, dabei wohlerzogen und überdurchschnittlich begabt. Noch nie waren sie unangenehm aufgefallen. Es waren Kinder aus einer intakten Familie. Allein die hübschen Kleider, die sie trugen! Die meisten hatte die Mutter selbst genäht, gestärkt und gebügelt. Oft kamen die beiden Schwestern Hand in Hand in die Schule, die Locken frisch gekämmt oder zu Zöpfen geflochten, die Schuhe gewienert, das Essensgeld fest ins blütenweiße Taschentuch geknotet. Manchmal gingen sie mittags auch heim zum Essen, ihr Haus lag ja nur einen Katzensprung von der Schule entfernt. Und immer waren sie pünktlich zurück, wenn es wieder zum Unterricht läutete. Manchmal stellte Schwester Regina fest, daß die Mutter den beiden in der Mittagspause die Zöpfe frisch geflochten und sie mit anderen Haarspangen geschmückt hatte. Selbst die adretten Schleifen, welche die Kleidchen am Rücken zusammenhielten, waren oft neu gebunden. Anne und Lucy waren der ganze Stolz ihrer Mutter, sie sahen aus wie zwei kleine Shirley Temples, und wenn die Familie Olczak am Sonntag mit ihren Sprößlingen in die Kirche marschierte, schauten alle auf und lächelten gerührt.

Und jetzt war Krystyna tot. Schwester Regina konnte es nicht fassen.

Die armen Kinder. Der arme Mr. Olczak.

Eddie Olczak war ein anspruchsloser, fleißiger Mann, der sich nie etwas hatte zuschulden kommen lassen. Schon lange vor ihrer Zeit – und sie war immerhin auch schon vier Jahre hier – hatte er seine Arbeit als Kirchendiener angetreten. Er war aus der Pfarrei nicht mehr wegzudenken. Ständig hörte sie jemanden sagen: *Frag Eddie!* oder (wenn es eine Nonne war): *Frag Mr. Olczak!* Eddie Olczak kümmerte sich in seiner bescheidenen Art um alles. Er redete nicht viel, ging ruhig seiner Arbeit nach, strebsam und beharrlich, steckte seine Nase nicht in Sachen, die ihn nichts angingen, war aber immer zur Stelle, wenn er gebraucht wurde.

Es war eigenartig, diesen Mann, der doch sonst immer für seine Mitmenschen da war, jetzt selbst verzweifelt weinen zu sehen.

Er stand im Gang, an Pater Kuzdeks starke Schulter gelehnt und schluchzte leise. Er trug seine gewohnte Arbeitskleidung – ein verwaschenes blaues Hemd und einen gestreiften Overall, den ihm seine gute Frau gewaschen und gebügelt hatte. Jetzt wischte er sich die Tränen aus den Augen und war sichtlich bemüht, wieder die Kontrolle über sich zu gewinnen. Er mußte seinen Töchtern das Unvermeidliche sagen.

»Es … es geht schon«, krächzte er und zog ein rotes Taschentuch aus der Gesäßtasche. »Ich …« Er räusperte und schneuzte sich. »Ich muß … da jetzt durch.«

Der Pater putzte seine Brille – was er stets tat, wenn er aus der Fassung geraten war. Er polierte die Gläser mit dem Taschentuch, hielt sie nacheinander prüfend gegen das Licht, besserte ein wenig nach, prüfte erneut, hakte schließlich die flexiblen Bügel nacheinander hinter die Ohren und schob erst dann die Brille auf der Nase zurecht. »Bitte, holen Sie die Mädchen heraus, Schwester«, sagte er.

O Herr, gib mir Kraft, betete Schwester Regina unhörbar, als sie wieder in die Klasse trat, um den schwersten Auftrag ihres Lebens zu erfüllen.

Im Klassenzimmer war es während ihrer Abwesenheit laut geworden. Die Viertkläßler standen noch immer um das Katheder versammelt. Sie klatschte zweimal in die Hände und schickte sie auf ihre Plätze zurück, mit Ausnahme von Anne Olczak, zu der sie sagte: »Bleib bitte noch da, Anne.«

»Soll ich die Orangen wieder in den Korb legen, Schwester?« fragte Anne. Sie ist so aufmerksam, so hilfsbereit, dachte die Nonne. Das Mädchen nutzte jede Gelegenheit, jemandem einen Gefallen zu tun.

»Ja, Anne, dank dir.«

Anne hatte hübsche blaue Augen und braunes Haar, das sie heute, in der Mitte gescheitelt, mit einer Haarspange im Nacken zusammenhielt. Sie trug ein braun-grün gemustertes Baumwollkleid mit weißem Kragen und einer v-förmigen weißen Rüsche auf der Brust. Als Schwester Regina das Mädchen sanft an der Schulter berührte, spürte sie eine Aufwallung von Mitgefühl und Liebe, die sie so heftig noch nie empfunden hatte. Die arme Kleine! Heute morgen hatte sie ihrer Mutter arglos Lebewohl gesagt. Es gab für sie keinen Zweifel, daß sie bei der Heimkehr aus der Schule von Krystyna wieder mit strahlendem Lächeln empfangen würde.

Wer sollte sich jetzt um sie und Lucy kümmern?

Lucy saß auf halber Höhe des Ganges direkt am Fenster und war so sehr in ihre Arbeit vertieft, daß die Zungenspitze zwischen den Lippen hervorschaute. Sie sah ihrer älteren Schwester ziemlich ähnlich, doch sie hatte ein paar Sommersprossen mehr und in der linken Wange ein Grübchen. Schwester Regina wußte, daß man als Lehrerin keine Lieblinge haben durfte, doch sie mußte sich eingestehen, daß sie die Olczak-Mädchen vom ersten Tag an ganz besonders in ihr Herz geschlossen hatte. Nicht nur, daß sie wie zwei süße kleine Püppchen aussahen, sie hatten so eine rührende Art, ihre Liebe großzügig und ungeteilt an ihre Klassenkameraden zu verschenken.

Anne, die Ältere, bemutterte und beschützte ihre kleine Schwester. Letztes Jahr, als einer der großen Jungen, ein Siebtkläßler, Lucy geschubst hatte, kam Anne sofort quer über den Schulhof angeschossen und warf sich ihm wie eine kleine Tigerin entgegen. Während sie nach Leibeskräften auf ihn einboxte, erklärte sie ihm, daß der Herr Jesus jetzt schwer enttäuscht von ihm sei und daß sie, wenn er sich noch einmal an ihrer Schwester vergriffe, schnurstracks ins Pfarrhaus laufen und es Pater Kuzdek sagen würde. Und bei Anne Olczak wußte jeder, daß es sich nicht um leere Drohungen handelte.

Lucy, die Jüngere, gab die Liebe und Fürsorge, die sie von ihrer Schwester erfuhr, an ihre Klassenkameraden weiter. Gestern, als ihr Banknachbar Jimmy Plotnik weinte, weil er den Klebstoff auf die falsche Seite seines Bastelpapiers geschmiert hatte, legte sie ihm tröstend die Hand auf die Schulter und sagte: »Wein nicht, Jimmy, man lernt nur, wenn man Fehler macht.«

Lucy trug heute ein frisch gestärktes gelbes Kleid mit Puffärmeln. Sie hielt den Schreibstift fest umklammert, biß sich auf die Lippen und malte die großen Buchstaben mit äußerster Konzentration aufs Papier, als wäre dies der direkte Weg, ins Himmelreich zu kommen.

Schwester Regina ging auf sie zu, beugte sich hinunter und flüsterte ihr ins Ohr: »Lucy, dein Vater ist draußen. Kommst du bitte mit mir auf den Gang hinaus?«

Lucy schaute überrascht auf.

»Daddy?«

»Ja. Er möchte dir etwas sagen.«

Ein argloses Lächeln huschte über ihr Gesicht.

»Ja, Schwester«, flüsterte sie, legte voll Eifer ihren gelben

Schreibstift ab, rutschte vom Stuhl hinunter und lief dann leichtfüßig Anne und ihrer Lehrerin hinterher. Schwester Regina öffnete die Tür, ließ die Mädchen hinaustreten und schloß sie wieder hinter sich. Ihr Herz krampfte sich zusammen, als sie an das grauenhafte Ereignis dachte, von dem diese beiden Kinder nun durch ihren Vater erfahren würden. Sie war unschlüssig, ob sie sich diskret zurückziehen oder in der Nähe ihrer Schützlinge auf dem Gang bleiben sollte. Die Kinder – das spürte sie – mochten sie und würden ihre Anwesenheit vielleicht als hilfreich und tröstlich empfinden. Sie selbst dagegen hätte sich am liebsten wieder ins Klassenzimmer zurückgezogen, denn der Gedanke an das unvermeidlich Kommende brach ihr das Herz. Sie stand noch so unter Schock, daß sie Zeit brauchte, sich wieder zu fassen.

Anne und Lucy liefen ihrem Vater mit ahnungslosem Lächeln entgegen. »Hi, Daddy!« riefen sie, als wäre er gekommen, um sie wegen irgendeiner freudigen Überraschung vorzeitig aus der Schule abzuholen.

Eddie kniete nieder und öffnete die Arme. »Hi, meine Engelchen!« Die beiden warfen sich an seine Brust und umarmten seinen kraftvollen Hals mit ihren zarten Ärmchen, ohne zu bemerken, welche Qualen sein Gesicht bewegten. Schwester Regina sah, wie die Mädchen sich in den nagelneuen braunen Schuhen, die ihnen die Mama zum Schulanfang gekauft hatte, auf die Zehenspitzen stellten, um ihrem Dad ein Küßchen zu geben. Wie sich seine Arme um sie schlossen und dabei auf dem Rücken der Kleidchen die frisch gestärkten Schleifen zerdrückten, die ihnen ihre Mama heute früh zum allerletzten Mal gebunden hatte. Eddie küßte die beiden auf die Stirn und drückte sie so verzweifelt an sich, daß Schwester Regina ihre Hand gegen die Lippen pressen mußte, um nicht laut loszuschluchzen. Ein Satz aus der Heiligen Schrift ging ihr durch den Sinn: *Lasset die Kindlein zu mir kommen!* Und sie beging die schwere Sünde, Gottes

Weisheit anzuzweifeln. Warum hatte er diese Mutter zu sich genommen? Warum gerade eine so junge und so gute Frau wie sie? Warum nicht einen älteren Menschen, der ein erfülltes Leben hinter sich hatte? Warum ausgerechnet Krystyna Olczak, die doch von ihrer Familie noch so dringend gebraucht wurde?

Eddie setzte sich auf die Fersen und schaute seinen Kindern in die Augen. »Anne ... Lucy ... euer Daddy muß euch etwas sagen.«

Sie sahen, daß in seinen Augen Tränen standen und hielten den Atem an.

»Daddy, was ist denn?« fragte Anne erschrocken.

»Also, mein Schätzchen ...« Auf den zarten schmalen Körperchen seiner Kinder wirkten Eddies rauhe, schwielige Hände grotesk groß. Er räusperte sich und suchte verzweifelt nach den Worten, die das Leben seiner Kinder für immer verändern würden. »Der Herr Jesus hat heute beschlossen ... eure Mama zu sich in den Himmel zu holen.«

Anne starrte ihren Daddy sprachlos an. Ihre Lippen wurden schmal.

Lucy schüttelte den Kopf. »Aber Mama ist doch bei Oma im Garten und pflückt Gurken! Das hat sie doch gesagt!«

Eddie seufzte tief. »Nein, mein Liebes, da ist sie nicht. Sie ... sie wollte zu Oma, und sie ist auch losgefahren, aber sie ist da nicht angekommen.«

»Nicht angekommen?« Lucy riß die Augen auf. Sie schien verblüfft, doch keineswegs erschrocken. »Wie ist denn das passiert?«

Eddie spürte, daß Anne die schreckliche Wahrheit schneller begreifen würde als Lucy, und so wandte er den Blick seiner Großen zu: »Mama ist in ihrem Auto auf dem Bahnübergang mit dem Zug zusammengestoßen, und bei dem Unfall ist sie gestorben.« Die letzten Worte waren nur noch ein heiseres Flüstern.

Anne schob trotzig ihr Kinn vor. Tod war etwas, das sie hauptsächlich aus der Totenmesse kannte. Wenn auf Begräbnissen der Kinderchor sang, hatten sie und ihre Schwester stets begeistert mitgesungen. Aber wenn sie oben auf der Empore stand, hatte sie den blumengeschmückten Sarg vorn am Altar nur schemenhaft erkennen können, und die tröstenden lateinischen Worte des Priesters hatte sie auch nie verstanden. Jetzt erst begann sie zu ahnen, was Tod wirklich bedeutete, und sie weigerte sich schlicht, dieses Grauen zu akzeptieren.

»Mama ist *nicht* tot!« stieß Anne wütend hervor. »Sie ist bei Oma! Ich weiß, daß sie bei Oma ist!« Hilfesuchend schaute sie zu Pater Kuzdek auf, der einzigen Autorität in St. Joseph, der sie im Augenblick bereit war, Glauben zu schenken. »Meine Mama ist nicht tot, stimmt's, Pater Kuzdek? Sag meinem Daddy, daß es nicht wahr ist! Sie pflückt Gurken bei Oma!«

Pater Kuzdek mit seinem wuchtigen Körper machte es erkennbar Mühe, sich auf ein Knie niederzulassen, doch unter Ächzen schaffte er es schließlich. Der schwarze Faltenwurf seines Talars wellte sich auf dem Boden, als er dem Mädchen die Hand auf die Schulter legte. Er senkte den Kopf, um Anne über den Rand seiner Brille in die Augen schauen zu können. »Wir wissen nicht, warum der Herr Jesus deine Mama zu sich geholt hat, Anne, aber es ist wahr. Sie ist jetzt bei den Engeln im Himmel und schaut zu dir herunter. Sie ist dein Schutzengel, der dich liebt und sich um dich kümmert, so wie sie dich vorher auf Erden geliebt und sich um dich gekümmert hat. Sie macht das alles jetzt nur vom Himmel aus.«

Anne starrte den Priester an. Noch immer hatte sie ihr Kinn trotzig vorgeschoben, doch jetzt fing es leise an zu zittern.

»Meine Mama kann gar nicht tot sein«, flüsterte sie unsicher, »weil sie sich hier unten um uns kümmern muß. Sie macht nämlich zum Abendessen Kartoffelklöße, weil das meine Lieblingsspeise ist.«

Die kleine Lucy schaute ungläubig von Anne zu Pater Kuzdek und wieder zu Anne zurück. Was bedeutete das alles nur?

Mit dünnem Stimmchen fragte sie ihre Schwester: »Macht Mama heute keine Kartoffelklöße, Annie?«

Doch Annie antwortete nicht, fuhr herum, warf sich in die Arme ihres Vaters, der noch immer am Boden kniete, und barg ihr Gesicht an seiner Brust.

Ängstlich wandte sich Lucy an ihren Vater: »Was ist los mit Annie, Daddy?«

Schwester Regina weinte. Ihre klaren, sanften Züge waren ernst und entspannt, doch die Tränen liefen ihr über die Wangen und benetzten den gestärkten weißen Kragen unter ihrem Kinn. Sie wußte nicht, wen sie mehr bedauerte, den Vater oder die Kinder. Hatte sie sich bisher nie nach der Freiheit weltlicher Gesten gesehnt, so verspürte sie im Augenblick den heftigen Wunsch, die drei in ihre Arme nehmen und trösten zu dürfen. Doch sie mußte sich diesen Wunsch versagen. *Die Benediktusregel,* das Buch, in dem die Regeln ihres Ordens verzeichnet waren, verbot die körperliche Berührung mit Laien. Und so stand sie still da, sandte ein stummes Gebet zum Himmel und bat Gott, er möge ihr und den Olczaks Kraft geben. Annie hing immer noch in Eddies Armen, während Lucy weiter ungläubig von ihrem schluchzenden Daddy zu Pater Kuzdek schaute, als erwarte sie von ihm, daß er dieses undurchschaubare Rätsel endlich löste.

Pater Kuzdek zog die Nonne beiseite. »Ich denke, Schwester«, flüsterte er ihr ins Ohr, »unter diesen Umständen sollten wir den weiteren Unterricht für heute ausfallen lassen.«

»Ja, Pater.«

»Lassen Sie mich zunächst ein paar Worte an Ihre Schüler richten.«

»Ja, Pater.«

Sie zogen sich diskret zurück und traten ins Klassenzimmer, in dem es inzwischen drunter und drüber ging. Doch als die Gestalt des Paters in der Tür erschien, flitzten sofort alle auf ihre Plätze, und es herrschte augenblicklich Stille.

Er baute sich vor der Klasse auf, während Schwester Regina nahe der Tür an der Frontseite stand, die Hände in den weiten Ärmeln ihrer Nonnentracht versteckt.

»Guten Tag, Kinder«, sagte er.

»Guten Tag, Pater«, antworteten die Kinder im Chor und hielten brav die Hände auf der Schulbank gefaltet, als wäre Gott selbst in die Klasse getreten.

Der Pater hatte im Unterricht die Angewohnheit, die Hände auf dem Rücken zu verschränken und beim Reden mit geschlossenen Füßen auf und nieder zu wippen. Das tat er auch jetzt, und wie immer knarzten dabei seine dicken Ledersohlen. Eine Weile hörte man nur dieses Knarzen, während der Pater an die Decke schaute und nach den geeigneten Worten zu suchen schien.

»Liebe Jungen und Mädchen ...«, begann er, dann wurde er einen Augenblick durch die Sonnenstrahlen abgelenkt, die durchs Fenster auf den Boden fielen und die unansehnlichen Holzdielen in warmes Goldbraun tauchten. Noch immer überlegte er, und noch immer herrschte absolute Stille im Raum. »Ihr alle wißt sicher«, erklärte er schließlich, »was der Tod bedeutet, nicht wahr? Wir haben schon oft über den Tod gesprochen, und wie wichtig es ist, im Stande der Gnade zu sein, wenn er uns ereilt. Wir wissen nie, wann uns der Herr zu sich ruft.« Er fuhr fort und machte aus der traurigen Nachricht, die er den Schülern zu überbringen hatte, eine ganze Katechismus-Stunde. Als er schließlich verkündete, daß Annes und Lucys Mutter tot war, ging mit der Klasse eine kaum wahrnehmbare Veränderung vor, die Schwester Regina jedoch wohl bemerkte. Die Viertkläßler verstanden, was passiert war. In den Gesichtern mancher Kinder zuckte es schmerzvoll, andere rissen erschrocken die Augen auf oder bissen sich auf die Lippen. Wieder andere starrten Pater Kuzdek einfach nur ungläubig an. Manche tauschten mit ihren Freunden einen schreckerfüllten oder auch stumm fragenden Blick. Die beste Freundin von Anne Olczak, Janice Goligowski, senkte den Kopf auf die Arme und verharrte in dieser Lage.

Pater Kuzdek gab den Kindern Zeit, das Unfaßbare zu verarbeiten, und setzte derweil seine religiöse Unterweisung fort. Schließlich kündigte er an, daß für heute der Unterricht beendet sei und sie nach Hause gehen dürften, sobald die Schulbusse da seien. Wie immer schloß er seine Ausführungen mit einem Gebet.

»Im Namen des Vaters ...«

Schwester Regina bekreuzigte sich und faltete die Hände. Doch während ihre Lippen die Worte sprachen, wanderten ihre Gedanken hinaus in den Gang zu den Olczaks. Wie würden sie ohne diese Frau, die sie so sehr geliebt, die sie bekocht, gekleidet und versorgt hatte, die wie die Seele ihrer Familie gewesen war – wie würden sie ohne diese Frau weiterleben können? Diese liebenswerten, wohlerzogenen Kinder – laß sie nicht an ihrem Schmerz zerbrechen, o Herr. Und dieser arbeitsame, bescheidene Vater – laß ihn nicht an seiner Verzweiflung zugrunde gehen!

Das Gebet war zu Ende, und der Pater ermahnte die Kinder, brav zu bleiben, wenn er und Schwester Regina jetzt das Klassenzimmer verließen. An Schwester Regina gewandt meinte er, daß er so schnell wie möglich die Schulbusse ordern würde. Sie selbst möge in die anderen Klassen gehen und den anderen Nonnen erklären, warum der weitere Unterricht heute ausfiele.

Als Schwester Regina auf den Gang hinaustrat, sah sie Eddie Olczak und die Kinder von seinen Verwandten umringt. Zwei von Eddies Brüdern waren mit ihren Frauen und einigen älteren Nichten und Neffen gekommen, und Krystynas Schwester Irene hing weinend in Eddies Armen. Auch

Krystynas Eltern waren da und umarmten schluchzend ihre Enkelkinder. In einem kleinen Städtchen wie Browerville verbreitete sich die Nachricht, daß ein junger Mensch auf tragische Weise ums Leben gekommen war, wie ein Lauffeuer. Vor allem bei den Frauen war Krystyna Olczak sehr beliebt gewesen, denn sie übernahm Näharbeiten und machte ihren Nachbarinnen in der Küche Dauerwellen, um sich ein kleines Zubrot zu verdienen. Sie war Mitglied bei der Sacred Heart Society und beim Third Order of St. Francis. Wenn Weihnachtsbasar war, half sie beim Aufbauen der Stände und buk jede Menge Kuchen und Plätzchen, und an Fronleichnam dekorierte sie die Außenaltäre. Sie kutschierte die Nonnen zum Augenarzt nach Long Prairie und verfrachtete im Sommer ganze Wagenladungen von Kindern zum Schwimmen an den Horseshoe Lake. Und vor allem verbreitete sie mit ihrem sonnigen Wesen Optimismus, Tatkraft und Lebensfreude. Sie war in der Gemeinde das, was Eddie in St. Joseph war: jemand, der ohne lange zu reden einsprang, wenn Not am Mann war.

So verwunderte es nicht, daß sich die Schule mit Menschen füllte, noch bevor Eddie Gelegenheit fand, seine Kinder nach Hause zu bringen. Immer mehr Freunde und Nachbarn versammelten sich im Dämmerlicht der Paderewski Hall, umarmten ihn, weinten mit ihm oder schluckten tapfer ihre Tränen hinunter. Während die Frauen vor den Kindern knieten und sie zu trösten versuchten, boten sich die Männer an, Eddies Arbeiten zu übernehmen: die Klassenzimmer zu putzen, die Tafeln abzuwischen, die Fahne einzuholen und im ganzen Gebäude nach dem Rechten zu sehen.

Eddies Bruder Sylvester fragte ihn: »Es hat noch niemand die Totenglocke geläutet. Bring du die Kinder heim, Eddie, ich mach das dann für dich.«

Eddies Stimme zitterte, aber er schaute seinen Bruder gefaßt an. »Nein, Sylvester. Ich mach es selber.«

Pater Kuzdek, der in dem Moment dazutrat, schaltete sich

sofort ein: »Eddie, Eddie, warum willst du dich unnötig quälen? Laß doch Sylvester das machen.«

Eddie trat einen Schritt zurück und hob abwehrend die Hände. »Nein, Sir! Nein, Pater! Sie war meine Frau, und jetzt, wo sie von mir gegangen ist, werde ich für sie die Totenglocke läuten wie für jeden, der in den letzten zwölf Jahren gestorben ist. Das ist meine Pflicht, verstehen Sie? Was würde meine Krystyna wohl denken, wenn sie ... wenn sie jemand anderen die Glocke läuten sähe? Sie würde denken: Wo ist Eddie? Wie kann er es zulassen, daß Sylvester für mich die Totenglocke läutet? Ich danke dir, Sylvester, daß du es angeboten hast, aber ich ...« Eddie versagte die Stimme. »Ich muß das einfach für sie tun«, krächzte er.

Das Gemurmel der Menge war verstummt. Alle schauten auf Eddie, an dessen Beine sich seine Töchter klammerten. Seine Hände ruhten auf ihren zarten Schultern. Anne ging ihm gerade bis zum Bauchnabel. Lucy, die seit ihrem dritten Lebensjahr nicht mehr am Daumen lutschte, hatte ihn tief in den Mund gesteckt.

»Worum ich dich statt dessen bitten würde, ist, daß du Anne und Lucy heimbringst. Darum würde ich dich, würde ich euch alle bitten ... die Mädchen heimzubringen.«

Ein skeptisches Raunen ging durch die Menge. Zweifelnde Blicke trafen Eddie.

»In Ordnung, Eddie«, sagte Sylvester und griff ihn beruhigend an den Arm. »Wenn du das so möchtest.«

»Ja, so möchte ich das.«

»Na, gut.« Sylvester ließ die Hand sinken. »Soll ich draußen vor der Kirche auf dich warten?«

»Nein ... nein, geh bitte mit den anderen. Ich geh allein heim, wenn ich fertig bin. Und ihr, Mädchen«, er ging in die Hocke, »ihr geht jetzt brav mit Onkel Sylvester und Oma und all den anderen heim, ich komme ein bißchen später nach, ja?«

»Ja, Daddy«, erwiderte Anne gehorsam. »Aber ich muß noch meinen Pullover holen.«

»Ich auch«, schloß sich Lucy an.

Schwester Regina war inzwischen wieder zu ihrer Klasse zurückgekehrt und sprach gerade mit den Kindern ein abschließendes Gebet, als es an der Tür klopfte und Anne und Lucy eintraten.

Alle hielten im Gebet inne und schauten zur Tür.

»Wir müssen noch unsere Pullover holen«, erklärte Anne.

»Ja, wir müssen unsere Pullover holen«, wiederholte Lucy.

Gemessenen Schrittes, wie es die Schulordnung vorsah – es war verboten, in den Klassenräumen zu rennen – gingen die Mädchen an ihren Platz und holten ihre Pullover. Ihre Kameraden schauten sie an, fasziniert und ein wenig unsicher, wie sie sich verhalten sollten. Lucy begegnete dem Blick ihrer besten Freundin Janice, doch keine sagte ein Wort.

Auf dem Rückweg zur Tür blieb Lucy am Katheder stehen, schaute zu ihrer Lehrerin auf und gab ihr mit dem Finger ein schüchternes Zeichen. Schwester Regina beugte sich zu ihr hinunter, daß Lucy ihr ins Ohr flüstern konnte. »Meine Mama ist gestorben, deshalb müssen wir nach Hause gehen«, wisperte sie.

Anne gab ihr einen leichten Stups. »Los, gehen wir, Lucy«, drängte sie.

Schwester Regina glaubte, ihr Herz würde zerspringen, als sie Lucys unschuldige Worte hörte. Die Kleine schien die ganze Tragweite der Tragödie noch immer nicht erfaßt zu haben. Wieder drängte es die Nonne, das Mädchen einfach in den Arm zu nehmen, beide Schwestern in den Arm zu nehmen und sie zu trösten und damit auch sich selbst.

Doch die Heilige Regel verbot es.

Statt dessen sagte sie nur: »Ich werde für euch beide beten.«

Seltsam, zum erstenmal hatte sie das Gefühl, daß ein Gebet kein Trost mehr war.

Alle waren fort, so wie er es gewollt hatte. Eddie war allein.

Seine Brüder Sylvester und Romaine, deren Frauen Marjorie und Rose und alle anderen hatten Anne und Lucy nach Hause gebracht.

Die Schulbusse waren gekommen und mit den Kindern wieder davongefahren.

Pater Kuzdek hatte in der Kirche eine Kerze entzündet und betete jetzt dort für Krystynas Seele.

Die Nonnen hatten sich ins Kloster zurückgezogen.

Endlich war Eddie allein. Er stand in der Dunkelheit der Paderewski Hall. In seinem Innern spürte er eine eisige Leere.

Die Kälte griff an sein Herz, schnürte ihm die Kehle zu und schmerzte im Magen. Seit der Nachricht von Krystynas Tod hatte er zwischendurch immer wieder kurze Augenblicke der Benommenheit erlebt. Es waren Momente der Bewußtlosigkeit, aus denen er sofort wieder auftauchte, wie jemand, der schweißgebadet aus dem Schlaf hochfährt und erleichtert feststellt, daß alles nur ein böser Alptraum war.

Aber es war kein Alptraum.

Krystyna war tot, und es würde nie wieder so sein wie zuvor.

Mehrere Minuten stand er nun schon in der Halle, erleichtert, daß die anderen weg waren und er sich endlich seinem Schmerz hingeben konnte, ohne sich beherrschen zu müssen. Tränen liefen ihm über die Wangen, doch er hatte keine Kraft, sie abzuwischen. Hilflos bohrte er die Hände tief in die Taschen seines Overalls. Ohne es zu wollen, schaute er aus jahrelanger Gewohnheit in der Halle umher, ob alles in Ordnung war – die Lagertür verschlossen, die Klassentüren offen, alle Lichter aus, die Glocke an ihrem Platz auf dem Geländer, und die Tür zum Blumenzimmer angelehnt, damit aus dem sonnigsten Raum in der ganzen Schule wenigstens ein schwacher Lichtstrahl in die Halle fiel. Ach, welche Erleichterung war es doch, an seine täglichen Pflichten zu denken statt an das Ungeheuerliche, das immer noch Unfaßbare. Wieviel einfacher, hier nur so dazustehen, als ein paar Schritte weiterzugehen und diese ganz bestimmte Glocke zu läuten. Ein kalter Schauer lief ihm über den Rücken.

Geh rüber in die Kirche und bring es hinter dich.

Mit zusammengebissenen Zähnen setzte er einen Fuß vor den anderen. Langsam ging er auf die Flügeltür am Ende der Halle zu. Eine der Glasscheiben war verschmiert, stellte er beim Hinausgehen fest. Morgen würde er sie putzen. Aber morgen wäre er ja vielleicht gar nicht hier. Morgen wäre er daheim, um Krystynas Begräbnis vorzubereiten. Wieder breitete sich dieser eigenartige Nebel in seinem Kopf aus. War das alles wirklich, oder hatte er nur geträumt?

Draußen herrschte völlige Stille. Nicht einmal das Zwitschern eines Vogels war zu hören. Kein Auto auf der Straße. Sogar Wenzels Säge war verstummt, als ob die ganze Stadt in ehrfürchtigem Schweigen Krystynas gedächte.

Er ging über den kurzen Asphaltweg zur Kirche und stieg die achtzehn Sandsteinstufen zu dem majestätischen Bau empor. Dieses Gotteshaus spielte in seinem Leben eine so zentrale Rolle. War es da nicht naheliegend, daß es ihn jetzt, da der Tod in seiner Familie so unerbittlich zugeschlagen hatte, in seine Kirche zog?

Er trat durch das Hauptportal ein. Sofort empfing ihn der vertraute Geruch, den er von klein auf kannte. Es war der Geruch von altem Holz und erloschenen Kerzen, dieser Geruch, den seine polnischen Vorfahren aus der Alten Welt mit herübergebracht hatten. Auf zwei Säulen standen links und rechts vom Eingang zwei Weihwasserbecken in Form von Akanthusblüten. Sie waren so hoch, daß er als Knirps immer über den Kopf hatte greifen müssen, um ein paar Tropfen des heiligen Wassers zu erhaschen.

Jetzt mußte er sich ein wenig bücken, um seine Fingerspitzen zu benetzen. Er bekreuzigte sich und murmelte die dazugehörigen Worte, doch seine Gedanken waren bei Krystyna. Ein bohrender Schmerz quälte ihn. Er wünschte, er hätte mit ihr im Auto gesessen und wäre jetzt an ihrer Seite im Himmel und nicht hier unten auf Erden, wo er die Totenglocke läuten mußte.

Ganz nahe zu seiner Linken baumelten die drei Glockenseile. Sie führten fünfzig Meter hoch in den prächtigen Glockenturm, der genau über dem Portal hochragte. An der Dicke der Seile und der Zahl ihrer Knoten erkannte er genau, welches zu welcher Glocke gehörte. Er wählte die Totenglocke mit dem leisesten, dumpfesten Klang. Das Seil war dick wie ein Kuhschwanz, glatt gerieben und getränkt mit dem Schweiß seiner Hände der vergangenen zwölf Jahre.

Man brauchte ziemlich viel Kraft, um eine so große Glokke aus der Ruhelage in Bewegung zu setzen, und dazu viel Erfahrung, das Seil kräftig, aber nicht zu kräftig zu ziehen, damit der Klöppel immer nur einmal gegen die Glocke schlug. Doch Eddie hatte diese Arbeit in seinem Leben so oft verrichtet, daß sie ihm zur zweiten Natur geworden war.

Doch als seine Hände heute das Seil packten, rührte sich nichts. Zitternd hielten seine Fäuste den Sisalstrick umklammert.

Ich habe die Kraft, es zu tun. Ich werde es tun. Ich werde es für Krystyna tun.

Seine Finger packten fester zu.

Seine Schultern spannten sich an.

Seine Augen traten aus den Höhlen.

Bonng.

Die Glocke schlug einmal … für ihr erstes Lebensjahr – als sie geboren wurde im Bett ihrer Eltern, draußen auf der Farm, wo sie noch heute lebten. Als sie getauft wurde, hier in dieser Kirche, nach polnisch-katholischer Tradition.

Er wartete eine ganze Minute, die längste Minute seines Lebens. Bilder schossen ihm durch den Kopf, Bilder aus ihrer Kindheit, die er von Fotos kannte, Bilder von ihren letzten Sekunden, bevor sie in den Tod raste. O Krystyna, warum hast du das nur getan? Warum nur hast du gemeint, du wärest schneller als der Zug? Wenn ich doch nur bei dir gewesen wäre! Ich hätte gesagt: *Halt an, du schaffst es nicht!*

Bonng.

Wieder schlug die Glocke ... für ihr zweites Lebensjahr. Als sie auf dem mächtigen Rücken eines Zugpferdes photographiert wurde. Sie saß so breitbeinig, daß die Füßchen wie die Flügel einer Libelle an beiden Seiten in die Luft ragten. Das war lange bevor Eddie Olczak sie kennenlernte, bevor er sie liebte, sie küßte, bevor er in dieser Kirche mit ihr den Bund fürs Leben schloß, bevor er der Vater ihrer Kinder wurde.

Bonng ... für das dritte Lebensjahr, als ...

Das mußte alles ein fürchterlicher Irrtum sein. Wenn er hier fertig wäre und heimkäme, wäre Krystyna dort, so wie immer. Sie würde im Kittel am Küchentisch stehen und einer Nachbarin die Haare eindrehen. Sie würde ihm ein Lächeln zuwerfen, wenn er einträte, und sagen: »Ja, wer kommt denn da? Mein Eddie Spaghetti.« (Oder manchmal auch »Eddie Konfetti« oder »Eddie, mein Daddy« – irgendein Wort, das ihr gerade in den Sinn kam und sich auf »Eddie« reimte.) Und er würde sich eine Tasse Kaffee einschenken, sich gegen das Küchenbüfett lehnen und ihr bei der Arbeit zuschauen, ein paar Worte mit der Nachbarin ratschen, und sich überlegen, wieviel Krystyna wohl diesmal verdienen würde. Fünfundzwanzig Cents für Waschen und Legen, fünfzig für die Dauerwelle, die sie geschlagene vier Stunden Arbeit kostete. Krystyna liebte schöne Kleider und Schmuck, ging mit Begeisterung am Samstag abend in Clarissas Ballroom tanzen oder auch auswärts ins Knotty Pine Coliseum. Manchmal kaufte sie sich ein Parfum oder einen Lippenstift von der Avon-Beraterin. Aber meistens sparte sie ihr Geld für Nähzeug, um sich und den Kindern Kleider zu nähen.

Nie mehr. Nie mehr.

Bonnng.

O Krystyna, warum bist du so früh von mir gegangen? Wie soll ich ohne dich weiterleben? Wie soll ich allein in diesem Haus zurechtkommen? Und wer soll sich um die Kinder kümmern?

Bonnng.

Siebenundzwanzig Mal schlug er die Glocke. Siebenundzwanzig Minuten brauchte Eddie, um der ganzen Stadt zu sagen, daß Krystyna nicht mehr am Leben war. Und die ganze Zeit weinte er keine einzige Träne, tat gefaßt und gelassen seine Pflicht. Und zum Schluß, wie es der Brauch war, zog er an allen drei Seilen und stimmte mit den Glocken einen gewaltigen Jubelchor an: *Und ein ewiges Leben. Amen!* Und jetzt erst, als alle Glocken klangen, brach er zusammen. Unter dem tosenden, ohrenbetäubenden Schall der Glocken quollen alle Tränen auf einmal aus ihm hervor und mit ihnen sein Zorn und sein Aufbegehren. Er zerrte an den Seilen wie ein Besessener, als wollte er sie und sich selbst bestrafen, als wollte er das grausame Schicksal verfluchen, das ihn in diese Welt geworfen hatte. Er läutete so wild, daß die Seile ihn immer wieder vom Boden hoben. Und er weinte und brüllte all seinen Schmerz, all seine Qual und seine Wut heraus, jetzt, wo nur noch Gott und Krystyna ihn sehen konnten und wo über ihm die Glocken Krystynas Einzug ins Himmelreich feierten.

3

Nachdem die Busse mit den Kindern abgefahren waren, gingen alle Nonnen wieder ins Kloster. Schwester Regina aber zog sich in ihr verwaistes Klassenzimmer zurück. Aus der

Halle vernahm sie das Weinen und Schluchzen der Trauernden, das langsam verebbte, als die Verwandten sich nach und nach von Eddie verabschiedeten und heimgingen. Schließlich herrschte Stille. Ein wenig später hörte sie dann seine schweren Schritte auf den Dielen, als auch er die Schule verließ. Schwester Regina hatte mitbekommen, daß Mr. Olczak selbst die Totenglocke für seine Frau läuten wollte, und so wartete sie in der Einsamkeit ihres Klassenzimmers auf den ersten Schlag.

Als er erklang, kniete sie nieder. Tiefes Mitgefühl für diesen trauernden Menschen bewegte ihr Herz. Sie legte den Unterarm aufs Katheder und bettete die Stirn darauf.

So fand sie ein wenig später Schwester Agnes. »Schwester Regina?«

Sie hob den Kopf und wischte sich, noch immer kniend, verstohlen eine Träne aus dem Augenwinkel, bevor sie zu ihrer Oberin aufschaute.

»Ja, Mutter Oberin?«

Mutter Agnes war Ende Fünfzig, hatte rote Wangen und blaue Augen, die hinter den dicken Brillengläsern groß und wäßrig wirkten. »Hast du das Vespergebet vergessen?«

»Nein, Mutter Oberin.«

»Ach.« Mutter Agnes überlegte einen Augenblick. »Wir haben auf dich gewartet.«

»Es tut mir leid, Mutter Oberin, ich ...« Eine gehorsame Nonne wäre ihrer Oberin jetzt wortlos gefolgt, und das war es auch, was Mutter Agnes erwartet hatte. Doch Schwester Regina konnte schon hier, in der Stille des Klassenzimmers, ihre Tränen nur mühsam zurückhalten. Sie fürchtete, es würde über ihre Kräfte gehen, wenn sie in der winzigen Klosterkapelle gemeinsam mit sieben Mitschwestern knien und das Vespergebet beten müßte.

Wieder schlug die Totenglocke, und ihr schwermütiger Klang hallte im Zimmer nach, als wollte er niemals enden.

»Ich bitte um Verzeihung, Mutter Agnes. Dürfte ich hier in der Schule bleiben? Ich glaube, ich muß ein bißchen allein sein.«

Im Nonnenkloster lief alles nach festen Regeln und in Gemeinschaft ab, und wenn man von diesen Regeln abweichen wollte, mußte man um Erlaubnis fragen. Die stündlichen Gebete waren intensiver Ausdruck der religiösen Gemeinschaft. Alle Mitglieder des Ordens auf der ganzen Welt beteten zur gleichen Tageszeit das Stundengebet, wie eben das Vespergebet. Keinem der Ordensleute wäre es in den Sinn gekommen, darum zu bitten, dieses Gebet allein beten zu dürfen. Wer dies dennoch tun wollte, verstieß gegen das Gehorsamsgelübde.

Sie merkte sofort, daß Mutter Agnes verärgert war. In ihren wäßrig blauen Augen war zwar ein gewisses Verständnis zu erkennen, doch Mutter Agnes' oberstes Gebot war der strikte Gehorsam. Sie war dem Benediktinerinnen-Orden schon lange vor Schwester Regina beigetreten und hatte sich lange genug in der Tugend der Selbstverleugnung geübt, um ihr Leben ganz dem Herrn zu weihen. Schwester Regina hatte da offenbar noch gewisse Schwierigkeiten und brauchte dringend Belehrung.

»Es ist wegen der Kinder, nicht wahr?« fragte Mutter Agnes.

»Ja, Mutter.« Schwester Regina erhob sich und wandte sich ihrer Oberin zu.

»Hast du vergessen, was die Heilige Regel sagt?« Mutter Agnes meinte *die Benedictusregel*, die in der Alltagssprache die Heilige Regel genannt wurde.

»Nein, Mutter.« Die Heilige Regel verbot es, Laien gegenüber Nähe und Vertrautheit zu empfinden.

»In Augenblicken wie diesen, wenn man sich dazu gedrängt fühlt, Mitgefühl zu empfinden, besteht die Gefahr, daß man zu vertraut wird.« Mutter Agnes war nicht entgangen, daß Schwester Regina die Olczak-Mädchen ganz besonders in ihr Herz geschlossen hatte. Sie mußte ein Auge auf ihre Mitschwester haben.

»Sie sind so jung und haben schon ihre Mutter verloren.«

»Ja, das ist wahr, aber du solltest dich nicht in deinen Kummer versenken, sondern Kraft im Gebet suchen, und so wird dein Schmerz zur größeren Ehre Gottes gereichen.«

Schwester Regina verspürte einen Anflug von Widerspruchsgeist in sich, der sie selbst überraschte. Letztes Jahr hatte sie Anne in der dritten Klasse gehabt und sich sehr bemüht, sie mit der gleichen freundlichen und gütigen Distanz wie die anderen Kinder zu behandeln. Aber unter ihrer schlichten Nonnentracht schlug ein großes Herz, das sich diesem liebenswerten Mädchen in ganz besonderer Weise zuneigte. Dieses Jahr hatte sie dann nicht nur Anne in der vierten Klasse behalten, sondern noch die kleine Lucy in der dritten Klasse dazubekommen, die sie in der gleichen Weise anrührte. Daß ihre beiden Lieblinge nun auf so tragische Weise die Mutter verloren hatten, traf Schwester Regina wie ein persönlicher Schicksalsschlag. Es war der schwerste, den sie je erlitten hatte, seit sie das Gelübde abgelegt hatte. Und ausgerechnet in diesem Augenblick der Qual und des Schmerzes forderte die Mutter Oberin sie auf, ihren Schmerz durch das Gebet zur höheren Ehre Gottes gereichen zu lassen! Unverständnis, ja Protest und Empörung wallten in ihr auf. Doch Vorsicht riet ihr, diese Gefühle nicht zu äußern, sondern für sich zu behalten.

Schwester Agnes stand noch immer in der Tür, als die Totenglocke wieder schlug. Sie kannte ihre junge Mitschwester viel zu gut, um nicht zu ahnen, was in ihr vorging. Schwester Regina hatte bei ihrem Eintritt in den Orden Armut, Keuschheit und Gehorsam geschworen, und vor allem die letzte der drei Tugenden fiel ihr besonders schwer. Manchmal rührte sich ihr Eigensinn, und das widersprach der Heiligen Regel.

Gehorsam bedeutete, sich ganz dem Willen Gottes zu unterwerfen, allen eitlen Wünschen und Leidenschaften zu entsagen, ein leeres Gefäß zu werden, in das Gott seine Gnade ausschütten würde, um so des Herrn teilhaftig zu werden. Das wußte auch Schwester Regina. Hart hatte sie mit sich gerungen, ihrem eigenen Wollen abzuschwören. Immer wieder mußte sie darum kämpfen, im Gebet den Frieden zu finden, diesen inneren Ort der Stille, an dem sie Zwiesprache mit Gott halten konnte. Aber war es ihr wirklich je gelungen? Stets war ein leiser Zweifel zurückgeblieben. Und heute meldete sich dieser Zweifel stärker denn je. Welchen Sinn hatte es, ihre Trauer, ihren Schmerz gewaltsam zu unterdrücken? Wem sollte das helfen? Ihrer Seele? Den Olczak-Kindern? Sie wollte einfach um sie weinen, und zwar allein.

Doch Mutter Agnes war da anderer Meinung.

»Wir müssen uns hüten, Schwester, uns zu sehr um weltliche Nöte zu kümmern. Sonst schleichen sie sich in unsere Seele ein und lenken uns von unserem eigentlichen Ziel ab, die Vollendung in der Vereinigung mit Gott anzustreben.«

»Ja, Mutter Oberin.«

Mutter Agnes wartete einen Moment, um ihre Worte wirken zu lassen. »Willst du also ins Kloster mitkommen«, fuhr sie schließlich fort, »um an der Meditation teilzunehmen?« An das Vespergebet schloß sich stets die Meditation an.

»Ja, Mutter Oberin.«

»Sehr schön, dann ...« Schwester Regina kniete vor der Oberin nieder, um ihren Segen zu empfangen, und folgte ihr aus dem Zimmer. Sie durchschritten die verwaiste Halle. Nur das Klappern ihrer Absätze auf den Fliesen war zu hören. Wieder schlug die Totenglocke. »Wir dürfen Gottes Willen nicht hinterfragen, Schwester Regina«, mahnte die Oberin.

»Ja, Mutter Oberin.«

Schweigend verließen sie das gelb verputzte Schulhaus. In Schwester Regina tobte ein Kampf. Mit aller Kraft versuchte sie die Stimme des Aufbegehrens zu ersticken, sich die Mahnung zum Gehorsam zu Herzen zu nehmen und sich in Demut Gottes Willen zu unterwerfen. Beharrlich zwang sie alle weltlichen Gedanken aus ihrer Seele, auf daß Willfährigkeit und Gottesfurcht in sie einkehren konnten. Seite an Seite schritten die beiden Nonnen zu dem dreistöckigen, weißgetünchten, schindelgedeckten Kloster hinüber, dessen Portal von zwei schattenspendenden Ulmen flankiert wurde. Sie stiegen die steinernen Stufen empor und betraten den Bau durch den Hintereingang, der direkt in die blitzblanke Küche führte, in der es nach frisch gebackenem Brot duftete. Die eine Wand bestand ganz aus eingebauten Schränken, an der gegenüberliegenden stand ein gußeiserner Herd mit großem Backrohr. Ein wuchtiger Küchentisch, in den ein Mehlkasten versenkt war, der fünfzig Pfund Mehl faßte, thronte in der Mitte des Raums. Mr. Olczak füllte ihn bei Bedarf immer wieder auf, oft mit dem Mehl, das seine Frau dem Kloster spendete.

Schwester Ignatia, die Köchin, und Schwester Cecilia, die Haushälterin, die hier gewöhnlich ihres Amtes walteten, waren nicht zu sehen. Im ganzen Haus herrschte Grabesstille.

Sie kamen in die Halle, die das Gebäude in zwei Hälften teilte, und gingen den langen, von frischem Bohnerwachs glänzenden Linoleum-Flur entlang. Sie passierten dann den großen Gemeinschaftsraum und die zwei verwaisten Musikzimmer, durch deren offene Türen man sehen konnte, daß auch die Klavierdeckel für heute bereits geschlossen waren. Dann stiegen sie die Treppe zum zweiten Stock empor, liefen an den verschlossenen Türen der Zellen vorbei bis zu der winzigen Kapelle in der Nordwestecke des Gebäudes.

Im Innern der Kapelle knieten bereits sechs Nonnen in ihren Betstühlen. Auch Schwester Agnes und Schwester Regina sanken auf die Knie. Schweigen herrschte in dem Raum. Keine der Nonnen sprach ein Wort, keine wandte den Kopf.

Die Orgel an der Rückwand blieb stumm. Vorn auf dem Miniatur-Altar brannten zwei Kerzen zu Füßen des Alabaster-Kruzifixes. Ein brauner Spitzenvorhang, der das Licht aus dem Nordfenster dämpfte, hüllte die Kapelle in teefarbenes Dämmerlicht.

Weder die Armstütze noch die Kniebank waren gepolstert. Schwester Regina kniete auf dem gnadenlos harten Eichenbrett nieder und verspürte augenblicklich einen stechenden Schmerz in der Hüfte. Sie begrüßte diesen Schmerz und opferte ihn für die Verstorbene, auf daß diese selig ins Himmelreich einginge, und auf daß sie selbst ihr Ordensgelübde noch eifriger erfülle. Armut hatte sie geschworen, Härte gegen sich selbst, Verzicht auf weltliche Genüsse und Annehmlichkeiten wie zum Beispiel gepolsterte Kniebänke. All diese Entbehrungen nahm sie auf sich, sie waren Teil ihres Lebens als Benediktinernonne. Seit sie vor nunmehr elf Jahren in den Orden eingetreten war, hatte sie all den Wonnen entsagt, die sie in ihrer Kindheit wie selbstverständlich genossen hatte: sich in einen bequemen Sessel zu kuscheln, so viel kuhwarme Milch zu trinken, wie sie Lust hatte, oder gar bis Mittag im Bett liegen zu bleiben. Schwester Regina faltete die Hände und senkte den Kopf zum Gebet.

Die Meditation hatte begonnen.

Die Meditation fand zweimal täglich statt, morgens vor dem Frühstück und nachmittags, direkt nach den Nonen und dem Vespergebet. In der Meditation suchte man die Nähe zu Gott, und dazu mußte man sein Selbst aufgeben, sich ganz leer machen, damit Seine Liebe einströmen konnte.

Noch während sie darum rang, ertönten die drei Glocken gemeinsam. Jetzt taten sich für Krystyna Olczak die Pforten des Himmelreichs auf, und die Glocken feierten ihren Einzug ins ewige Leben. Schwester Regina hob den Kopf und öffnete die Augen. Mr. Olczak selbst läutete die Glocken – wie ertrug er das nur? Man hätte es ihm ersparen sollen. Einer seiner Brüder hätte ihn heimschicken und ihm die schwere Bürde dieses letzten Liebesdienstes abnehmen sollen. Oh, wie mußte sich Mr. Olczak, der seine Frau doch so inbrünstig liebte, jetzt wohl fühlen? Voll Mitleid dachte sie an ihn, wie er mit gebrochenem Herzen an den Seilen zog, und Empörung wallte in ihr auf. Sie erschrak und schloß schnell die Augen. Schon zum zweiten Mal hatte sie heute der Zorn heimgesucht. Wieder versuchte sie, sich davon zu befreien, indem sie die Heilige Regel unhörbar vor sich hinsprach: Zorn bringt dich vom Wege der Erhabenheit ab, so daß du der Gnade nicht teilhaftig werden kannst.

Doch es fiel ihr heute schwerer denn je, die Wut aus ihrer Seele zu verbannen. War dieser Zorn denn nicht mehr als recht und billig?

Den Rest der Meditation verbrachte sie genau damit, wovor die Mutter Oberin sie gerade gewarnt hatte: Sie stellte sich wieder die quälende Frage, welchen Sinn der Tod Krystyna Olczaks haben sollte. Wie gern hätte sie in Momenten wie diesem, in denen Zweifel sie bedrängten, mit ihrer Großmutter Rosella gesprochen! Rosella Potlocki war eine tief religiöse Frau. Zu ihr hatte sie in ihrer Kindheit immer Zuflucht genommen, um ihr Herz auszuschütten. Anders als Schwester Regina in diesem Augenblick, hatte die Oma nie versucht, den Willen Gottes zu ergründen. Und Oma Rosella hatte auch den unerschütterlichen Glauben gehegt, daß es der Wille Gottes wäre, die kleine Regina zur Nonne zu berufen.

Vorhin, als die Olczak-Mädchen noch einmal in die Klasse gekommen waren, um ihre Pullover zu holen und anschließend mit Onkeln, Tanten, Großeltern und Cousins heimzugehen, hatte Schwester Regina einen Moment lang den Wunsch verspürt, und wäre es nur für diesen einen Tag, ebenso sicher im Schoß ihrer Familie geborgen zu sein. Doch mit dem Eintritt in den Orden hatte sie alle Kontakte zu ihren Verwandten abgebrochen. Die Heilige Regel erlaubte Familienbesuche nur einmal alle fünf Jahre. Die religiöse Gemeinschaft hatte jetzt ihre Familie zu sein, ganz besonders die sieben Mitschwestern, mit denen sie in diesem Kloster und der Schule nebenan lebte, arbeitete und betete.

Sie hob wieder die Lider und musterte ihre Mitschwestern so diskret wie möglich aus dem Augenwinkel.

Da war Schwester Dora, Lehrerin in der ersten und zweiten Klasse, eine Seele von Mensch und eine begnadete Pädagogin. Niemand war besser als sie dafür begabt, kleine Kinder in die Welt des Lernens einzuführen. Auch wenn die Heilige Regel Freundschaften im Kloster verbot, fühlte sich Schwester Regina zu ihr mehr als zu allen anderen hingezogen.

Schwester Mary Charles, Lehrerin der fünften und sechsten Klasse, war eine Tyrannin, die ihren Spaß daran hatte, unartige Zöglinge im Blumenzimmer mit einem Gummiriemen auszupeitschen. Schwester Mary Charles brauchte nichts nötiger, als selbst einmal über die Bank neben den Glyzinien gelegt und anständig den Hintern versohlt zu kriegen. Vielleicht würde ihr das eine Lehre sein.

Schwester Gregory, die Klavierlehrerin, war rund wie ein Mops und kannte nur eine Leidenschaft – Süßigkeiten. Jeden Abend lehnte sie den Nachtisch zunächst mit der Begründung ab, sie wolle ein Opfer bringen. Wenn er dann vor ihr stand, konnte sie einfach nicht widerstehen. Sie stocherte ein wenig darin herum – und schon war er weggeputzt. Manchmal drückte sie sich beim Tischabräumen auch in der Küche herum und schlang hastig die Reste vom Dessert hinunter.

Schwester Samuel, die Organistin, schielte gottserbärmlich und litt ebenso gottserbärmlich unter Heuschnupfen. Ständig nieste sie, ohne sich dabei die Hand vor den Mund zu halten, und teilte sich ihren Mitschwestern auf diese Weise mit.

Schwester Ignatia, die Köchin, war eine liebenswerte Greisin. Trotz der Gicht, die sie plagte, strahlte sie unendliche Liebe und Herzenswärme aus. Sie war von allen die älteste Ordensschwester, hatte früher ebenfalls Kinder unterrichtet und sich erst im Alter in die Küche zurückgezogen. Manchmal schlief sie, den Kartoffelschäler in der Hand, im Sitzen ein. Sehr geschickt hatte sie den Mitschwestern ihr Geburtsdatum entlockt und ließ es sich nicht nehmen, ihnen Geburtstagskuchen zu backen. Dabei kümmerte es sie nicht, daß nach der Heiligen Regel eine Ordensfrau nicht mehr ihren Geburtstag, sondern nur noch das Fest ihres Namenspatrons feiern durfte. Schwester Ignatia hätte eine wunderbare Großmutter abgegeben.

Schwester Cecilia, die Haushälterin, steckte ihre Nase ständig in die Angelegenheiten ihrer Mitschwestern und betrachtete es als ihre ureigenste Mission, Schwester Agnes sofort alles zu hinterbringen, was sie dabei erschnüffelte. Sie behauptete, daß Verfehlungen jeder einzelnen den Geist der gesamten Gemeinschaft in Mitleidenschaft zögen. Schwester Cecilia, die als einzige von allen schon einmal eine Audienz beim Papst gehabt hatte, war überzeugt, dadurch irgendwie selbst unfehlbar geworden zu sein. Schwester Regina konnte Cecilias Selbstgerechtigkeit nicht leiden, und langsam hatte sie es satt, ihr diese Untugend ständig vergeben zu müssen.

Schwester Agnes, die Oberin, unterrichtete die siebte und achte Klasse. Sie steckte meist mit Schwester Cecilia zusammen und war bestrebt, ständig über den Stand der Tugend ihrer Mitschwestern zu wachen. Sie war so etwas wie die wandelnde Heilige Regel. Sie konnte beide Regelbücher auswendig zitieren und nahm es, so dachte Schwester Regina, mit allem ein bißchen zu genau.

Und jetzt knieten sie alle dort, schweigend in ihre Meditation versenkt. Hunderte Male hatten sie Mr. Olczaks Hilfe in Anspruch genommen, hatten ihn täglich auf dem Klostergelände gesehen, kannten ihn wahrscheinlich besser als jeden anderen Mann, kannten seine beiden Kinder, hatten so oft von ihrer Mutter dankbar Spenden angenommen.

Trauerten sie um diese Frau tatsächlich kein bißchen mehr als um irgendein anderes Gemeindemitglied? Berührte ihr tragischer Tod und das Schicksal ihres Mannes und ihrer Kinder sie so wenig? Schwester Regina wollte es nicht glauben. Hatte der heilige Benedikt denn nicht Nächstenliebe und Barmherzigkeit gepredigt?

O Herr, vergib mir meinen Zweifel, denn nur in Dir kann ich ewige Freude finden, nur mit Deiner Hilfe kann ich den Kampf bestehen!

Eine Tuchfalte drückte sie unter dem rechten Knie. Sie hob es unmerklich, um ihr Gewand zu glätten, und augenblicklich schoß wieder der Schmerz in ihre Hüfte. Demütig nahm sie ihn an als Buße für ihre Zweifel. Sie versuchte, ihre Gedanken wieder zurück auf den Pfad der Frömmigkeit zu lenken, doch hartnäckig traten Bilder von Anne, Lucy und ihrem Vater vor ihr inneres Auge. War er jetzt nach Hause gegangen? In dieses gelb getünchte Haus, das man vom Hauptplatz aus sehen konnte? Wo jetzt wahrscheinlich seine Verwandten noch immer beieinander saßen? Würde er heute nacht einsam in sein Kopfkissen weinen? Und seine Kinder? Wie schrecklich es wohl sein mußte, jemanden so sehr zu lieben und dann auf so grausame Weise zu verlieren?

Schwester Regina schreckte auf, als sich alle erhoben. Waren die dreißig Minuten der Meditation tatsächlich schon verstrichen? Die Schwestern, angeführt von Mutter Agnes, verließen die Kapelle und schritten schweigend und in gemessenem Abstand hintereinander die Treppe hinunter ins Refektorium, wo sie sich an ihre angestammten Plätze setzten. Schwester Gregory, die diese Woche die Rolle der Vorbeterin innehatte, sprach das Tischgebet. In knappen Worten betete sie um Gnade für die Seele von Krystyna Olczak und für ihre Familie. Dann begann das Abendessen – ein eher schlichtes Mahl aus geschmortem Rindfleisch auf gekochten Nudeln. Dazu gab es eingelegte Rüben, die Schwester Ignatia im Klostergarten gezogen, sowie frisches Weißbrot, das sie heute nachmittag erst gebacken hatte.

»Wirklich traurig, der Tod von Krystyna Olczak«, sagte Schwester Samuel leise. »Wir werden sie vermissen.«

»Unser letzter Fünfzig-Pfund-Sack Mehl stammt noch von ihr«, erinnerte sich Schwester Cecilia. »Mr. Olczak hat ihn in den Kasten gefüllt. Sie war eine großzügige Frau, der man ein langes Leben gewünscht hätte.«

»Beim Kirchenbasar oder beim Kuchenverkauf, da war sie immer als erste zur Stelle«, pflichtete Schwester Ignatia bei.

Die Mutter Oberin richtete sich auf. »Auch wenn wir Mrs. Olczak sehr vermissen werden«, sprach sie mit erhobener Stimme und schaute in die Runde, »dürfen wir doch über den Willen des Herrn, sie zu sich zu rufen, nicht richten.«

»Warum nicht?« fragte Schwester Regina.

Sieben Gabeln blieben in der Luft stehen.

Schwester Regina biß sich auf die Lippen. Diese Bemerkung hätte sie sich besser verkneifen sollen. Schwester Samuel schielte so fassungslos zu ihr herüber, daß man fürchten mußte, gleich würden die Augäpfel ihre Höhlen wechseln.

Schwester Cecilia ließ sich diese Gelegenheit nicht entgehen. »Auch wenn du die beiden Kinder in deiner Klasse hast, Schwester«, flötete sie, »weißt du doch, was die Heilige Regel gebietet.«

»Aber hier geht es um eine nahe Freundin, Mr. Olczaks Frau! Um jemanden, der ... der sich mehr als jeder andere um ... um uns und unser Kloster gekümmert hat!« Schwester Dora trat sie unter dem Tisch gegen das Schienbein, doch Schwester Regina war nicht zu bremsen. »Sag mir, Schwester Cecilia, hat sie dich letztes Mal, als du zum Zahnarzt mußtest, nicht in ihrem Auto nach Long Prairie gefahren?«

»Ja, das hat sie. Aber deshalb bin ich weit davon entfernt, den Willen des Herrn ...«

»Ich denke«, schnitt Schwester Agnes ihr das Wort ab, »wir sollten zum heutigen Abendgebet eine Litanei für die Dahingeschiedene sprechen.«

Alle verstanden – damit war das Thema Krystyna Olczak beendet. Schwester Mary Charles berichtete sogleich von einem Artikel im *St. Cloud Visitor*, dem Diözesanblatt, in dem sie gelesen hatte, daß in Zukunft alle neuen Kinofilme aus christlicher Sicht zensiert und bewertet werden sollten. Die Mitschwestern begrüßten diesen Vorschlag und diskutierten über seine positiven Auswirkungen gerade auf die Schulkinder, und so nahm das Abendessen seinen gewohnten Lauf. Schwester Samuel nieste in die Suppenterrine, wischte sich anschließend die Nase an ihrem Taschentuch ab und ließ es in ihrem Ärmel verschwinden. Schwester Cecilia erhob sich von der Tafel, um den Nachtisch hereinzubringen. Schwester Gregory lehnte mit großer Geste die Apfeltasche ab, die ihr die mütterliche Köchin gegen ihren Widerstand schließlich vor die Nase setzte, und als abgetragen wurde, war ihre Dessertschale leer wie die der anderen.

Alle Mitglieder der Gemeinschaft bekamen von der Mutter Oberin für jede Woche eine bestimmte Aufgabe zugeteilt. Diejenigen, die Küchendienst hatten, standen jetzt auf und folgten Schwester Ignatia, um ihr beim Abwaschen zu helfen. Nach getaner Arbeit fanden sie sich im Aufenthaltsraum zur Abendfreizeit ein, in dem sich ihre Mitschwestern bereits versammelt hatten. Die Abendfreizeit, die eine Stunde dauerte, war ein fester Bestandteil des Tagesablaufs. Alle hatten daran teilzunehmen. Jede der Schwestern hatte in dem großen Schrank an der Nordwand des Raums ihre Schublade. Dort bewahrte sie die Utensilien für ihr Steckenpferd auf. Das konnte Häkeln, Stricken oder Briefeschreiben sein. Heute las Schwester Dora aus einem Buch über das Leben der heiligen

Therese vor, während die anderen ihren Hobbys nachgingen. Obwohl es erlaubt war, sich dabei zu unterhalten, wurde doch nur wenig gesprochen. Die Mutter Oberin hatte Schwester Dora ausdrücklich aufgetragen, allen aus dem Buch vorzulesen, und so schwieg man und hörte der Mitschwester zu.

Um halb acht Uhr begaben sich die Nonnen in ihre Zellen, in denen sie noch eineinhalb Stunden Zeit hatten, sich auf die Aufgaben des kommenden Tages vorzubereiten. Schwester Regina nutzte die Zeit, das Vespergebet nachzuholen, die sie am Nachmittag versäumt hatte.

Um neun Uhr rief eine Glocke die Nonnen zum Göttlichen Offizium in die Kapelle. Nach dem Gesang wurde der Tag mit der Vesper beschlossen, in der heute, wie Schwester Agnes bestimmt hatte, eine Litanei gebetet wurde. Schwester Samuel schlug die Orgel, und alle sangen *Stabat Mater*.

Nun zogen sich die Nonnen zur Nacht in ihre Zellen zurück. Ab jetzt herrschte Nachtruhe. Um halb sieben Uhr morgens erst würde man sich wieder in der Kapelle zum *Göttlichen Offizium* versammeln.

Schwester Reginas Zelle war, wie alle anderen, ein schmaler Raum mit einem Fenster. Er war karg eingerichtet mit einer harten Pritsche, Tisch und Stuhl, Lampe und einem schmalen Schrank, in dem zwei weitere Nonnengewänder zum Wechseln hingen. Den einzigen Wandschmuck bildete ein Kruzifix. Es gab kein Bad, keine Uhr und nur einen kleinen Spiegel, groß wie eine Untertasse, um sich den Schleier zurechtzurücken oder vielleicht bei Bedarf eine Wimper aus dem Auge zu entfernen. Man sollte sich nicht im Spiegel anschauen, denn der Eitelkeit hatte Schwester Regina wie den anderen Lastern der Welt mit ihrem Gelübde abgeschworen.

Sie hob den schwarzen Schleier, der mit dem weißen Stirnband und dem gestärkten weißen Brusttuch verbunden war, über den Kopf und hängte alles auf den dafür geformten Drahtkleiderbügel. Als nächstes legte sie die Überärmel und das Skapulier ab. Nun löste sie das Cingulum, den Gürtel mit den drei Knoten, welche die drei Gelübde symbolisierten. Dann nahm sie den Rosenkranz aus der Tasche ihres Habits, des Nonnengewands, und legte ihn auf den Tisch. Zuletzt schlüpfte sie aus dem Habit und hängte ihn sorgfältig auf einen Bügel. Sie setzte sich aufs Bett, zog die Schuhe, die schwarzen Strümpfe und den weißen Strumpfhalter aus. Dann nahm sie das weiße Nachthemd aus dem Schrank, streifte es über und wartete auf das Klicken der Badtür, das ihr bedeutete, daß Schwester Cecilia mit dem Waschen fertig war.

Nur einmal in der Woche, am Samstag, wurde gebadet, weitere Bäder galten als Wasserverschwendung, und Verschwendung widersprach dem Gelübde der Armut. Schwester Regina bereitete dies keine Probleme. Sie wusch sich zügig, hantierte geschickt mit dem Schwamm unter dem weiten Nachthemd, ohne dabei auch nur einen Blick auf ihren Körper zu werfen. Das letzte Mal hatte sie sich im Alter von sechzehn nackt gesehen, denn schon vor ihrem offiziellen Keuschheitsgelübde hatte sie ein privates abgelegt. Oma Potlocki hatte sie darauf gebracht – sobald sie die Schule abgeschlossen hätte, würde sie ins Kloster gehen.

Das karge Leben in der klösterlichen Gemeinschaft machte Schwester Regina nichts aus. Nur die knappe Zeit im Bad war ihr ein Dorn im Auge. Sie war ein verträumtes Kind gewesen, und ihre schönsten Träume hatte sie in dem kleinen Badehaus auf der elterlichen Farm erlebt. Hier, hinter verschlossener Tür, hatte sie stundenlang vor sich hin phantasiert, bis die Stimme der Mutter sie in die Wirklichkeit zurückrief: »Regina! Abwaschen! Komm sofort ins Haus, sonst hol ich dich persönlich aus deinem Versteck!«

Wenn acht Frauen sich nach striktem Plan ein einziges Badezimmer teilen mußten, blieb keine Zeit für Träumereien.

Schwester Regina löschte das Licht und schlüpfte schnell

aus dem Bad, in das Schwester Dora im gleichen Moment hineinhuschte. Wie gerne hätte sie mit ihr ein paar Worte gewechselt, hätte mit ihr über den Tod von Krystyna, über die Kinder und über ihre Verzweiflung gesprochen, die sie um so stärker quälte, je näher die Nacht rückte! Doch das Gebot der Nachtruhe erlaubte es nicht, und so sagte sie nichts, und eilte stumm an ihrer Freundin vorbei. Sie betrat ihre Zelle und schloß lautlos die Tür.

Um zehn Uhr schlug die Nachtglocke. Jetzt mußte das Licht gelöscht werden. Schwester Regina lag in der Dunkelheit und preßte mit den Armen die Bettdecke fest auf ihre Brust, als könnte sie die Qual in ihrem Herzen auf diese Weise ersticken. Aber sie wich nicht von ihr, sondern all der Schmerz, den sie tagsüber im Gebet zu lindern versucht hatte, brach nun in einem unaufhaltsamen Tränenstrom aus ihr heraus. Das geschah so unverhofft, daß Schwester Regina keine Zeit mehr fand, ihr Gesicht im Kopfkissen zu bergen, und so entfuhr ihr ein lautes Stöhnen. Und je länger sie in das Kissen weinte, desto mehr verspürte sie neben dem Mitleid für die Olczaks ein Gefühl der Enttäuschung. Ja, sie mußte sich eingestehen, daß sie sich ihr Leben als Nonne anders vorgestellt hatte. Vom Eintritt in das Kloster hatte sie sich Kraft und innere Ruhe versprochen. Sie hatte gedacht, in ein Haus des Friedens und der Heiterkeit einzukehren, in dem Buße, Gebet und harte Arbeit sie in ein Leben voll wunschlosen Glücks führen würden. Statt dessen herrschte Schweigen, wenn sie Ansprache suchte, Einsamkeit, wenn sie Nähe brauchte, und man sang eine Litanei, wenn ihr zum Weinen zumute war.

Zu ihrer Bestürzung mußte sich Schwester Regina eingestehen, daß die klösterliche Gemeinschaft sie heute schmählich im Stich gelassen hatte.

4

Als Eddie Olczak nach Hause kam, hatte sich dort die Verwandtschaft versammelt. Neun seiner Geschwister und fünf von Krystyna lebten in der näheren Umgebung. Die meisten saßen jetzt in der Küche und im Wohnzimmer herum – Nichten, Neffen, Schwäger und Schwägerinnen und natürlich seine Eltern und die Schwiegereltern. Das kleine Haus platzte aus allen Nähten, und einige waren schon auf die Veranda und in den Vorgarten ausgewichen.

Alle hatten die Schläge der Totenglocke mitgezählt, wohlwissend, daß Eddie selbst es war, der sie läutete. Dann hatten sie auf ihn gewartet. Nach Feierabend kam Eddie gewöhnlich durch die kleine Gasse von der Kirche her. Gelegentlich schlenderte er aber auch noch ein Stück über die Main Street, schaute an der Ecke in John Gaidas Laden vorbei, bevor er heimging. Danach war ihm heute ganz bestimmt nicht zumute. Als er aus der kleinen Gasse zwischen den beiden Buchsbäumen im Vorgarten auftauchte, kamen ihm alle entgegen.

Die liebenden, trostspendenden Hände, die sich ihm entgegenstreckten, öffneten erneut die Schleusen, und weinend wurde er von Bruder zu Schwester weitergereicht.

Vor allem aber suchte er Trost bei seinen Eltern. Er fand sie im überfüllten Wohnzimmer und wandte sich zuerst seiner Mutter zu. Sie war eine kleine, untersetzte Frau mit grauen Kräusellocken, die immer nach dem Essen roch, das sie gerade gekocht hatte. Mit den Jahren war sie etwas aus den Fugen geraten, und ihre Figur ähnelte ein wenig einem Ballon. Die Wangen waren stets gerötet – im Sommer von der Gartenarbeit, im Winter von der Hitze am Herd. Eddie überragte sie so sehr, daß er sich hinabbeugen mußte, um sie auf den Scheitel zu küssen.

»*Mommo*«, schluchzte er auf Polnisch, und sie fielen sich in die Arme.

»O Eddie ... mein Junge ... mein geliebter Junge ...« Sie weinten sich ein wenig aus, dann wechselte er zu seinem Vater.

»*Poppo*«, stieß er hervor, und schon schlossen sich die starken Arme seines Vaters um ihn. Es waren die sehnigen Arme eines Farmers mit harten, schwieligen Arbeitshänden. »Sie ist von uns gegangen, Poppo, sie ist von uns gegangen.«

»Ich weiß, mein Sohn ... ich weiß ...« Cass Olczak war kein Mann der großen Worte, doch er besaß ein großes, liebendes Herz. Und so hielt er Eddie einfach nur stumm in den Armen. Er hoffte, sein Sohn spürte es schon, daß er alles auf der Welt tun würde, um ihm sein schweres Los ein wenig zu erleichtern. Cass war direkt vom Feld zu Eddie geeilt, und so hatte er noch immer seine gestreifte Latzhose an, die nach Staub, Schweiß und Pferdestall roch. Cass war ein bißchen kleiner als Eddie, dick und gedrungen wie die Kosaken, von denen er abstammte. Sein braunes, gewelltes Haar lichtete sich allmählich. Am meisten beeindruckten seine enormen Ohren mit den langen samtweichen Ohrläppchen. Eddie Olczaks Oma hatte ihm als Kind erzählt, man könne die Intelligenz eines Mannes an der Größe seiner Ohren ablesen, weshalb Eddie von klein auf stolz darauf war, einen der schlauesten Köpfe in der ganzen Gegend zum Vater zu haben. Cass hatte all seinen Jungs beigebracht, was ein Farmer wissen muß – wie man die Ernte einholt, die Maschinen wartet, die Tiere pflegt, wie man mit Holz arbeitet, und wie man all die kleinen Reparaturen selbst erledigt, die auf einer Farm übers Jahr so anfallen.

Vor allem aber hatte er ihnen eines mitgegeben: die Fähigkeit, eine Frau zu lieben. Nicht auf die großsprecherische, galante Weise, die oft nur die innere Leere übertünchen sollte. Seine Art zu lieben war still und unspektakulär. Die Liebe hatte mit wenig Worten und noch weniger Widerworten auszukommen und sich nicht nur in guten, sondern vor allem auch in schlechten Tagen zu bewähren.

In erster Linie hatten Cass und Hedy ihren Kindern ein grundlegendes Gefühl von Sicherheit und Vertrauen schenken können. Es war weiß Gott kein Kinderspiel, vierzehn Kinder großzuziehen: Man hatte sich die Hacken abzulaufen, wenn sie krank, und ihnen etwas auf die Teller zu packen, wenn sie gesund waren. Man mußte sich den Kopf zerbrechen, wie auch nach einer schlechten Ernte das Geld für all die Rechnungen aufzutreiben war, die einem ins Haus flatterten, und dennoch hatte etwas für die neuen Schuhe für den Ältesten übrigzubleiben. Aber über all diesen Sorgen hatten Cass und Hedy nie aufgehört, sich zu lieben – und das hatten ihre Kinder stets gespürt.

Cass, der kein großer Redner war, hatte es Eddie gegenüber einmal so ausgedrückt: »Du heiratest nur einmal. Nimm dir die Richtige und behandle sie gut, dann wirst du glücklich.« Und Eddie hatte sich an diese Devise gehalten.

Beide mußten daran denken, als Cass aufstand und seinen Sohn beiseite zog. »Warum hast du die Glocke nicht einen deiner Brüder läuten lassen?« fragte er.

»Ich konnte nicht, Poppo. Krystyna hätte gewollt, daß ich es tue.«

Cass, der den Arm um seinen Sohn gelegt hatte, packte ihn an der Schulter.

»Sie war wie eine von uns, deine Krystyna.«

»Ich weiß, Poppo.«

Stumm standen sie eine Weile da und suchten nach Worten. Da näherte sich ein wenig schüchtern Irene Pribil. »Hast du eigentlich was gegessen, Eddie?« fragte sie verlegen.

»Nein, aber ich hab keinen Hunger, Irene.«

»Wir sollten Kaffee machen«, schaltete sich Mutter ein.

»Ja«, pflichtete Irene ihr bei. »Es gibt auch Kuchen.«

Woher plötzlich all der Kuchen auftauchte, wußte Eddie nicht, doch es überraschte ihn auch nicht sonderlich. Essen war für diese Frauen die Lösung für jede Art von Problem. So kochten sie Kaffee, und noch bevor der erste Kuchen aufgeschnitten war, erschien schon eine Nachbarin, Frau Berczyk, mit dem nächsten. Andere Nachbarn brachten scharf gewürztes Rührei, Roastbeef mit Sauce, Schweinekoteletts auf überbackenen Kartoffeln, ofenfrische Rosinenbrötchen, Mohnkuchen, Kartoffelsalat und frische Tomaten aus dem Garten. Kurz vor Ladenschluß schleppte Mr. Kuntz aus der Bäckerei seine letzten Pfannkuchen herüber, die er nicht mehr hatte verkaufen können. Pete Plotnik kam aus dem Hintereingang seiner Metzgerei gegenüber mit drei Ringen polnischer Würste. Die Frauen machten sie in der Küche heiß und legten sie auf die Platten mit all den Speisen auf dem Küchentisch, den Eddie seiner Krystyna zur Hochzeit geschreinert hatte. Er hatte ihn weiß gestrichen, und Krystyna hatte die Rücken der vier dazu passenden Stühle mit Abziehbildern von bunten Früchten beklebt, die sie in Lloyd Bergs Haushaltswarenladen erstanden hatte. Sie hatten vereinbart, daß Eddie in seiner kleinen Werkstatt im Hinterhof zusätzliche Stühle zimmern sollte, wenn die Kinderschar sich vergrößerte.

Doch jetzt würde es bei den beiden Mädchen bleiben. Bei den beiden, die jetzt draußen auf der Veranda von ihren Verwandten gedrängt wurden, doch um Gottes willen etwas zu essen. Sie saßen mit diversen Cousins und Cousinen auf Kinderstühlchen an einem Kindertisch, den ebenfalls ihr Daddy geschreinert hatte.

Lucy aß nur ein einziges Stück Kuchen.

Anne aß gar nichts.

Eine der Cousinen stand neben ihr, hatte ihr den Arm um die Schulter gelegt und tätschelte sie so, wie sie es bei den Tanten gesehen hatte, während Anne stumm ihre Schuhspitzen betrachtete.

Die Erwachsenen saßen auf der Verandabrüstung mit Tellern auf den Knien, kauerten auf den breiten Verandastufen, klemmten sich in dem winzigen Wohnzimmer auf den Klavierhocker oder quetschten sich zu den anderen auf das braune monströse Roßhaarsofa. Einige saßen sogar im Garten auf der Holzverkleidung der Pumpe, die schon lange nicht mehr benutzt wurde.

Nach der Mahlzeit wuschen die Frauen in der Küche die Teller ab, und die Männer scharten sich um Eddie. Der bat sechs von ihnen, bei der Trauerfeier den Sarg zu tragen, drei aus seiner und drei aus Krystynas Familie. Die Frauen hängten die nassen Geschirrtücher über die Wäscheleine im Hinterhof, und langsam wurde es ein wenig frisch, als sich die ersten Sterne am Himmel zeigten. Die Kinder begannen »Wer hat Angst vorm Schwarzen Mann?« zu spielen, doch ihre Eltern packten sie brüsk am Arm und schimpften mit ihnen, weil sie so wenig Mitgefühl mit Eddie hätten. Die Älteren schauten ein wenig schuldbewußt drein, die jüngeren verstanden überhaupt nicht, was sie Schlimmes gemacht hätten.

Langsam brachen die ersten Trauergäste auf.

»Warum nimmst du nicht die Mädchen und kommst zu uns?« fragte seine Mutter. »Ihr könnt doch bei uns schlafen!«

»Nein, Mommo, wir bleiben hier. Hier fühle ich mich ... ihr einfach näher. Kannst du mich verstehen?«

»Ja, natürlich. Aber es wird eine harte Nacht werden, meinst du nicht auch?«

»Ja. Aber wenn es zu hart wird, lauf ich einfach zu Romaine rüber und weck ihn auf.« Romaine wohnte nur einen Katzensprung entfernt – über die Straße, durch die Baulücke, über die Main Street und dann gleich an der Ecke hinter dem Milchgeschäft.

»Na gut, wenn du meinst ...«

»Ja, Mommo. Und ich versprech dir – wann immer uns die

Decke auf den Kopf fällt, kommen wir euch auf der Farm besuchen.«

»Na gut. Dann ...« Sie wußte nichts Rechtes mehr zu sagen. »Dann bete ich einen Rosenkranz für dich.«

»Danke, Mommo.«

Eddie begleitete seine Eltern und Schwiegereltern, Irene sowie Romaine und seine Frau Rose langsam zu ihren Autos, die draußen vor dem Haus geparkt standen. Irene hängte sich bei Eddie ein, als wollte sie ihn stützen, doch er spürte, wie sie selbst innerlich bebte, als sie ihren Ellbogen gegen seinen preßte. Er ahnte, was in ihr vorging. Sie war zwei Jahre älter als Krystyna und ihre engste Vertraute: Bei der Hochzeit war sie eine der Trauzeuginnen gewesen. Irene war unverheiratet geblieben und lebte bei ihren Eltern. Sie war bei Eddie und Krystyna aus- und eingegangen. Alles hatten die beiden Schwestern miteinander geteilt – sie hatten sich gegenseitig Dauerwellen gemacht, hatten am Samstag zusammen Polka getanzt, sich gleiche Kleider genäht, hatten Rezepte aus *The Farmer* ausgeschnitten. Gemeinsam hatten sie die Vorhänge umgefärbt, wenn sie meinten, daß ihre Schlafzimmer ein wenig aufgemöbelt gehörten, und vor allem hatten sie einander selbst ihre intimsten Geheimnisse anvertraut.

Außer Eddie war Krystyna niemand so nah gestanden wie Irene.

Als die Eltern und Schwiegereltern alle in den Autos saßen, verabschiedete sich Irene von ihrem Schwager. Sie wollte ihn eigentlich nur noch einmal kurz umarmen, doch kaum ruhte ihr Kopf an seiner Schulter, brach sie wieder in lautes Schluchzen aus. »O Gott, Eddie ...« Sie weinte in seine Jacke, und er weinte mit ihr. Beiden war bewußt, daß Krystyna niemandem so sehr fehlen würde wie ihnen, ihrem Mann, und ihr, ihrer Schwester und besten Freundin.

»Was sollen wir bloß machen?« sagte sie mit brüchiger Stimme.

»Ich weiß es auch nicht, Irene. Irgendwie wird's weitergehen.«

Sie weinte noch ein Weilchen, bis sie sich wieder beruhigt hatte. Dann löste sie sich aus seiner Umarmung und ging zum Wagen. »Wenn du irgendwas brauchst, laß es mich wissen.«

»Ja.«

Sie kletterte auf den Rücksitz des 38er Plymouth ihres Vaters, und Romaine machte den Schlag hinter ihr zu. Die Autos entfernten sich und ließen Eddie mit seinen Töchtern, seinem Bruder und dessen Frau zurück.

»Soll ich noch ein Weilchen bleiben, Eddie?« fragte Romaine.

»Ja, das wäre nett, Romaine.«

»Die Mädchen könnten ein Bad gebrauchen«, schaltete sich Rose ein. »Ich glaub, ich geh mit ihnen rein und laß schon mal das Wasser einlaufen.«

Eddie legte ihr die Hand auf die Schulter. »Danke, Rose.« Dann wandte er sich an seine Kinder: »Ich bleibe noch ein bißchen sitzen. Ihr geht jetzt schön mit Tante Rose zum Baden, und hinterher, wenn ihr eure Schlafanzüge anhabt, kommt ihr noch mal kurz runter, ja?« Er sah ihnen nach, wie sie müde und teilnahmslos ihrer Tante hinterhertrotteten. Sie würden jetzt so ziemlich alles tun, was man von ihnen verlangte, weil auch sie völlig davon beansprucht waren, mit ihren Gefühlen ins reine zu kommen.

Eddie und Romaine setzten sich auf die Steinstufen. Die Nacht war still. Aus dem Wohnzimmer hinter ihnen drang ein wenig Licht auf die Veranda und warf ihrer beider Schatten auf den Weg und den Rasen. Ein paar verspätete Grillen zirpten in den Büschen am Haus. Gegenüber beim Quality Inn machte Hub Ringwalski gerade seinen Laden dicht. Er löschte die Lichter und verschloß die Hintertür. Sie lauschten seinen Schritten. Er ging zu seinem Auto, das er in der Garage geparkt hatte, startete den Wagen, stieß rückwärts in die Gasse hinaus, ließ den Motor laufen und kam dann zu Eddie herüber. Er stieg über den niedrigen Holzzaun, ging über den Rasen, beugte sich zu ihm hinunter und faßte ihn ein wenig hilflos am Nacken. Lange sagte er nichts, während draußen immer noch der Wagen lief. »Tut mir so leid ...«, krächzte er schließlich und ging ohne ein weiteres Wort zu seinem Auto zurück.

»Was soll ich nur machen, Romaine?« fragte Eddie, als Hub davongefahren und wieder Stille eingekehrt war. »Was soll ich nur machen?«

»Weiter in der Kirche arbeiten, denke ich. Deinen Kindern ein guter Vater sein. Die Frauen werden dir dabei helfen. Und irgendwann, wenn es Zeit dafür ist, wirst du den Schmerz verwunden haben.«

»Und wie soll ich jetzt in dieses Bett da oben gehen?«

»Du kannst mit zu uns kommen«, erbot sich Romaine. »Wir finden schon ein Plätzchen, wo ihr schlafen könnt.«

»Na ja. Aber morgen abend steh ich dann vor dem gleichen Problem, oder übermorgen, oder wann immer. Ich glaube, ich muß da einfach durch.«

»Ja, vielleicht hast du recht.«

Sie lauschten dem Rauschen des Badewassers, das von oben aus dem Fenster zu hören war. Rose redete beruhigend auf die Kinder ein. Letztes Jahr erst hatte Eddie seiner Krystyna das Bad eingebaut. Sie hatte nur kurz Zeit gehabt, sich daran zu freuen.

»Weißt du was, Romaine?«

»Was?«

»Als ich Krystyna zum erstenmal sah, wußte ich sofort, daß ich sie heiraten würde. Es war bei einer Hochzeit draußen in Knotty Pine. Ich fragte Poppo, wer das Mädchen sei und wo sie wohnte und ob sie in St. Joe's ging. Dabei erfuhr ich auch, daß sie sieben Jahre jünger war als ich, aber für mich stand fest, daß ich dann eben auf sie warten würde.« Er lächelte wehmütig. »Als sie vierzehn war, fragte ich sie zum erstenmal, ob sie mit mir ausgehen würde und war völlig platt, daß ihre Eltern sie gehen ließen. Aber irgendwie haben die wohl gewußt, daß ich der Richtige war, und so blieb ihnen gar nichts anderes übrig. Sie haben nie einen Mucks gesagt, nur, daß sie um zehn wieder zu Hause sein müßte, und daran hab ich mich auch immer gehalten. Dabei mußten wir immer zu Fuß gehen, Mannomann! Ich hatte damals doch noch kein Auto, und bis zu Clarissa's Ballroom war's ganz schön weit. Aber sie hat sich nie beschwert. Ach, sie hat sich überhaupt nie über irgend etwas beschwert! Als sie in das Alter kam, in dem sie schon Stöckelschuhe anziehen durfte, hat sie immer flache Schuhe angezogen, die hohen unter den Arm gepackt, und auf ging's zum Tanzen! Ich glaub sogar, daß sie sich ihre ersten hohen Schuhe von Irene ausgeliehen hatte!« Er schwieg eine Weile. »Es tut mir so leid für Irene. Ein harter Schlag für sie.«

Romaine kannte diese Geschichten alle, aber er ließ seinen Bruder reden.

»Hey, Romaine«, erinnerte sich Eddie, und seine Stimme klang fast ein wenig fröhlich, »weißt du noch, als du mit Irene gegangen bist und wir vier in deinem Modell T den Bahndamm entlanggefahren sind?«

Romaine lachte. »Ein Wunder, daß der Schrottkiste nie die Achse gebrochen ist.«

»Ah, wir hatten schon wilde Zeiten, stimmt's?«

»Das kannst du laut sagen!«

»Dann haben wir draußen am Thunder Lake diese riesige Schildkröte gefangen und sie hinten ins Auto gesetzt, um Schildkrötensuppe draus zu kochen. Weißt du noch, wie die Mädels gekreischt haben und zu uns nach vorn geklettert sind?«

»Mmmh. Und das Ding hat vielleicht gestunken!«

»Die Mädels sind völlig ausgerastet!«

»Ich glaub, aus der Suppe ist dann nichts mehr geworden, was?«

»Nee, das haben wir alle nicht gepackt.«

Eddie lächelte in die Dunkelheit. Doch dann verdüsterten sich seine Züge wieder, und er schlug die Hände vors Gesicht. Romaine legte ihm brüderlich den Arm um die Schultern und tätschelte ihn.

»Ich kann ja gar nicht kochen!« jammerte Eddie. Wieder überwältigte ihn die Verzweiflung. »Wie soll ich denn meinen Job machen und nach Feierabend Essen kochen und waschen und den Kleinen die Kleidchen bügeln, wie sie es immer machte? Und ihnen Ringellocken drehen und sie nett frisieren und all das Zeugs? Mann, ich muß im Winter noch vor der Messe in der Kirche sein. Ich muß den Ofen schüren und die Stufen scheuern und um halb acht und um acht die Glocken läuten. Und das ist genau die Zeit, wo die Mädchen aufstehen und für die Schule zurechtgemacht werden müssen. Ich kann doch nicht an zwei Orten gleichzeitig sein!«

»Wir kriegen das schon irgendwie hin, Eddie, mach dir keine Sorgen, das kriegen wir schon hin. Wir helfen jetzt alle zusammen, jeder, wie er kann, bis wir einen Weg gefunden haben, und die Sache läuft.«

Eddie seufzte und massierte sich mit den Fingerspitzen die Augen. Plötzlich richtete er sich auf, spannte die Schultern und rief: »Huh!«, als wollte er sich selbst anfeuern, sich Mut machen. »Ich weiß nicht, Romaine ... ich weiß nicht.«

In der Tür erschienen die Mädchen. »Daddy«, sagte Lucy mit dünnem Stimmchen, »wir sind fertig. Kommst du jetzt?«

Er drehte sich um und sah Rose hinter seinen Kindern stehen. Sie trug die nassen Handtücher über dem Arm. *Die Wäsche*, dachte er verzweifelt, *wie soll ich denn nach Feierabend noch die Wäsche machen?* So wie die anderen Hausfrauen hatte Krystyna den ganzen Montagvormittag damit verbracht, die Wäsche in der Handwaschmaschine zu waschen und auf die Leine zu hängen. Am späten Nachmittag, wenn die Sachen trocken waren, nahm sie sie ab und brauchte eine geschlagene Stunde, sie zusammenzulegen und schrankfertig zu machen. Die Bügelwäsche nahm sie schon vorher ab, damit sie beim Bügeln noch klamm war. Stunden verbrachte Krystyna mit Bügeln, meist den ganzen Dienstag. Verdammt, Eddie hatte in seinem ganzen Leben noch kein Bügeleisen angefaßt. Jungen lernten so etwas einfach nicht. Zu Hause hatten seine Mutter und seine Schwestern gebügelt, während er und seine Brüder bei der Feldarbeit halfen. Jetzt mußte er auf seine alten Tage noch Bügeln lernen.

»Daddy?« fragte Lucy. Ihre Stimme klang so verloren.

»Ich komm schon, Knuddel.« Der Kosename erinnerte ihn an die Knödel, die Krystyna heute abend hatte kochen wollen. Sofort schob er den Gedanken beiseite und ging ins Haus. Diese Erinnerungen würden ihn nun andauernd überkommen, und er konnte unmöglich jedesmal in Tränen ausbrechen.

Nachdem Romaine und Rose gegangen waren, schloß Eddie die Haustür ab und ging ins Wohnzimmer. Die Mädchen wichen keinen Zentimeter von seiner Seite. Ängstlich schauten sie zu ihm auf, als befürchteten sie, auch er könnte für immer aus ihrem Leben verschwinden. »Mädchen …«, sagte er, ging in die Hocke und breitete die Arme aus, und im gleichen Augenblick warfen sich die beiden an seine Brust, als wenn sie nur darauf gewartet hätten. Was konnte er seinen Kindern sagen, wie konnte er ihnen über den Verlust hinweghelfen? Wie sollte er stark sein, wenn er sich selbst doch so leer und vernichtet fühlte? Er konnte ihnen doch nicht mit den üblichen Ablenkungen kommen – möchtet ihr was malen, oder noch ein Betthupferl? Die Mädchen brauchten keine Malkreiden und keine Schokoladenkekse. Sie brauchten ihre Mutter, und die konnte er ihnen nicht zurückbringen.

»Ich hab mir gedacht ...« Er wollte seinen Mädchen eine kleine Freude machen, es fiel ihm bloß nichts ein. Doch da kam ihm eine Idee. »... ihr braucht morgen nicht in die Schule zu gehen, wenn ihr nicht wollt. Vielleicht wollt ihr eine Weile zu Oma und Opa Olczak?«

»Wir wollen bei dir bleiben.« Lucy klammerte sich an sein Bein.

»Hmmh. Es ist nur ... Daddy muß ein paar Dinge erledigen.« Die Grabstelle aussuchen, den Sarg bestellen.

»Ich will aber nicht zu Oma. Ich will bei dir bleiben!« Lucy fing an zu weinen.

»Ist ja gut, ist ja gut.« Irgendwie würde er es schon hinkriegen.

Er nahm sie auf den Arm und trug sie in die Küche. Erschrocken blieb er stehen und betrachtete die Szenerie. Die Frauen, die heute nachmittag hier aufräumten, hatten alle Spuren getilgt, die Krystyna hinterlassen haben mochte. Ihre Kaffeetasse im Spülbecken vielleicht, den Topf mit dem Kaffeesatz auf dem erkalteten Herd, das letzte Geschirrtuch, das sie angefaßt hatte, den Stuhl, der ein wenig vom Tisch abgerückt stand, als hätte sie sich gerade von ihm erhoben. Alle Spuren des letzten Augenblicks, bevor sie zu ihrer Mutter aufbrach, waren wie weggewischt, plattgewalzt von einer Horde kochwütiger Hausfrauen, die über diese Küche hergefallen waren. Wut packte ihn, für die er sich im gleichen Augenblick schämte. Hatten sie nicht alles getan, um ihm zu helfen, ihm in seiner Not beizustehen? Er durfte nicht so undankbar sein.

Er knipste den Lichtschalter aus und trug die Mädchen hoch ins Schlafzimmer. Auf dem Treppenabsatz blieb er stehen und ließ Lucy an der Schnur ziehen, die von der Decke hing, um das Flurlicht zu löschen. Krystyna hatte die mit einem Metallring beschwerte Leine angebracht, damit die Kinder, als sie alt genug waren, um allein ins Bett zu gehen, selbständig das Licht ausmachen konnten.

Das Haus war winzig – im Erdgeschoß die Küche, das Wohnzimmer, der Flur, in der oberen Etage zwei Schlafzimmer und die Toilette, die er zu einem kleinen Bad ausgebaut hatte. Als er am Kinderzimmer vorbeikam, fragte er: »Was haltet ihr davon, heute nacht in Daddys Bett zu schlafen?«

Zu jeder anderen Gelegenheit hätten sie begeistert: »Au ja!« geschrien.

Jetzt nickte Anne nur stumm, und Lucy fragte leise: »Schlafen wir nun immer bei dir, Daddy?«

»Nein, nur heute nacht, ausnahmsweise.«

Er setzte die beiden auf dem breiten Ehebett ab, das Krystynas Familie ihnen zur Hochzeit geschenkt hatte. Es war aus schlichtem Eisen, und die Federn quietschten, als er die kleinen Mädchen auf die Matratze legte. Am Kopfteil hatte Krystyna eine Nachtischlampe angebracht. Er knipste sie an und schlug die Tagesdecke zurück, die sie letzten Montag gewaschen und in der ihr eigenen Weise über dem Bettzeug drapiert hatte. »Husch, husch, ins Körbchen«, sagte er zu den Mädchen, »ich wasch mich nur schnell und bin gleich wieder da, ja?«

Sie schauten ihm hinterher, als wäre es das letzte Mal. Er ging ins Bad und schloß hinter sich ab.

An der Innenseite der Tür hing ihr Nachthemd am Haken. Am Waschbeckenrand fand er Spuren ihres Gesichtspuders. Ihre Zahnbürste steckte zusammen mit den drei anderen in der verchromten Halterung. Er hatte zwei Badschränkchen für Handtücher und Wäsche geschreinert, die sie rosa angestrichen hatte. Ein von ihr liebevoll gehäkeltes Deckchen in Rosa und Weiß verzierte den Wasserkasten der Toilette. Auf dem Deckchen stand ihr Parfümfläschchen. Er hob es hoch und las das Etikett: *Ewiger Frühling*. Mit bangem Herzen öffnete er den Verschluß und schnupperte daran. Im gleichen Augenblick wurden ihm die Knie weich, und er sank auf den Rand der Badewanne. Er ließ den Kopf hängen, und seine

Tränen fielen auf den rosa Vorleger zwischen seinen Stiefeln. Wie wenn sich alle Schleusen öffneten, brachen Qual und Verzweiflung wieder aus ihm hervor. Er hob das Gesicht zur Decke und wollte schreien, doch er erstickte den Laut in seiner Kehle um der Kinder willen. In seiner Not schlug er die Arme um die Brust, wie um nicht zu zerspringen, wiegte sich, von Schmerz gepeinigt, hin und her. Als er es nicht mehr aushielt, preßte er sich ein Handtuch auf den Mund, das nach Krystynas Puder roch. Schließlich öffnete er beide Hähne der Badewanne, damit das Wasserrauschen ihn übertönte, und heulte hemmungslos.

Später, als es ihm etwas besser ging, stand er auf, wusch sich das Gesicht, zog seinen verschwitzten Overall aus und hängte ihn über ihr Nachthemd, so als wolle er ihr zum letzten Mal ganz nah sein. Dann löschte er das Licht und ging zu den Mädchen ins Schlafzimmer, nur mit Boxershorts und Unterhemd bekleidet.

Anne saß kerzengerade und bewegungslos im Bett, die Augen weit aufgerissen. Seit dem furchtbaren Schock saß sie häufig so da. Lucy hatte sich zusammengerollt und lutschte am Daumen. Als er ins Zimmer trat, fuhr sie hoch, als befürchte sie, er könne gleich wieder verschwinden.

»Du sollst in der Mitte schlafen«, sagte Anne.

So legte er sich zwischen sie, bettete den Kopf in die Mulde zwischen den beiden Kopfkissen und zog seine zwei Mädchen zärtlich an sich. Ihre frisch gewaschenen Haare dufteten, und er hauchte ihnen einen Kuß auf den Scheitel. Ach, auf wie viele Arten hatte sie die Mädchen zu frisieren gewußt! Am Samstagabend steckte sie ihnen die eingedrehten Locken mit Haarnadeln fest, damit sie am Sonntagmorgen in der Messe wie kleine Engelchen aussahen. Wenn die Haare lang genug waren, flocht sie ihnen Zöpfe. Zwei-, dreimal im Jahr machte sie den Kleinen auch eine leichte Dauerwelle. Und dann erst an Festtagen – die bunten Bänder und

Schleifen, wenn sie an Prozessionen teilnahmen! Wie sollte ein Vater das alles lernen? Und woher sollte er die Zeit dafür nehmen?

Er hob den Kopf und löschte die Nachttischlampe.

»Oh«, sagte er, »wir haben auf dem Flur das Licht angelassen. Machst du's bitte aus, Annie?« Sie lag der Tür am nächsten.

»Nein«, antwortete sie trotzig, kehrte ihm den Rücken zu und rollte sich zusammen. »Ich will nicht. Bei Mommy durften wir es immer anlassen, solange wir wollten!«

Aber das war, als Mommy sie ins Bett gebracht hatte und anschließend wieder nach unten gegangen war, um den Rest des Abends mit ihm zu verbringen. So stieg er mit leisem Seufzen über Anne hinweg und löschte das Licht. Im Flur schlug der Metallring leise gegen die Wand. Er kehrte ins Bett zurück, und die beiden Mädchen kuschelten sich an ihn, so nah sie konnten.

Über dem Bett befand sich ein Fenster, das nach Osten ging. Durch das zweite, durch das man das Ziegeldach der Veranda sah, schien der Mond herein. Er vergoß sein Licht über den Linoleumboden und die geblümte Chenille-Tagesdecke. Krystyna hatte all ihr mit Frisierkünsten sauer verdientes Geld aufgewandt, um das teure Stück zu erstehen. Eddie erinnerte sich an die Nacht vor ungefähr einem Jahr, in der sie das erste Mal unter dieser Tagesdecke geschlafen hatten. Sie hatten sich geliebt, hinterher noch lange miteinander gekichert und sich dabei die Decke über den Kopf gezogen, um die Mädchen nicht zu wecken.

Plötzlich setzte sich Lucy auf. Das Mondlicht fiel auf ihr blasses Gesicht. »Daddy, kommt Mommy wirklich nie mehr wieder?«

Er strich ihr über das seidige Haar. »Nein, Schätzchen, sie kommt nicht wieder.«

»Mary Jean hat gesagt, daß man Mommy in die Erde eingräbt.« Mary Jean ging in die sechste Klasse, sie war eine von Romaines Töchtern. »Stimmt das wirklich?«

»Ja, in gewisser Weise, aber es ist eigentlich nicht Mommy, denn die ist ja schon im Himmel.«

Lucy steckte den Daumen in den Mund und dachte angestrengt nach. Eine geschlagene Minute saß sie so da, bewegungslos. Dann fing sie an zu weinen. Anne, die noch immer mit dem Rücken zu ihrem Daddy zusammengerollt dalag, fing daraufhin auch zu schluchzen an.

Ihre Tränen tropften auf das Laken. Dorthin, wo ihre Mutter immer gelegen hatte.

5

Immer wenn über der Tür von Iten&Heids Aussegnungshalle die rötliche Neonlampe brannte, wußte jeder in der Stadt, daß dort jemand aufgebahrt lag. Die nächsten vier Tage und Nächte brannte das Licht für Krystyna Olczak. Die Halle war unverschlossen, und jeder, der wollte, konnte vorbeikommen, um ihr die letzte Ehre zu erweisen. Und das taten fast alle in Browerville. Meist gingen sie allein hinein, knieten in dem engen, von duftenden Nelken überquellenden Raum nieder und beteten den Rosenkranz für sie. Oder sie gingen abends in die Kirche und beteten den Rosenkranz gemeinsam mit Pater Kuzdek. Sie zündeten Kerzen für Krystyna an und bestellten Messen für sie. Die Frauen sorgten dafür, daß in Eddies Küche kein Mangel herrschte, und die Männer teilten sich seine Arbeit in St. Joseph auf. Normalerweise war es Eddie, der die Gräber auf dem Friedhof aushob, aber das nahmen ihm seine Brüder ab. Eddie wollte ihnen dafür die üblichen fünfzehn Dollar zahlen, was sie jedoch entrüstet ablehnten. Statt dessen luden sie ihn nach getaner Arbeit auf ein Bier ein, das er jedoch nach ein paar Schlucken stehenließ. Ohne Krystyna machte ihm selbst das Biertrinken keinen Spaß mehr.

Zwei- oder dreimal am Tag ging Eddie in die Aussegnungshalle und setzte sich still an ihren Sarg. Er hatte ja auf einmal so viel Zeit. Selbst um die Mädchen brauchte er sich kaum zu kümmern, weil sie entweder auf der Farm ihrer Oma oder bei irgendwelchen Cousins und Cousinen waren. Er schaute auf Krystynas friedliches Gesicht, auf die über den blauen Perlen des Rosenkranzes gefalteten Hände. Warum nur hatte Gott sie zu sich genommen? Er wußte keine Antwort. Hilflos streichelte er ihre kalte Wange. Irgendwie mußte er verhindern, daß die Mädchen ihre Mutter so sahen – aber wie? Es war Tradition, den Sarg offen stehenzulassen, damit jeder, der wollte, von dem Verstorbenen Abschied nehmen konnte. Erst am Montag, kurz vor Beginn der Trauerfeier, würden sich alle hier versammeln, um den Sargdeckel zu schließen.

Auf einmal hörte er, wie hinter ihm die Tür ging, sah, wie das Tageslicht den schummrigen Raum kurz erhellte, dann verblaßte, als sich die Tür wieder schloß. Er drehte sich nicht um, sondern verharrte versunken im Anblick seiner geliebten Frau. Da traten Schwester Dora und Schwester Regina an seine Seite.

Sofort stand er auf. »Guten Tag, Schwestern«, flüsterte er.

»Guten Tag, Mr. Olczak«, antworteten sie leise im Chor. Sie sahen aus wie Pinguine. Ihre Schleier reichten ihnen haargenau bis auf die Schultern, die Hände hatten sie in den weiten Ärmeln ihrer Tracht versteckt.

»Wie freundlich von Ihnen, daß Sie gekommen sind.«

»Ihre Frau war wie eine Heilige auf Erden«, sagte Schwester Dora ehrfürchtig.

»Ja, sie war eine gute Frau.«

»Wie geht es den Kindern?« wollte Schwester Regina wissen.

»Hm. Es geht so. Ich weiß nicht recht, was in ihnen vorgeht. Sie wollen immer bei mir im Bett schlafen, und Anne will, daß das Licht anbleibt. Im Moment sind sie draußen auf der Farm bei der Oma. Sie wissen ja sicher selbst, wie gern sie da sind.«

»O ja. Lucy und Anne haben oft begeistert davon erzählt. Sie sind wirklich wunderbare Kinder, Mr. Olczak.«

»Danke, Schwester.«

»Wenn sie nicht in der Klasse sind, wie gestern, merkt man richtig, daß etwas fehlt.«

»Ja. Die Kinder leiden auf ihre Weise auch unter dem Verlust, nicht wahr?«

»Ja. Und wie geht es Ihnen selbst, Mr. Olczak?«

»Mir? Na ja ...« Seine Augen wanderten wieder zum Sarg und füllten sich mit Tränen. »Es braucht eben seine Zeit.«

»Ich habe für Sie gebetet«, flüsterte Schwester Regina.

»Danke, Schwester.«

Die beiden Nonnen traten einen Schritt zurück. Sie hatten eine eigentümliche Art, kaum merklich eine respektvolle Verneigung anzudeuten, wenn sie mit einem sprachen. Und sie bewegten sich so geräuschlos und geschmeidig, als liefen sie auf kleinen Rädern. Der engelsgleiche Ausdruck ihrer Mienen tröstete Eddie und linderte ein klein wenig seinen Schmerz. Sie traten an den Sarg und schauten auf Krystyna. Obwohl ein gepolsterter, samtbezogener Betstuhl bereitstand, blieben sie stehen, bekreuzigten sich und falteten die Hände zum Gebet. Ihre Finger zeigten gen Himmel. Von hinten sahen sie wieder wie Zwillinge aus – sie waren gleich groß, hatten die gleichen Konturen und die gleiche Tracht an. Durch das zarte Gewebe von Schwester Reginas schwarzem Schleier konnte er das Grablicht leuchten sehen, das in einem Wandleuchter aus rotem Glas brannte. Bewegungslos standen die Nonnen und beteten. Einmal griff Schwester Regina in die Falten ihres Gewands, holte ein weißes Taschentuch hervor, betupfte damit ihre Augen und verstaute es wieder.

Die Gegenwart der beiden erleichterte Eddies Herz. Auch wenn er in der Gegenwart von Schwestern auf dem Pfarrgelände arbeitete, war ihm stets, als würden ihre Heiterkeit und Gelassenheit auf ihn ausstrahlen. Wenn es recht hektisch zuging und er an drei Orten gleichzeitig verlangt wurde – und das passierte oft –, verlor er doch nie die Ruhe, und das führte er auf ihren positiven Einfluß zurück.

Nach ein paar Minuten traten die beiden Nonnen wie auf ein geheimes Kommando hin vom Sarg weg, knieten auf dem Teppichboden nieder und holten ihre Rosenkränze heraus.

Auch Eddie sank in respektvollem Abstand auf die Knie. Er schloß die Augen und suchte Trost im Gebet. Die Gegenwart der Schwestern war Balsam für seine verwundete Seele.

Schließlich steckten die Schwestern die Rosenkränze wieder ein und erhoben sich. Das leise Rauschen ihrer Habits ließ auch Eddie wieder die Augen öffnen. Er bekreuzigte sich und stand auf.

»Danke, Schwestern, daß Sie gekommen sind. Krystyna lag so viel an Ihnen allen!«

»Wir vermissen sie sehr«, erwiderte Schwester Regina.

»Ach ja. Alle vermissen sie.«

Schwester Regina sah, wie sich sein Gesicht wieder vor Gram verzerrte. Er hatte dunkle, violette Schatten unter den Augen, und seine Wangen waren fahl und eingefallen. Die zarten Falten zwischen Nase und Mundwinkeln, die vor zwei Tagen noch kaum sichtbar waren, hatten sich in tiefe Furchen verwandelt. Wieder verspürte sie den starken Drang, ihn zu berühren, ihn zu trösten, ihm mit der Hand über die Wange zu streichen, so wie sie es einst bei Oma Rosella getan hatte.

Schwester Regina konnte sich nur noch verschwommen daran erinnern. Es war der Tag, an dem man Tante Esther, Oma Rosellas zweitjüngste Tochter, zu Grabe getragen hatte. Mitten im Frühling, als Regina gerade zehn Jahre alt wurde, war die Tante an Lungenentzündung gestorben. Es war nach der Beerdigung gewesen. Die Frauen machten sich in der Küche zu schaffen, um die Trauergäste zu bewirten, und Oma Rosella hatte sich von dem hektischen Treiben in den Garten zurückgezogen, wo sie sogleich von ihren Enkelkinden umringt wurde. Ruhig und friedlich stand sie da, unter einem Apfelbaum, dessen weiße Blüten abgefallen waren und nun den Rasen wie Schneeflocken bedeckten. Oma Rosella setzte sich, im Rücken hatte sie die untergehende Sonne, und schaute weit nach Osten ins Tal. Sie seufzte, und in ihrem Gesicht lag der Ausdruck stummer Qual und Trauer, den die kleine Regina nie in ihrem Leben vergessen sollte. »Sie hat mir immer Veilchen und Glockenblumen aus dem Wald gebracht. Die Stengel waren zerquetscht und ihre Fingerchen ganz grün. Sie war das süßeste Mädchen auf der Welt.« Und damals hatte Regina ihrer Oma sanft die weiche, runzlige Wange gestreichelt und gesagt: »Sei nicht traurig, Oma. Sie ist jetzt beim lieben Gott.«

Dieselben Gefühle strömten durch ihre Brust, als sie jetzt vor Eddie Olczak stand und in seine kummervollen Augen sah. Aber statt ihm über die Wange zu streichen, versteckte sie ihre Hände tief in den Ärmeln, so wie es Nonnen in Gegenwart von Laien, insbesondere von Männern, geboten war. Zum erstenmal fiel ihr auf, daß seine Augen braun waren – etwas, worauf sie früher nicht geachtet hatte. Ihr Herz quoll über vor Mitgefühl. Nie hatte sie mit der Not eines Menschen tiefer mitgelitten als in diesem Augenblick. Und so tröstete sie ihn mit ungefähr denselben Worten, mit denen sie damals schon ihre Großmutter getröstet hatte.

»Versuchen Sie, nicht traurig zu sein, Mr. Olczak. Sie ist jetzt bei Gott.«

Ihre Worte trieben ihm erneut die Tränen in die Augen. Sie liefen über seine Wangen und hinterließen dort zwei schmale, glänzende Spuren, in denen sich das Kerzenlicht spiegelte, bevor sie auf sein blaukariertes Hemd tropften. Schwester Regina senkte erschrocken den Kopf. Sie hatte ihn trösten, nicht seinen Schmerz wieder aufwühlen wollen.

»Wir werden für sie eine Seelenmesse lesen lassen«, sagte sie leise.

Er wandte sich von ihr ab, wischte sich mit dem Finger vorsichtig eine Träne aus dem Gesicht und nickte dann. »Danke, Schwester«, sagte er heiser.

Als die beiden Nonnen aus der Aussegnungshalle traten, schlug ihnen das helle Licht der späten Herbstsonne entgegen. Auf dem Heimweg ins Kloster verspürte Schwester Regina plötzlich ein Gefühl der Ernüchterung, das aus ihrem tiefsten Innern zu kommen schien. Es kam so überraschend wie kurz zuvor die gleißende Sonne nach der Düsternis der Gruft. Ihre Kehle war wie zugeschnürt, und es hämmerte in ihrem Kopf: Warum? Warum? Nie zuvor war ihr der Tod so grausam, so sinnlos erschienen. Nicht, daß sie gewagt hätte, wegen Krystynas Tod mit Gott zu hadern, eher fühlte sie sich maßlos enttäuscht, daß er sich so blind vergreifen und eine solche Frau Mann und Kindern entreißen konnte.

Schließlich wandte sie sich an Schwester Dora: »Geht dir der Tod von Krystyna auch so nah, Schwester?«

»Ja.»

Schwester Regina seufzte und hob den Blick zum strahlend blauen Himmel. »Ich kämpfe verzweifelt darum zu begreifen, was dieses Unglück für einen Sinn haben soll.«

»Gott hat Seine Gründe.«

»Aber was für einen Grund kann Er denn dafür haben?«

Schwester Dora schaute sie kurz aus den Augenwinkeln an. »Es steckt mehr hinter deinen Zweifeln als Krystynas Tod, nicht wahr? In letzter Zeit habe ich den Eindruck, daß dich so manche Fragen bedrängen.«

Schwester Regina antwortete nicht. Sie seufzte nur und paßte sich dem Schritt ihrer Mitschwester an. Eine sanfte Brise blähte die schwarzen Schleier, als die beiden Nonnen die Straße entlanggingen. Der Abend war mild. Irgendwo bellte ein Hund. Ein Auto brummte. Vom Hof der Zigans klang das Geräusch von Sägen herüber. Die Jungen waren beim Brennholzmachen.

»Ich bete ständig für dich, Schwester«, nahm Dora das Gespräch wieder auf. »Ich bitte die Heilige Jungfrau, daß sie dir beistehen möge, die Unzufriedenheit zu überwinden, die an deinem Herzen nagt.«

»Unzufriedenheit«, wiederholte Schwester Regina dumpf. »Ja, das ist es. Diese Unzufriedenheit, sie wächst in mir mit jedem Tag.«

»Ich habe Angst um dich, Schwester«, flüsterte ihre Begleiterin.

»Weil ich gegen das Gebot des Gehorsams verstieß, als ich vor ein paar Tagen beim Abendessen die Mutter Oberin herausforderte?«

»Nicht nur deshalb. Es gab noch andere Anlässe.«

»Ja, das ist richtig. Mir scheint, als ob alles, was wir tun, gegen irgendeines unserer Gebote verstößt. Und ich habe es satt, ständig Dinge zu beichten, die ich im Grunde in Ordnung finde. Himmel, im Augenblick verstoßen wir beide zum Beispiel bereits gegen die Regeln, indem wir es wagen, über dieses Thema nur zu reden.«

Die Benediktinerregel besagte unter anderem: *Worte der Klage, der Schärfe und des Vorwurfs dürfen nie untereinander ausgetauscht werden. Die vertrauliche Mitteilung unbesonnener Gedanken und Gefühle der Unzufriedenheit stören Frieden und Harmonie der klösterlichen Gemeinschaft und haben keinen Platz unter denen, die sich dazu bekennen, Jesus Christus zu folgen.* Und gerade an diesem Gebot stieß sich Schwester Regina in letzter Zeit immer öfter.

»Ja, ich weiß. Ich werde nächsten Freitag beim Schuldkapitel um eine Buße bitten.«

»Ich will nicht, daß du meinetwegen um eine Buße bittest.«

»Vergib mir, Schwester, aber meine Buße geht nur mich etwas an.«

»Na gut. Aber hast du dich jemals gefragt, welchen Sinn es eigentlich hat, uns von den Menschen außerhalb der Klostermauern fernzuhalten? Wenn wir Nächstenliebe üben sollen, müssen wir doch die Nähe unseres Nächsten suchen! Als Krystyna starb, da hat es mich so gedrängt, die Olczak-Mädchen einfach in den Arm zu nehmen und zu trösten, aber ich durfte es nicht. Ich habe mich dabei gefühlt wie ... wie ... ich ... ich hab einfach nicht verstanden, warum ich das nicht tun durfte! Ich weiß nicht, ob ich es jemals ganz verstehen werde!«

»Du hast also die Autorität der Mutter Oberin angezweifelt.«

»Nicht die Autorität. Nur ihr Urteil.«

»Aber darum geht es ja gerade beim Gehorsamsgelübde! Sich freiwillig dem Urteil der Oberin zu unterwerfen und fest daran zu glauben, daß Gott durch sie zu dir spricht.«

»Ja, ich glaube ja daran ... zumindest meistens.«

»Und wenn nicht, dann regt sich der alte Dämon des Eigensinns in dir, nicht wahr?«

»Mit dem Gehorsamsgelübde hatte ich schon immer meine Schwierigkeiten.«

»Ich weiß. Ich habe beobachtet, wie du mit dir kämpfst.«

»Und ich merke auch, daß ich gewisse, nun, nennen wir es Eigenheiten, der Schwestern immer weniger ertrage. Früher dachte ich ...«, Schwester Regina hob mit gequälter Miene den Blick zum Himmel, »... als Novizin dachte ich, daß ich mit dem Eintritt in die klösterliche Gemeinschaft den Wirren der Welt entfliehen könnte. Naiv hoffte ich, daß ich nur die Gebote zu befolgen brauchte, demütig ein Leben voll harter Arbeit und inbrünstigem Gebet auf mich nehmen müßte, und schon würde ich als Preis Glückseligkeit und inneren Frieden finden. Aber dem ist nicht so, nein ...« Schwester Regina schüttelte hilflos den Kopf.

»Ich glaube, daß dich diese Gedanken gerade jetzt so bedrängen, weil dich dieser Todesfall sehr erschüttert hat. Aber du darfst dich davon nicht aus der Bahn werfen lassen, darfst das Erreichte nicht leichtfertig aufs Spiel setzen! Wir alle werden dann und wann von Zweifeln heimgesucht. Fasse neuen Mut und neues Vertrauen in unseren Herrn, und Er wird dir die Gnade schenken, den Sinn der Anordnungen deiner Oberen zu verstehen.«

»Wird Er mir auch helfen, Schwester Samuel nachzusehen, daß sie uns ständig ins Essen niest und erst hinterher das Taschentuch zückt? Oder Schwester Gregory, daß sie uns Abend für Abend vorspielt, sie brächte ihr Dessert zum Opfer? Oder Schwester Mary Charles, daß sie die Kinder mit dem Gummiriemen verprügelt?«

»Ich muß gestehen, daß ich mich auch schon über Schwester Mary Charles geärgert habe.«

Langsam näherten sie sich der Kirche. »O Himmel«, stöhnte Schwester Dora, »jetzt haben wir aber kräftig gegen die Heilige Regel verstoßen, nicht wahr?«

»Ich werde die Mutter Oberin nächsten Freitag auch um eine Buße bitten müssen.«

»Aber auf der anderen Seite hält uns der heilige Benedikt an, wir sollten *unsere Mitschwestern ermahnen und ihnen gütige Ratschläge erteilen,* und habe ich das nicht gerade getan?« Schwester Dora hatte wortwörtlich aus der Regel des heiligen Benedikt zitiert, und Schwester Regina hätte die genaue Seitenzahl angeben können. Denn das regelmäßige Studium der Schrift ihres Ordensstifters gehörte zu den täglichen Übungen. Eigentlich diente dieses Studium dazu, den Glauben zu festigen und das Gelübde, das jede von ihnen abgelegt hatte, zu bekräftigen. In letzter Zeit allerdings drängte sich Schwester Regina zunehmend der Eindruck auf, die Kirche bezwecke mit ihren Ritualen lediglich, ihre Leute bei der Stange zu halten. All diese verbotenen Überlegungen beunruhigten sie zutiefst.

»Schwester, glaubst du eigentlich, daß ...« Sie brach ab. Es ängstigte sie, ihre Zweifel in Worte zu kleiden.

»Daß was?« fragte Schwester Dora.

»Ach, nichts.« Sie hatten das Pfarrgelände erreicht und schritten gemeinsam den asphaltierten Weg entlang, der von der Kirche zur Schule führte. »Danke für deine Gebete und deine Ratschläge«, sagte Schwester Regina zerknirscht, als die Klostermauern in Sicht kamen. »Ich will mich bemühen, mich zu bessern.«

Sie betraten das Kloster durch den Hintereingang und trafen in der Küche auf Schwester Ignatia, die gerade den Teig für die Apfeltaschen knetete. Aus dem Topf auf dem Herd, in dem ein Huhn schmorte, duftete es köstlich nach Lorbeer und Zwiebeln. In einem der Klavierzimmer unterrichtete Schwester Gregory; Klangfetzen tönten herüber. Ein heimeliges Gefühl überkam Schwester Regina, und die Zweifel, die sie eben noch quälten, verblaßten. Dies war ihre Welt, ihre Familie. Hier gehörte sie hin. Selbst in der vorgeschriebenen Begrüßungsformel drückten sich Nähe und Vertrautheit aus.

»Gelobt sei Jesus Christus«, sagten die beiden, während sie die Küche durchquerten.

»Amen«, erwiderte die Köchin.

Im Refektorium deckte Schwester Cecilia gerade den Tisch.

»Gelobt sei Jesus Christus«, wiederholten sie.

»Amen«, antwortete die Mitschwester, und sie stiegen die Treppe hoch.

Es war Samstag nachmittag, eigentlich Freizeit, aber Schwester Regina hatte diesen Monat Sakristeidienst. Das bedeutete, daß sie die Sakristei putzen und für die sonntägliche Messe herrichten mußte. In ihrer Zelle steckte sie sich mit einer Haarnadel im Nacken den Schleier zusammen, band sich eine weiße, lange Schürze um und krempelte zum Bodenwischen die Ärmel hoch.

Sie betrat die Sakristei durch den Hintereingang der Kirche. Von hier aus führte ein Gang hinter dem Hochaltar entlang in das Ministrantenzimmer. Die Nachmittagssonne fiel durch die bernsteinfarbenen Bleiglasfenster und hüllte den Flur in goldenes Licht.

Schwester Regina durchquerte den Altarraum, machte einen kleinen Knicks, um sich zu bekreuzigen, und begann ihre Arbeit. Es herrschte Stille, die Kirche lag verwaist. Sie wischte den Boden feucht, staubte die Altarschnitzereien sowie den Priestersessel und die Ministrantenstühle ab, dann die Kanzel, den Schrank mit den liturgischen Gewändern und die niedrigen Fensterbänke. Sie deckte ein neues Tuch auf den Altar, versicherte sich, daß der Kelch mit Hostien aus dem kleinen Schrank in der Sakristei gefüllt war, und legte ein frisch gebügeltes Corporale darüber. Dann nahm sie die niedergebrannten Wachsstummel aus den vergoldeten Leuchtern und steckte neue Kerzen hinein. Sie entfernte ein paar verwelkte Gladiolen aus der Vase und schleppte aus dem Blumensaal in der Schule zwei üppige Chrysanthemenstöcke herüber, die sie links und rechts des Kruzifixes auf den Altar stellte. Zufrieden betrachtete sie ihr Werk. Nun ging sie zu einem der Seitenaltäre, um zu Füßen der Heiligen Jungfrau Maria eine Kerze zu entzünden – das gehörte zum samstäglichen Ritual der Schwestern. Über die Kommunionbank breitete sie anschließend ein frisch gebügeltes Leintuch mit aufwendiger Spitzenhäkelei. Zum Schluß ging sie in die Sakristei, füllte aus dem Achtzig-Liter-Behälter einen Krug voll Weihwasser und trug ihn in den Vorraum. Sie war gerade dabei, die steinernen Weihwasserbecken links und rechts des Hauptportals nachzufüllen, als sich die Pforte öffnete und Eddie Olczak eintrat. Er trug statt des gewohnten Arbeitsoveralls ein kariertes Hemd und eine dunkle Hose, wie schon zuvor in der Aussegnungshalle.

Als er sie bemerkte, blieb er stehen und nahm hastig seinen Filzhut vom Kopf.

»O Schwester!« rief er überrascht. Hinter ihm fiel die Tür ins Schloß. Der Vorraum lag wieder im Dunkeln, denn durch die zwei winzigen Bleiglasfenster hoch über der Pforte drang nur wenig Licht.

»Mr. Olczak, was machen Sie denn hier?« Sie hatte nicht damit gerechnet, ihn hier anzutreffen, da seine Brüder die Mesner-Arbeiten übernommen hatten.

»Na ja, Sie wissen ja ... die Macht der Gewohnheit. Wollte nur mal nach dem Rechten sehen. Morgen ist schließlich Sonntag.«

»Ihre Brüder haben alles bestens erledigt. Sie brauchen sich nicht die geringsten Sorgen zu machen. Ich selbst habe gerade die Sakristei für die Messe hergerichtet.«

»Ja ... dann ...« Er schaute zur Seite, dann wieder zu dem Weihwasserbecken, das sie gerade auffüllte. »Entschuldigen Sie«, sagte er, tauchte die Fingerspitzen ins Wasser und bekreuzigte sich. Er hielt sich in respektvollem Abstand.

Siedendheiß fiel ihr ein, daß ihre Ärmel hochgekrempelt waren, so daß man ihre Handgelenke sehen konnte, und das verstieß gegen die Heilige Regel, insbesondere wenn das Gegenüber dem anderen Geschlecht angehörte. Außerdem hielt sie einen schweren Krug, so daß sie ihre Hände nicht verstecken konnte, wie es sich geziemte. Andererseits durfte sie den Weihwasserkrug nicht einfach auf den Boden stellen, das wäre einem Sakrileg gleichgekommen.

Mr. Olczak ahnte nicht, was in ihr vorging.

»Ja«, sagte er, »meine Brüder haben mich sehr gut vertreten. Und deshalb hänge ich jetzt untätig herum. Die Kinder sind auf der Farm. Das Haus ist auf einmal so leer, und da hab ich mir gedacht …« Sein Blick wanderte von den Glockenseilen, die unbewegt vom Turm herabhingen, über den kalten Heizkörper zu den frisch gewischten Bodenfliesen und der großen Gummimatte, auf der sie beide standen. Er schaute sie an, dann wieder verlegen auf seinen Hut, den er in den Händen hielt. »Wissen Sie was, Schwester«, seufzte er, »Sie können wirklich von Glück sagen, daß Sie nicht verheiratet sind. Sie werden niemals das durchmachen müssen, was ich gerade durchmache.«

»Ich bin verheiratet«, erinnerte sie ihn sanft. »Mit Jesus.«

»Ja, und der wird Sie nie verlassen.«

»Genausowenig, wie Er Sie verlassen wird«, gab sie zu bedenken. »Er ist immer bei Ihnen.«

Er nickte gedankenverloren. Dann sagte er: »Schwester, ich mache mir Sorgen.«

Wieder mußte sie an die Heilige Regel denken, die den Ordensschwestern nahelegte, Gesprächen mit Laien besser aus dem Weg zu gehen, um nicht zuviel Vertrautheit aufkommen zu lassen. Doch unter den gegebenen Umständen erschien es ihr herzlos, sich seinem Gesprächswunsch unter irgendeinem Vorwand zu entziehen. Er war in Not und suchte Trost, war ein tiefgläubiger Katholik, der schon seit Jahren in ihrer Nähe arbeitete. Stets hatte er sie mit Respekt und Ehrerbietung behandelt, hatte seinen Hut gezogen, wann immer er sie traf, hatte sich in angemessenem Abstand gehalten. Nach der Heiligen Regel mußte sie dieses Gespräch sofort abbrechen, aber nichts wäre ihr im Augenblick grausamer vorgekommen.

Christus würde wollen, daß ich ihm zuhöre. Und so blieb sie.

»Worüber machen Sie sich Sorgen?«

»Ich möchte nicht, daß die Mädchen Krystyna im offenen Sarg sehen.« Er trat einen Schritt zurück und lehnte sich neben die Tür zur Empore. »Sie sind noch so klein, sie können den Anblick nicht verkraften. Er würde sie bis ans Ende ihres Lebens verfolgen.«

»Vielleicht sollten Sie mit Pater Kuzdek darüber sprechen.«

»Sie sind ihre Lehrerin, Sie kennen sie besser als Pater Kuzdek. Ich dachte, daß Sie mir besser raten können.«

»Vielleicht könnte man es so einrichten, daß sie beim Schließen des Sarges in der Aussegnungshalle in den hinteren Reihen bei ihren Großeltern bleiben.«

»Aber während der Totenmesse?« Vor dem Beginn des Gottesdienstes würde der Sarg offen in der Vorhalle stehen, damit die Trauernden an ihm vorbeidefilieren konnten.

»Weigert sich Anne eigentlich noch immer, zu akzeptieren, daß ihre Mutter tot ist?«

»Nein. Aber sie ist so seltsam still. Sie hat sich ganz in sich zurückgezogen. Sie spricht mit niemandem, als wenn sie eine große Wut hätte und nicht wüßte, warum.«

Schwester Regina lehnte sich an die Wand und drückte den Weihwasserkrug gegen ihren Bauch. »So fühle ich mich auch oft in letzter Zeit.«

»Sie, Schwester?« Überrascht zog er die Brauen hoch.

»Ich weiß, es schickt sich nicht für eine Nonne«, räumte sie ein, »aber es gibt Momente, da kommt so ein Gefühl über mich ... ein Gefühl von ...«

»Zorn?« ergänzte er.

»Ja, fast könnte man es so nennen. Und Enttäuschung.«

Eddie traute seinen Ohren nicht. Er wunderte sich, daß sie ihm überhaupt diesen Einblick in ihr Seelenleben gestattete, ganz besonders aber verblüffte es ihn, daß sie Gefühle des Zorns empfand, wo sie doch stets mit so gelassener, heiterer Miene herumlief.

»Ist es nicht Sünde, gegen Gott zu zürnen?«

»Ja, natürlich«, erwiderte sie zerknirscht.

Er dachte einen Moment nach. Dann sagte er: »Wer ist dieser Gott, gegen den wir zürnen?«

Er lehnte sich gegen den Türrahmen und überlegte. Sie stand neben dem Weihwasserbecken und sann ebenfalls über seine Frage nach.

»Ich weiß es nicht, Mr. Olczak«, bekannte sie, »ich weiß es nicht.«

Siedendheiß fiel ihr ein, daß sie schon wieder gegen die Heilige Regel verstoßen hatte. »Ich … ich muß zurück ins Kloster«, sagte sie hastig und eilte davon.

Als Schwester Regina völlig außer Atem in die Kapelle huschte, warf ihr die Mutter Oberin einen mißbilligenden Blick zu, denn es waren immerhin dreißig Sekunden, die sie zu spät zum Vespergebet kam.

Schwester Regina kniete sich auf ihren Platz, und als sie in das vertraute Dämmerlicht ihres gemeinsamen Refugiums eintauchte, spürte sie, wie die bleischwere Last, die ihr Herz bedrückte, langsam von ihr wich. Hier, zusammen mit ihren Mitschwestern, an deren Seite sie Hunderte Male gekniet und dieses Gebet gesprochen hatte, fühlte sie sich aufgehoben wie im Schoße einer Familie. Ja, hier gehörte sie hin. Der gemeinsame Gesang erfüllte ihre Seele wie schon lange nicht mehr und gab ihr die Gewißheit im Glauben zurück, die sie so lange entbehrt hatte. Beim Magnificat durchströmte sie die Musik der lateinischen Worte wie ein warmer Sommerregen, der reinigend und erfrischend auf die lechzende Erde fällt.

Während der halben Stunde Meditation jedoch, als wieder Stille herrschte in der stickigen Kapelle, kehrten all die Zweifel wieder zurück, von denen sie sich durch ihren jubelnden Gesang befreit gefühlt hatte. Die Gespräche mit Schwester Dora und Mr. Olczak gingen ihr nicht mehr aus dem Sinn, und als sie die Treppe zum Refektorium hinabstieg, fühlte sie sich wie eine Hochstaplerin im Nonnengewand. Wäre sie eine gute Nonne, so hätte sie es geschafft, sich ganz in Gott zu versenken und alles weltliche Blendwerk aus ihren Gedanken zu verbannen.

Aber sie war eben keine gute Nonne. Sie nicht.

Beim Abendessen schob Schwester Gregory wie üblich zunächst ihren Nachtisch energisch zur Seite, nippte dann bereits während des Essens hin und wieder daran, und zum Schluß war er verspeist wie eh und je. Schwester Samuel nieste auf alles, was ihr in die Quere kam, und Schwester Cecilia setzte Schwester Agnes davon in Kenntnis, daß sie Schwester Regina mit hochgekrempelten Ärmeln das Kloster hatte verlassen sehen. Auch wenn sie unterwegs in die Kirche war, um die Sakristei zu putzen – so etwas schickte sich doch einfach nicht!

In der Abendfreizeit las Schwester Mary Charles im Auftrag der Mutter Oberin aus der Benediktinerregel vor. Schwester Regina wußte nicht, ob es Zufall oder Absicht war, da es ausgerechnet das Kapitel über den Gehorsam war.

Schwester Mary Charles las:

Die Ordensfrau sollte aus tiefstem Herzen das heilige Gebot des Gehorsams befolgen und aufrichtig danach streben, allen eitlen Wünschen nach Eigenwillen und Selbstbestimmung zu entsagen.

Sie sollte die Anordnungen ihrer Oberin stets prompt, genau und aus freudigem Herzen ausführen und niemals die Anweisungen der geistlichen Obrigkeit in Frage stellen, denn durch sie vollzieht sich der Wille Gottes.

Als sie den Worten ihrer Mitschwester lauschte, mußte sich Schwester Regina eingestehen, daß sie das Gelübde des Gehorsams nicht erst seit Krystynas Tod, sondern in Gedanken schon seit Monaten brach – immer dann, wenn sie insgeheim gegen manche der so zahlreichen Beschränkungen rebelliert hatte, die ihr die Heilige Regel auferlegte. Ja, mehr und mehr hatte sie sich auch an den Ritualen des Ordensalltags gestoßen. Sollten diese wirklich nur dazu beitragen, den

Geist der religiösen Gemeinschaft zu stärken? Hatten sie nicht eine verdächtige Ähnlichkeit mit Gehirnwäsche?

Während der täglichen Stunde der Besinnung in der Zelle ging Schwester Regina an diesem Abend hart mit sich ins Gericht. Mit geschlossenen Augen und gefalteten Händen kniete sie neben dem Bett und prüfte schonungslos ihr Gewissen. Ja, es gab eine ganze Menge, wofür sie um Vergebung bitten mußte – nicht nur Gott, sondern auch die Mutter Oberin und die gesamte Klostergemeinschaft.

6

Irene Pribil erwachte am Morgen des Begräbnisses ihrer Schwester in demselben Schlafzimmer, das sie schon als Kind mit ihr geteilt hatte. Es war ein großer, lichtdurchfluteter Raum mit hoher Decke und weiß gestrichener Holzverkleidung – typisch für die Zeit um 1880, als das Farmhaus erbaut wurde. In der Mitte des Zimmers war der Boden mit Linoleum ausgelegt – rosa Kohlröschen auf sattgrünem Grund –, den sie jeden Samstag beim Wochenputz feucht wischte. Den grauen Holzboden drumherum strich sie jedes Frühjahr selbst neu an. An den Fenstern hingen schlichte weiße Gardinen, die sie gemeinsam mit ihrer Mutter im Frühling und im Herbst wusch, stärkte und bügelte. Draußen, an der Ostseite des Hauses, lag der Gemüsegarten, wo sie ihrer Mutter im Frühjahr beim Anpflanzen und im Sommer bei der Ernte half. Und unten in der Küche stand ein riesiger vernickelter gußeiserner Herd. An ihm kochten sie in der größten Sommerhitze wochenlang Marmelade ein. Im Hühnerstall hinter dem Haus gackerte eine Schar Plymouth-Rock-Hennen, die sie im Brutkasten aufgepäppelt und den ganzen Sommer über kräftig gefüttert hatte und die, wie jedes Jahr, in Kürze an Louis Kulick verkauft würden. So verdiente sie sich ein bißchen Geld, um im Dezember Weihnachtsgeschenke für ihre Eltern, Schwestern, Brüder, Neffen und Nichten kaufen zu können. Über diesen Tätigkeiten waren all die Jahre verstrichen, und wie es aussah, würde sie auch die weiteren Jahre genauso verbringen.

Irene war wie ihre Brüder und Schwestern bis zur achten Klasse in die Schule gegangen. Danach hatte sie sich, ebenso wie ihre Brüder und Schwestern, einen Job in Long Prairie gesucht. Sie arbeitete als Hausmädchen bei der Familie Milka, die einen Kurzwarenladen betrieb. Wie ihre Brüder und Schwestern lieferte auch sie ihren Lohn, ohne sich darüber zu beklagen, bei den Eltern ab, denn das war so üblich.

Auch Krystyna hatte einen Job in Long Prairie gehabt. Sie bediente die Mangel in einer chemischen Reinigung. Am Wochenende fuhren die beiden Schwestern per Anhalter auf die elterliche Farm, und von dort aus machten sie sich am Samstagabend mit ihren Brüdern in eine der Tanzhallen der Umgebung auf.

In Clarissa's Ballroom hatten sie die Olczak-Brüder zum erstenmal getroffen. Es waren so viele, daß Irene am Anfang ständig ihre Namen durcheinanderbrachte. Aber zwei Namen konnte sie sich sofort merken: den von Romaine, weil er eine Zeitlang mit ihr ging und ihr auch den ersten Kuß ihres Lebens gab, und dann den von Eddie. Denn für ihn schwärmte sie vom ersten Tag an und wünschte sich nichts sehnlicher, als daß *er* derjenige wäre, von dem sie zum erstenmal geküßt würde.

Doch ihr Wunsch sollte nicht in Erfüllung gehen.

Eddie sah Krystyna – und es war um ihn geschehen.

Niemals in all den Jahren hatte Irene ihrer Schwester gestanden, was sie für Eddie empfand, geschweige denn Eddie selber.

Irene verlor ihren Job bei den Milkas, als die ihren Laden

verkauften und nach Melrose zogen. Sie ging bei anderen Familien in Stellung, immer als Hausmädchen, immer für mageren Lohn, und immer fuhr sie am Wochenende heim, bis im Frühjahr 1945 ihre Mutter beim Streichen der Scheune von der Leiter fiel. Sie brach sich das Schlüsselbein und zog sich eine schwere Gehirnerschütterung zu. Irene kündigte daraufhin und kehrte auf die elterliche Farm zurück. Ursprünglich wollte sie nur so lange aushelfen, bis die Mutter wieder gesund war, aber dann blieb sie ganz zu Hause.

Eigentlich hatte sie schon immer von daheim ausziehen wollen, am liebsten, indem sie heiratete. Aber das saftige Schweine- und Rindfleisch auf der elterlichen Farm, die hausgemachte Butter, der leckere Rahm und die kalorienreiche polnische Küche hatten Irene mit den Jahren etwas rundlich werden lassen. Die Männer, die sie früher samstags zum Tanzen abholten, blieben mit der Zeit aus. Und nach dem Krieg wurde es schwerer, eine Stelle als Hausmädchen zu finden, da die Hausfrauen inzwischen ihren ganzen Ehrgeiz daran setzten, ihren Haushalt ohne fremde Hilfe zu bewältigen. Mit ihrer geringen Schulbildung war Irene schlecht darauf vorbereitet, sich auf eigene Füße zu stellen und für sich selbst aufzukommen. Außerdem fehlte der Anreiz, denn daheim hatte sie zu essen, ein Dach über dem Kopf und liebevolle Gesellschaft. Was wollte sie mehr?

Doch mit den Jahren begann sie das eintönige Leben auf der Farm anzuöden, und die Einsamkeit nagte an ihrem Herzen. Die Geschwister waren inzwischen ausgezogen und hatten eine eigene Familie gegründet. Ohne daß es je offen ausgesprochen wurde, erwarteten inzwischen alle von Irene, daß sie daheim bei den Eltern bleiben, sich um sie kümmern, ihnen bei der Arbeit helfen und sie im Alter versorgen sollte.

Einmal, es war vor ein paar Jahren auf einer Hochzeit, hatte sich ein Mann namens Bryce Polvik aus einem Ort in der Nähe von Philbrook für sie interessiert. Er tanzte mit ihr den ganzen Abend und fuhr sie anschließend heim. Zum Abschied küßte er sie und fragte, ob sie nächsten Samstag mit ihm ausgehen wollte. Natürlich wollte sie. Am nächsten Tag kaufte sie sich einen teuren Stoff und nähte sich ein nagelneues Kleid. Sie war ja so aufgeregt! Krystyna legte ihr eine Dauerwelle und machte ihr Mut für den entscheidenden Tag. Und zum krönenden Abschluß kaufte sich Irene sogar noch ein paar gewagte, zehenfreie Stöckelschuhe!

Doch als Bryce Polavik sie nach einem wunderbaren Tanzabend bei Bink's nach Hause fuhr, bog er plötzlich unerwartet von der Straße in ein Waldstück ein. Er stellte den Motor ab und küßte sie so brutal, daß ihr das Blut in den Adern gefror. Dann riß er an ihren Strumpfbändern und versuchte, ihr den Büstenhalter zu öffnen. Als sie sich zu wehren begann, wurde er wütend, zog den Reißverschluß seiner Hose auf und zwang sie, ihn an seinem Geschlecht zu berühren. Er warf sich auf sie und preßte seine Hand dorthin, wo sie noch kein Mann je angefaßt hatte. Sie wehrte sich nach Leibeskräften, flehte und bettelte, rief immer wieder, daß das, was er vorhätte, eine Todsünde sei. Schließlich stieß er sie zornig zur Seite und nannte sie eine blöde Fotze. Er schrie sie an, sie solle froh sein, daß es überhaupt noch einen Typen gäbe, der eine fette Kuh wie sie ficken wolle und daß das todsicher die letzte Chance in ihrem Leben gewesen sei. Dann startete er den Wagen, stieß voller Wut mit durchdrehenden Reifen so heftig zurück, daß er fast im Graben gelandet wäre. Anschließend gab er Gas und fuhr die Straße in so halsbrecherischem Tempo zurück, daß Irene um ihr Leben fürchtete. Als sie an die Abzweigung kamen, die zu ihrer Farm führte, stoppte er abrupt, stieß die Beifahrertür auf und befahl ihr auszusteigen. Bis zu ihrem Elternhaus war es noch eine Viertelmeile. Als sie ihn fragte, ob er sie nicht bis vor die Tür fahren könnte, brüllte er: »Steig aus, du fette Sau! Der Fußmarsch tut dir gut. Da verlierst du vielleicht ein, zwei Kilo.«

Nach diesem schrecklichen Vorfall hatte Irene vom Tanzen genug. Sie blieb daheim und suchte Geselligkeit nur noch im Kreise ihrer Familie, hauptsächlich bei Krystyna und Eddie. Sie spielten miteinander Karten, aßen zusammen zu Abend, redeten über Geranienpflanzen, Schnittmuster und natürlich über die Kinder. Irene liebte sie aus tiefstem Herzen und fürchtete, daß sie selbst wohl nie eigene haben würde. Nach der Geburt beider Mädchen, als Krystyna noch zu schwach war, um den Haushalt zu führen, war sie für zehn Tage zu ihrer Schwester gezogen, um sich um sie zu kümmern und den Mann und die Kinder zu versorgen. Sie hatte den Kleinen die Flasche gegeben, die Windeln gewechselt, sie gebadet und gewickelt. Später nähte sie ihnen dann Puppenkleidchen, spielte Schwarzer Peter mit ihnen, schenkte ihnen Malbücher und nahm sie gelegentlich über Nacht auf die Farm zur Oma mit, damit Krystyna und Eddie auch einmal Zeit für sich hatten. Im Frühling zeigte sie ihnen, wo die schönsten Krokusse blühten, pflückte Gänseblümchen und lehrte sie, Kränze daraus zu flechten. Sie nahm sie mit in den Stall, wo die neugeborenen Kätzchen im Stroh versteckt lagen, backte Kuchen mit ihnen und erlaubte, daß sie zum erstenmal ein scharfes Messer in die Hand nahmen und damit vorsichtig Rhabarberstengel für das Kompott zerschnitten. Zu Halloween half sie Krystyna, den beiden hübsche Kostümchen zu nähen und die Kürbisse auszuhöhlen. Die Weihnachtsgeschenke für die Mädchen waren schöner als die für ihre anderen Nichten und Neffen. Abends vor dem Zubettgehen, wenn die Kleinen frisch gebadet waren und in ihren neuen Schlafanzügen noch einmal zum Gute-Nacht-Sagen hereingehuscht kamen, umarmten und küßten sie ihre Tante Irene mit der gleichen Zärtlichkeit wie ihre Eltern.

Aber es waren eben nicht ihre Kinder.

Irene beneidete Krystyna und Eddie. Sie beneidete sie um ihre wunderbaren Mädchen, um ihr schönes Zuhause, ihre glückliche Ehe, und um die Liebe, die sie, für jeden sichtbar, verband. Sie beneidete ihre Schwester um ihren liebevollen, aufmerksamen Mann. Alles, was sie tat, beachtete und schätzte er. Mehrmals am Tag kam er kurz von St. Joseph's herüber, nur um ein Täßchen Kaffee mit ihr zu trinken. Wenn er wieder zur Arbeit mußte, zog er sie heimlich hinter die Tür, um ihr einen leidenschaftlichen Abschiedskuß zu geben. Irene beneidete Krystyna um Eddie, weil er in seiner Freizeit ständig herumwerkelte, um seiner Frau eine Freude zu machen. Er reparierte die kaputte Lampe, schreinerte in der Werkstatt Kinderstühle für die Kleinen, baute ihnen eine Puppenstube und ein Miniaturhäuschen zum Reinkriechen mit kleinen Tischen und Stühlen darin. Wenn Krystyna ihn bat, den beiden hinterm Haus neben der Wäscheleine eine Schaukel zu bauen, tat er es sofort. Hinterher freute er sich selbst am meisten, wenn er die vor Spaß quietschenden Kleinen nach Herzenslust schaukeln sah. Wenn Krystyna ihn bat, um den Gemüsegarten doch einen kleinen Zaun zu ziehen, machte er sich umgehend an die Arbeit, und gemeinsam strichen sie dann die Pfähle mit weißer Farbe an. Hinterher saßen sie auf den Verandastufen und betrachteten stolz ihr Werk. Freunde und Bekannte, die vorbeikamen, wurden selbstverständlich eingeladen. »Geht rein und schenkt euch 'nen Kaffee ein!« rief Krystyna ihren Nachbarn lachend zu, oder: »Nehmt euch von den frischen Pfannkuchen.« Und man bediente sich ohne Umstände bei den Olczaks, denn die beiden waren für ihr offenes Haus bekannt. Wenn Krystyna ihren Eddie fragte, ob er mit ihr auf einen Faschingsball zu Clarissa's gehen würde, dann willigte er gutmütig ein, auch wenn die wilden Shows nicht seine Sache waren. Und ohne zu murren ließ er sich von ihr auch in irgendein verrücktes, aus Zwiebelsäcken genähtes Kostüm stecken. Wenn sie dann den ersten Preis gewannen, stand er verlegen auf der Bühne herum, sie an seiner Seite dagegen strahlte vor Begeisterung.

Und was er sich manchmal für verruchte Sachen ausdachte! Einmal, so hatte Krystyna ihrer Schwester verraten, hatte er heimlich für sie ein warmes Bad einlaufen lassen. Dann schnappte er sich seine Frau, die sich gerade zum Zubettgehen ausgezogen hatte, und trug sie, die nach Leibeskräften strampelte, ins Bad hinüber und ließ sie erst los, als sie in das herrlich duftende Naß einsank. Er küßte sie auf den Bauch, während er sie von oben bis unten einseifte, und sagte ihr, daß sie wunderschön sei. Und das, obwohl sich häßliche Schwangerschaftsstreifen über ihren nicht mehr ganz straffen Bauch zogen und sie nicht mehr in die engen Kleider paßte, die sie vor Annes Geburt getragen hatte, und obwohl ihre schönen Hände von den vielen Chemikalien für die Dauerwellen ganz fleckig und rissig geworden waren.

Mit jedem Jahr, das Irene am Leben dieses jungen Paars teilgenommen hatte, war ihre Liebe zu ihnen gewachsen. Sie liebte ihre Schwester so sehr, daß sie sich lieber die Zunge abgebissen hätte, als ihr zu gestehen, was sie für ihren Schwager empfand. Und ihre Liebe zu Eddie – nun ja, sie blühte still im Verborgenen und fand in seiner Nähe ständig neue Nahrung. Für Irene war Eddie mehr als der ideale Mann. Er war ein Gott.

Eigentlich hatte Irene all die Jahre nur durch Eddie und Krystyna gelebt. Die Freude, die sie an ihnen und ihren Kinder fand, überstrahlte die Angst, als alte Jungfer zu enden. Solange es die beiden gab, die sie immer mit offenen Armen und einem warmen Lächeln empfingen, konnte sie dem erdrückenden Mittelmaß ihres Alltags entfliehen.

Aber jetzt war Krystyna tot. Jetzt gab es niemanden mehr, der ihr ein Paar Stöckelschuhe lieh, ihr eine Dauerwelle legte und mit ihr am Samstag tanzen ging. Und an diesen tristen Mittwoch- oder Sonntagabenden, wenn die Eintönigkeit des Farmlebens sie zu ersticken drohte, konnte sie sich nicht einfach schnell einmal ins Auto setzen und bei Krystyna und Eddie vorbeischauen. Mit wem würde sie jetzt noch lachen können? In alten Erinnerungen an die gemeinsame Zeit in Long Prairie schwelgen? Mama und Papa ein bißchen auf die Schippe nehmen? Wer sollte sie nun aus ihrer tiefen Einsamkeit erlösen, die sie bei Eddie und Krystyna immer wieder hatte vergessen können?

Am Morgen des Begräbnisses ihrer Schwester saß Irene auf dem Bett ihrer Jungmädchenzeit und fühlte sich elend und leer wie nie zuvor. Ihr war, als hätte ein höhnisches Schicksal gerade sie herausgegriffen, um zu beweisen, daß es das Glück eines Menschen mit einem einzigen Schlag zerstören konnte. Sie warf einen Blick aus dem hohen Fenster, das fast bis zum Boden reichte. Am Horizont über dem Weidengestrüpp ging die orangene Sonne auf. Wie konnte sie es wagen, am Tag des Begräbnisses ihrer Schwester zu scheinen? Sie wollte Regen sehen, einen Regentag, so düster und grau, wie ihr zumute war.

Mühsam drehte sie sich auf die Seite und stützte den Kopf in die Hand. Ihre Gesichtshaut spannte sich und erinnerte sie an die Tränen, die sie gestern nacht wie die Nächte zuvor vergossen hatte. Unten rumorte die Mutter in der Küche. Der Vater, das wußte sie, war draußen beim Mähen. Er nutzte die Stunden bis zur Beerdigung. Selbst der Tod hemmte nicht den Lauf der Natur, und ein Farmer mußte Heu machen, solange die Sonne schien.

Irene schlurfte die Treppe hinunter in die Küche, in der ihre Mutter gerade einen Kuchen aus dem Ofen nahm. Nach dem Begräbnis würde in der Paderewski Hall der Leichenschmaus stattfinden, für den Irenes Mutter wie die anderen Frauen Essen herzurichten hatte. Bei allem Schmerz um den Verlust der Tochter – auch Mary Pribil war wie ihr Ehemann im Besitz des uralten Wissens, daß das Leben weitergehen mußte.

»Mama?« fragte Irene in der Tür.

Mary richtete sich auf, den duftenden Kuchen in den Händen, und schloß die Backofentür. Ihr kurzgeschnittenes graues Kräuselhaar, das an eine Persianermütze erinnerte, war ein wenig zerzaust. Seit ihrem Sturz, bei dem sie sich das Schlüsselbein gebrochen hatte, hing die rechte Schulter etwas tiefer als die linke. So stand sie da wie ein altes, windschiefes Grabkreuz und schaute ihre Tochter durch die randlose Brille freundlich an.

»'n Morgen, Reeny«, sagte sie und setzte den Kuchen auf dem Küchenbord ab.

»Ich nehm den alten Laster«, sagte Irene, »und fahr schnell rein. Muß Eddie beim Anziehen der Mädchen helfen. Ich werd' versuchen, sie so zu frisieren, wie Krystyna es gemacht hätte, ja?"

Mary, die ihr gerade den Rücken zukehrte, stützte sich mit den Händen aufs Küchenbord, ohne sich umzudrehen. Dann zog sie die Schürze aus und wischte sich mit einem Zipfel des Bandes unter der Brille eine Träne ab. »Tu das, mein Kind. Wird mit Sicherheit kein leichter Tag für uns alle.«

Irene ging durch die Küche zu ihrer Mutter, drückte ihr einen Kuß in den Nacken und umarmte ihre rundliche Taille. So standen sie einen Augenblick und wiegten sich leise hin und her. Dann tätschelte Mary ihrer Tochter die Hand, sie lösten ihre Umarmung, und Irene verließ die Küche.

Das Begräbnis war für elf Uhr angesetzt. Es war kurz nach halb zehn, als Irene über Eddies Veranda ging und an die Tür klopfte. Früher wäre sie einfach hineingegangen, ohne auf ein »Herein!« zu warten. Eddie wäre schon bei der Arbeit gewesen, und Krystyna hätte in der Küche gekocht oder gerade einer Nachbarin eine Dauerwelle gelegt.

Eddie öffnete ihr im Unterhemd und mit Rasierschaum an den Wangen. Er hatte bereits seine schwarze Hose an.

»Irene«, sagte er ohne das übliche schiefe Lächeln, mit

dem er sie und die Nachbarn sonst immer begrüßte. Seine Stimme klang flach und tonlos.

»Hi, Eddie«, erwiderte sie seinen Gruß, als er sie hereinbat. »Tut mir leid, daß ich dich beim Rasieren gestört habe.«

Er machte eine wegwerfende Handbewegung.

»Trauriger Tag heute, was?«

»Mmmh.«

Beide mußten gegen die Tränen ankämpfen.

Sie standen in dem schmalen Vorraum zum Wohnzimmer, von dem er durch eine hüfthohe Mauer getrennt war. In seiner rechten Ecke stand Krystynas pedalgetriebene Nähmaschine. Über der hölzernen Schutzhaube lag eine Näharbeit, die sie nicht mehr fertig machen konnte. Von der linken Ecke des Vorraums führte eine Treppe nach oben, von wo Wasserrauschen und Kinderstimmen zu hören waren.

»Ich hab mir gedacht, ich schau schnell vorbei. Ich kann die Mädchen frisieren und sie so anziehen, wie Krystyna es gern gehabt hätte.«

Eddie brauchte einen Augenblick, um sich in Erinnerung zu rufen, daß Krystyna fort war und sie die Mädchen nie wieder so süß herrichten würde, wie sie es immer getan hatte.

»Nett von dir, Irene. Wirklich sehr nett von dir.«

»Ich dachte ... ich meine, ich wußte nicht, ob du, wie du ... ich meine, wer ...«

»Schon gut, Irene. Ich weiß, was du meinst. Ich hab mir darüber einfach noch keine Gedanken gemacht.«

»Dann ist es in Ordnung, daß ich vorbeigekommen bin?«

»Ja, natürlich. War eine gute Idee. Krystyna hätte es sicherlich gern gesehen, wenn die beiden schön puppig herausgeputzt werden.« Er versuchte ein Lächeln, doch es mißlang. *Schön puppig* war einer von Krystynas typischen Ausdrücken, und die Erinnerung daran stimmte Eddie wie Irene noch trauriger.

»Eddie, dein Rasierschaum trocknet ein. Geh wieder ins

Bad und mach dich fertig. Ich schau nach oben und helf ihnen beim Anziehen und mach die Betten, was hältst du davon?«

Er nickte nur und stapfte die Treppe hoch ins Bad. Auf halber Höhe blieb er stehen und drehte sich noch einmal zu Irene um. »Ich möchte gern, daß die beiden die rosa-weiß gestreiften Kleidchen anziehen, du weißt ja, die ihnen Krystyna zuletzt genäht hat.«

»Klar, Eddie.«

Die erste Tür oben neben der Treppe führte ins Kinderzimmer. Am Ende des Flurs lag das Elternschlafzimmer, durch das man hindurch mußte, um ins Bad zu gelangen. Von dort aus kamen Eddie seine Mädchen in Unterwäsche entgegengelaufen, die kleinen Gesichter mit Rasierschaum verschmiert. »Daddy, Daddy!« rief Lucy, »schau nur! Wir rasieren uns!«

»Tante Irene ist da«, sagte er. »Sie zieht euch an und kämmt euch die Haare schön.«

Irene sah von unten, wie die Mädchen auf ihren Vater zurannten. Ihre weißen Schaumbärte leuchteten hell, und die nackten Füßchen polterten über den Flurläufer. Eddie faßte die beiden beim Schopf und drehte sie wieder zurück. »Kommt, wir gehen ins Bad, und ich wasche euch den Schaum ab, damit Tante Irene euch anziehen kann.«

Die beiden spähten neugierig durchs Flurgeländer die Treppe hinunter. »Hi, Tante Irene!« riefen sie, dann ließen sie sich von ihrem Daddy ins Schlafzimmer bugsieren.

Irene stand da und schaute ihnen nach. Wieder befiel sie dieses Gefühl der Leere. Krystyna war tot, und Eddie nicht mehr verheiratet. Der Duft seines Rasierschaums hing in der Luft, und das Bild seiner sehnigen Unterarme und der behaarten Brust, die aus seinem gerippten Unterhemd hervorschaute, wollte ihr nicht aus dem Kopf gehen. Schweren Schrittes stieg sie die Treppe hoch. Ihr Blick fiel durch die offene Schlafzimmertür auf Eddies zerwühltes Bett. In ihrem ganzen Leben war sie noch nie in die Nähe von Rasierschaum und dem zerwühlten Bett eines Mannes gekommen. Ihr Vater und die älteren Herren, für die sie als Dienstmädchen gearbeitet hatte, zählten in diesem Zusammenhang nicht. Es war ihr peinlich, Zeugin von Eddies Morgentoilette zu werden, noch dazu jetzt, wo Krystyna tot war, und gleichzeitig fand sie es aufregend.

Sie ging ins Kinderzimmer und machte die Betten, hob die getragenen Strümpfe und Schlafanzughosen der Mädchen auf. Dann ging sie an die Kommode und holte die beiden zusammengelegten rosa Kleidchen heraus.

Krystyna und sie hatten die Kommode auf einer Versteigerung erstanden, als ihre Schwester mit Anne schwanger war. Sie hatten sie lindgrün angestrichen und Abziehbilder mit Teddies darauf geklebt. Irene richtete einen Stapel Unterhemden gerade und lauschte: Eddie sprach zärtlich mit seinen Kindern. Was für ein einfühlsamer, liebevoller Vater er doch war! Hatte sie selbst nicht das Zeug dazu, eine ebenso gute Mutter zu sein? Ach, wie wunderbar wäre es doch, ihn zu heiraten und ihn und die Kinder bis ans Ende ihrer Tage zu verwöhnen!

Heiße Scham stieg in ihr auf. Augenblicklich wies sie den Gedanken von sich. Krystyna war noch nicht unter der Erde, und sie stellte sich bereits vor, an ihre Stelle zu treten! War es das, was man sündiges Begehren nannte? Sie schwor sich, nächsten Samstag zur Beichte zu gehen und um Vergebung zu bitten.

Mit einem zusammengelegten Unterhemd wischte sie sich eine Träne aus dem Augenwinkel. Sie hob den Blick zum Himmel und flüsterte: »Vergib mir, Krystyna, vergib mir!«

Aber sie liebte die Kinder doch so sehr, und sie liebte Eddie, und sie würde es auch ertragen, wenn Eddie ihre Liebe nicht erwiderte! Sie konnte es ihm nicht einmal verdenken.

Wer liebte schon eine dicke, langweilige Bäuerin, die nichts, aber rein gar nichts von Krystynas Charme und Feuer zu bieten hatte?

Wenigstens die Kinder liebten sie, dessen war sie sicher. Und das würde ihr auch reichen, wenn es jemals dazu käme.

Aber es würde nie dazu kommen, und nie durfte Eddie erfahren, daß sie solche Sachen phantasierte, und das so kurz nach Krystynas Tod!

Sie streifte den Mädchen die rosa Kleidchen über, darunter die wippenden weißen Petticoats, und band auf ihrem Rücken die weißen Gürtelbänder zu frechen Schleifen. Schließlich zog sie ihnen weiße Spitzensöckchen und glänzend schwarze Lackschühchen an. Dann gingen sie hinunter in die Küche. Nacheinander stellte sie die Kinder auf einen Küchenstuhl vor den Spiegel am Hängeschrank, wo auch Krystyna sich immer frisiert hatte. Wenn Irene rechtzeitig an die Frisuren der Kleinen gedacht hätte, wäre sie schon gestern abend herübergefahren und hätte ihnen Löckchen gedreht, wie Krystyna es gewöhnlich am Abend vor der Sonntagsmesse gemacht hatte. Doch jetzt blieb ihr nichts anderes mehr übrig, als den Mädchen die Haare glatt auf die Schultern zu kämmen. Sie zog ihnen einen Seitenscheitel und frisierte das Haar zu einem Pferdeschwanz, den sie mit einem rosa Gummi befestigte und mit einer breiten rosa Schleife zusätzlich schmückte. Kämme, Gummis, Schleifen, ihr gesamtes Frisierzeug hatte Krystyna in dem kleinen Küchenschränkchen aufbewahrt, wo auch die Lockenwickler und Dauerwellentuben verstaut lagen. Irene zog die Schublade auf, und als ihr der Geruch von Ammoniak entgegenschlug und ihr Blick auf die Lockenwickler fiel, deren Gummibänder von den starken Chemikalien schon ganz zerfressen waren, kehrte die Erinnerung an ihre Schwester mit solcher Macht zurück, daß sie erneut mit den Tränen kämpfen mußte.

Als Eddie die Treppe herunterkam, waren Anne und Lucy

fertig angezogen und frisiert. Er trug seinen schwarzen Anzug, ein tadellos gebügeltes Hemd – das Bügeln seiner Hemden hatte Krystyna stets solche Mühe gekostet – und eine gestreifte Krawatte. Am Revers blitzte die Anstecknadel der *Knights of Columbus*. In dem Augenblick ertönte von St. Joseph's das erste Läuten – in einer halben Stunde würde die Totenmesse für Krystyna beginnen. Der Anblick ihres so festlich gekleideten Schwagers jagte Irene einen sehnsüchtigen Schauer durch den Körper. Aber sie ließ sich nicht das geringste anmerken.

»Es ist Zeit aufzubrechen, nicht?« sagte Eddie.

»Ja, ich denke schon.«

»Wir gehen zu Fuß zur Leichenhalle, hm?«

»J ... ja, natürlich.«

»Die Leute werden langsam kommen.«

Sie brachte keinen Ton mehr heraus.

»Die Mädchen sehen ...« Er mußte sich fassen, bevor er weitersprechen konnte. »Die Mädchen sehen sehr hübsch aus, Irene.«

Sie strich den Kleinen übers Haar. »Lauft zu eurem Daddy«, flüsterte sie.

Mit ernsten Gesichtern gingen die Kinder zu ihrem Vater hinüber und faßten ihn schüchtern bei der Hand. Eddie atmete schwer. Am liebsten hätte er sich auf den Boden fallen lassen und sich einfach geweigert, das Haus zu verlassen. Er wollte diesen Weg nicht gehen, diesen Weg durch die Gasse, über die Main Street bis zur Halle, um dann hilflos zusehen zu müssen, wie sich der Sargdeckel für immer über seinem geliebten Engel schloß.

Aber da waren diese kleinen Patscherchen in seinen großen Händen. Er mußte sich zusammennehmen, und so umschloß er die Händchen fest und lauschte auf dem Weg nach draußen dem Taptap ihrer Lackschühchen. Irene hielt sich hinter ihnen. Als sie die Main Street erreichten, sahen sie, wie von überall Menschen auf Iten&Heids Aussegnungshalle zuströmten – Freunde, Verwandte, Bekannte, zu Fuß, im Auto. Es war eine solche Menge, daß gar nicht alle in der Halle Platz fanden. Viele mußten vom Gehweg aus der Zeremonie beiwohnen.

Wieder wischten sich alle die Augen, und wieder wechselte der weinende Eddie von einem Bruder zum nächsten, von einer Schwägerin zur anderen, sank in die Arme seiner schluchzenden Eltern und Schwiegereltern. Irene nahm sich der beiden Mädchen an und hielt sie bei sich in den hinteren Reihen. Auch wenn sie weinten, als Eddie ohne sie nach vorn an den Sarg trat – er wollte ihnen den Anblick ihrer toten Mutter um jeden Preis ersparen. Pater Kuzdek sprach die zeremoniellen Gebete, versprühte reichlich Weihwasser und ließ Weihrauch verbrennen. Die Träger hoben den Sarg und trugen ihn hinaus in den Leichenwagen. Dann schritten die Trauernden in einer langen Prozession über die Main Street zu St. Joseph's, wo die Messe gelesen werden sollte. Eddie folgte dem Pater, nun wieder rechts und links ein Kind an der Hand.

Als er um elf Uhr die Stufen zur Kirche hochstieg und dem Sarg durch die Vorhalle folgte, sah er, daß heute sein Bruder Clayton den Glockendienst übernahm. *Gott segne dich, Clayton, daß du die Glocken läutest, auch wenn dir die Tränen über die Wangen laufen, Gott segne dich und all meine Brüder, die ihr mir in diesen schweren Tagen meine Last tragen helft. Was wäre ich ohne euch?* Jetzt läuteten alle Glocken gleichzeitig und erfüllten den Vorraum mit ihrem furiosen Klang, der Eddie durchströmte und seinen ganzen Körper vibrieren ließ. Er warf einen Blick auf die Mädchen. Sie schauten aus großen Augen zu ihm auf und preßten sich noch enger an ihn.

Im Innern der Kirche, in der vierten und fünften Reihe, warteten bereits Schwester Regina und ihre Schüler. Während die

Jungen und Mädchen unruhig auf ihren Plätzen herumrutschten, saß Schwester Regina still ins Gebet vertieft. Heute morgen war die Achtuhrmesse ausgefallen. Statt dessen nahm die ganze Schülerschaft an der Totenmesse teil, und auch der Kinderchor würde singen.

An diesem Morgen war Schwester Regina der Unterricht alles andere als leichtgefallen. Als sie die erste Stunde mit einem Gebet beginnen wollte, versagte ihr die Stimme, und sie mußte die gefalteten Hände gegen die Lippen pressen und ein zweites Mal ansetzen. Sie versuchte, sich auf den Lehrstoff zu konzentrieren, doch der Anblick von Lucys und Annes leeren Plätzen brachte sie immer wieder aus dem Konzept. Ständig mußte sie sich auch von den Schülern abwenden, um sich verstohlen die Tränen aus den Augen zu wischen. Die Zeit schien stillzustehen. Es gab nur eine einzige Uhr in der ganzen Schule, draußen in der Halle. Als Schwester Regina zum fünftenmal hinausgegangen war, um zu schauen, wie spät es war, fing sie an, im Geiste mit der Schulverwaltung zu hadern, die glaubte, auf Uhren in den Klassenzimmern verzichten zu können. Sofort tadelte sie sich dafür, denn das Gelübde der Armut gebot, mit dem, was zur Verfügung stand, zufrieden zu sein. Ach, wie oft hatte sie heute schon gegen die Heilige Regel verstoßen! Immer wieder hatte sie aus dem Klassenfenster geschaut, hatte an die Olczaks gedacht, die sich jetzt gerade in der Aussegnungshalle versammelten, hatte sich gewünscht, mit ihnen sein zu dürfen, die Kinder zu trösten und dabei selbst Trost zu finden. Da war er wieder, der Eigensinn, der Ungehorsam.

Jetzt saß sie in der Kirche, vorn in der vierten Reihe. Die ersten drei waren für die engeren Angehörigen reserviert. Und obwohl sie mit dem Rücken zum Eingang kniete, wußte sie, daß sie jetzt angekommen waren. Denn an dem Lichtschein, der plötzlich von hinten hereinfiel, erkannte sie, daß man das große Portal für den Trauerzug geöffnet hatte.

Sie konnte es kaum erwarten, einen Blick auf den Zug zu werfen. Schwester Samuel begann, auf der Orgel einen Choral in schwermütigem Moll zu intonieren. Das Rauschen des Talars und das Knarzen der priesterlichen Schuhe drangen ihr als nächstes ins Ohr. Langsam bewegte sich die Prozession an ihr vorbei: ein Ministrant ging mit einem schweren hölzernen Kruzifix voran, gefolgt von Pater Kuzdek, den links und rechts zwei weitere Ministranten flankierten. Dann kam der Sarg, den drei von Krystynas und drei von Mr. Olczaks Brüdern trugen. Alle waren starke, stämmige Bauernburschen, zu denen die schwarzen Anzüge und Krawatten irgendwie nicht paßten. Und dann kam Mr. Olczak, an jeder Hand eines der Mädchen. Er ging langsam, unendlich langsam. Als Lucy die Reihen ihrer Klassenkameraden erreichte, winkte sie ihnen mit traurigem Gesichtchen verstohlen zu, dann wurde sie von ihrem Vater weitergezogen. Schwester Regina fühlte einen körperlichen Schmerz in der Brust, so sehr litt sie mit den geliebten Kindern mit, doch wieder durfte sie sich nichts anmerken lassen. Sie zogen an ihr vorbei, und sie erhaschte einen letzten Blick von Mr. Olczaks verlorenem Gesicht, als er sich mit seinen Kleinen in die erste Reihe setzte.

Die Messe begann.

Der Herr schenke ihr die ewige Ruhe.

Der Kinderchor sang mit dünnen Stimmchen auf Lateinisch. Die Gebete waren langatmig, und so wurden Schwester Reginas Zöglinge mit der Zeit unruhig und fingen an herumzuzappeln. Sie sah es ihnen nach. Sie waren zu klein, um zu ermessen, was diese Totenmesse und was der Verlust der Mutter für ihre beiden Klassenkameradinnen bedeutete. Schwester Regina mußte zwei Jungen in der Reihe vor ihr leise zur Ordnung rufen, die miteinander zu rangeln angefangen hatten. Die älteren Schulkinder standen jetzt auf, um die heilige Kommunion zu empfangen. Ihre Schützlinge mußten sitzen bleiben, weil sie noch zu jung waren. Als Mr. Olczak sich erhob, um ebenfalls zur Kommunion zu gehen, nutzte Lucy die Gelegenheit, um sich nach ihren Freundinnen umzudrehen. Schwester Regina sah ihr an, daß sie geweint hatte. Als die Messe schließlich zu Ende war, zog Pater Kuzdek seinen schwarzen Chorrock an, kniete am Sarg nieder und betete. Dann erhob er sich, schritt um den Sarg herum, besprengte ihn mit Weihwasser und schwang das Weihrauchfaß, bis der Qualm Schwester Regina in Augen und Kehle brannte.

Jetzt begann die Totenglocke zu läuten. Die Träger hoben den Sarg wieder auf, und die Gottesdienstteilnehmer folgten ihm in feierlicher Prozession. Im Vestibül setzte man den Sarg ab und öffnete ihn ein letztes Mal, um den Trauernden die Gelegenheit zu geben, noch einen Blick auf die Verstorbene zu werfen, bevor sie anschließend auf dem Friedhof beigesetzt würde.

Schwester Regina blieb dieser letzte Abschied von Krystyna versagt. Gemeinsam mit den anderen Nonnen führte sie die Schüler durch eine Seitenpforte aus der Kirche ins Schulhaus zurück, denn es war Zeit zum Mittagessen. Doch sie würde keinen Bissen hinunterbekommen. Und die Aussicht, nach dem Essen die lärmende Kinderschar auf dem Schulhof zu beaufsichtigen, bereitete ihr diesmal, anders als sonst, keine Freude. Ach, wie gern stünde sie jetzt mit am Grab, würde für Krystyna beten, im Kreise ihrer Verwandten und Freunde den letzten Abschied feiern und die Liebe zur Verstorbenen, die sie mit den anderen verband, in ihrem Herzen spüren! Aber die Heilige Regel verbot es ihr, und sie konnte ihre Schützlinge nicht im Stich lassen.

Als sie die Mutter Oberin auf dem Weg zum Refektorium traf, bat sie, von der Teilnahme am Mittagessen und der anschließenden Schulpause freigestellt zu werden.

»Du solltest stets im Kreise deiner Mitschwestern bleiben, auch in Zeiten der inneren Not.«

»Ja, Mutter Oberin«, antwortete sie ergeben.

Mutter Agnes überlegte einen Moment, dann sagte sie: »Ich erteile dir trotzdem Dispens. Sieh zu, daß du pünktlich um eins wieder in deiner Klasse bist.«

»Ja, Mutter Oberin. Ich danke Ihnen. Gelobt sei Jesus Christus.«

»Amen.«

Schwester Regina ging hinauf in die Kapelle. Ihr Magen knurrte, und die Knie schmerzten, als sie sich auf ihrem Betstuhl niederließ, doch bereitwillig nahm sie diese Qualen auf sich. Sie brachte sie für die Seele von Krystyna Olczak zum Opfer dar. Sie betete zu Gott, er möge ihr helfen, mehr Gehorsam zu üben, die Gedanken an das Schicksal der Familie Olczak aus ihrem Herzen zu verbannen und statt dessen Platz für Ihn zu schaffen. Sie betete darum, die Armut demütig annehmen zu können und keine Wünsche wie Uhren für jede Klasse zu hegen. Gott sollte ihr beistehen, auf daß sie keinen Unwillen mehr über die Eigenheiten ihrer Mitschwestern empfände und schon gar nicht mehr mit Schwester Dora darüber redete, kurz, daß sie ihre Mitschwestern lieben und ihnen ihre Schwächen nachsehen könnte. Und am inbrünstigsten betete sie darum, nicht mehr so oft an Mr. Olczak denken zu müssen, vor allem nachts, wenn es dunkel war.

Sie betete das Miserere, sechs Vaterunser, sechs Ave Maria und sechs Gloria als Buße für ihre eigenen Sünden und die der Welt. Und die ganze Zeit, während sie betete, schlug die Totenglocke, und mit jedem Schlag erschien vor ihrem Auge das Gesicht von Mr. Olczak, klar und deutlich. Und als die Glocke schließlich schwieg, wußte Schwester Regina, daß nun alle die Kirche verlassen, daß sich die Türen des Leichenwagens hinter dem Sarg geschlossen hatten und Krystyna auf den Friedhof gebracht worden war.

7

Als das Begräbnis vorüber war, bestürmten Eddie all seine Verwandten und Freunde, doch ein paar Tage bei ihnen zu verbringen, um ein wenig auf andere Gedanken zu kommen und nicht allein zu Hause zu hocken. Doch Eddie verspürte keine Lust dazu. Was half es, sich abzulenken? Die Einsamkeit würde ihn einholen, spätestens dann, wenn er wieder heimkam. Auch wollte er wieder zur Arbeit gehen. Wenn er untätig herumsaß, verging die Zeit nur noch langsamer.

Er fragte die Mädchen. »Anne, Lucy, habt ihr Lust, ein paar Tage zu Oma Pribil oder Oma Olczak zu fahren?«

»Kommst du mit?« wollte Anne wissen.

»Nein, Schätzchen. Ich muß wieder zur Arbeit. Vier freie Tage sind wirklich genug.«

»Dann will ich lieber bei dir daheim bleiben.«

»Ich auch«, schloß sich Lucy ihrer Schwester an.

Irene, die das Gespräch mit angehört hatte, wandte sich zögernd an ihren Schwager. »Und wie willst du sie morgens für die Schule fertig machen, wenn du zur gleichen Zeit die Glocken läuten mußt?«

»Ich weiß es nicht«, seufzte er.

»Ich könnte das übernehmen, Eddie ... ich könnte morgens kommen, ihnen das Frühstück machen und sie für die Schule anziehen.«

»Nein, Irene, wirklich nicht. Das kann ich nicht annehmen.«

»Aber es macht mir wirklich nichts aus. Ich kenn mich doch aus bei euch. Ich weiß, wo die Sachen alle sind, wie Krystyna die Kleinen frisiert hat, welche Haarschleifen zu welchen Kleidern passen – das kostet mich überhaupt keine Mühe, im Gegenteil, es macht mir Spaß.«

»Aber dann mußt du jeden Tag extra herkommen.«

»Was sind schon die fünf, sechs Kilometer? Ich kann Daddys alten Laster nehmen.«

Anne schaute zu ihrem Vater auf. »Au ja, Daddy, darf Tante Irene kommen?«

»Ich weiß auch, was die beiden am liebsten zum Frühstück essen: zarte Weizenflocken mit Kokos und statt in Wasser in Milch gekocht. Niemand kennt doch ihren Tagesablauf besser als ich.«

»Au ja, Daddy, darf Tante Irene kommen?« schloß sich Lucy ihrer Schwester an.

Eddie hegte leise Bedenken, doch er schob sie beiseite. Er war so müde. Das Begräbnis hatte ihn stark mitgenommen, und die letzten vier Nächte hatte er schlecht geschlafen, weil er sich das Bett mit den Mädchen teilte und sie erst später, wenn sie eingeschlafen waren, in ihre Betten hinübertragen konnte. Außerdem hatte er tatsächlich nicht die leiseste Ahnung, wie er die Mädchen morgens versorgen und gleichzeitig seine Arbeit in der Kirche verrichten sollte. Körperlich und seelisch erschöpft, wie er war, konnte er Irenes Angebot nur schwer ausschlagen.

»Na gut, Irene. Ich kann dir nicht viel zahlen, aber ...«

»Also hör mal, Eddie!« unterbrach ihn Irene empört. »Ich würde nicht einen einzigen Penny von dir annehmen! Anne und Lucy sind meine Nichten, und ich liebe sie. Und ich habe Krystyna geliebt.« *Und ich liebe dich,* dachte sie im stillen, und als sie seine verhärmten Züge und die Augen betrachtete, in denen jeder Glanz erloschen war, gab es ihr einen Stich.

Er drückte dankbar ihren Arm. »Danke, Irene.« Und ihr lief ein wohliger Schauer über den Rücken.

Am Abend ließ Eddie heißes Wasser in die Wanne, legte den Mädchen frische Schlafanzüge bereit und ließ sie dann ihr Bad nehmen. Hinterher puderte Lucy nicht nur ihr Gesicht, sondern den ganzen Körper und das ganze Bad mit

Krystynas Puder *Ewiger Frühling* ein. Eddie mußte das Badezimmer wischen, und der intensive Duft von Krystyna, der ihn umfing, wühlte wieder allen Schmerz in ihm auf.

Als er anschließend ins Schlafzimmer ging, fand er dort die Mädchen in seinem Bett. Anne hatte eines ihrer Lieblingsbücher, »Jimmy, das Stinktier«, auf den Knien und las ihrer kleinen Schwester daraus vor, so wie es Krystyna in der letzten Zeit fast jeden Abend getan hatte. Eddies Herz krampfte sich zusammen. *Ach, du mein geliebtes Mädchen, du mußt doch nicht die Rolle deiner toten Mama übernehmen!*

Heute, nach dem Begräbnis ihrer Mutter, erschien es ihm besonders hart, die Kleinen wieder in ihre eigenen Betten zu schicken. Aber er befürchtete, sie könnten sich an das Einschlafen bei ihm gewöhnen und am Ende überhaupt nicht mehr anders schlafen wollen. Außerdem war er heute so erschöpft, daß er sein Bett dringend einmal für sich allein brauchte. Wenn ihn die Tränen überwältigten oder wenn er nachts aufstand, um unruhig im Zimmer auf- und abzugehen, wollte er nicht auf schlafende Kinder Rücksicht nehmen müssen.

»Hört zu, Kinder. Ihr habt jetzt so oft bei mir geschlafen, jetzt ist es wirklich langsam an der Zeit, daß ihr wieder in euren eigenen Bettchen einschlaft.«

»Nein!« heulte Lucy los. »Ich will hier bei dir schlafen!«

»Wir wollen bei dir schlafen!« pflichtete Anne ihr bei. »Ich will nicht drüben schlafen ohne Mama!«

»Aber Mama hat doch nie dort drüben bei euch geschlafen!«

»Aber sie hat uns immer ins Bett gebracht.«

»Dann bring ich euch jetzt ins Bett.« In der Vergangenheit hatte er dies schon oft getan, doch er wußte, daß sie beim abendlichen Einschlafritual ihre Mutter immer vorgezogen hatten.

Annes Unterlippe begann zu zittern, und kurz darauf

tropften zwei dicke Tränen auf ihren Schlafanzug. »Ich will, daß Mama wiederkommt«, schluchzte sie los.

Und schon schloß sich Lucy ihr an: »Ich will auch, daß Mama wiederkommt!«

Schließlich gab er nach, denn er ertrug es nicht, seine Kinder um die Mama weinen zu sehen. Sie bestanden darauf, ihn in ihre Mitte zu nehmen, und kurz darauf waren sie auch schon eingeschlummert. Eng an ihn gekuschelt lagen sie da, halb auf ihm, als wollten sie sich mit allen Poren an ihm festsaugen. Er wartete eine geschlagene halbe Stunde, bis er sicher war, daß sie tief und fest schliefen. Dann erst trug er sie in ihr Zimmer hinüber.

Wieder zurück in seinem Bett wollte er endlich schlafen, doch es ging einfach nicht. Erschöpft, aber mit offenen Augen lag er da und dachte an die Zukunft. Einsamkeit, bittere Einsamkeit. Diese Einsamkeit fraß ihn von innen her auf. Sie war verzehrend, mehr noch als die erste Leidenschaft ihrer jungen Liebe es gewesen war. Er rollte sich auf die Seite und fuhr tastend mit der Hand über Krystynas kühles Kopfkissen. Stöhnend warf er sich wieder auf den Rücken. Wie selbstzufrieden, wie gedankenlos hatte er bisher dahingelebt! Und jetzt hatte sich alles Glück, alle Zufriedenheit mit einem Schlag in Nichts aufgelöst. Und dann all die neuen Schwierigkeiten, die auf ihn zukamen! Der Wäschekorb im Bad war voller schmutziger Sachen. Wer würde sie waschen, wer würde sie bügeln? Wer kochte morgen abend das Essen? Die Mädchen kamen um vier aus der Schule. Wer sollte auf sie achtgeben, bis er um halb sechs heimkam? Wer würde sie mit frisch gebackenen Plätzchen verwöhnen, wer würde sie umziehen, damit sie sich draußen beim Spielen ruhig schmutzig machen konnten? Konnte er sie jeden Tag eineinhalb Stunden lang unbeaufsichtigt lassen? Nein, wahrscheinlich nicht. Sie waren ja erst acht und neun Jahre alt. Vielleicht könnte er ihnen abends sogar etwas zu essen zusammenköcheln, aber doch unmöglich in der halben Stunde bis sechs, wenn er schon wieder zum Angelus läuten mußte. Falls er erst danach anfing, würde es bis acht oder noch länger dauern, bis gegessen und abgewaschen war. Dann mußte er sie noch ins Bad schicken, ins Bett bringen und ihnen etwas vorlesen.

Doch damit nicht genug. Im Frühling hatte Anne Erstkommunion. Deshalb mußte er mit ihr den Katechismus wiederholen, was Krystyna immer gemacht hatte, mußte ihr ein weißes Kleid, einen weißen Schleier, lange weiße Strümpfe und Schuhe besorgen. Würde er das alles schaffen?

Wenn er ehrlich war – nein. Nicht ohne Irene.

Irene schaute am nächsten Morgen um sieben Uhr vorbei. Eddie war erst halb angezogen und kam mit offenem Hemd die Treppe heruntergerannt, um ihr die Tür zu öffnen. Sie hatte Make-up aufgelegt und begrüßte ihn, ohne ihm in die Augen zu sehen.

Er überließ es ihr, den Herd zu schüren, und schloß die Schlafzimmertür, als er sie die Treppe hinaufstapfen hörte, um die Kinder zu wecken.

Als er schließlich angezogen war und das Bett gemacht hatte, kam er hinunter in die Küche. Irene hatte bereits die Milch für die Weizenflocken aufgesetzt und für ihn Haferbrei gemacht, den Kaffee gekocht und den Toast geröstet. Der Tisch war perfekt gedeckt: auf der frisch gebügelten geblümten Tischdecke waren Teller, Tassen und Besteck verteilt. Neben Eddies Lieblingstasse standen Zucker und Sahne bereit. Nicht einmal die Vitaminpillen für die Mädchen hatte Irene vergessen. Anne und Lucy hatten noch die Schlafanzüge an, doch ihre Schuhe für die Schule standen schon frisch gewienert in Reih und Glied, daneben jeweils ein blütenweißes Taschentuch.

Eddie lehnte im Türrahmen, warf einen Blick auf die fast vollkommene Imitation von Krystynas Frühstücksszenario und durchschaute seine Schwägerin augenblicklich. Am liebsten hätte er sie angeschrien: *Hau ab! Ich mach das selbst! Du bist nicht Krystyna, dann versuch auch nicht, zu sein wie sie!*

Doch er brauchte sie. Vielleicht tat er Irene ja auch Unrecht? Hatte sie nur Make-up aufgelegt, um sich nach den Tagen voll Trauer und Tränen endlich wieder ein wenig aufzumuntern? Konnte es nicht sein, daß sie damit den Mädchen über die ersten schweren Tage ohne ihre Mutter hinweghelfen wollte? Versuchte sie die Kinder zu trösten, indem sie ihnen die Illusion verschaffte, daß alles so weitergehen würde wie bisher? Ganz bestimmt bedeutete es ja auch einen großen Aufwand für Irene, jeden Morgen hierherzukommen und diese ganze Arbeit zu erledigen. Und da wollte er sie auf einen bloßen Verdacht hin zusammenstauchen, obwohl er vielleicht völlig falsch lag? Nein, das konnte und wollte er nicht riskieren.

Sie warf ihm einen Blick zu und errötete. »Ich … ähm … ich glaub … du magst doch … Haferbrei, oder?« stotterte sie und trat von einem Fuß auf den anderen.

»O … ja, Haferbrei ist lecker.« Er setzte sich an den Tisch. »Danke, Irene.«

Sie blieb an der Spüle stehen, rieb sich verlegen die Hände und schaute ihm zu, wie er seinen Kaffee eingoß. Als sie keine Anstalten machte, sich mit an den Tisch zu setzen, drehte Eddie sich nach ihr um. »Willst du nicht mit uns frühstücken?«

Irene zuckte zusammen. »O … nein, nein … ich hab schon zu Hause gegessen.«

»Ah ja.« Eddie wußte nicht recht, was er sagen sollte. Zum erstenmal fühlte er sich befangen in ihrer Gegenwart. »Na dann …«

»Wenn du zwei Fünfcentstücke hättest«, fragte Irene, »ich meine, fürs Mittagessen in der Schule … dann könnte ich sie ihnen schon mal in die Taschentücher knoten.«

»Ja, natürlich.« Eddie angelte zwei Münzen aus der Hosentasche und gab sie ihr. Es war ja schon fast beängstigend, wie diese Frau sich in seinen morgendlichen Ritualen auskannte.

»Ich möchte heute daheim zu Mittag essen«, platzte Lucy ziemlich unvermittelt heraus. »In der Schule gibt es Erbsenpüree, das mag ich nicht. Und Schwester Mary Charles zwingt mich immer, es zu essen. Sie meint, daß die Kinder in China verhungern und daß ich deshalb meinen Teller leer essen muß.«

»Wo liegt eigentlich China, Daddy?« fragte Anne.

»Auf der anderen Seite der Welt.«

»Wie sollen die dann Lucys Erbsenpüree essen?«

Eddie und Irene tauschten einen Blick und mußten sich ein Lächeln verkneifen. »Schwester Mary Charles will dich nur daran erinnern, daß man kein Essen wegwerfen soll.«

»Ich hab Angst vor ihr.«

»Du mußt keine Angst vor ihr haben.«

»Sie verhaut die Jungen im Blumenzimmer, ich hab sie schreien gehört. Sie schlägt sie mit einem Gummiriemen, den sie hinter den Farntöpfen versteckt hält. Sie hat ihn von 'ner Bodenfliese abgeschnitten.«

»Wenn du immer schön brav bist, wird sie dich nicht verhauen.«

»Ich dachte, du sagtest, daß wir vor ihr keine Angst zu haben brauchen«, erwiderte Anne.

Eddie wollte sich auf keine Diskussionen einlassen, deshalb leerte er seinen Kaffeebecher und stand auf. »Ich muß zum Läuten.«

»Und was ist jetzt mit dem Erbsenpüree, Daddy?«

»Es tut mir leid, aber du mußt es einfach essen. Denn von jetzt ab mußt du immer in der Schule Mittag essen.«

»*Jeden* Tag?« rief Lucy entsetzt und verzog das Gesicht.

»Ja, so leid 's mir tut, Schätzchen.«

In ihrer Not blickte Lucy zu ihrer Tante hinüber. »Kann nicht Tante Irene uns das Mittagessen kochen?«

Eddie schielte nervös zu Irene hinüber und tat dann sehr geschäftig, als müßte er eiligst fort.

»Tante Irene muß wieder nach Hause fahren.«

»Oh.«

Er umarmte die Mädchen ausgiebig und küßte sie auf die Wangen, die nach *Ewigem Frühling* rochen. Er ließ sie äußerst ungern in Irenes Obhut zurück. Nicht, daß er ihren mütterlichen Fähigkeiten mißtraute – auch wenn Irene natürlich Krystyna nie ersetzen könnte –, aber er spürte, wie das Leben schon wieder weiterging, als wäre nichts geschehen. Das erschreckte ihn zutiefst. Jeder Tag, den er ohne Krystyna leben mußte, war ein Kampf, den er nur mühsam überstand. Doch die Normalität, die in sein Haus eingekehrt war, hatte etwas Unwirkliches, und er empfand sie als Verrat an seiner toten Frau.

Aber was blieb ihm anderes übrig, als mitzuspielen?

Irene war gerade dabei, die Kinder anzuziehen, als um halb acht das Morgenläuten begann. Sie hielt einen Moment inne und dachte an Eddie, wie er in der Kirche läutete. Armer Eddie. Armer einsamer Eddie.

Sie überzeugte sich, daß die Mädchen die Zähne geputzt und sich das Gesicht gewaschen hatten – auch hinter den Ohren! –, dann kämmte sie ihnen die Haare und band die Schleifen ihrer Kleidchen auf dem Rücken. Als sie zum Abmarsch fertig waren, gab sie ihnen an der Tür noch die Taschentücher, in die die Fünfcentstücke geknotet waren. Sie umarmte sie und küßte sie zum Abschied fest auf die Wange. »Wollt ihr, daß ich hier bin, wenn ihr aus der Schule kommt?« fragte sie.

»Hm ... ja, schon«, erwiderte Anne.

»Heißt das, daß du den ganzen Tag hier bleibst?« wollte Lucy wissen.

»Nein, ich fahr jetzt wieder heim, wenn ich das Frühstücksgeschirr abgewaschen und noch ein bißchen aufgeräumt habe.«

»Oh.«

»Aber ich kann um vier, wenn die Schule aus ist, wieder herkommen, wenn ihr wollt.«

Lucy wandte sich mit großen Augen an ihre Schwester.

»Ach, wir können schon eine Weile allein bleiben«, meinte Anne. »Wir sind ja keine Babys mehr.«

»Nein, natürlich nicht. Ich hab nur gedacht ...« Sie tätschelte Anne die Schulter. »Na gut, dann sehen wir uns auf jeden Fall morgen früh wieder. Zieht eure Pullover an, es ist frisch draußen.«

Eine Minute später machten sich die Mädchen, beide im marineblauen Pulli über dem Kleid, auf den Schulweg. Anne nahm ihre kleine Schwester fürsorglich an der Hand, als sie die Gasse überquerten.

»Ist Tante Irene jetzt unsere neue Mutter?« fragte Lucy, während sie nebeneinander herliefen.

»Wie soll sie denn unsere Mutter sein, wenn sie unsere Tante ist?« belehrte sie Anne.

Lucy zuckte die Schultern. »Ich weiß ja nicht. Sie hat alles so gemacht wie Mama, und da hab ich gedacht, daß sie jetzt unsere neue Mutter ist.«

»Sie ist nur unser Babysitter, sonst nichts.«

»Oh.«

Sie liefen jetzt einen ausgetretenen Grasweg entlang, den sie kannten wie ihren eigenen Garten. Er führte auf der Rückseite der Geschäftshäuser an der Main Street entlang und schlängelte verschiedene unbebaute Grundstücke hinter Mymans Autogeschäft, Sam Berczyks Schmiede und Wanglers Juwelierladen entlang. Anne und Lucy liebten diese verwilderten Grundstücke. Hier machten sie im Frühling Picknick, spielten an heißen Sommerabenden in der kurzen Zeit zwischen Abendbrot und Zubettgehen mit den Nachbarskindern Verstecken. Aufregende Sachen gab es hier zu entdecken: alte, von kniehohem Unkraut überwucherte Schleifsteine, verrostete Teile von Landmaschinen, aus denen sie sich keinen rechten Reim machen konnten, verfaulte Bohlen, unter denen sich fette, rosafarbene Würmer ringelten, die sie sammelten und ihrem Daddy heimbrachten. Er freute sich darüber und meinte, das wären prima Köder, aber dann hatte er doch nie die Zeit zum Angeln. Es gab auch ein paar alte Schuppen, in denen uralte Lkws standen, mit denen niemand mehr fuhr, Hühnerställe, Holzverschläge, in denen Spaten, Schaufeln und Sensen, schwere Eisenketten und verbogene Autoachsen langsam vor sich hinrosteten. Und hinter Naumans Spenglerladen führte eine quietschende Tür in einen Keller, in dem es von Feuersalamandern nur so wimmelte. Es war schön gruselig, da hinunterzusteigen, und regelmäßig flohen sie kreischend die Treppe hinauf. Doch es zog sie immer wieder in den gespenstischen Keller. Wenn man nämlich die Salamander mit einer Taschenlampe anstrahlte, leuchteten ihre Augen in der Dunkelheit schaurig grün auf. Der Keller war das herrlichste Spukschloß der Welt. Manchmal knöpfte die kleine Brenda Nauman ihren Spielkameradinnen auch einen Penny ab, bevor sie eine Privatführung in ihr Gruselkabinett veranstaltete. Auf der anderen Seite des Graswegs, dem Elternhaus der Mädchen gegenüber, befand sich Frank Plotniks Schmiede. Sie war eingezwängt zwischen schmalen Gärten mit verfallenen Schuppen und verwahrlosten Gemüsebeeten, über die man Wäscheleinen gespannt hatte. In einigen der benachbarten Häuser lebten alte Frauen, die mit Annes und Lucys Großeltern um sieben Ecken herum verwandt waren, aber wie, das hätten die Mädchen nicht zu sagen gewußt.

Der Weg mündete schließlich in eine Straße ohne Namen, an die dann bereits der Pfarrgarten von Pater Kuzdek grenzte. Für die Kinder war dieser Garten das Paradies. Er war voll mit Heiligenstatuen in Lebensgröße aus weißem Marmor. In einem kleinen Teich wimmelte es von Goldfischen, die die Mädchen manchmal mit Brotkrumen fütterten. Jedes Jahr an Fronleichnam durften Anne und Lucy, in weißen Kleidchen und mit weißen Schleiern geschmückt, vor Pater Kuzdek Pfingstrosenblätter ausstreuen, wenn er im Garten die Messe las und mit der feierlichen Prozession gemessenen Schrittes zum nächsten der vier Außenaltäre weiterzog. Ihre Mutter hatte immer mitgeholfen, diese Altäre aufzubauen und sich besonders viel Mühe damit gemacht, sie mit Blumen aus dem eigenen Garten zu dekorieren.

Als sie am Zaun des Pfarrgartens vorbeiliefen, erinnerte sich Lucy: »Weißt du noch, Anne, wie wir uns so schön angezogen haben und Pater Kuzdek Blumen gebracht haben? Wie hieß dieses Fest doch gleich?«

»Kurpius Christi«, antwortete Anne. Eigentlich hieß es »Corpus Christi«, aber in Browerville war »Kurpius« ein verbreiteter Familienname, weshalb die Kleine das Wort verwechselte.

»Ja, genau, Kurpius Christi. Wer näht uns denn jetzt die weißen Kleider? Und was ist mit Ostern?« Auch zu Ostern verlangte die kirchliche Zeremonie weiße Kleider, und Lucy hatte sich so daran gewöhnt, schön wie ein kleiner Filmstar herausgeputzt zu werden.

»Ich weiß nicht. Du wirst wahrscheinlich mein abgelegtes vom letzten Jahr anziehen.«

»Immer muß ich deine abgelegten Sachen anziehen!« beschwerte sich Lucy.

»Stimmt gar nicht. Mami hat dir fast immer ein eigenes genäht!«

»Ja, aber sie hat versprochen, mir zu Ostern ein neues zu machen! Und ich will nicht dein altes anziehen! Wer soll mir jetzt das neue Kleid nähen?«

»Verdammt, woher soll *ich* das wissen?!« schnauzte Anne ihre kleine Schwester an, und ihre Unterlippe begann verdächtig zu zittern.

Lucy riß ihre Hand aus der ihrer Schwester und begann laut loszuschluchzen. Sie waren inzwischen vor der Kirche angekommen, und sie setzte sich auf eine der Stufen und heulte mit offenem Mund los. »Ich will nicht, daß Mami tot ist! Ich will, daß sie mir mein Osterkleid macht! Ich will nach Hause!«

Sie stand auf und wollte wieder zurücklaufen, doch Anne hielt sie an der Hand fest.

»Du kannst nicht nach Hause. Da ist niemand!«

»Aber Tante Irene ist doch da!«

»Nein! Sie hat gesagt, daß sie wieder heimfährt.«

Hilflos blieb Lucy mitten auf der Straße stehen. »Ich will zu meiner Mamiiiii!«

Anne, die sich genauso nach ihrer Mutter sehnte, übernahm automatisch die fürsorgliche Rolle der älteren Schwester. Sie schlang die Arme um Lucy und bettete das Köpfchen der Kleinen an ihre Schulter, so wie ihre Mami sie immer getröstet hatte. »Komm, Lucy, wir müssen in die Schule. Wir gehen zu Schwester Regina. Vielleicht kann sie uns helfen. Wo ist dein Taschentuch? Hier, nimm meins und putz dir die Nase!«

Als sie das Klassenzimmer betraten, schrieb Schwester Regina gerade an die Tafel: *12. September, Namensfest der Heiligen Jungfrau Maria.* Am Namenstag eines jeden Heiligen schrieb Schwester Regina dessen Namen an die Tafel und erzählte den Kindern von seinem Leben. Einige Schüler waren schon da und hatten sich um ihre Lehrerin geschart.

»Guten Morgen, Schwester«, grüßte Anne.

Lucy wollte das gleiche sagen, doch es kam nur ein verzweifeltes Schluchzen über ihre Lippen.

»Guten Morgen, Kinder. Lucy, was hast du denn?« Schwester Regina legte die Kreide ab und drehte sich zu ihrem Schützling um.

»Sie will wieder nach Hause gehen, aber ich hab ihr gesagt, daß Mami nicht da ist.«

Lucy blieb mitten im Klassenzimmer stehen, rieb sich die verweinten Augen und konnte nur einzelne Worte hervorstoßen. »Ich ... will zu ... meiner ... Mami!« Aller Augen waren auf sie gerichtet.

»Kommt mit, ihr zwei.« Die Schwester nahm die Mädchen an der Hand und führte sie ins Blumenzimmer, wo sie mit den beiden ungestört sprechen konnte. Auf drei langen, verwitterten Holzbänken standen die verschiedensten Blumen Topf an Topf. Zwischen zwei Farnen lag Schwester Mary Charles' Gummiriemen versteckt. Die Mädchen sahen ihn sofort, preßten die Hand ihrer Lehrerin und drückten sich ängstlich an sie. Ein großes Bücherregal an der einen Wand stellte die »Schulbibliothek« dar, an der gegenüberliegenden Wand stand ein Metallbett mit einer zusammengefalteten Armeedecke darauf. Das war die sogenannte »Krankenstation«. Hier nahm Schwester Regina Platz und zog die Kinder an ihre Seite. Obwohl die Heilige Regel es verbot, nahm sie die Mädchen, die sich sofort bedürftig an sie schmiegten, neben sich aufs Bett und legte die Arme um sie. Kinderlos wie sie war, kannte sie das glückliche Gefühl kaum, das die zwei kleinen warmen Körperchen ihr schenkten. Die Schultern der Mädchen streiften leicht ihre Brüste, die fest in die Nonnentracht gepreßt waren, als dürfte niemand sehen, daß in diesem Gewand eine Frau steckte. Schwester Regina fühlte, wie sich starke mütterliche Gefühle in ihr regten.

»Und jetzt erzählt mir mal, warum ihr an so einem wunderschönen Morgen weinen müßt.«

»Lucy will, daß unsere Mami wiederkommmt.«

»Ach, Liebling, das wünschen wir uns doch alle! Aber

weißt du was? Als ihr eben in die Klasse kamt, was hab ich da gerade an die Tafel geschrieben? Den Namen der Heiligen, die heute Namenstag hat. Und wißt ihr, wer das ist?«

Trotz ihres Kummers schaute Lucy neugierig zu ihrer Lehrerin auf, wischte sich die Tränen aus dem Gesichtchen und schüttelte den Kopf.

»Heute ist das Namensfest der Heiligen Jungfrau Maria! Das heißt, wenn wir die Jungfrau Maria heute um etwas bitten, dann ist es ganz wahrscheinlich, daß wir das auch bekommen. Wollen wir es mal versuchen? Wollen wir Maria fragen, ob eure Mami im Himmel glücklich ist? Wollen wir das?«

»Ja!«

Schwester Regina hielt die Kinder an den Händen, schloß die Augen und betete laut. »Liebe Maria, Heiligste aller Jungfrauen, Mutter Jesu, die du Ihn geliebt hast so wie Krystyna ihre Kinder Anne und Lucy geliebt hat. Wir bitten dich, der Herr möge diesen zwei Kindern gnädig sein. Sie brauchen Seine Hilfe ganz besonders. Sie wollen Ihn bitten, die Seele ihrer Mutter möge froh und glücklich an Jesu Seite weilen. Sie wollen ihrer Mutter sagen, daß sie sich fest bemühen werden, hier auf Erden weiter als brave Kinder Gottes zu leben. Amen.«

»Schwester?« flüsterte Lucy, als ihre Lehrerin die Augen wieder aufschlug.

Sie schaute auf das kleine Engelsgesicht des Kindes herab. »Ja, Lucy?«

»Was heißt ›Öhrchen steif‹?«

Schwester Regina lächelte. »Das heißt, daß wir unser Bestes tun, auch wenn es manchmal sehr schwer ist. Für dich und Anne bedeutet das, daß ihr in die Schule geht und wie bisher brave Kinder seid. Und daß ihr jeden Tag in die Messe geht und euch gegenseitig helft, so wie dir Anne heute geholfen hat, Lucy. Und wenn ihr manchmal das Gefühl habt, daß ihr so traurig seid, daß ihr das alles nicht mehr schafft, dann seid gewiß, daß nicht nur der Herr Jesus euch hilft, sondern vor allem eure Mami, die jetzt dort oben im Himmel bei ihm wohnt.«

»Aber wie kann sie mir helfen? Kann sie denn noch Osterkleider nähen?«

»Hm, nein, das kann sie nicht mehr, Lucy. Aber sie wird dafür sorgen, daß du eins bekommst.«

»Wirklich?«

»Ganz bestimmt!«

»Aber wie?«

»Tja. Deine Mami ist jetzt ein Engel, und du hast doch gehört, was Pater Kuzdek gesagt hat: Engel finden immer einen Weg.«

Lucy schaute zu Schwester Regina auf. Sie lächelte scheu.

»Und jetzt, weißt du was?« Die Nonne erwiderte das Lächeln. »Jetzt gehen wir wieder zurück in die Klasse. Die anderen Kinder warten bestimmt schon. Es ist Zeit für die Messe. Dein Papa wird gleich läuten und wird sicher schauen, wo du bist. Wollen wir zu ihm in die Kirche gehen?«

Lucy war schon vom Bett heruntergekrabbelt, als etwas Unerwartetes geschah. Anne, die gerade vom Bett heruntergehüpft war, schlang plötzlich ihre Ärmchen um Schwester Reginas Hals und drückte ihr heißes Gesicht an die kühle Wange ihrer Lehrerin. Schwester Regina stockte der Atem. Dann wallte eine Liebe in ihr auf, als hätte der Engel Krystyna persönlich ihr Herz berührt. Diese spontane Geste der Sympathie – das war es, was Müttern von ihren Kindern tagtäglich geschenkt wurde und was selbstverständlich für sie war. Noch nie hatte ein Kind Schwester Regina auf diese Weise umarmt. All ihre Mütterlichkeit erwachte und blühte auf wie eine Blume auf kargem Felsengrund.

Schwester Regina vergaß die Heilige Regel und erwiderte innig die Umarmung des Mädchens.

Diese zärtliche Szene hatte nur einen Augenblick gedauert. Sofort hatte sich Schwester Regina wieder unter Kontrolle und brachte die Mädchen völlig gefaßt zurück ins Klassenzimmer. Doch ihr war leicht ums Herz, und eine nie gekannte Heiterkeit erfüllte sie.

Sie dachte an eigene Kinder – ein Wunsch, der sich seit ihrem Ordenseintritt nie mehr geregt hatte. Merkwürdig, fand sie, da sie doch Tag für Tag mit Kindern zu tun hatte! Heiraten und Kinderkriegen – eine Vorstellung, die für sie nie eine Rolle gespielt hatte. Den Wunsch, Ordensfrau zu werden, hatte sie schon verspürt, als sie erst sieben oder acht Jahre alt war, so alt wie Anne und Lucy heute. Ihre Großmutter hatte sie darin bestärkt. Die Nonnen, bei denen sie zur Schule gegangen war, hatten diese Entscheidung weiter gefördert und unterstützt. Immer wieder versicherte man ihr, das reiche, glückliche und friedvolle Leben einer Nonne sei jeder anderen Lebensform vorzuziehen. Sie sollte dankbar sein, daß der Ruf so früh schon an sie ergangen sei. Gott hatte sie auserwählt.

Heiraten und Kinder kriegen konnte jede Frau – aber nur den *Auserwählten* war ein Leben in der klösterlichen Gemeinschaft vorbehalten.

Aber sieh nur, worauf du verzichtet hast!

Sie führte die Kinder in den gewohnten Zweierreihen in die Kirche. Als sie die Stufen emporstiegen und die Vorhalle betraten, begann es zu läuten. Schwester Regina nahm Weihwasser und stellte sich dann neben den Eingang. Die vorbeiziehenden Kinder bekreuzigten sich, dann falteten sie die Hände und gingen auf ihre Plätze. Zu ihrer Linken sah sie Mr. Olczak an den Glockenseilen. Als seine beiden Kinder auf ihn zuliefen, sah er sofort, daß sie geweint hatten. Er ließ die Seile los, kniete nieder und nahm Lucy auf den einen Arm, Anne auf den anderen. Schwester Regina konnte nicht verstehen, was die Kleinen ihm ins Ohr flüsterten und was er antwortete. Aber sie sah das schmerzliche Lächeln und den liebevollen Blick, mit dem er seine Sprößlinge betrachtete. Ohne es zu wollen, verglich sie das Band ihrer Liebe zu Gott mit dieser Liebe zwischen Vater und Töchtern.

Sie hatte das Gefühl, der Boden sacke ihr unter den Füßen weg, als sie wie ein Blitz die Erkenntnis traf:

Du hast die falsche Wahl getroffen. Das hier sind die Auserwählten. Du hast dein Leben verspielt.

8

Um vier Uhr nachmittags, als die Schule aus war, holte Irene Pribil ihre Nichten an der Klassentür ab. Die standen mit ihren Kameraden auf dem Gang schon in Zweierreihen zum Abmarsch bereit. Fröhlich rannten Anne und Lucy auf ihre Tante zu. »Wie nett von Ihnen, daß Sie gekommen sind, Irene«, sagte Schwester Regina. »Wirklich rührend, wie Sie sich um die beiden kümmern.«

»Ach, das ist doch selbstverständlich, Schwester. Die Mädchen sind doch seit jeher meine Lieblinge.«

Schwester Regina verabschiedete sich mit einem Lächeln und führte die Klasse hinaus, um sie nach Hause zu entlassen. Die Kinder, die in der Stadt wohnten, machten sich zu Fuß auf den Heimweg, die anderen kletterten lachend, lärmend, einander schubsend und drängelnd in die Schulbusse, die schon mit laufendem Motor warteten. »Auf Wiedersehen, Schwester!« riefen sie mit hellen Stimmchen und winkten ihr zu. »Auf Wiedersehen!«, »Bis morgen, Schwester!« Lächelnd schaute sie ihnen nach, wie immer ein wenig erschöpft und erleichtert am Ende eines anstrengenden Schultages.

Als die Busse weg waren, trat Stille ein. Schwester Regina

ließ sich noch ein bißchen Zeit, bevor sie in das verwaiste Schulhaus zurückkehrte. Es war ein sonniger Herbstnachmittag. Der frisch gemähte Rasen auf dem Schulhof war sattgrün, die Geranien in der Jesus-Grotte leuchteten feuerrot. Schwester Regina schritt den gepflegten Weg entlang und stieg ein paar Natursteinstufen zur Grotte hoch. Diese lag, von mächtigen Tannen umgeben, auf einem kleinen Hügel, der als Steingarten angelegt war. Moosrosen und üppiger Mauerpfeffer wucherten bis über den Wegrand.

Vor der Statue, die Jesus im Garten Gethsemane darstellte, kniete sie nieder und schaute auf in das fein ziselierte Gesicht. »Halte Deine schützende Hand über die Olczak-Mädchen, o Herr«, betete sie. »Sie brauchen Deine Hilfe jetzt mehr denn je.«

Die Nonne erhob sich und klopfte sich ein paar Nadeln vom Habit. Sie genoß die Ruhe und sog den angenehmen Duft der Tannen ein, deren untere Äste fast den Boden berührten. Eine zarte Brise hob ihren Schleier, und sie spürte die Wärme der Sonne auf den Schultern. Von Norden tönte das rhythmische Stampfen von Borgerts Zementfabrik herüber, aus östlicher Richtung hörte sie ein Zischen, das von der Milchfabrik herkam und beim Abkoppeln der Eisenbahnwaggons durch freiwerdende Preßluft entstand. Ein silberglänzender Milchlaster, der von seiner Tour heimkehrte, hupte Einlaß heischend vor dem Werkstor. Langsam erstarben die Geräusche, und Feierabendruhe senkte sich über die Stadt. Nur noch das ferne Stampfen der Zementfabrik war zu hören, beruhigend und vertraut.

Schwester Regina seufzte. Es war Zeit, ins Schulhaus zurückzukehren.

Die Klassentüren standen allesamt sperrangelweit offen. Schwester Regina lächelte Schwester Dora zu, die noch im Zimmer der Kleinsten beschäftigt war. Es herrschte himmlische Ruhe. Sie beugte sich über den Wasserhahn, den abzudrehen ein Kind vergessen hatte. Sie nahm ein paar Schlucke und spürte die Kälte des Wassers schmerzhaft an ihren Zähnen. Dann drehte sie den Hahn zu, eingedenk ihres Armutsgelübdes, denn selbst Wasser zu vergeuden galt als Sünde.

In ihrem eigenen Klassenraum standen die Fenster offen, und die Jalousien waren nur zur Hälfte heruntergezogen, so daß die tiefstehende Nachmittagssonne hineinschien. An der Stirnseite jeder Bankreihe lag ein Abfallhäufchen. Jeweils einer der Schüler aus jeder Reihe hatte die Aufgabe, am Ende des Schultages mit einem Handfeger den Dreck unter den Bänken hervorzukehren, um Mr. Olczak diese Arbeit zu ersparen.

Schwester Regina schlenderte durch die Reihen. Dies war ihre liebste Tageszeit. Wenn die Kinder fort waren, gehörte das Klassenzimmer ihr. Sie ging zur Tafel, krempelte ihren Ärmel hoch und wollte gerade mit der Kreide zu schreiben beginnen, als Mr. Olczak in der Tür erschien. »Tag, Schwester.«

Ihr blieb das Herz stehen, doch als sie sich umdrehte, war sie freundlich und gelassen wie immer.

»Guten Tag, Mr. Olczak.«

»Waren meine Mädchen brav heute?« In der einen Hand hielt er einen Besen, in der anderen den Griff eines Handwagens, in dem Eimer und Putzmittel verstaut waren.

»Nun, es gab eine kleine … Irritation.«

»Was ist denn passiert?« Er kam herein und begann die Abfallhäufchen zusammenzukehren.

»Lucy war heute morgen ein wenig bekümmert und wollte wieder heim. Anne hat ihr Schwesterchen zu mir gebracht, und wir sind dann zu dritt ins Blumenzimmer. Nach einer kleinen Aussprache ging's dann, glaube ich, wieder besser.«

Er kehrte die vordere Ecke aus und fegte dann eine Längsseite des Klassenraums entlang. »Wissen Sie«, sagte er mit leiser Stimme, »Anne macht mir viel mehr Sorgen als Lucy.

Sie wirkt so viel erwachsener und stabiler, aber ich glaube, daß sie ihre Mama im Grunde ihres Herzens viel mehr vermißt als die Kleine.«

»Das ist verständlich. Sie ist ja ein Jahr älter und hat deshalb wohl eine stärkere Bindung an ihre Mutter.«

Eddie blieb an den hinteren Bänken stehen. Er umfaßte das Ende des Besenstiels und stützte den Kopf auf die Hände. »Ach, Schwester. Sie wissen ja gar nicht, wie froh ich bin, daß die beiden bei Ihnen in der Klasse sind! Heute morgen hätte ich auch jemanden brauchen können, um mich auszusprechen.«

Schwester Regina wußte, daß sie nach der Heiligen Regel persönliche Gespräche vermeiden sollte. So deutete sie nur ein Lächeln an und setzte sich ans Katheder.

Eddie kehrte nun entlang der zweiten Längsseite wieder nach vorn und blieb auf halbem Wege stehen. Er bückte sich, um mit dem Fingernagel etwas vom Boden zu kratzen. Als er sich aufrichtete, hielt er einen Moment inne, als müßte er sich überwinden, das Gespräch wieder aufzunehmen. »Heute morgen ... kam Irene zu uns«, begann er. »Um ... um in gewisser Weise ... Krystynas Rolle zu übernehmen ... ich weiß nicht, ob ich mich verständlich ausdrücke.«

Schwester Regina nickte nur.

»Nicht daß Sie mich falsch verstehen«, beeilte er sich. »Ich war froh darüber, daß sie die Kinder für die Schule fertig gemacht hat, nur ... sie ... sie ...!«

Schwester Regina wartete.

Eddie fuhr nervös mit dem Daumen über das Ende des Besenstiels. »Irgendwie ... hat es mir nicht gepaßt, daß sie so ohne weiteres ... in Krystynas Reich eindringt.«

Schwester Regina stockte der Atem. Noch nie hatte ein erwachsener Mann ihr so private Dinge gestanden wie Mr. Olczak gerade eben. Seine überraschende Offenheit erschreckte sie ein wenig. Die Heilige Regel! In ihrem Kopf schrillten die Alarmglocken. Doch sie entschloß sich, sie zu ignorieren. Waren seine Kinder nicht ihre Schülerinnen? War es nicht ihre pädagogische Pflicht, sich um deren Nöte zu kümmern?

»Das kann ich gut verstehen.«

»Ich glaube, ich war da ein wenig ... egoistisch, nicht wahr?«

Ihre Blicke trafen sich. »Ich würde es nicht egoistisch nennen, Mr. Olczak. Irene hat es sicher gut gemeint, ich glaube aber auch, daß sie versteht, wie schwer die Zeit jetzt für Sie ist.«

»Sie wußte genau Bescheid in unserem Haushalt ... verstehen Sie? ... Sie wußte alles, wußte, wo Krystyna ihre Sachen aufbewahrt hat ... und plötzlich hatte ich das Gefühl, daß sie ... als ob sie versucht hätte, *wie* Krystyna zu sein ... in ihre Haut zu schlüpfen. Und das ... das hat mir überhaupt nicht gefallen.«

Schwester Regina nickte verständnisvoll.

»Das gleiche am Tag von Krystynas Tod«, fuhr Eddie fort. »Die Frauen kamen zu uns ins Haus, und noch bevor ich überhaupt wußte, was los war, haben sie alles weggeräumt ... dabei wäre es mir viel lieber gewesen, sie hätten alles so gelassen, wie's war, die letzten Dinge, die Krystyna ... berührt hatte. Am liebsten wäre ich in die Küche gestürmt und hätte sie angebrüllt: *Haut ab, laßt die Kaffeekanne stehen, wo sie sie abgestellt hat! Und laßt die Brotkrumen und den Einkaufszettel auf dem Küchentisch liegen. Und das Geschirrtuch, laßt es hängen, wie sie es über den Stuhl gehängt hat, und ihre leere Kaffeetasse in der Spüle!«* Sein Gesicht verdüsterte sich, die Worte kamen nur noch stoßweise. »Aber sie haben alles weggeräumt ... Sie haben ihre Kuchenplatten reingeschleppt und ihre Bräter und alles zur Seite geschoben, um ihr Zeug auszubreiten ... Und so habe ich nicht mehr gesehen, wie Krystyna die Küche zurückgelassen hat am Tag ...

an dem sie starb … Sie haben es gut gemeint, aber sie hätten … sie hätten es nicht tun dürfen … sie hätten warten müssen.«

Er hatte den Blick von Schwester Regina abgewandt, starrte auf das Fensterbrett, auf dem sich das Sonnenlicht spiegelte. In seinen Augen standen Tränen, und sein Adamsapfel zuckte. Der Daumen, der eben noch nervös über den Besenstiel gefahren war, ruhte bewegungslos auf dem Holz. Das Stampfen der fernen Zementfabrik, das von ferne hereindrang, klang wie das Pochen eines Herzens. Einen Moment lang stellte sich Schwester Regina vor, es wäre das Pochen seines gebrochenen Herzens, und sie könnte es hören, während sie ihren Kopf an seine Brust legte, um seinen Schmerz zu lindern.

Er schaute sie fragend an. »Finden Sie nicht auch, Schwester?«

»J …« Sie wollte etwas sagen, doch es drang nur ein Krächzen aus ihrer Kehle. »Ja. Die Frauen hätten warten müssen«, flüsterte sie. Am liebsten wäre sie zu ihm hinübergegangen, um ihn zu trösten. Statt dessen zwang sie sich zu äußerster Gelassenheit. »Sie waren einfach gedankenlos. Es ist nur zu verständlich, daß Sie den Ort, wo Krystyna zuletzt gewirkt hat … unberührt haben wollten. Es war schließlich der Ort … der ihre letzten Erinnerungen aufbewahrte. Ich denke, weder die Frauen noch Irene wollten Ihre Gefühle verletzen, sondern sie wollten Ihnen helfen, so gut sie konnten. Trotzdem haben Sie sich nichts vorzuwerfen, Mr. Olczak. Ich glaube nicht, daß Gott Sie undankbar findet. Er hat sicher Verständnis für Ihre Not, denn Er weiß, was Sie durchmachen.«

Sie sah, wie sich seine Schultern entspannten. Seine Hände lösten sich aus ihrer Verkrampfung. Ein wenig verlegen trat er von einem Bein aufs andere.

»Wissen Sie was, Schwester? Jedesmal, wenn ich mich mit

Ihnen unterhalte, geht es mir hinterher besser.« Sein Mund verzog sich zu einem schiefen Lächeln.

»Nun, das ist …« Sie merkte, daß sie sich auf unbekanntem Terrain bewegte und endete ein wenig gezwungen: »… gut so, Mr. Olczak.« Unter dem Katheder krempelte sie hastig ihre Ärmel wieder herunter. Viel zu spät hatte sie bemerkt, daß er ihre Handgelenke nackt gesehen hatte. Dann zog sie einen Stapel Schulhefte ihrer Viertkläßler heran und machte sich daran, sie zu korrigieren. Auch Eddie machte sich wieder an die Arbeit. Er kehrte die restlichen Abfallhäufchen zusammen, hob dann und wann etwas mit der Hand auf. Nach einer Weile sagte er, mehr wie zu sich selbst: »Na, das ist ja schön, daß die Mädchen heute brav waren.«

Im Klassenzimmer herrschte Stille. Sie fuhr mit dem Rotstift die Zahlenkolonnen entlang, markierte die Fehler, während er ihren Papierkorb ausleerte und die beiden Tafeln wischte. Langsam begannen sie zu trocknen, leuchteten in der Abendsonne in allen Regenbogenfarben. Schwester Regina trug Noten in ihr Notizbuch ein. Eddie verschwand eine Weile, um die Toiletten zu putzen. Inzwischen schrieb sie erst eine Reihe Wörter zum Buchstabieren an die Tafel, dann ein schlichtes Gebet: *»Lieber Gott, mach mich fromm, daß ich in den Himmel komm. Amen.«*

Als Eddie vom Waschraum ins Klassenzimmer zurückkehrte, saß sie schon wieder am Katheder. Er zog seinen Handwagen hinter sich her und blieb in der Tür kurz stehen, um zu lesen, was sie an die Tafel geschrieben hatte. »Das ist schön, Schwester. Bis morgen dann.«

»Auf Wiedersehen, Mr. Olczak.«

Als er gegangen war, saß sie bewegunglos da und schaute hilfesuchend auf das Bild der Heiligen Jungfrau Maria an der Wand gegenüber. Sie spürte, wie ihr Herz pochte, und es war ihr klar, daß es dieser Mann war, welcher soeben das Zimmer verlassen hatte, der ihr Blut derart in Wallung brachte.

Es waren die Gefühle einer Frau, die sich in ihr regten, verbotene Gefühle, denen sie abgeschworen hatte, als sie den Schleier genommen hatte.

Schwester Regina hob die Hände zu einem Gebet. Doch sie faltete sie nicht wie sonst, sondern schlang die Finger verzweifelt ineinander. Ihr Kopf senkte sich auf die Knöchel, die weiß hervortraten. *Lieber Gott,* betete sie, *hilf mir, mein Herz rein und meinen Körper unbefleckt zu halten, wie es Deine gesegnete Mutter tat. Hilf mir, meine Gelübde zu wahren und dieser weltlichen Versuchung zu widerstehen. Laß mich glücklich und zufrieden mit dem Leben sein, das ich gewählt habe, auf daß ich Dir immer diene mit reinem Herzen und mit reiner Seele, im Namen Jesu, Amen.*

Irene war noch immer in seinem Haus zugange, als Eddie von der Arbeit heimkehrte. Er hatte schon so etwas geahnt, nachdem sie um vier in der Schule aufgetaucht war, um die Mädchen abzuholen. Im Windfang drang ihm bereits der Duft von Brathähnchen und frisch aufgebrühtem Kaffee in die Nase. Als er in die Küche trat, hob Irene gerade dampfende Klöße aus einem Topf.

Sie sah ihn an. Er sah sie an.

Sie errötete. Er runzelte die Stirn. Es war nur ein Hauch von Mißbilligung, der über sein Gesicht huschte, doch Irene verstand sofort, und ihr Magen krampfte sich zusammen.

»Lucy wollte so gern Klöße«, sagte sie wie zur Entschuldigung.

»Lucy will immer Klöße.«

»Sie sagte, ähm, daß Krystyna ... sie meinte ...«

Sie brach ab, als er an ihr vorbeiging, um sich an der Spüle die Hände zu waschen. Wenn er ihr den Rücken zuwandte, so dachte er, würde es ihm leichter fallen, es ihr zu sagen.

»Irene ...«

Sie ging zur Hintertür und rief in den Garten hinaus:

»Kommt rein, Mädchen, Händewaschen, Zeit fürs Abendessen!«

»Irene, ich finde es wirklich sehr nett, daß du mir hilfst, aber …«

»Spar dir den Rest, Eddie. Ich geh schon. Ich wollte nur das Essen fertig machen. Ich hatte wirklich nicht vor, länger zu bleiben, ehrlich, Eddie.«

Er beugte sich übers Becken und wusch sich mit den seifigen Händen das Gesicht, um Zeit zu gewinnen. Es war so schwer, die richtigen Worte zu finden. Als er sich aufrichtete und sich an einem blauen Handtuch abtrocknete, sah er, wie sie mit hastigen Bewegungen die letzten Schalen und Teller auf den Tisch stellte. Sie hatte sich auf die gegenüberliegende Seite der Küche zurückgezogen, als wollte sie um jeden Preis vermeiden, ihm zu nah zu kommen. Auch wenn sie vermied, ihn anzusehen, entgingen ihm doch die Tränen nicht, die ihr in den Augen standen. Er erschrak und wurde sofort weich.

»Ich wollte nur sagen, Irene … es ist ja noch genug zu essen da, von dem, was die Leute letzte Woche gebracht haben.«

»Das meiste ist verdorben«, erwiderte sie mit abgewandtem Gesicht. »Ich hab den Kühlschrank ausgeräumt und vieles weggeworfen. Ich hab auch alle Platten und Bräter abgespült und die Namen ihrer Besitzer draufgeschrieben, damit du weißt, was wem gehört. Wenn du willst, kann ich sie den Leuten auf dem Heimweg vorbeibringen. Ich …«

»Nein, Irene, wirklich nicht. Du hast schon genug für uns getan. Ich kümmere mich darum. Und jetzt komm, du hast uns so ein leckeres Abendessen gemacht, da ißt du natürlich mit uns!«

In dem Moment kamen die Mädchen hereingerannt.

»Sind die Klöße schon fertig?« rief Lucy aufgeregt.

»Mann, hab ich einen Hunger«, erklärte Anne.

Irene stellte die Platte mit dem Brathähnchen auf den Tisch, warf einen letzten, sehnsüchtigen Blick darauf, setzte sich dann aber nicht mit dazu. »Mama wartet auf mich«, entschuldigte sie sich. Dann wandte sie sich an die Kinder: »So, und ihr wascht euch erst einmal schön die Hände, bevor ihr zu Tisch geht. Und jetzt gebt mir ein Küßchen zum Abschied. Wiedersehen, Schätzchen, Wiedersehen, Liebes.« Sie umarmte die Mädchen kurz und huschte dann aus der Küche.

Anne und Lucy liefen zur Spüle, Eddie trottete seiner Schwägerin mit schlechtem Gewissen hinterher. Er mußte an Schwester Reginas Worte denken. Sie meinte es doch nur gut mit ihm. Vielleicht suchte sie ja auch seine Nähe, um ihren eigenen Kummer und Schmerz besser ertragen zu können.

Sie hörte, daß er ihr hinterherkam und blieb im Windfang stehen. »Soll ich morgen früh wiederkommen, Eddie? Ich meine ... ich will dir wirklich nicht auf die Nerven gehen.«

»Irene«, sagte er und legte ihr seine schwere Hand auf die Schulter. Er seufzte leise. Eine Weile sagten sie beide nichts. Aus der Küche hörten sie die Mädchen um den ersten Kloß streiten.

»Ich wollte dir nur helfen, Eddie«, nahm Irene das Gespräch wieder auf. »Ich wollte nicht ... verstehst du?«

Er drückte ihre Schulter und ließ die Hand sinken. »Ich weiß, Irene.«

Sie faßte neuen Mut und sah ihn an. »Also, was möchtest du?«

Wieder seufzte er leise. Dann steckte er beide Hände tief in die Taschen seines Overalls. »Ich glaube, daß ich ohne deine Hilfe nicht auskomme«, gab er zu.

»Okay, soll ich dann morgen früh kommen?«

»Ja, das wäre sehr schön.« Ein Hauch von Resignation schwang in seiner Stimme mit.

»Gut, dann bin ich morgen rechtzeitig wieder bei euch.«

Er sah ihr nach, wie sie zu dem alten Laster ihres Vaters lief, hineinkletterte und, ohne sich noch einmal umzuschauen, eine Spur zu schnell davonbrauste. Er hatte sie verletzt, dachte er schuldbewußt, obwohl er es gar nicht gewollt hatte.

Das Essen schmeckte köstlich. Sie kochte genauso gut wie Krystyna. Brathähnchen mit Klößen, das hatten die beiden von ihrer Mutter gelernt. Er warf einen Blick auf die Uhr, trieb dann die Mädchen an, sich zu beeilen. Bevor er zum Angelusläuten in die Kirche hinüberlief, sagte er noch schnell Mrs. Plotnik von nebenan Bescheid, daß die Mädchen draußen mit den Nachbarkindern spielen dürften.

Als er heimkam, stand das schmutzige Geschirr auf dem Tisch, und von draußen hörte er das ausgelassene Geschrei seiner Kinder, die im Garten der United-Brethren-Kirche mit ihren Spielkameraden herumtobten. Die U-B-Kirche, wie sie genannt wurde, hatte ein steiles Dach, so daß jeder Ball, den man hinaufwarf, immer wieder herunterrollte. Ein satter, gepflegter Rasen, auf dem die Kinder herrlich herumtollen konnten, umgab das Gotteshaus, und die beiden Holzschuppen bargen tausend Überraschungen. Kein Wunder, daß die Kleinen die Stunde nach dem Abendessen hier am liebsten spielten, solange, bis sie einer nach dem anderen von ihren Eltern ins Haus gerufen wurden. Anne und Lucy waren eigentlich alt genug, ihre schmutzigen Teller selbst abzuwaschen, doch das begeisterte Quietschen ihrer hellen Stimmchen, das durch das offene Fenster drang, stimmte ihn weich. Und so spülte er mit einem leisen Seufzen das ganze Geschirr alleine ab. Das Abtrocknen sparte er sich – anders als Krystyna, die da viel penibler war –, und ließ die Teller in der Spüle abtropfen. Er mußte einfach fünfe gerade sein lassen, sonst würde er den Haushalt neben der Arbeit nie in den Griff bekommen.

Als er die Küche aufgeräumt hatte, war es Zeit, die Kinder hereinzuholen. Dreimal mußte er nach ihnen rufen, und dann dauerte es noch einmal eine Viertelstunde, bis sie, verdreckt und mit erhitzten Wangen, hereingestürmt kamen.

»Ab mit euch in die Wanne!« rief er schmunzelnd. Er konnte ihnen einfach nicht böse sein. Er ließ heißes Wasser in die Badewanne und schärfte ihnen ein, die Finger vom Puder ihrer Mama zu lassen. Kaum hatte er das Bad verlassen, als Anne in Unterwäsche wieder herausgesprungen kam und ihm einen Zettel entgegenstreckte. »Schau, Daddy, den hab ich auf dem Wäschekorb gefunden.«

Eddie beugte sich über das kaum lesbare Bleistiftgekritzel.

»Eddie! Hap deine Wesche zum waschen genommen. Kennst sie morgen apholn, hap sie dann auch gebüglt. Tante Katy.«

Tante Katy, dachte er gerührt und ließ den Zettel sinken. *Bist ein Goldstück.*

»Was steht denn da drauf?« wollte Anne wissen.

»Tante Katy hat unsere schmutzige Wäsche gewaschen.«

Er ging ins Bad und warf einen Blick in den Wäschekorb. Er war leer, bis auf die Sachen, die die Mädchen heute getragen hatten.

Tante Katy Gaffke war die Schwester seiner Mutter, also die Großtante der Mädchen. Die nannten sie jedoch immer »Oma Gaffke«. Sie wohnte nur zwei Minuten zu Fuß, gleich hinter der U-B-Kirche, auf der anderen Seite der Straße. Wie Eddies Mutter war auch sie in Polen geboren. Im Alter von vier Jahren war sie mit ihren Eltern nach Amerika gekommen. Sie sprach mit Akzent und hatte das Englische auch schriftlich noch nie so recht beherrscht. Doch Eddie verstand ihre Botschaft und das liebende Herz, das dahintersteckte.

Als er am folgenden Tag ihr Haus betrat, sah er seine Hemden schon frisch gebügelt im Türrahmen der Küche hängen. Tante Katy fand er auf ihrer verglasten Veranda im Schaukelstuhl, fest eingeschlafen und halb versunken in einem Berg von Stoffstreifen. Denn im Winter war es ihre Lieblingsbeschäftigung, Lumpen und alte Läufer in schmale Streifen zu schneiden und daraus neue Flickenteppiche zu weben, die sie dann verkaufte oder für Kirchenbasare spendete. Die Lumpenreste lagen auf ihrem Schoß, am Boden und über zwei Hocker neben ihrem Stuhl verstreut, so daß sie wie ein Vogel im Nest aussah.

Er beugte sich über sie und rüttelte sie sanft an der Schulter. »Tante Katy?«

Sie fuhr hoch und schaute einen Moment verwirrt um sich. »Oh ... hm ... ich muß eingenickt sein«, murmelte sie. In ihren Mundwinkeln stand ein wenig Speichel, den sie mit dem von Pigmentflecken übersäten Handrücken wegwischte. Dann richtete sie sich in ihrem Schaukelstuhl auf. »Eddie!« rief sie überrascht. »Hab dich gar nicht reinkommen hören! Setz dich doch, setz dich.«

Er nahm auf ihrer Liege Platz, über die sie zwei ihrer selbstgemachten Flickenteppiche gebreitet hatte, so daß sie fast so hart wie eine Kirchenbank war. Es war später Nachmittag, und die Veranda lag im Schatten. Auf einem wackligen, blau gestrichenen Tischchen in der Ecke standen ihre Pflanzen, die sie zum Überwintern aus dem Garten hereingeholt hatte. Draußen vor dem Fenster trieben sich ein paar Marder um das weiße Vogelhaus herum, das sicher geschützt auf einem hohen Pfahl saß. Auf der Betontreppe, die von der Verandatür aus direkt auf den Rasen des Vorgartens führte, saß mit gekrümmtem Buckel und gesträubtem Fell Tante Katys Katze und beobachtete die Szene aus sicherer Entfernung.

Wenn Eddie nach rechts blickte, konnte er seine Kinder auf dem Bürgersteig vor Plotniks Haus Himmel-und-Hölle spielen sehen, schaute er nach links, erkannte er dreißig Meter weiter den Giebel des Schulgebäudes.

»Wirklich sehr lieb von dir, Tante Katy, daß du unsere Wäsche gewaschen und gebügelt hast.«

Sie machte eine wegwerfende Handbewegung. »Bin doch froh, wenn ich was zu tun habe.«

»Ich hätt' wirklich nicht gewußt, wie ich das alles hätte schaffen sollen. Ich würd' dir gern was zahlen für deine Arbeit.«

»Könnte dir so passen.«

»Aber ...«

»Nix da!«

»Aber wenn's in der Stadt einen Waschsalon gäbe, müßte ich ja auch dafür zahlen.«

»Nix da!«

»Kannst schon ein ganz schöner Dickschädel sein, Tantchen.«

»Jawohl. Und ich werd von jetzt an jeden Montag deine Wäsche waschen. Für meine paar Blusen lohnt sich's ja ohnehin nicht, extra die Maschine anzuschmeißen.«

Er stand auf und drückte ihr einen Kuß auf die Stirn, dann setzte er sich wieder. Sie roch nach Kernseife und gebratenem Büchsenfleisch.

»Was machen deine Kleinen?« fragte sie und deutete mit dem Kopf in die Richtung der spielenden Mädchen.

»Irene kommt jeden Morgen und macht sie für die Schule fertig.«

»Und am Nachmittag?«

»Na ja, ursprünglich wollte Irene auch nachmittags kommen, aber das hab ich ihr ausgeredet. Ich kann das nicht annehmen.«

»Können die Mädels doch zu mir kommen.«

»Ach, Tante Katy ...«

»Schick sie am besten gleich nach der Schule zu mir. Sie können doch hier im Garten genauso spielen wie bei dir daheim.«

»Meinst du wirklich?«

»Freu mich doch, wenn ich Gesellschaft hab. Die Tage werden mir manchmal ganz schön lang, seit dein guter Onkel Tony nicht mehr lebt. Außerdem weiß jede Frau in der Stadt, daß die Mädels keine Mutter mehr haben, da gibt doch jeder auf die Kleinen acht, vielleicht mehr, als den beiden Rackern lieb ist. Und du arbeitest doch auch gleich um die Ecke. Verdammt, das ist doch ideal! Wenn sie ihren Papa brauchen, müssen sie nur zur Kirche rüberlaufen, oder etwa nicht?«

»Stimmt. Im Winter wird's natürlich etwas beschwerlicher.«

»Dann kommen sie zu mir, hab ich doch gesagt.«

»Bist du dir wirklich sicher, Tante Katy?«

»Flickenteppiche weben können sie doch noch nicht, oder?«

»Nein.«

»Und häkeln auch nicht?«

»Nein.«

»Und sticken?«

»Auch nicht.«

»Na, dann gibt's doch jede Menge zu lernen. Ich werd sie schon beschäftigen, das versprech ich dir.«

Und sie hielt ihr Versprechen. Als Eddie am nächsten Nachmittag seine Tante besuchte, fand er seine Töchter bis zu den Ellbogen im Kuchenteig.

»Wir backen Plätzchen!« frohlockte Lucy. »Oma Katy hat gesagt, wir dürfen den Teig damit ausstechen!« Sie hielt eine Plätzchenform hoch.

»Und sie hat uns erlaubt, Kohlrouladen zu kochen!« fügte Anne eifrig hinzu. »Wir haben das Fleisch in die Kohlblätter gewickelt und in den Bräter gelegt, und ich durfte den Bräter dann ins Rohr schieben!«

»Kannst gleich zum Abendessen dableiben«, bestimmte Tante Katy.

Und so spielte sich langsam alles ein. Morgens kam Irene und machte die Kinder für die Schule fertig, und die Zeit nach Schulschluß verbrachten sie bei Tante Katy. Die kochte das Abendessen für alle vier, und Eddie kaufte die nötigen Lebensmittel ein. Sie hielt die Mädchen an, das Geschirr abzuwaschen, und am Waschtag lief Eddie mittags schnell zu ihr hinüber, um ihr beim Spülen und Aufhängen der Wäsche zu helfen. Die Samstage, an denen er in der Kirche weniger gebraucht wurde, nutzte er, um sein Haus zu putzen. Die Mädchen halfen ihm beim Staubwischen und Teppichklopfen. An den Sonntagen mußten sie sich, so gut es ging, ihre Haare selber frisieren, und ihr Daddy band ihnen dann die Schleifen. Und in der Zeit zwischen Schulschluß und Feierabend brauchte sich Eddie keine Sorgen um seine Lieblinge zu machen.

Denn Browerville war ein überschaubares, ein sicheres Städtchen, und so wie Tante Katy schon richtig bemerkt hatte, kümmerten sich die Eltern nicht nur um ihre eigenen Kinder, sondern auch um die der anderen. Jeder kannte jedes Kind beim Namen, ja, sogar die Hunde. Da ging dann einfach eine Hintertür auf, und eine Frauenstimme ertönte: »Rexy, gehst du wohl aus dem Blumenbeet!« oder: »Bunny, hör endlich mit dem Buddeln auf!« Und genauso klang es bei den Kindern: »Anne, es wird kalt. Zieh dir eine Jacke über!« oder: »Lucy, geh von dem Holzstoß herunter! Du könntest dir weh tun!« Überall standen die Türen offen, nicht nur bei Eddie und Oma Gaffke. So konnten die Mädchen bei jedem einkehren, wenn sie etwas brauchten – ein Pflaster, wenn sie hingefallen waren, oder – bei schlimmeren Verletzungen – jemanden, der sie zu Dr. Lenarz brachte. Wenn ihnen der Magen knurrte, bekamen sie ein Glas Milch oder ein paar Plätzchen angeboten. Und wenn sie Kummer hatten und sich nach ihrer Mama sehnten, fanden sie immer ein paar tröstende Arme, in die sie sich schmiegen konnten.

Und so wie Eddie und Krystyna immer ein Ohr für die Nöte ihrer Nachbarn gehabt hatten, so halfen diese jetzt, die schier unüberwindlichen Probleme zu meistern, mit denen ein alleinstehender Mann mit zwei Kindern konfrontiert war. In dieser katholischen Gemeinde war praktische Nächstenliebe eine Selbstverständlichkeit.

Ja, seine Verwandten, Freunde und Nachbarn kümmerten sich um alles.

Aber wie sollten sie seinem einsamen Herzen helfen?

9

Das Schuldkapitel war ein Forum, auf dem die Nonnen die Versäumnisse und Verfehlungen bekannten, die ihnen während der Woche unterlaufen waren. Es lief nach festen, in den Bestimmungen des Klosters niedergelegten Regeln ab und fand jeden Freitagabend unter Vorsitz von Mutter Agnes statt.

Am Freitag nach Krystynas Begräbnis kamen nach dem Abendessen wie üblich alle Nonnen im Gemeinschaftsraum zusammen. Mutter Agnes eröffnete die Versammlung mit dem *Veni, Creator Spiritus,* gefolgt von einem Gebet aus den Psalmen. Anschließend knieten die Schwestern der Reihe nach vor ihrer Oberin nieder, gestanden die eine oder andere Verfehlung ein und nahmen eine angemessene Buße von ihr entgegen. Dann gingen sie wieder zurück auf ihre Plätze. Es war keine richtige Beichte – denn nur ein Priester durfte die Beichte abnehmen –, aber der Erfolg war der gleiche: ein Gefühl der Reinigung, der Erneuerung, verbunden mit dem Vorsatz, es in der nächsten Woche besser zu machen. Dies alles geschah getragen von der liebenden Unterstützung der Mitschwestern, von denen jede die Dämonen aus eigener Erfahrung kannte, mit denen man als Nonne im Streit lag.

Die Jüngste im Kloster war Schwester Regina, und so kam sie, wie es der Brauch war, als erste an die Reihe. Sie kniete vor Mutter Agnes nieder, die milde lächelnd in einem Lehnstuhl saß. Draußen ging hinter dem Spielplatz die Sonne unter und hüllte den Raum in umbrafarbenes Dämmerlicht. Dem Armutsgebot entsprechend wurde erst dann ein Licht entzündet, wenn es stockdunkel war.

Schwester Regina senkte den Kopf, so daß ihr Blick auf Schwester Agnes' Gewand und ihre abgetragenen schwarzen Schuhe fiel.

»Mutter Oberin«, murmelte sie. »Seit dem Tag, an dem Krystyna Olczak starb, habe ich wiederholt Gottes Weisheit in Frage gestellt. Ich kann einfach keinen Sinn erkennen in ihrem Tod. Mein Schmerz über ihren Verlust und über das Schicksal ihrer Kinder hat manchmal Zorn in mir erregt, der sich auch gegen einzelne Mitschwestern gerichtet hat. Andere Male habe ich mich gegen die Heilige Regel von der Gemeinschaft zurückgezogen, um allein zu sein. Auch habe ich gegen die Regeln verstoßen, indem ich meine Unzufriedenheit einer meiner Mitschwestern gegenüber geäußert habe. Ich bitte Sie, Mutter Oberin, mir dafür eine Buße aufzuerlegen.«

Schwester Agnes berührte Schwester Reginas Schleier. »Bete einen Rosenkranz für unseren Orden, Schwester.«

»Ja, Mutter Oberin.«

Als Schwester Dora an die Reihe kam, bekannte sie, bis auf die Suche nach Einsamkeit, fast wortwörtlich das gleiche, dessen sich Schwester Regina bezichtigt hatte – sehr zu deren Überraschung. Auch ihr gab Schwester Agnes auf, einen Rosenkranz für den Orden zu beten.

Nacheinander knieten die anderen Nonnen nieder und taten ihre Verfehlungen kund.

Schwester Samuel gestand, daß sie sich über einen Schüler geärgert hätte, der mehrmals die Chorprobe versäumt hatte.

Schwester Mary Charles sagte, sie habe einmal einen Schüler angeschrien und sich außerdem Bonbons gewünscht.

Schwester Ignatia räumte ein, daß sie Zeit verschwendet habe: sie sei beim Putzen des Silberbestecks eingeschlafen. (Bei diesem Geständnis gab es so manche Mitschwester, die sich ein Lächeln verkneifen mußte, denn Schwester Ignatia beichtete diese Verfehlung fast jede Woche.)

Schwester Gregory bekannte, daß sie die Nachtruhe gebrochen und gegenüber der Mutter eines ihrer Schüler lieblose Gedanken gehabt hatte.

Schwester Cecilia, die stets so bemüht war, ihren Mitschwestern Missetaten nachzuweisen, wußte selber keine zu berichten.

Das Schuldkapitel endete mit Bußgebet, Vaterunser, Ave Maria und Gloria zu Ehren des heiligen Joseph.

In der anschließenden Abendfreizeit setzten sich die Nonnen zu zwanglosem Gespräch zusammen. Schwester Regina beteiligte sich jedoch nicht an der Unterhaltung, sondern bereitete kleine Papierheftchen für ihre Schüler vor. Sie zerschnitt übriggebliebene Arbeitsblätter, die auf einer Seite beschrieben waren, in vier gleiche Teile, stanzte Löcher hinein und fädelte sie dann auf einen Faden auf. Die Kinder sollten sie dann mit bunten Herbstblättern bekleben. Während sie so vor sich hin bastelte, machte sie sich insgeheim Vorwürfe, weil sie eine ganze Reihe von Verfehlungen, die Mr. Olczak betrafen, nicht gestanden hatte: Hatte sie ihn an dem Tag, als seine Frau starb, nicht berührt? Hatte sie sich am selben Tag nicht gewünscht, seine Kinder zu umarmen? Hatte sie sich nicht über seine Familie geärgert, die es zuließ, daß er selbst die Totenglocke läutete? Einmal, nein, zweimal hatte sie sich mit ihm unterhalten, hatte sich schließlich dazu hinreißen lassen, seine Kinder im Blumenzimmer zu umarmen! Wenn sie ihre Augen schloß, konnte sie noch heute einen Nachklang warmer Mutterliebe spüren, die sie durchströmt hatte. Vor allem – und das warf sie sich am meisten vor – hatte sie für Mr. Olczak Gefühle empfunden, die eine Nonne für keinen Laien empfinden durfte. Für einen Laien, der noch dazu dem anderen Geschlecht angehörte. Mit dem sie tagtäglich zu tun hatte. Der gerade eben erst seine Frau verloren hatte.

Was würden die anderen von ihr denken? Und was noch wichtiger war: Was hielt Gott von ihr? Und warum fiel es ihr so schwer, gerade Verstöße gegen das Keuschheitsgebot zu bekennen? Gehorsam und Armut – das waren wichtige Gelübde. Doch wenn man gegen sie verstieß, sprudelten die Worte leicht aus einem heraus, egal, ob beim Schuldkapitel oder bei der Beichte. Doch ein Bruch des Keuschheitsgelübdes – das ging schwer über die Lippen, und wenn man es verschwieg, dann lastete es hinterher noch schwerer auf dem Gewissen.

Schwester Regina kam zu dem Schluß, daß sie im Augenblick vor allem zwei Dinge brauchte: Stille und Sammlung. Nur so würde sie gegen die beunruhigende Anziehung erfolgreich ankämpfen können, die Mr. Olczak auf sie ausübte. Stille und Sammlung waren die Voraussetzungen für jede Arbeit an sich selbst. Nur durch sie konnte es gelingen, den Leidenschaften zu entsagen und die Seele wieder ganz auf Gott zu richten. Das hatte sie schon vor Eintritt in den Orden gewußt. Ihr Fehler war ganz einfach, daß sie zuviel redete.

Von nun an würde sie weniger sprechen, weniger an Mr. Olczak denken und vor allem seine Nähe um jeden Preis meiden.

Nach der Abendfreizeit ging sie in ihre Zelle und betete. Sie betete inbrünstig, daß Gott das Feuer des religiösen Eifers, das bei ihrem Eintritt ins Kloster so heftig in ihr gebrannt hatte, neu entfachen und ihr Kraft schenken möge, um den Verlockungen der Welt zu widerstehen.

Die Nacht brach herein, doch sie erfüllte das Gelübde der Armut und entzündete kein Licht. Demütig kniete sie im Dunkeln auf dem harten Boden und rang darum, ihr Herz von allen weltlichen Leidenschaften zu reinigen, um der Vereinigung mit Gott würdig zu werden.

Nach einer Weile glaubte sie zu fühlen, daß Gott ihr Flehen erhörte. Doch als ihre Knie allmählich zu schmerzen begannen, ließ ihre Konzentration nach, und schon ertappte sie sich wieder dabei, daß ihre Gedanken abschweiften. Und vor allem an Mr. Olczak mußte sie immer wieder denken, wie er mit dem Besen in der Tür ihres Klassenzimmers stand und sich darüber beklagte, daß seine Schwägerin versuchte, den Platz seiner toten Frau einzunehmen. Mr. Olczak war wohl eines von diesen seltenen Exemplaren eines liebenden Ehemannes, von dem alle schwärmerischen jungen Mädchen träumten. Sie selbst, so dachte Schwester Regina wehmütig, hatte nie die Chance gehabt, solche Jungmädchenträume zu träumen. Für sie hatte schon mit zehn, elf Jahren festgestanden, daß sie ins Kloster gehen würde. Seltsam, daß sie sich nie einen Freund oder Ehemann gewünscht hatte. Auf einmal erschien ihr das geradezu anormal. Doch von einer Seite hatte Oma Rosella sie in diese Richtung gedrängt, an der anderen hatten die Nonnen gezogen – welche Freiheit der Entscheidung war ihr als Kind da noch geblieben?

Bete! befahl sie sich. Du *betest* ja gar nicht!

Und so begann sie von neuem.

»Heilige Jungfrau Maria, bitt' für mich …«

Sie war dazu ausersehen, nach den höchsten Idealen der Kirche zu leben – in Armut, Gehorsam und Keuschheit –, und sie *wollte* nach diesen Idealen leben, wollte eine fromme, gehorsame, keusche Nonne sein. Ja, das wollte sie! Der Gedanke an ein Leben in der Welt draußen erschreckte sie, denn die Klostergemeinschaft bot auch Schutz und Geborgenheit. Der Alltag des Klosterlebens mit all seinen Regeln und Ritualen hatte sie so tief geprägt, daß die Vorstellung, draußen leben zu müssen, ihr einen Schauer des Entsetzens über den Rücken jagte.

Schenke, o Herr, mir ein reines Herz, und laß meinen Geist beständig sein.

Aber irgend etwas in ihr hatte sich verändert. Und die Vollkommenheit, nach der jede Nonne streben sollte, so wie es die Heilige Regel vorsah, schien ihr seitdem unerreichbar. Aber war es nicht auch vermessen für einen schwachen Menschen, nach Vollkommenheit zu streben?

Am Samstag ging sie zur Beichte. Doch sie faßte all die Sünden, die mit Mr. Olczak zusammenhingen, in einem nichtssagenden Satz zusammen. Sie bekannte lediglich: »Ich hatte unkeusche Gedanken.«

Am Samstagnachmittag hatte sie wieder die Aufgabe, die Sakristei zu putzen und für die Sonntagsmesse zu schmücken. Als sie das Kloster verließ, um zur Kirche hinüberzugehen, sah sie Mr. Olczaks grünen Lieferwagen auf dem Weg zwischen Kloster und Schule stehen. Die Mädchen, die gerade aus dem Führerhaus kletterten, liefen ihr jubelnd entgegen, als sie ihre Lehrerin erkannten.

»Schwester Regina!« riefen sie im Chor, während sie auf sie zurannten.

»Hallo, Mädchen.«

Lucy warf sich vertrauensvoll in ihre Rockschöße und umarmte sie. Sie warf den Kopf in den Nacken und schaute zu der Nonne auf. Ihre Zöpfe waren zerzaust, und sie trug eine verwaschene Latzhose mit einer zerknitterten weißen Bluse, auf der vorne ein Ketchup-Fleck prangte. Aber sie strahlte übers ganze Gesicht und wirkte glücklich wie lange nicht mehr.

»Warum hast du denn eine Schürze an?« fragte Lucy.

»Weil ich jetzt rübergehe und die Kirche putze.«

»Aber die putzt doch unser Papa!«

»Ja, aber ich putze nicht nur. Ich bereite auch alles vor für die Messe morgen früh.«

In dem Augenblick kam Mr. Olczak heran. Er trug lederne Arbeitshandschuhe und vor der Brust einen Stapel Kartons. Sein hellblaues Hemd hatte er bis zu den Ellbogen hochgekrempelt.

»Tag, Schwester.«

»Guten Tag, Mr. Olczak.«

»Heut' abend startet die Bowling-Liga.« Im Keller der Schule gab es einen Kegelraum mit drei Bahnen, um den sich Eddie ebenfalls kümmerte. »Muß die Süßigkeiten- und Limo-Automaten auffüllen.«

»Und weißt du was?« platzte Lucy heraus. »Wenn wir Daddy beim Auffüllen helfen, kriegen wir zur Belohnung einen Schokoriegel! Ich will einen Zagnut, der schmeckt mir am besten!«

Schwester Regina hatte noch nie in ihrem Leben einen Zagnut-Schokoriegel probiert. Als Jüngste einer bäuerlichen Großfamilie hatte sie wenig Gelegenheit gehabt, solche Köstlichkeiten zu genießen. Jetzt, als Erwachsene, hatte sie überhaupt kein Geld zur Verfügung, denn die Nonnen mußten jeden Cent, der ihnen zugesteckt wurde, bei der Oberin abliefern, die ihn in die Gemeinschaftskasse steckte.

Es war ein warmer, sonniger Herbstnachmittag, und irgendwie hatte sie plötzlich den unschuldigen Wunsch, einen Zagnut-Schokoriegel zu probieren.

»Uih, hast du aber ein Glück!« antwortete sie der Kleinen.

»Schaut so aus, als ob wir eine heiße Bowling-Saison bekämen«, bemerkte Mr. Olczak. »Die Bahnen sind fünf Abende in der Woche ausgebucht.«

»Ach, ja«, sagte sie und hielt die Augen gesenkt. Doch sie konnte ihren Blick nicht von seinen nackten, muskulösen Unterarmen lösen, an denen die blauen Venen eindrucksvoll hervortraten. Wie es wohl wäre, nachts in solchen Armen zu liegen, am Morgen in solchen Armen zu erwachen? Ob es nicht schön wäre, mit dem Mann seines Lebens zu frühstücken und darüber zu reden, was man für den Tag plante? Abends dann nach getaner Arbeit beim Abendessen zu sitzen und anschließend das Kind ins Bett zu bringen. Dann würde man der Kleinen einen Gutenachtkuß geben, die Tür angelehnt lassen und auf Zehenspitzen davongehen, um sie nicht im Schlaf zu stören.

Heiße Scham überkam sie. »Ich muß in die Kirche«, stieß sie hastig hervor und eilte mit abgewandtem Blick davon.

»Rufen Sie mich, wenn Sie meine Hilfe brauchen!«

»Ja, danke, Mr. Olczak!« rief sie zurück, ohne sich umzudrehen.

Als sie die Kirchenpforte hinter sich geschlossen hatte, schlug sie die Hände vors Gesicht und fühlte erschrocken, daß ihr Gesicht vor Hitze glühte. Und das Bild von Mr. Olczaks starken Unterarmen wollte ihr nicht aus dem Kopf. Völlig aufgelöst stand sie eine Weile in der kühlen Kirche und versuchte, die Fassung wiederzugewinnen. Was war mit ihr geschehen? Hatte sie die falsche Wahl getroffen? Hatte sie ihre besten Jahre für ein Leben vergeudet, für das sie nicht berufen war?

Angst packte sie, und sie hastete vor den Altar, kniete nieder und sandte ein kurzes, flehentliches Gebet zum Himmel.

Lieber Gott! Was ist nur mit mir geschehen? Warum lassen mich diese Gedanken nicht mehr los? Warum kann ich nicht glücklich in Deinem Hause wohnen wie bisher? Ist es die Wollust? Ja, es muß die Wollust sein. Ihre Macht ist so stark, daß ich sie nur mit Deiner Hilfe bekämpfen kann. Herr, verlaß mich nicht, hilf mir, gib mir Kraft. Welches andere Leben könnte ich denn führen als dieses, das Dir geweiht ist? Wohin soll ich mich wenden? Was kann ich nur tun? Hilf mir, bitte hilf mir, himmlischer Vater!

Der September ging vorüber, und die Blätter färbten sich bunt. Schwester Reginas Drittkläßler sammelten sie während der Pause vom Boden auf und klebten sie schön säuberlich in die Papierheftchen, die ihre Lehrerin für sie vorbereitet hatte. Mr. Olczak nahm die Geranienkästen von den Fenstern des Klosters und stellte sie zum Überwintern in den Keller.

Die Viertkläßler lernten die Bezeichnungen für die einzelnen Teile des priesterlichen Ornats und der Nonnentracht, schnitten dazu Bilder aus Katalogen aus und prägten sich die Namen ein. Es war an der Zeit, eine neue Generation von Kindern, die im katholischen Glauben aufwuchsen, dazu zu motivieren, Priester oder Nonne zu werden und ihnen die Vorzüge dieses gottgewollten Lebens zu schildern.

Anne und Lucy spielten daheim jetzt immer öfter »Schwester«: Sie bastelten sich aus Pappe Stirnbänder und steife Kragen, zogen sich Krystynas Seidentücher über den Kopf und hängten sich Rosenkränze um den Hals. Oben im Kinderzimmer spielten sie »Schule«, unterrichteten unsichtbare Kinder und bettelten bei ihrem Daddy darum, er möge ihnen doch eine Spielzeugtafel schenken, damit sie »wie Schwester Regina« darauf schreiben könnten.

Pater Kuzdek begann, die Viertkläßler auf die Erstkommunion im Frühling vorzubereiten, und Schwester Mary Charles hatte sich inzwischen so an ihre neuen Schüler gewöhnt, daß sie sich traute, dann und wann einen der Lausejungs mit ins Blumenzimmer zu nehmen, um ihn ein bißchen zu vertrimmen.

Jetzt, da es kühler wurde, bat der Pater in der Sonntagspredigt darum, Brennholz zu spenden, und prompt lieferte am nächsten Tag ein Gemeindemitglied, das eine große Farm besaß, eine gewaltige Ladung an.

Eddie verbrachte fast den ganzen Tag damit, das Holz über eine Blechrutsche in den Keller zu schaffen und die Scheite dort bis an die Decke aufzuschichten.

Als Schwester Regina die Kinder zur Pause auf den Schulhof entließ, sah Anne ihren Vater bei der Arbeit. »Hi, Daddy!« rief sie, und er richtete sich auf und winkte ihr zu. Dann tippte er an seine Mütze, um Schwester Regina zu grüßen. Die nickte nur kurz und ging an ihm vorbei, schloß den schwarzen Wollumhang fester um die Schultern. Sie spürte in ihrem Rücken, daß er ihr mit den Augen folgte. Aber wahrscheinlich, vermutete sie, machte er nur gerade eine kleine Verschnaufpause und hätte der alten Schwester Ignatia genauso nachgeschaut, wenn sie an ihm vorbeigelaufen wäre.

Sie führte die Kinder so weit wie möglich von ihm weg an die gegenüberliegende Seite des Schulhofs, wo sie mit ihnen »Wer hat Angst vorm Schwarzen Mann?« spielte. Doch das Scheppern der Holzscheite auf der Metallrutsche erinnerte sie ständig an seine Gegenwart. Hin und wieder konnte sie der Versuchung nicht widerstehen und warf einen verstohlenen Blick auf den Mann in der schwarz-rot karierten Holzfällerjacke, der dafür sorgte, daß sie den Winter über nicht frieren mußte.

Dann sandte sie schnell ein unhörbares Bußgebet zum Himmel, denn sie war ja mit Jesus vermählt, und ihre Gedanken verstießen gegen sämtliche Gelübde, die sie abgelegt hatte.

Anfang Oktober erkrankte Schwester Ignatia, die Köchin, und mußte sich einige Zeit im Krankenhaus von Long Prairie untersuchen lassen. Schwester Cecilia, die Haushälterin, sprang für sie ein, doch bald wurde deutlich, daß sie mit der zusätzlichen Aufgabe überfordert war. Mutter Agnes teilte daraufhin nach einem genauen Plan auch die anderen Schwestern zum Küchendienst ein. Für die Dauer dieser Arbeit gab sie ihnen die Erlaubnis, dem Offizium Divinum in der Kapelle fernzubleiben, wenn sie es anschließend in ihrer Freizeit nachholten.

So war an einem Dienstag nachmittag Schwester Regina gerade dabei, Schwester Cecilia beim Vorbereiten des Abendessens zu helfen, als es an der Tür klopfte.

Sie öffnete und sah zu ihrer Überraschung Mr. Olczak auf der steinernen Schwelle stehen. Auf der Schulter trug er ein Fünfzig-Liter-Faß.

»Oh, Mr. Olczak, was ist das?«

»Ich bring Ihnen Ihr Sauerkraut.«

»Wunderbar, unser Sauerkraut!« frohlockte Schwester Cecilia, als er in die Küche trat. »Ich dachte schon, daß wir dieses Jahr darauf verzichten müßten. Gott segne Sie, Mr. Olczak! Sie sind so gut zu uns!«

»Da müssen Sie Krystyna und ihrer Familie danken. Sie hat es noch kurz vor ihrem Tod eingelegt. Fünfzig Köpfe, wie jedes Jahr. Und ihre Familie hat den Kohl gezogen. Wo soll ich das Faß abstellen?«

»Im Keller, wenn Sie so nett wären«, erwiderte Schwester Cecilia. »Schwester Regina geht voraus und macht Ihnen Licht.«

Schwester Regina stieg die Stufen in den modrigen, kühlen Keller hinab. Sie öffnete eine einfache Holztür, die in den Vorratskeller führte. Hier reihte sich auf langen Regalen Glas an Glas mit frisch eingemachtem Obst und Gemüse aus dem Garten. Sie zog an einer Schnur, und eine kleine Deckenlampe verstreute ihr trübes Licht. Verstohlen beobachtete sie Mr. Olczak. Beschwingten Schritts kam er herein und setzte seine Last mit lockerem Schwung auf dem Zementboden ab. Sein dichtes Haar war vom Wind ganz zerzaust, und er manövrierte das schwere Faß mit einer Leichtigkeit, die seine Kraft erahnen ließ.

Sie wandte den Blick ab.

»Ich hab noch drei weitere Fässer auf dem Wagen«, verriet er und ging hinaus, um das nächste zu holen. »Hab auch ein paar saubere Bretter mitgebracht, um sie abzudecken!« rief er ihr über die Schulter zu. »Haben Sie noch die Steine vom letzten Jahr, Schwester?«

Als er verschwunden war, suchte sie im Lagerraum nach den Steinen, die Schwester Ignatia zum Beschweren der Bretter zu benutzen pflegte, und fand sie auch gleich. Sie ging zur Kellertreppe. »Schwester Cecilia?« rief sie hinauf. »Kannst du mir einen Lappen herunterwerfen, damit ich die Spinnweben von den Steinen wischen kann?«

Umgehend kam einer die Treppe heruntergesegelt, und Schwester Regina machte sich an die Arbeit.

Mit dem letzten Faß brachte Eddie vier Bretter mit.

»Halten Sie die mal?« Er streckte sie ihr hin.

Sie nahm die Bretter und wartete, bis er die vier Fässer in Reih und Glied an der Kellerwand abgestellt hatte. »Ein tolles Kraut dieses Jahr«, bemerkte er, als er sich nach getaner Arbeit aufrichtete und die Hände an der Hose abwischte. »Krystyna wäre begeistert, wenn sie sähe, was draus geworden ist. Hat 'nen hervorragenden Biß. Sie meinte, sie hätte die Lake diesmal etwas weniger sauer angesetzt.« Er steckte den Finger in eines der Fässer und kostete von dem Kraut. »Hier, probieren Sie mal, Schwester. Wie schmeckt 's Ihnen?«

Sie starrte ihn an, während er kaute. Ein Tropfen glitzerte an seinem Kinn. Es war stark und markant. Als er den Kopf in den Nacken legte, um sich eine weitere Kostprobe zu Gemüte zu führen, merkte sie, wie ihr selbst das Wasser im Munde zusammenlief.

»Kommen Sie, probieren Sie!« forderte er sie auf.

»Oh ... nein ... nein danke, Mr. Olczak. Ich ... ähm ... es ist ... wir essen gleich zu Abend. Schwester Cecilia und ich sind gerade am Vorbereiten und ... ähm ... ja ... ich ...« Mit Laien gemeinsam zu essen, war strikt verboten. Das stand schwarz auf weiß in der Benediktiner-Regel! Und wenn es schon ein Verstoß war, mit einem Laien zu essen, dann war es sicherlich um so verwerflicher, mit einem unverheirateten

Mann in einem dunklen Keller Sauerkraut zu naschen – das war eine Sünde, die sie in jedem Fall beichten müßte.

Fasziniert beobachtete sie ihn dabei, wie er sich mit dem Handrücken das Kinn abwischte. Einen Mann bewußt zu betrachten war so neu und ungewohnt für sie, daß ihr vom bloßen Zusehen ein heißer Schauer über den Rücken lief. Ihr kürzlich gefaßter Vorsatz, sich von Mr. Olczak fernzuhalten und das Gespräch mit ihm aufs Nötigste zu beschränken, war wie weggeblasen. »Ich ... ich glaube, es ist sicher ... köstlich.« Sie nahm die Bretter und deckte damit die Fässer ab. Als sie sich nach den Steinen bücken wollte, kam ihr Mr. Olczak zuvor. »Oh, Schwester, lassen Sie mich das machen. Die sind doch schwer.« Er hob den Stein auf und streifte dabei versehentlich mit seiner Hand die ihre.

Sie sprang zur Seite und hielt sich die Hand, als hätte sie sich verbrannt.

Verwundert schaute er sie an. »Ist etwas, Schwester?«

Wortlos schüttelte sie den Kopf.

Er warf einen Blick auf ihre ineinander verkrampften Hände. *Heute ist sie aber komisch,* dachte er, und machte in Ruhe seine Arbeit zu Ende.

Am liebsten wäre sie ohne ein weiteres Wort davongestürzt. Doch wenn sie jetzt weglief, überlegte sie fieberhaft, würde er erst recht Verdacht schöpfen. So wartete sie angespannt, bis er die vier Steine hochgehievt und auf den Brettern abgelegt hatte. Es waren wuchtige Bruchsteine, sicher an die fünfzehn Kilo schwer, doch er hantierte mit ihnen, als wären sie aus Pappmaché. Nur seine hervortretenden Muskeln verrieten ihr Gewicht. Sie konnte sich nicht satt sehen an ihm. Als er fertig war, richtete er sich langsam auf und starrte eine Weile gedankenverloren auf die Fässer, die die Frucht der Arbeit seiner Frau waren.

»Sie wäre glücklich zu wissen, daß Sie sie bekommen.«

Auch Schwester Reginas Blick ruhte auf den Fässern. »Wie

viele Jahre waren es wohl schon, in denen sie uns mit Sauerkraut versorgt hat?«

»Ich weiß es nicht, Schwester. Viele Jahre.«

»Länger, als ich hier bin, auf jeden Fall.« Schweigend stand sie da und dachte an Krystyna und an die vielen guten Taten, die diese Frau in ihrem Leben vollbracht hatte. »Wollen wir ein kurzes Dankgebet sprechen, Mr. Olczak?«

Sie schloß die Augen und faltete die Hände, und er tat es ihr nach. Seite an Seite beteten sie zu Gott und zu Krystyna, die sie beide für eine Heilige hielten. Und in diesen Minuten des stillen gemeinsamen Gebets entstand zwischen ihnen eine unsichtbare, fast mystisch anmutende Verbindung. Sie waren Freunde. Sie mochten sich. Und sie hatten beide Krystyna geliebt, jeder auf seine Weise. So standen sie entspannt und friedlich, Seite an Seite an diesem finsteren, unwirtlichen Ort, gemeinsam ins Gebet versunken. Ihre Ellbogen berührten sich unmerklich. Noch nie hatte Schwester Regina mit einem Mann eine solche Nähe, eine solche Intimität erlebt.

Schwester Cecilia, stets auf der Jagd nach neuen Missetaten ihrer Mitschwestern, von denen sie umgehend der Mutter Oberin berichten könnte, begann sich oben in der Küche inzwischen Gedanken darüber zu machen, was ihre Mitschwester dort unten so lange mit Mr. Olczak trieb. Sie legte den Kopf schief und lauschte, doch kein Geräusch drang aus den Gewölben. Auf Zehenspitzen schlich sie zur Kellertür. Es war so mucksmäuschenstill, daß sie die Spinnen ihre Netze hätte weben hören können. Vorsichtig stieg sie die ersten vier Stufen der Kellertreppe hinab und beugte sich so weit über das Geländer, daß sie unter den Balken hindurch in den nur schwach erleuchteten Vorratskeller spähen konnte. Doch sie konnte nichts Anstößiges entdecken. Alles, was sie sah, waren Schwester Regina und Mr. Olczak, die mit gefalteten Händen schweigend ins Gebet vertieft nebeneinander standen.

Jedes Jahr Ende Oktober veranstalteten die verschiedenen kirchlichen Organisationen der Pfarrei von Browerville einen gemeinsamen Herbstbasar. Wie immer fand er am Sonntag nach der zweiten Messe in der Paderewski Hall statt. Die Frauen hatten für ein abendliches Büfett gesorgt, hatten gebratene Hähnchen, leckere Apfeltaschen, schmackhaftes Gemüse und frisch gebackenes Brot gespendet. Die St. Joseph Society verkaufte Spitzen und Häkelarbeiten: Zierdeckchen, Tischläufer und bestickte Tischtücher. Am Stand der Sacred Heart Society gab es Kaffee und Kuchen, und der Third Order of St. Francis hatte sich ein Angelspiel für die Kinder einfallen lassen. Die Altar Society organisierte ein Bingo-Spiel, dessen selbstgebastelte Preise allesamt von den Frauen gestiftet waren. Die Knights of Columbus hatten vor dem Zimmer der Erstkläßler einen Spieltisch aufgestellt, an dem das Glücksrad lief, und außerdem schenkten sie am Westflügel der Schule an einem langen Tresen Bier aus.

Hier traf Romaine seinen Schwager Eddie, der gerade dabei war, die zweite Flasche Glueks zu leeren. Er stand umringt von anderen Männern, die sich bereits ihrer Jacketts entledigt und auch die Krawatten gelockert hatten. Eddie hatte sich die Ärmel seines blütenweißen Hemdes hochgekrempelt, doch der Krawattenknoten saß noch fest. Die Männer unterhielten sich über die Ernte, einige rauchten dabei Zigarren.

»Na, wie geht's so, Ed?« fragte Romaine.

Eddie nahm einen weiteren Schluck und ließ dabei seinen Blick durch die Halle schweifen, bevor er die Flasche wieder absetzte.

»Einsam, Romaine, verdammt einsam.« Sein Gesicht hatte einen schmerzverzerrten Ausdruck angenommen.

»Nächsten Samstag gehen wir tanzen. Die Six Fat Dutchmen spielen in Clarissa's Ballroom. Kommst du mit?«

»Nee. Ist zu früh am Abend.«

»Kannst doch ’nen Babysitter engagieren. Täte dir gut, mal wieder unter Leute zu kommen.«

»Nee. Bleib lieber daheim bei den Mädels.«

»Na gut, ich hab’s jedenfalls probiert. Hab Irene versprochen, dich zu fragen.«

»Irene?«

»Ja, sie meinte, wenn du gingst, würde sie auch mitkommen.«

Eddie stieß hörbar die Luft aus. »Irene«, murmelte er und schüttelte den Kopf.

»Sie hat dich schon immer gemocht.«

»Ja, ich weiß.« Eddie hob die Flasche an den Mund. Während er trank, wanderten seine Augen zu seiner Schwägerin hinüber, die auf der anderen Seite der Halle mit ein paar Freunden am Bingo-Tisch saß. Sie legte gerade ein Maiskorn auf ihre Karte. Er setzte die leere Flasche ab. »Ich will ihr keine falschen Hoffnungen machen.«

»Irene ist eine Seele von Mensch. Sie will dir nur helfen.«

»Das tut sie auch, weiß Gott. Mann, ich wüßte zur Zeit echt nicht, was ich ohne sie machen sollte. Jeden Morgen kommt sie zu uns, um die Mädchen für die Schule fertig zu machen«

Eine Weile ruhten die Augen beider Männer auf Irene. Die Locken ihrer frischen Dauerwelle lagen dicht am Kopf an. Ihre Wangen waren fleischig, und die prallen Brüste wölbten sich herausfordernd über die Tischkante.

»Weißt du, Eddie, sie vermißt Krystyna fast so sehr wie du.«

Als spürte sie seinen Blick auf sich, sah Irene in dem Moment auf und schaute zu Eddie hinüber. »Dreißig!« rief der Spielleiter, doch Irene hatte nur Augen für Eddie, nicht für ihre Karte. »Dreißig!« Noch immer sah Irene zu ihm hinüber, und Eddie verstand, was in ihr vorging. Seufzend kehrte er ihr den Rücken zu und legte eine Münze auf den Tresen. »Noch ein Bier!«

»Ich hab einfach keine Lust mehr zum Tanzen«, wandte er sich an seinen Schwager.

Romaine klopfte ihm auf die Schulter. »Okay. Aber sag uns Bescheid, wenn du's dir anders überlegst, ja?«

»Ja.«

Romaine schlenderte davon, und Eddie blieb allein in einer Wolke von Zigarrenrauch zurück. Anne und Lucy kamen atemlos angerannt und bettelten um Geld für das Angelspiel. Er gab jedem der Mädchen vier Zwanzig-Cent-Stücke, und schon waren sie wieder weg, ein ganzes Rudel von Cousins und Cousinen im Kielwasser.

Eddies Blick wanderte durch den Raum. Leute kamen und gingen. Man setzte sich mit seinem Teller an einen der Tische, unterhielt sich beim Essen und erhob sich nach einer Weile wieder, um einen Bekannten ein paar Tische weiter zu begrüßen. Obwohl es eigentlich Sache der Knights war, aufzuräumen, schlug doch in Eddie bald der Hausmeister durch, als er fand, daß die Halle unordentlich wirkte. Und so setzte er die leere Flasche ab und stiefelte durch die Tischreihen, schob hier einen Stuhl gerade, räumte dort einen vergessenen Teller ab. In der äußersten Ecke, gleich neben der Tür, hatten sich gerade die Nonnen niedergelassen. Sie wurden jedes Jahr eingeladen, bekamen freies Essen und setzten sich immer an den gleichen Tisch neben dem Eingang.

Eddie suchte sofort nach Schwester Regina. Schon seit ein paar Wochen, seit dem Tag, als er das Sauerkraut in den Klosterkeller geschleppt hatte, verhielt sie sich ihm gegenüber eigenartig. Wenn er nach Schulschluß in ihr Klassenzimmer kam, war sie immer schon verschwunden. Er vermißte sie, denn die Gespräche mit ihr hatten ihm immer so gut getan. Wenn sie sich zufällig begegneten, schaute sie zu Boden und antwortete auf seine Fragen sehr einsilbig. Einmal, als sie ihn im Korridor auf sich zukommen sah, hatte sie schnell kehrtgemacht und war auf die Mädchentoilette entwischt. Warum mied sie ihn? Auch ihr merkwürdiges Verhalten damals im Keller ging ihm noch immer nach. Beim Aufheben der Steine hatte er versehentlich ihre Hand berührt, und sie war zur Seite gesprungen, als wäre er der Leibhaftige selbst. Hatte sie Angst vor ihm? Als er zu ihr aufschaute, war Panik in ihrem Gesicht gestanden. Was war bloß los mit ihr?

Als die Nonnen mit vollen Tellern vom Büfett zurückkamen, sah er, daß an ihrem Tisch zwei Stühle fehlten. Schwester Regina und Schwester Dora standen ein wenig hilflos herum.

Schon hatte er sich zwei Stühle geschnappt und marschierte damit auf den Tisch der Nonnen zu.

»Hier, Schwestern, Sie wollen doch sicher nicht im Stehen essen.«

»O danke, Mr. Olczak!« riefen alle im Chor. Als alle saßen, fragte er in die Runde: »Kann ich Ihnen sonstwie behilflich sein?«

Die alte Schwester Ignatia, die frisch aus dem Krankenhaus entlassen war und es genoß, einmal nicht selber für das leibliche Wohl ihrer Mitschwestern sorgen zu müssen, rief: »Ja, Mr. Olczak. Ich würde mich über eine Tasse Kaffee freuen, wenn es Ihnen nichts ausmacht.«

»Kommt auf der Stelle, Schwester«, erwiderte Eddie mit charmanter Verbeugung. »Noch jemand Kaffee?« Die einen wollten, die anderen nicht. »Schwester Gregory? Schwester Regina?«

Schwester Gregory lächelte ihn an und erwiderte: »Ja, bitte, Mr. Olczak.« Schwester Regina jedoch hielt ihren Blick beharrlich zu Boden gesenkt, das Kinn vor die Brust gedrückt.

»Kaffee, Schwester Regina?« wiederholte er, und endlich blickte sie zu ihm auf.

Und in diesem Augenblick verstand er alles.

Es traf ihn wie ein Blitz aus heiterem Himmel. Dunkle Röte

stieg ihr ins Gesicht, die sich überdeutlich gegen das blendend weiße Brusttuch abhob. Sofort schlug sie die Augen nieder. »Ja, danke, Mr. Olczak«, flüsterte sie kaum hörbar.

Eddie traute seinen Augen nicht. Schwester Regina war schon immer ein wenig spröde gewesen. Stets wahrte sie Distanz, war zwar freundlich, aber stets ein wenig reserviert. Doch nun schien sie vor Scham und Verlegenheit geradezu im Boden versinken zu wollen, genauso wie er es manchmal bei Irene beobachtet hatte. Schwester Regina wirkte wie eine Frau, die krank war vor Liebe.

Aber das kann doch nicht wahr sein, dachte er. *Sie ist eine Nonne!*

Seine Entdeckung brachte ihn derartig aus der Fassung, daß er auf dem Absatz kehrtmachte und zum Tresen stürmte. Sein Herz schlug ihm bis zum Hals. »Drei Kaffee für die Nonnen, Tillie!« brüllte er, ohne zu merken, daß er noch gar nicht an der Reihe war.

Ob die anderen wohl bemerkt hatten, was mit ihr los war? Und womöglich sogar unterstellten, daß er für die Nonne das gleiche empfand? Er hatte nicht die geringste Ahnung, was mit einer Nonne passierte, der man auf die Schliche kam, daß sie sich in einen Mann verguckt hatte. Der Gedanke erschien ihm auf einmal geradezu absurd! Von allen Nonnen, die er kannte, war sie die züchtigste und keuschste. Sie wirkte immer so glücklich mit dem Leben, das sie gewählt hatte, so friedvoll und heiter – deshalb hatte er sich in ihrer Gegenwart ja immer so wohl gefühlt!

Hatte er ihr gegenüber irgendeine unbeabsichtigte Geste, irgendeine Bemerkung gemacht, die sie mißverstehen konnte? Nein, stets wahrte er ihr gegenüber den gebotenen Abstand, sprach nur über unverfängliche Themen mit ihr.

Als er mit dem Kaffee an den Tisch der Nonnen zurückkehrte, servierte er mit Absicht Schwester Regina die erste Tasse, umrundete dann den Tisch und bediente die beiden anderen Nonnen, um ihre Reaktion beobachten zu können.

»So, Schwestern, wenn Sie noch irgendwelche Wünsche haben, dann brauchen Sie nur nach mir zu pfeifen«, bemerkte er mit freundlichem Lächeln, ohne sich seine Verwirrung anmerken zu lassen.

Alle Schwestern bedankten sich vielmals, nur Schwester Regina nicht. Sie hatte die Augen auf ihren Teller gesenkt und betupfte sich den Mund mit einer Papierserviette. Sie schien es nicht zu wagen, ihm auch nur einen Blick zuzuwerfen.

Eddie geriet in helle Aufregung.

Nicht, daß er sich geschmeichelt fühlte.

Es war auch nicht der Mann in ihm, der ihn so aus der Fassung brachte.

Er hatte einfach Angst. Panische Angst.

10

Als Konsequenz seines Erlebnisses beim Herbstbasar nahm sich Eddie zwei Dinge vor: erstens wollte er auf keinen Fall mehr in Schwester Reginas Klassenzimmer auftauchen, wenn er nicht ganz sicher sein konnte, daß sie nicht mehr da war. Als zweites wollte er unbedingt wieder mehr unter Leute gehen. Deshalb engagierte er für die Samstagabende einen Babysitter und zog mit seinen Brüdern und Schwägerinnen durch die Tanzschuppen der Gegend. Immer war auch Irene mit von der Partie. Gelegentlich tanzte er mit ihr, meist aber stand er mit den Männern an der Theke, trank Bier und verglich die Frauen mit Krystyna. Nicht eine einzige konnte ihr das Wasser reichen.

Am Sonntagmorgen erwachte er dann manchmal mit

schwerem Kopf und hatte Mühe, pünktlich zum Läuten in der Kirche zu sein.

Hin und wieder dachte er an Schwester Regina, doch seine Vermutung schien sich nicht zu bestätigen. Es war unmöglich, daß sie sich in ihn verliebt hatte. So etwas paßte einfach nicht zu ihr. Sie strahlte so viel Innigkeit, Hingabe und Frömmigkeit aus – sie liebte das Klosterleben mehr als jede ihrer Mitschwestern, davon war er inzwischen überzeugt. Daß sie so vor ihm auswich, konnte er sich nur damit erklären, daß er sie in letzter Zeit irgendwie verletzt hatte, ohne sich dessen bewußt zu sein. Dieser Gedanke bedrückte ihn.

Eines Tages beim Abendessen fragte Anne ihren Vater aus heiterem Himmel: »Daddy, warum können Nonnen eigentlich keine Mütter werden?«

Die Frage traf Eddie derartig unvorbereitet, daß er einen Moment lang nichts zu erwidern wußte.

»Daddy, was ist denn?« fragte Anne, als ihr Vater keine Antwort gab.

»Ach, nichts, nichts ...«, murmelte er. Er kippelte auf seinem Stuhl und räusperte sich. »Nur verheiratete Frauen werden Mütter, das weißt du doch, Schätzchen.«

»Aber warum?«

»Ähm ... na ja, weil eine Frau zum Mutterwerden einen Mann braucht, und Nonnen haben nun einmal keinen Mann.«

»Und warum nicht?«

»Na, weil sie ... mit dem Herrn Jesus verheiratet sind.«

»Aber wie kann man denn mit jemandem verheiratet sein, der gar nicht da ist?«

»Hm ...« Verzweifelt suchte er nach einer Antwort. »Weißt du ... ähm, sie sind ja nicht *richtig* verheiratet, so wie Mama und ich verheiratet waren. Aber sie tragen auch einen goldenen Ring am Finger, zum Zeichen, daß sie ihr Leben dem Herrn Jesus geweiht haben und deshalb auf dieser Welt keinen Mann heiraten wollen.«

»Oh.« Nachdenklich stocherte Anne in ihrem Essen herum. Nach einer Weile schienen ihre Überlegungen zu einem Ergebnis geführt zu haben. »Dann möchte ich lieber keine Nonne werden. Oder wenn, dann höchstens so eine wie Schwester Regina.«

In dieser Nacht träumte er von Krystyna. Es war ein seltsamer Traum. Sie stand, ohne ein Wort zu sagen, in der Grotte vor der Schule, und lächelte ihm zu. Ein Ausdruck tiefen Friedens lag auf ihren Zügen. Und sie trug die schwarze Nonnentracht der Benediktinerinnen.

An Allerheiligen, dem ersten November, war schulfrei – Zeit, um in aller Ruhe die Fußböden in den Klassenräumen zu wischen und anschließend zu wachsen. Als Eddie in das Dritt- und Viertkläßlerzimmer kam, saß dort zu seiner großen Überraschung Schwester Regina am Katheder. Sie war damit beschäftigt, aus braunem Packpapier Figuren auszuschneiden. Als er eintrat, schaute sie kurz auf und senkte dann schnell wieder den Blick.

»Tag, Schwester.« Er schob die elektrische Bohnermaschine herein und wickelte das Kabel ab.

»Guten Tag.«

»Häßliches Wetter heute, nicht?« bemerkte er und steckte den Stecker in die Dose.

»Ja.« Der Himmel war grauschwarz, und ein stürmischer Wind peitschte dicke, nasse Schneeflocken gegen die Fensterscheiben.

»Schaut so aus, als würden wir heute noch gehörig einschneien.«

Sie antwortete nicht und schnitt weiter an ihrem Papier herum.

»Heute ist Feiertag. Und da arbeiten Sie?«

»Oh, ich schneide nur ein Füllhorn für das Schwarze Brett aus. Das ist keine Arbeit ... das ist Freizeitbeschäftigung.«

Er trat näher und schaute, was sie bastelte. »Ach, richtig«, erinnerte er sich. »Das Erntedankfest steht ja vor der Tür.« Er seufzte. »Wird mir dieses Jahr nicht leichtfallen, dankbar zu sein. So ohne Krystyna.« Wieder schwieg sie. Eddie runzelte die Stirn. Sie gab sich so kühl und wortkarg. Irgendwas stimmte nicht. Was hatte sie nur? Er wollte es auf der Stelle herausfinden.

»Haben Sie was dagegen, wenn ich mich einen Moment zu Ihnen setze?« fragte er höflich.

Sie schaute zu ihm auf und wurde ein wenig rot. Doch sie antwortete vollkommen ruhig und gelassen. »Nein.«

Er setzte sich auf eine Bank in der ersten Reihe, direkt ihr gegenüber.

Sie hatte das Füllhorn fertig und begann jetzt, einen orangefarbenen Kürbis auszuschneiden.

»Schwester, bin ich Ihnen irgendwie zu nahe getreten?« begann er.

Sie blickte auf und ließ die Hände mitsamt Schere und Papier aufs Katheder sinken.

»Nein.«

»Ich hatte den Eindruck, weil Sie mir in letzter Zeit aus dem Weg gegangen sind.«

»Nein, das bin ich nicht, Mr. Olczak.«

»Das sind Sie wohl, Schwester Regina. Also ... was habe ich Ihnen getan?«

»Sie haben mir nichts getan.« Sie sprach ruhig und gefaßt wie zuvor, doch ihre Wangen färbten sich dunkelrot.

»Früher, wenn ich nach dem Unterricht hierher gekommen bin, haben wir uns oft über Anne und Lucy unterhalten, und über Krystyna und über meine Gefühle seit ihrem Tod. Aber seit einiger Zeit weichen Sie mir aus. Immer wenn ich in die Klasse komme, sind Sie schon verschwunden. Na, und da hab ich mir gedacht, ob ich vielleicht irgend etwas getan oder gesagt habe, was ... Sie verletzt hat.«

»Nein, das haben Sie nicht. Das sagte ich Ihnen bereits.«

Als sie seinen Blick nicht mehr ertragen konnte, schlug sie die Augen nieder und nahm sich wieder ihre Bastelarbeit vor.

»Unsere Gespräche fehlen mir, wissen Sie?« fuhr er leise fort. »Natürlich könnte ich auch versuchen, mit einer anderen Nonne zu sprechen, aber ... sie stehen mir nicht so nah wie Sie. Am liebsten unterhalte ich mich mit Ihnen. Neulich hab ich zu Romaine gesagt: ›Weißt du, Romaine, immer wenn ich mit Schwester Regina rede, geht es mir hinterher besser.‹ Und genauso ist es.«

Sie hielt ihre Augen auf den Papierkürbis gerichtet und sagte: »Sie können auch jetzt mit mir sprechen, Mr. Olczak.«

Er dachte an all die Frauen auf den Kneipentouren am Samstag. Keine konnte Krystyna das Wasser reichen. Aber diese Frau hier, die schon. Sie war die einzige, deren Gesellschaft er seit Krystynas Tod immer wieder suchte. Die anderen widerten ihn eher an. Jetzt, da sich endlich wieder eine Gelegenheit zu einer Unterhaltung mit der Schwester bot, wollte er sie nicht einfach aus der Hand geben.

»Und ... wie schmeckt das Sauerkraut?« begann er im Stil einer Konversation.

»Köstlich, wie immer.«

»Ja, meine Krystyna! Von Sauerkraut hat sie was verstanden.«

Schwester Regina schwieg. Sie legte den Kürbis zur Seite und begann, Weintrauben auszuschneiden.

»Letzte Nacht hab ich von ihr geträumt.« Eddie hielt inne. Noch immer erwiderte Schwester Regina nichts. Sie hielt den Blick auf ihre Arbeit geheftet. »Sie stand in der Grotte und hatte eine Nonnentracht an wie Sie. Weiß der Himmel, wieso ich so was Verrücktes träume.« Er wartete auf eine Reaktion, doch wieder wurde er enttäuscht. »Wahrscheinlich, weil mich Anne neulich gefragt hat, warum Nonnen keine Mütter werden können. Ich hab's ihr so gut erklärt, wie ich konnte. Ich hab gesagt, weil Sie mit Jesus Christus verheiratet sind.«

»Ja, das bin ich«, gab sie zurück. Vorsichtig legte sie die Bastelarbeit ab und entzog ihm den Anblick ihrer Hände, indem sie sie unter dem Katheder im Schoß faltete. »Und das ist auch der Grund, warum mir Unterhaltungen wie diese hier verboten sind. Sicher ist Ihnen bekannt, Mr. Olczak, daß nach unserer Ordensregel Gespräche mit Laien auf das Nötigste zu beschränken sind.«

Er richtete sich auf und spürte, wie er errötete. »Nein, das wußte ich nicht«, erwiderte er betreten.

Gelassen und voller Würde erhob sie sich und schritt zum Fenster. Sie schaute hinaus, so daß er ihr Gesicht nicht sehen konnte, und verbarg die Hände in den Ärmeln, ehe sie fortfuhr. »Das Leben einer Nonne ist ein Leben in Schweigen und Meditation. So schreibt es uns die Heilige Regel vor, die zu beachten wir gelobt haben. Vielleicht haben Sie recht. Vielleicht bin ich Ihnen tatsächlich aus dem Weg gegangen, denn in Ihrer Gegenwart vergesse ich allzu leicht das Gebot des Schweigens, und dann rede ich zuviel.«

»Aber ... aber was ist denn Schlimmes daran?«

»Was Sie betrifft – nichts. Was mich betrifft, so legt uns die Heilige Regel auf, nur zu sprechen, wenn es Pflicht, Notwendigkeit oder Nächstenliebe erfordern. Ich könnte Ihnen das wortwörtlich aus unseren Bestimmungen zitieren.«

»Es ist verboten zu *sprechen?!*« wiederholte er ungläubig. Er vertiefte sich in den Anblick ihres kerzengeraden Rückens, ihrer Schultern, auf denen die Falten des schwarzen Schleiers auflagen. Unwillkürlich erhob er sich von der Bank, hielt dann aber doch respektvolle Distanz zu ihr.

»Soll das heißen, Schwester, daß ich Sie jedesmal zu einer

Sünde verleitet habe, wenn wir uns hier miteinander unterhalten haben? Stimmt das, Schwester?« wiederholte er, als sie keine Antwort gab.

»Bitte, Mr. Olczak«, flüsterte sie. »Es ist mir nicht erlaubt ...«

»Stimmt das wirklich, Schwester?!« beharrte er. Er mußte sich beherrschen, sie nicht einfach mit sanfter Gewalt zu sich herumzudrehen und die Antwort auf ihrem Gesicht zu lesen. Wie konnte er ahnen, was in ihr vorging, wenn sie sich von ihm abwandte?

»Unser Gelübde bindet uns auf ewig, und ein Verstoß dagegen ist Sünde, das ist richtig.«

»Schwester, würden Sie sich bitte umdrehen?«

Ihr Nacken versteifte sich und verriet ihm, daß sie seinem Wunsch nicht entsprechen würde.

»Warum haben Sie mir das nicht viel früher gesagt?« rief er.

»Weil die Notwendigkeit unsere Gespräche erforderte, Ihre Notwendigkeit. Ich hatte das Gefühl, daß Sie jemanden suchten, dem Sie Ihr Herz ausschütten könnten, und deshalb habe ich mich dafür entschieden, Ihnen zuzuhören. Wir Nonnen sind gehalten, *praktische Nächstenliebe zu üben* – das ist ein wörtliches Zitat aus der Heiligen Regel – und ich dachte: Wann ist praktische Nächstenliebe mehr angebracht als bei einem Menschen, der einen so schmerzlichen Verlust erlitten hat wie Sie? Sie und die Mädchen. Diese letzten beiden Monate seit Krystynas Tod ... diese letzten zwei Monate waren für mich ...« Sie brach ab, denn Tränen erstickten ihre Stimme.

»Schwester«, flüsterte er erschrocken. »Ich habe Sie zum Weinen gebracht.«

»Nein, das haben Sie nicht.« Sie zog ein Taschentuch aus dem Ärmel und putzte sich die Nase.

»Warum weinen Sie dann?« Er ging auf sie zu und blieb

hinter ihr stehen. Seine Hände wollten sie umfassen, doch er beherrschte sich. »Bitte, Schwester, drehen Sie sich um.«

»Nein, ich kann nicht.« Sie schnupfte einmal kurz und hob dann wieder ihren Kopf.

»Aber ich ... ich mach mir solche Vorwürfe.«

»Sie brauchen sich keine Vorwürfe zu machen, Mr. Olczak. Ich weine nicht Ihretwegen, sondern meinetwegen. Ich habe in der letzten Zeit eine ... eine persönliche Krise durchgemacht, es ... es war keine leichte Zeit für mich.« Wieder versagte ihr die Stimme. »Bitte, Mr. Olczak, verzeihen Sie mir«, schluchzte sie, »aber ich muß gehen.« Sie machte auf dem Absatz kehrt und stürzte, ohne ihn anzuschauen, mit wehendem Schleier aus dem Raum.

»Schwester, warten Sie doch! Ich bitte Sie, Schwester ...!«

Doch sie war schon auf und davon. Er blieb allein zurück, verwirrt und aufgewühlt. Seinetwegen hatte sie gesündigt, seinetwegen geweint. Seinetwegen war sie aus dem Zimmer gerannt. Gerade sie, die stets so sicher und fest im Glauben, so glücklich mit dem Leben im Kloster gewirkt hatte! Jesus, Maria und Josef! Helft mir, diese Frau zu verstehen! Denn sie ist wirklich die letzte, der ich weh tun möchte!

In dieser Nacht lag er über drei Stunden wach, ehe er endlich Schlaf fand. Immer wieder kreisten seine Gedanken um die Szene im Klassenzimmer. Als er hinter ihr stand und ihre Verzweiflung fühlte, hatte er eine Empfindung gehabt, die er nur aus seiner Ehe mit Krystyna kannte. Wie konnte er ihre Gewissensnot nur übersehen! Für ihn hatte sie gelitten, mehr noch – gesündigt! Wie gern hätte er sie in diesem Moment gestreichelt, getröstet, in den Arm genommen, sie an sich gedrückt, damit sie sich an seiner Brust ausweinen konnte! Doch etwas in ihm sperrte sich dagegen, an so etwas auch nur zu denken. Es stand nun einmal fest, daß sie eine Nonne war!

Sie in den Arm nehmen? Sie an sich drücken?

Schlag dir so etwas augenblicklich aus dem Kopf, Eddie Olczak! Sie ist eine Nonne, und du hast ihr gefälligst den gleichen Respekt zu erweisen wie der Heiligen Jungfrau Maria selbst!

Die Achtung vor den Nonnen war ihm seit frühester Kindheit eingeimpft worden. Schon in der Volksschule hatte er gewußt, daß seine Eltern ihn dafür bestraft hätten, wenn er eine Nonne auch nur schief angesehen hätte. Nonnen waren Stellvertreterinnen Gottes auf Erden. Sie waren heilige Geschöpfe, fast so heilig wie die Engel im Himmel. Niemand auf der Welt hatte mehr Respekt vor Nonnen als Eddie Olczak.

Was zum Teufel erlaubte er sich? Er lag hier in seinem Bett und stellte sich vor, eine Klosterschwester in den Armen zu halten! Warum sollte er sich den Kopf darüber zerbrechen, daß sie durch Krystynas Tod in eine persönliche Krise geraten war?

Oder hatte diese Krise vielleicht eher etwas mit ihm zu tun?

Sie ist eine Nonne, Olczak! Sie hat ein Keuschheitsgelübde abgelegt, kapiert?

Schon gut, schon gut. Aber warum ist sie dann immer so rot geworden, wenn er in ihre Nähe kam? Zweimal schon!

Verkneif dir deine Hintergedanken! Sie ist eine Nonne, verdammt!

Aber sie *war* nun einmal rot geworden! Er hatte es mit eigenen Augen gesehen! Und sie war so eigenartig nervös in seiner Nähe!

Eddie, mein Junge, du bist drauf und dran zu sündigen! Ich glaube, du solltest zur Beichte gehen und dem Pater erzählen, daß du auf unschickliche Weise an eine Nonne gedacht hast!

Ich habe keine unschicklichen Gedanken! Ich versuche

nur, herauszufinden, was sie mit »persönlicher Krise« gemeint hat! Ich meine, angenommen, also nur mal angenommen, daß sie ... nun, daß sie etwas empfindet ... daß sie für mich irgend etwas empfindet ... dann wäre das doch das Schlimmste, was einer Nonne passieren könnte, oder? Und würde das nicht auch erklären, warum sie in Tränen ausgebrochen war?

Samstag nachmittag um vier, Eddie. Du mußt zur Beichte.

Es war ein Uhr nachts, und Schneeflocken tanzten im Licht der Straßenlaterne vor seinem Fenster. Als könnte er die beunruhigenden Gedanken damit vertreiben, preßte sich Eddie eine Faust gegen die Stirn. Krystyna fehlte ihm, das war es! Und seit dem Verlust seiner Frau war Schwester Regina die einzige, in deren Nähe er sich wohl fühlte. Es würde lange dauern, bis er über den Tod Krystynas hinweg wäre. Aber wenn er irgendwann einmal wieder heiraten sollte, dann nur eine Frau wie Schwester Regina, das wußte er jetzt schon.

Als ihn langsam der Schlaf übermannte, fiel ihm auf, daß sein letzter Gedanke ihn an den Satz seiner Tochter Anne erinnerte: *Ich möchte keine Nonne werden, aber wenn doch, dann nur so eine wie Schwester Regina.* Anne war verrückt nach Schwester Regina, genau wie Lucy.

Im Halbschlaf trat ihm das Bild vor Augen, wie Lucy auf die Nonne zulief und strahlend die Ärmchen um ihre Rockschöße schlang, genauso wie früher bei ihrer Mutter.

Schwester Regina ... Schwester Regina ...

Allmählich wurden seine Gedanken vage, entglitten ihm.

Ach, Schwester. Könnte es sein, daß wir alle drei dich lieben, auch wenn es eine verbotene Liebe ist?

Als er schließlich in den Schlaf sank, wußte er nicht mehr – hatte er das gerade wirklich gedacht oder nicht?

Am nächsten Tag war Allerseelen. An diesem Tag konnte der gläubige Katholik einen vollständigen Ablaß erlangen, wenn er beichtete, kommunizierte und anschließend für die armen Seelen im Fegefeuer und den Heiligen Vater betete.

Schwester Regina hatte sich vorgenommen, diese Übung auf sich zu nehmen. Dadurch hoffte sie, die Strafen für ihre Sünde vom Vortag zu tilgen, als sie rückfällig geworden war und mit Mr. Olczak wieder auf so intime Weise gesprochen hatte.

Als sie Pater Kuzdek in der Eingangshalle des Klosters traf, ging sie auf ihn zu. »Pater, dürfte ich Sie einen Augenblick sprechen?«

Der rundliche Priester ließ sich ächzend auf dem schmalen Bänkchen nieder, auf dem sonst die auf ihren Unterricht wartenden Orgelschüler saßen, und zog seine schwarzen Gummiüberschuhe an.

»Natürlich, Schwester.«

»Ich würde gern beichten.«

»Jetzt gleich?«

»Ja, Pater, wenn Sie die Zeit erübrigen können. Ich möchte es keinen Tag länger aufschieben.«

»Gut. Hol deinen Umhang. Wir gehen gleich in die Kirche.«

Die Luft draußen duftete wie frische Wäsche. Es war halb sieben Uhr morgens, und am blauschwarzen Himmel stand noch immer die schmale Mondsichel. Über Nacht war Schnee gefallen, und Mr. Olczak hatte für den Pater zwischen Pfarrhaus und Kloster bereits notdürftig, nur eine Schippe breit, geräumt. Mr. Olczak. Es war unmöglich, diesem Mann zu entkommen, dachte Schwester Regina, während sie dem Pater nacheilte, um ihm zu beichten, daß ihr ebendieser Mann nicht mehr aus dem Kopf ging. Denn auch wenn sie ihn nicht sehen konnte, so war das Scharren seiner Schneeschippe vor der Kirche doch unüberhörbar, wenn er die breiten Stufen vor den ersten Kirchgängern vom Schnee befreite.

Mr. Olczak, Olczak, Olczak! Ständig mußte sie an ihn

denken. Sie kannte seinen täglichen Arbeitsablauf wie eine Ehefrau den ihres Mannes. Wie sollte sie von ihm loskommen, wenn er ihr den ganzen Tag ständig über den Weg lief? Und wenn sie ihn schon nicht sah, zu hören war er immer irgendwo – wenn er Schnee schaufelte, wenn er bohrte, hämmerte, sägte, wenn er eine Melodie pfiff oder die Kinder in der Pause zärtlich neckte. Selbst jetzt noch, unterwegs zur Beichte, spukte er ihr im Kopf herum.

Der Pater betrat die Kirche durch seinen privaten Eingang links neben der Sakristei. Er schaltete ein kleines Licht an, griff nach seiner Stola, küßte sie und legte sie um. Dann führte er die Nonne durch den Altarraum und beugte wie sie vor dem Kruzifix kurz die Knie. Im Beichtstuhl war es finster, und es roch wie immer muffig und ein wenig nach Mist, den die Farmer mit ihren Schuhen hineintrugen. Schwester Regina kniete in der engen Kabine nieder und zog den schweren braunen Samtvorhang hinter sich zu. Es war kalt in der Kirche, und ein unangenehm kühler Luftzug streifte ihre Knöchel. Sie hörte, wie Pater Kuzdek seinen Platz im Beichtstuhl einnahm. Als er den kleinen Vorhang vor dem Trenngitter zur Seite zog, sah sie schemenhaft, wie er ein Kreuz schlug.

»*In nomine Patris et Filii et Spiritus Sancti, Amen.*«

Sie machte mit ihm das Zeichen des Kreuzes und begann dann mit den Worten, die sie schon als Kind gelernt hatte: »Vergib mir, Vater, denn ich habe gesündigt. Meine letzte Beichte habe ich vor zwei Wochen abgelegt. Ich bin gekommen, um eine schwere Sünde zu beichten.« Zitternd holte sie Luft.

Er hörte, wie sie nach Atem rang, und sagte beruhigend: »Ich bin bei dir, Schwester.«

»Ja«, flüsterte sie unhörbar. Wie sollte sie beginnen? Sie suchte nach Worten. »Es fällt mir sehr schwer«, entschuldigte sie sich.

»Denk daran, daß Gott alles vergibt«, tröstete er sie und wartete geduldig.

Noch einmal holte sie tief Luft, wie um sich Mut zu machen. Dann fuhr sie fort: »Ich habe mich in letzter Zeit mit einem Laien angefreundet. Es ist nur eine Freundschaft. Ich habe mich jedoch dazu hinreißen lassen, sehr offen zu sprechen, so daß unsere Gespräche manchmal sehr private Themen berührt haben. Ich ... fühle mich stark versucht, mit dieser Person auch über nichtreligiöse Angelegenheiten zu reden, denn diese Person hat zur Zeit große Sorgen und braucht Hilfe. Ich weiß, daß ich mein Gehorsamsgelübde breche, wenn ich mich mit dieser Person unterhalte, und dennoch fühle ich mich nicht schuldig, wenn ich es tue. Wie ist das möglich, Pater?«

»Ist diese Person ein Mann?« fragte der Pater.

Ihr Herz begann zu rasen. »Ja«, sagte sie kleinlaut.

»Und du fühlst dich zu ihm hingezogen?«

Sie lauschte dem Hämmern ihres Herzens. »Ja«, hauchte sie.

»Hast du das Keuschheitsgelübde mit ihm gebrochen?«

»Nur in Gedanken.«

»Nicht in Taten?«

»Nein, Vater, das würde ich niemals tun. Er mit Sicherheit auch nicht. Wir sprechen nur sehr gerne miteinander, das ist alles.«

»Haben diese Gespräche mit ihm dazu geführt, daß du an deiner Berufung zweifelst?«

»Nein, Pater. Diese Zweifel haben schon viel früher begonnen.«

»Ich verstehe.«

Das heftige Pochen ihres Herzens peinigte sie, und sie spürte, wie ihr Tränen in die Augen traten. Was für ein schrecklicher, qualvoller Augenblick! Zum erstenmal gestand sie einem Menschen, daß ihr Glaube an ihre Berufung erschüttert war. Bisher hatte sie sich einreden können, daß ihre Unzufriedenheit vielleicht nur eine vorübergehende Krise wäre und sie den Weg zurück in den Schoß der klösterlichen Gemeinschaft bald wieder finden würde. Aber nun war die Wahrheit heraus, sie konnte sich nicht länger etwas vormachen. Und plötzlich spürte sie die ganze Wucht der Entscheidung, die sie da treffen mußte, und sie zitterte vor Schreck.

Der Pater schwieg lange, bevor er antwortete. Sie spürte, daß er mit einer solchen Eröffnung nicht gerechnet hatte. Offenbar hatte er Mühe, die Fassung wiederzugewinnen. Schließlich setzte er sich zurecht, holte tief Luft und beugte sich näher an das Trenngitter heran.

»Hast du schon mit der Mutter Oberin darüber gesprochen?«

»N ...« Ihre Stimme bebte. »Nein, Pater.«

»Hast du das Gefühl, daß du dich ihr anvertrauen kannst?«

»Ich ... ich hab Angst davor.«

»Aber Schwester Agnes ist deine Beraterin in religiösen Fragen. Du kannst ihr vertrauen.«

»Ich befürchte, daß sie mir nicht glauben wird, wenn ich ihr sage, daß die Zweifel schon vor langer Zeit in mir aufgekeimt sind. Sie wird die Ursache in meiner Bekanntschaft mit diesem Mann suchen.«

»Was Schwester Agnes glaubt, ist zweitrangig. Die Wahrheit deiner Gefühle ist es, die zählt. Aber das sind Fragen, die du mit deiner Oberin besprechen mußt, Fragen, die von fundamentaler Bedeutung für deinen weiteren Lebensweg sind.«

»Ja, Pater. Ich will es versuchen. Aber da ist noch etwas.«

»Sprich nur.«

»Sie müssen verstehen, es geht mir nicht nur um diesen Mann, es geht um viel Grundsätzlicheres. Vieles am Leben in der klösterlichen Gemeinschaft erfüllt mich mit Zorn – gewisse Eigenheiten meiner Mitschwestern, Angewohnheiten, die mich manchmal regelrecht zur Weißglut bringen. Dann die Tatsache, daß man uns so wenig Freiheiten läßt. Schwester Agnes ermahnt mich ständig, mich nicht zu sehr um die Angelegenheiten der Kinder zu kümmern, die ich unterrichte, und das macht mich zornig. Aber ich habe niemanden, mit dem ich über meinen Zorn reden kann. Die Heilige Regel brandmarkt Zorn und Ärger als Sünde. In der letzten Zeit ziehe ich die Heilige Regel und die Ordensbestimmungen mehr und mehr in Zweifel. Die Art, wie sie jeglichen natürlichen Impuls in uns ersticken, wie sie uns gleichschalten. Schon der Gedanke daran genügt oft, daß ich in Zorn gerate.«

»Zorn ist ein sehr menschliches Gefühl. Die Art und Weise, wie wir ihn ausdrücken, entscheidet darüber, ob er eine Sünde ist oder nicht. Vielleicht gehst du mit dir manchmal zu hart ins Gericht, Schwester.«

»Das glaube ich nicht. Immer wieder verstoße ich gegen die Heilige Regel, und jedesmal erlege ich mir eine Buße auf. Dabei bin ich mir eigentlich keines Unrechts bewußt. Es ist, als sprächen zwei Stimmen in mir. Die eine verdammt und ermahnt mich, in Zukunft zu schweigen. Die andere sagt: ›Sie haben kein Recht, dich so zu unterdrücken. Wehr dich, mach endlich deinen Mund auf!‹ Es ist so schrecklich, Pater, ich fühle mich regelrecht zerrissen. Sie ahnen nicht, was ich durchmache. Es ist wie das Fegefeuer auf Erden.«

»Weißt du, was ich aus all deinen Worten heraushöre, Schwester?«

»Nein, Pater.«

»Eine große Kraft. In dir wirkt eine große Kraft, ein starker Geist, der dir sagt, daß du trotz der inneren Kämpfe doch am richtigen Ort bist.«

»Ja, das stimmt, Pater. Manchmal kommt ein Friede über mich, der mich ganz und gar erfüllt und aus dem ich neuen

Mut schöpfen kann. Aber diese Momente werden immer rarer in letzter Zeit.«

»Glaubst du, Schwester, du bist die einzige, die von solchen Zweifeln heimgesucht wird?« Als sie keine Antwort gab, fuhr er fort: »Wenn wir den Kampf aufnehmen mit den Zweifeln und Versuchungen, die uns bedrängen, und diesen Kampf siegreich bestehen, dann gehen wir gestärkt daraus hervor. Ein solcher Sieg schenkt uns als Lohn neue Zuversicht, daß die Entscheidung für ein Leben im Dienste des Herrn, wie wir sie getroffen haben, für uns die richtige Wahl war. Bete, Schwester. Bete um Antwort auf deine drängenden Fragen, und ich bin sicher, sie wird dir gewährt. Tu Buße. Meditiere, so oft du kannst. Bete zur Jungfrau Maria, sie möge Fürsprache für dich halten, und bete zu Gott, er möge dich sicher durch diese stürmische Zeit geleiten. Und sprich mit Schwester Agnes. Ihre Antwort wird dich überraschen.«

»Ja, Pater. Ich werde mit ihr sprechen.«

»Sehr schön. Und wenn ich noch etwas Privates hinzufügen darf, Schwester – ich würde es zutiefst bedauern, wenn ich dich hier in St. Joseph's verlieren würde. Du bist eine hervorragende Lehrerin und beliebt bei den Kindern. Und ich bin seit jeher der Überzeugung, daß ein Schüler am meisten von den Lehrern lernt, die er liebt. Ich glaube, ein Gespräch mit Schwester Agnes wird dir helfen. Und es wird uns allen hier, deinen Mitschwestern und auch den Schülern, einen schlimmen Verlust ersparen.«

»Danke, Pater.«

Er legte ihr eine verblüffend geringe Buße auf. Offenbar spürte er, daß die Krise, die sie durchlitt, Strafe genug war.

Sie verließen die Kirche, und Pater Kuzdek wählte den linken Weg zum Pfarrhaus, Schwester Regina den rechten, der zum Kloster führte. Auf halbem Wege begegnete sie Eddie Olczak, der Schnee räumte. Er trat zur Seite und stützte sich auf seine Schneeschaufel auf.

»Guten Morgen, Schwester«, sagte er freundlich, als sie näherkam.

Sie hielt den Blick gesenkt und zog den wollenen Umhang enger um ihre Schultern.

»Guten Morgen, Mr. Olczak.«

»Warten Sie doch, Schwester«, rief er, als sie ohne ein weiteres Wort an ihm vorbeiging.

»Es tut mir leid, ich kann nicht«, erwiderte sie und hastete davon, ohne sich noch einmal nach ihm umzudrehen.

Verblüfft blieb Eddie zurück. Sein Herz pochte. Seit ihrer letzten Begegnung hatte ihn eine eigenartige Unruhe erfaßt. Er sah ihr nach, wie sie die Treppenstufen zur hinteren Veranda des Klosters hinaufhuschte. Erst als sie hinter der Küchentür verschwunden war, gestattete er sich einen tiefen Seufzer. Schweren Herzens machte er sich wieder an die Arbeit.

Sie entschloß sich, das Gespräch mit Schwester Agnes vorerst noch nicht zu suchen. Vielleicht mußte sie ja tatsächlich noch inniger beten, noch angestrengter meditieren, noch mehr Buße tun. Erst wenn sie auch damit scheitern würde, wollte sie mit Schwester Agnes sprechen.

Der November ging ins Land, und das Erntedankfest nahte. Die Tage waren düster und trostlos wie ihre Gedanken. Schwester Regina versenkte sich ganz ins Gebet. Mit all ihrer Kraft suchte sie zu ergründen, welchen Weg Gott der Herr für sie vorgesehen hatte. Stundenlang kniete sie am Boden, oft auf einer Fußmatte aus Spiraldraht, der sich schmerzhaft in ihre Knie kerbte, und erforschte ihre Seele. Tagsüber fastete sie, um sich den Hunger als zusätzliche Buße aufzuerlegen. Mit inbrünstigem Gebet, hingebungsvoller Meditation und unerbittlicher Gewissensprüfung verbrachte sie Tage und Wochen. Doch auch die strengste Askese fruchtete nichts, sondern stürzte sie nur in noch tiefere Verzweiflung.

Sie hegte die Hoffnung, daß die Antwort auf ihre drängende Frage ganz unerwartet auf dem Wege einer göttlichen Eingebung über sie kommen würde. Auf diese Weise würden sich ihre vagen Zweifel, wie von einem Funken der Erleuchtung entzündet, in unumstößliche Gewißheit verwandeln. Dann würde sie zwar weiterhin eine Nonne sein – denn es stand für sie fest, daß dies der Weg ihrer Wahl sein müßte –, doch würde sie in einem Zustand der Glückseligkeit über diese Erde wandeln, wie die Frauen auf den Heiligenbildchen. Kein Zweifel würde mehr an ihrer Seele nagen, und himmlischer Friede würde in ihr wohnen bis ans Ende ihrer Tage.

Doch nichts dergleichen geschah.

Wenn Gott der Herr wußte, welchen Weg Er für sie vorgesehen hatte, dann behielt Er dieses Wissen jedenfalls für sich.

Nach dem Erntedankfest schrieb sie einen Brief an ihre Großmutter und berichtete ihr von den Qualen, die sie zur Zeit durchmachte. Doch sie schickte den Brief nicht ab, denn die Regel sah vor, daß kein Brief das Kloster verlassen durfte, ehe er nicht unverschlossen über den Tisch der Mutter Oberin gewandert war. So legte sie ihn zähneknirschend in ihre Schublade und haderte einmal mehr mit dem unwürdigen Regiment, unter dem sie stand.

Zerrieben zwischen Schuldgefühlen, den Brief überhaupt geschrieben zu haben, und ihrem ohnmächtigen Zorn auf die Zensur, suchte sie um so mehr Rettung in Gebet und Askese. Der Pater hatte ihr geraten, Buße zu tun. Vielleicht würde sie ja Antwort auf ihre Fragen bekommen, wenn sie sich die äußerste Buße auferlegte?

Die äußerste Buße wurde gemeinhin als »die Disziplin« bezeichnet. Schwester Regina hatte sich diesem Ritual bisher nur ein einziges Mal unterzogen und wußte nicht recht, ob sie an seine Wirksamkeit glauben sollte oder nicht. Die »Disziplin« war eine eher verharmlosende Umschreibung für eine bestimmte Art der Selbstgeißelung. Man führte diese Prozedur am Freitag abend im Badezimmer mit Hilfe eines Geräts durch, das an einen Kleiderbügel erinnerte, an dem eine Reihe feingliedriger Eisenketten befestigt waren. Sie konnte sich noch gut an den Tag erinnern, an dem sie dieses Folterinstrument zum erstenmal gesehen hatte. Sie war damals noch Novizin, das heißt ein Neuling, und als solcher durfte sie keine Fragen stellen. Die Grundregel für eine Novizin lautete: *Alles, was du wissen mußt, wirst du zu gegebener Zeit erfahren.* Eine ältere Nonne mit Namen Schwester Serenity, die mit der Anfertigung von Rosenkränzen betraut war, hatte in der Abendfreizeit mit der Kombizange an einer der Eisenketten herumgebastelt. Schwester Regina hatte das Gerät zunächst für eine Windharfe gehalten und ihre Mitschwester gebeten, es doch einmal hochzuhalten, damit sie hören könne, wie es klänge. Später am Abend zog Schwester Serenity die Novizin beiseite und erklärte ihr mit gedämpfter Stimme, daß es sich bei diesem Apparat um die »Disziplin« handle. Am Freitag abend, nachdem das Licht gelöscht und die Nachtruhe eingeläutet war, konnte jede Nonne im Badezimmer die »Disziplin üben«.

Die junge Regina Marie Potlocki, die frisch vom Land kam, hatte noch nie von solchen Übungen gehört. Im ersten Moment glaubte sie an ein Mißverständnis.

»*Was* macht man damit?« fragte sie fassungslos.

Schwester Serenity zeigte ihr eine sanfte Art der Anwendung, indem sie den Ärmel hochkrempelte und sich die Ketten mit leichtem Schwung über den nackten Arm schlug. Sofort bildeten sich furchterregende rote Striemen auf der Haut. »Es ist nicht nötig, sich bis aufs Blut zu peitschen«, erklärte die Ältere freundlich, »es reicht, wenn man sich die Ketten so lange überzieht, bis es anständig brennt. Aber nicht am Arm, sondern hier.« Sie deutete auf ihr Gesäß. »Unter dem Nachthemd.«

Regina gefror das Blut in den Adern. »A … aber warum denn?«

»Im Gedenken an die Leiden Christi.«

Ungläubig starrte Regina auf das widerliche Folterinstrument. »Ich … ich versteh nicht«, stotterte sie, »welchen Sinn das haben soll.«

»Der Sinn ist, unsere Leiden mit denen des Herrn zu vereinigen«, erläuterte Schwester Serenity. »Wie sich diese Vereinigung genau vollzieht, ist ein Mysterium. Doch wir glauben, daß der Herr für uns gelitten hat, und daß wir deshalb *für* Ihn und *mit* Ihm und *in* Ihm leiden müssen, damit die Welt von ihrem Leiden erlöst wird.«

Die junge Novizin gab sich redliche Mühe, einen Sinn in dieser Übung zu erkennen, doch im Grunde ihres Herzens erschien ihr diese grausige Art der Selbstquälerei grotesk und absurd. Doch eines Abends lüftete sie nach Eintritt der Nachtruhe im Badezimmer ihr Nachthemd, um die »Disziplin« am eigenen Leib auszuprobieren. Damals kannte sie das Miserere, das man während der Auspeitschung dem Ritus entsprechend zu beten hatte, noch nicht auswendig und mußte daher das aufgeschlagene Gebetbuch an einer Stuhllehne stützen. Während sie also mit der einen Hand das Nachthemd hochhielt und mit der anderen die »Disziplin« ergriff, rutschte das Buch weg und fiel zu Boden. Beim zweiten Versuch hielt zwar das Buch, doch das Foltergerät verfehlte ihr Hinterteil und knallte statt dessen an den Stuhl. Sie kam sich wie eine Idiotin vor und gab daraufhin ihr Vorhaben entnervt auf.

Vielleicht war bereits an diesem Abend der erste Samen des Zweifels in ihr aufgegangen, denn sie unternahm nie wieder einen Versuch, die »Disziplin zu üben«. Während ihre Mitschwestern sich munter weiter peitschten, ließ sie es bei ihren Bußübungen damit bewenden, das Miserere auf dem kalten Boden des Badezimmers liegend zu beten. Sie verbrachte im Laufe der folgenden Jahre viele Stunden damit, in der Heiligen Regel nachzulesen, was dort über den Sinn der Buße stand. Doch sie fand nur den weit gefaßten Satz, daß die Ordensfrau »nach Kräften die Buße schätzen, lieben und ausüben« sollte. Womit sie wieder auf sich selbst und ihre Gewissensentscheidung zurückgeworfen war.

Und ihr Gewissen sagte ihr, daß sie sich beim ersten Versuch, die »Disziplin zu üben«, wie ein Clown gefühlt hatte, über den Gott im Himmel wahrscheinlich herzlich gelacht hatte. Seitdem hatte sie die »Disziplin« nie mehr angerührt.

Aber jetzt, angesichts der schier unlösbaren Frage, wie ihr weiterer Lebensweg aussehen würde, rang sie sich dazu durch, doch noch einen Versuch mit der »Disziplin« zu wagen. In ihrer Verzweiflung war sie bereit, selbst diesen bizarren Weg zu beschreiten, um endlich Klarheit über ihre Berufung zur Ordensfrau zu gewinnen.

Sie saß allein im Badezimmer, das Martergerät in ihren Händen, doch wieder kam es ihr völlig absurd vor, sich damit zu quälen. Konnte ein liebender Gott es wollen, daß sie sich seinetwegen körperlichen Schmerz zufügte? Zur Strafe für ein Gefühl der Liebe, das sie gegenüber ihrem Nächsten verspürte? Wenn es wirklich Liebe war, die sie für Mr. Olczak empfand, war diese Liebe nicht auch ein Geschenk Gottes?

Als sie an diesem Freitagabend die »Disziplin« schließlich beiseitelegte, ohne sie benutzt zu haben, vergaß sie seltsamerweise auch noch, das Miserere zu beten. Viel später erst fiel es ihr ein, als sie schon lange im Bett lag und wieder einmal an Eddie Olczak dachte. Gerade war sie zu der erschreckenden Erkenntnis gekommen, daß doch ein Leben als seine Ehefrau genauso ehrenwert und würdig wäre wie ihr jetziges Leben – Kinder im christlichen Glauben zu erziehen und teilzuhaben an einem Bund, in dem die Liebe die treibende Kraft war.

Oh, Mr. Olczak, dachte sie, *lieber, guter Mr. Olczak, was soll ich bloß tun?*

11

Zum Erntedanktag schlachtete Eddies Mutter drei Truthähne, die sie den Sommer über gemästet hatte. Den einen briet sie selbst, die anderen zwei gab sie ihren Töchtern mit, die sie daheim in den Backofen steckten und dann fertig zubereitet zum Fest mitbrachten. Hedy schälte ungefähr ein Waschfaß voll Kartoffeln, und als dann alle Familienmitglieder schließlich auf der elterlichen Farm zum Festessen versammelt waren, drängten sich siebenundzwanzig Personen um den großen Tisch.

Hedy und Cass bewirtschafteten im Osten der Stadt eine knapp 65 Hektar große Farm. Jedes Jahr fütterten sie zehn bis fünfzehn Schweine schlachtreif. Zweimal täglich wollten die zwölf Kühe mit der Hand gemolken werden. Sie hielten eine Schar Legehennen. Dazu kam noch die viele Arbeit mit ihrem großen Gemüsegarten. Die beiden alten Leute konnten sich über fehlende Auslastung nicht beklagen.

Manchmal fragten die Leute Cass, wann er denn nun langsam mal ein bißchen kürzertreten wollte. Dann nahm er sein verwaschenes Osh-Kosh-B'Gosh-Käppi ab, kratzte sich zwischen den acht weißen Haaren, die er noch auf dem Kopf hatte, und antwortete: »Keine Ahnung. Hatte bisher noch keine Zeit, in Ruhe drüber nachzudenken.« Dann setzte er sein Käppi auf und machte sich wieder an die Arbeit.

Jedes Jahr jammerte Hedy: »Wie soll ich alte Frau bloß mit diesem Riesengarten fertig werden? Meine Knie machen einfach nicht mehr mit.« Doch der Gemüsegarten wurde nicht verkleinert, ihre Knie hielten tapfer durch, und am Ende des Sommers stapelten sich wieder Berge von Kartoffeln, Steckrüben und Kürbissen in ihrem Keller. Die Regale waren bis zum Rand vollgestellt mit ein paar hundert Gläsern eingemachter Marmelade, Gelee, Gemüsen, Pickles und Soßen aller Art sowie Hühner-, Rind-, und Schweinefleischkonserven. Sie und Cass aßen nur wenig davon. Das meiste gab Hedy ihren verheirateten Kindern mit, denn sie konnte es einfach nicht ertragen, jemanden mit leeren Händen vom Hof fahren zu sehen.

Es war ein wolkenverhangener, windiger Novembertag, als all ihre Kinder zum Erntedankessen kamen. Auf den Feldern lagen noch die verkrusteten Reste vom ersten Schnee zwischen den Stoppelreihen, und auch die Heumieten vor dem großen roten Stall trugen weiße Hauben. Der schlammige Boden des Hofs, in den sich die Spuren der Autoreifen eingegraben hatten, war gefroren. Und der umgepflügte Gemüsegarten, in dessen schwarzen Furchen sich der Schnee gefangen hatte, sah wie ein schwarz-weiß gemusterter Teppich aus.

Mitte Oktober war die gesamte Familie angerückt, um Cass beim Brennholzmachen zu helfen. Jetzt lag es fein säuberlich aufgestapelt auf halbem Wege zwischen Haupthaus und Nebengebäude. Aus dem Schornstein stieg dünner Rauch auf und begrüßte Eddie mit dem vertrauten Duft verbrannten Holzes, als er aus seinem grünen Pick-up stieg. Vor dem Haus standen schon ein halbes Dutzend anderer Autos.

»Auf geht's, Mädels!« rief er und hob seine Schützlinge mit Schwung aus dem Führerhaus.

Kaum hatte er den Wagenschlag geschlossen, flog am Haupthaus auch schon die Tür zur Küche auf. »Eiiiih, wer kommt denn daaaa?!« rief seine Mutter und breitete mit strahlendem Lächeln die Arme aus, um ihre Enkelkinder zu begrüßen. Sie trug ein geblümtes Kleid, eine frisch gestärkte Latzschürze und schwarze Schuhe mit flachen Absätzen. »Kommt rein, ihr zwei, bevor ihr euch erkältet!«

»Oma, Oma!« schrien die Mädchen aufgeregt und warfen sich in ihre Arme. »Rat mal, was Oma Gaffke uns beigebracht hat!« Sie warteten nicht ab, sondern platzten gleich mit der Antwort heraus, während die Oma sie herzte und küßte. »Sie hat uns beigebracht, wie man mit der Nähmaschine Puppenkleider näht!«

Als nächster kam Eddie an die Reihe. »Ach, Eddie, mein Junge«, seufzte Hedy selig und umarmte ihren Sohn fester als sonst, bevor sie ihm einen Kuß auf die Wange drückte. Beide wußten, daß der heutige Tag nicht leicht für ihn sein würde, war es doch der erste Festtag in der Familie, an dem Krystyna nicht an seiner Seite war.

»Hi, Mommo«, sagte er und umarmte ihre rundliche Taille.

Dann lehnte er sich zurück und schaute ihr in die Augen. Sie brauchten keine Worte, um zu wissen, daß jeder von ihnen das gleiche dachte. So umarmten sie sich noch einmal ganz fest. Dann erst richtete sich Hedy auf, wischte sich mit dem Schürzenzipfel unter der randlosen Brille eine Träne weg und zog ihren Sohn hinein. »Komm rein, Junge, ist ja ein scheußliches Wetter draußen.«

In der Küche duftete es herrlich nach gebratenem Truthahn, würzigen Soßen und geröstetem Knoblauch. Überall drängte sich die Verwandtschaft. Der riesige gußeiserne Herd, der die Größe eines 49er Fords hatte, war über und über mit Töpfen beladen, aus denen es vielversprechend dampfte und blubberte. Ganze Ladungen von Kartoffeln tanzten im kochenden Wasser, und an den beschlagenen Fensterscheiben lief das Kondenswasser herunter. Die Erwachsenen standen mit Bierflaschen in den Händen grüppchenweise beieinander und unterhielten sich, während die Kinder lachend zwischen ihnen herumtobten und Fangen spielten. Am Küchentisch waren einige von Eddies Brüdern bereits ins Kartenspiel vertieft. Auf der hölzernen Truhe saß eine magere, gestreifte Katze mit gesträubtem Nackenfell und beobachtete aus schmalen Pupillen das ungewohnte Treiben.

Lucy wandte sich an eine ihrer Cousinen: »Du, wir haben

selbstgenähte Puppenkleider mitgebracht! Komm, die ziehen wir Stringbean an!« Und schon hatten sie sich das erschreckte Katzentier geschnappt und schleppten es mit vereinten Kräften die Treppe hoch.

Cass kam herein und drückte seinem Sohn ein Bier in die Hand. Er klopfte ihn auf den Rücken und ließ seine Hand dann einen Moment zwischen den Schulterblättern liegen.

Keiner aus Eddies Familie war ein großer Redner, aber sie hatten Gefühle, und sie wußten sie auf ihre Weise auszudrücken.

Auf diesen Tag hatte sich Eddie schon lange gefreut. Das war es, was er brauchte: mit Menschen zusammensein, die er liebte und die ihn liebten. Ein bißchen Karten spielen, ein paar Späße machen, zusammen Mommos wunderbaren Truthahn verspeisen, ein paar Biere trinken, und am späten Nachmittag gemeinsam mit den anderen Brüdern Poppo bei der Stallarbeit zur Hand gehen.

Und so trotteten denn die Söhne nach dem Essen mit ihrem Vater in den Kuhstall. Hier hatten sie schon als kleine Jungen mit angepackt, und hier wurden sie wieder zu kleinen Jungen. Sie lachten, neckten und kabbelten sich, als sie die Melkeimer nahmen und sich an die Arbeit machten.

»Was ist eigentlich los, Eddie?« rief Vernon aus einer Ecke seinem Bruder zu, der wie alle anderen am Euter einer schwarz-weiß gefleckten Kuh saß und ihre Zitzen bearbeitete. »Wann gibst du jetzt endlich der kleinen Irene Pribil eine Chance?«

»Huhuuuh!« ahmte Romaine, der irgendwo hinter Eddie saß, einen heulenden Wolf nach. »Unsere kleine Irene, die wartet ja schon soooo lange!«

»Was heißt hier ›klein‹?« ertönte Claytons spöttische Stimme aus der anderen Ecke.

»Klein ist sie wohl – ein süßes kleines rosa Schweinchen.«

»Und? Was sagt man von den Molligen?«

Vier Stimmen antworteten im Chor: »Viel Wärme im Winter, viel Schatten im Sommer!«

Wieder meldete sich Clayton zu Wort. »Und wie findet man die richtige Stelle bei den fetten Weibern?«

»Wie denn?«

»Man wälzt sie in Mehl und schaut nach, wo der feuchte Fleck ist.«

Alle, einschließlich Eddie, brachen in schallendes Gelächter aus.

»Hey, Eddie, hast du noch genug Mehl zu Hause?« wollte Bruder Bill wissen.

Romaine antwortete für ihn. »Der kauft doch Mehl nur im Zentnersack!«

Wieder prusteten alle los. »Du, Eddie! Irene geht Samstagabend tanzen. Letzte Chance vorm Advent!« Nach katholischer Tradition blieben während der Advents- und Fastenzeit die Tanzhallen geschlossen.

»Welche Gruppe spielt denn?«

»Die Rainbow Valley Boys, im Knotty Pine.«

»Ruth und ich gehen hin.«

»Wir auch.«

»Hey, Eddie, warum packst du nicht 'ne Tüte Mehl ein und kommst mit?«

Vater Cass setzte schließlich dem Gewitzel ein Ende. »Jetzt reicht's, Jungs. Laßt Eddie in Ruhe!«

»Laß man, Poppo«, sagte Eddie gutmütig. »Wenn ein Haufen Esel beieinander sind, wird eben recht laut Iah! geschrien.«

Alle im Stall dachten das gleiche. Es war ein gutes Zeichen, daß Eddie ihr Gefrotzel mit soviel Humor nahm. Sein Schmerz schien langsam zu heilen.

Am Samstagabend engagierte Eddie Dorrie Anderson zum Babysitten, warf sich in ein blütenweißes Hemd, band sich eine Krawatte um und zog seinen braunen Anzug an. Dann brach er auf ins Knotty Pine. Ein ganzes Rudel seiner Schwestern und Brüder war schon da, und natürlich auch Irene. Sie hatte die Haare frisch eingedreht, trug verruchte Nahtstrümpfe und hatte sich die Lippen, passend zu ihrem karmesinroten Kleid, knallrot angemalt.

Seine Brüder machten sich einen Spaß daraus, einer nach dem anderen mit ihr zu tanzen und von der Tanzfläche aus zu ihm hinüberzugrinsen, als wollten sie sagen: Hey, Eddie, gib dir einen Ruck, als nächster bist *du* dran! Romaine führte Irene schließlich nach dem Tanz direkt zu Eddie, der mit ein paar Bekannten an einem Tisch saß.

Ihre Wangen glühten. Sie warf ihre Locken in den Nacken und fächelte sich Luft zu.

»Puh, ist das heiß!«

»Setz dich, Irene«, meinte Romaine und deutete auf den freien Platz neben Eddie auf der Bank. Eddie rückte ein wenig zur Seite, und Irene setzte sich.

Die Bedienung kam an den Tisch. »Magst du was trinken, Irene?« fragte Romaine.

»Klar. Einen Grain Belt.«

»Zwei!« sagte Romaine. »Noch jemand?«

Die Kellnerin verschwand, und die Unterhaltung am Tisch ging weiter, laut und ausgelassen. »Was ist denn heute los mit dir, Eddie?« wandte sich Irene leise an ihren Nachbarn. »Willst du gar nicht tanzen?« Sie holte ihr Schminktäschchen heraus und überprüfte ihr Make-up im Spiegel.

»Ich versteh nicht, warum manche Mädchen es nicht ertragen können, wenn ein Mann keine Lust zum Tanzen hat«, brummte Eddie.

Irene betupfte sich die Stirn mit einem Kleenex-Tuch. Sie rückte eine Locke zurecht und packte ihr Schminktäschchen wieder ein.

»Ab morgen ist Advent, deswegen«, gab sie zurück. »Dann

ist es aus mit dem Tanzen bis nach Weihnachten. Letzte Chance also.«

»Weißt du was?« meinte er gutmütig, »wenn sie ›Goodnight, Irene‹ spielen, tanz ich mit dir, okay?« »Goodnight, Irene« war zur Zeit ein beliebter Song, der auf sämtlichen Kanälen dudelte, wenn man das Radio einschaltete.

»Dann werd ich mich mal mit den Jungs von der Band in Verbindung setzen«, erwiderte sie und warf ihm ein verführerisches Lächeln zu.

Immer mehr Bekannte kamen und setzten sich zu ihnen an den Tisch, so daß es immer enger wurde. Als Eddie sich zurücklehnte und den Arm hinter Irene auf die Banklehne legte, berührte er unwillkürlich ihr Haar. Noch jemand quetschte sich mit auf die Bank, so daß es immer enger wurde. Dann kam das Bier, und alle stießen mit ihren Flaschen an. »Prost!« Man tat einen tiefen Zug. Irene machte keine Anstalten, an ihren Tisch zurückzugehen. Sie blieb sitzen, lachte über die Witze der Olczak-Brüder, unterhielt sich mit den Frauen und genoß es insgeheim, Hüfte an Hüfte mit Eddie zu sitzen.

Die Rainbow Valley Boys sparten sich »Goodnight, Irene« bis zum Schluß auf. Das war es auch, worauf Eddie spekuliert hatte, denn der Song hatte sich in den letzten Wochen zum Rausschmeißer entwickelt. Wenn er erklang, sangen alle begeistert mit, und danach, so wußte man, war die Veranstaltung zu Ende.

Irene war eine überraschend gute Tänzerin. Sie machte keinen einzigen falschen Schritt und ließ sich so mühelos führen, daß jeder, der mit ihr tanzte, das Gefühl hatte, ein hervorragender Tänzer zu sein. Auch Eddie ging es nicht anders. Sie tanzte so gut, daß er hätte glauben können, Krystyna im Arm zu halten, obwohl Irene doch eine ganz andere Figur hatte. Sie lächelte die ganze Zeit und hielt sich auf Abstand, schien das Tanzen um des Tanzens willen zu genießen. Mit weit ausholenden Schritten walzten sie über das Parkett. Eddie war erleichtert, daß sie die Gelegenheit nicht nutzte, sich an ihn zu schmiegen, denn wenn irgend etwas zwischen ihnen laufen sollte, dann wollte er es sein, der die Initiative ergriff. Damit er auch wieder aufhören konnte, wenn ihm danach war.

»Ach, ich liebe es einfach!« schwärmte Irene. »Wenn ich die Wahl zwischen Tanzen und Kartenspielen hab, dann immer nur Tanzen! Obwohl ich mit Begeisterung Karten spiele!«

»Ich weiß«, schmunzelte Eddie. »Hast mich dabei ja schon so manches Mal abgezockt.«

Sie lachte und wechselte das Thema. »Hattest du ein schönes Erntedankfest, Eddie?«

»Ja. Und du?«

»Na ja, es ging so. Krystyna hat uns natürlich gefehlt. Aber es waren alle da, und das hat mich ein wenig getröstet. Und bei dir, sind deine Brüder und Schwestern alle gekommen?«

»Nein, Gott sei Dank nur die Hälfte. Dabei ist das Haus auch so schon aus allen Nähten geplatzt.« Sie schwiegen wieder und tanzten weiter. Nach einer Weile fragte Eddie: »Mit wem bist du heute eigentlich hergefahren?«

»Mit Mickey und Dolores.« Ihr Bruder und ihre Schwägerin aus Sauk Center, die zum Erntedank auf Besuch waren, hatten sie mitgenommen.

»Dann fährst du mit denen auch wieder zurück, oder?«

»Ich denke doch.«

Sie tanzten einige Schritte, bevor er eher beiläufig bemerkte: »Ich könnte dich ja auch nach Hause bringen.«

Irene schaute zu ihm auf. »Möchtest du das?«

Wenn er ehrlich war – er wußte es selber nicht.

In dem Augenblick war das Lied vorbei, und sie blieben stehen, lösten die Hände. »Klar. Hol deinen Mantel, und ich sag Mickey Bescheid, daß ich dich heimfahre.«

»Okay.«

Es war ein Uhr morgens, als die Musiker ihre Instrumente einpackten. Draußen vor dem Knotty Pine starteten nach und nach alle Autos, wirbelten den Kies des Parkplatzes auf und fuhren dann auf dem State Highway 71 nach Norden und Süden davon. Eddies Pick-up reihte sich in die Kolonne ein, die nach Norden unterwegs war. Irene saß ein wenig verkrampft auf dem Beifahrersitz, ohne ein Wort zu sprechen. Sie passierten Browerville, dieses verschlafene Nest, in dem jetzt bis auf ein paar trübe Straßenlaternen kein einziges Licht mehr brannte. Langsam löste sich die Kolonne auf, je weiter sie sich von dem Städtchen entfernten. Schließlich bog Eddie rechts in die County Road 89 ein und holperte über den Bahnübergang, auf dem Krystyna tödlich verunglückt war. Ohne ihn anzuschauen, langte Irene zu ihm hinüber und drückte seine Hand so fest, daß ihn sein Ehering schmerzte.

»Es fällt mir so schwer, ohne sie zu leben«, krächzte Irene.

»Mir geht's genauso.«

»Aber ich werd jetzt nicht weinen«, sagte sie mit gepreßter Stimme. »Und du?«

»Ich auch nicht.«

»Besser so für uns beide.« Sie wollte seine Hand loslassen, doch er hielt sie fest. Er spürte, wie Irene langsam anfing, mit dem Daumen den seinen zu streicheln, obwohl sie starr geradeaus blickte. Vor ihnen konnten sie die Rücklichter eines Autos erkennen, hinter ihnen herrschte Finsternis. So fuhren sie Hand in Hand dahin. Eddie überlegte. Reagierte er nur auf das Gefrotzel seiner Brüder oder wollte er tatsächlich mit Irene etwas anfangen? Keine Ahnung. Seit fast drei Monaten hatte er keine Frau mehr angerührt, und so genoß er es einfach, die Wärme ihrer Hand zu spüren. Die zärtliche Bewegung ihres Daumens verfehlte ihre Wirkung nicht, und bald merkte er, wie ihm das Blut in die Lenden schoß. Irene, das wußte er, war schon seit jeher in ihn verknallt. Er könnte so ziemlich alles mit ihr machen, wenn er nur wollte.

Das Haus ihrer Eltern lag noch eine halbe Meile entfernt, hinter einer scharfen Linkskurve. Die Spannung im Auto knisterte. Er bremste ab und ließ Irenes Hand los, so daß er herunterschalten konnte, bevor er in einen Feldweg einbog. Zwischen dem Stoppelfeld und einer Baumreihe hielt er an und stellte den Motor ab. Als Eddie die Scheinwerfer ausschaltete, war es schlagartig stockfinster um sie, doch wie bestellt trat in diesem Moment der Mond hinter einer Wolke hervor und goß sein romantisches Schummerlicht in das Führerhaus.

Irene sagte nichts. Auch Eddie schwieg. Es war keine wechselseitige Liebe, die sie verband. Das, was sie vorhatten, war wohl am besten wortlos zu erledigen.

Er wandte sich zu ihr, legte die Hand in ihren Nacken. Sofort rutschte sie ein Stück zu ihm und sank in seine Arme. Ihre Lippen waren warm und weich und ein wenig scheu. Sie war genauso unsicher wie er. Eine Weile liebkoste er nur ihren Mund. Als er seine Zunge zwischen ihre Lippen schob, spürte er, wie sich ihr Atem beschleunigte. Sie entspannte sich. Offenbar war sie genauso erleichtert wie er, daß sie beide nun endlich das gewagt hatten, worauf alle schon so lange warteten.

Tiefer und tiefer drang seine Zunge in ihren Mund. Er fühlte ihre wachsende Erregung und merkte, wie er selbst auf die körperliche Nähe dieser Frau reagierte, doch er empfand keine Liebe für sie. Wie gerne hätte er doch Gefühle für sie gehabt! Vielleicht stellten sie sich ja noch ein, wenn er das Ganze etwas hinauszögerte. Mit gespielter Verzweiflung riß er sich von ihren Lippen los, als könnte er seine Leidenschaft kaum noch beherrschen. Doch in Wahrheit wollte er einen eher abschätzenden Blick auf ihr Gesicht werfen, um zu sehen, wie weit ihre Erregung schon gediehen war.

»Irene?« flüsterte er. Er hielt ihren Kopf in seiner Armbeuge, streichelte mit den Fingerspitzen ihre Wange.

Sie gab einen gurrenden Laut von sich, verzückt und ängstlich zugleich, und zog seinen Kopf zu sich hinunter, um das herrliche Spiel fortzusetzen.

In all den Jahren hatte er gewußt, wie verrückt sie nach ihm war, auch wenn sie es stets vor ihm zu verbergen gesucht hatte. Er war ein Mann, und so warf er seine Skrupel über Bord und begann, vorsichtig ihren Körper zu erforschen. Sie war warm und voller Leidenschaft, und er spürte plötzlich, was er in den letzten drei Monaten entbehrt hatte. Und je mehr er sie streichelte, je mehr sich ihr Körper willig gegen den seinen preßte, desto mehr begehrte er sie.

Er kam herüber auf ihre Seite und drückte sie sanft in den Ledersitz zurück. Behutsam schob er seine Hand unter ihren Mantel und umfaßte ihre vollen Brüste. Sie fühlten sich ganz anders als Krystynas an, viel üppiger. Irene bäumte sich auf und preßte den Busen noch fester gegen ihn, als wollte sie ihn einladen, weiter zu gehen, immer weiter. Von ihrer Sinnlichkeit ermutigt, knüpfte er ihr Mantel und Kleid auf und öffnete den Haken ihres Büstenhalters. Als er sich über sie beugte und ihre nackten Brüste küßte, warf sie den Kopf in den Nacken und stöhnte auf. Mit seinen Lippen verschloß er ihren Mund, und sie gaben sich erneut dem aufregenden Spiel ihrer Zungen hin. Schließlich lag er halb auf ihr, ein Bein zwischen Steuerrad und Schalthebel, das andere zwischen ihre Beine gepreßt. Mit einer Hand streichelte er ihr Knie, fuhr höher und schob ihr dabei das rote Kleid bis über die Hüften. Um Platz zu schaffen, hob er sein Becken an. Zärtlich strich er über das nackte Fleisch ihrer Schenkel. Seine Finger wanderten über das Gummi ihrer Strumpfhalter und das enge Mieder, das vom Tanzen schweißgetränkt war, und öffnete die Strumpfhalter. Eddie suchte mit der Hand einen Weg in ihr Höschen und wartete auf das alles überwältigende Gefühl der Liebe, das ihn überkommen und wie auf einer Woge durch diesen fleischlichen Akt tragen würde.

Doch dieses Gefühl kam nicht.

Nur Wollust und das schale Gefühl, gerade einen schweren Fehler zu machen.

Und plötzlich rüttelte Irene an seinen Schultern und flehte ihn an aufzuhören.

Erschrocken hielt er inne und zog seine Hand zurück.

Eine Weile lagen sie wortlos aufeinander und lauschten ihrem Atem, der sich nur langsam beruhigte. Dann richtete Eddie sich auf. Noch immer waren sie ineinander verschlungen, Irenes Kleid bis über die Hüfte gerutscht und ihre Brüste nackt.

»Eddie?« wisperte sie.

»Es tut mir so leid, Irene.«

»Fühlst du dich schuldig? Als ob du sie betrügen würdest?«

»Irgendwie so was, ja.«

»Ich auch.«

Sie hob das Becken an, um sein Bein freizugeben. Er rückte ein wenig von ihr ab. Dann setzte auch sie sich aufrecht hin und bedeckte ihre Blöße verlegen mit dem Mantel. So saßen sie eine Weile nebeneinander, atemlos, verwirrt und betreten.

Eddie hatte es mit Irene versucht, weil sie für seine Probleme die nächstliegende Lösung zu sein schien. Alle hatten damit gerechnet. Er wäre nicht mehr einsam, die Kinder hätten eine Mutter, und in seinem Haus gäbe es wieder eine Frau. Aber gottlob hatte er gerade noch rechtzeitig erkannt, daß in dieser Beziehung das wichtigste fehlte: die Liebe.

Irene hatte es bei Eddie versucht, weil er für ihre Probleme die nächstliegende Lösung zu sein schien. Sie wäre nicht mehr allein, hätte endlich Kinder und einen Grund, von daheim auszuziehen. Alle warteten nur darauf, daß sie sich Eddie angelte, egal, ob mit oder ohne den Trick, sich von ihm schwängern zu lassen. Aber sie war eine brave Katholikin und kannte das siebte Gebot. Und außerdem war sie

Krystynas Schwester und wußte, daß sie deren Platz in seinem Herzen niemals erobern könnte.

Er ließ den Kopf in den Nacken fallen und stöhnte leise.

»Ach, Irene, ich weiß auch nicht ...«

Beide waren sie enttäuscht. Und sie fühlten sich schuldig, als hätte Krystynas Geist zwischen ihnen gesessen.

»Ich versteh schon«, erwiderte Irene mitfühlend. Lange saßen sie schweigend nebeneinander, von Gewissensbissen geplagt.

»Kann ich dich was fragen, Eddie?« wollte sie schließlich wissen.

»Hm.«

»Du hast doch nicht aufgehört, weil du ... weil du mich ... abstoßend findest, oder?«

Überrascht hob er den Kopf und sah, daß sie starr geradeaus blickte, hinaus auf das mondbeschienene Stoppelfeld.

»Aber nicht doch, Irene. Ich hab aufgehört, weil ... es nicht in Ordnung war, was wir tun wollten.«

Unsicher schaute sie ihn von der Seite an. »Ist das die Wahrheit, Eddie?«

»Die reine Wahrheit.«

Sie versank wieder in Schweigen. Nach ein paar Minuten sagte sie: »Kann ich dir was erzählen, Eddie? Ich meine, ganz im Vertrauen?«

»Natürlich, Irene.«

Sie brauchte eine Weile, um ihre Scham zu überwinden. Was immer sie auf dem Herzen hatte, dachte er, es fiel ihr nicht leicht, darüber zu sprechen.

»Vor ein paar Jahren, da gab es mal einen Mann. Ist jetzt egal, wer es war, auf jeden Fall sagte er nach einem Tanzabend bei Bink's, daß er mich nach Hause fahren würde, und so ging ich mit ihm mit. Unterwegs hielt er plötzlich an und wollte mich zwingen ... das zu tun, was wir ... gerade tun wollten. Ich hab mich gewehrt und gesagt, er soll aufhören.

Da wurde er richtig wütend und hat mich eine fette, dumme ...« Sie brach ab, denn sie wagte es nicht, das Wort auszusprechen. In ihrer Verzweiflung buchstabierte sie es schließlich. »... F-O-T-Z-E genannt. Und er schrie mich an, ich sollte mich eigentlich bei ihm bedanken, weil ich sonst eh keinen Kerl abbekäme. Dann raste er wie ein Verrückter los, fuhr mich aber nicht bis vors Haus, sondern warf mich an der Abzweigung raus und brüllte: ›Hau ab, fette Sau, der Fußmarsch wird dir guttun!‹« Sie hielt inne. »So ... so was vergißt man als Mädchen nicht so leicht, Eddie, diese Demütigung ... deshalb ... bin ich dir dankbar, daß du heute abend so ... nett zu mir warst, denn ich hab die ganze Zeit gedacht, daß der Mann vielleicht ... recht hatte.«

Eddie war voller Mitgefühl. Er wandte sich zu ihr und streichelte ihr über das Haar.

»Ach, Irene«, sagte er und zog sie wieder in seine Arme.

Sie klammerte sich an ihn und brach in Tränen aus.

»O Eddie«, schluchzte sie, »ich hab dich schon immer geliebt ... ich weiß gar nicht mehr, wann es angefangen hat. Ich hab Krystyna immer für die glücklichste Frau der Welt gehalten. Und dich für den besten Ehemann und den besten Vater. Ich ... ich hätte so gerne deine Kinder angenommen, aber ich weiß, daß es ... nicht sein kann. Ich weiß, daß ... daß du mich nicht liebst, Eddie.«

»Das stimmt nicht, Irene. Ich liebe dich wohl.« Er hörte nicht auf, ihr wie einem Kind über den Kopf zu streichen, während sie sich an seiner Brust ausweinte. »Nicht so, wie ich Krystyna geliebt habe, aber ich liebe dich, weil du ein großes Herz hast. Weil du so hilfsbereit und so gut bist zu deinen Eltern, zu mir und den Mädchen. Du strahlst so viel Wärme, so viel Gefühl aus, du hast so viele gute Eigenschaften, Irene. Viele Männer könnten froh sein, dich zu ihrer Frau machen zu dürfen, glaub mir. Was dieser Typ gesagt hat – vergiß es einfach, weil es Quatsch ist! Wart nur ab. Eines Tages wird es einem von den Jungs hier wie Schuppen von den Augen fallen, und er wird merken, an was für einem Juwel er die ganze Zeit vorbeigelaufen ist. Und du wirst eine Stube voll Kinder haben und rundum glücklich sein!«

»Meinst du wirklich, Eddie?«

»Ich schwör's dir.«

Langsam versiegten ihre Tränen, und sie stieß einen tiefen Seufzer aus. Noch immer lehnte sie an seiner Brust. Er hielt sie fest und dachte daran, daß nicht nur ihn die Einsamkeit quälte, sondern daß auch sie ihr Päckchen zu tragen hatte.

Schließlich, als sie sich beruhigt hatte, neckte er sie leise: »Komm, Irene, du willst mir doch nicht mein Jackett ruinieren?«

Sie lachte gurrend und richtete sich auf. »Reich mir mal meine Handtasche«, bat sie. »Da ist ein Taschentuch drin.«

Er gab sie ihr, und sie putzte sich die Nase. Dann wischte sie sich die Tränen ab und stieß wieder einen tiefen Seufzer aus.

»Geht's dir jetzt besser?« fragte er.

»Na ja, geht so.«

Sie schauten sich in die Augen und mußten lachen. Es war das Lachen zweier Freunde, die eben durch eine kleine Hölle gegangen waren, was ihre Freundschaft aber nur noch gefestigt hatte.

»So, und jetzt wollen wir dich wieder anständig anziehen«, schlug Eddie vor.

»Laß mal, Eddie, das mach ich schon«, beeilte sich Irene.

Doch er hielt ihre Hände fest. »Ich weiß, daß du das auch allein machen kannst, aber ich kann es auch. Wenn ich schon diesen Wirrwarr angerichtet habe, dann kann ich ihn auch wieder in Ordnung bringen, oder? Wenn du nichts dagegen hast«, fügte er höflich hinzu.

»Ist das dein Ernst, Eddie?«

»Mein heiliger Ernst. Das hat mir Krystyna beigebracht.

Es macht mir genausoviel Spaß, eine Frau anzuziehen, wie sie auszuziehen. Und deshalb …«, er griff nach dem Schnappverschluß ihres Strumpfhalters, »werde ich jetzt angreifen. Denn wenn wir ohnehin schon beichten müssen, sollten wir doch wenigstens anständig sündigen, oder?« Er grinste sie an, und sie lachte zurück.

Es gelang ihm zwar nicht, ihre Nylonstrümpfe wieder zu befestigen, aber beide genossen kichernd seine erfolglosen Versuche. Sie machte es schließlich selbst. Dann bat er sie, sich umzudrehen, damit er ihr den Büstenhalter wieder zumachen konnte. Anschließend knöpfte er ihr das Kleid zu und half ihr in den Mantel. Und während dieser ganzen Zeit hoffte er darauf, sie würde spüren, daß sich ein Mann mit einer Frau niemals soviel Mühe geben würde, wenn er ihren Körper abstoßend fand.

Als sie wieder angezogen war, machte sie es sich bequem. Er saß neben ihr, den Arm lässig über das Steuerrad gelegt. Sie schauten sich an. Die Spannung von vorher war verflogen, und sie fühlten wieder die alte Freundschaft füreinander, stärker als je zuvor.

»Weißt du was, Eddie?« fragte sie.

»Was denn?«

»Versteh mich nicht falsch. Jetzt, wo wir uns ausgesprochen haben, wo wir wissen, wie wir zueinander stehen … da … ach, küß mich doch einfach noch mal wie vorhin, ja? Dieser Kuß war das Schönste, was ich in meinem Leben je erlebt habe.«

Er lächelte und zog sie in seine Arme. Nicht zu leidenschaftlich, aber auch nicht zu brüderlich. Er nahm sich viel Zeit, sie lang und ausgiebig zu küssen, so wie sie es sich wünschte. Und er schwor sich, nie wieder Witze über dicke Mädchen zu reißen.

Als sie sich schließlich voneinander lösten, blickte sie zu ihm auf und lächelte. »Wenn du es dir jemals anders überlegen solltest, Eddie, sag mir Bescheid, ja?«

Er erwiderte ihr Lächeln und sagte ein wenig traurig: »Mach ich, Irene.«

Und dann fuhr er sie heim, bis vor die Haustür.

12

Der nächste Tag war der erste Advent, der Tag, an dem nach alter Tradition in der Kirche die Weihnachtskrippe aufgestellt wurde. Bis zum Dreikönigstag würde sie dort stehen bleiben. Nach dem Hochamt machten sich Eddie und die Mitglieder des Gemeindevorstands daran, die Krippe aus dem Heizungskeller zu holen. Sie bestand aus einer in Teile zerlegten Landschaft, der Höhle für den Stall und den Heiligenfiguren.

Als Hintergrund für die Krippenszene wurde an der linken Frontseite der Kirche frisches Tannengrün drapiert. Davor bauten die Helfer dann die Höhle auf. Sie war aus versteiftem Segeltuch geformt, aber so täuschend echt bemalt, daß die Kinder tatsächlich glaubten, sie wäre aus Stein. Wie war sie nur über Nacht in die Kirche gekommen? Und wie konnte sie nach dem Dreikönigstag in einer einzigen Nacht wieder verschwinden? Wer war so stark, daß er so große und schwere Steine schleppen konnte? Es konnte sich nur um ein Wunder handeln.

Das Innere der Höhle war elektrisch beleuchtet und zeigte Maria und Josef, die Heiligen Drei Könige und die Schäfer mit einigen Schafen um das Jesuskind in der Krippe versammelt. Über dem Eingang zur Höhle schwebte ein wunderschöner Engel, hielt ein geschwungenes Schriftband in den Händen und schaute mit sanftem Lächeln auf die anrührende Szene im Stall.

Eddie hatte seine beiden Töchter mitgebracht. Er hatte sie

eindringlich ermahnt, sich still hinzusetzen und ihn und die anderen Männer nicht bei der Arbeit zu stören. Die Kinder wußten, daß in der Kirche Sprechen oder auch nur Flüstern verboten waren, und so saßen die beiden stumm in der ersten Reihe und schauten beim Aufbau der Krippe zu. Doch bald fingen die Mädchen an, sich zu langweilen, und kamen zum Papa gelaufen: »Daddy, wir wollen nach Hause«, flüsterten sie ihm ins Ohr. »Wie lange dauert es denn noch?«

»Nicht mehr lange«, versprach er. »Und jetzt seid schön brav und setzt euch wieder hin. Lauft mir nicht dauernd zwischen den Beinen herum.«

Sie gingen auf ihre Plätze zurück, doch schon bald kam Lucy wieder an: »Daddy, dürfen Annie und ich uns unterhalten?«

»Nicht in der Kirche. In der Kirche herrscht Stillschweigen, das weißt du doch.«

»Aber du redest doch auch.«

»Aber nur, weil ich den Männern sagen muß, was sie tun sollen. Und jetzt geh aus dem Weg und setz dich wieder.«

Nach ein paar Minuten war sie schon wieder an seiner Seite. »Daddy, ich hab Hunger. Wann gehen wir denn endlich?«

»Gleich, Liebes. Wir essen dann im Quality Inn.«

Ein wenig später war Anne an der Reihe: »Daddy, ich muß aufs Klo.« In der alten Kirche gab es keine öffentlichen Toiletten. Eddie holte seufzend seinen Schlüsselbund aus der Tasche und drückte ihn Anne in die Hand. »Hier, das ist der Schlüssel für das Westtor der Schule. Das ist die Tür, durch ihr immer zur Pause herauskommt, die auch die Schwestern benutzen, ja? Da kannst du dann auf die Mädchentoilette gehen. Und kommt sofort wieder zurück … und verliert auf keinen Fall die Schlüssel!«

»Okay. Komm, Lucy!«

Begeistert stürmten die Mädchen den langen Flur entlang zum Ausgang.

»Und knöpft euch die Mäntel zu, und setzt die Mützen auf!« rief er ihnen nach. Er sah sie durch die riesige Schwingtür in die Vorhalle verschwinden. Wie klein und zerbrechlich sie noch waren! Eddie spürte Vaterliebe und Beschützerinstinkt in seiner Brust, und er schickte ein kurzes Gebet zum Himmel: *Herr, halte Deine schützende Hand über sie. Ich wüßte nicht, wie ich ohne die Kleinen leben sollte.*

An der Westpforte der Schule angelangt, versuchte Anne den Schlüssel ins Schloß zu stecken, doch es gelang ihr nicht. Dabei mußte sie doch so dringend auf die Toilette! Und Lucy an ihrer Seite drängelte auch schon. Nervös trat sie von einem Bein aufs andere und fummelte erfolglos an dem Schloß herum. Schwester Ignatia, die zufällig einen Blick aus dem Fenster der Klosterküche warf, entdeckte sie und argwöhnte sofort, die Rangen hätten irgendeinen Streich vor.

Sie steckte den Kopf aus der Küchentür. »Hey, ihr beiden, was macht ihr da?« rief sie hinüber. »Die Schule ist am Wochenende geschlossen, das wißt ihr doch!«

Anne und Lucy fuhren herum. »Wir müssen aufs Klo, und Daddy sagte, wir könnten die Schultoilette benutzen. Er hat mir auch den Schlüssel gegeben, aber der paßt irgendwie nicht.«

Schwester Ignatia hätte den beiden gern geholfen, doch sie war gerade dabei, die Sauce für den Sonntagsbraten zuzubereiten. Außerdem wollte sie mit ihrer Gicht nicht ohne einen warmen Mantel hinaus in die Kälte.

»Kommt her, ihr beiden!« rief sie. »Ihr könnt bei uns auf die Toilette gehen.«

Die Mädchen liefen zum Kloster hinüber und schlüpften in die warme Küche, in der es vielversprechend duftete.

»Zieht die Überschuhe aus und stellt sie auf die Fußmatte«, sagte die alte Nonne.

Die Mädchen gehorchten. Lucy jammerte, weil einer ihrer Schuhe im Überschuh steckengeblieben war. Ihre große

Schwester half ihr fürsorglich, holte ihn heraus und zog ihn der Kleinen wieder an.

Anne strich sich eine Haarsträhne aus der Stirn und schaute die Nonne fragend an.

»Oben links ist das Bad. Die Tür müßte offen sein.«

Auf Zehenspitzen stiegen die beiden Mädchen die Treppe hoch. Sie wagten kaum zu atmen, so voller Ehrfurcht waren sie. Hier lebten die Nonnen. Sie bewegten sich auf geweihtem Boden. Es war, als hätte man ihnen erlaubt, ins Haus der Heiligen Jungfrau Maria einzutreten. Bisher waren sie immer nur zum Klavierunterricht im Kloster gewesen, kannten daher nur die Wartebank und das Musikzimmer. Allenfalls hatten sie dann und wann einen Blick in die Küche werfen können, wenn ihre Mutter Lebensmittelspenden brachte oder ihr Vater etwas zu reparieren hatte und sie mitgehen durften.

»Warum ist es denn so still hier?« hauchte Lucy an der Seite ihrer Schwester.

»Weiß nicht.«

»Haben die hier kein Radio?«

»Weiß nicht.«

»Was meinst du, wo die jetzt sind?« Alle Türen im Obergeschoß waren verschlossen.

»Schhh! Vielleicht ist es eine Sünde, über sie zu sprechen. Komm.«

Sie fanden das Bad und schlossen die Tür hinter sich. Anne ging als erste auf die Toilette. Unterdessen schaute sich Lucy in dem schmucklosen, weiß getünchten Raum um. Da standen ein Waschbecken auf hohem Sockel, eine Badewanne mit Tatzenfüßen, und an den Fenstern hingen frisch gestärkte weiße Gardinen.

»Sieht aus wie ein ganz normales Bad«, flüsterte sie.

»Aber es gibt keine Parfümfläschchen wie bei Mammi«, hielt Anne dagegen.

»Ich glaub, die dürfen nicht nach Parfüm riechen, nur nach Weihrauch. Beeil dich, ich muß auch!«

Anne war fertig, und sie tauschten die Plätze. Begierig sogen die Augen der Mädchen jedes Detail auf. Waren Nonnen etwa doch sterbliche Wesen? Bisher hatten sie immer gemeint, diese heiligen Frauen müßten sich niemals waschen und ihre schwarzen Gewänder niemals wechseln. Woher sie genau kamen, darüber konnten sie nur Vermutungen anstellen. Nicht aus einer Welt wie ihrer, mit Eltern und Geschwistern, ganz sicher nicht. Auch nicht direkt aus dem Himmel, aber vielleicht von einem Ort, an dem der liebe Gott Nonnen schuf und sie bei Bedarf dort auf der Erde absetzte, wo sie gebraucht wurden.

»Hey, Annie, glaubst du, daß die sich auch die Zähne putzen?«

»Na klar, du Dummerchen, sie haben doch Zähne wie wir und kriegen Karies, wenn sie sie nicht putzen.«

»Nee. Der liebe Gott paßt schon auf, daß sie keine Karies kriegen. Die sind doch heilig.«

»Aber Mammi hat sie doch nach Long Prairie zum Zahnarzt gefahren. Also kriegen die auch Karies, ätsch!«

Doch Lucy blieb skeptisch. »Aber baden tun die sich nicht, oder?«

»Mensch, Lucy, du bist wirklich bescheuert. Was meinst du wohl, warum da 'ne Badewanne steht, häh?«

In dem Augenblick schrillte von draußen eine Glocke. Die beiden Mädchen fuhren zusammen und schauten sich erschrocken an.

»Oh!« stöhnte Lucy. »Irgend jemand hat uns gehört. Jetzt gibt's Ärger.«

»Los, beeil dich!«

Als Lucy fertig war und die Spülung gezogen hatte, blieb sie vor dem Waschbecken stehen und schaute mit fragendem Blick zu ihrer großen Schwester auf. Alle Erwachsenen – Eltern, Großeltern, bis hin zu den Nonnen selbst – hatten ihnen eingeschärft, sich nach der Toilette die Hände zu waschen.

»Ich glaub nicht, daß es gut ist, ihr Wasser zu benutzen«, flüsterte Anne. Flüstern schien in diesem Haus die angebrachte Art der Unterhaltung zu sein.

»Aber wir müssen uns doch nach der Toilette die Hände waschen!« wisperte Lucy zurück.

»Aber es ist heiliges Wasser!« gab Anne zu bedenken. »Und das darfst du nicht zum Händewaschen benutzen!«

»Ach so«, erwiderte Lucy, gewohnt, in diesen schwierigen Fragen dem Urteil ihrer älteren Schwester zu vertrauen.

Als sie hinaus auf den Flur traten, hörten sie unten das Gemurmel der Nonnen, die gerade ihr Tischgebet sprachen. Verführerisch stieg den Mädchen der Bratenduft in die Nase, als sie, die Hände auf dem gewachsten Holzgeländer, die Treppe hinunterstiegen. Das Wasser lief ihnen im Munde zusammen, und ihr Magen knurrte. Sie warfen einen verstohlenen Blick in das Refektorium, das unten gleich neben dem Treppenabsatz lag. Da saßen nun all diese heiligen Geschöpfe am Tisch – und hatten richtiges Essen vor sich stehen!

Die Mutter Oberin entdeckte sie als erste. »Ach, schau an, wer kommt denn da?«

»Guten Tag, Schwester«, sagten die Mädchen im Chor.

»Sie mußten mal schnell auf die Toilette«, erklärte Schwester Ignatia. »Ihr Vater ist in der Kirche und baut die Krippe auf.«

»Ach so.« Die Mutter Oberin nickte. »Habt ihr beiden denn schon gegessen?«

»Nein, Schwester.«

»Nein, Schwester.«

»Daddy hat gesagt, er geht mit uns hinterher ins *Ressrant*.«

»Hmhm. Dann seid ihr sicher hungrig.«

»Ich sterbe vor Hunger!« platzte Lucy heraus, was ihr sofort einen Rippenstoß von Anne eintrug.

»Haben wir nicht noch ein paar Plätzchen übrig, Schwester Ignatia?« fragte die Mutter Oberin. »Die Mädchen mögen doch sicher eins.« Sie lächelte, als sie sah, wie die Augen der Kinder aufleuchteten. »Schwester Regina, sei doch so gut und gib den beiden eins.«

Mit Adventsbeginn hatte auch der Dienstplan gewechselt. Schwester Regina hatte jetzt die Aufgabe, den Tisch zu den Mahlzeiten zu decken und abzuräumen. So stand sie lächelnd auf und führte die Mädchen in die Küche. Lucy drehte sich zum Abschied noch einmal zu den Nonnen um, winkte ihnen mit kindlichem Charme zu, und alle lächelten gerührt.

Schwester Regina nahm eine große graubraune Blechdose aus dem Küchenregal, klappte den Deckel auf und hielt sie den Kindern hin: »Da, bedient euch!«

Jedes der Mädchen nahm einen Keks. Es waren große weiße Plätzchen mit rosa Zuckerguß. Im Religionsunterricht hatten sie die Geschichte vom Manna gehört, das aus dem Himmel regnete. Das mußte es sein, dachte Lucy, Manna aus dem Küchenregal der Nonnen. Sie hatte es sich als geschmackloses Brot vorgestellt. Nie hätte sie sich träumen lassen, daß Manna mit Zuckerguß überzogen war! Vielleicht war das Essen im Himmel ja viel leckerer, als sie immer gedacht hatte.

»Danke, Schwester.«

»Danke, Schwester.«

»Und jetzt geht ihr schön brav in die Kirche zurück, ja?«

»Ja, Schwester.«

»Ja, Schwester.«

»Aber könntest du das kurz halten, Schwester? Ich muß meine Überschuhe anziehen.«

Sie hielt die angebissenen Plätzchen, während sich die Mädchen auf die Matte setzten und angestrengt versuchten, ihre Füße in die engen Überschuhe zu zwängen. Die weißen

Baumwollschlüpfer lugten unschuldig unter den Sonntagskleidchen hervor. Schließlich hatten sie es geschafft, standen auf und knöpften sich die Mäntel zu. Schwester Regina reichte ihnen ihre Wegzehrung und öffnete die Tür.

»Wiedersehen, Kinder.«

Sie erwiderten den Gruß, und Anne ging voraus. Lucy, die ihrer großen Schwester folgte, blieb auf der Schwelle stehen. Eine wichtige Frage war noch zu klären. Sie schaute zu ihrer Lehrerin auf und bat sie mit einem scheuen Zeichen ihres Zeigefingers zu sich heran. Schwester Regina beugte sich hinunter. »Annie meint, du müßtest dir auch die Zähne putzen, Schwester«, flüsterte sie verschwörerisch, »aber das stimmt nicht, oder?«

Schwester Regina konnte sich ein Lächeln nicht verkneifen. »Natürlich putze ich mir auch die Zähne«, erwiderte sie, »genauso wie du. Nicht vergessen, wenn du heute abend ins Bett gehst!«

Sie sah ihnen nach, lächelnd und ein wenig wehmütig, wie die Mädchen glücklich und unbeschwert, von einem Bein aufs andere hüpfend, zur Kirche zurückliefen. Was für hinreißende Kinder die beiden doch waren. Vor allem Lucy bezauberte sie immer wieder mit ihrem Charme. Schwester Regina seufzte. Ach, hätte sie doch auch so einen süßen Spatz wie sie! Warum lief ihr dieser kleine Engel ständig über den Weg, als wollte er sie immer wieder daran erinnern, was ihr fehlte?

Als sie ins Refektorium zurückkam, herrschte am Tisch fast ausgelassene Stimmung. Das hatte sie schon öfter erlebt – immer, wenn sich einmal ein Kind ins Kloster verirrte, waren anschließend die Nonnen eigenartig beschwingt und heiter.

Überschwenglich wandte sich die Mutter Oberin an Schwester Regina. »Wirklich reizend, die beiden Mädchen von Mr. Olczak. Er und seine Frau haben sie wirklich mustergültig erzogen.«

Die Nonnen nickten zustimmend. Schwester Mary Charles reichte Schwester Regina die Fleischplatte, und als diese sich ein Stück Braten genommen hatte, erzählte sie die jüngste kleine Anekdote: »Lucy wollte zum Abschied noch wissen, ob wir Nonnen uns auch die Zähne putzen müssen wie sie. Als ich ihre Frage bejahte, konnte sie's kaum glauben!«

Alle lachten herzlich. Sie wußten, welch geheimnisvolle Wesen Nonnen in den Augen von Kindern waren.

»Einer meiner Erstkläßler«, erinnerte sich Schwester Gregory, »fragte mich neulich in der Klavierstunde, ob wir Nonnen auch Mütter hätten.«

Wieder schmunzelten alle.

Schwester Dora fiel ebenfalls ein lustiges Erlebnis ein: »Mich hat einmal einer gefragt, wie ich nachts eigentlich schlafen kann, ohne meinen Heiligenschein abzulegen. Er meinte wohl meinen Schleier.«

Auch Mutter Oberin hatte eine kleine Geschichte auf Lager. »Ich hab mal im Unterricht gefragt, was denn Fronleichnam wäre. Daraufhin meldete sich ein Junge und sagte: Froschlaich ist, wenn bald die Kaulquappen ausschlüpfen, die fangen wir dann immer.«

Und so kamen die Nonnen gar nicht mehr aus dem Lachen heraus. Heute, am Sonntag, stand der Nachmittag zur freien Verfügung, und es war auch der einzige Tag, an dem Familienbesuch erlaubt war. So waren die Nonnen gut gelaunt und beschwingt wie selten.

Lange hatte sich Schwester Regina im Kreise ihrer Mitschwestern nicht mehr so wohl gefühlt. Ja, so hatte sie sich das Leben im Kloster immer vorgestellt! Kameradschaft, ohne Falschheit und versteckte Bosheit, getragen von dem Bewußtsein, Teil einer einzigen großen Weltfamilie zu sein, wo jeder für jeden einstand, egal was geschah. Vielleicht waren ihre Zweifel ja völlig unbegründet. Sie fühlte sich wieder so sicher und geborgen hier unter ihren lachenden Mitschwestern. Wie gerne vergab sie ihnen ihre Schwächen. Schwester Cecilia tuschelte nicht mit der Oberin, Schwester Samuel nieste nicht, und Schwester Mary Charles peitschte keine kleinen Kinder. Und selbst Mutter Agnes ging heute in einer Weise aus sich heraus, wie sie es noch nie erlebt hatte.

Wenn doch alle Tage so heiter und friedvoll wären! Nicht im Traum wäre ihr eingefallen, aus dem Kloster austreten zu wollen.

Es war Zeit, die Teller abzutragen. Schwester Regina ging an die Arbeit und holte Nachtisch und Kaffee aus der Küche. Sie hing gerade noch ihren versöhnlichen Gedanken nach, als es an der Küchentür klopfte.

Sie öffnete und fand zu ihrem Erstaunen Mr. Olczak auf der Schwelle stehen. Er trug seinen guten Wintermantel und hatte einen Filzhut auf, den er sofort abnahm, als er sie begrüßte.

»Guten Tag, Mr. Olczak.«

»Guten Tag, Schwester. Es tut mir leid, Sie am Sonntag zu stören, aber die Kinder müssen meinen Schlüsselbund bei Ihnen im Haus liegengelassen haben.«

»Ach ja?« Sie trat einen Schritt zurück. »Kommen Sie doch herein. Ich geh schnell hoch und schau im Bad nach.«

»Danke, Schwester.«

Sie fand die Schlüssel auf dem Badezimmerboden und brachte sie ihm hinunter. Er bedankte sich und entschuldigte sich nochmals für die Störung.

»Ach, das macht doch nichts. Ist denn die Krippe schon fertig aufgebaut?«

»Ja, das ist sie. Die ganze Kirche duftet nach den Tannenzweigen, und die Krippe ist so schön! Ich kann mich gar nicht satt sehen daran.«

»Dann werd ich heute nachmittag vielleicht mal in der Kirche vorbeischauen.«

»Tun Sie das, Schwester.«

Sie lächelte und nickte kurz, was beide als Ende des Gesprächs verstanden. Doch weder er noch sie rührte sich vom Fleck. Sie stand da und lächelte wie die Frauen auf den Heiligenbildchen. Der Schleier fiel ihr in ebenmäßigem Faltenwurf auf die Schultern, und sie hielt die Hände in den Ärmeln verborgen. Sie hätte zu ihren Mitschwestern zurückkehren, und er hätte sich umdrehen und die Tür öffnen müssen. Statt dessen standen sie da und schauten sich an. Beide waren gebannt von einer unsichtbaren Macht, die sich nicht im geringsten um Konventionen scherte. Aus dem Refektorium hörte man das Klirren der Kaffeelöffel, von draußen das Geschrei der Mädchen.

»Tja«, sagte er endlich, wie um den Bann zu brechen, und drehte den Hut in den Händen. Seine Stimme klang tief und heiser. »Dann ist es wohl besser, wenn Sie wieder reingehen. Bis morgen, Schwester.«

»Ja. Auf Wiedersehen, Mr. Olczak.«

Sie kehrte zu den Nonnen zurück. Was war nur geschehen? Nichts. Und doch etwas. Etwas, das jetzt jedesmal mit ihnen geschah, auch wenn sie nur einen kurzen Moment miteinander allein waren. Sie sprachen nicht darüber, aber beide spürten sie es, in ihrem Herzen, in ihrer Seele. Es war, als streckten sie voller Sehnsucht die Hände nacheinander aus.

Halt dich von ihm fern, befahl sie sich. *Achte darauf, daß du nie allein bist, wenn du mit ihm zu tun hast. Eben noch hast du eine solch innige Verbundenheit mit deinen Mitschwestern empfunden! Kämpfe darum, dieses Gefühl zurückzugewinnen! Merkst du denn nicht, wie er dich völlig durcheinanderbringt? Wenn du den Schleier ablegen willst, weil du deine Berufung verloren hast, so tu das. Aber nicht wegen eines Mannes – das kommt überhaupt nicht in Frage!*

Die heitere Stimmung dieses ersten Advents war nur von kurzer Dauer. Erst kam der große Schnee, dann ein Kälteeinbruch mit Temperaturen, die es nicht mehr erlaubten, die Kinder in der Pause auf den Schulhof zu lassen. So mußten sie sich die Zeit zwischen den Unterrichtsstunden in den Gängen und in der Halle vertreiben. Ohne die Möglichkeit, sich draußen auszutoben, fingen die Kleinen an, trotz des Verbots in den Korridoren herumzusausen, die Größeren stritten sich und begannen zu raufen. Immer häufiger gab es kleine Unfälle, wenn Kinder einander umrannten. Alles wartete sehnlichst auf die Weihnachtsferien. Die Nonnen, vor allem die älteren, waren mit ihren Nerven und ihrer Geduld am Ende.

Schwester Mary Charles hatte ausgiebig Gelegenheit, ihren Gummiriemen zum Einsatz zu bringen. Wieder einmal hatte sie sich einen kleinen Übeltäter geschnappt. Diesmal traf es Freddy Poplinski, einen Siebtkläßler, dessen Schmerzensschreie unüberhörbar aus dem Blumenzimmer drangen. Auch Schwester Regina, deren Garderobe unmittelbar daneben lag, entgingen sie nicht.

Wut stieg in ihr auf. Was war eine größere Sünde – ihr Zorn auf die Mitschwester oder kleine, hilflose Kinder zu quälen? Schwester Regina hatte sich inzwischen eine eigene Theorie zurechtgelegt. Schwester Mary Charles war eine unattraktive Frau, die nie im Leben eine Chance bei Männern gehabt hätte. Wahrscheinlich war sie deshalb im Lauf der Jahre immer bitterer geworden und reagierte ihre Enttäuschung nun an den armen Kindern ab. Die anderen Nonnen, vor allem auch die Mutter Oberin, schienen die brutalen Züchtigungen nicht zu bemerken.

Am Montag, in der letzten Woche vor den Weihnachtsferien, spielte Anne Olczak mit ein paar Cousins und Cousinen aus den höheren Klassen in der Mittagspause Fangen. Mary Jean war in der sechsten, Lawrence und Joey in der siebten und achten Klasse.

Sie jagten einander um die Brüstungen und tobten im Zickzack durch die überfüllte Halle, in der gerade ein Basketballspiel im Gange war. Schon mehrmals hatte Schwester Mary Charles sie ermahnt. Die Rangen gaben dann kurz Ruhe, aber mehr um zu verschnaufen, und kaum war die Schwester außer Sicht, stürmten sie wieder los.

Da passierte Anne das Mißgeschick, daß sie, als sie um die Ecke der Brüstung raste, versehentlich die Pausenglocke von der Mauer stieß. Sie traf eine Erstkläßlerin am Kopf, und landete scheppernd am Boden, ausgerechnet zwei Zentimeter vor Schwester Mary Charles' schwarzer Schuhspitze.

»Olczak! Komm auf der Stelle hierher!« schrie die Schwester. »Wie oft hab ich's dir schon gesagt!« Sie krallte sich Anne an der Schulter wie ein Adler, der auf seine Beute herabstößt. »Schau nur, was du angerichtet hast!« Voller Angst schaute Anne mit aufgerissenen Augen zu der Nonne hoch. »Heb sofort die Glocke auf!«

Anne gehorchte und stellte die Glocke wieder an ihren Platz. Die Erstkläßlerin hatte inzwischen laut zu weinen begonnen. Sie blutete an der Stirn.

Schwester Mary Charles herrschte Anne an: »Du wartest hier und rührst dich nicht von der Stelle! Verstanden?!«

»Ja, Schwester«, wisperte das Mädchen vor Angst zitternd.

Die Nonne beugte sich zu dem verletzten Kind hinunter. »Komm, mein Schatz.« Sie nahm die Kleine an der Hand und führte sie zu ihrer Lehrerin. Die tröstete sie erst, um sie anschließend zu verarzten. Das Blumenzimmer diente nicht nur Schwester Mary Charles als Folterkammer, sondern auch als Erste-Hilfe-Station der Schule. Die arme Anne, die schon ahnte, was ihr blühte, mußte deshalb geschlagene zehn Minuten warten, bis die Nonne wieder nahte. Annes Cousinen waren inzwischen längst auf und davon und beobachteten die Fortsetzung des Dramas aus sicherer Entfernung.

Da tauchte Schwester Mary Charles wieder auf. Ihre Augen blickten kalt, und ihr Mund war ein einziger Strich. »Marsch, kleine Dame!«

Anne brauchte nicht zu fragen, wohin es ging. Sie wußte es schon.

Als sich die Tür des Blumenzimmers hinter ihnen schloß, stürzten ihr schon die Tränen aus den Augen. Hinter den Farnen lag zusammengerollt wie eine Schlange der Gummiriemen, giftig grün und bösartig. Es gab zwei Arten der Züchtigung. Bei der einen mußte man sich über die Bank legen und den Hintern versohlen lassen. Dabei kam zu den Schmerzen noch die Demütigung. Für diese Prozedur hatte die Schwester eigens ein Stück der unteren Blumenbank von Töpfen freigeräumt. Die zweite Art der Strafe wurde vollstreckt, indem der kleine Delinquent seine Hände ausstrecken und sich den Riemen über die Finger ziehen lassen mußte. Diese Marter sollte an die Geißelung Christi erinnern. Anne starrte auf den Gummiriemen und schlotterte vor Angst. Welche der beiden Züchtigungen war wohl die schlimmere?

»Du bist ein ungehorsames Mädchen!« stieß die Schwester böse hervor und krempelte sich den rechten Ärmel hoch. »Und Ungehorsam wird bestraft – das weißt du doch?«

Anne wollte »Ja, Schwester« hauchen, doch sie brachte keinen Laut hervor.

Die Schwester ergriff den Gummiriemen. Ihre Züge verhärteten sich, um ihren Mund spielte ein selbstgerechtes Lächeln.

»Los jetzt. Streck deine Finger aus. Und wehe, du ziehst die Hand weg! Für jeden Rückzieher gibt es einen Extraschlag, verstanden? Und während du deine Strafe entgegennimmst, betest du zu Gott und bittest um Vergebung für deine Sünden. Ist das klar?«

»Aber ich hab doch …«

»*Keine Widerworte!*« keifte die Schwester.

»Ich hab doch nicht mit Abs …«

»Ruhe!« schrie die Schwester so wütend, daß ihre Stimme sich überschlug. »Und jetzt streck die Hand aus, sonst kriegst du fünf extra!«

Bebend vor Angst hielt Anne der Nonne ihre kleinen Händchen hin. Doch sie konnte nicht anders – unwillkürlich zuckte sie zurück, als die Gummipeitsche niedersauste.

Schwester Mary Charles schäumte vor Wut. *»Na gut! Es wären fünf gewesen, jetzt sind's sechs!«*

Lucy kauerte in einer Ecke der Halle und spielte mit den jüngeren Mädchen Murmeln, als ihre Cousine Mary Jean aufgeregt angerannt kam.

»Schwester Mary Charles hat Anne ins Blumenzimmer mitgenommen!« stieß sie hervor.

»Annie? Was hat sie denn gemacht?«

»Sie hat die Glocke von der Brüstung gestoßen, und die hat ein kleines Mädchen am Kopf getroffen.« Lucy wußte – es war strengstens verboten, die Glocke anzurühren. »Wir haben Fangen gespielt, obwohl es uns die Schwester verboten hat.« Lucy wußte – es war strengstens verboten, in der Halle herumzurennen.

»Annie?« Sie schaute zum Blumenzimmer hinüber, und das Herz rutschte ihr in die Hose. »Sie ist da drin mit Schwester Mary Charles?« Sie stürmte los, ohne auch nur eine Sekunde zu zögern.

Rühr meine Schwester nicht an, du böse Hexe!

»Hey, Lucy, warte doch!«

Doch Lucy sauste schon quer durch die Halle und hielt erst an, als sie vor der Tür des Blumenzimmers stand. Drinnen hörte sie ihre Schwester weinen, und die Nonne kreischte: »Keine Widerworte!« Die Angst vor der gefürchteten Tyrannin war plötzlich größer als ihr Mut. Sie begann zu schluchzen. Wenn jetzt noch jemand helfen konnte, dann nur Schwester Regina!

»Schwester Regina, komm schnell! Schwester Mary Charles haut Anne im Blumenzimmer!«

Schwester Regina saß am Katheder und beaufsichtigte ihre Schüler, die während der Mittagspause in der Klasse spielen durften. Bei Lucys Nachricht fuhr sie so abrupt hoch, daß hinter ihr der Stuhl umfiel.

»Geh spielen, Lucy, ich kümmere mich darum!« rief sie.

Und schon stürmte sie mit wehender Robe zum Blumenzimmer. Sie riß die Tür auf.

»Aufhören! Sofort aufhören!« schrie sie.

Anne stand zitternd und schluchzend mit ausgestreckten Händen da. Vier Hiebe hatte sie schon abbekommen.

Schwester Mary Charles fuhr herum. »Dieses Kind war ungehorsam. Es muß bestraft werden!«

»Aber nicht so! Nicht im Zorn und nicht auf so grausame Weise!«

»Sie hat mir nicht nur einmal, sondern mehrmals den Gehorsam verweigert! Und jetzt kriegt sie, was sie verdient hat!«

»Nein! Das werde ich nicht zulassen!«

»Nicht zulassen?« Schwester Mary Charles lachte hysterisch auf. »*Du* willst mir vorschreiben, was ich zu tun und zu lassen habe? Ich werde doch wohl noch aufsässige Kinder maßregeln dürfen!«

»Das ist keine Maßregelung, das ist Mißhandlung hilfloser Kreaturen! Und Anne ist kein aufsässiges Kind. Bei ihr würde ein ernstes Wort völlig genügen.«

»Wir bringen den Kindern bei, was Sünde ist, und Sünden müssen geahndet werden. In all den Jahren hab ich bestimmt schon Hunderte von Kindern auf diese Weise bestraft, und es hat ihnen nur gutgetan.«

»Gott bestraft die Sünder, nicht du, Schwester! Und ich kann mir nicht vorstellen, daß deine Prügel auch nur einem einzigen von diesen Kindern gutgetan haben! Komm her, Anne.«

Anne ließ die Hände sinken, stürzte auf die Schwester zu

und schlang die Arme um ihre Hüften. Weinend barg sie ihr Gesicht in den schwarzen Gewändern.

»Mutter Oberin wird von diesem Vorfall erfahren!« zischte Schwester Mary Charles, »verlaß dich drauf!«

»Ja, das wird sie!« erwiderte Schwester Regina kühl. Mit weicher Stimme wandte sie sich dann an Anne, die sich immer noch schluchzend an sie klammerte: »Geh bitte in die Toilette, Anne, putz dir die Nase und warte dort auf mich.«

Anne lief hinaus und ließ die beiden Schwestern allein. So ruhig und so gefaßt wie möglich sagte Schwester Regina: »Verzeih mir, Schwester, aber ich konnte es einfach nicht mehr ertragen. Seit ich hier bin, ist es mir ein Dorn im Auge, daß du die Kinder schlägst. Da alle damit einverstanden zu sein schienen, habe ich geschwiegen. Aber ich konnte mich nie damit abfinden. Ich verstehe nicht, warum die Kinder dafür büßen müssen, daß du so verbittert geworden bist. *Du* solltest zur Beichte gehen, Schwester, nicht die Kinder.«

Schwester Mary Charles hatte den Gummiriemen beiseite gelegt. Schimpfend krempelte sie sich den Ärmel wieder herunter. »Diese jungen Dinger heutzutage ... die immer alles besser wissen«, meckerte sie vor sich hin, »... die am liebsten das ganze Kloster auf den Kopf stellen würden ...«

»Warum bist du so bitter, Schwester?« fragte die Jüngere leise.

»Ohne Lehrerinnen wie mich würden diese Rabauken uns nur noch auf der Nase herumtanzen, würden in der Halle fluchen, die Messe schwänzen und sich weiß der Himmel was noch alles herausnehmen!«

»Aber was hat Anne denn verbrochen? Hat sie geflucht, hat sie die Messe geschwänzt? Nein. Sie ist herumgerannt. Wie jede gesunde Viertkläßlerin, die acht Stunden am Tag stillsitzen muß und nicht einmal in der Pause hinaus darf!«

»Du gehst zu weit, Schwester! Und du verstößt gegen die Heilige Regel!«

»Die Heilige Regel! Vielleicht solltest du mal Kapitel sechs nachlesen, über die Nächstenliebe! Da heißt es unter anderem, daß Lehrer davon absehen sollen, ihre Schüler körperlich zu züchtigen! Scheinst lange nicht mehr in der Heiligen Regel gelesen zu haben!«

Schwester Mary Charles schnaubte verächtlich und ging mit ausholenden Schritten zur Tür, durch die Anne verschwunden war. »Ich hab's doch nicht nötig, mir solche Sachen von einer Nonne anzuhören, die, wie jeder weiß, die Olczak-Mädchen bevorzugt behandelt, weil ihr Herr Papa der Kirchendiener ist! Ich weiß, was läuft, Schwester, und die Oberin weiß es genauso. Wir wissen doch alle, was hier gespielt wird!«

Sie ging hinaus und schlug die Tür hinter sich zu.

Schwester Regina ließ den Kopf hängen und bedeckte ihr Gesicht mit den Händen. Sie zitterte am ganzen Körper. Nur mühsam fand sie die Fassung wieder. Tränen stiegen ihr in die Augen. Aber in ihrem Herzen wußte sie, daß sie richtig gehandelt hatte. Sie war für die Kinder eingetreten und hatte Schwester Mary Charles' grausamem Treiben ein Ende gesetzt.

Draußen läutete die Glocke zum Pausenende. Schwester Regina erschrak. Eigentlich war das ihre Aufgabe, aber offenbar war eine ihrer Mitschwestern für sie eingesprungen. Und Anne wartete noch immer in der Toilette. Sie mußte eilig zu ihr. Um sie herum strömten die Schüler und Schülerinnen in ihre Klassenzimmer zurück, und der eine oder andere nahm noch schnell einen Schluck Wasser vom Brunnen.

Anne lehnte mit dem Gesicht zur Wand in einer Ecke der Toilette und weinte still vor sich hin. Neben ihr stand Lucy, die genauso elend dreinschaute und nicht wußte, wie sie ihre Schwester trösten sollte. Als Schwester Regina hereinkam, rief Lucy ihr sofort entgegen: »Sie hat sie auf die Hände gehauen, Schwester, und Annie hört nicht auf zu weinen.«

Anne lief zu ihrer Lehrerin und barg das Gesicht in ihrem Schoß. Schwester Reginas Herz quoll über vor Liebe und Mitleid, und gegen die Heilige Regel drückte sie Anne an sich und strich ihr liebevoll übers Haar. Zu wem sollte das Mädchen denn gehen, wenn es Trost suchte? Es hatte doch keine Mutter mehr. Sie war so ein sensibles Kind! Was mußte die Kleine in den letzten Monaten nur durchgemacht haben! Und nach all dem dann heute diese ungerechte, grausame Quälerei! Hoffentlich hatte der Vorfall keinen bleibenden Schaden in ihrer Seele angerichtet! Schwester Regina überlegte. Was sollte sie mit der Kleinen machen? Sie zurück in den Unterricht schicken? Und den neugierigen Blicken der Klassenkameraden aussetzen? Oder Nächstenliebe walten lassen und ihr für den Rest des Tages einfach freigeben?

Als sich Anne ein wenig beruhigt hatte, hob Schwester Regina zärtlich den Kopf des Mädchens und schaute ihm ins verweinte Gesicht. »Komm, Liebes, halt die Händchen unters kalte Wasser, das hilft gegen den Schmerz.«

Lucy beugte sich mit Anne über das Waschbecken. »Ist es jetzt besser, Anne?« fragte sie treuherzig. »Tut's noch weh?«

Schwester Regina rührte es mitanzusehen, wie die Kleine mit der Älteren litt. Seit dem Tod ihrer Mutter waren die beiden noch unzertrennlicher geworden. Gerade heute, nach diesem schrecklichen Erlebnis, brauchte Anne die Nähe ihrer kleinen Schwester mehr denn je.

Schwester Regina traf eine Entscheidung. Eine Entscheidung, für die sie bereit war geradezustehen.

»Kommt mit, Kinder. Wir suchen euren Daddy.«

Sie fanden ihn im Speisesaal. Er war gerade dabei, die Küchenabfälle zu beseitigen. Die Köchinnen, Mrs. Fisher und Mrs. Zapp, saßen am Tisch und aßen erst einmal selber, bevor sie sich an den Abwasch machten. Der Boden war mit Nudeln und Ketchupspritzern übersät, und es roch nach dem Gulasch, das es zu Mittag gegeben hatte.

Im Abstellraum hinter der Küche hörten sie Eddie mit den Mülltonnen hantieren, und so zog Schwester Regina die Mädchen um die Ecke, so daß die Köchinnen nicht mithören konnten, was sie zu besprechen hatten. Eddie drehte sich verwundert nach ihnen um.

»Was gibt's denn, Schwester?«

Sie stand vor ihm, an jeder Seite ein Mädchen, denen sie schützend die Hand auf den Kopf gelegt hatte. »Ich glaube, es wäre gut, wenn Anne und Lucy für heute schulfrei bekämen. Gibt es jemanden, zu dem sie gehen können?«

»Sicher. Zu Tante Katy. Aber warum denn?«

»Anne hat aus Versehen die Glocke von der Brüstung gestoßen. Beim Herunterfallen hat sie ein Kind am Kopf verletzt. Schwester Mary Charles hat sie im Blumenzimmer geschlagen. Da bin ich eingeschritten.«

Stirnrunzelnd zog er seine Gummihandschuhe aus und ließ sich auf ein Knie nieder. »Annie, komm her, Schätzchen.« Er breitete die Arme aus, und beide Mädchen liefen ihm entgegen, doch er umarmte nur Anne. »Erzähl mir, was passiert ist.«

»Wir haben Fangen gespielt, Mary Jean und Lawrence und Joey und noch ein paar, und die Schwester hat es uns verboten, und dann bin ich aus Versehen gegen die Glocke gestoßen, und dann ist sie runtergefallen und hat ein Kind am Kopf angehauen, das hat dann geblutet. Aber ich hab es nicht mit Absicht getan, Daddy! Die Schwester sagte, daß ich eine Sünde begangen habe, aber das hab ich nicht! Und dann hat sie mir mit dem Gummiriemen auf die Hände gehauen ... und ... und ...« Ihr Kinn begann zu zittern, und ihre Augen füllten sich mit Tränen. »... wenn doch Mammi ... noch am Leben wäre!«

Noch nie hatte Schwester Regina Mr. Olczak so wütend gesehen. Je mehr Annie von der Tortur im Blumenzimmer erzählte, desto mehr verhärteten sich seine Züge. Sie ahnte, was in ihm vorging. Wie konnte sich eine verbitterte alte Nonne nur an einem so unschuldigen Mädchen vergreifen, das doch sonst ein Muster an Bravheit war! Und das, obwohl die Kleine erst vor ein paar Monaten ihre Mutter verloren und seitdem doch wohl wirklich genug gelitten hatte!

»Komm, Anne. Du auch, Lucy.« Mit finsterem Gesicht stand er auf, nahm die beiden an der Hand. »Wir holen jetzt eure Mäntel, und dann bring ich euch zu Tante Katy. Ihr dürft dort bis zum Abendessen bleiben. Und mach dir keine Gedanken mehr, Annie. Du hast keine Sünde begangen, wirklich nicht!«

Er ging so schnell, daß die Kleinen sich beeilen mußten, mit ihm Schritt zu halten. Schwester Regina kehrte in ihre Klasse zurück und begann den Nachmittagsunterricht mit einem Gebet. Eddie, der seinen Kindern inzwischen die Mäntel angezogen hatte, klopfte, ehe sie die Schule verließen, an der Tür von Schwester Reginas Klassenzimmer und bat sie kurz heraus.

»Ich danke Ihnen, Schwester«, flüsterte er. »Werden Sie Probleme kriegen, weil Sie gegen Ihre Mitschwester eingeschritten sind?«

»Nein, Mr. Olczak.«

»Gut! Es ist ... Ich bin so ...« Er fand vor Empörung keine Worte. »Nichts«, sagte er schließlich. »Wir sehen uns später.«

13

Überrascht stellte Schwester Regina fest, wie ruhig sie war, nun da der Zeitpunkt gekommen war. Die Bedenken, die sie bis dahin gequält hatten, schienen verflogen zu sein. Auch ihre Zweifel hatten sich zerstreut, nachdem sie spontan beschlossen hatte, sich einzumischen und Schwester Mary Charles daran zu hindern, Anne zu schlagen. Dieser Moment hatte irgendwie den Ausschlag gegeben, denn nun wußte sie mit ruhiger Gewißheit, daß es richtig war fortzugehen und daß nun der Zeitpunkt gekommen war, die ganze Sache ins Rollen zu bringen.

Sie gab sich erst gar nicht die Mühe, schneller bei Schwester Agnes zu sein als Schwester Mary Charles, um ihr als erste zu erzählen, was im Blumenzimmer vorgefallen war. Das wäre sowieso ein hoffnungsloses Unterfangen gewesen. So wußte die Mutter Oberin bereits Bescheid, was geschehen war, als sie sich um acht Uhr abends trafen.

Schwester Agnes wartete im leeren Gemeinschaftsraum. Alle anderen hatten sich bereits in ihre Zimmer zurückgezogen.

»Komm herein, Schwester Regina«, bat die Mutter Oberin sie freundlich, »und schließ die Tür, falls du das möchtest.«

Geräuschlos machte Schwester Regina die Tür zu. Ihre Schuhe quietschten, als sie sich näherte und niederkniete, um von der Mutter Oberin gesegnet zu werden. Ein Flüstern, eine kurze Berührung am Kopf, und sie stand wieder auf und setzte sich im rechten Winkel zur Nonne auf einen Stuhl mit hartem Polster und gerader Lehne. Das Haus lag nun ganz still, die Strick- und Häkelarbeiten, an denen die Nonnen in ihrer spärlichen Freizeit arbeiteten, ruhten in den Schubladen. Eine einzelne kleine Lampe brannte auf einem Tisch in der Ecke. Wie üblich hatte die Lampe nur eine Glühbirne mit vierzig Watt, mehr Licht gönnten sich die Nonnen selten. Vom Kreuz an der Wand blickte der leidende Jesus auf die schwarzverhüllten Gestalten hinab.

Schwester Regina sprach als erste, so leise, als richtete sie sich während der Arbeitszeit an eine Schülerin:

»Danke, daß ich zu Ihnen kommen konnte, Mutter Oberin.«

Die ältere Frau nickte wortlos. Im Zimmer herrschte eine seltsam friedliche Atmosphäre, es gab keine Eile, keine Hast.

»Ich denke, Sie sind darüber informiert, was heute nachmittag im Blumenzimmer geschehen ist.«

Mutter Agnes nickte wieder.

»Sie denken sicher, daß ich gekommen bin, um mit Ihnen darüber zu sprechen, aber ich komme noch aus einem viel bedeutenderen Grund. Was heute im Blumenzimmer geschehen ist, ist nur Ausdruck eines viel größeren, ... ich nenne es mal Problems, das ich schon häufig in meine Gebete eingeschlossen habe.«

Schwester Regina sprach leise und langsam. Sie wußte, was sie zu sagen hatte: »Mutter Agnes, ich fürchte, ich bin mit meinem Leben hier in unserer geistigen Gemeinschaft immer unzufriedener geworden. Diese Gefühle haben sich über einen langen Zeitraum hinweg entwickelt.«

»Das habe ich bemerkt, Schwester.«

»Natürlich haben Sie das.« Schwester Regina lächelte in Richtung des Kruzifixes an der Wand und fuhr mit ruhiger Stimme fort. »Ich kann nicht genau sagen, wann alles angefangen hat, aber es war nicht diesen Monat und nicht letzten, es war nicht einmal in diesem Jahr. Solche Gefühle fangen nicht zu einem bestimmten Zeitpunkt an, sondern sie entstehen langsam, ohne daß man sich ihres Beginns genau bewußt ist, und ich weiß nicht, wann alles angefangen hat. Aber mir ist jetzt klar geworden, Schwester Oberin, daß ich nicht länger hierher gehöre und daß ich mich von meinem Gelübde befreien lassen möchte.«

Sehr zu Schwester Reginas Überraschung reagierte Mutter Agnes überhaupt nicht schockiert. Sie antwortete ihr im Gegenteil unerwartet ruhig: »Ich denke, du hast lange gebetet und intensiv über deine Entscheidung nachgedacht, bevor du zu mir gekommen bist, um darüber zu sprechen.«

»Ja, Mutter Oberin, das habe ich.«

»Und du hast Gott um Hilfe bei deiner Entscheidung gebeten?«

»Unzählige Male habe ich das getan.«

»Gut. Dann möchte ich dir als erstes sagen, daß es keine Sünde ist, an seinem Gelübde zu zweifeln.«

»Mit dem Verstand weiß ich das. Aber mein Herz sagt mir etwas anderes. Schließlich wußte ich schon seit meinem elften Lebensjahr, daß ich genau dies hier tun wollte. Alle sagten mir, ich solle Nonne werden, vor allem meine Großmutter, die der gläubigste Mensch ist, den ich je gekannt habe. Es war vor allem sie, die mich überzeugte, daß ein Leben als Nonne die höchste Erfüllung im Dienste Gottes bedeutet und daß ich dafür unter all meinen Brüdern und Schwestern ausgewählt worden sei. Und in der Schule gab es natürlich Nonnen, die das gleiche zu mir sagten.«

»Und jetzt glaubst du, sie haben dich getäuscht.«

»Ich glaube, daß ich sehr jung und beeinflußbar war, Schwester Agnes, zu jung, um die Meinung der anderen in Frage zu stellen. Und natürlich ist mir klar, daß es zu den Pflichten einer Nonne gehörte, dafür zu sorgen, daß junge Frauen in den Orden eintreten, genau wie dies nun meine Pflicht ist. Immer wieder hörte ich diese Worte – ›Oh, Jean Marie, du würdest eine so wundervolle Nonne abgeben, du bist so dafür geeignet.‹ Wenn dies die Menschen sagen, die du am meisten liebst und denen du vertraust – deine Großmutter und deine Lehrerinnen – so glaubst du ihnen natürlich.«

»Was ist mit deinen Eltern? Wollten die nicht, daß du in den Orden eintrittst?«

»O doch, natürlich. Jede katholische Familie wünscht sich, daß eines ihrer Kinder Priester oder Nonne wird. Aber wir waren so viele Kinder zu Hause – neun Kinder –, daß man eines mehr oder weniger nicht allzusehr vermißte. Und ich hatte immer das Gefühl, daß sich meine Eltern sowieso damit abgefunden hatten, eines von uns zu verlieren. Es war ihre Pflicht, eines der Kinder gehen zu lassen. Aber für meine Großmutter war es niemals so, als würde sie mich verlieren. Sie war immer der festen Überzeugung, ich sei von allen die Gesegnetste.«

Sie schwiegen eine Zeitlang, dachten über Schwester Reginas Worte nach. Dann blickte Mutter Agnes, die ihre Hände über ihrem rundlichen Bauch gefaltet hatte, zu dem Kruzifix auf und meinte:

»Jede Nonne, die ich kenne, hat eine solche Person in ihrer Vergangenheit, die sie inspiriert hat. Was hat aber deinen Sinneswandel ausgelöst, Schwester?«

Schon unzählige Male hatte sich Schwester Regina die Antwort auf diese Frage überlegt, bevor ihr die Mutter Oberin sie nun wirklich stellte:

»Mir ist nach und nach klargeworden, daß ich doch nicht so auserwählt bin, wie alle meinten. Es tut mir leid sagen zu müssen, daß das Leben in der Gemeinschaft meine Erwartungen nicht erfüllt hat. Ich habe zwar immer und immer wieder versucht, in meiner Beziehung zu Gott Erfüllung zu finden, und doch konnte ich mich niemals so vollständig von den weltlichen Dingen lösen, um ganz eins mit Ihm zu sein. Es hat mir immer schon große Schwierigkeiten bereitet, meinem Gehorsamsgelübde Folge zu leisten, und in der letzten Zeit habe ich begonnen, alles in Frage zu stellen. Vor allem die Heilige Regel. Ich finde sie in erster Linie sinnlos und kontraproduktiv, und ich breche sie so oft, daß ich bereits in einem permanenten Zustand der Schuld und Reue lebe. Manchmal macht mich das auch wütend. Heute ... als Schwester Mary Charles Anne Olczak ins Blumenzimmer gerufen hat, schien mir alles plötzlich kristallklar, und da wußte ich, daß die Zeit gekommen ist, diesen Schritt in meinem Leben zu tun.«

Schwester Agnes grübelte eine Zeitlang und nickte. Dann fragte sie: »Können wir von den Olczak-Kindern sprechen,

Schwester? Denn ich glaube, die beiden haben einen ganz besonderen Platz in deinem Herzen.«

»Ja, Mutter, das haben sie.«

»Und ich denke, du wolltest ihnen, als ihre Mutter gestorben war, mit aller Kraft helfen, über den Verlust hinwegzukommen.«

Schwester Regina wählte ihre Worte mit Sorgfalt.

»Der Tod von Krystyna Olczak hat eine tiefere Wirkung auf mich gehabt, als ich es jemals für möglich gehalten hätte.«

»In welcher Art, Schwester?«

»Sie war ...« Schwester Regina wußte nicht, wie sie sich am besten ausdrücken sollte.

»Sie war die beste Mutter, Tochter und Ehefrau und das würdigste Gemeindemitglied, das ich je gekannt habe. Ich glaube, als sie gestorben ist, habe ich begonnen, all das, was sie der Welt geschenkt hat, damit zu vergleichen, was ich als Nonne zu geben in der Lage bin. Zum erstenmal habe ich an den Worten meiner Großmutter und der Nonnen zu zweifeln begonnen und war mir nicht mehr sicher, ob es wirklich die höchste Erfüllung eines Lebens für Gott bedeutet, als Ordensfrau zu leben. Ich fühlte ...«

Schwester Reginas Stimme wurde noch leiser. »... Ich hatte das Gefühl, als hätte man mich belogen. Denn Krystyna Olczak diente Gott mindestens genauso würdig, wie ich es jemals getan habe. Vielleicht noch würdiger, denn sie mußte es ohne ein Buch mit Heiligen Regeln tun, die genau vorschreiben, wie man Widrigkeiten im Leben begegnet. Ich bin davon überzeugt, daß Krystyna Olczak heute eine Heilige ist.«

»Da könntest du recht haben. Sage mir, bist du verbittert wegen all der Jahre, die du als Ordensfrau verbracht hast?«

»Verbittert? Nein, Mutter Agnes, überhaupt nicht. Als ich in den Orden eingetreten bin, fühlte ich mich dieser Lebensart sehr verbunden. Ich glaubte fest, daß es Gottes Wille war, mich in einem Kloster zu sehen. Ich hörte Seine Stimme in mir und hielt alles für richtig und wahr. In den letzten Monaten habe ich viel Zeit mit Beten und Meditieren verbracht, und dabei spürte ich, daß Seine Stimme noch immer in mir ist. Es bedeutet mir heute immer noch genauso viel, auf Ihn zu hören, wie damals. Nur ist Gott nicht ... nun, Er ist nicht einfach irgendwo dort draußen ...« Sie machte eine Geste, als wollte sie ihre Umgebung erfassen. »... Er ist hier drinnen ...« Sie zeigte auf ihr Herz. »Das ist Er *wirklich,* Mutter Oberin. Und ich glaube daran, daß Er mich in meiner jetzigen Entscheidung leitet.«

Mutter Agnes saß eine ganze Weile still und nachdenklich in ihrem Stuhl. Ihre Ellbogen lagen auf den Armlehnen. Die Hände hatte sie gefaltet, ihre Daumen kreisten langsam umeinander. Draußen blies der Nachtwind leise durch die Regenrohre, und oben knackte es leise im Gebälk, als jemand auf Zehenspitzen ins Badezimmer schlich.

»Nun«, sagte Schwester Agnes schließlich. Sie stieß dieses Wort mit einem leichten Seufzer aus. »Das ist ein sehr machtvolles Argument, Schwester Regina. Und ich wäre die letzte, die dich zu überzeugen versuchen wird, deine Meinung zu ändern. Es ist dein Leben, und du mußt es so leben, wie du es für richtig hältst.«

Dies war überhaupt nicht die Antwort, die Schwester Regina erwartet hatte. Man sah ihr die Überraschung an.

»Meinen Sie das wirklich, Mutter Oberin?«

»Natürlich meine ich das. Aber laß mich nur noch eines sagen, das du dir hoffentlich zu Herzen nehmen wirst. Unter den Nonnen, die ich kenne, gibt es kaum eine, die nicht zu irgendeinem Zeitpunkt Zweifel hatte, ob sie die richtige Entscheidung getroffen hat. Außer zweien haben sich alle dazu entschieden, hierzubleiben, und ich denke, sie sind glücklich mit der Entscheidung, die sie getroffen haben, ich eingeschlossen.«

»Sie haben daran gedacht, fortzugehen?«

»Ja, das habe ich.« Die ältere Nonne senkte den Blick, während sie sich daran erinnerte. Dann entschloß sie sich, ihre Geschichte zu erzählen: »Es war zu jener Zeit, als eine meiner richtigen Schwestern, jene, der ich als Kind am nächsten gestanden hatte, gerade ihre dritte Totgeburt hatte, ein wunderschönes Mädchen, das letzte Kind, das sie jemals empfangen sollte. Anschließend hat sie nach mir gerufen. Ich bin nach Hause gegangen und habe ihren schrecklichen Kummer gesehen, und den Kummer ihres Mannes, darüber, daß sie niemals Kinder haben würden, und ich wurde sehr wütend auf Gott.« Die alte Nonne machte eine Pause und starrte auf ihre Knie.

»Und während ich dort war, traf ich im Krankenhaus einen Arzt, einen jungen, gutaussehenden Mann. Ich hatte ihn das letzte Mal gesehen, als ich in der Highschool mit ihm ausgegangen war. Er hatte gerade seine Frau verloren, und er gestand mir, daß er damals in mich verliebt gewesen sei und es ihm beinahe das Herz gebrochen hätte, als ich in den Orden eingetreten war. Ich war also ..., sagen wir mal, Versuchungen ausgesetzt.«

In dem kleinen Lichtkegel, der von langen Schatten umgeben war, wartete Schwester Regina wie gebannt auf die Fortsetzung der Geschichte. Dann holte Schwester Agnes tief Luft, hob das Kinn und fuhr fort:

»Aber wie du habe ich die Stimme Gottes in mir gehört. Nur hat Er zu mir gesagt, Er bräuchte mich hier. Und so bin ich zurückgekommen. Seit ich durch diese Prüfung gegangen bin und sie bestanden habe, bin ich überzeugter als jemals zuvor, und ich habe noch keinen Tag bereut, mich für diesen Weg entschieden zu haben.«

Schwester Reginas Gesichtsausdruck blieb so unbewegt und ruhig wie der der Madonna. Ihre Hände hatte sie zwanglos unter ihrem Gewand gefaltet, das ihr sanft über die Knie fiel. Sie dachte darüber nach, was Schwester Agnes ihr erzählt hatte, und war überrascht, daß sie ihr so viel von ihrer persönlichen Geschichte anvertraut hatte.

»Sag mir, Schwester«, fragte die ältere Nonne, »hat es für dich eine ähnliche Versuchung gegeben? Spielt dein Keuschheitsgelübde bei dieser Entscheidung eine Rolle?«

Schwester Regina wußte nicht so recht, wie sie auf diese Frage antworten sollte:

»Ich weiß nicht, was ich dazu sagen soll. Vielleicht spielt es eine untergeordnete Rolle, aber entscheidender ist, daß ich das religiöse Leben an und für sich in Frage stelle. Nicht daß ich irgendwelchen körperlichen Kontakt gehabt hätte, es gab noch kein Wort, keine Berührung, keine Indiskretion irgendeiner Art. Ich denke, für mich hat eher die Auseinandersetzung mit den Dingen, die ich vermisse, den Ausschlag gegeben – Heirat, Kinder, ein Leben im eigenen Haus, und was das alles mit sich bringt. Und die Freiheiten. Das Verlangen, frei zu sein, quält mich schon lange.«

»Auch ich habe an all diese Dinge gedacht, als ich dem Arzt gegenüberstand.«

»Auch an die Freiheiten? Ich hätte nicht gedacht, daß ...«

»Auch an die Freiheiten. Schließlich sind wir doch alle nur Menschen, Schwester.«

Sie ließen einen Moment verstreichen, dann fuhr Schwester Regina fort:

»Pater Kuzdek hat mir gesagt, ich sollte mit Ihnen sprechen, und daß ich vielleicht überrascht wäre, was Sie mir zu sagen hätten. Und ich muß sagen, ich bin überrascht.«

»Ah ... also hast du schon mit dem Pater gesprochen.«

»Ja.«

»Dann ist deine Entscheidung also endgültig?«

»Ja, ich fürchte schon. Ich würde sehr gern nach Hause gehen und meiner Familie von meiner Entscheidung erzählen, vor allem meiner Großmutter. Es wird nicht leicht sein, es ihr persönlich zu sagen, aber ich möchte es ihr nicht brieflich mitteilen müssen. In dieser Woche beginnen die Weihnachtsferien. Der Zeitpunkt ist doch sehr günstig.«

Schließlich zeigte Schwester Agnes doch noch, daß sie nicht einverstanden war – kurz und scharf sog sie die Luft ein:

»Schon so bald? Wenn du dir vielleicht noch ein bißchen mehr Zeit nimmst, um zu beten und zu meditieren ... zieh dich zurück.«

»Das habe ich schon getan, Mutter Agnes. Ich habe mich im letzten August genau aus diesem Grund zurückgezogen, und seit damals habe ich unzählige Gebete gesprochen, meditiert und Buße getan. Ich bin durch einen langen, schwierigen Prozeß gegangen, habe in meiner Seele nach Antworten gesucht und habe Gott um die richtige Entscheidung gebeten. Ich glaube, daß Gott und ich uns in meiner Entscheidung versöhnt haben. Nun muß ich mich mit meiner Familie versöhnen.«

Schwester Agnes nickte wieder ruhig.

»Nun ...«, ihre Stimme klang traurig, »... schon so bald. Ich dachte, vielleicht erst im nächsten Frühjahr, wenn das Schuljahr zu Ende ist.«

»Ich habe gehört, daß es bis zu sechs Monate dauern kann, bis die Papiere nach Rom gegangen sind und wieder zurückkommen.«

»Ja, aber ...« Schwester Agnes ließ die Schultern hängen. »Oje.« Sie seufzte und sah wieder zum Kruzifix hinüber. »Ich glaube, ich widersetze mich deiner Entscheidung lediglich aus selbstsüchtigen Motiven, weil ich dich nicht verlieren möchte, Schwester. Du bist eine unserer besten Lehrerinnen, und unabhängig davon, was du vom Leben in einer Ordensgemeinschaft hältst: du hast das unsere sehr bereichert.«

»Ich danke Ihnen, Mutter Oberin.«

»Hast du schon Pläne gemacht für dein Leben außerhalb des Klosters?«

»Noch nicht.«

»Es ist meine Pflicht, dich darauf hinzuweisen, daß dieser Schritt sehr schwierig sein kann. Was wirst du tun, um deinen Lebensunterhalt zu bestreiten, und wo willst du wohnen?«

»Das weiß ich noch nicht, Mutter Oberin, aber ich kann ja weiterhin als Lehrerin arbeiten.«

»Ich muß dich warnen, die katholische Kirche ist sehr selten bereit, an ihren Schulen ehemalige Nonnen einzustellen.«

»Nicht einmal in einer anderen Stadt?« Schwester Regina hatte vorgehabt, in einer anderen Klosterschule Lehrerin zu werden.

»Das halte ich für so gut wie unmöglich.«

»Sie meinen, sie werden mich alle ausschließen.«

»Ausschließen ist ein sehr hartes Wort.«

»Aber darauf läuft es doch hinaus, oder nicht?«

Die Stimme der Mutter Oberin nahm einen sanfteren Ton an. »Es ist meine Pflicht, dich auf deine Situation hinzuweisen, wenn du uns verläßt, und dich über die Haltung der Kirche in diesen Dingen zu informieren.« *Sie werden mir eine Anstellung verweigern? Obwohl ich eine qualifizierte Lehrerin bin und Schwester Agnes mich sogar als eine ihrer besten bezeichnet?* Der Gedanke traf Schwester Regina wie ein Stromstoß. Schwester Agnes sagte es zwar nicht, aber es war ganz klar: Die Kirche fürchtete, wenn sie den Orden einmal verlassen hatte, könnte sie andere Nonnen beeinflussen, ebenfalls fortzugehen. Ihre Anwesenheit wäre eine ständige Erinnerung daran, daß diese Möglichkeit existierte. Sie kämpfte noch immer mit dieser Neuigkeit, als Schwester Agnes sie fragte: »Wird deine Familie dir dabei helfen, im Leben draußen wieder Fuß zu fassen?«

»Ich ... ich weiß es nicht. Sie sind nicht besonders wohlhabend. Sie sind ganz gewöhnliche Farmer, die hart arbeiten, um durchzukommen.«

»Nun, ja ... diese Dinge wollen überlegt sein.«

Was Schwester Agnes damit andeutete, war die Tatsache, daß eine Nonne, die ihren Orden verließ, kaum etwas ihr eigen nennen konnte, denn aller Besitz gehörte der Gemeinschaft, selbst die Geschenke, die die Nonnen über die Jahre erhalten hatten. Ihre Bestimmungen ließen es nicht zu, daß einzelne Geld oder weltliche Dinge besaßen.

»Ich werde wohl einen Schritt nach dem anderen tun müssen«, antwortete Schwester Regina. »Ich dachte, ich spreche zuerst mit Ihnen, dann mit meiner Familie, dann mit jenen Personen, zu denen ich gehen muß, um den offiziellen Weg einzuschlagen.«

»Das wäre die Äbtissin Schwester Vincent de Paul im Kloster St. Ben. Du mußt zu ihr gehen, ihr sagen, was du entschieden hast, und ein Formular ausfüllen, in dem du die Dispensierung von deinem Gelübde beantragst. Sie wird es dem Kardinal zukommen lassen, der es dann seinerseits an den Heiligen Vater in Rom weiterleitet.«

»Und dann ... während ich auf Antwort warte? Was geschieht solange?«

»Du kommst hierher zurück und machst weiter wie zuvor, so lange, bis der Heilige Vater die Papiere unterzeichnet hat und sie zurückschickt.«

»Und das dauert ungefähr sechs Monate?«

»Ungefähr.«

»Ich verstehe.« *Es gibt ja noch die öffentlichen Schulen,* dachte Regina. *Ich könnte immer noch an den öffentlichen Schulen unterrichten.* Aber die Idee, an einem Ort zu unterrichten, wo die Gebete keine wichtige Rolle spielten, gefiel ihr nicht. Sie wollte sich nicht allzu weit von den religiösen Strukturen entfernen, so wie sich ein Kind, das zum erstenmal alleine schwimmen geht, wünscht, eine Rettungsboje möge neben ihm im Wasser treiben.

»Das heißt, daß ich noch genügend Zeit habe, über meine

Zukunft nachzudenken, wenn ich bei Schwester Vincent de Paul war.«

»Ja, ich denke schon.«

Nun schienen sie alles Wichtige besprochen zu haben, aber Schwester Regina wartete noch auf eine Erlaubnis.

»Und was ist mit dem Besuch bei meiner Familie in den Weihnachtsferien?« Schwester Agnes machte ein trauriges Gesicht. Trotzdem überwand sie sich zu einem schwachen Lächeln und sagte:

»Du hast meine Erlaubnis.«

Schwester Regina streckte ihre Hand aus und berührte die ältere Frau am Ärmel.

»Bitte seien Sie nicht traurig meinetwegen, Schwester Oberin.«

Schwester Agnes legte ihre warme Hand über die Schwester Reginas und tätschelte sie sacht: »Überstürze nichts, Schwester Regina. Überstürze nur nichts. Du mußt ganz, ganz sicher sein, daß du die richtige Entscheidung triffst.«

»Das verspreche ich.« Sie lächelte. »Vielleicht dauert es deshalb sechs Monate ... damit man die Möglichkeit hat, noch mal über alles nachzudenken.«

»Ja, ... nun ...« Ihre Hände lösten sich, und sie faltete sie wieder im Schoß. »Bitte knie nieder, damit ich dich segnen kann.«

Vor Schwester Agnes kniend, spürte Schwester Regina die leichte Berührung auf ihrem Kopf. Ein Moment verstrich. Spürte sie ein leichtes Zittern in der Hand der Mutter Oberin?

Schwester Agnes holte tief Luft und sagte mit einer Stimme, die eigentlich nur noch ein Flüstern war: »Guter und gütiger Jesus ...«

Und wenn sie auch Gott um Hilfe bei der Entscheidung bat, die Schwester Regina in den nächsten Wochen treffen würde, so stand der Entschluß doch bereits fest. Nun, da sie genau wußte, was sie zu tun hatte, entschloß sich Schwester Regina, noch vor den Weihnachtsferien ins Kloster St. Ben zu gehen und das Formular zu unterschreiben, das sie von ihrem Gelübde befreien würde.

14

Am Freitag, dem 15. Dezember, war der letzte Schultag vor den Weihnachtsferien, die bis Dienstag, 2. Januar, dauern sollten. Da Eddie während der Ferien arbeiten mußte, war vorgesehen, daß die beiden Mädchen die erste Ferienwoche bei Großpapa und Großmama Pribil und die zweite Woche bei Opa und Oma Olczak verbringen sollten. Nach einer trübseligen Woche, in der Eddie zu Hause den Weihnachtsbaum aufgestellt und sich alle erdenkliche Mühe gegeben hatte, aus der Weihnachtszeit, die nur schmerzliche Erinnerungen an Krystyna weckte, eine fröhliche Sache zu machen, gab er schließlich dem Drängeln der Mädchen nach und brachte sie am späten Freitagnachmittag zu Großmutter Pribil. Krystynas Mutter hielt sich tapfer und versuchte fröhlich zu erscheinen. Sie versicherte den Mädchen, daß sie mit ihnen Weihnachtsplätzchen backen und für sie *pirogis* und *kolach* mit viel *psypka* kochen würde, genau wie ihre Mutter das immer getan hatte. Und draußen in der Scheune, so erzählte sie weiter, hätte eine Katze gerade vier Kätzchen geboren, und die Mädchen könnten sich eines aussuchen, es mit ins Haus bringen und ihm neben dem Kamin ein gemütliches Plätzchen einrichten. Und vielleicht könnten sie ihren Vater fragen, ob sie es später mitnehmen und behalten dürften.

Großvater Pribil begleitete die Mädchen in die Scheune, und sie suchten sich ein flauschiges getigertes Kätzchen aus, dessen Schwanz so gerade war wie eine Stange Spargel. Tante Irene meinte, das Kätzchen habe die gleiche Farbe wie gebrannter Zucker, und so beschlossen die beiden Mädchen, es »Sugar« zu nennen.

Eddie fühlte sich nun nicht mehr unwohl in der Gesellschaft von Irene. Als er ankam, umarmte er sie, gab ihr einen Kuß auf die Wange und fühlte sich endlich frei von den Zwängen der letzten Monate. Sie konnten wieder Freunde sein, einfach Freunde. Nach einem wunderbaren selbstgekochten Essen – Irene hatte ihrer Mutter bei der Zubereitung geholfen – brachte sie eine Flasche Stachelbeerwein und Spielkarten und sagte: »Was meinst du, Eddie, sollen wir es mit Mama und Papa aufnehmen und eine Runde Karten spielen?«

Also spielten Eddie und sie zusammen. Sie verbrachten einen langen Abend in der warmen Küche, spielten Karten und tranken Wein. Als Eddie meinte, es wäre Zeit, nach Hause zu gehen, ließ er die beiden Mädchen in dicke Federbetten gekuschelt zurück, und Sugar lag zwischen ihnen: Es stand nicht zur Diskussion, daß die Katze neben dem Kamin schlafen würde.

Das Haus der Pribils hatte eine kleine, ungeschützte Veranda, die an die Küche angebaut war. Dort standen im Sommer die Waschmaschine und im Winter Fässer mit gefrorenem Fleisch. Mary warf sich einen unförmigen, blauen Pullover über ihr Hauskleid und begleitete Eddie bis zur Veranda, um ihn zu verabschieden. Oben an der Treppe blieben sie stehen und blickten zu Eddies Lieferwagen hinaus. Auf dem grünen Lack hatte sich eine dünne Schneeschicht gebildet, und am Himmel schien ein trübblauer Mond hinter hellen Flocken, die leise wie Daunen herabschwebten.

Eddie legte seiner Schwiegermutter den Arm um die Schultern und drückte sie fest an sich.

»Oh Mary …«, seufzte er. »Wie sollen wir nur mit all dem fertig werden?«

»Ich weiß es nicht, Eddie. Ich weiß es auch nicht.«

»Ich habe zwar einen Weihnachtsbaum aufgestellt, aber mit dem Herzen war ich nicht dabei.«

»Ich weiß. Ich weiß.«

Er drückte sie noch einmal. »Ich bin dir sehr dankbar, daß die Mädchen diese Woche bei euch verbringen können.«

»Oh, das ist doch selbstverständlich, Eddie. Das ist doch das beste, was uns passieren kann, daß die beiden Mädchen zu Besuch kommen.«

»Du und Irene, ihr werdet sie diese Woche so richtig verwöhnen, das weiß ich.«

»Darauf kannst du wetten. Wir werden unser Bestes tun.«

»Und Pa auch.«

»Ja, Pa auch. Er redet nicht viel darüber, aber er vermißt Krystyna schrecklich. Weißt du, sie war immer ein bißchen seine Lieblingstochter.« Krystynas Vater trat hinter ihnen auf die Veranda und warf sich dabei eine abgenützte Arbeitsjacke aus Jeansstoff über die Schultern.

»Ich gehe besser noch mal in den Stall und schaue nach den Tieren.« Im Vorbeigehen legte er Eddie seine schwere Hand auf die Schulter: »Gute Nacht, mein Sohn.«

»Gute Nacht, Pa. Und herzlichen Dank für alles.«

Richard war bereits ein Stück den Weg zum Stall hinuntergegangen und hob die Hand zum Gruß, ohne sich noch einmal umzusehen. Eddie und Mary sahen ihm von den Stufen aus nach. Mit leicht gebeugtem Rücken ging er zum Stall, während hinter ihnen in der Küche Irene Weingläser und Karten wegräumte und den Küchentisch abwischte.

Mary sagte: »Richard und ich, wir hatten ein bißchen gehofft, du und Irene ..., aber in letzter Zeit habe ich den Eindruck – nun, als wäre etwas geschehen.«

»Ja. Es würde niemals funktionieren, Mary.«

»Entschuldige, daß ich davon angefangen habe. Ich weiß, du kannst Krystyna nicht einfach so ersetzen.«

»Nein.« Eddie seufzte und nahm den Arm von Marys Schultern. »Ich mache mich jetzt besser auf den Weg. Ich muß ja in der Frühe die Glocken läuten.« Sie drückten sich und wünschten einander Gute Nacht.

»Mach's gut«, sagte er.

Mary kämpfte wieder mit den Tränen, erwiderte aber nichts mehr.

Vom Küchenfenster aus sah Irene zu, wie Eddie zu seinem Lieferwagen ging, einstieg, den Motor anließ und auf dem Hof wendete. Sie beobachtete ihn und empfand dabei eine solche Sehnsucht, daß ihr die Tränen in die Augen schossen und sie das Gefühl hatte, ihr Herz müsse zerspringen. Sie sah ihm noch immer nach, als er langsam die Einfahrt hinunterrollte und in die Kiesstraße einbog. Sein Wagen hinterließ breite Spuren im Schnee.

Am nächsten Tag arbeitete Eddie in dem verlassenen Schulhaus. Er entfernte alle Weihnachtsbäume aus den Klassenzimmern und steckte sie in den Verbrennungsofen neben Pater Kuzdeks Garage. Gemeinsam mit Romaines Sohn Joey trug er alle zusammenklappbaren Holzstühle aus dem Lagerraum im hinteren Teil der Turnhalle heraus und schrubbte und wachste den Boden. Anschließend kam der Boden der Turnhalle an die Reihe.

Seine Arbeitstage waren mit sich ständig wiederholenden Aufgaben wie diesen gänzlich ausgefüllt, vor allem jetzt im Winter, wenn der alte Hochofen lief. Jeden Tag ölte er die Wasserpumpen und kontrollierte zweimal täglich den Wasserstand im Innern des Boilers, den er konstant bei zwei Metern hielt. Auch vergewisserte er sich stets, daß die Temperatur nie über 55 °C stieg. Immer wenn der Hochofen zu hämmern begann, und das tat er bei sehr kaltem Wetter häufig, mußte er die Luftventile an den Heizkörpern öffnen, um den Luftdruck auszugleichen. Jeden Abend füllte er dann den Einfülltrichter mit Kohle für die Nacht.

Dies tat er gerade, als Romaine ihn an jenem Nachmittag im Kohlenlager antraf.

»Hey, kleiner Bruder, ich hab dich schon gesucht.«

Eddie hörte auf zu schaufeln und schob sich seine blaugestreifte Arbeitsmütze in den Nacken: »Ja? Was ist denn los?«

»Es ist Samstagnachmittag, und da deine Mädchen draußen auf der Farm sind, dachte ich mir, wir könnten auf einen Sprung in der Kneipe vorbeischauen und einen trinken.«

»Ja, klar. Warum nicht? Nimm doch die Schaufel dort drüben und hilf mir schnell mit der Kohle, dann kommen wir ein bißchen früher hier raus.«

Als sie den Trichter ganz aufgefüllt hatten, kontrollierte Eddie ein letztes Mal die Temperaturanzeige und die Wasserpumpe, und dann stiegen sie in Eddies Lieferwagen und fuhren die kurze Strecke bis zur Kneipe. Es war einer dieser grauen, trüben Tage, an denen einem der Wind in die Hosenbeine kriecht und den Kragen ins Gesicht schlägt. Drinnen in der nur schwach durch Neonwerbung beleuchteten Kneipe war die Luft verraucht und abgestanden. Die immer gleichen Betrunkenen saßen auf ihren Stammplätzen, wie jeden Tag. Im hinteren Teil der Bar machten ein paar Männer ein Würfelspiel; aus der Jukebox sang Vaughn Monroe *Ghost Riders in the Sky*. An der Wand hinten links war eine Leine gespannt, an der kleine Werbezettel hingen. Sie warben für die verschiedenen Tanzbands, die an Silvester in den Kneipen der Gegend spielen würden.

Auf einer Anzeige sah man Ralph Bellamy, wie er eine Camel rauchte, und von einem alten Werbeplakat grinste Slip Walter herunter, der sich einmal für den Posten des Sheriffs beworben hatte. Im Clarissa-Theater spielten Spencer Tracy und Katherine Hepburn in *Adam's Rib*, und in Long Prairie lief *Ma and Pa Kettle go to Town*. Aber in der Dorfkneipe herrschte die gleiche trübe Stimmung wie jeden Tag.

Romaine bestellte einen Whiskey Soda.

Eddie bestellte eine Flasche Grain-Belt-Bier.

Ihre Drinks kamen. Sie prosteten einander zu und tranken.

Romaine stellte sein Glas ab und fragte: »Und wie geht es dir, Eddie?«

»Ziemlich bescheiden«, antwortete Eddie.

»Das liegt an der Jahreszeit. Das muß hart für dich sein.«

»Ja, da hast du recht. Wer spielt schon gern ganz allein den Weihnachtsmann?«

»Rose meint, du und die Kinder, ihr solltet am Weihnachtsabend zu uns nach Hause kommen, dann könnten die Mädchen ihre Geschenke gemeinsam mit unseren Kindern aufmachen. Ihr könntet alle nach der Mitternachtsmesse herüberkommen und bei uns übernachten. Was hältst du denn davon?«

»Ich denke, den Mädchen würde das gefallen ... aber ich weiß nicht.«

»Warum fragst du sie nicht?«

»Ich weiß schon, was Lucy sagen wird: Wie soll uns denn dann der Weihnachtsmann in Tante Rosies Haus finden?«

Romaine lachte: »Das ist allerdings ein Problem, aber ich bin sicher, dir fällt eine passende Antwort ein.«

Die Tür ging auf, und einer der Männer aus der Gegend, Louie Kulick, kam herein. Er setzte sich auf einen Barhocker neben Eddie und fragte: »Wo will denn Schwester Regina hin?«

»Wie meinst du das?«

»Na, sie steht da draußen und wartet auf einen Bus.«

Eddie sprang auf und spähte in Richtung der Tür.

»Tatsächlich.«

»Sie ist ganz alleine, das ist merkwürdig.« Die Nonnen reisten immer zu zweit, das wußte jeder.

Eddie stellte seine Bierflasche auf dem Tresen ab und sagte: »Bin gleich zurück, Romaine.«

Der Wind blies so stark gegen die Glastür, daß sie nach innen aufging.

Unter dem Greyhound-Schild, das an Dan und Mary Jonczkowskis Restaurant nebenan angebracht war, stand Schwester Regina auf dem Gehweg und hatte einen kleinen Koffer neben ihre Füße gestellt.

Um ihren Hals hatte sie einen dicken schwarzen selbstgestrickten Umhang geschlungen, der ihren Schleier daran hinderte, wegzufliegen. Trotzdem bauschte er sich so kräftig im Wind, daß sie aussah, als wäre sie an Ort und Stelle festgefroren. Sie zitterte in der kalten Dämmerung und sah erwartungsvoll nach Norden, in der Hoffnung, ein Bus nähere sich.

»Schwester Regina?« sagte er hinter ihr.

Beim Klang seiner Stimme fuhr sie herum und sagte atemlos: »Oh, Mister Olczak!«

»Warten Sie auf den Bus?«

»Ja, aber wie es aussieht, hat er Verspätung.«

»Warum warten Sie nicht drinnen?«

Sie sah zum Restaurant hinüber und lächelte ihn statt einer Antwort nur schwach an.

»Oh«, sagte er. »Das Bier.« Das Restaurant an der Bushaltestelle war gleichzeitig auch eine Bar.

»Es geht mir gut hier draußen.«

»Sie erfrieren!«

Sie lächelte nur und blickte wieder in Richtung Norden.

»Schwester, es ist ... ich meine, entschuldigen Sie, daß ich so direkt frage, aber sind Sie ganz alleine? Reist denn niemand mit Ihnen?«

»Ich bin heute alleine unterwegs, Mister Olczak.«

»Oh.« Das Erstaunen stand ihm ins Gesicht geschrieben, deshalb entschloß sie sich, ihm den Rest zu erzählen: »Ich fahre über Weihnachten nach Hause zu meiner Familie.«

Ein Lächeln erschien auf seinem Gesicht.

»Ah, das ist aber schön. Sie kommen, wenn ich mich recht erinnere, irgendwo aus der Gegend von Foley, stimmt's?«

»Ja, meine Eltern haben eine Farm in der Nähe von Gilman.«

»Ach ja, genau, Gilman.«

Er überschlug die Entfernung im Kopf und schätzte, daß man ungefähr eineinhalb bis zwei Stunden nach Gilman brauchte – das hieß, falls der Bus überhaupt bis dorthin fuhr. Im allgemeinen hielt der Greyhound nämlich nicht in jedem kleinen Dorf, sondern nur in den größeren Städten und an Hauptverkehrsadern. Wenn man alle Zwischenstops und vielleicht ein Umsteigen in St. Cloud mitrechnete, so hatte sie Glück, wenn sie um zehn Uhr abends an ihrem Bestimmungsort ankäme.

»Können Sie denn die ganze Strecke mit dem Bus fahren? Ich meine, bis nach Gilman?«

»Nicht ganz.«

»Bis wohin denn?«

»Sie brauchen sich um mich keine Sorgen zu machen, Mister Olczak.«

»Bis wohin, Schwester? St. Cloud? Foley?«

Sie blickte wieder nordwärts. Ihr Schleier wurde von dem starken Wind hochgewirbelt. Er stand neben ihr, ließ nicht locker: »Und von dort aus, wie kommen Sie auf die Farm? Darf ich Sie nicht hinbringen, Schwester?«

»O nein, Mr. Olczak.« Sie drehte sich zu ihm um, und er meinte, einen Anflug von Panik in ihrer Stimme zu hören. »Ich habe meine Fahrkarte schon gekauft. Der Bus kommt auch gleich, da bin ich sicher.«

»Ich kann Sie direkt zur Farm Ihrer Familie bringen. Lassen Sie mich doch.« Seine Stimme wurde weicher: »Bitte.«

Sie standen im grauen Dunst der Abenddämmerung. Das Licht, das aus dem Restaurantfenster fiel, zeichnete die Konturen ihrer Gesichter nach. Mit ihren Händen, die in schwarzen Handschuhen steckten, hielt sie noch immer ihren schwarzen Strickumhang zusammen. Er hatte seine in die Seitentaschen seiner sehr alten marineblauen Wolljacke gesteckt. »Wo sind Ihre Kinder?« fragte sie.

»Draußen bei ihren Großeltern Pribil. Und mein Haus ist so verlassen, daß ich nicht einmal Lust habe, die Lichter am Weihnachtsbaum anzuzünden. Deshalb sitze ich in dieser Kneipe mit einer Gruppe anderer einsamer Männer, die eigentlich zu Hause bei ihren Frauen sein sollten. Nur daß sie zu dumm sind, um zu wissen, was sie an ihnen haben und lieber hier sitzen und sich vollaufen lassen. Lassen Sie mich Sie fahren ... Bitte, Schwester.«

Sie wünschte sich nur allzu sehr, ja zu sagen, aber sie konnte nicht. Sie sah zur Seite und sagte zu ihm: »Das darf ich nicht. Nicht ohne eine zweite Person.«

»Ich werde Romaines Auto nehmen. Sie können hinten sitzen. Ich werde Sie direkt bis vor die Türe Ihrer Eltern bringen.«

Sie steckte ihre Hände unter den Strickumhang und zog ihn sich über Mund und Kinn. Wieder starrte sie nordwärts auf die große Straße, wo noch immer kein Bus in Sicht war.

»Erwarten Ihre Eltern Sie?« insistierte er.

An der Art, wie sie in die Ferne starrte, und weil sie ihm keine Antwort gab, konnte er erkennen, daß sie es nicht taten.

»Haben sie Telefon?« fragte er. Immer noch keine Antwort, deshalb fuhr er fort: »Sie haben kein Telefon, nicht wahr?« Nur wenige Farmer hatten einen Telefonanschluß. In ganz Minnesota gab es kaum Telefonleitungen auf dem Land.

»Ich habe einen Onkel in Foley«, antwortete sie schließlich. »Ich bin sicher, er würde mich auf die Farm hinausbringen.«

Die Straßenlaternen gingen an. Ein Mann kam aus der Kneipe getorkelt und setzte seinen Weg auf der anderen Straßenseite fort.

Eddies Geduldsfaden begann langsam zu reißen. Es war ihm nie vorher aufgefallen, wie dickköpfig sie sein konnte.

»Entschuldigen Sie mich, aber das ist ziemlich dumm von Ihnen, Schwester, daß Sie hier auf einen Bus warten wollen, der Verspätung hat, bei dem Wetter, um dann in St. Cloud oder in Foley – oder in beiden Dörfern – herumzuwandern, mitten in der Nacht, ohne zu wissen, wann Sie nach Hause kommen. Hätte Krystyna das zugelassen? Nun, ich werde es auch nicht zulassen. Sie warten hier, ich bin gleich zurück.«

Er ging zurück in die Kneipe und sagte zu Romaine: »Ich brauche mal dein Auto. Jemand muß Schwester Regina nach Gilman bringen, und dafür nehme ich besser nicht meinen Lieferwagen. Kannst du für mich um sechs das Abendgebet einläuten?«

»Na klar.«

»Danke. Falls du meinen Lieferwagen brauchst, nimm ihn. Die Schlüssel stecken.«

Romaines Auto war auf der anderen Straßenseite geparkt, die Schlüssel steckten im Zündschloß. Eddie wendete, machte einen Bogen zurück und stieg neben der Schwester aus. Er stellte ihren Koffer auf den Rücksitz und ließ sie daneben einsteigen, wobei er sie nur kurz am Arm berührte. Dann machte er die Wagentür zu.

Als er wieder hinter dem Steuer saß, sagte er: »Dort hinten liegt eine Decke. Legen Sie sie sich besser über die Beine, denn es kann eine Weile dauern, bis die Heizung warm wird, und selbst dann kommt nicht sehr viel Wärme nach hinten.«

Sie bedeckte ihre Beine und sah, wie die Schneeflocken im Lichtkegel der Scheinwerfer auseinanderstoben. Und sie verzweifelte über dem Gedanken, daß sie der Mutter Oberin das Geld für die Fahrkarte zurückgeben mußte. Sie hatte sie um dieses Geld bitten müssen, so lauteten die Regeln ihres Ordens. Wann immer eine Nonne für ein spezielles Bedürfnis um Geld bat, mußte die Mutter Oberin beurteilen, ob sie von dem gemeinsamen Besitz etwas bekommen sollte oder nicht. Es war Schwester Regina unangenehm gewesen, um das Geld zu bitten: in letzter Konsequenz diente es ihr dazu, den Orden zu verlassen. Wenn sie nach den Weihnachtsferien zurückkäme, müßte sie sich die Fahrkarte rückerstatten lassen und der Mutter Oberin das Geld geben. Dann würde sie gestehen müssen, daß sie mit Mr. Olczak mitgefahren war, und zwar ohne Begleitung.

»Wie sieht es aus bei Ihnen?« fragte er. »Ist es warm genug?«

»Ja, es wird schön warm, danke.«

»Ich dachte, ich fahre bis Long Prairie und nehme dann die Straße Richtung Osten nach Pierz und dann südlich nach Foley. Wie weit ist Gilman von Foley entfernt?«

»Nur ein paar Meilen weiter in die gleiche Richtung.«

»Gut. Dann dirigieren Sie mich, wenn wir dort sind.«

Danach fuhr er schweigend weiter.

Sie konnte den Umriß seines Kopfes vor der Windschutzscheibe sehen, seine Mütze, sein rechtes Ohr, seine rechte Schulter. Schlimm genug, daß sie die Heilige Regel mit jeder Meile, die sie weiterfuhren, brach, aber jetzt hatte sie auch noch verbotene Gedanken an ihn. Die körperliche Anziehungskraft, die er auf sie ausübte, seine nachdenkliche Art, seine Einsamkeit und seine unglaubliche Hilfsbereitschaft versetzten ihr einen heftigen Stich ins Herz. Es schien ihr kaum vorstellbar, aber in nur sechs Monaten könnte sie jederzeit ein solch banales Vergnügen genießen. Sie könnte mit jedem Mann, den sie mochte, in einem Auto fahren, wann immer sie Lust dazu hatte.

Was würde geschehen, wenn er wüßte, daß sie sich von ihrem Gelübde lösen wollte? Was würde er sagen? Wie würde er auf diese Neuigkeit reagieren? Sie fühlte sich beinahe körperlos, ein schwebendes Gefühl der Unwirklichkeit überkam sie, als könnte es gar nicht sie sein, die da in diesem Auto mitfuhr. Als wäre es gar nicht sie gewesen, die eben noch dort auf dem Gehweg gestanden und ihm erlaubt hatte, eine Entscheidung für sie zu treffen, die ihren drei Gelübden aufs schärfste widersprach. Gehorsam hätte bedeutet, mit dem Bus zu fahren, so wie die Mutter Oberin das von ihr erwartete. Armut hätte bedeutet, die weniger bequeme Art des Reisens auf sich zu nehmen. Keuschheit – oje, sie schien ihr Keuschheitsgelübde schon Hunderte Male gebrochen zu haben, seit dem letzten September, als Eddie Olczaks Frau gestorben war.

Die Wahrheit war, daß sie ihm nur zu gerne erzählt hätte, warum sie nach Hause fuhr. Aber sie war noch für mindestens ein halbes Jahr Nonne, und während dieser Zeit hatte sie sich an die Regeln des Ordens zu halten.

Sie strengte sich an, ihre Gedanken rein zu halten, und sah ihn nicht mehr an. Über dem Armaturenbrett baumelte ein St.-Christopherus-Medaillon. Das fixierte sie statt dessen.

Dann kramte sie nach ihrem Rosenkranz in ihrem Gewand, tief drinnen, wo es warm und gemütlich war. Das hatte sie der Decke zu verdanken, die er ihr in seiner Hilfsbereitschaft gegeben hatte. Sie hielt sich an den hölzernen Perlen fest, ließ sie durch ihre behandschuhten Finger gleiten.

Lieber Gott, laß mich schweigen.
Laß es mich ihm nicht erzählen.
Ich darf es ihm nicht erzählen.
Es wäre falsch, es ihm zu erzählen.

Bei Long Prairie bogen sie links ab und fuhren durch das flache Farmland, das sich zwischen diesem Ort und Little Falls erstreckte – fünfundzwanzig Meilen Dunkelheit, die nur von den Scheinwerfern, dem fallenden Schnee und ab und zu dem Licht einer Scheune erhellt wurde.

Sie hatte sich so an die Stille gewöhnt, daß sie zusammenzuckte, als er sie fragte: »Schwester, darf ich mit Ihnen sprechen?«

»Worüber, Mister Olczak?«

»Über den Tag, an dem Sie Schwester Mary Charles verboten haben, Anne zu schlagen.« Er wartete eine Weile, aber als sie nicht antwortete, fuhr er fort: »Ich meine, ich möchte nicht, daß Sie wieder sündigen müssen oder so etwas, aber Sie haben gesagt, Sie seien nicht in Schwierigkeiten geraten, weil Sie sich eingemischt hätten, aber das glaube ich nicht ganz. Werden sie Sie ... nun ... ich weiß nicht genau, wie ich es sagen soll ... bringen sie Sie fort oder so etwas?«

»Mich fortbringen?«

»Ich meine – schicken sie Sie weg, weil Sie mit Schwester Mary Charles aneinandergeraten sind?«

»O Gott, nein, Mr. Olzcak! So etwas würden sie nie tun.«

»Aber warum gehen Sie dann nach Hause?«

»Das habe ich Ihnen doch gesagt. Um Weihnachten mit meiner Familie zu verbringen.«

»Zufällig weiß ich aber, Schwester, daß Sie nicht einfach nach Hause gehen dürfen, höchstens alle fünf Jahre oder noch seltener.«

»Fünf.«

»Fünf?«

»Alle fünf Jahre. Wir dürfen alle fünf Jahre nach Hause gehen.«

»Einmal alle fünf Jahre ...«, flüsterte er erschrocken. »Aber Schwester, das ist ja schrecklich! Es ist doch Ihre Familie!«

Er räusperte sich und setzte sich aufrechter.

»Entschuldigen Sie bitte, Schwester. Es ist nur, daß ich nicht wüßte, was ich täte, falls mir jemand sagen würde, ich dürfte meine Familie nur alle fünf Jahre sehen.«

»Meine religiöse Gemeinschaft ist meine Familie.«

»Es muß trotzdem hart sein. Und ich sehe nicht ein,

warum man Ihnen das antut.« Er dachte eine Weile nach, dann fragte er: »War das nicht vor ungefähr zwei Jahren, als Krystyna Sie anläßlich der silbernen Hochzeit Ihrer Eltern nach Hause gebracht und Schwester Dora Sie begleitet hat?«

Sie antwortete nicht, deshalb drehte er den Rückspiegel so, daß er sie darin sehen konnte. Im Glanz der Scheinwerfer konnte er ihre Gesichtszüge nur andeutungsweise erkennen, aber die hellen Lichtpunkte in ihren Augen sagten ihm, daß sie direkt in den Spiegel blickte.

»Wenn Sie erst vor zwei Jahren zu Hause waren, weshalb lassen sie Sie jetzt schon wieder gehen? Das hat doch etwas mit meinen Kindern zu tun, nicht wahr?« insistierte er. »Sie haben Ihnen einen Verweis dafür erteilt, daß Sie sich für sie eingesetzt haben, nicht wahr?«

»Nein, Mr. Olczak. Ich habe Ihnen gesagt ... nein.«

»Verzeihen Sie, Schwester. Ich möchte nicht unhöflich sein, aber ich glaube Ihnen nicht.«

Eine Weile starrten sie auf das verschwommene Abbild, das sie einer vom anderen im Rückspiegel erkennen konnten. Dann stellte er den Rückspiegel wieder normal ein, und sie fuhren schweigend weiter.

Sie sehnte sich danach, ihm alles zu erzählen. Aber das durfte sie nicht. Wenn man seinen Orden verließ, so geschah das unter dem Mantel der Verschwiegenheit. Wahrscheinlich um die Kirche vor negativer Nachrede zu schützen, vermutete sie. Es gab in ihrer Regel ein Kapitel zu diesem Thema, das sie im letzten Jahr sehr häufig gelesen hatte. Dort stand ziemlich klar, daß man die Heilige Regel und die Klosterbestimmungen so lange strikt befolgen mußte, bis man offiziell aus der Bindung an den Orden entlassen wurde. Den Rest des Weges fuhren sie, ohne viele Worte zu wechseln. In Little Falls mußten sie vor der Überfahrt über den Mississippi warten, bis ein Güterzug vorbeigefahren war, und während er vorbeiratterte, saßen sie still im Scheinwerferlicht des Autos hinter ihnen. Das Vibrieren des schnellen Zuges war durch die Autositze hindurch zu spüren und spannte ihre Nerven noch zusätzlich an. Schweigend starrten sie auf den blitzenden Zug und die Güterwagen, auf den losen Schnee, der von den Schienen aufgewirbelt wurde, und auf die blinkenden roten Lichter der schwarz-weiß gestreiften Schranke, die sie aufgehalten hatte.

Und dachten an Krystyna, wie sie von dem Zug erfaßt worden war.

Und dachten aneinander.

Das Gewicht ihrer gegenseitigen Anziehung lastete plötzlich so schwer auf ihnen, daß sie das Gefühl hatten, als würden diese Räder direkt über ihre Brust rollen.

»Hier ist es«, sagte sie jetzt nach fünfundvierzigminütigem Schweigen, das nur von ihren Richtungsangaben unterbrochen worden war: »Halten Sie bitte dort bei den Apfelbäumen an.«

Ein Hund begann zu bellen, und im Hof ging ein Licht an.

Eddie hielt an, wie sie ihm geheißen hatte, stellte den Motor ab und löschte die Scheinwerfer.

Dann drehte er sich zu ihr um und sah sie an: »Hören Sie, Schwester, es tut mir leid.«

»Es gibt nichts, was Ihnen leid tun müßte, Mr. Olczak. Ich bin Ihnen dankbar, daß …«

»Doch! Es gibt etwas!«

Als sie die Decke zusammenfaltete, ergriff er ihren Arm. Trotz ihrer dicken Kleidung traf sie beide die körperliche Berührung wie ein Schlag.

»Nicht … nicht …!«

Seine Augen blitzten vor Enttäuschung, als er sie anstarrte und überlegte, was er sagen sollte. *Nenn mich nicht Mr. Olczak – nicht mehr!* »Was meinen Sie mit *nicht*?«

»Es gibt etwas, das …« Er war so verwirrt über das, was mit ihnen geschah, daß er nicht weiterreden konnte. Es wußte nicht, woran er sich halten konnte; wie verhielt man sich, wenn man sich in eine Nonne verliebte?

»Ich muß hineingehen«, sagte sie ruhig, so wie er es von ihr gewohnt war. Sie befreite ihren Arm aus seinem Griff, und sagte nur: »Meine Familie wird sich fragen, wer hier draußen ist.«

»Schwester, bitte …«, sagte er unglücklich. »Ich habe mich noch nie mit einer Nonne gestritten, jedenfalls nicht mit einer, die ich mochte. Ich hätte nicht sagen dürfen, was ich gesagt habe. Es tut mir leid.«

Ihr war völlig klar, daß sie am besten mit dieser Situation fertig wurde, wenn sie so tat, als sei nichts Gravierendes vorgefallen – keine Anziehung, kein Streit, keine Berührung: »Ich danke Ihnen, daß Sie mich so weit gefahren haben. Ich hoffe, Sie kommen gut wieder nach Hause.« Sie legte die gefaltete Decke neben sich auf den Rücksitz. »Aber natürlich kommen Sie das. St. Christopher wacht über sie.«

»Sagen Sie mir nur wann, dann komme ich wieder und bringe Sie zurück«, bot er ihr an.

»Das wird nicht nötig sein. Ich muß auf dem Rückweg noch im Kloster St. Benedikt vorbei, und ich bin sicher, daß mein Vater mich fahren wird.«

»Na gut … also dann. Fröhliche Weihnachten.«

»Das wünsche ich Ihnen auch.«

Er stieg aus, öffnete ihr die Tür und nahm ihren Koffer. Als sie zum Haus gingen, umkreiste sie ein Hund, wedelte mit dem Schwanz und schnüffelte, und die Stimme einer Frau rief: »Jean, bist du das?«

»Ja, ich bin's, Mama.«

»O mein Gott, du bist es wirklich!«

Dann die Stimme eines Mannes, voller Überraschung und Unglauben: »Regina?«

Er sprach ihren Namen polnisch aus, und das *R* rollte er so, wie man das in Europa tat.

Die Eltern verließen den Schutz ihrer verglasten Veranda und eilten die Einfahrt hinunter. Eddie sah, wie sie Regina umarmten und mußte dabei immer wieder denken, *ihr Name ist Jean. Ihr Name ist Jean.* Ihr Vater versuchte, Eddie den Koffer abzunehmen, und sagte: »Lassen Sie mich das doch machen.«

»Nein, Sir, das geht schon in Ordnung. Ich trage ihn bis vors Haus.«

»Nun, wer sind Sie denn?« fragte der ältere Mann.

»Das ist Mr. Olczak, Daddy, unser Hausmeister im St. Joseph. Er war so nett, mich in dieser grausigen Nacht hierherzufahren.«

»Mr. Olczak.« Sie schüttelten sich die Hände. »Wir haben Ihren Namen schon gehört.«

Der Hund bellte. Die Mutter weinte.

Der Vater sagte: »Genug jetzt, Bertha. Wir gehen besser hinein, bevor wir noch alle erfrieren.«

Eddie wollte den Koffer auf der Treppe zur Veranda abstellen und sich dann schnell zurückziehen, aber Frank und Bertha Potlocki ließen das nicht zu.

Frank sagte: »Kommen Sie doch herein und wärmen Sie sich auf. Bertha macht Ihnen eine Tasse Kaffee, bevor Sie sich auf den Rückweg machen.«

»Wir bestehen darauf, Mr. Olczak«, sagte Bertha. Über den Schreck hatte sie ganz vergessen, höflich zu sein, und holte das schnell nach, um erneut in Überraschung auszubrechen: »Mein Gott, ich kann es gar nicht glauben! Unsere Jean kommt wie aus dem Nichts hereingeschneit!«

Die Küche war einfach, aber sehr sauber. Es gab einen gußeisernen Ofen und einen Tisch, der beinahe die Ausmaße eines Heuwagens hatte, gedrechselte Stühle und auf dem Boden einen abgenützten blauen Linoleumbelag.

Bertha Potlocki holte Kaffee aus der Speisekammer und füllte mit einer Schöpfkelle Wasser aus einem Eimer in einen Topf, während Frank die Kohlen im Ofen auflockerte und zwei Stücke Feuerholz nachlegte.

Dann saßen sie alle um den Tisch, und Bertha fragte ihre Tochter: »Wie lang kannst du bleiben?«

»Über Weihnachten.«

Eine Hand legte Bertha auf die ihrer Tochter, die andere hielt sie sich vor den Mund. Die Tränen, die ihr in die Augen schossen, zeigten deutlich, wie lange es her war, daß Jean das letzte Mal zu Hause gewesen war. »Du hättest uns sagen sollen, daß du kommst«, sagte Frank.

»Ich hätte dir einen Pflaumenkuchen backen können«, setzte Bertha hinzu.

»Wir werden ihn zusammen backen, Mutter. Ich helfe dir dabei.«

»Wenn deine Großmutter erst erfährt, daß du hier bist! O Jean, du hast ja keine Ahnung, wie diese Frau dich vermißt.«

»Wie geht es ihr?«

Während sie sich so unterhielten, wurde Eddie klar, daß Regina (Jean) Potlocki ganz ähnlich aufgewachsen war wie er, in einem großen Farmhaus, umgeben von Menschen, die sie liebten. Die Mutter mit einem Gesicht, das vom Kochen am Holzofen gerötet war, der Vater mit seinem weißen hutbedeckten Schopf, der sich selbst mitten im kalten Winter deutlich von seinem roten Gesicht abhob. Irgendwo auf der verglasten Veranda mußten sein Arbeitsanzug und seine Stiefel liegen, denn über dem Aroma des gerösteten Kaffees hing ein leichter Geruch nach Stall. Bertha verschwand durch eine Falltür im Küchenboden und kam mit einem Glas hausgemachter Pfirsichmarmelade wieder herauf. Aus der Speisekammer holte sie Teller und ein blaues Körbchen mit selbstgemachten Brötchen. Von der kalten Veranda brachte sie ein Tellerchen mit Butter und eine Schale dicker, frischer Sahne.

Eddie fragte sich erneut, wie es Schwester Regina nur ertragen hatte, so lange von ihnen getrennt zu sein.

Während Regina sich ein Brötchen mit Butter bestrich, fragte sie ihre Mutter: »Hast du vielleicht Stachelbeermarmelade?«

»Oh, wie konnte ich die nur vergessen!« Bertha sprang auf und verschwand noch einmal durch die Falltür, obwohl Regina protestierte: »Nein, nein, Mama, du mußt sie meinetwegen nicht extra holen!«

Aber Bertha war nicht aufzuhalten.

Sie tauchte mit einem Glas Stachelbeermarmelade wieder auf, die so klar und dunkel wie Wein war. Und Eddie beobachtete, wie Schwester Regina, die ihm gegenüber saß, ihre Hände faltete und mit einem Blick auf das Kruzifix an der Küchenwand ein schnelles Gebet sprach. Dann verschlang sie ihre Brötchen, die so wunderbar nach ihrem Zuhause schmeckten. Sie tat einen herzhaften Biß und blickte auf. Die Butter hing ihr in den Mundwinkeln, und sie sah, wie er sie lächelnd beobachtete.

Sie errötete.

Und sein Herz wollte zerspringen.

Und da fiel ihr ein, daß es ihr nicht erlaubt war, mit Menschen zu essen, die nicht zum Orden gehörten, aber das hausgemachte Brot ihrer Mutter und die Stachelbeermarmelade waren zu köstlich, als daß sie hätte widerstehen können.

Als Eddie sich verabschiedete, stand er mit Schwester Regina und ihren Eltern an der Türe und gab sich alle Mühe, seine wahren Gefühle zu verbergen. Hier in der Gesellschaft ihrer Familie, die sie liebte, kam sie ihm plötzlich wie ein ganz gewöhnlicher Mensch vor. Er hatte ihre Eltern kennengelernt. Er hatte das Haus gesehen, in dem sie aufgewachsen war. Er hatte sie dabei beobachtet, wie sie ein dick beschmiertes Brötchen gegessen hatte, wie ihr dabei die Butter in den

Mundwinkeln hängengeblieben war. Zwischen einer Nonne und einem Laien waren dies bereits Intimitäten. Und sich von ihr zu verabschieden, kam ihm auch intim vor. »Wenn Sie mir sagen, an welchem Tag Sie zurückkommen möchten, kann ich kommen und Sie hier abholen.«

»O nein, vielen Dank, Mr. Olczak. Daddy wird mich bringen, egal wo ich hin muß.«

»Darauf kannst du wetten, nicht wahr, Mutter? Bis nach Browerville und zurück, wenn sie das möchte.«

»Selbstverständlich. Ich danke Ihnen herzlich, daß Sie sie hergebracht haben«, fügte Bertha hinzu.

Frank schüttelte Eddie die Hand: »Kommen Sie gut nach Hause.«

»Das werde ich. Es sieht so aus, als würde der Schnee nachlassen.« Eddie blickte die Schwester an und verspürte den verrückten Wunsch, sie zu umarmen. Und er war der festen Überzeugung, daß sie sich nicht einmal dagegen wehren würde. Er setzte aber nur seine Mütze wieder auf.

»Fröhliche Weihnachten, Mr. Olczak«, sagte sie ruhig und hatte ihre Hände nun wieder, wie es sich gehörte, in die Ärmel gesteckt.

»Ihnen auch, Schwester.«

»Und Gott segne Sie.«

»Sie auch.« Er trat einen Schritt zurück, nickte noch einmal zum Abschied, öffnete die Tür und sagte: »Frank ... Bertha ... es war mir ein Vergnügen, Sie kennenzulernen.«

»Uns auch«, sagten sie. Er drehte sich um, ging in den Schnee, um nach Hause zu fahren, und fragte sich, ob es eine Todsünde sei, sich in eine Nonne zu verlieben.

15

Am nächsten Morgen ging Schwester Regina mit ihrer Familie in die St.-Peter-and-Paul-Kirche zur Neun-Uhr-Messe. Es hatte aufgehört zu schneien, und die Sonne schien. Die Schneepflüge hatten die Straßen geräumt, aber ein kräftiger Wind wirbelte den Schnee wieder auf und überzog die Straßen mit weißem Puder. Die Landschaft war Regina vertraut: Die Silos standen noch genauso da wie früher, als sie noch ein Kind war. Sie saß auf dem Rücksitz des 1938er Ford ihres Vaters und fragte sich: *Werde ich hier wieder leben? Werden sie mich wieder aufnehmen, falls nötig? Und wenn ja, wie lange werde ich hierbleiben?*

In der Kirche saßen sie in der fünften Reihe. Es waren immer noch dieselben Bänke, auf denen sie früher schon gesessen hatten. Sie waren gerade angekommen und knieten noch nieder, sprachen ihre stummen Gebete, als Großmutter Rosella in die Kirche kam. Als sie sich von ihren Gebeten wieder erhob und auf die Bank setzte, sah Regina sofort, daß ihre Großmutter sie schon von weitem entdeckt hatte, denn die alte Frau war ganz außer Atem und strahlte über das ganze Gesicht.

»Wer hätte das gedacht!« flüsterte sie und umarmte ihre Enkelin inniglich.

Dabei zog sie Regina aus Versehen beinahe den Schleier herunter: »Wo kommst *du* denn her?«

»Hallo, Großmutter.«

»Du solltest etwas mehr Rücksicht auf das Herz einer alten Frau nehmen.« Mehr sagte sie nicht: Rosella Potlocki sprach normalerweise nie in der Kirche. Die wenigen Worte, die sie gesagt hatte, waren nur Ausdruck ihrer großen Überraschung gewesen. Schließlich traf sie ihre Enkeltochter nicht jeden Tag in der Kirche.

Einmal mitten im Gottesdienst nahm sie Reginas Hand und drückte sie lang und fest, preßte sie heftig gegen ihren Körper. Ihr Blick blieb auf den Altar fixiert, aber ihre Liebe für Regina war so greifbar wie der weiche schwarze Stoff ihres Wintermantels.

Großmutter Rosella lebte in der Stadt nahe bei der Kirche, damit sie, wann immer sie wollte, zu Fuß zur Messe gehen konnte. Ihr Mann, ein Farmer im Ruhestand, verbrachte seine Tage in der Billardhalle mit Trinken und Spielen. Er hatte sich vor Jahren vom Katholizismus gelöst. Regina konnte sich nicht erinnern, daß er jemals in die Kirche gegangen wäre. Sie hatte ihm niemals nahegestanden, sondern sogar immer eine gewisse Furcht vor ihrem Großvater Potlocki verspürt. Er war ein mürrischer alter Mann, der Familientreffen scheute, immer unrasiert war, Kautabak auf die Straße spuckte und sie die wenigen Male, die er überhaupt mit ihr gesprochen hatte, »Girlie« genannt hatte.

Walter Potlockis Trunksucht und seine Gottlosigkeit hatten die Ehe schon vor Jahren zerstört. Er und seine Frau schliefen zwar noch unter dem gleichen Dach, aber in getrennten Zimmern. Ab und zu aßen sie zusammen am gleichen Tisch, hatten sich dabei aber kaum etwas zu sagen. Die meiste Zeit gingen sie beide ihrer eigenen Wege. Aus diesem Grund hatte Rosella Autofahren gelernt. Sie hatte zwar keinen Führerschein, hatte aber gelernt, wie man ein Auto auf der Straße halten mußte, um ihre Kinder besuchen zu können, wann immer sie wollte.

Nach dem Gottesdienst an diesem Sonntagmorgen war es selbstverständlich, daß sie direkt mit zu Frank und Bertha kam, dort mit ihnen zu Mittag aß und den ganzen Nachmittag auf der Farm verbrachte. Sie machte sich nicht einmal die Mühe zu fragen, sondern verkündete, sobald sie die Kirche verlassen hatten:

»Schwester Regina wird mit mir fahren. Ich bringe den

Schweinebraten mit, den ich im Ofen habe. Kann ich sonst noch etwas mitbringen, Bertha?«

»Nein, Rosella, der Schweinebraten reicht vollkommen. Ich bin sicher, alle anderen werden auch etwas zu essen mitbringen. Aber ich finde nicht, daß du bei diesen Straßenverhältnissen fahren solltest.«

»Da hat sie recht, Mama«, sagte Frank. »Obwohl die Straßen geräumt sind, ist es noch immer sehr rutschig.«

»Ach was.«

Rosella zog einen roten Wollschal aus dem Ärmel ihres Mantels und schnürte ihn so über ihrem schwarzen Hut zusammen, daß er nicht wegfliegen konnte.

»Ihr wohnt doch nur drei Kilometer von der Kirche weg, Frank. Falls mein Wagen im Straßengraben landet, kann ich die drei Kilometer immer noch zu Fuß schaffen. Glaub nur nicht, daß ich dazu nicht in der Lage wäre!«

Sie packte Regina am Arm und ging die Stufen vor der Kirche hinunter, während der Wind an ihren Kleidern zerrte und den Schnee, der in der letzten Nacht gefallen war, von den Bäumen wehte. Sie liefen durch das grelle Licht, denn der Sonnenschein wurde vom Neuschnee reflektiert, preßten ihre Gesangsbücher gegen die Körper, doch die alte Frau löste den festen Griff am Arm ihrer Enkeltochter nicht. Der Wind und die Kälte machte ihnen nicht viel aus: Sie ließen sich Zeit. Wieder zusammen zu sein war für beide Frauen ein besonderes Ereignis. Sie hielten es für ein Geschenk, das Gott ihnen gemacht hatte, genauso wie diesen erhabenen Wintertag, das Essen auf ihrem Tisch, ihre Familie, mit der sie zusammensitzen würden, und ihre gute Gesundheit.

»Wie ist es dir denn so ergangen?« fragte Schwester Regina, während sie die Straße entlangschlenderten.

»Ich war damit beschäftigt, mich auf Weihnachten vorzubereiten, habe Kuchen gebacken, Puppenkleider genäht und Plätzchen für die Enkelkinder gebacken.«

»Und wie geht es Großvater?«

»Dieser alte Narr. Der ändert sich nicht mehr. Immer noch der alte Nichtsnutz.«

»Er geht noch immer nicht zur Kirche?«

»Er wird sich niemals ändern. Dreiviertel der Zeit ist er betrunken, und während des übrigen Viertels ist er kratzbürstig.«

»Ich bete jeden Tag für ihn.«

»Das tue ich auch, aber es nützt nichts.«

»Wie lange seid ihr eigentlich schon verheiratet?«

»Länger, als mir lieb ist. Aber wie geht es dir? Wie stehen die Dinge in Browerville?«

Sie bogen in einen Gehweg ein, der freigeschaufelt worden war, aber Regina wurde noch langsamer. Sie war dankbar für die Gelegenheit, mit ihrer Großmutter alleine sprechen zu können.

»Nun ... es könnte besser sein, Großmutter.«

»Wie meinst du das?«

»Ich bin nach Hause gekommen, um dir etwas zu sagen und ich ... nun, ich wollte es eigentlich dir zuerst erzählen. Ich bin ziemlich froh, daß wir jetzt die Möglichkeit haben, alleine miteinander zu reden.«

»Was ist los, Jean? Bist du krank?« Rosella hielt an und sah ihrer Enkeltochter ins Gesicht. »Meine Güte, falls es ...«

»Nein, Großmutter, ich bin nicht krank.« Rosella hielt ihre Enkeltochter noch immer am Ellbogen fest, und Regina fuhr fort: »Was ich dir gleich sagen werde, wird sehr hart sein für dich, so wie es auch für mich hart war, diese Entscheidung zu treffen, aber ... ich werde das Kloster verlassen, Großmutter.«

»O nein ... es hat dir doch so gefallen dort! Wo schicken sie dich als nächstes hin?«

»Nein, du verstehst nicht, Großmutter.« Schwester Regina hielt an und sah ihrer Großmutter direkt in die Augen: »Ich werde darum bitten, mich von meinem Gelübde befreien zu lassen. Ich verlasse den Orden freiwillig.«

Großmutter Rosella stand der Mund offen, und ihr Gesicht nahm einen gequälten Ausdruck an.

»Neeein«, flüsterte sie ungläubig.

»Doch«, versicherte ihr Schwester Regina sanft. »Es war eine sehr schwierige Entscheidung, über die ich lange Stunden und viele Monate nachgedacht habe.«

»Nach all diesen Jahren, die du investiert hast.«

Die Schwester nickte.

»Und wie hart du gelernt hast.«

»Ja.«

»Aber ... warum?«

»Weil das Leben in einer religiösen Gemeinschaft anders ist, als ich mir das vorgestellt habe.«

»Was soll das heißen – *anders, als du dir das vorgestellt hast?«* Großmutter Rosella klang gereizt.

»Du hast dein ganzes Leben in der Nähe von Nonnen verbracht. Du wußtest doch, wie sie leben.«

Schwester Regina versuchte zu erklären, aber ihr wurde klar, daß sie auf taube Ohren stieß. Sie erzählte von den Problemen, mit denen sie zu kämpfen hatte – wie schwierig es war, mit einer Gruppe Frauen zusammenzuleben, deren Persönlichkeiten manchmal so hart aufeinanderprallten, von den strengen Regeln, die persönliche Beziehungen und Selbständigkeit unmöglich machten, von dem Gefühl, von wichtigen Aspekten des Lebens abgeschnitten zu sein, von der Gewißheit, daß sie ihre Entscheidung zu jung getroffen hatte, bevor sie reif genug gewesen war verstehen zu können, was es bedeutete, sein Leben für den Orden zu opfern, anstatt als Ehefrau und Mutter zu leben.

»Es ist wegen eines Mannes, nicht wahr?« fragte Rosella, und ihr Gesicht drückte Mißbilligung aus.

»Nein. Obwohl ich hoffe, einmal einen Mann und vielleicht sogar eigene Kinder zu haben, bevor ich dazu zu alt bin.«

»Es steckt ein Mann dahinter«, sagte Großmutter überzeugt, als sie ihr Haus erreichten. Sie ging schweigend, und jeder ihrer Schritte drückte Mißbilligung aus. Rosella Potlocki hatte so lange mit einem Mann gelebt, den sie abstoßend fand, daß es jenseits ihrer Vorstellungskraft lag, wie sich irgend jemand freiwillig an eine dieser widerlichen Kreaturen binden konnte.

»Es geht nicht um einen bestimmten Mann«, rief Regina ihr nach, »aber es geht um Kinder, genauso wie um andere Dinge, von denen ich versucht habe, dir zu erzählen! Würdest du mir bitte zuhören, Großmutter?«

»Ich höre dir zu.«

»Nein, das tust du nicht. Du bist wütend.«

Jemand hatte den schmalen Weg zu Rosellas Haus freigeschaufelt. Regina nahm an, daß ihre Großmutter vermutlich früh in der Dunkelheit aufgestanden war und die Schaufel in die Hand genommen hatte. Sie war kräftig, dickköpfig und unabhängig genug, um nicht zu erwarten, daß irgend jemand – schon gar nicht ihr Ehemann – etwas für sie tat.

Rosella, die sichtlich verärgert war, ging ins Haus und ließ Schwester Regina draußen stehen.

Regina folgte ihr seufzend. Sie verstand, was für ein Schlag das für ihre Großmutter sein mußte. Sie schloß die Tür von innen und sagte: »Großmutter, ich weiß, daß das für dich schwer zu verstehen ist.«

»Du hast genau das getan, was *ich* so gerne getan hätte. Aber meine Familie hatte nicht das Geld, um – mir das Studium in einem Kloster zu ermöglichen«, sagte Rosella vorwurfsvoll, denn sie selbst hatte Regina einen Teil ihrer Studien finanziert. »Ich begreife nicht, wie du das aufgeben kannst. Es ist der edelste Weg, Gott zu dienen.«

»Nein, das ist es nicht. Du hast mir das zwar immer gesagt,

aber ich bin überzeugt, daß es in Gottes Augen genauso heilig ist, eine gute Ehefrau und Mutter zu sein.«

Rosella drehte sich abrupt um und hielt Schwester Regina an beiden Armen fest.

»Jean, Jean, Jean«, sagte sie, *»Gott hat dich auserwählt.«*

»Nein, Großmutter. *Du* hast mich auserwählt. Und Mama und Daddy, weil es eine große Ehre ist, wenn jemand aus der eigenen Familie in einen Orden eintritt. Von dem Zeitpunkt an, als ich in die Klosterschule eingetreten bin, hast du mir diese Idee in den Kopf gesetzt, und das bereue ich auch gar nicht, aber bitte, verstehe doch. Ich habe all diese Jahre geopfert, und jetzt möchte ich ein paar Jahre für mich selbst haben.«

Rosellas Brille begann zu beschlagen. Sie nahm sie ab, wandte sich von ihrer Enkeltochter weg und warf sie auf den Küchentisch: »Ich muß den Braten aus dem Ofen holen.«

Schwester Reginas Freude, daheim bei ihrer Familie zu sein, war durch die Reaktion ihrer Großmutter getrübt. Sie hatte mit Enttäuschung gerechnet, aber nicht mit Zorn. Aber nun war sie mit dem Zorn konfrontiert, der in Gestalt einer kleinen Frau durch die Küche marschierte. Als sie sich bückte, um in die offene Ofentür zu sehen, hob sich ihr Mantelsaum und enthüllte eine braune Strumpfhose.

»Wo ist Großvater?« fragte Regina und hoffte, ihre Großmutter damit etwas zu besänftigen.

»Er schläft seinen Rausch aus. Was sollte er sonst tun an einem Sonntagmorgen?«

Rosella wickelte ihren Braten in eine Zeitung, um die sie ein schneeweißes Geschirrtuch band.

»Laß uns gehen«, befahl sie und ging nach draußen. Deutlich gab sie zu verstehen, daß sie noch immer wütend war.

Zusammen öffneten sie die Garagentüren und ließen sie offen, während sie in die Garage gingen, um einen zehnjährigen Chevy herauszuholen. Rosella fuhr rückwärts heraus und streifte dabei mit der linken Seite des Autos auf der ganzen Strecke bis zur Straße eine Hecke. Ohne es zu merken, stieß sie mit der hinteren Stoßstange mitten in einen Schneeberg auf der anderen Straßenseite, vergaß beim Schalten die Kupplung zu treten und fuhr weiter in Richtung der Kirche und der Landstraßen, die hinter ihr begannen. Beim Fahren saß sie auf einem Sofakissen und hielt das Steuerrad mit beiden Händen fest. Dabei ließ sie zwischen sich und der Rückenlehne so viel Platz, daß sie im Zwischenraum ihren Braten hätte transportieren können. Auf dem ganzen Weg zur Farm von Frank und Bertha stellte sie nur eine einzige Frage, und das, ohne die Augen von der Straße zu nehmen.

»Wenn du danach also nicht heiratest, was wirst du tun?«

»Ich weiß es nicht.«

Die Nachricht von Jeans Ankunft hatte sich in der ganzen Familie herumgesprochen, und das Haus füllte sich mit ihren Schwestern und Brüdern und deren Familien. Als das Essen serviert wurde, saßen achtzehn Leute um den Tisch, und trotz der kurzen Vorbereitungszeit reichte das Essen für alle.

Schwester Regina sprach mit den anderen ein Tischgebet. Die Gebetsworte waren das letzte, was Rosella von sich gab. Zweimal während des Essens fragte Bertha sie: »Mama, ist etwas nicht in Ordnung? Fühlst du dich nicht wohl?«

Aber die alte Frau behielt ihre Lippen dickköpfig versiegelt.

Regina wartete damit, der Familie die Neuigkeit zu erzählen, bis die Kinder vom Tisch aufgestanden waren und mit Spielzeugautos am Küchenboden spielten. Erst als nur noch die Erwachsenen um den Tisch saßen, die Kaffeetassen wieder gefüllt waren und alle satt und träge geworden waren, begann sie zu sprechen: »Es gibt da etwas, das ich euch erzählen muß ... vor allem euch beiden, Mama und Daddy.«

Es war plötzlich viel stiller im Eßzimmer als vorher, und

dann war es ganz still. Alle sahen sie an, und Schwester Regina sprach mit sanfter, aber fester Stimme: »Großmutter weiß es schon. Ich habe es ihr nach der Kirche erzählt. Nun sollt ihr es auch erfahren. Ich habe beschlossen, daß ich nicht länger als Nonne leben möchte. Ich werde nach Rom schreiben und darum bitten, mich von meinem Gelübde befreien zu lassen.«

Bertha schlug sich die Hand vor den Mund. Sofort sah sie Frank an. Und er sah sie an. Beide starrten sie ungläubig zu Schwester Regina.

Niemand wußte, was er sagen sollte. Alle blickten sich betreten an, die Ehemänner ihre Ehefrauen und die Ehefrauen ihre Ehemänner. Und jeder dachte, *es ist wegen eines Mannes.*

Bertha war die erste, die die Sprache wiederfand.

»Das meinst du doch nicht ernst, Regina.«

»Doch, Mama, das tue ich.«

»Wie kannst du uns das *antun*?«

Ich tue euch nichts an, Mutter, dachte sie, aber sie sagte es natürlich nicht.

Dann begannen alle gleichzeitig zu reden.

»Was wird Pater Whalen sagen?«

»Niemand kann das Kloster einfach verlassen.«

»Aber, Jean ...«

»Jesus, Maria und Joseph ...«, flüsterten sie und bekreuzigten sich dabei.

»Ich hab es doch gewußt! Ich wußte, daß etwas faul war, weil sie sie an Weihnachten haben nach Hause kommen lassen.«

»Es ist dieser Mann, der dich hierher gebracht hat, nicht wahr?«

»Ein Mann hat sie nach Hause gebracht?«

»Ich werde meinen Freunden niemals mehr unter die Augen treten können.«

»Nachdem es Großmutter Rosella so viel Geld gekostet hat, dich in die Klosterschule zu schicken?«

»Schhht, redet nicht so laut! Die Kinder werden uns hören!«

So ging es immer weiter, bis Großmutter Rosella dem ein Ende setzte, indem sie in Tränen ausbrach. Noch immer hatte sie kein Wort gesprochen. Und plötzlich ließ sie mitten in all diesem Trubel ihr Gesicht auf ihre Arme niedersinken und ließ sich gehen. Sie gab laute Schluchzer von sich, die ihre dünnen Schultern erzittern ließen. Diese Frau, die nichts und niemanden fürchtete, seit Jahren mit einem Alkoholiker zusammenlebte und ohne seine Hilfe zurechtgekommen war und niemals in Selbstmitleid gebadet hatte, diese Frau, deren Glaube so stark war, daß er für die ganze Familie gereicht hätte, wären sie nicht selbst so gläubig gewesen ... diese Frau schluchzte verzweifelt. Frank stand auf und ging um den Tisch herum zu ihr.

»Mutter ...«, sagte er, kniete sich hin und legte ihr einen Arm um die Schulter. »Es ist nicht das Ende der Welt, Mutter.«

»O d... doch, das ist es. Ja, für mich ... ist es das, für mich.« Ihre Worte klangen erstickt, weil sie in ihre Arme sprach. Schließlich hob sie ihr vergrämtes Gesicht. »Ich habe mir nie etwas sehnlicher ge... gewünscht, als daß meine kleine Jean Nonne wird und nun, was tut sie, s... sie verrät mich.«

Regina spürte, wie Wut in ihr hochstieg, aber sie mäßigte ihre Stimme.

»Ich verrate dich nicht, Großmutter.«

»Dann eben Gott. Du verrätst Gott. Du hast ein Gelübde abgelegt.«

»Unter dem Vorbehalt, daß ich es zurücknehmen könnte.«

»Willst du mir widersprechen? Was ist in dich gefahren, deiner Großmutter so zu widersprechen?«

»Ich widerspreche dir nicht. Ich versuche, dir alles zu erklären.«

Rosella hob nun ihrerseits die Stimme: »Na, dann erzähl uns doch mal, was du mir erzählt hast! Nenn ihnen die Gründe, warum du den Orden verlassen willst! Dann wirst du ja sehen, was sie dazu sagen! Es ist wegen eines Mannes – das ist der Grund! Nonnen verlassen den Orden nicht, außer wegen eines Mannes!«

Jemand fragte: »Kommst du denn immer noch in den Himmel, wenn du das tust?«

Ihre Mutter sagte: »Falls es ein Mann ist, Jean, dann kannst du es uns genausogut erzählen. Wir werden es früher oder später sowieso herausfinden.«

Ihr Vater sagte: »Nun laß ihr doch Zeit, Mutter.«

»Jedenfalls war es ein Mann, der sie letzte Nacht hierher gebracht hat!«

»Wirklich?« fragte eine ihrer Schwestern überrascht. »Ist es er, Jean?« Jemand begann das Glaubensbekenntnis zu rezitieren, und das ganze Durcheinander begann von neuem.

Schwester Regina, die sonst so sanft und gefaßt war, daß sogar Heilige sie um diese Haltung beneidet hätten, stand auf und schrie mit voller Kraft: »Aufhören! Hört alle auf! Ich möchte, daß ihr sofort aufhört!«

Ihre Münder klappten zu wie Mausefallen, und alle starrten sie an: Der sanften, freundlichen Nonne war schließlich der Geduldsfaden gerissen.

Sie hatte die Hände geballt vor Wut. Ihr Herz raste.

Es hatte sich wunderbar angefühlt, so zu schreien. Und es fühlte sich schrecklich an, so mißverstanden zu werden.

Es verletzte sie sehr, daß niemand an ihr Glück dachte, sondern alle nur an sich selbst. Warum verurteilten sie sie für eine Entscheidung, ohne den Grund dafür zu kennen, was sie über die Jahre zu dieser Entscheidung getrieben hatte?

Sie scherten sich nicht um sie. Sie wollten einfach nur, daß sie perfekt war.

Ihre perfekte kleine Schwester Regina, ihr privater Weg in den Himmel, mit dem sie immer vor ihren katholischen Freunden angeben konnten und sie verstehen ließen, daß sie sich schon eine Eintrittskarte für das Paradies reserviert hatten. Das spielte eine wichtige Rolle, das wußte sie. Das hatte sie tief in ihrem Herzen immer gewußt: Jene Familien, in denen ein Familienmitglied sein Leben völlig der Religion verschrieben hatte, fühlten sich anderen überlegen, wenn es um das Diesseits und das Jenseits ging.

Aber sie hatte so sehr gehofft, ihre Familie wäre anders. Sie hatte gehofft, daß sie ruhig sagen würden: *Setz dich, Jean, und erzähle uns, warum du enttäuscht bist und wann deine Gefühle sich zu verändern begonnen haben. Was ist passiert, daß sie sich schließlich verändert haben und was möchtest du mit deiner Zukunft anfangen? Bist du sicher, daß das für dich der richtige Weg ist? Laß uns zusammen mit dir überlegen und über deine Pläne sprechen.*

Statt dessen sahen sie es als Schande an.

Niemand hatte ein Wort gesagt, seit sie so gebrüllt hatte. Sie starrten sie an, als sei sie verrückt geworden. Es gab so vieles, was sie über das Leben einer Nonne nicht wußten. Sie beschloß, ihnen einiges davon zu erzählen.

Ihre Stimme zitterte, und ihr Magen flatterte, als sie begann: »Es tut mir leid, daß ich euch angeschrien habe, aber ich durfte elf Jahre lang nicht schreien. Es gibt einen Paragraphen in unserer Heiligen Regel zu dieser Frage.« Sie blickte in die Runde. »Könntet ihr euch ein Leben vorstellen, ohne zu schreien? Oder ein Leben, ohne andere Menschen zu berühren? Könnt ihr euch vorstellen, daß es euch verboten ist, eine besondere Freundin zu haben oder mit Bekannten, die ihr auf der Straße trefft, zu sprechen? Keine Armbanduhr zu besitzen, auf der ihr nachschauen könnt, wie spät es ist, oder kein eigenes Shampoo kaufen zu dürfen? Wißt ihr, wie es ist, wenn ihr nicht einfach einer lieben Person ein Geschenk machen dürft, wenn ihr dazu Lust habt? Oder stellt euch vor, es wäre euch nicht erlaubt, eurer Großmutter einen Brief zu schreiben, ohne daß ihn jemand anderes liest? All diese Dinge habe ich nicht tun dürfen – wußtet ihr das? Jeder Brief, den eine Nonne schreibt, muß unverschlossen der Mutter Oberin übergeben werden. So konnte ich euch in all den Jahren gar nicht schreiben, wie meine Unzufriedenheit wuchs. Hätte ich das gedurft, vielleicht wäre ich dann nicht an diesen Punkt gekommen, wo mein einziger Wunsch nur noch der nach Freiheit ist.«

Sie saßen alle da, mit heruntergefallenen Kinnladen, und starrten aufs Tischtuch. Sie sprach mit der süßen Stimme weiter, die sie von ihr gewohnt waren.

»Großmutter hat mich gefragt, wie ich nicht habe wissen können, wie das Leben einer Nonne aussieht, wo ich doch mein ganzes Leben mit Nonnen zusammen war. Aber es gibt vieles, das man nicht weiß, vieles, das ihr gar nie erfahren werdet über das Leben einer Nonne. Ihr wißt nicht, wie sehr man seine Gefühle unterdrücken muß, und wieviel Zeit man mit religiösen Ritualen verbringt, obwohl man die Zeit mit praktischer Arbeit viel sinnvoller nützen könnte. Ihr habt keine Ahnung, wie es ist, in einem Haus voller Frauen zu leben, die alle ihre seltsamen Eigenheiten haben und dich manchmal fast zum Wahnsinn treiben, aber du darfst kein Wort sagen, denn sonst brichst du die Heilige Regel. Genausowenig könnt ihr euch vorstellen, für Dinge um Verzeihung zu bitten, die euch gar nicht falsch erscheinen oder zu gehorchen, ohne fragen zu dürfen, warum, auch wenn ihr nicht glaubt, daß das, was ihr tun sollt, das Beste ist. Könnt ihr euch vorstellen, wie es ist, seine Familie aufgeben zu müssen, sie nicht mehr sehen zu dürfen, nur einmal in fünf Jahren? Und ja, auch das Recht aufzugeben, eigene Kinder zu haben, wenn du Kinder so sehr liebst und spürst, daß du eine gute Mutter geworden wärst und vermutlich auch eine gute Ehefrau.

Als ich beschloß, Nonne zu werden, war ich elf Jahre alt. Überlegt euch doch das mal – *elf* Jahre! Ich war zu diesem Zeitpukt noch nicht einmal ausgewachsen, hatte keine Meinung darüber, wie meine Frisur aussehen sollte, war noch niemals ohne Mama und Daddy auf einem Jahrmarkt gewesen oder hatte noch niemals irgend etwas mit meinem eigenen Geld gekauft. Ich hatte noch keinen Freund und noch keine Arbeit. Wie kann ein Mädchen mit elf Jahren ahnen, wozu sie sich verpflichtet, wenn sie sagt, sie wolle Nonne werden? Himmel, ich war doch nur verzaubert von ihren schwarzen Gewändern.

Mutter gab mir einige alte weiße Vorhänge, erinnerst du dich, Elisabeth?« – sie wandte sich an ihre Schwester, die ihr im Alter am nächsten war –, »und ein zerrissenes Leintuch. Ich machte mir ein weißes Gewand daraus, weil wir nicht genug schwarzen Stoff im Haus hatten. Ich habe mich damit verkleidet, so wie sich andere Kinder an Halloween verkleiden, und ich bin damit im Garten zwischen den Apfelbäumen herumgetanzt und habe zugesehen, wie der Wind meinen Schleier aufblähte. Ich habe mich hingekniet und *Tantum Ergo* gesungen, eines Abends, als nach einem Frühlingsregen ein Regenbogen am Horizont stand. Mit elf war das Ganze für mich eine Art … Kostümfest. Alles in der Kirche war aufregend – die Kerzen, der Weihrauch, die Prozessionen mit den Fahnen, der schöne Gesang und wir kleinen Mädchen in unseren neuen weißen Kleidern und den Schleiern, mit denen wir Blumen für den Corpus Christi streuten. Welches kleine Mädchen wäre davon nicht beeindruckt? Und die Nonnen waren ein wichtiger Teil all dessen. Abgesehen davon waren sie Lehrerinnen, und ich habe sie bewundert, weil ich auch Lehrerin werden wollte.

Also spielten Elisabeth und ich in unserem Zimmer Schule. Sie war immer die Schülerin, und ich war immer die Lehrerin. Ich habe einen hölzernen Stab von einem Fensterladen genommen und ihn als Zeigestock benützt, auf die Tapeten gezeigt und so getan, als seien es Tafeln, und als würde ich ihr das Alphabet beibringen. Ich wollte Lehrerin werden, und die einzigen Lehrerinnen, die ich kannte, waren Nonnen, und deshalb wollte ich auch eine werden.

Aber ich war erst elf ...«, noch leiser wiederholte sie, »... elf Jahre alt.«

Sie sah alle der Reihe nach an. Einige Gesichter hatten weichere Züge angenommen.

»Und alle sagten mir, was für eine wunderbare Nonne ich abgeben würde. Ich sollte Nonne werden. Großmutter sagte das, Mutter sagte es, die Nonnen in der Schule ebenfalls. Und welches Kind mit elf Jahren wird nicht den Menschen glauben, die es am meisten liebt? Schon bald glaubte ich selbst daran. So wurde ich Nonne, ... und ich war glücklich. Eine ziemlich lange Zeit war ich glücklich. Also glaubt bitte nicht, ich würde euch die Schuld geben oder irgend etwas bereuen. Ich bereue nichts.« Sie legte die Hände über ihr Herz. »Ganz und gar nicht.« Der goldene Ring an ihrer linken Hand glitzerte im Licht, und ihr voluminöser Ärmel rutschte hinunter. Inzwischen sahen sie die meisten Familienmitglieder an, und sie blieb für einige Sekunden in dieser bewegungslosen Pose, bevor sie fortfuhr. »Es gibt so vieles, das ich an meinem Leben in der religiösen Gemeinschaft liebe. Da ist dieses wunderbare Gefühl, zu einer weltweiten Familie zu gehören, die immer für mich dasein wird. Sie erfüllen jede meiner Stunden mit Sinn und Zweck, geben mir die Überzeugung, Gutes zu tun und die Welt auf wichtige Art und Weise zu verändern. Wenn wir beteten, vor allem während der gemeinsamen Gebetsstunden, und mir dabei klar war, daß zur gleichen Zeit auf der ganzen Welt jeder Priester und jede Nonne das gleiche Gebet sprach – nun, ich kann gar nicht ausdrükken, wie machtvoll und lohnend diese Momente waren. Ich liebe es zu unterrichten, einige der Kinder sind mir sehr ans Herz gewachsen, und auch ihre Familien und die Menschen des Dorfes, die so gut zu uns im Kloster St. Joseph sind.

Und natürlich gibt es einem vom eher praktischen Standpunkt aus eine unglaubliche Sicherheit, in einem Kloster zu leben. Man kümmert sich um all meine weltlichen Bedürfnisse – Essen, Kleider, ein Zimmer, Gesellschaft, eine Arbeit, ein Ort, an den ich gehen kann, wenn ich krank bin, ein Heim für meine alten Tage. All diese Dinge, die für euch selbstverständlich sind, weil ihr verheiratet seid, Kinder habt und immer hier gelebt und gearbeitet habt. Ihr wißt, wo ihr hingehört. Aber wenn ich meinen Orden verlasse, werde ich mit nichts dastehen. Ohne Heim, ohne Arbeit, ich habe nicht einmal Kleider. Und ganz bestimmt kein Sparkonto, denn den Angehörigen der religiösen Orden ist es nicht gestattet, Privatbesitz zu haben.

Wenn ich also fortgehe, muß ich ganz von vorne anfangen ... als eine Heimatlose. Vielleicht versteht ihr jetzt, was für eine schwierige Entscheidung das für mich gewesen ist.«

Niemand sagte ein Wort, und so fuhr sie fort: »Und ich habe die weltlichen Dinge nicht vermißt, ehrlich, das habe ich nicht. Aber ich möchte ... ich möchte ...« Ihre Stimme wurde zart und sehnsüchtig. »Was ich mir am meisten wünsche, ist ein Freund oder eine Freundin. Eine Person, mit der ich über all das sprechen kann.« Sie machte eine Pause und blickte von einem zum anderen, dann wurde ihre Stimme fragend, als sie fortfuhr:

»Und wenn dieser Freund ein Mann wäre, würdet ihr mir dann verzeihen?« Sie wartete, aber alle schwiegen. »Denn ich habe einen Freund, der ein Mann ist, und ja, es ist derjenige, der mich hierher gebracht hat. Seine Frau ist letzten September gestorben, und in seiner Trauer hat er sich an mich gewandt. Natürlich nicht körperlich. Wir haben miteinander gesprochen, zusammen gebetet und immer wieder geweint, denn er liebte seine Frau so vollkommen und so inniglich, daß es so unfair schien, daß Gott sie zu sich genommen hatte. Er hat zwei wunderbare Mädchen, und ich liebe sie und empfinde so viel Mitgefühl für sie, daß ... daß es mir schwerfällt, von ihnen getrennt zu sein. Ich wollte für sie dasein, als ihre Mutter starb, und für ihren Vater auch. Aber das, seht ihr, ist mir verboten. Weil es körperlich ist.«

Sie hatte ihre bewegungslosen Hände locker auf dem Tisch gefaltet. Sanft wie Rosenblätter regneten ihre Worte auf ihre Familie hinab.

»Ich habe ein Keuschheitsgelübde abgelegt. Wenn ich also zu euch sage, daß ich diesen Mann liebe – und ich glaube, das tue ich –, dann denkt ihr, das sei der Grund, warum ich meine Berufung aufgeben möchte. Aber er ist erst als letzter Grund dazugekommen. All die anderen Gründe waren zuerst da.«

In diesem Moment kam eines der Kinder in die Türe und blieb dort stehen, blickte von einem Erwachsenen zum nächsten.

»Was ist los?« fragte das Mädchen. Noch ein Kind kam und fragte: »Warum sitzt ihr denn alle so da? Wollt ihr nicht abräumen und Karten spielen?«

Großmutter Potlocki rührte sich als erste.

»Kommt, Mädchen«, sagte sie zu ihren Töchtern, »Carol hat recht. Die Teller warten auf uns.«

Aber sie spielten an diesem Nachmittag nicht Karten. Nach dem Abwasch brach einer nach dem anderen von Reginas Verwandten auf, und die leeren Töpfe nahmen sie mit. Als ihre Großmutter ging, begleitete Regina sie noch bis zum Wagen. Die alte Frau umarmte ihre Enkeltochter lang und kräftig und sagte:

»Ich weiß nicht, Regina. Ich weiß einfach nicht. Ich finde,

du solltest dich zurückziehen und noch einmal gut darüber nachdenken, ob du das richtige tust. Wirst du das für mich tun?«

»Das habe ich schon ausgiebig auch deinetwegen getan.«

»Dann tu es noch einmal. Versprichst du es mir?«

Regina seufzte: »In Ordnung, Großmutter, ich verspreche es.«

Als alle gegangen waren, schlich Bertha auf Zehenspitzen durchs Haus, als läge im Eßzimmer eine Leiche. Sie schien nicht dazu in der Lage zu sein, Regina in die Augen zu sehen, sprach kaum und verschwand schließlich auf ihr Zimmer, offiziell um ein Schläfchen zu machen, was sie aber noch niemals in ihrem Leben getan hatte.

Schwester Regina kniete in ihrem Zimmer und sagte Abendgebete und Komplete auf, Matutinen und Lobgebete, und als die Abenddämmerung sich senkte, ging sie zur Scheune hinaus, wo ihr Vater die Kühe melkte. Sie hatte das immer geliebt, die Zeit des Melkens im Stall. Warm von den Körpern der Tiere war es dort, gemütlich, und es roch nach Heu. Zwei schwache Glühbirnen verströmten ihr trübes gelbes Licht im Raum bis hinauf zum spinnwebenüberzogenen Balken an der Decke. Ihr Vater saß zwischen zwei Kühen und ließ rhythmische Ströme in einen Eimer fließen.

»Kann ich dir helfen, Daddy?«

»Na klar. Nimm dir einen Eimer.«

Sie fand ein Gefäß und einen Melkschemel und setzte sich mit hochgerollten Ärmeln zwischen die warmen Körper zweier Kühe, die geräuschvoll wiederkäuten. Beim Melken wurden die Muskeln in ihren Armen angenehm warm. Sie bemerkte, daß ihr Vater und sie in versetztem Rhythmus melkten, wie sie es schon getan hatten, als sie noch klein war. Er gab mit den Milchströmen den Hauptschlag an und sie das Echo.

Scht.

Schtt.
Scht.
Schtt.

Es gab nichts besseres, um Feindseligkeiten aufzulösen, als gemeinsam zu melken. Sie spürte, daß er alles etwas anders sah als ihre Mutter. »Du hast nicht viel gesagt, Daddy.«

»Ich hab nachgedacht.«

»Und zu welchem Schluß bist du gekommen?«

»Daß du recht hast. Deine Mutter und deine Großmutter haben dich von jenem Zeitpunkt an, als du alt genug warst, dir selber die Nase zu putzen, bearbeitet.«

»Ich wollte wirklich Nonne werden.«

»Ja, ich weiß.«

Sie melkten weiter. Dachten noch ein wenig nach. Genossen diesen Moment der Nähe, der viele intensive Gefühle zwischen ihnen wieder wachrief. Nach einer Weile sagte Frank: »Ich wüßte gerne mehr über diesen Mann.«

»Dafür ist es noch zu früh. Falls und wenn die Zeit kommt, werde ich dir von ihm erzählen.«

»Geht in Ordnung.«

Frank war mit seiner Kuh fertig und nahm sich die nächste vor. Eine Katze erschien aus dem Dunkel und streifte Reginas Beine, drehte sich um und kam immer wieder. Regina streckte die Hand aus und kraulte den schlanken, schwarzen Körper, streichelte die Katze über den ganzen Körper bis zum Schwanz und murmelte dabei: »Hallo, wie heißt du denn?«

»Das ist Midnight«, antwortete ihr Vater. »Falls du eine Weile bei uns wohnen möchtest, nachdem du den Orden verlassen hast, dann geht das für mich in Ordnung, Jean. Ich werde mit deiner Mutter sprechen, und sie wird sich schon wieder beruhigen. Du wirst sehen.«

Reginas Hand blieb auf dem Körper der Katze liegen, und Tränen stiegen ihr in die Augen. Sie lehnte ihre Stirn gegen den harten, warmen Bauch der Kuh und saß einige Sekunden einfach so da, glücklich, dankbar. Ihr Herz war so voller Gefühle, daß sie meinte, es müsse zerspringen. Schließlich hob sie ihren Kopf und sagte mit sanfter Stimme: »Ich liebe dich, Daddy.«

Sie konnte ihn auf der anderen Seite der Kuh nicht sehen, aber sie hörte, wie er sich räusperte. Dann hörte sie seinen Melkschemel über den Boden kratzen. Und obwohl er ein Mann war, der sich mit Worten nicht gut ausdrücken konnte, fühlte sie sich so intensiv geliebt wie noch niemals zuvor in ihrem Leben.

16

Das Weihnachtsfest verlief für Eddie genauso einsam und verlassen, wie er erwartet hatte. Die Predigt und die Musik der Mitternachtsmesse, die ihn früher mit Freude und festlicher Stimmung erfüllt hatten, machten ihn in diesem Jahr unendlich traurig. Nicht einmal der majestätische Klang der Orgel oder der Chor, der zum Halleluja ansetzte, konnte seinen geplagten Geist aufheitern. Die Nonnen waren alle da und saßen in der vordersten Reihe, aber Schwester Regina, deren Anblick ihn sicher etwas getröstet hätte, fehlte. Die Kinder schliefen auf ihren Bäuchen ein, und als die Messe vorüber war, mußte er die zwei schlafenden Körper alleine tragen. Da war keine Krystyna, die ihm half, ihre kleinen Ärmchen in die Mantelarme zu stecken, keine Krystyna, die eine der beiden kleinen, in sich zusammengesunkenen Gestalten mit ihm in die kalte, sternklare Nacht hinaustrug.

Eddie tat, wie Rose ihm vorgeschlagen hatte: Er übernachtete bei ihr und Romaine, brachte die Kinder zusammen mit ihren Cousinen ins Bett und schlief selbst auf dem Sofa. Das schlimmste war, die Weihnachtsstrümpfe der Kinder ohne Krystyna zu füllen. Es wurde ihm schmerzlich klar, daß sie es war, die das Weihnachtsfest mit ihrem Geist geprägt hatte und er in dieser Beziehung nur ein schwacher Ersatz war.

Die Spielsachen, die er für die Kinder gekauft hatte, erschienen ihm phantasielos und langweilig, Krystyna hatte für die Mädchen immer originelle und interessante Sachen gefunden. Er war nicht einmal auf die Idee gekommen, ihnen eine Schultafel zu kaufen, obwohl sie die ganze Zeit Schule spielten. Es war Rose, die ihnen eine Schachtel mit Kreide in die Strümpfe steckte und eine ganz neue Tafel danebenstellte. Sie war es auch, die den Mädchen Spielsachen für ihre Katze Sugar schenkte und daran gedacht hatte, daß Anne im letzten Frühjahr so gerne mit Murmeln gespielt hatte und ihr daher einen Sack mit gläsernen Murmeln gekauft hatte. Für Lucy hatte sie Puppenkleider genäht und für beide farbenfrohe Lebkuchenmänner gebacken, genauso wie Krystyna das immer getan hatte. Großvater Pribil hatte den beiden ein Puppenbett und einen Hochstuhl gebaut, und Großmutter Pribil hatte für das Bettchen besonderes Bettzeug genäht und eine Decke gehäkelt, die zu der Bettdecke der Mädchen zu Hause paßte. Tante Irene hatte die Namen der Mädchen auf die Kissenbezüge gestickt und schenkte ihnen außerdem einen großen Klumpen Salzteig, ein Spielzeugnudelholz und Förmchen zum Ausstechen, damit sie zu Hause ihre eigenen Spielzeugkekse backen konnten. Lucys Lieblingspuppe hatte ihre Haare verloren, und Irene und ihrer Mutter war es gelungen, ihr aus gelbem Kunsthaar eine neue Perücke herzustellen, die die Puppe wieder in alter Schönheit erstrahlen ließ.

Aber das schönste Geschenk bekamen sie von ihrer Lehrerin, von Schwester Regina. Sie hatte in einer Schachtel Arbeitsblätter, Papierreste, alte Übungshefte und einige Karten mit arithmetischen Tabellen gesammelt. Außerdem befand sich in der Schachtel ein Kalender aus dem Jahr 1948, dessen Seiten noch fast alle leer waren, und vier fast unbenützte Quittungsblöcke mit Kohledurchschlagpapier, jene Blöcke, die die Ladenbesitzer benützten, um die Einkäufe ihrer Kunden aufzuschreiben und zu quittieren. Man konnte den Inhalt dieser Schachtel auf tausenderlei Weise nutzen, nur die Phantasie der Kinder setzte dem Grenzen. Anne, Lucy und ihre Cousinen spielten den größten Teil des Weihnachtstages Schule, Laden und Restaurant und hatten dabei so viel Spaß, daß sie gar darüber ganz vergaßen, ihre Mutter zu vermissen.

Eddie beobachtete sie, wie sie den Tag genossen und staunte, was sich Schwester Regina für ein perfektes Geschenk ausgedacht hatte. Es hatte sie kein Geld gekostet, und sie hatte Dinge einfach wiederverwertet, und trotzdem beschäftigte es die Kinder so vollkommen. Es war ein wunderbares Geschenk, das ihnen dabei half, die Abwesenheit ihrer Mutter für eine Weile zu verschmerzen.

Das war – so wurde ihm klar – genau die Art von Geschenk, die Krystyna immer gemacht hatte. Das Geschenk veranlaßte Eddie natürlich dazu, noch öfter an Schwester Regina zu denken. Er fragte sich, wie ihr Weihnachtsfest wohl sein würde. Er stellte sich vor, wie sie umgeben von ihrer Familie in diesem einfachen Farmhaus saß und fragte sich, ob sie sich Geschenke machten, und falls ja, was für Geschenke, denn er wußte, daß die Nonnen praktisch alles, was sie von jemandem draußen bekamen, der Mutter Oberin übergeben mußten und es für alle in der religiösen Gemeinschaft aufgeteilt wurde. Dutzende Male während der Weihnachtszeit hatte er sich den Kopf darüber zerbrochen, was er ihr schenken könnte. Unzählige Dinge hatte er in seinem Kopf hin und her überlegt: Handschuhe, Taschentücher, Stachelbeermarmelade, Schokoladeriegel. Aber schließlich befand er, daß das alles unpassend wäre und ging in seine Werkstatt. Er schnitt Abfallholz in Würfel, Dreiecke und Säulen – alle möglichen

Formen. Damit könnten ihre Schüler an den kalten Winternachmittagen spielen, wenn sie nicht nach draußen konnten. Niemand würde die Angemessenheit eines solchen Geschenks in Frage stellen.

Er fragte sich, wann sie wohl ins Kloster zurückkehren würde. Er hatte es sich in einem der Sessel von Romaine und Rose bequem gemacht, schloß die Augen und stellte sich vor, wie er ihr die hölzerne Kiste mit den selbstgemachten Klötzchen überreichen würde und wie sich ihr Gesicht beim Anblick des Geschenks freudig aufhellen würde.

Es fiel ihm nicht auf, daß die Gedanken an Schwester Regina in letzter Zeit immer häufiger seine Trauer um Krystyna überdeckten.

Schwester Reginas Weihnachtsfest war seltsam. Teilweise genoß sie es: mit ihrer Mutter zusammen Plätzchen zu backen, zum Gottesdienst in die St. Peter-and-Paul-Kirche zu gehen, wo sie schon als Kind immer gewesen war; ohne das Klingeln der Glocke zu leben, die ihr sagte, wann sie aufstehen mußte, wann sie in der Kapelle zu sein hatte, wann beim Frühstück; morgens in den Stall zu ihrem Vater hinauszugehen, der gerade die Kühe melkte; den Katzen warme Milch in Sardinenbüchsen hinzustellen; ihren Neffen und Nichten dabei zuzusehen, wie sie ihre Geschenke auspackten, zu ihrer Lieblingsschwester Elisabeth zum Weihnachtsessen zu gehen.

Ihr Weihnachtsfest hatte aber auch weniger schöne Seiten. Alle – mit Ausnahme ihres Vaters – schlichen um sie herum und behandelten sie, als habe sie eine ansteckende Krankheit. Keiner von ihnen konnte unbeschwert neben ihr sitzen. Niemand scherzte mit ihr, bat sie beim Abwasch zu helfen oder den Tisch zu decken. Und erst recht niemand sprach mit ihr über ihre Entscheidung, den Orden zu verlassen. Seit sie von ihrem Entschluß wußten, behandelten sie sie wie eine Ausgestoßene.

Als sie schließlich abreisen mußte, war sie erleichtert. Ihre Mutter umarmte sie in der Küchentüre und steckte ihr einen Fünfdollarschein zu.

»Für euch alle im Kloster«, sagte sie. Dann streichelte sie Reginas Wangen und sagte traurig und mit Tränen in den Augen: »Bitte überleg es dir noch einmal ganz, ganz genau, bevor du den Orden verläßt.«

»Das werde ich, Mutter. Deshalb gehe ich ja jetzt ins Kloster St. Ben.«

Das St.-Benedikt-Kloster lag in dem verschlafenen Städtchen St. Joseph, im Westen von St. Cloud. Ihr Vater fuhr sie hin und ließ sie beim Portal, das sie so gut kannte, aussteigen. Es hatte sich nicht verändert, seit Schwester Regina dort als Novizin studiert hatte. Das Tor, der Schlafsaal, die Kapelle des Heiligen Herzens waren ihr so vertraut, als sei sie niemals fortgegangen. In der schattigen Kapelle mit den barocken Granitbögen und der bescheidenen Glaskuppel verbrachte sie die nächsten vier Tage mit Beten. Stunden und Stunden der Gebete, so bewegte sie sich unter den anderen, die alle so aussahen wie sie. Schwarzgekleidete Gestalten, die sich langsam bewegten und in beständigem hellen Sopran Gregorianische Gesänge sangen. Die Gesänge hallten in der Kapelle wider, bis sie aus den Wänden des Gebäudes selbst zu kommen schienen. Sie nahm ihre Mahlzeiten im Refektorium ein, wo die Worte der Danksagung, im Chor gesprochen, so musikalisch wie ein Loblied klangen, und sie schlief in einer kahlen Zelle, die keine weltlichen Ablenkungen enthielt. Sie besuchte die Messe, die von Benediktinermönchen gelesen wurde, kniete in bedächtiger Ruhe, öffnete sich ihrem Gott, ließ Ihn in ihr Herz und ihre Seele ein, lud Ihn ein, ihren Willen zu ändern, so daß er dem seinen entspräche.

Aber am Ende des vierten Tages sagte ihr nichts, was sie hörte, fühlte oder spürte, daß sie noch länger eine Benediktinernonne sein sollte. Statt dessen tauchte sie aus ihrer spirituellen Suche auf und wußte, daß ihre Entscheidung fortzugehen richtig war. Daher trat sie am Ende dieses vierten Tages durch die große schwere Tür aus Eichenholz ins Büro der Äbtissin, Schwester Vincent de Paul. Sie wußte wenig von Schwester Vincent de Paul, nur daß sie unendlich gütig und unendlich weise war und diejenige, die sie um Erlaubnis bitten mußte, um von ihrem Gelübde befreit zu werden. Schwester Vincent lächelte selten, und sie tat es auch diesmal nicht, als Schwester Regina in ihr Büro trat. Sie füllte ihr weißes Gewand so vollständig aus, daß ihr massiges Kinn über dem Halsausschnitt hinausquoll. Ihre drahtumrandete Brille saß auf einer starken Nase mit großen Nasenlöchern. Sie saß hinter einem Tisch, der in ihrem Zimmer so groß schien wie ein Güterwagen, und dessen dunkle Holztäfelung beinahe alles Licht aus dem Raum aufsaugte. In einer Ecke stand eine Statue der Jungfrau Maria. Der Rest des Raumes wurde von Büchern und harten Holzstühlen beansprucht.

»Kommen Sie herein, Schwester Regina«, sagte die Äbtissin. »Gelobt sei Jesus Christus.«

»Amen.«

»Sie sind Lehrerin in Browerville, wenn ich mich recht erinnere.«

»Ja, das ist richtig.«

»Und Mutter Agnes hat mir mitgeteilt, daß Sie dort nicht allzu glücklich sind.«

»Ja, Schwester, das ist richtig.«

»Möchten Sie mir davon erzählen?«

Genau das tat sie, und binnen weniger Minuten wußte sie, daß Schwester Vincent eine geduldige und aufmerksame Zuhörerin war. Sie saß da und bewegte sich nicht, sah Schwester Regina aber die ganze Zeit über aufmerksam an. Diese schloß ihre Ausführungen mit ruhiger Stimme:

»... daher möchte ich Sie um die Erlaubnis bitten, mich von meinem Gelübde zu lösen.«

Schwester Reginas Herz pochte vor Angst, als sie ihre Bitte aussprach. Die Äbtissin reagierte jedoch mit der gleichen ruhigen Überlegtheit, die auch Mutter Agnes bewiesen hatte.

»Ich bin sicher, Sie haben Gott in dieser Angelegenheit um Seine Führung gebeten.«

»Ja, Schwester.«

»Sie haben gebetet, Buße getan, sich zurückgezogen.«

»Zweimal habe ich mich zurückgezogen, Schwester, und ich habe viele Monate lang intensiv gebetet.«

»Und Sie haben darüber mit Ihrem geistigen Ratgeber gesprochen.«

»Und mit meinem Priester. Auch meine Familie weiß Bescheid.«

»Nun, dann ... mir scheint, Sie haben sich entschieden.«

»Ja, das habe ich.«

»Sie sind nervös, Schwester Regina.«

»Ja, das bin ich.«

»Das ist nicht überraschend, denke ich. Schließlich bringt Ihre Entscheidung eine wichtige Phase in Ihrem Leben zu einem Ende. Aber lassen Sie es mich so formulieren: Ich habe einige Nonnen gekannt, die den Orden verließen, aber jede von ihnen hat sich auch als weltliche Person weiterhin sehr stark für uns eingesetzt. Manchmal können jene Menschen, die kein Gewand tragen, einen sehr praktischen Zugang zur kirchlichen Arbeit und zur Wohltätigkeit finden, den wir gar nicht wählen dürfen oder für den wir keine Zeit oder keine Mittel zur Verfügung haben. Also ...« Sie nahm ein Formular und reichte es über den Tisch. »Alles, was Sie jetzt noch zu tun haben, ist, dieses offizielle Formular auszufüllen, das ich dann nach Rom weiterleiten werde. Ihnen ist ja bekannt, daß der Heilige Vater es persönlich unterzeichnen muß.«

»Ja, Schwester, das ist mir klar.«

Das Formular war so schnell ausgefüllt, daß sie ein seltsames Gefühl beschlich. Sie hatte so viele Jahre des Studiums absolvieren müssen, um Nonne zu werden. Und nun reichten einige Sekunden aus, um eine sechsjährige Vorbereitungszeit zu widerrufen.

Schwester Vincent unterschrieb ebenfalls und legte das Formular auf ihre Schreibtischunterlage.

»Sie wissen bestimmt, daß es durchaus sechs Monate dauern kann, bis eine solche Dispensierung erfolgt ist.«

»Ja, Schwester.«

»Und ich möchte Sie daran erinnern, daß Sie während dieser Zeit noch immer an Ihr Gelübde gebunden sind, so wie vorher.«

»Ja, Schwester.«

»Noch etwas ... aus naheliegenden Gründen ist es besser, wenn Sie es noch eine Weile für sich behalten.«

»Ja, Schwester.«

»Nun, gut, dann ...« Schwester Vincent erhob sich und steckte die Hände in ihre weiten Ärmel.

»Möge der Herr mit Ihnen sein, Schwester Regina. Und falls Sie während dieser nächsten Monate eine Gesprächspartnerin brauchen, ich bin hier.«

»Ich danke Ihnen. Gott segne Sie, Schwester.«

»Sie auch.«

Das seltsame Gefühl behielt sie, als Schwester Regina wenig später das Gelände des Klosters St. Benedikt verließ und die Straße in Richtung der Bushaltestelle hinunterging. Ihren Koffer trug sie in der Hand. Wie konnte etwas, das ihr Leben während all dieser Jahre bestimmt und ausgefüllt hatte, durch einen so kurzen Wortwechsel zu Ende gebracht werden? Sie hatte erwartet, von der Äbtissin noch einmal hart auf die Probe gestellt zu werden. Sie hatte sich ihr Gespräch ähnlich wie ein Verhör vorgestellt, sie hatte damit gerechnet, sich verteidigen zu müssen. Statt dessen hatte die Äbtissin ihre Entscheidung mit höchstem Respekt und gelassen akzeptiert. Sie hatte sich ihren Widerstand viel heftiger vorgestellt. Statt dessen schien es ihr, als wirke hier ein ungeschriebenes Gesetz: *Wir zwingen niemanden zu bleiben, der nicht mehr bleiben möchte.*

Als ihr Vater sie vier Tage zuvor am Kloster St. Ben abgesetzt hatte, hatte er sich anerboten, sie nach diesen vier Tagen wieder abzuholen und nach Browerville zu fahren. Nun war sie froh, darauf bestanden zu haben, den Bus zu nehmen. Es gab ihr Zeit, über die grundlegenden Veränderungen in ihrem Leben nachzudenken. Ein Teil dieser Veränderungen wie zum Beispiel, daß sie ohne Geld aus dem Kloster fortgehen würde, machte ihr angst. Andere, wie beispielsweise die Aussicht, Mr. Olczak schreiben zu können, erfüllten sie mit ungeduldiger Vorfreude.

Der Greyhound erreichte Browerville kurz nach drei Uhr an einem der kältesten Nachmittage dieses Januars. Aber weil Samstag war, der traditionelle Einkaufstag für die Farmer, war die Ortschaft voller Leben. Die Futtermühle, die in der Nähe der Hauptstraße Korn mahlte, jaulte wie eine Sirene. Auf dem Fleischmarkt räucherte Pete Plotnik auf einem Zuckerahorn-Feuer polnische Würstchen, deren Duft in der Luft hing. Im Lebensmittelladen kauften die Bauersfrauen ein. Ihr Haar hatten sie mit Lockenwicklern aufgedreht und mit Tüchern bedeckt, wie immer am Samstag. Schwester Regina trug ihren Koffer von der Bushaltestelle bis zum Kloster, und auf dieser kurzen Strecke grüßten sie alle, die sie trafen, mit Namen. Die Männer zogen ihre Hüte, als sie vorbeiging. Die Kinder, die ihre Schlitten zogen, blieben stehen, bis sie vorüber war. Jede Frau lächelte ihr zu. Sie hatte nun fast fünf Jahre lang hier gelebt und kannte die Namen der Menschen, genauso wie die Einwohner von Browerville den ihren kannten.

Es wäre eine Lüge zu behaupten, daß sie all das nicht jetzt schon vermißte.

Als sie beim Kloster ankam und die Küchentür öffnete, empfing sie Vertrautheit. Schwester Ignatius buk Zimtplätzchen, und jemand hatte irgendwo auf dem Gang in einem der Musikzimmer Klavierstunden. Der Duft der Plätzchen, der vertraute Klang des Klaviers, das freundliche Gesicht der alten Nonne, all dies zusammen zerrte an ihrem Herzen und ließ sie einen Moment lang zweifeln. Konnte sie all dies wirklich zurücklassen, wenn die Zeit gekommen war?

Ihr Herz würde voller Heimweh sein, wenn sie fortginge, aber trotz allem stand ihre Entscheidung fest.

»Gelobt sei der Herr«, begrüßte sie Schwester Ignatius.

»Amen.« Schwester Regina blieb kurz stehen, aß ein Plätzchen und ging hinauf in ihr Zimmer. Sie verbeugte sich vor dem Kruzifix an der Wand, bekreuzigte sich, packte ihre wenigen Besitztümer aus und hörte das leise Klingeln der Glocke, das sie zum Mittagessen rief.

Die alltägliche Routine hatte sie wieder.

Die sichere, Lebe-nach-den-Regeln- und Triff-keine-eigenen-Entscheidungen-Routine. Aber im Moment war sie erleichtert, sich ihr unterzuordnen.

Mutter Agnes rief sie kurz darauf zu sich und fragte sie, wie es ihr in der Zeit, die sie fort war, ergangen sei, wie ihr Rückzug im Kloster St. Ben verlaufen sei und ob sie ihre Meinung noch einmal geändert habe.

»Nein, Mutter Oberin, das habe ich nicht. Ich habe die Äbtissin getroffen und das Formular ausgefüllt. Es ist jetzt auf dem Weg nach Rom.«

Die Enttäuschung stand der alten Nonne deutlich ins Gesicht geschrieben. »Ich denke, ich hatte wohl auf eine andere Antwort gehofft.«

»Es tut mir leid, Mutter Oberin.«

Die beiden saßen einen Moment lang schweigend da, bevor Schwester Regina noch etwas einfiel.

»Oh, ich habe noch Geld für Sie.« Sie nahm sieben Dollar aus einer Tasche. »Meine Mutter hat mir den Fünfdollarschein gegeben – ein Weihnachtsgeschenk für unsere Gemeinschaft. Und ich habe für den Bus nur die Rückfahrt bezahlen müssen, denn Mr. Olczak war so freundlich, mich nach Hause zu fahren. Der Bus hatte Verspätung, und es schneite ziemlich stark, so habe ich sein Angebot angenommen. Ich hoffe, das geht in Ordnung, Mutter Oberin.«

Schwester Agnes starrte sie mit ihren wäßrigen blauen Augen an. Sie war nicht einverstanden, aber tröstete sich damit, daß es wenigstens ihr hochgeschätzter Mr. Olczak gewesen war, mit dem Schwester Regina die Heilige Regel gebrochen hatte. Bei einem anderen Mann hätte sie ein ernstes Wort mit Schwester Regina reden müssen. Schließlich zog sie die Augenbrauen in die Höhe, schüttelte den Kopf und verstaute das Geld in den voluminösen Röcken ihres schwarzen Gewands.

Vielleicht ist es das beste, wenn sie fortgeht, dachte die alte Nonne. *Sie hat niemals wahren Gehorsam gelernt.*

Am Montagmorgen begann die Schule wieder, und Schwester Regina hielt sich im Klassenzimmer auf, bevor die Kinder kamen. Sie schrieb gerade ein Gebet an die Tafel, als Mr. Olczak in der Türe erschien. Unter dem Arm trug er eine ziemlich große Kiste.

»Willkommen zurück, Schwester.«

Sie hatte sich selbst ein Versprechen gegeben: Was auch geschah, sie würde sich an ihr Gelübde und die Heilige Regel halten, bis ihre Dispensierung offiziell wäre. Wie sehr seine Stimme sie auch bewegte, welch starken Gefühle in ihrem Herzen durch seine Anwesenheit auch wach wurden, sie würde sie bekämpfen, sie verstecken, sie besiegen. Sie drehte sich von der Tafel um und gab sich reserviert.

»Guten Morgen, Mr. Olczak. Was haben Sie denn da?«

»Etwas, um Ihre Schüler zu beschäftigen, wenn sie in der Pause nicht nach draußen können.« Er trat ins Zimmer und ging ans Fenster. Ihre Augen folgten seinem blauen Flanellhemd und beobachteten, wie es sich unter dem X seiner Arbeitshosenträger spannte, als er die Kiste auf den Boden stellte.

Sie ging nachsehen, was er ihr gebracht hatte, paßte aber auf, ihm nicht zu nahe zu kommen.

»Du meine Güte, wie wunderbar! Haben Sie die gemacht?«

»Ja, in meiner Freizeit.«

»Gott segne Sie, Mr. Olczak. Die Kinder werden Sie dafür lieben.«

Sie lächelte ihn an, aber er erwiderte ihr Lächeln nicht. Ihre Blicke trafen sich, und beide erinnerten sich daran, daß sie bei ihrem letzten Treffen eine verbotene Reise in seinem Wagen gemacht und es sehr genossen hatten. Sie standen einander gegenüber, die Kiste zwischen ihnen, und zerbrachen sich den Kopf, ob es keine keuscheren und passenderen Gesprächsthemen für sie gäbe. Irgend etwas, worüber man reden konnte, ohne daß sie sündigen mußte. Alles, was ihm einfiel, war, *ich habe dich vermißt,* und das durfte er nicht aussprechen. Alles, was ihr einfiel war, *ich werde mich von meinem Gelübde befreien lassen,* und das durfte sie nicht aussprechen. Als die Zeit schließlich lang wurde, und es ihnen beiden peinlich zu werden begann, steckte sie die Hände in ihre Ärmel und blickte sich im Zimmer um.

»Ich sehe, daß Sie die Böden geschrubbt und die Fenster geputzt und alles startklar gemacht haben. Ich danke Ihnen.«

»Nun ... wissen Sie ... Ferien. Das ist eine gute Zeit, um so etwas zu tun.« Wieder verging einige Zeit, während sie spürte, wie seine Augen auf ihr ruhten, und den Duft seiner Haare roch, der wohl von seinem Shampoo stammen mußte. Es war ein würziger Geruch, der sie innerlich angenehm berührte.

»Haben Sie schöne Weihnachten gehabt?« fragte er.

Bildete sie sich das nur ein, oder sprach er nun anders zu ihr als früher? Lag da etwa ein Unterton der Vertrautheit in seiner Stimme?

»Ja, das hatte ich. Sind Sie denn gut wieder nach Hause gekommen bei dem Wetter?«

»Das war kein Problem.«

»Ich möchte Ihnen noch einmal danken, daß Sie mich mitgenommen haben.«

»Und ich möchte mich bei Ihnen für das Weihnachtsgeschenk bedanken, das Sie den Mädchen gemacht haben. Sie haben die ganze Woche ohne Unterlaß Schule gespielt.«

Sie sah ihn wieder an und konnte den Blick nur schwer von seinen leidenschaftlichen, braunen Augen, seiner geraden Nase und dem attraktiven Mund lösen, und in diesem Moment konnten sie kein Nonnengewand, kein Gelübde und keine Regel der Welt vor ihren Gefühlen schützen.

Sie liebte ihn.

Sei vorsichtig, mahnte sie eine Stimme in ihrem Innern, *du bist noch nicht draußen.*

Sie drehte sich um und ging wieder nach vorne an die Tafel, um darauf zu schreiben. Seine Schritte folgten ihr, ohne Eile. Er blieb einen Moment stehen, um eine Reihe Stühle zurechtzurücken, die sich leicht verschoben hatten. Dann setzte er sich wieder in Bewegung, kam näher ... und blieb hinter ihr stehen.

»Hat Ihr Vater Sie zurückgebracht?«

»Nein, ich habe den Bus genommen.« *Dreh dich nicht um, Schwester Regina. Wage es nicht, dich umzudrehen, dachte sie. Du bist noch nicht draußen!* »Sie hätten mich anrufen sollen.«

»Ich danke Ihnen, aber ich bin gut hierher gekommen.«

Ich bin vom Kloster St. Ben gekommen, wo ich die Papiere unterschrieben habe. Nachdem sie das kurze Gebet an die Tafel geschrieben hatte, erfand sie eine Liste mit Wörtern zum Buchstabieren, damit sie sich nicht zu ihm umdrehen mußte. Aber als sie den Platz für eine Spalte aufgebraucht hatte und die ganze Tafel vollgeschrieben war, blieb sie einfach so stehen und sah zur Tafel, die Kreide in der Hand, ohne sich zu regen.

Er sah sie von hinten an. Natürlich war ihm aufgefallen, daß sie zu schreiben aufgehört hatte. Und er fragte sich, ob er mit seinen Vermutungen recht hatte, warum sie sich nicht zu ihm umdrehen wollte, ihn nicht ansah. Obwohl es beinahe unglaublich schien, hatte er das Gefühl, als kämpfte sie mit der Versuchung. Er fragte sich, was sie wohl tun würde, wenn er sie an der Schulter berührte.

Zu ihrem Glück kam in diesem Moment der erste Schüler zur Türe hinein. »Guten Morgen, Schwester! Guten Morgen, Mr. Olczak!« bellte er ziemlich laut, schlurfte durch das Klassenzimmer und verschwand in der Garderobe. Und der Zauber war gebrochen.

Sie waren vor sich selbst gerettet worden.

»Nun …«, sagte Eddie. Er trat den Rückzug an. »Gerade ist es Zeit geworden, um die erste Glocke zur Messe zu läuten.«

Erst in diesem Moment setzte die Schwester die Kreide ab und drehte sich um. Ihre Wangen waren lebhaft gerötet und ihr Gesichtsausdruck eine Mischung aus Nervosität und Bestürzung. Eddie war schon an der Tür, aber keine Macht der Welt konnte ihre Blicke daran hindern, einander zu suchen. Es fiel ihm auf, daß sie vergessen hatte, ihre Hände in den Ärmeln zu verstecken, sie spielte mit der Kreide. Sie ihrerseits bemerkte, daß seine Lippen leicht geöffnet waren und sein Atem etwas schwer ging.

Als er sprach, war seine Stimme ein heiseres Flüstern: »Es ist schön, daß Sie wieder hier sind, Schwester.«

Viel zu spät steckte sie ihre Hände in die Ärmel und wendete den Blick ab. Sie verkniff sich eine persönliche Antwort und nickte statt dessen.

Schließlich verließ er das Zimmer. Verwirrt blieb sie zurück und starrte auf die Stelle, wo er vor kurzem noch gestanden hatte. Sie kämpfte mit ihrem Körper, dem es seit seinem elften Lebensjahr verboten war, Körperlichkeit zu leben. Und doch sehnte sie sich so sehr danach, diesem Mann näher zu kommen. Schließlich schloß sie die Augen und erlaubte ihrem Atem, in einem erleichterten Seufzer zu entweichen.

Überschwenglich dankten ihr Eddies Töchter für das Weihnachtsgeschenk. Sie erzählten ihr nun auch, daß ihr Vater während der Weihnachtstage ein wenig traurig und mürrisch gewesen sei und daß er gesagt habe, er sei froh, wenn alles vorüber wäre.

Anne hatte eine Dankeskarte aus Karton gebastelt und darauf mit Maccaroni, die sie aufgeklebt hatte, die Worte *Für Schwester Regina* geschrieben. Im Innern hatte sie in ihrer einfachen Druckschrift geschrieben (die Schwester brachte den Viertkläßlern in diesem Jahr gerade die Schreibschrift bei): *Danke Ihnen für die Sachen, um Schule zu spielen. Wir spielen immer Schule. Ich bin die Leererin und Lucy ist die Schühlerin. Manchmal ist sie fräch, dann laß ich sie an die Tafel schreiben, ich bin nicht mehr fräch. Vielen, vielen Dank. Sie sind eine gute Leererin. Alles Liebe Anne & Lucy.*

Lucy brachte der Schwester zwei Kekse, die sie aus hellem rosafarbenem Salzteig gebacken hatte. Sie hatten die Form eines Herzens und sahen fleckig und schmutzig aus.

»Die können Sie nicht essen«, riet sie der Schwester ganz ernsthaft und stellte einen Spielzeug-Plastikteller auf den Tisch der Schwester, »die sind nicht echt. Aber Sie können sie anschauen und so tun als ob. Dann brauche ich meinen Teller zurück.«

Die Schwester ließ sie fünf Tage auf ihrem Schreibtisch stehen, bis sie wie ein Paar geschrumpfte Mandeln aussahen, dann dankte sie Lucy und gab ihr den Teller zurück.

Inzwischen waren sowohl Schwester Regina wie Mr. Olczak an jenem Punkt angelangt, wo sie ihre Gefühle füreinander innerlich nicht mehr leugneten. Aber gleichzeitig war ihnen beiden klar, daß nie mehr passieren durfte, was an jenem ersten Tag nach Weihnachten geschehen war, daß sie nämlich beide ihre Vernunft vergaßen. Er wußte nicht, daß sie sich von ihrem Gelübde befreien lassen wollte, und aus diesem Grund schien sie ihm so unerreichbar wie immer. Sein schlechtes Gewissen, weil er sie begehrte, überschattete seinen Alltag. Sie kämpfte mit der Vorgabe der Äbtissin, nicht über ihren bevorstehenden Austritt aus dem Orden zu reden, und gab sich deshalb Mühe, Mr. Olczak nicht über den Weg zu laufen. Sie wollte erst gar nicht in Versuchung kommen, ihm die Wahrheit zu enthüllen. Außerdem war es auch für sie eine Sünde, ihn zu begehren, denn noch war sie an ihr Keuschheitsgelübde gebunden.

Falls sie sich zufällig trafen, fand einer von beiden schnell eine Ausrede, sich zu entfernen. Sie blieben nur kurz stehen, um einander verstohlene Blicke zuzuwerfen. Falls sie doch miteinander reden mußten, sorgten sie dafür, daß ihre Hände beschäftigt waren und ihr Blick starr auf die Arbeit gerichtet war, in die sie gerade vertieft waren. Es war eine seltsame Zeit für Schwester Regina, auch was ihr Leben in der religiösen Gemeinschaft anging. Es spielte sich zwar noch immer im Rahmen des Ordens ab, und doch schien sie irgendwie nicht mehr richtig dazuzugehören. Sie befolgte die Heilige Regel, fühlte sich aber doch irgendwie ausgeschlossen. Wenn sie die anderen Schwestern beobachtete, gab sie sich Mühe, sie nicht zu bemitleiden, und dennoch packte sie manchmal das Mitgefühl, gefolgt von Aufregung bei dem Gedanken an die Freiheiten, die sie erwarteten. Sie zählte die Tage, obwohl sie gar nicht wußte, wie viele Tage es tatsächlich sein würden. Sie sehnte sich sehr danach, mit jemandem über alles sprechen zu können – am liebsten mit Schwester Dora. Zu gerne hätte sie ihr erzählt, daß sie fortgehen würde, und wie unheimlich es ihr war, ganz alleine loszuziehen. Mit ihr hätte sie all die Unsicherheiten, die sie erwarteten, besprechen und über die unglaublichen Freuden phantasieren können, die in der Welt draußen auf sie warten würden. Aber natürlich stellte genau dies für die katholische Kirche eine Bedrohung dar. Redete man über die weltlichen Freuden, stellte man damit das Fortbestehen der Nonnen in Frage. So behielt sie ihr Geheimnis für sich ... und nur Schwester Agnes wußte Bescheid.

Manchmal passierte es, daß ihre Gedanken während der stummen Gebete abschweiften und sie sich nicht mehr auf das Gebet konzentrieren konnte, nicht einmal, wenn es Teil des Pflichtprogrammes war. Vielleicht dachte sie sich, wird es einfacher, als sie befürchtete, die Routine der letzten viereinhalb Jahre hinter sich zu lassen.

Die große Frage war, wann Mr. Olczak ihr seine Gefühle gestehen würde, falls er das überhaupt jemals tun würde. Falls er es tat, bevor sie von ihrem Gelübde befreit war, wäre das natürlich eine Sünde. Und da er nichts von alldem wußte ...

Nicht einmal nach ihrem Austritt konnte es sich eine ehemalige Nonne leisten, einen Mann, mit dem sie gearbeitet hatte, schon bald privat zu treffen. Die Leute würden sich die Mäuler zerreißen ... allerdings immer vorausgesetzt, Mr. Olczak würde ihr jemals seine Gefühle gestehen. So wie sie die Situation einschätzte, wäre es genauso möglich, daß er sie vergaß, wenn sie erst einmal auf der Farm ihrer Eltern lebte. Also traf sie eine wichtige Entscheidung.

Ende Januar bewarb sie sich für ein Stipendium der Regierung und meldete sich an der Universität von Minnesota an, um dort im Herbst ein Studium aufzunehmen. Sie wollte einen Abschluß in Kinderpsychologie machen.

Anfang Februar wurde Schwester Regina von einem Brief ihrer Mutter überrascht, der an ihrem Platz im Speisesaal gegen ihr Wasserglas gelehnt war. Er war geöffnet worden, bevor man ihn dort hingestellt hatte.

Liebe Schwester Regina (nicht Liebe Jean, wie sie früher immer geschrieben hatte)

Es war schön, daß Du an Weihnachten nach Hause gekommen bist. Dein Vater hat mit mir darüber gesprochen, ob Du bei uns wohnen könntest, wenn Du den Orden verläßt, und schließlich hast Du ja keinen anderen Ort, wo Du hingehen könntest, also geht es für mich in Ordnung, wenn Du hierher kommst und bei uns wohnst. Ich kann Hilfe im Garten und beim Einkochen gebrauchen, und meine Beine sind auch nicht mehr das, was sie einmal waren. Ich habe noch nicht den Mut gefunden, jemandem von alldem zu erzählen.
Alles Liebe, Mutter.

Es fiel Schwester Regina auf, daß ihre Mutter sich wirklich bemühte, die Situation ohne Groll zu akzeptieren. Sie hatte beinahe sechs Wochen gebraucht, um sich dazu zu überwinden, ihr diesen Brief zu schreiben, und nun hatte sie das Ganze auch noch mit dem Angebot verbunden, Schwester Regina auf der Farm wohnen zu lassen.

Aber ihre Mißbilligung war noch immer zwischen den Zeilen zu lesen.

17

Der Winter zog sich hin, feucht und trübe, und es gab wenig, das etwas Abwechslung in den Alltag brachte, mit Ausnahme der vierzigstündigen Andacht. Während dieser Zeremonie leuchteten die Kirchenlichter vierzig Stunden lang ununterbrochen, und die Nonnen beteten und priesen den Herrn. Zum Abschluß der Zeremonie kamen Gastpriester, und es fand eine prunkvolle Prozession statt.

Es war kurz nach dieser Zeremonie, als Eddie im Zentrum bei »Wroebel und John« ein paar Tücher kaufte, um damit das Messing zu polieren.

Andere Männer aus der Gegend standen an der Theke und vertrieben sich so die Zeit, als John Wroebel meinte: »Wir werden also Schwester Regina verlieren. Das ist schade, findet ihr nicht?«

Eddies Körper schaltete sofort auf Alarmzustand.

»Sie verlieren? Wie meinst du das?«

»Sie verläßt den Orden. Hast du nichts davon gehört?«

»Sie verläßt was?« fragte ein anderer.

»Sie wird keine Nonne mehr sein. Anscheinend hat sie die ganze Prozedur in Gang gesetzt, um sich von ihrem Gelübde befreien zu lassen.« John streckte die Hand aus, um Eddie sein Wechselgeld zu geben, aber Eddie beachtete ihn gar nicht. Er hätte keinen Muskel rühren können, auch wenn jemand eine Stange Dynamit neben ihm angezündet hätte.

»Wer hat dir das erzählt?«

»Pater Teddy.« Das war Johns Bruder Theodore, der Priester in der Kirche St. Mary in Alexandria, Minnesota, war. Bei der vierzigstündigen Andacht war er einer der Gastpriester gewesen.

»Bist du sicher, John?«

»Das hat mir Pater Teddy erzählt. Hier ist dein Wechselgeld, Eddie.« Eddie spürte kaum, wie das Kleingeld in seine Hand fiel.

»Mein Gott«, flüsterte er, als er sich umdrehte. Er wußte selbst nicht, ob seine Worte als Stoßgebet oder als Blasphemie gemeint waren. »Hört zu, Jungs, ich muß wieder an die Arbeit. War nett, mit euch zu plaudern.«

Er ließ sie mit der Neuigkeit allein und machte sich auf den Weg nach St. Joseph. Auf der ganzen Strecke ging ihm ein Gedanke nicht mehr aus dem Kopf: *Ist es wahr, ist es wahr? Verläßt sie den Orden wirklich? Wollte sie es mir nicht erzählen?*

Nur noch daran konnte er denken und beschloß deshalb, sie sofort zu fragen. Er eilte die Auffahrt zum Schulgebäude hinauf und ging durch den Lehrerinneneingang. Als er in ihr Klassenzimmer schielte, sah er sie durch die Reihen gehen. Sie hatte ihm den Rücken zugewandt, während die Kinder ruhig über ihren offenen Büchern saßen. Als er sie so sah und an die Möglichkeit dachte, daß sie bald eine freie Frau sein würde, geriet er völlig durcheinander.

Er klopfte an den Türrahmen und sagte:

»Entschuldigen Sie, Schwester, könnte ich Sie kurz sprechen?« Sie fuhr herum, blickte ihn quer durch das stickige Klassenzimmer an. Für einen kurzen Moment sah er, wie sie sich freute, ihn zu sehen, das hatte sie nicht verbergen können. Doch dann riß sie sich sofort zusammen, und der besondere Glanz in ihren Augen verschwand.

Von ihren Tischen aus winkten ihm Lucy und Anne stumm zu, und er winkte seinen beiden Mädchen zurück. Endlich steckte Schwester Regina die Hände in die Ärmel ihres Gewands und näherte sich ihm.

»Ja, Mr. Olczak?« flüsterte sie.

»Könnten Sie bitte einen Moment mit mir ins Blumenzimmer kommen?«

Sie konnte ihre Überraschung kaum verbergen. Irritiert hob sie ihre Augenbrauen, als habe sie ein winzigkleines Insekt gestochen, während sie auf der Bühne einen Text aufsagen mußte. Dann sah sie kurz zu ihren Schülern, die sich jedoch ruhig verhielten und in ihre Arbeit vertieft waren.

»Bitte«, wiederholte er und trat einen Schritt zurück. Er ging durch den Flur, öffnete die Tür zum Blumenzimmer und hielt sie ihr wartend auf.

Sie warf ihren Schülern noch einen letzten Blick zu und gab schließlich nach. Mit gesenktem Blick ging sie an ihm vorbei und trat in die Abgeschiedenheit des Blumenzimmers.

Er schloß die Türe hinter ihnen, durchquerte das Zimmer und schloß auch die zur Eingangshalle. Das Blumenzimmer lag ganz ruhig da. Trübes Sonnenlicht fiel durch die Fenster, und am Fensterbrett lehnte der Schlagstock von Schwester Mary Charles, der zwischen den Töpfen mit den blühenden Veilchen ziemlich fehl am Platz wirkte.

Als Eddie sich umdrehte, erwischte er Schwester Regina dabei, wie sie gerade den Schleier auf ihren Schultern zurechtzupfte. Schnell versteckte sie ihre Hände wieder.

Sie schien sich gegen seine Anwesenheit zu stärken.

Er machte ein paar Schritte auf sie zu und blieb direkt vor ihr stehen. Nun standen sie einander direkt gegenüber, noch niemals zuvor waren sie so nahe beieinander gestanden. So nahe, daß sie ihn erstaunt anblickte. »Ist es wahr?« fragte er ohne Umschweife. »Verlassen Sie den Orden?« Nun hatte er sie endgültig überrascht:

»We ... wer hat Ihnen das erzählt?«

»John Wroebel. Er weiß es von Pater Teddy.«

Sie drehte ihren Kopf weg. Sie wollte nicht lügen, aber sie war gezwungen, die Wahrheit zurückzuhalten.

Er berührte sie an dem starren weißen Stoff unter ihrem Kinn und zwang sie so, den Kopf zu heben. Er nahm seine Finger nicht von dem tadellos gestärkten Stoff, den er noch niemals vorher berührt hatte und auch jetzt nicht hätte berühren dürfen: »Ist es wahr?«

»Wa ... was machen Sie da?« flüsterte sie. »Sie dürfen mich nicht berühren.«

Er ließ die Hand fallen, weigerte sich aber, einen Schritt zurückzutreten.

»Sagen Sie mir nur, ob es wahr ist. Verlassen Sie den Orden?«

Ratlos öffnete sie den Mund zum Sprechen, kämpfte mit sich, fand aber keine Worte, während sie in seine Augen starrte. Sie schien mit ihrem Blick um Gnade zu betteln.

»Sie sollten das nicht wissen«, sagte sie schließlich.

»Warum nicht?«

»Bitte ...« Sie versuchte sich abzuwenden, aber schon spürte sie wieder seine Finger, die ihren Kopf hoben.

»Warum?« insistierte er. Zum erstenmal berührte sie ihn ganz bewußt: Sie schlug seine Hand zur Seite, um seinem Griff zu entkommen. Aber als sie versuchte, ihm auszuweichen, war er schneller, packte sie an ihren dicken schwarzen Ärmeln und hinderte sie daran, ihm zu entfliehen.

»Wissen Sie eigentlich, was für eine Angst ich im Moment ausstehe?« Seine Wangen waren gerötet, an seiner Stirn trat eine Vene hervor. »Glauben Sie, für mich ist das leicht?«

»Tun Sie das nicht!« Sie packte seine Handgelenke und versuchte, ihn wegzudrücken, aber er war so unglaublich stark, daß sie keine Chance hatte.

»Schwester, bitte, reden Sie mit mir.«

»Tun Sie das nicht!«

»Falls es irgend etwas mit mir zu tun hat ...«

»Nicht!« Sie flüsterte nur noch mit geschlossenen Augen. Sie flehte ihn an.

»Wann haben Sie beschlossen, den Orden zu verlassen?« Sie verweigerte ihm die Antwort, während sie weiter darum kämpfte, seinen Griff zu lösen. »Wann?«

»Bitte, Mr. Olczak ... Sie tun mir weh.«

Er ließ sie sofort los, als sei ihm der allmächtige Gott erschienen. »Es tut mir leid, Schwester«, flüsterte er, »aber ich muß es wissen ... wann werden Sie fortgehen? Und warum?«

»Ich muß zurück zu den Kindern.« Sie ging in Richtung der Tür, aber er stellte sich ihr mit einem einzigen Schritt in den Weg. Ein breites Hindernis aus Flanell und Jeansstoff, das ihr jeden Durchgang verweigerte.

»Die Kinder sind beschäftigt. Bitte, sagen Sie mir doch nur – ob das irgend etwas mit mir zu tun hat? Denn ich glaube, das hat es.«

»Ich bin noch immer Nonne. Es ist verboten.«

»Wann werden Sie keine Nonne mehr sein? ... *Wann?*«

»Ich kann Ihnen darauf nicht antworten.«

»Wo werden Sie hingehen?«

Sie versuchte sich an ihm vorbeizudrücken, aber er hielt sie wiederum am Arm fest, dieses Mal vorsichtiger.

»Was werden Sie tun?«

Sie schloß ihre Augen und begann inständig zu flüstern: »Heil dir, Maria, voller Gnaden, der Herr ist mit dir ...«

»Ich glaube, es gibt Gefühle zwischen uns, oder nicht? Geben Sie mir doch einfach ein Zeichen mit dem Kopf. Ja oder nein.«

»... geheiligt bist du unter den Frauen, und geheiligt ist die Frucht deines Leibes, Jesu ...«

»Haben Sie Gefühle für mich, so wie ich Gefühle für Sie habe?«

»... Heilige Maria, Mutter Gottes, bete für uns Sünder ...«

»Hätten Sie es mir noch erzählt, oder wären Sie einfach fortgegangen?«

»... jetzt und in der Stunde unseres Todes ...«

»Schwester Regina, sehen Sie mich an.«

Das tat sie. Ihre Augen waren geweitet und voller Angst.

»Amen«, flüsterte sie schwach. »Bitte, Mr. Olczak, Sie dürfen mich nicht berühren. Es ist ... ich ... bitte ...«

»Dann beantworten Sie mir nur diese eine Frage. Nur diese eine. Wann werden Sie frei sein?«

Ihr Mund öffnete sich. Schloß sich wieder. Öffnete sich wieder. Obwohl sie es nicht wollte, schossen ihr die Tränen in die Augen.

»Ich möchte nicht respektlos sein, Schwester, aber ich muß es wissen«, sagte er ruhig. »Wann?«

Einen schrecklichen Moment lang glaubte sie, er würde sie küssen. Der Ausdruck in seinen Augen zeigte ihr ganz deutlich, daß er das gerne getan hätte. Er hatte ihr beide Hände ganz sanft auf die Arme gelegt, und sein Daumen streichelte sie vorsichtig, wie ein zarter Windhauch auf einer Blüte. Sein Blick fiel auf ihren Mund, und in dem Moment wurde ihr klar, wenn sie nicht irgend etwas tat, würde die Versuchung sie beide besiegen. »Es dauert sechs Monate«, flüsterte sie. »Nun lassen Sie mich gehen.« Er ließ sie vorsichtig los. »Und falls ich Ihnen irgend etwas bedeute, so tun Sie das nie wieder ... ich bitte Sie.«

»Na gut. Es tut mir leid, Schwester.«

Endlich war sie in der Lage, ihren Blick abzuwenden. Während sie das tat, strich sie ihre Ärmel vom Ellbogen bis zum Handgelenk glatt. So versuchte sie die Erinnerung an den Genuß, den seine Berührungen ihr bereitet hatten, zu verscheuchen.

»Ich muß zurück zu den Kindern.«

Er trat einen Schritt zur Seite und gab ihr den Weg zur Tür frei. Sie ging schnell auf sie zu, aber bevor sie sie öffnete, hielt sie an und preßte beide Hände gegen ihre Wangen. Sie suchte nach einem Taschentuch und trocknete sich die Augen. Dann steckte sie es in ihr Gewand und legte sich ihren Schleier auf der Schulter zurecht. Ohne ihn noch einmal anzusehen, ging sie hinaus und zurück ins Klassenzimmer.

Sie verloren danach kein Wort mehr darüber, was zwischen ihnen vorgefallen war. Er sprach weder mit seinem Bruder und Vertrauten Romaine noch mit sonst jemandem aus der Familie darüber, und sie erwähnte es nicht vor ihrem Beichtvater, Pater Kuzdek, der Schwester Oberin oder ihrer Freundin Schwester Dora. Beide trugen sie die Erinnerung an dieses Gespräch wie eine Last mit sich herum, die sie nicht loswerden konnten. Und diese schwere Last veranlaßte sie – da sie sich beide schuldig fühlten –, Buße zu tun.

Sie beteten viel.

Er aß während der ganzen Fastenzeit kein Fleisch.

Sie sprach eine Novene für die Jungfrau Maria und bemühte sich, Buße zu tun, indem sie Rosenkränze betete und fastete. Und sie war besonders freundlich zu Schwester Mary Charles, die sie am wenigsten mochte. Dieses Opfer wollte sie auf sich nehmen, um dafür von ihren Sünden befreit zu werden. Und er versuchte möglichst viel Zeit mit seinen Kindern zu verbringen.

Aber die Erinnerung an jene zwei oder drei Minuten im Blumenzimmer hielt sie in der Nacht wach. Manchmal lag sie während des Großen Schweigens in ihrer kargen Zelle und stellte sich vor, wie es gewesen wäre, wenn er sie geküßt hätte. Und sie fragte sich, ob er das jemals tun würde, wann und wo es geschähe und ob sie, falls es dann endlich soweit wäre, in der Lage sein würde, ihre Hemmungen zu vergessen. Sie zerbrach sich den Kopf, ob sie sich wohl wie eine normale Frau benehmen könnte oder ob sie sich zu lange hinter ihrem keuschen Lebensstil verbarrikadiert und so die Fähigkeit verloren hatte, sich irgendwelche sexuellen Freiheiten zuzugestehen.

Auch er lag wach und zermarterte sich den Kopf, ob ihre Entscheidung, den Orden zu verlassen, wohl irgend etwas mit ihm zu tun hatte. Er überlegte sich, was sie wohl durchgemacht haben mußte, bis sie zu dieser Entscheidung gekommen war. Er stellte sich vor, wie sie den kirchlichen Würdenträgern hatte entgegentreten müssen, und wieviel Angst sie gehabt haben mußte, sich zu dieser Entscheidung durchzuringen. Dann fragte er sich, ob sie ihr erlauben würden, nachher noch weiter im Kloster zu unterrichten. Noch niemals zuvor hatte er eine Nonne gekannt, die den Orden verlassen hatte, aber er war sich ziemlich sicher, daß die Entscheidungsträger in der Diözese nicht besonders nachsichtig mit ihr sein würden. Vermutlich würden sie sie zwingen fortzugehen. Und was dann? Würde er sie aus den Augen verlieren? Nein, er wußte, wo ihre Eltern lebten, und er könnte dorthin gehen, um sie zu finden. Aber die Leute würden reden, vor allem über eine Exnonne und einen Schulhausmeister. Gewiß würden sie annehmen, zwischen ihnen sei schon vor ihrem Austritt irgend etwas vorgefallen. Er mußte also selbst nach ihrem Austritt noch vorsichtig sein, um nicht irgendwelche häßlichen Gerüchte in die Welt zu setzen.

Eine Woche verging. Zwei Wochen. Es machte ihm zu schaffen, wie er sie im Blumenzimmer zur Rede gestellt hatte. Er hatte sie zwingen wollen, Dinge zu sagen, zu denen sie noch nicht bereit war oder die sie vielleicht gar nicht aussprechen durfte.

Schließlich beschloß er, sich auf dem sichersten Weg, den er kannte, zu entschuldigen.

Sie entdeckte seine Entschuldigung eines Morgens, als sie früh in das leere Klassenzimmer kam, an ihrem Tisch saß und die mittlere Schublade öffnete. Sie suchte einen Stift und fand statt dessen einen Schokoladeriegel mit einer Notiz: *Es tut mir leid.*

Gefühle überwältigten sie, die sie noch niemals zuvor gespürt hatte: Dies war die erste Liebesbotschaft, die sie jemals erhalten hatte. Kein Junge, kein Mann hatte je die Gelegenheit gehabt, ihr seine Zuneigung zu zeigen, denn als sie in das Kloster gekommen war, war sie noch zu jung gewesen und danach natürlich unerreichbar. Gerührt griff sie nach dem Schokoladeriegel und hielt ihn lange Zeit in der Hand. Sie war versucht, die Verpackung aufzureißen und hineinzubeißen. Aber es war Fastenzeit, wo Enthaltsamkeit geboten war. Aber noch wichtiger war, daß sie noch immer zu den Benediktinerinnen gehörte und es ihr verboten war, von Männern persönliche Geschenke anzunehmen.

Also versteckte sie den Schokoladeriegel ganz hinten in ihrer Schublade und nahm sich fest vor, ihn am Schluß, wenn sie ihren Schreibtisch ausräumte, mitzunehmen.

Am gleichen Tag, als sie ihre Klasse gerade wieder aus der Pause hereinbrachte, traf sie Mr. Olczak in der Halle.

Er nickte und grüßte sie, leise und reserviert: »Schwester.«

Sie wandte ihren Blick ab und sagte: »Hallo, Mr. Olczak.«

Sie sagte kein Wort wegen des Schokoladeriegels. Aber sie wußten beide, daß er ihn dorthin gelegt und daß sie ihn gefunden hatte. Also hatten sie noch ein gemeinsames Geheimnis, das sie der übrigen Welt vorenthielten.

Die Fastenzeit hielt an, öde und scheinbar ohne Ende. Eddie und Schwester Regina paßten sich der schwermütigen Stimmung der Jahreszeit an und behielten ihre Gefühle für sich, als könnten sie so dafür Buße tun: *Ich werde mich in Geduld üben. Ich werde der Versuchung nicht nachgeben. Ich werde statt dessen beten und gute Taten vollbringen.* Wenn er also nach den Schulstunden ihr Klassenzimmer putzen mußte, während sie noch dort war, zögerten sie beide kurz, wenn er an ihrer Tür erschien und eintrat. Sie sah dann von ihrem Schreibtisch auf und sagte kein Wort. Und er blieb in der Türe stehen und schwieg. Normalerweise war sie es, die die Sprache als erste wieder fand.

»Hallo, Mr. Olczak«, sagte sie einfach und vertiefte sich wieder in ihre Arbeit.

»Hallo, Schwester«, antwortete er, und während er dann kehrte, aufräumte, schrubbte und Ordnung machte, taten sie beide besonders gleichgültig, was aber nur dazu führte, daß sie einander noch mehr beachteten. Und wenn ihr Herz raste, wenn sie einander in der Eingangshalle zufällig trafen und ihr Atem schneller ging, so wußten sie dies gut zu verstecken.

Der Passionssonntag kam, und die Tradition verlangte, daß sie alle Statuen und Kreuze mit violetten Tüchern verhüllten. Schwester Reginas Aufgabe war es, als Sakristan zu amtieren. Sie wählte zwei Ministranten aus der achten Klasse aus, die ihr dabei helfen sollten. Zu Eddie sagte sie: »Wenn

Sie die beiden Jungs mit hinunternehmen und ihnen zeigen würden, wo die violetten Tücher sind, könnten sie die Tücher hinauftragen.« Eddie nahm die Jungen mit in den Keller und grub die Kisten mit den Materialien aus – sowohl die Schutzbezüge wie die Tücher– und die hölzernen Vorhangstangen, auf die die Streifen aufgezogen wurden. Schwester Regina hätte sich nur mit Hilfe der beiden Jungen durch ihre Aufgabe gequält, aber Eddie hatte nicht vor, das zuzulassen. Sie brauchten Leitern, um die Schutzbezüge über die lebensgroßen Statuen auf den hohen Sockeln zu stülpen, und eine spezielle Gartenharke, die er so eingestellt hatte, daß die Zähne nach hinten zeigten. So konnte er sie dazu benutzen, die hölzernen Vorhangstangen an der Wand über dem Hauptkruzifix zu befestigen. Die Kirche hatte fünf Altäre, und es dauerte beinahe zwei Stunden, bis sie alle Schutzbezüge geglättet und aufgehängt und die Leitern wieder weggestellt hatten. Die ganze Zeit, in der sie zusammen arbeiteten, waren Eddie und die Schwester die Diskretion selbst. Sie tauschten weder ein unpassendes Wort noch eine unziemliche Berührung aus. Bei jeder Gelegenheit machten sie einen großen Bogen umeinander und achteten die ganze Zeit darauf, daß zwischen ihnen ein ausreichend großer Abstand blieb. Aber wann immer die beiden Jungen nicht zusahen, wann immer sie sich vom anderen unbeachtet fühlten, warfen sie einander verstohlene Blicke zu.

Sie hatte einen langen schwarzen Übermantel über ihr Gewand gezogen und die Ärmel bis zum Ellbogen zurückgerollt, wodurch ihre Ärmelschoner sichtbar wurden. Außerdem hatte sie die Enden ihres schwarzen Schleiers zwischen den Schultern festgesteckt. Er arbeitete wie immer in der Kirche ohne Kopfbedeckung, und statt seines üblichen Arbeitsanzuges trug er eine khakifarbene Hose und ein grobgewebtes blaues Hemd.

Er stellte sich vor, wie sie wohl in einem normalen Hauskleid aussähe, und fragte sich, ob sie unter ihrer Haube das Haar wachsen ließ und welche Farbe es wohl hatte.

Sie stellte sich ihn in der Küche vor, wie er Feuerholz hineinbrachte und fragte: Was gibt es denn heute zum Mittagessen?

Er fragte sich, wie ihre Arme und Beine geformt waren.

Sie fragte sich, ob er noch mehr Kinder wollte.

Einmal stand sie auf der Leiter, weil sie darauf bestanden hatte, die Statue der heiligen Jungfrau selbst zu waschen, bevor sie den Überzug darüberstülpten.

»Würden Sie mir bitte den feuchten Lappen geben, Mr. Olczak?« bat sie ihn.

Sie beugte sich hinunter. Und er kletterte herauf. Und obwohl ihre Finger nur einen schmutzigen grauen Lappen berührten, trafen sich ihre Blicke, und alles in ihnen sehnte sich nach dem Sommer. Der Palmsonntag kam und mit ihm jene Woche des Jahres, in der in und um die Kirche die meisten Aktivitäten liefen. Wenn Jesus Christus am Ostermorgen von den Toten auferstehen würde, so sollte er dies in einer ihm würdigen Umgebung tun. Die Frauen der Gemeinde unterzogen das Gebäude einer gründlichen Reinigung, die von Schwester Regina überwacht wurde. Jedes Altartuch, das sie besaßen, wurde gewaschen und gebügelt, jeder Kerzenhalter poliert, die Böden geschrubbt und gewachst und jedes Detail der aufwendigen Verzierungen an den Wänden abgestaubt. Die Fenster, die Heizungen, die Beleuchtung, die Orgelpfeifen, die Kirchenbänke und die Kniepolster – alles wurde von den wachsamen Augen der Putzmannschaft inspiziert. Es war eine aufwendige Putzaktion, die sie vornahmen, so sorgfältig wurde nur zu dieser Zeit im Jahr geputzt.

Es gab auch noch andere Vorbereitungen. Sie holten jenes Tuch, welches ihnen schon an Weihnachten für die Krippe gedient hatte, wieder herauf und legten damit das Heilige Grab aus, in dem eine Statue des toten Christus lag. Die Kinder übten für die Prozession am Ostersonntag, und der Chor der Erwachsenen probte ein besonderes Programm. Der Beichtstuhl war ständig in Betrieb, da sich der Pater die Beichten jedes einzelnen Gemeindemitglieds anhörte. Dazu kamen noch die langen und zahlreichen Zeremonien, die zwischen Gründonnerstag und Ostersamstag stattfanden. So herrschte in der ganzen Kirche während sechzehn Stunden am Tag geschäftiges Treiben. Auch die Spannung stieg, denn niemand blieb unberührt von den intensiven religiösen Zeremonien. Ab Donnerstag blieben alle Kerzen gelöscht, kein Chor sang, und keine Glocke läutete im gewohnten Klang. Statt dessen waren nur hölzerne Klöppel zu hören, als sie am Karfreitag unter dem Kreuz beteten. Die Gläubigen küßten die Füße Jesu an dem großen Kreuz, das auf dem Boden lag, und am Freitagabend fand eine düstere Prozession statt, die von Ministranten angeführt wurde. Sie trugen ein Kreuz, das noch immer mit violetten Tüchern verhüllt war.

Die Zeremonien am Ostersamstag waren lang und düster: die Segnung des Feuers und der Passahkerze, das Vorlesen der Prophezeiungen, die Segnung des Wassers und der Osterkerze.

Am Samstagmittag heiterte sich die gedämpfte Stimmung jedoch auf. Jesus war auferstanden! Die Fastenzeit war vorüber! Die Kinder der Gemeinde durften wieder Süßigkeiten essen, die Erwachsenen Fleisch!

Und Eddie ließ die Glocken erklingen.

Er läutete und läutete, länger als zu sonst irgendeinem Zeitpunkt im Jahr, und mit dem Klang der Glocken spürte er, wie seine Lebensgeister wieder erwachten.

Die freudige Stimmung hielt an und stieg sogar noch während des Nachmittags, der hektisch war für Eddie. Die Kirche füllte sich wieder bis zum letzten Platz für die jährliche Segnung der Lebensmittel. Die Gemeindemitglieder brachten alle möglichen Dinge, von Plätzchen bis zum selbstgemachtem Meerrettich sollte Pater Kuzdek alles segnen. Eddie mußte sich bereithalten, um die Glocken vor und nach der Dreiuhrmesse zu läuten, und nachher den Kirchenboden zu wischen. Die Statue des toten Christus mußte aus dem Grab entfernt und wieder im Keller verstaut, und statt dessen ein auferstandener Christus aufgestellt werden. Dann dekorierte er die Umgebung der Gruft mit Osterglocken. Auch die Altäre schmückte er mit Blumen, und aus dem Lagerraum holte er Töpfe, die er auch noch bepflanzte. Außerdem mußte er in der ganzen Kirche vor der abendlichen Messe die violetten durch weiße Tücher ersetzen.

Schwester Regina war wieder mit zwei Helfern anwesend.

Für sie und Eddie war es eine anstrengende Woche gewesen. Nach der langen Fastenzeit und dem intensiven Trauern der Passionswoche nahmen sie das plötzliche Ansteigen der Stimmung beide intensiv wahr. Die Kirche erhellte sich mit jedem weißen Tuch, das sie aufhängten. Die Kerzen brannten wieder in ihren kleinen gläsernen Behältern. Die Dutzenden eingetopften Osterglocken erfüllten die Kirche mit einem umwerfenden Duft.

Es war später Nachmittag, als sie die letzte Leiter im Keller verstauten und die Jungen nach Hause gehen ließen, damit sie sich für die abendliche Prozession umziehen konnten. Schwester Regina verbeugte sich kurz, als sie den Mittelgang durchquerte, und strich das weiße Tuch, das entlang der Kommunionsbank verlief, glatt. Alles war so perfekt – so sauber und hell, bereit für die Feier. Vermutlich war es ganz ähnlich, wenn man Vorbereitungen für eine Hochzeit traf.

Sie kniete in der ersten Reihe nieder und bekreuzigte sich. Sie fand Gefallen an der Stille und der Sauberkeit, genoß das Gefühl, all dies geleistet zu haben. Sogar daß ihre Schultern schwer vor Müdigkeit waren, erfüllte sie mit Zufriedenheit. Sie sprach ein Gebet, bot den Lohn des Tages Gott zu Ehren.

Dann tauchte Eddie auf, müde von der Arbeit und schmutzig in seinem Arbeitsanzug und den schweren Schuhen. Er verneigte sich ebenfalls kurz, dann schlüpfte er in die Bank, die auf der anderen Seite des Mittelganges auf gleicher Höhe von Schwester Regina lag.

Die Kirche lag völlig still.

Es duftete so süß wie in einem Garten. Alle Sünden waren gebeichtet worden, der Pater hatte den Beichtstuhl nun geschlossen und sich zurückgezogen, um sich für die abendliche Messe vorzubereiten. Auf den Sitzen der ersten fünf Reihen warteten Kerzen auf die Kinder, die sie am Abend für die Prozession anzünden würden.

Es war eine anstrengende und ausgefüllte Woche gewesen. Und Eddie und Schwester Regina waren während der ganzen Arbeit und der Gottesdienste so oft aufeinander getroffen, daß sie ihre Vorsicht etwas verloren hatten. Als sie gemeinsam noch einmal niederknieten, war das Gefühl von Müdigkeit und Unruhe verschwunden. Seite an Seite hatten sie dieses Gebäude für den Herrn vorbereitet und warteten nun entspannt auf Seine Auferstehung. Etwas Seltsames geschah, als sie gemeinsam niederknieten, müde, ehrfürchtig, still.

Gott segnete sie.

Sie spürten seinen Segen so deutlich, wie sie die Kissen unter ihren Knien spürten und die harte Bank an ihren Handgelenken. Ein Segen, der sie gemeinsam erreichte, sie überkam und ihren Geist klärte wie die ersten Sonnenstrahlen an einem frischen, klaren Morgen.

Eddie drehte sich um und blickte über den Gang zu ihr hinüber, und sie erwiderte seinen Blick.

Es war ein schöner Augenblick, und er war dieses eine Mal nicht von Schuld verdorben.

Er flüsterte: »Die Kirche sieht wunderbar aus.«

»Ja«, antwortete sie, »ich liebe Ostern.«

»Ja, ich auch.«

Sie blieben noch einen Moment lang, dann standen sie auf und gingen kurz in die Knie. Sie verließ das Kirchenschiff durch die Sakristei der Ministranten, und er folgte ihr, ohne sich dafür zu entschuldigen, daß er sie begleitete. In dem Bogengang hinter dem Altar fiel die spätnachmittägliche Sonne durch das farbige Glas und färbte die Wände bunt wie Ostereier. Er öffnete ihr die Tür nach draußen und folgte ihr. Als sich die Türe schloß, blieben sie an dem hohen Geländer kurz stehen und blickten die steilen Stufen hinab. Von diesem Punkt aus hatte man einen wunderbaren Überblick über das Refektorium, den Spielplatz und das Kloster. Es war Mitte April. Der Frühling war gekommen, und überall stieg der Geruch umgegrabener Erde auf. Die Bäume rings um das Refektorium trugen dicke braune Knospen, und eine Gruppe Krokusse strahlte in den verschiedensten Farben.

In der Kirche hatte Schwester Regina für Krystyna und für Eddies Kinder gebetet. Nun sagte sie zu ihm:

»Die Mädchen werden ihre Mutter heute abend vermissen, wenn sie sich für die Prozession vorbereiten.«

»Ich fürchte, da haben Sie recht. Es ist das erste Mal, seit sie gestorben ist.«

»Sie hat sich immer soviel Mühe mit ihren Kleidern und ihren Frisuren gegeben.«

»Das hat sie wirklich. Aber Grandma Gaffke und ich, wir haben uns doch auch nicht so schlecht geschlagen, oder?«

»Nein, überhaupt nicht. Aber sagen Sie den Mädchen, falls sie heute abend vor der Prozession besondere Unterstützung brauchen, so können sie gerne zu mir kommen.«

»Danke, Schwester, das werde ich.«

Sie ging die Stufen in Richtung des Klosters hinunter, ihre Haltung war noch immer sehr aufrecht, auch nach Stunden der Arbeit. Von seinem Beobachtungsposten aus sah er ihr nach, wie sie über den Platz ging – die Haube, die ihren schwarzen Schleier auf ihrem Kopf festhielt, der Schleier selbst, der beim Gehen leicht wippte, ihre schwarzen Schuhe, die mit jedem Schritt gegen den Saum ihres Gewands stießen. Er fragte sich, wie ihre Gefühle für ihn wohl aussahen, ob er sie richtig verstanden hatte und was sie von der Idee halten würde, seinen Kindern für den Rest ihres Lebens eine Mutter zu sein.

Schwester Reginas Bemerkungen über die Mädchen waren beinahe prophetisch gewesen, denn nachdem es viele Wochen gut gegangen war ohne Krystyna, weinte Anne an jenem Abend um ihre Mutter. Großmutter Gaffke hatte ihre Haare am Nachmittag auf dünne, metallene Lockenwickler gedreht, anstatt jene Lockenwickel zu nehmen, mit denen Krystyna ihren Mädchen immer die Haare frisiert hatte. Nun war ihr Haar unheimlich wellig und störrisch geworden. Eddie versuchte ihr zu helfen, es zu kämmen, setzte ihr dann den weißen Schleier auf und hoffte, sie wäre mit ihrem Aussehen zufrieden. Aber Krystyna hatte irgendwie mit ihren Händen zaubern können, und Eddie ging diese Fähigkeit ab. Seine Anstrengungen konnte man im besten Fall bemüht nennen. Er und die Mädchen standen in Eddies Schlafzimmer vor dem Spiegel. Krystynas Kämme und Bürsten hatten sie auf der Kommode ausgebreitet, und während Anne ihr Spiegelbild anstarrte, traten ihr dicke Tränen in die Augen.

»Muß ich so in die Kirche gehen?«

»Es sieht doch gar nicht so schlecht aus.«

»Doch, das tut es. Es sieht affig aus!« Ihre Tränen wurden noch dicker, und ihre Stimme dünn. »Ich wünschte, Mami wäre hier.«

Eddie wurde das Herz plötzlich schwer. Nichts berührte ihn mehr als seine Mädchen, die um ihre Mutter weinten.

»Das wünschte ich auch, mein Engel.«

Wie so oft wurde Lucy auch traurig, als sie sah, wie niedergeschlagen Anne war. Ihre kleinen Mundwinkel senkten sich immer tiefer, und sie sah aus, als würde sie ebenfalls gleich losheulen.

»Und unsere Kleider sitzen auch nicht richtig. Wir können gar nichts richtig machen ohne Mami.«

Eddie hatte sich Mühe gegeben, die Schleifen an der Rückseite ihrer Kleider schön zu binden, aber er hatte sich wieder ungeschickt angestellt.

Er kniete sich hin und sagte: »Kommt her, ihr beiden.« Sie kamen beide ganz nahe zu ihm, jede auf eine Seite, und gaben sich Mühe, nicht zu weinen. Im Spiegel trafen sie seinen Blick.

»Ich weiß, daß ich das nicht so gut mache wie Mami, mit den Schleifen und so, aber die neuen Kleider, die ich gekauft habe, sind fast genauso hübsch, wie die, die Mami immer für euch genäht hat, oder nicht?« Anne nickte kläglich.

Lucy auch.

»Und Schwester Regina hat gesagt, wenn ihr heute abend in die Kirche kommt, sollt ihr zu ihr gehen, und dann wird sie euch helfen. Wie klingt das?«

»In Ordnung, wahrscheinlich.«

»In Ordnung, wahrscheinlich.«

Sie klangen noch immer ziemlich kleinlaut.

»Sie kann euch dabei helfen, die Schleifen zu binden und die Schleier aufzusetzen – wie klingt das?«

Die beiden kleinen Mädchen gaben sich Mühe, etwas fröhlicher auszusehen, aber es wollte nicht so recht gelingen.

Anne sagte: »Wenn Tante Irene unser Haar frisiert hätte, dann würde es so aussehen, wie Mami es immer gemacht hat.«

»Das weiß ich, aber wir können uns nicht immer auf Tante Irene verlassen. Kommt jetzt«, versuchte er sie zu trösten. »Holt eure neuen Mäntel, und dann laßt uns gehen. Ihr könnt mir helfen, die Glocken zu läuten. Und vergeßt nicht – ihr werdet heute abend Kerzen tragen. Das wird doch etwas Besonderes sein, oder nicht?«

»Wahrscheinlich schon«, antwortete Anne pflichtbewußt.

»Wahrscheinlich schon«, plapperte Lucy ihr nach.

Aber seine Versuche, die Kinder aufzuheitern, schlugen Eddie nur selbst auf die Stimmung. An jenem Abend vermißte er Krystyna mit einem stechend scharfen Schmerz. Er vermutete, daß es mit der Tradition zu tun hatte – wieder etwas, das sich mit ihrer Abwesenheit verändert hatte. Ostern, das hatte immer für alle neue Kleider bedeutet – Kleider, Hüte, Handschuhe, Schuhe für die Kinder und Krystyna, und in manchen Jahren einen neuen Anzug für ihn. Die Mädchen hatten zwar ihre neuen Kleider – lavendelfarbene Mäntel mit einer Reihe perlmuttener Knöpfe, die sie aus dem Katalog bestellt hatten, weiße Handschuhe, weiße Schuhe, lange weiße Strümpfe, ihre knisternden weißen Schleier für die Prozession am Abend und weiße Strohhüte mit einem breiten Rand für die Messe am nächsten Tag –, aber als sie zu dritt in der Kühle dieses Frühlingsabends zum Kloster St. Joseph spazierten, ging jedes der Mädchen auf einer Seite von Eddie und nicht zwischen ihm und Krystyna, wie es immer gewesen war. Der Klang ihrer harten Absätze auf dem Gehweg vergrößerte nur den Klumpen in seinem Hals, und er mußte in den Himmel schauen und sich zwingen, an etwas anderes zu denken, damit ihm nicht die Tränen in die Augen stiegen.

In der Kirche halfen sie ihm dabei, die erste Glocke zu läuten, und das heiterte die beiden Mädchen etwas auf, weil sie sich dabei an das große Seil hängen durften. Dann zündeten sie mit ihm alle Lichter an, um die Kirche hell zu erleuchten. Sie blickten erstaunt nach oben und sahen, wie sich all die violetten Überzüge in weiße Tücher verwandelt hatten, warfen einen verstohlenen Blick in die Grotte und staunten über all die Osterglocken. Begeistert rochen sie ihren süßen Duft, entdeckten die Kerzen, die auf den vorderen Bänken bereit lagen, und mit wachsender Aufregung wurde ihnen bewußt, daß sie schon bald die verantwortungsvolle Aufgabe des Kerzentragens übernehmen würden.

Als sie nach ihrem Rundgang wieder im Vorraum angelangt waren, kamen bereits die ersten Kirchgänger. Mütter spuckten sich auf die Finger und glätteten die Frisuren ihrer kleinen Jungen und befestigten die Schleier auf den Köpfen der kleinen Mädchen. Die Väter sammelten die Mäntel ein und brachten sie auf ihre Plätze in den Bänken. Die Nonnen organisierten die Prozession und sorgten dafür, daß das Flüstern der Kinder leise blieb. Über ihren Köpfen erklang die Orgel, deren Vibrieren sogar auf dem Boden spürbar war. Im Innern waren die Ministranten fleißig damit beschäftigt, die Kerzen anzuzünden. Jemand berührte Eddie am Ellbogen: »Hallo, Eddie.«

Er drehte sich um: »Oh, hallo, Irene«.

Heute abend sah sie besonders hübsch aus. Sie trug einen neuen zartrosafarbenen Frühlingsmantel und einen Hut mit einem weißen Schleier, der auf ihrem sorgfältig in Locken gelegten Haar saß. Ihre Augen hatte sie geschminkt, und sie trug roten Lippenstift. Ihre Wimpern waren schwarz getuscht, so wie Krystyna das immer getan hatte. Eddie fiel auf, daß sie auch schlanker geworden war. »Frohe Ostern«, sagte sie.

»Das wünsche ich dir auch.«

»Frohe Ostern, Mädchen.« Sie bemerkte die mißlungenen Frisuren der Töchter, zeigte ihnen aber ihr Mißfallen nicht und wandte sich statt dessen an ihren Vater.

»Ich dachte, du würdest mich vielleicht um Hilfe bitten, um die Mädchen für heute abend anzuziehen.«

»Großmutter Gaffke hat mir geholfen.«

»Ich hätte ihre Haare so frisiert, wie Krystyna es immer getan hat.« Sie sah verletzt aus.

»Ich weiß, Irene, aber ich dachte … nun, du weißt schon.«

»Und wer hat ihre Schleifen gebunden? Mädchen, kommt her, laßt euch von Tante Irene ein bißchen helfen.«

Schwester Regina beobachtete den Wortwechsel zwischen Eddie und Irene aus dem Vorraum, wo sie ihre Schüler für die Prozession aufstellte. Sie sah, wie Irene Eddie am Ellbogen berührte, wie er sich umdrehte und sie miteinander sprachen. Dann kniete Irene nieder, um die Schleifen der Mädchen neu zu binden. Irene hatte abgenommen, und ihre Ähnlichkeit mit Krystyna war nun noch offensichtlicher – die gleiche Haarfarbe, das gleiche Make-up, die gleichen Lachfalten in ihrem Gesicht, als sie sich zu den kleinen Mädchen umdrehte, einen Kamm aus ihrer Handtasche nahm und wahren Zauber an ihren Frisuren vollbrachte. Sie nahm ein paar Haarspangen aus der Tasche, öffnete sie mit ihren Zähnen, zog die Haare der Mädchen gerade zurück, klemmte sie mit den Schleiern fest und zeigte den Kindern das Resultat in einem Taschenspiegel. Beide lächelten, umarmten und küßten sie. Als Irene aufstand, lächelte auch Eddie sie an und berührte sie an der Schulter, als sie sich weiter unterhielten. Für einen Moment wirkte Irene seltsam kokett, wie sie Eddie ihren Körper zuwandte, während beide Hände je auf einer Schulter ihrer Nichten lagen.

Ein seltsames Gefühl stach die Schwester mitten in die Brust, eine Hand schien ihr das Herz einige Sekunden lang zusammenzudrücken, bevor ihr klar wurde, was sie da spürte: Es war Eifersucht. Wie ein Blitz durchfuhr sie diese Erkenntnis, es lief ihr heiß den Nacken hinauf und entlang ihrer Arme wieder herunter. Und sie hörte eine innere Stimme, die sich beklagte, *aber ich hätte ihnen doch helfen sollen. Ich habe es zuerst angeboten.*

Sie erschrak über sich selbst. Doch sie mußte sich eingestehen, daß sie tatsächlich eifersüchtig war, das ließ sich nicht leugnen. Irene Pribil glich der Mutter der Kinder mehr als jedes andere lebende Wesen. Sie hatte genau den Dreh heraus, sich mit dem besonderen Krystyna-Flair um die beiden zu kümmern. Schwester Regina hatte das niemals gelernt in ihrem Leben, in dem Haarnadeln, Schleifen und Lippenstifte Fremdwörter waren. Irene konnte flirten, ihre Reize an ihrem Schwager ausprobieren, ihr Haar auf besondere Art frisieren, sie konnte sogar abnehmen, um ihm zu gefallen. Sie konnte ihre Fähigkeiten als Ersatzmutter zeigen, und – wer weiß? – vielleicht sogar einen Heiratsantrag aus ihm herausholen.

Schwester Regina war es im Gegensatz dazu verboten, auch nur ein Wort über ihre eigenen Gefühle zu verlieren. Sie war gezwungen, abseits zu stehen, ihn um sein Schweigen zu bitten und so zu tun, als fühlte sie nichts für ihn. Vielleicht war er durch die Tatsache verletzt, daß sie ihm ihre Pläne, den Orden zu verlassen, nicht offenbart hatte. Vielleicht nahm er das als Zeichen dafür, daß er ihr scheinbar nichts bedeutete. Vielleicht würde er sich schon, bevor sie den Orden verlassen könnte, für Irene entscheiden, und es würde ihm klarwerden, was für eine perfekte Stiefmutter sie für die Mädchen wäre.

An jenem Abend während der Gebete bezichtigte sie sich der Eifersucht. Sie sprach eines der heftigsten Reuegebete ihres Lebens. Nachdem die Lichter gelöscht waren, erinnerte sie sich mit großem Kummer daran, was sie empfand, als sie Irene mit Eddie und den Kindern beobachtet hatte. Wie seltsam. Nun war sie neunundzwanzig Jahre alt und hatte noch niemals das Gefühl der Eifersucht verspürt. Oh, vielleicht als Kind, wenn eines ihrer älteren Geschwister ein neues Paar Schuhe bekommen hatte oder das letzte Stück Kuchen. Aber die Eifersucht wegen eines Mannes, das war eine andere Sache. Es war seltsam, häßlich und quälend gewesen und hatte sie mit einer Sünde auf ihrem Gewissen zurückgelassen, die sie beichten mußte.

In der Dunkelheit legte sie sich eine Hand über die Augen.

Oh, wie sie diese Schuldgefühle satt hatte. Es schien ihr, als ob all ihre Taten in den letzten Monaten sie mit einem Gefühl der Schuld zurückgelassen hätten. Sie war die Ironie des Schicksals leid, sich als Nonne zu verlieben, nicht in der Lage zu sein, über Gefühle zu sprechen, nicht wahrhaben zu dürfen, was sie fühlte und was er fühlte. Sie sehnte sich so sehr danach, zu ihm zu gehen und ihm zu sagen, *ja, ich liebe dich und deine Kinder, aber ich bin noch immer an meine Gelübde gebunden, bis ich von ihnen befreit werde. Bitte hab Geduld. Bitte warte. Nur noch zwei Monate.*

Aber das konnte sie nicht tun, es wäre eine schwere Sünde.

18

An einem warmen, sonnigen Dienstag, dem achten Mai, der Unterricht war gerade zu Ende, trat Mutter Agnes in Schwester Reginas Zimmer und schloß die Türe hinter sich.

Sie begrüßten sich wie üblich.

»Gelobt sei Jesus Christus.«

»Amen.«

Dann sagte Mutter Agnes:

»Ihre Dispensierung aus Rom ist soeben gekommen.«

Schwester Regina schlug das Herz bis zum Hals, und dort hämmerte es wie wild.

»Oh! Schon so bald? Man ... man hat mir gesagt, es würde sechs Monate dauern.«

»Drei bis sechs Monate. Es waren jetzt fünf, glaube ich.«

»Ja ... beinahe. Es ist ...« Schwester Regina trat einen Schritt zurück und ließ sich in ihren Schreibtischstuhl fallen, sie war außer Atem. »Warum bin ich nur so schockiert?«

»Es ist ein Schritt, der Ihr Leben verändert. Und zwar endgültig.«

Schwester Regina versuchte, nach außen hin ruhig zu bleiben, aber nun, da es endlich soweit war, durchfuhr sie eine plötzliche Angst vor der Zukunft. Sie war in einem Schockzustand und konnte der Mutter Oberin kaum zuhören.

»Wir haben dafür gesorgt, daß dein Vater um fünf Uhr heute nachmittag hier sein wird, um dich abzuholen. Er wird dir etwas zum Anziehen mitbringen. In der Zwischenzeit kannst du dein Bett abziehen und deine persönlichen Sachen einpacken.«

»U ... um fünf Uhr?« Dies war die Zeit der Gebete, wenn alle damit beschäftigt waren, Vespergebete und Lobgesänge zu singen und nicht wahrnehmen würden, was im Rest des Hauses vor sich ging. »Und ... und ich darf mich von den anderen Schwestern nicht verabschieden?«

»Unter den gegebenen Umständen ist es der Äbtissin und dem Vorstand der Gemeinde lieber, wenn du das nicht tust.«

So klammheimlich und schnell, wie sie diese Sache abhandeln wollten, zeigte klar, daß ihnen die Geheimhaltung der ganzen Angelegenheit sehr wichtig war. »Aber ...« Doch wie hätte Schwester Regina widersprechen können? *Aber einige sind doch meine Freundinnen?* Es war ihr verboten gewesen, persönliche Freundschaften zu entwickeln, solange sie ein Mitglied der religiösen Gemeinschaft war. Plötzlich kam ihr das alles so absurd vor. Daß sie ihr nicht einmal erlaubten, sich kurz zu verabschieden. Wovor hatten sie denn Angst, daß sie eine Massenflucht aus dem Kloster auslöste?

»Nicht einmal von Schwester Dora?«

Die Mutter Oberin hob mißbilligend die Augenbrauen, um Schwester Regina zu bedeuten, daß es keinen Sinn hatte, über diesen Punkt noch weiter zu diskutieren.

Wenn nicht von Schwester Dora, dann bestimmt auch nicht von den Kindern. Schwester Regina sah ins leere Klassenzimmer. An der Tafel stand noch etwas in schiefer Schnörkelschrift, das ihre Viertkläßler dort hingeschrieben hatten. Aus den Schubladen einiger der Tische schauten Papierenden hervor. Über einem Stuhl hing ein alter pinkfarbener Pullover, ein Ärmel berührte beinahe den Boden. »Aber was ist mit den Kindern? Wer wird sie für den Rest des Jahres unterrichten?«

»Eine der pensionierten Nonnen aus dem Kloster St. Ben wird deine Stunden für die letzten drei Wochen des Schuljahrs übernehmen. Falls es irgend etwas gibt, das du ihr gerne mitteilen möchtest, so kannst du es mir sagen. Ich werde ihr die Nachricht überbringen.« Da begriff sie, daß sie hinter ihrem Rücken schon alles geplant hatten. Sie gaben ihr damit deutlich zu verstehen, daß sie etwas tat, das nicht richtig war, das man verstecken mußte. Obwohl die Mutter Oberin selbst ihr an Weihnachten versichert hatte, daß es keine Sünde sei, seine Berufung in Frage zu stellen, versuchte sie jetzt trotzdem, alles zu verheimlichen.

»Ich hatte keine Gelegenheit, meinen Schülern zu sagen, daß ich fortgehe«, sagte sie.

»Ich denke, das ist auch am besten so, Schwester.«

Ich aber nicht, wollte sie widersprechen. Diese Kinder, die fünf Tage in der Woche auf ihren Bänken saßen, waren schließlich keine Fremden. Sie waren Individuen, mit einzigartigen Persönlichkeiten und Bedürfnissen, junge Menschen, die ihr auf unterschiedlichste Art sehr viel bedeuteten, die ihr jeden Schultag etwas Wichtiges und Lebensnotwendiges gaben. Manche waren unter sanftem Druck langsam etwas aus sich herausgegangen, andere hatten gelernt, ihre negativen Verhaltensweisen zu kontrollieren. Einige hatte sie dazu ermutigt, mehr zu lesen, andere, weniger zu schwatzen, einige, ihre Rechnungen sorgfältiger zu machen, andere, freundlicher oder geduldiger zu sein oder ihre Zähne jeden Tag zu putzen. Alle hatten Spaß an einem Buch, das sie gemeinsam, Kapitel für Kapitel, lasen – *Das Geheimnis der grünen Schildkröte* –, und sie waren noch nicht am Ende angelangt. Und zwei ganz besondere Kinder, Anne und Lucy Olczak, würden denken, sie mache sich so wenig aus ihnen, daß sie sich nicht einmal die Mühe machte, alles zu erklären und sich zu verabschieden.

Aber für die Kirche war jedes dieser Kinder ein potentieller Priester oder eine potentielle Nonne, und deshalb schadete man ihr, wenn man über eine Nonne sprach, die den Orden verließ. Die Kirche fürchtete die Frage nach dem *Warum*.

Also mußte sie gehen, ohne sich zu verabschieden. Weder von den Kindern noch von ihren Freunden, nicht von Schwester Dora und schon gar nicht von Mr. Olczak. Ihr Blick ruhte auf der Kiste mit den Klötzen, die er für sie gemacht hatte, aber es blieb ihr keine Zeit, ihren Erinnerungen nachzuhängen.

Die Mutter Oberin wartete.

»Ich zeige Ihnen, woran wir in den Lese- und Rechenbüchern gerade gearbeitet haben, und ich habe ein Lesezeichen in die Geschichte gelegt, aus der ich den Kindern jeden Freitagmorgen vorgelesen habe.«

Beim Kennzeichnen der Seiten und den Erklärungen, was Mutter Agnes weitergeben sollte, wurde ihr Herz schwerer und schwerer. Sie hatte immer angenommen, bis zum Ende des Schuljahres bleiben zu können und am letzten Schultag mit den Kindern auf dem Schulgelände ein Picknick zu veranstalten.

Dann hätte sie zusehen können, wie sie in den Schulbus stiegen, hätte ihnen zum Abschied zugewinkt und das Schuljahr wie jedes andere beendet. Aber alles war bereits so eingefädelt, daß ihre Abreise so schnell und geheim wie möglich ablaufen konnte. Keine Zeit für Gefühle oder Abschiede. Keine Gelegenheit, über ihre Zukunft zu sprechen. Sie wollten die Verräterin so schnell wie möglich aus dem Kloster schaffen, ohne daß jemand etwas bemerkte. Sie wollten so tun, als sei sie irgendwohin gegangen, nur nicht dorthin, wohin sie wirklich ging: in die Freiheit.

Als der Moment kam, ihr Klassenzimmer zu verlassen, bat sie die Mutter Oberin:

»Bitte, Mutter, darf ich kurz alleine sein, nur für einen Augenblick?«

»Ja, natürlich.«

Als die Mutter Oberin gegangen war, öffnete Schwester Regina die obere Schublade ihres Schreibtischs und fand ganz hinten den Schokoladeriegel. Sie steckte ihn in eine ihrer tiefen Taschen, schloß die Schublade wieder leise und stand einen Moment lang einfach so da und versuchte, sich dazu zu zwingen zu gehen. Sie hatte nicht gedacht, daß es so schwer sein würde, aber fünf Jahre waren eine lange Zeit. Schließlich konnte sie sich überwinden, wenigstens bis zur Tür zu gehen, aber dort hielt sie erneut an und drehte sich um. Sie hatte Tränen in den Augen. Dieses Zimmer gehörte so sehr zu ihr – sie erinnerte sich, wie sie Buchstaben an die Tafel schrieb, wie sie die Noten in das rote Buch eintrug, wie sie auf die Heiligenkarten schrieb, die in den Katechismusbüchern der Kinder lagen.

Auf Wiedersehen, Kinder, dachte sie. *Ich werde euch so sehr vermissen.* In der Halle traf sie auf die Mutter Oberin, die dort in gebührendem Abstand von der Klassenzimmertür wartete. Auf der anderen Seite des Auditoriums im Zimmer der Siebt- und Achtkläßler hörte sie Mr. Olczak pfeifen, während er putzte, aber da die Mutter Oberin auf sie wartete, um sie ins Kloster zu begleiten, hatte sie keine Gelegenheit, sich von ihm zu verabschieden.

Ich werde ihm schreiben, dachte sie sich, ihm erklären, warum ich ohne ein Wort fortgegangen bin.

Auf Wiedersehen, Mr. Olczak. Auch Sie werde ich vermissen.

In ihrem Zimmer machte sie ihr Bett, zog die Bettwäsche ab und packte ihre persönlichen Sachen in einen Koffer. Es waren bemitleidenswert wenige Dinge – Unterröcke, ein schwarzer Schal, den Großmutter Rosella für sie gestrickt hatte, Gebetbücher, Rosenkränze, das Kruzifix, das ihre Eltern ihr beim Ablegen ihres Gelübdes geschenkt hatten, eine schwarz eingeschlagene Ausgabe der Heiligen Regel, Shampoo, Zahnbürste und Zahnpasta, ein bereits angebrochenes Stück Seife und Klassenfotos der letzten fünf Jahre. Die Fotografien wühlten sie von neuem auf. Sie ließ sich auf den Stuhl mit der schwarzen Lederlehne fallen und hielt ein Klassenfoto vom letzten Jahr auf den Knien. Darauf war Anne zu sehen. Sie war noch kleiner als jetzt, und damals hatte ihr noch ein Zahn gefehlt, der jetzt schön nachgewachsen war. Sie selbst stand in der hintersten Reihe inmitten der lächelnden Farmjungen, deren Haar für die Gelegenheit mit Gel nach hinten geklebt war. Sie konnte sich noch erinnern, wie sie an jenem Tag, an dem das Foto aufgenommen worden war, so parfümiert gerochen hatten wie sonntags ihre Väter. Auf dem diesjährigen Foto waren Anne und Lucy zu sehen. Es war kurz nach dem Tod ihrer Mutter aufgenommen worden, und Regina glaubte, die Traurigkeit in Annes Augen sehen zu können. Lucy hatte ein übertriebenes Lachen im Gesicht; ihre Augen waren nur noch kleine Schlitze, und ihre Lippen waren lang gezogen.

Was würde aus ihnen werden? Würde sie die Mädchen wiedersehen? Würde ihr Vater kommen und sie finden? Oder würde auch er ihr heimliches Verschwinden falsch deuten? Würde er glauben, daß er ihr so wenig bedeutete, daß sie sich nicht einmal verabschiedet hatte?

Sie legte die Bilder auf ihre persönlichen Dinge und steckte den Schokoriegel dazwischen. Sie schloß den Koffer in dem Moment, als die Glocke für die Nachmittagsgebete erklang. Ob es nun richtig oder falsch war, sie wartete im Türrahmen, bis Schwester Dora aus ihrem Zimmer kam und auf ihrem Weg in die Kapelle bei ihr vorbeikam. Als sie Regina in der offenen Tür und den Koffer hinter ihr auf dem Bett sah, blieb sie stehen.

»O nein«, keuchte sie, »das habe ich befürchtet.«

»Ich darf es dir eigentlich nicht sagen, aber ich habe die Dispensierung erhalten und werde heute fortgehen. Sie versuchen mich hinauszuschleusen, ohne daß irgend jemand merkt, daß ich gehe, aber …«

Schwester Dora sah sie erstaunt und traurig an. Sie streckte ihre Hand aus. Regina nahm sie und drückte sie kräftig mit beiden Händen. »Wohin gehst du?«

»Zu meinen Eltern, fürs erste.«

»Gott segne dich.«

»Dich auch.«

»Ich werde dich vermissen.«

»Was auch immer die Heilige Regel sagt, ich habe dich immer als meine Freundin betrachtet.«

Schwester Dora standen die Tränen in den Augen, als sie Reginas Hand ein letztes Mal kräftig drückte, dann ging sie weiter durch die Halle in Richtung Kapelle.

Wenige Momente später begann der Gesang. Ein süßer, ergreifender Sopran erklang, der durch den Gang seinen Weg ins gesamte Gebäude fortsetzte und durch das Dach in den Himmel hinaufgetragen wurde. Regina fühlte sich seltsam verloren, als sie dem einstimmigen Chor lauschte, ohne selbst mitzusingen. Sie spürte, wie sie sich am liebsten dem Gesang angeschlossen hätte. Aber sie war ja gar keine Nonne mehr. Nie mehr würde sie an den täglichen Gesängen teilnehmen.

Unten an der Tür wurde geklopft. Sie hatte gar nicht bemerkt, daß Mutter Agnes noch immer unten war, bis sie hörte, wie sie singend durch den großen Flur aus dem hinteren Teil des Hauses nach vorn ging. Kurz vorm Öffnen der Tür hörte die Mutter Oberin auf zu singen, dann vernahm Regina die Stimme ihres Vaters. Und die ihrer Mutter – gedämpft, beinahe verschwörerisch. Sie hörte, wie Schwester Agnes sie leise begrüßte und sie bat, in einem der Musikzimmer Platz zu nehmen.

Regina schlüpfte wieder in ihr Zimmer, schloß die Tür und wartete. Kurz darauf erschien Schwester Agnes mit einem in weißem Papier eingewickelten Paket.

»Ihre Eltern sind angekommen und haben das für Sie mitgebracht. Und hier sind Ihre Dispensierungspapiere, unterschrieben von Papst Pius.« Sie gab ihr einen weißen Umschlag. »Es ist auch eine kleine Summe Geld darin. Es ist nicht viel, aber Sie hatten etwas mitgebracht, als Sie sich den Benediktinerinnen angeschlossen hatten. Wir halten es nur für richtig und angebracht, daß wir Sie nicht ohne ein kleines Polster gehen lassen. Nun, Regina, wie fühlen Sie sich?« Sie siezte sie und sagte nicht mehr *Schwester*, sondern einfach nur noch *Regina*.

»Ich habe Angst.«

Die Mutter Oberin lächelte gnädig: »Das müssen Sie nicht. Gott wird über Sie wachen.«

»Ja, natürlich.«

»Darf ich Ihnen noch einmal sagen, Regina, daß es mir leid tut, daß Sie gehen. Ich hoffe, daß Sie wieder irgendwo unterrichten werden. Ihr Talent ist zu groß, um es zu verschwenden.«

»Ich danke Ihnen, Mutter Agnes.«

»Wenn Sie nun niederknien, für meinen letzten Segen ...«

Regina kniete nieder und spürte die Hand der älteren Nonne zum letztenmal auf ihrer Stirn.

»Gütiger und gnädiger Herr, wache über Regina, wenn sie nun in die Welt hinausgeht, um Deinem heiligen Willen auf andere, aber auch wichtige Art zu folgen. Möge sie weiterhin Dir zu Ehren dienen, für welche Arbeit sie sich auch immer in Zukunft entscheidet. Möge sie wohltätig sein, vor allem gegenüber jenen Menschen, die weniger Glück haben als sie, und möge sie weiterhin nach den wichtigsten Tugenden leben, damit sie am Ende ihres irdischen Lebens zu Dir in die Ewigkeit eingehen wird. Amen.«

»Amen«, murmelte Regina.

Sie stand auf und sah die Mutter Oberin an, deren wäßrige Augen noch etwas wäßriger als sonst aussahen.

»Erinnere dich an Seine Worte – fürchte dich nicht, denn ich bin bei dir an allen Tagen. Nun gehe in Frieden.«

Allein in ihrer Zelle, konnte Regina noch immer die Gesänge durch die weißgetünchten Wände und die geschlossene Tür vernehmen. Sie öffnete das weiße Papier und fand eine kurzärmelige, weiße Baumwollbluse und einen hübschen Frühlingsrock aus blauem Stoff mit kleinen pinkfarbenen Rosenknospen. Der Rock, das konnte sie sehen, war selbstgenäht. Tränen stiegen ihr in die Augen, als ihr klar wurde, wie liebevoll ihre Mutter den Rock für diese Gelegenheit zugeschnitten und genäht hatte. Denn sie wußte auch, daß Bertha noch immer untröstlich war über ihre Entscheidung, den Orden zu verlassen. Unter dem Rock lagen ein Paar weißer Strümpfe, eine schlichte weiße Unterhose und ein sauberer, aber gebrauchter Büstenhalter aus weißem Stoff. Daran war ein kleiner Zettel geheftet, auf den ihre Mutter geschrieben hatte: *Ich wußte Deine Größe nicht, deshalb habe ich Dir einen von mir gegeben. Ich hoffe, das geht, bis wir Dir einen eigenen kaufen können.*

Zum allerletztenmal zog Schwester Regina sich so aus, wie die Regeln ihres Ordens es verlangten, in umgekehrter Reihenfolge, wie sie sich am Morgen angezogen hatte. Sie küßte jedes Kleidungsstück und legte es mit einem Gebet zur Seite – den Schleier, die Kordel, das Skapulier, den Gürtel mit den drei Knoten, die für ihre drei Gelübde standen, die Ärmelschoner und ihre Tracht. Und natürlich das Tuch, das sie um ihre Brüste gebunden hatte.

Sich im hellen Tageslicht während der Lobesgesänge auszuziehen kam ihr irgendwie unanständig vor. Sie beeilte sich, den Büstenhalter anzuziehen – er war ihr allerdings zu groß –, und es war ein sehr seltsames Gefühl, ihn zuzuhaken. Die Bluse war gekauft, Größe 38, und paßte genau. Der Rock war in der Taille sehr schmal – wie war ihre Mutter wohl auf diese Größe gekommen? –, aber sie konnte ihn zuknöpfen und fühlte eine erste Welle der Freude, als sie die Luft an ihren Beinen spürte. Die weißen Strümpfe sahen komisch aus zu ihren schwarzen Schuhen mit den Blockabsätzen, aber sie hatte keine anderen. Sie nahm sich vor, sich als erstes neue Schuhe und einen Büstenhalter zu kaufen.

Als sie vollständig angezogen war, streifte sie den goldenen Ring von ihrem linken Ringfinger, den sie bekommen hatte, als sie die Braut Christi geworden war. Sie schaute ihn auf ihrer Handfläche an und dachte an jenen Tag, an dem sie in ihrem weißen Kleid mit dem Brautschleier auf den Kopf inbrünstig ewige Treue geschworen hatte: *»In toto corde.«* Schweren Herzens legte sie den Ring auf die säuberlich gefalteten Kleider auf dem Stuhl.

»Es tut mir leid«, flüsterte sie. »Es war einfach nicht das richtige Leben für mich.«

Von ihrem Tisch nahm sie einen winzigen Spiegel und einen kurzen schwarzen Taschenkamm und kämmte sich die Haare. Sie hatte so wenig Gelegenheiten gehabt, sich um ihr Haar zu kümmern. Es war gelbblond und achtlos von ihr selbst mit einer Papierschere aus dem Klassenzimmer geschnitten. Als sie es kämmte, klebte es ihr in lächerlichen Wirbeln am Kopf, und sie hatte plötzlich Angst, sich in der Öffentlichkeit zu zeigen, so unfrisiert und plump.

Sie hatte noch soviel zu lernen.

Aber das würde sie auch. Das würde sie.

Als sie bereit war zu gehen, warf sie vom Türrahmen aus einen letzten Blick auf ihre schwarzweiße Kleidung, die sorgfältig gefaltet auf einem Stuhl lag, und lauschte den Gesängen aus der Halle, die sich jetzt ihrem Ende zuneigten. Während sie ihren Blick durch das kahle, enge Zimmer schweifen ließ, sehnte sie sich plötzlich nach Farben. Tapeten, Vorhänge, Teppiche, Kleider! Pink, Blau, Gelb! Die strenge Zelle würde sie nicht vermissen, kein bißchen. Unten im Musikzimmer warteten ihre Eltern auf sie. »Hallo, Mutter, Dad«, sagte sie. »Danke, daß ihr gekommen seid.« Sie sprangen von ihren Stühlen auf, als hätte man sie bei irgend etwas Unrechtem erwischt.

»Schwes...« Ihre Mutter sah verlegen auf ihre Füße herunter und begann noch einmal: »Jean, Liebes. Wie passen dir die Kleider?«

»Gut, Mutter.«

»Ich hoffe, sie sind in Ordnung. Ich wußte nicht, was ich dir mitbringen sollte.«

»Sie sind völlig in Ordnung. So schön bunt«, fügte sie mit einem freundlichen Lächeln hinzu. »Danke, daß du mir einen Rock genäht hast.«

»Das war ich nicht. Elisabeth hat ihn gemacht. Sie bestand darauf. Sie hat auch noch einen kurzen Mantel für dich geschickt. Sie wußte nicht genau, ob du etwas zum Überziehen für draußen hattest.«

»Wie aufmerksam von ihr.«

Ihr Vater hatte noch kein Wort gesagt. Er half ihr in den Mantel, und einen Moment lang spürte sie, wie er ihre Schultern durch den warmen Wollstoff und die Schulterpolster von Elisabeths Mantel drückte.

»Ich hole deinen Koffer«, brach er sein Schweigen.

Ihre Mutter sagte: »Ich nehme den anderen Mantel«, und griff nach ihrem schweren, schwarzen Überzieher.

Sie verließen das Kloster zuerst, und Regina folgte ihnen. Nicht einmal die Mutter Oberin wartete in der Halle, um sich zu verabschieden. Sie hatte sich davongestohlen und sang wieder mit den anderen, anscheinend hatte sie ihre Befehle und sollte die Verräterin alleine ziehen lassen. Sie kam an der Bank in der Eingangshalle vorbei, wo sie oft ihre Klavierschülerinnen begrüßt hatte, manchmal auch Anne oder Lucy, die, ihr Unterrichtsgeld in Taschentücher eingebunden, auf ihre Stunden gewartet hatten. Bei der verglasten Veranda vor der Fassade des Gebäudes blieb sie stehen und warf einen letzten Blick zurück auf die große Halle. Das Licht der untergehenden Sonne, das aus den offenen Türen der Musikzimmer drang, spiegelte sich auf dem glänzenden Linoleum. Dann sah sie zur Küche, wo etwas mit Zwiebeln und Rindfleisch für das Abendessen köchelte, und die Treppen hinauf, wo sieben Nonnen in stiller Meditation ihre Nachmittagsgebete beendeten.

Ich bereue nichts, dachte sie und trat hinaus in den Frühlingsabend.

O der Wind! Der Wind in ihrem Haar! Und an ihren Beinen! Und in ihren unbedeckten Ohren! Die Brise war kräftig an diesem späten Nachmittag, aber die tiefstehende Sonne wärmte ihr den unbedeckten Kopf. Rotkehlchen sangen, ihr Gesang erschien ihr lauter als jemals vorher. Sie hörte plötzlich alles so deutlich, ohne die Schicht steifen weißen Tuchs, das bisher ihre Ohren bedeckt hatte. Sie erwischte sich dabei, wie sie versuchen wollte, ihre Hände in die Ärmel von Elisabeths Mantel zu stecken. Aber die Ärmel waren zu eng, was sie daran erinnerte, daß sie ihre Hände nicht mehr zu verstecken brauchte.

Dann saß sie auf dem Rücksitz des Autos. Sie fuhren aus der Einfahrt, und sie fragte sich, ob sich Mr. Olczak auf der anderen Seite des Schulgebäudes aufhielt und ihr Klassenzimmer putzte oder ob er schon nach Hause gegangen war. Und sie fragte sich, wer ihm sagen würde, daß sie fort war, und ob er annehmen würde, daß sie auf der Farm ihrer Eltern wäre.

Nun, wenigstens weiß er, wo das ist.

Ihre Mutter fragte: »Hast du schon zu Abend gegessen, Schwes ... Jean?«

»Nein, noch nicht.«

Ih Vater sagte: »Deine Mutter und ich haben gedacht,wir könnten irgendwo in Long Prairie anhalten und vielleicht in einem Restaurant essen, um ... nun ja, den Anlaß zu feiern.«

Es entging ihr nicht, wie ihre Mutter den Kopf abrupt zur Seite warf und ihrem Mann einen ärgerlichen Blick zuwarf, um zu signalisieren, daß sie noch lange nicht bereit sei – vielleicht niemals bereit wäre –, zu feiern. Jean wußte den Versuch ihres Vaters zu schätzen, diesem außergewöhnlichen Tag mit seiner Mischung aus bitteren und süßen Gefühlen eine besondere Note zu verleihen. Schließlich war es ungefähr so selten für sie, in einem Restaurant zu essen, wie die Sonntagsmesse zu verpassen.

»Das würde ich sehr gerne«, antwortete Jean.

Im Hart-Café saßen ihre Eltern auf einer Seite des Tisches, sie auf der anderen. Immer wieder vergaß sie, daß sie sich jetzt umschauen durfte, daß sie die Coca-Cola-Werbung studieren durfte, die Kunden auf den hohen Barhockern und die Schokoriegel in der Glasvitrine neben der Kasse. Ein Mann mit einer schönen Stimme sang *Mona Lisa* aus der Jukebox. Die Kellnerin hatte welliges braunes Haar, blutroten Lippenstift und nannte Jean »Schätzchen«, als sie ihr empfahl, zu ihrem Hamburger ein Malz zu bestellen. Als das Essen kam, faltete Jean die Hände, neigte den Kopf und sprach ein ziemlich langes Dankesgebet. Dann führte sie den Strohhalm an ihre Lippen, und ihr Vater fragte sie: »Wie ist das Malz, Jean?«, und sie strahlte und nickte mit vollem Mund.

Dann sagte er: »Oh, ist es eigentlich in Ordnung, wenn wir dich wieder Jean nennen?« Sie lächelte und nahm seine rauhe Hand, die auf dem Tisch lag, und sie nahm auch die Hand ihrer Mutter und sagte: »Natürlich ist es das. Alles ist jetzt wieder so, wie es früher war. Ich bin eure Tochter. Es gibt keinen Grund, sich mit mir unwohl zu fühlen.«

Aber das taten sie, und sie wußte, daß es Zeit brauchte, bis sie sich an die neue Situation gewöhnt hatten.

Einen Tag nachdem aus Schwester Regina wieder Jean Potlocki geworden war, trat Anne Olczak ins Klassenzimmer und erschrak beim Anblick einer gebeugten, alten Nonne mit faltigem Gesicht und fleckigen Händen, die auf Schwester Reginas Stuhl saß.

»Wer sind Sie?« brach es aus ihr heraus.

»Ich bin Schwester Clemens, und ich werde euch für den Rest des Schuljahres unterrichten.«

»Wo ist Schwester Regina?«

»Schwester Regina wurde woanders gebraucht.«

»Wo?«

»Jesus hat sie an einen anderen Ort befohlen.«

Annes Gesicht verzerrte sich vor Schreck: »Sie meinen, *sie ist auch gestorben?*«

»O nein, nein. Es geht ihr gut. Jesus braucht sie einfach woanders mehr als hier, das ist alles.«

»Genau das gleiche haben sie zu mir gesagt, als meine Mami gestorben ist, aber das stimmt überhaupt nicht! Wir haben unsere Mami immer noch dringend gebraucht! Warum hat uns Schwester Regina nicht gesagt, daß sie fortgeht?«

»Vielleicht hat sie es nicht gewußt.«

»Wird sie zurückkommen?«

»Nein, Kind, das wird sie nicht. Wie heißt du?«

Anne kniff die Lippen zusammen. Sie wollte dieser Betrügerin ihren Namen nicht verraten, aber sie hatte keine Wahl: »Anne Olczak.«

»Olczak ... hmmm. Die Tochter des Hausmeisters?«

»Ja, eine der beiden.«

»Ja, natürlich. Ich habe deinen Vater schon kennengelernt.

Und ich glaube, ich unterrichte auch deine Schwester, sie ist in der dritten Klasse.«

»Sie wartet draußen, bis der Bus mit ihren Freundinnen ankommt. Wir hatten Schwester Regina beide sehr, sehr gerne.«

In diesem Moment kam Schwester Agnes ins Zimmer, und Anne nutzte die Unterbrechung, um zu fliehen. Sie ging direkt nach draußen, um die Neuigkeit bei ihren Klassenkameraden zu verbreiten, die gerade aus dem Bus stiegen. Aufgeregt erzählte sie ihnen, daß eine neue Lehrerin im Klassenzimmer wartete, die sehr alt sei und einen Schnurrbart habe. An diesem Morgen studierte Anne verbittert Schwester Clemens während der Messe und des Unterrichts. Die Nonne war langweilig und faul und überhaupt keine gute Lehrerin. Die meiste Zeit mußten die Kinder selbständig mit den Büchern arbeiten. In der Pause machte sie sich nicht die Mühe, mit ihnen nach draußen zu gehen, sondern bestimmte zwei Kinder zur Aufsicht und sagte, alle müßten sich gut benehmen, oder sie würden gemeldet. Die Pause war schrecklich. Die Jungen ärgerten die Mädchen, indem sie ihnen ihre Springseile wegnahmen und ihnen die Steine von ihren Hüpfspielen stahlen. Das war niemals vorgekommen, solange Schwester Regina noch dagewesen war. Nach der Pause bildete Schwester Clemens eine Gruppe aus Viert- und Drittkläßlern, die gemeinsam Rechenaufgaben lösen sollten. Dann saß sie an ihrem Schreibtisch, nickte kurz vor der Mittagszeit ein und sah so aus, als würde sie gleich vom Stuhl fallen.

Schon lange bevor Schwester Dora die Glocke zur Mittagspause läutete, wußte Anne, was sie zu tun hatte.

Auch für Eddie war es ein Schock gewesen, als er an jenem Morgen an Schwester Reginas Zimmer vorbeiging und eine andere Nonne dort die Schreibtischschubladen durchsuchen sah. Er war ins Zimmer getreten und hatte einen »guten Morgen« gewünscht.

Die alte Frau und er hatten ein paar Höflichkeiten ausgetauscht, und nach kürzester Zeit wußte er, daß sie für den Rest des Schuljahres hier sein würde. Aber sie wußte nichts über die Nonne, deren Platz sie eingenommen hatte. Niemand von der Diözese oder dem Mutterhaus hatte sie informiert.

Also ist sie draußen, dachte Eddie, *ihre Dispensierung muß schon durch sein.* Den ganzen Morgen bei der Arbeit schluckte er seine Enttäuschung herunter, daß sie ihm nicht Bescheid gesagt hatte. Immer wieder fragte er sich, warum Schwester Regina sich nicht die Mühe gemacht hatte, sich zu verabschieden. Es hätte doch nur einen Moment gedauert! Wäre es denn so schwierig gewesen, ihn auf dem Flur zu begegnen und zu ihm zu sagen: *Ich gehe fort, Mr. Olczak, meine Dispensierung ist durchgekommen.* Ihn einfach so zurückzulassen und ihn alles erraten zu lassen! Es tat weh, verdammt weh! Es tat weh, daß sie sich nicht die Mühe gemacht hatte. Es tat weh, daß sie einfach verschwand, ohne ihm zu sagen, wo er sie finden konnte und was sie tun würde.

An jenem Nachmittag brauchte er ein Ventil für seine Enttäuschung und suchte sich die härteste Arbeit, die er finden konnte. Als Lucy ihn fand, reparierte er gerade Löcher in der Wand der Grotte und rollte die Steine mit einer für ihn untypischen Heftigkeit von Hand hin und her, obwohl es mit einem Wagen viel einfacher gewesen wäre.

»Daddy!« rief sie, als sie die Treppen in die Grotte hinuntergerannt kam. »Daddy, Anne ist verschwunden!«

Er hockte sich auf die Füße und zog seine dicken Lederhandschuhe aus: »Verschwunden? Was meinst du damit, sie ist verschwunden?«

»Sie ist nach dem Mittagessen nicht zurückgekommen, und Schwester Clemens hat mich geschickt, es dir zu sagen! Wir wissen nicht, wo sie steckt!« Sofort begann sein Herz vor Angst zu rasen.

»Hat sie irgend etwas zu dir gesagt?«

»Nein.«

»Hat sie in der Cafeteria zu Mittag gegessen?«

»Ich weiß nicht. Ich glaube schon.«

»Was soll das heißen, du glaubst schon?«

»Ich habe bei meinen Freundinnen gesessen. Ich habe nicht auf sie geachtet.«

»War sie denn in der Pause auf dem Spielplatz?«

»Ich bin nicht sicher. Vielleicht nicht. Wir haben bei den Bäumen gespielt.«

»Und sie war nicht dort und hat mit dir gespielt?«

Lucy schüttelte den Kopf. Auf ihrem Gesicht zeigten sich erste Zeichen der Angst, sie habe etwas falsch gemacht.

»Okay, Liebling, ich bringe dich in dein Klassenzimmer zurück und sehe dann zu Hause nach, ob sie dort ist oder vielleicht bei Großmutter Gaffke.«

Er brachte sie wieder zurück und redete kurz mit Schwester Clemens, aber die Nonne war alt und wirkte nicht gerade sehr kompetent. Außerdem war sie neu in der Gemeinschaft. Sie hatte keine Ahnung, wo Anne hingegangen sein konnte. Seiner Meinung nach hatte sie nicht einmal gewußt, wer an dem leeren Tisch fehlte, bis Lucy es ihr gesagt hatte.

Zuletzt sprach er mit Lucy: »Hör zu, Schatz, mach dir keine Sorgen. Ich gehe jetzt nach Hause, um nachzusehen. Vielleicht hat sie sich nicht wohl gefühlt und wollte sich einfach hinlegen. Du konzentrierst dich jetzt wieder auf den Unterricht und bist brav zu Schwester Clemens.«

Zur Nonne gerichtet fügte er noch bei: »Danke, Schwester. Ich lasse Sie wissen, wenn ich sie gefunden habe.«

Er brauchte ungefähr zwei Minuten, um in seinen Lieferwagen zu springen und den kurzen Weg nach Hause zu fahren. Warum er nicht zuerst bei Großmutter Gaffke nachsah, wußte er nicht. Irgend etwas sagte ihm, daß Anne zu Hause war, und er hatte das eigenartige Gefühl, daß es mit Schwester Reginas Verschwinden zu tun hatte. Die Vordertür war verschlossen, also ging er ums Haus herum zur hinteren Küchentüre und fand sie offen. Er ging hinein und schloß leise die Glastür. Durch die Jalousien fiel die Frühlingssonne in die aufgeräumte Küche und auf den graugelben Linoleumboden. Ein paar Brotkrumen und ein butterverschmiertes Messer lagen auf der Platte neben der Spüle. Aus dem Kinderzimmer im ersten Stock konnte er Anne murmeln hören, was durch die Heizungsrohre hinuntertransportiert wurde.

Er schlich zum Fuß der Treppe und lauschte. Obwohl sie schon beinahe aus dem Alter heraus war, in dem sie noch mit Puppen spielte, schien sie heute mit einer zu spielen: »... wasch deine Kleider und frisier dich und mach dir keine Sorgen, ich werde nicht fortgehen und dich nicht verlassen. Jeden Morgen, wenn du aufstehst, werde ich dasein, so wie ich immer dagewesen bin. Und ich koche deine Haferflocken für dich, und manchmal gibt es auch Toast, wenn du wirklich brav gewesen bist, und am Sonntag gehen wir zusammen in die Kirche, und wenn du aus der Schule nach Hause kommst, werden deine Kleider zum Spielen bereitliegen, und egal welche Kekse du am liebsten magst, ich werde sie für dich backen. Jetzt halt still, damit ich das für dich zubinden kann.«

Gleich würde es ihm das Herz brechen, dachte er, als er die Treppe hinaufging. Obwohl sie ihn kommen hörte, spielte sie weiter mit ihrer Puppe. Er blieb in der Tür stehen und schaute hinein. Sie stand neben ihrem Bett und wickelte die Puppe in eine kleine Flickendecke, die Krystyna vor Jahren aus Stoffresten genäht hatte. Die Puppe hatte mattblonde Haare und bewegliche Augenlider, die jetzt geschlossen waren. Anne zog den Überwurf ihres eigenen Bettes zurück, legte die Puppe auf das Kissen und deckte sie bis zum Kinn zu. Sie beugte sich über sie, küßte sie und sagte: »So, jetzt schlaf schön, und wenn du schlecht träumst, bin ich gleich bei dir.« Sie glättete die Decke über der Puppe. Ihrem Vater kehrte sie noch immer den Rücken. Dann begann sie ein paar verstreute Puppenkleider, die auf dem Bett lagen, zusammenzulegen.

Eddie sagte ruhig: »Hatte sie in letzter Zeit viele böse Träume?«

»Manchmal.«

»Wovon träumt sie denn?«

»Von Zugunglücken.«

»Weißt du, sie kann auch zu mir kommen, wenn du gerade mit einer der anderen Puppen beschäftigt bist.«

»Das weiß sie.«

»Warum tut sie es dann nicht?«

»Sie möchte dich nicht stören, weil sie weiß, daß du jeden Morgen so früh aufstehen mußt, um die Glocken für das Morgengebet zu läuten.«

Er trat ins Zimmer und strich ihr mit seiner schmutzigen Hand übers Haar, mit der er den ganzen Morgen Steine hin und her bewegt hatte: »Ach, Liebling, hast du das wirklich gedacht? Daß du mich nicht stören könntest?« Er ging auf ein Knie und drehte sie um, damit sie ihn ansah.

»Vielleicht hatte ich auch schlechte Träume.« Sie drehte den Kopf zur Seite, weil sie schon neun Jahre alt war, und Neunjährige eigentlich nicht mehr weinen.

»Alle gehen fort und verlassen mich«, sagte sie und preßte ihr Kinn dabei fest an die Brust. »Zuerst Mami, dann kommt Tante Irene nicht mehr zu uns, und jetzt ist Schwester Regina auch noch fortgegangen.« Die ersten Tränen rollten ihr übers Gesicht, und sie wischte sie an einem Puppenkleid ab.

»Ich weiß, mein Schatz ...« Er zog sie an sich. »... Ich weiß.«

»Ich hasse die Schule, und ich werde niemals mehr dort hingehen!« Sie gab ihren starrköpfigen Widerstand auf und schlang beide Arme um seinen Hals: »Ich hasse diese dumme, alte Schwester Clemens! Sie hat keine Ahnung vom Unterrichten! Sie achtet auch nicht darauf, d … daß d … d … die J … Jungs …« Schließlich brach der Sturm los, und Annes dünner Körper wurde von heftigem Schluchzen geschüttelt. Er hielt sie fest und schloß die Augen, um gegen seine eigenen Tränen anzukämpfen, er wiegte sie hin und her und stieß dabei gegen den Rand der Matratze, bis Anne schließlich hervorbrachte:

»Warum ist Schwester Regina gegangen? Ist sie auch gestorben, Daddy? Ich glaube, sie ist gestorben, und n … niemand will es m … mir sagen.«

»Nein, da bin ich ganz sicher. Sie ist noch sehr lebendig.«

»Dann ist sie krank?«

Er saß gegen das Bett gelehnt auf dem Boden, und hatte Anne auf seinem Schoß. Mit seiner rauhen Hand streichelte er ihr übers Haar und starrte auf die alten, knorrigen Äste, die durch das niedrige Fenster zu sehen waren.

»Nein, überhaupt nicht.«

»Warum hat sie uns dann nicht gesagt, daß sie fortgeht? Sie hat sich nicht einmal verabschiedet.«

»Manchmal müssen die Menschen plötzlich fortgehen und haben keine Gelegenheit, sich zu verabschieden.«

»Wie Mami?«

»Ja … wie Mami.«

Sie saßen eine Weile so da, bis sie sich etwas besser fühlten. Es tröstete sie, daß sie zusammen geweint hatten.

»Vermißt du Mami noch?« fragte Anne und lehnte sich noch immer gegen ihn.

»Jeden Tag. Aber möchtest du die Wahrheit wissen? Es wird langsam leichter. Ich meine, am Anfang … o je, tja, da wollte ich morgens nicht einmal mehr aufstehen, ich konnte einfach nicht ohne sie weitermachen. Aber ich wußte, daß ihr beide mich braucht, deshalb habe ich es am Anfang für euch getan. Und dann schon bald, weißt du was?«

»Was?«

»Schon bald habe ich es wieder für mich getan. Und jetzt habe ich sogar manchmal recht gute Tage, an denen ich an sie denken kann, ohne so schrecklich traurig zu werden. Wie ist das bei dir?«

Er spürte, wie Anne mit den Achseln zuckte.

»Wahrscheinlich auch so, denke ich. Zuerst, als sie tot war ... nun, da habe ich viel geweint, außer wenn Tante Irene zu uns gekommen ist. Ich mochte es sehr gerne, wenn sie hier war. Es war ein bißchen, wie wenn Mami noch hier wäre. Warum kommt sie nicht mehr, Daddy?« Sie blickte zu ihm hinauf.

»Nun, weißt du, Schatz ...« Er nahm die Hand von ihrem Haar und tätschelte ihr die Schulter. Er überlegte, ob sie schon alt genug war, um die Wahrheit zu erfahren, dieses Mädchen, das kurz davor war, nicht mehr mit Puppen zu spielen: »Ich erkläre es dir. Tante Irene und ich ... nun, weißt du, sie mochte mich so, als wäre ich richtig ihr Mann, ich glaube, das kann man so sagen. Und ich hatte keine solchen Gefühle für sie, deshalb dachten wir beide, es sei besser, wenn ich versuchte, mit meinem Leben alleine weiterzumachen, und mich nicht allzusehr auf sie stützte. Weißt du, wie ich das meine?«

»Ich glaube.« Nachdem sie eine Weile nachgedacht hatte, fragte sie: »Hast du sie jemals so geküßt, wie du Mami geküßt hast?«

»Einmal. Aber ich habe deine Mami zu sehr vermißt, als das ich es hätte genießen können.«

»Oh.«

Er mußte innerlich lächeln, während er sie dabei beobachtete, wie sie sich Mühe gab zu verstehen, wie die Erwachsenen dachten und handelten.

»Beantwortet das deine Fragen zu Tante Irene?«

»Ich glaube schon.«

»Nun zu Schwester Regina und warum sie dir nicht erzählt hat, daß sie fortgeht. Ich bin sicher, falls sie die Gelegenheit gehabt hätte, sich zu verabschieden, so hätte sie das getan, denn zufällig weiß ich, daß wir ihr sehr viel bedeutet haben. Aber du weißt doch, wie es ist, wenn man eine Nonne ist. Manchmal sagen dir andere Leute, wohin du zu gehen hast und wann.«

Sie nickte. Sie wußte, daß er recht hatte. Trotzdem merkte er, daß sie noch immer traurig war.

»Aber ich sag dir, was ich machen werde«, fuhr er fort. »Ich schaue mal, ob Pater Kuzdek mir nicht erzählt, wohin sie gegangen ist, und dann kannst du ihr einen Brief schreiben. Wie wäre das?«

»Oh, das wäre nicht schlecht.«

»Ich bin sicher, sie würde sich sehr freuen.«

Sie saßen eine Weile schweigend da, dann sagte Anne: »Weißt du was, Daddy?«

»Was?«

»Ich mochte sie so gerne. Und ich verrate dir ein Geheimnis – manchmal habe ich mir vorgestellt, sie wäre meine Mami … nachdem Mami gestorben ist.«

»Oh, das würde sie bestimmt sehr freuen, wenn sie das wüßte.« Er stellte sie auf die Füße und umarmte sie noch einmal fest, dann ließ er sie los. »Wäre das in Ordnung, wenn ich ihr das schreiben würde?«

»Ja, ich denke, das wäre völlig in Ordnung. Nun … was machen wir mit der Schule heute nachmittag?«

»Ich *will nicht* in die Schule!« erklärte sie dickköpfig, stand auf und ging aus dem Zimmer. Er hörte ihre Schritte im Flur, wie sie durch sein Schlafzimmer ins Bad ging, wo sie sich die Nase putzte, die Toilette spülte und wieder zurückkam, wo sie ihn fand, wie er noch immer auf dem Boden saß. Er hatte seine Arme längs der Matratze ausgestreckt und die Beine bequem übereinander gelegt.

»Ich sag dir was«, sagte er und schlug mit beiden Händen auf die Matte. »Wir treffen ein Abkommen.«

»Was für ein Abkommen?« Sie kam zu ihm herüber, lehnte sich an seine Knie und sah ihn an.

»Du darfst heute nachmittag ganz alleine zu Hause bleiben. Du bist neun Jahre alt – ich sehe nicht ein, warum du das Haus nicht ab und zu für dich alleine haben solltest. So hast du Zeit und kannst Schwester Regina oder sogar deiner Mutter schreiben, wenn du möchtest, und ich werde dich in der Schule entschuldigen. Aber morgen und jeden Tag bis zum Ende des Schuljahres wirst du, ohne dich zu beklagen, in die Schule gehen. Schwester Clemens hin oder her. Ist das abgemacht?«

Sie schlang die Arme um seinen Hals und gab ihm einen schnellen Kuß auf den Mund.

»Abgemacht.«

Er umarmte sie noch ein letztes Mal und sagte: »Wir schaffen das schon, du und ich, nicht wahr, Sonnenschein?«

»Und Lucy auch.«

»Und Lucy auch. Nun runter mit dir. Ich muß zurück an die Arbeit.« Sie gingen zusammen hinunter, und sie brachte ihn bis zur Tür, wie Krystysna das immer getan hatte. Aber als er sie zurückließ, bemerkte er zum erstenmal, daß ihn der Vergleich nicht schmerzte.

19

Es war seltsam, sie fühlte sich noch immer wie eine Nonne, wachte noch immer, auch ohne Wecker, um fünf Uhr morgens auf, sprach ausführliche Morgengebete und ging jeden Tag zur Messe. Mit dem einzigen Unterschied, daß sie nun nach Gilman hineinfahren mußte und gemeinsam mit

Großmutter Rosella zur Kirche ging, wie sie es schon als Mädchen getan hatte.

Die Leute starrten sie an, wenn sie in die Stadt kam. *Das ist die Nonne, die ihren Orden verlassen hat,* schienen ihre neugierigen Blicke sie zu beschuldigen. Sie sahen sie genau an, um sicherzugehen, daß sie Jean Potlocki war, an die sie sich kaum mehr erinnern konnten. Nur wenige sprachen mit ihr, sie nahm an, weil sie nicht wußten, was sie zu ihr sagen sollten. Also blieb sie isoliert und ohne Freunde, wie sie es schon im Kloster gewesen war. Mit Ausnahme ihrer Schwester Elisabeth.

Liz kam schon am ersten Tag auf die Farm hinaus und bestand darauf, mit Jean nach St. Cloud zum Einkaufen zu fahren. Sie kauften Büstenhalter, Schuhe, Stoffe und Schnittmuster, um Jean noch einige Blusen und Röcke zu schneidern. Sie kauften sogar ein Schnittmuster für eine Hose. Liz entschuldigte sich, daß sie sich so *dumm* wie alle anderen benommen hatte, als Jean ihnen eröffnet hatte, daß sie den Orden verlassen wollte. Sie hätte seit damals Zeit gehabt, um sich alles noch einmal durch den Kopf gehen zu lassen, und es war ihr klargeworden, wie selbstsüchtig sie sich verhalten hatte, weil sie ausschließlich daran gedacht hatte, was *die Leute wohl denken würden.*

»Laß sie denken, was sie wollen. Du hast ein Recht darauf, dein Leben so zu leben, wie du möchtest.«

Es war eine unglaubliche Erleichterung, wenigstens eine Verbündete zu haben, wenigstens einen Menschen, mit dem Jean über alles reden konnte. Mit Liz konnte sie über das Gefühl sprechen, irgendwie fehl am Platz zu sein, genauso wie über ihre große Enttäuschung darüber, wie der Orden mit ihrer Entscheidung umgegangen war, über ihre Sorgen wegen der Kinder, die sich von ihr verlassen fühlen mußten, und über ihre Traurigkeit, weil sie nicht dabei sein konnte, wie die Viertkläßler die erste Kommunion erhielten, nachdem sie sie zwei Jahre lang darauf vorbereitet hatte. Und ihr konnte sie auch erzählen, wie es sie schmerzte, daß sich ihre Mutter noch immer verletzt und peinlich berührt gab wegen der ganzen Sache, und über ihren Kummer diskutieren, daß sie nun wieder von ihren Eltern finanziell abhängig war.

Und sie erzählte Liz auch von Mr. Olczak.

»Du willst damit sagen, daß er nicht weiß, wo du bist?«

»Nein. Man gab mir keine Gelegenheit, mit ihm zu sprechen, bevor ich gegangen bin. Ich werde ihm schreiben, aber ich dachte, ich lasse mir noch etwas Zeit. Ich möchte mich erst ein bißchen eingewöhnen.«

»Er wird dich finden. Er weiß ja, wo Mama und Daddy wohnen.«

»Ich habe mir schon tausendmal gesagt, daß ich das nicht erwarten darf. Schließlich haben wir nie über unsere Gefühle gesprochen.«

»Er wird dich finden.«

»Selbst wenn er das täte, ich könnte nicht ... nun, du weißt schon. Die Leute würden noch mehr tratschen, wenn ich etwas mit einem Mann anfangen würde, der im gleichen Schulhaus wie ich gearbeitet hat.«

»Laß sie doch reden. Du weißt ja, daß du schon lange mit deinem Leben unzufrieden warst, bevor du angefangen hast, etwas für ihn zu empfinden.«

»Ja ... das stimmt. Aber eigentlich bringt es gar nichts, sich darüber zu unterhalten. Mr. Olczak hat noch nicht einmal ...«

»Hat er eigentlich keinen Vornamen?«

»Er heißt Eddie, aber ich habe ihn nie so genannt.«

»Dann wollen wir mal hoffen, daß du die Gelegenheit dazu noch bekommst.«

Drei Tage nachdem sie auf die Farm zurückgekehrt war, brachte der Postbote einen Brief von Anne Olczak. Ihr Herz raste vor Aufregung, als sie den Absender las, der in der runden, sorgfältig geschriebenen Schreibschrift verfaßt war, die sie Anne in diesem Jahr beigebracht hatte.

Liebe Schwester Regina,
Daddy meinte, es wäre okay, wenn ich Ihnen schreibe, denn ich war so traurig, als Sie fortgegangen sind. Ich hätte nie gedacht, daß Sie auch fortgehen, und jetzt hasse ich die Schule. Schwester Clemens ist keine gute Lehrerin, und sie schläft immer auf ihrem Stuhl ein, und es macht keinen Spaß mehr, in der Pause rauszugehen, weil die Jungs gemein sind zu uns und sie nicht dafür sorgt, daß sie sich benehmen.

Daddy sagt, der Grund, warum Sie sich nicht verabschiedet haben, ist, daß sie Nonnen einfach irgendwohin schicken und daß Sie tun müssen, was sie sagen. Ich finde das nicht richtig, so habe ich beschlossen, daß ich nicht Nonne werde, wenn ich groß bin. Ich wollte eigentlich Nonne werden, wenn ich groß bin, aber jetzt werde ich das nicht. Ich hoffe, das ist okay für Sie.

Daddy meint, es ist okay, wenn ich Ihnen sage, daß ich mir manchmal vorgestellt habe, Sie sind meine Mutter, nachdem meine Mutter gestorben ist. Deshalb war ich so traurig, als sie mir gesagt haben, Sie sind fort.

Lucy hat in ihrer Buchstabierarbeit 100 Punkte gemacht.

Ich hoffe, es geht Ihnen gut, Daddy sagt, es geht Ihnen gut und Sie sind nicht auch gestorben. Nun jetzt muß ich aufhören und Sugars Kistchen putzen.

In Liebe
Anne Olczak

Ihre Mutter sah, wie Jean ihre Hände in den Schoß fallen ließ, mit denen sie noch immer den Brief festhielt.

»Was ist los?« fragte Bertha. Sie waren in der Küche, Jean saß am Tisch, und Bertha knetete Brotteig auf einem bemehlten Brett.

»Nichts«. Jean trocknete sich die Augen mit dem Handrücken und steckte den Brief wieder in den Umschlag. »Er ist von einer meiner Schülerinnen, die ich besonders mochte.«

»Oh, was schreibt sie denn?«

Jean schniefte und mußte doch lächeln: »Daß ihre neue Lehrerin auf dem Stuhl einschläft und die Jungs auf dem Spielplatz gemein sind. Sehr wichtige Dinge für eine Viertkläßlerin.«

»Ich habe den Absender gesehen, als ich den Brief aus dem Briefkasten genommen habe. Ist das Mr. Olczaks Tochter?«

»Ja, das ist sie.«

»Hmmm«, sagte Bertha und knetete weiter.

Jean erzählte Liz von dem Brief: »Er hat mir das Herz gebrochen.« Liz sah ihre Schwester genau an und sagte nach einer Weile des Schweigens: »Aber du liebst seine Kinder doch, oder?«

»Ich liebe sie sehr, Liz. Wirklich sehr.«

»Dann antworte ihr.«

»Aber dann denkt er vielleicht, daß das nur ein einfacher Weg für mich ist, ihn wissen zu lassen, wo ich bin.«

»Nun, das ist es doch auch.«

Jean lachte und blickte verlegen zu Boden.

»Ja, das ist es wohl.«

»Außerdem hast du sowieso gesagt, du würdest ihm schreiben.«

»Ich weiß, aber ...«

»Aber was?«

»Vielleicht sollte ich das nicht tun. Vielleicht ist das zu direkt.«

Liz antwortete: »Wenn ich du wäre, würde ich ihnen allen zusammen einen Brief schreiben! Schreib ihnen, daß deine Vorgesetzten dir nicht erlaubt haben, dich zu verabschieden, und du ihnen deshalb nicht sagen konntest, wohin du gehst.

Und wenn du gerade dabei bist, schreibst du ihnen, daß du sie auch vermißt. Ich denke, das ist das mindeste, was sie verdienen.«

»Ja, das denke ich eigentlich auch.«

»Dann tu es.«

»Mama wird ...«

»Mama muß sich an die Tatsache gewöhnen, daß du jetzt keine Nonne mehr bist.«

Jean wartete noch bis zum letzten Wochenende im Mai, an dem Anne ihre heilige Kommunion feiern würde. Dann schickte sie ihr ein Heiligenbild als Geschenk und einen Brief an alle drei.

Lieber Mr. Olczak, Anne und Lucy,
ich richte diesen Brief an Euch Mädchen und Mr. Olczak gemeinsam, denn ich denke an Euch alle. Ich muß mich zuerst entschuldigen, daß ich mich nicht verabschiedet habe und nicht gesagt habe, daß ich fortgehe. Ich hätte es gewiß getan, hätte ich die Möglichkeit dazu gehabt. Leider mußte ich in Eile abreisen, und es war mir nicht möglich, mich zu verabschieden.

Obwohl Ihr Kinder Euch wahrscheinlich nur schwer vorstellen könnt warum, habe ich eine wichtige Entscheidung in meinem Leben getroffen: Ich bin nicht mehr länger Nonne. Ich habe den Heiligen Vater in Rom darum gebeten, mich von meinem Gelübde zu befreien, und deshalb mußte ich Browerville verlassen. Ich lebe jetzt mit meiner Mutter und meinem Vater auf ihrer Farm, und ich hoffe, daß ich im Herbst wieder auf die Universität gehen kann, um dort meinen Abschluß zu machen.

Es ist schön, wieder bei meiner Familie zu sein, aber ich vermisse all meine Schüler sehr. Anne, ich war so glücklich, Deinen Brief zu erhalten, obwohl es mich sehr traurig gemacht hat, zu hören, daß dir die Schule nicht mehr gefällt.

Das nächste Jahr wird bestimmt besser. Dann wirst du in Schwester Mary Charles …
An diesem Punkt in ihrem Brief setzte Jean noch einmal neu an und begann eine neue Seite, die Bemerkung über Schwester Mary Charles und das nächste Jahr ließ sie weg.

Diesen Sonntag wirst du Deine Erste Kommunion feiern, Anne, und ich bin so stolz auf Dich. Ich werde an diesem Tag an Dich in Deinem weißen Kleid und dem Schleier denken und ein Gebet für Dich sprechen. Ich wünschte, ich könnte mit Dir zur Messe gehen, denn ich weiß, daß es bestimmt ein wunderbarer Tag in Deinem Leben sein wird.

Lucy, ich kann mich noch erinnern, wie Du letztes Jahr bei der Ersten Kommunion einer der Engel warst. Nächstes Jahr wirst Du die Heilige Kommunion erhalten, deshalb mußt Du in diesem Jahr fleißig den Katechismus studieren, damit Du gut vorbereitet bist. Anne hat geschrieben, daß Du in der Buchstabierarbeit 100 Punkte geschafft hast. Gratuliere!

Mr. Olczak, ich erinnere mich sehr gern daran, wie Ihr Gesicht immer hinter einem langen Besenstiel in meinem Klassenzimmer aufgetaucht ist. Sie sind ein guter und freundlicher Mensch, und ich habe immer bewundert, wieviel Geduld Sie mit den Kindern haben, selbst wenn sie gleich hinter Ihrem Besen oder Staubtuch wieder ins Schulhaus kommen und von neuem Unordnung stiften. Ich werde weiterhin für Sie und für Krystynas Seele beten. Ich hoffe, daß Gott Ihnen inzwischen etwas Trost und Frieden geschenkt hat.

Ich würde mich sehr freuen, von Ihnen und von Euch Mädchen in Zukunft zu hören, damit ich weiß, daß es Ihnen und Euch gutgeht.

Gott segne Sie und Euch Mädchen

Jean (Regina) Potlocki

Drei Wochen nachdem Schwester Regina fortgegangen war, fand Eddie den Brief im Briefkasten. Er hatte die längsten, düstersten drei Wochen seines Lebens hinter sich. Er hatte darunter gelitten, sich nicht entscheiden zu können, ob er sie suchen sollte oder nicht, und war deshalb manchmal unwirsch mit den Kindern, obwohl er sich Mühe gab, sich zusammenzureißen. Schon in dem Moment, als er ihren Namen auf dem Umschlag las, fühlte er sich besser. Er riß den Brief augenblicklich auf und las ihn noch auf der Straße zweimal durch. Dann las er die letzten beiden Abschnitte noch dreimal.

Eines brannte sich sofort in sein Gedächtnis ein: Sie würde sich freuen, in Zukunft von ihm zu hören!

Am gleichen Abend beim Abendessen las er den Mädchen den Brief laut vor. Als er fertig war, starrten sie ihn fassungslos an.

»Sie ist keine Schwester mehr?« rief Anne.

»Nein, ist sie nicht.«

»Aber wie kann das sein?«

»Ja, wie ist das möglich, Daddy? Sie ist doch *Schwester Regina.*«

»Nun, wie sie geschrieben hat, mußte sie den Papst persönlich darum bitten, ein Papier zu unterschreiben, damit sie wieder ein normaler Mensch sein konnte.« Er vermied es bewußt, die Wendung *wieder frei sein* zu gebrauchen.

»Aber warum hat sie den Orden verlassen? Wollte sie nicht mehr unsere Lehrerin sein?« fragte Lucy. Ihr Gesichtsausdruck verriet Enttäuschung.

»Liebling, eine Nonne zu sein bedeutet viel mehr, als nur zu unterrichten. Ich bin sicher, es hatte andere Gründe, weshalb sie fortgegangen ist.«

»Was für Gründe?«

»Liebling, ich kann dir das nicht sagen, weil ich es selbst nicht weiß.«

»Du meinst, es ist eine Art Geheimnis?« fragte Lucy.

»So eine Art Geheimnis, ja. Ihr Geheimnis. Ihre Gründe

sind persönlich.« Anne machte ein besorgtes Gesicht, als sie versuchte, das alles zu verstehen.

»Aber Daddy, es ist ... wie kann ... ich meine ... ich dachte, das könnten sie gar nicht tun. Ich dachte, sie müßten ihr Leben lang Nonne bleiben.«

»Nun, wenn sie in den Orden eintreten, dann haben sie das auch vor, aber manchmal funktioniert das einfach nicht. Genauso, wie wenn ... nun, wie wenn ...« Es fiel ihm einfach kein Vergleich ein.

Lucy fragte ein bißchen schüchtern, als habe sie Bedenken, ob man über ein Wesen, das sich nur eine Stufe unter den Engeln befand, überhaupt Fragen stellen durfte: »Trägt sie dann ihr schwarzes Gewand nicht mehr?«

»Nein, ich denke nicht.«

»Und ihren Schleier auch nicht?«

»Nein, ich denke, sie zieht sich jetzt wie jede andere Frau an.«

»Aber ...« Lucy legte ihren Kopf auf die Seite und dachte einen Moment lang nach, dann winkte sie ihn mit dem Finger heran, damit er sich zu ihr hinunterbeugte. Sie flüsterte ihm ins Ohr: »Aber Nonnen haben doch keine Haare.«

Er unterdrückte ein Lachen und fragte: »Woher weißt du das?«

Lucy zuckte die Achseln, schaute sich verlegen im Zimmer um und sah ihn nicht an.

Anne meldete sich wieder zu Wort. »Werden wir sie jemals wiedersehen, Daddy?«

Er dachte, *wenn es nach mir geht, ja.* Aber er hielt es für das beste zu antworten: »Ich weiß es nicht.«

Ungeduldig zählte er die Wochen, seit sie fortgegangen war, und versuchte sich einzureden, daß er nichts überstürzen dürfe. Nach drei Wochen hatte er ihren Brief bekommen. Noch eine Woche, und die Kinder hatten Sommerferien.

Sechs Wochen, und Fronleichnam kam und verstrich. Sieben Wochen, und die kahlen Stellen auf dem Spielplatz begannen wieder Gras anzusetzen. Wie lange mußte sich ein Mann von einer frisch entlassenen Exnonne fernhalten, um dem Klatsch keine Nahrung zu geben?

Es gab für diesen Fall keine vorgegebenen Regeln, an die er sich halten konnte. Ab dem Moment, wo er auf ihrer Farm auftauchen würde, würde die Gerüchteküche in ihrer Familie und vermutlich in der ganzen katholischen Gemeinde brodeln.

Er wartete zwei volle Monate. Am achten Juli, einem Sonntag, verlor er schließlich die Geduld. Er beschloß, daß es sich besser machen würde, wenn er die Mädchen mitnähme.

Nach der Kirche fragte er sie scheinbar beiläufig: »Wie wäre es, wenn wir heute nachmittag einen Ausflug machen würden?«

»O *jaaa!* Wohin denn, Daddy?«

»Nun, ich dachte, wir könnten mal rüberfahren und Schwester Regina besuchen.«

»*Wiiirklich??*«

»Ich weiß zwar nicht genau, ob sie daheim sein wird. Aber wir fahren einfach los und schauen auf gut Glück mal vorbei.«

Er fragte sich, wem es mehr bedeutete, sie zu besuchen: ihm oder den Kindern. Er ging nach Hause, kämmte seine Haare und überlegte, was er anziehen sollte. Schließlich entschied er sich für die Hose seines Abendanzuges und ein weißes Hemd, das er sonst immer zur Kirche trug. Er rollte die Ärmel bis zum Ellbogen hoch, aber Krawatte und Jacke ließ er zu Hause.

Die Mädchen wollten wissen, woher er ihre Adresse wußte, und er erinnerte sie daran, daß er die Schwester an Weihnachten nach Hause gefahren hatte.

Auf halbem Weg bat ihn Anne anzuhalten, damit sie wilde Rosen *für die Schwester* pflücken könne. Dann korrigierte sie sich und sagte:

»... ich meine, für Jean.«

Es klang für sie alle noch komisch.

Unterwegs fragte Lucy ihn irgendwann ganz ernst, sie flüsterte beinahe: »Was ist, wenn sie keine Haare hat, Daddy?«

Als sie nicht einmal mehr eine Meile vom Haus ihrer Eltern entfernt waren, bekam er so heftige Magenschmerzen, daß er für eine Minute dachte, nicht mehr weiterfahren zu können.

Und zu seinem großen Schrecken sah er ungefähr hundert Meter vor der Farm, daß sie ein Familienpicknick veranstalteten. Überall standen Autos und Lieferwagen, und auf der Wiese bei den Apfelbäumen waren Gartentische aufgestellt worden. Die Leute hatten sich im Schatten auf dem Gras niedergelassen oder standen in Gruppen beieinander und schwatzten. Kinder in kurzen Hosen planschten in einer großen Wassertonne.

Jetzt konnte er nicht mehr zurück. Genausowenig konnte er einfach vorbeifahren. Alle Teilnehmer dieses Picknicks würden aufblicken, um zu sehen, wer da auf dieser ruhigen Landstraße daherkam.

Außerdem würden die Mädchen einen Aufstand machen.

Es blieb ihm also nichts anderes übrig, als in die Auffahrt einzubiegen.

Unter all den Fremden konnte er sie gar nicht sofort erkennen – es waren zu viele Menschen, das Ganze war zu groß. Ein paar Leute unterbrachen ihre momentanen Beschäftigungen und kamen, als Eddie die Türen des Lieferwagens zugeschlagen hatte, herüber, um zu sehen, wer angekommen war. Eine Gruppe Erwachsener unterbrach ihr Hufeisenspiel. Kinder blieben stehen, wo sie waren, und starrten zu ihnen herüber. Dann sah eine junge Frau, die gerade ein Hufeisen werfen wollte, zu ihnen herüber, erkannte den vertrauten Lieferwagen und ließ das Hufeisen vor sich auf die Erde fallen. Sie winkte wild mit beiden Armen und eilte auf sie zu. »Hallo!« rief sie und lächelte, als sie zu ihnen herüberkam. »Anne, Lucy ...« Sie streckte die Arme aus und drückte erst Annes Hände und die Blumen, dann Lucys und machte sie beide dabei schmutzig: »Was für eine schöne Überraschung! Himmel, das ist einfach wunderbar!« Sie strahlte, während sie Lucys Hände weiter festhielt, als wollte sie sich beim Eislaufen mit ihr um die eigene Achse drehen: »Ihr seid beide hier. Ich bin so glücklich, daß ihr gekommen seid!«

Die Mädchen starrten sie an, waren verwirrt, versuchten diese Frau mit der Nonne, die sie gekannt hatten, in Verbindung zu bringen. Ihr Haar hatte die Farbe eines geschälten Apfels, der in der Sonne zum Trocknen liegt. Es war weder golden noch braun, war kurzgeschnitten und wuchs in natürlichen Locken. An ihren Schläfen war das Haar feucht vom Schwitzen und umrahmte in kleinen Strähnchen ihr Gesicht. Sie trug ein zerknittertes Baumwollkleid, das pink und weiß gemustert war, und darüber eine weiße Schürze. Sie war barfuß.

Auch Eddie starrte sie an, und er fühlte, wie es ihm die Kehle zuschnürte und er rot wurde.

Schließlich ließ sie Lucys Hände los und stellte sich vor ihn hin: »Und Mr. Olczak, wie ... wie schön, Sie wiederzusehen.« Zu ihm war sie viel ernster als zu den Mädchen und streckte ihm ihre Hand viel kontrollierter hin. Er nahm sie, um sie zu schütteln, aber es wollte nicht so recht gelingen. Sie drückten sich die Hände nur kurz, während sie ihn anlächelte, und er versuchte, wieder zu Atem zu kommen. Er versuchte sich ihr Aussehen einzuprägen, so daß er sich später daran erinnern könnte. Schnell drehte sie sich um und rief: »Schaut, Mama und Daddy, es ist Mr. Olczak! Und er hat seine beiden Mädchen mitgebracht!«

Frank kam vom anderen Ende des Platzes, wo sie mit den Hufeisen spielten, herüber, und Bertha erhob sich aus einem Stuhl auf der Wiese, wo sie sich mit einigen anderen älteren Damen unterhalten hatte. Frank schüttelte Eddie kräftig die Hand: »Hallo, Mr. Olczak. Es ist schön, Sie wiederzusehen.«

Bertha blieb einen Schritt dahinter, sie war zurückhaltender, lächelte nicht und zeigte wenig Freude: »Hallo.« Leichter war es für sie, mit den Mädchen freundlich zu sein als mit Eddie.

»Also, das sind die Mädchen, von denen wir so viel gehört haben. Wer von euch hat Jean den Brief geschrieben?«

Anne hob ihre Hand, hielt ihren Ellbogen aber fest an die Seite gepreßt: »Das war ich.«

»Nun, das war ein schöner Brief. Er hat sie sehr glücklich gemacht, mußt du wissen.«

Jean unterbrach sie: »Kommt, ich stelle euch die anderen vor. Dies ist mein Bruder George und mein Schwager Curt und die Schwester meiner Mutter, Bernice ...« Eddie verlor schnell den Überblick, so vielen Familienmitgliedern schüttelte er die Hände. Eine Frau mit einem besonders herzlichen Lachen und einem warmen Händedruck stellte Jean mit den folgenden Worten vor: »... und dies ist meine liebe Schwester Liz. Sie ist mir im Alter am nächsten.«

Liz sagte ruhig: »Hallo, Eddie. Ich habe viel von Ihnen gehört.«

Das hat sie? dachte Eddie, hatte aber keine Zeit, sich weiter darüber den Kopf zu zerbrechen, denn gleich darauf sagte jemand: »Haben Sie schon gegessen? Wir haben noch gegrilltes Hähnchen, nicht wahr, Mutter?«

Dann sagte jemand anderes: »Im Wassertank bei der Quelle ist Bier. Möchten Sie eins, Mr. Olczak?«

Seine Mädchen blieben in seiner Nähe. Jean schenkte ihnen viel mehr Aufmerksamkeit als ihm. Sie fragte sie, ob sie hungrig seien, doch beide verneinten.

»Nun, wie wäre es mit einem Stück Kuchen?«

Sie sahen zu Eddie, um ihn um Erlaubnis zu bitten, und er sagte: »Das geht in Ordnung.«

»Kommt mit«, sagte Jean und nahm sie mit zu einem Tisch im Schatten der Apfelbäume, wo weiße Tücher die Essensreste vor den Fliegen schützten.

Die Männer schnappten sich Eddie und nahmen ihn mit zu dem großen Wassertank, wo sie ein kühles Bier herausfischten und es ihm in die Hand drückten. Sie sprachen über die Ernte und darüber, daß Truman das Alter für die Einberufung herabgesetzt hatte, daß alle Kommunisten in Amerika unter Anklage gestellt würden, Frank und Berthas Kornkammer ein neues Dach benötigte und daß sie alle, wenn die Ernte eingeholt wäre, zusammenkommen würden, um es im Herbst zu bauen. Eddie öffnete sein kühles Bier und gab sich Mühe, Interesse an den Gesprächen der Männer zu zeigen, aber seine Aufmerksamkeit schweifte immer wieder ab zu Jean. Er sah, wie sie sich über die wilden Rosen von den Mädchen freute, beobachtete, wie sie sie liebevoll ins Wasser stellte, den Mädchen zu essen gab und sie dann in die Gesellschaft ihrer Neffen und Nichten einführte. Er konnte seinen Blick nicht von ihrem Haar und ihrem Körper nehmen. Sie hatte nun eine Taille wie andere Frauen, und Rundungen darüber und darunter und Beine, die schon leicht gebräunt waren über den Knöcheln. Und diese nackten Füße! Was für eine Überraschung! Auch ihr Gesicht sah anders aus, ohne den steifen weißen Stoff, der es immer umrahmt hatte. Alles in allem wirkte sie wie eine ganz normale Frau. Ganz ähnlich, wie sie früher mit ihren Schülern auf dem Spielplatz gespielt hatte, organisierte sie nun die ganze Kinderschar zu einem Spiel, bei dem sie viel rennen konnten. Erst als Lucy und Anne ausgelassen daran teilnahmen, fand sie einen Moment, um zu ihm herüberzusehen. Als sie merkte, daß er sie beobachtete, sah sie auf die Erde und kam dann langsam über den Hof zu ihm herüber.

Er dachte, er müsse ersticken, bevor sie bei ihm war. So fühlte er sich jedenfalls. Sie gab sich Mühe, vor ihrer Familie nicht allzu nervös zu erscheinen. Auf ihrem Weg nahm sie ein kleines leeres Glas von einem Tisch, und als sie die Gruppe erreichte, fragte sie: »Darf ich einen Schluck von deinem Bier haben, Daddy?«

Während ihr Vater ihr einschenkte, wusch sie sich die Hände im Tank, wobei sie Eddie keinen Moment ansah, und benützte ihren Rock als Handtuch. »Danke, Daddy«, sagte sie und nahm das Glas.

Schließlich wandte sie sich endlich Eddie zu und fragte ihn: »Möchten Sie sich einen Moment hinsetzen und sich mit mir unterhalten? Ich wüßte so gerne, wie es den Mädchen geht. Anne hatte ihre Erste Kommunion, und Lucy nimmt Schwimmstunden draußen am Charlottensee, wie sie mir erzählt hat.«

Er nahm nicht an, daß die ganze Farbe auf ihren Wangen nur von der Sonne herrührte.

»Natürlich«, sagte er und folgte ihr, wobei er ihr Haar von hinten studierte und sich an die Tatsache zu gewöhnen versuchte, daß man sich ihr nun so nähern konnte wie jeder anderen Frau. Sie setzten sich aufs Gras in den Schatten der Birken, nicht weit von der Stelle, wo die Kinder spielten und die Frauen sich gerade über Gartenarbeit unterhielten. Sie nahm im Schneidersitz im Gras Platz und steckte ihre Füße unter ihren Rock, der nun feuchte Flecken am Saum hatte.

Sie unterhielten sich über seine Kinder und Browerville und das Klavierkonzert in der letzten Schulwoche, und sie erkundigte sich nach all seinen Verwandten, und ob ein definitiver Ersatz für sie in der Schule gefunden worden sei.

Er saß zu ihrer Linken, sah sie an. Sie schaute nicht einmal zu ihm herüber, als sie leise sagte: »Sie starren mich an.«

»Oh!« Er blickte schnell weg und spürte, wie er rot wurde. »Das tut mir leid.«

»Das ist schon in Ordnung. Ich habe nichts anderes erwartet.«

»Sie sehen ja auch ziemlich verändert aus.«

»Ja, ich weiß. Es braucht einige Zeit, bis man sich daran gewöhnt hat, nicht wahr?«

Er nahm einen Schluck Bier und fragte sich, wie vertraulich er mit ihr werden konnte. Er beschloß, es ihr zu erzählen: »Lucy wollte gerne wissen, was wir tun sollten, wenn Sie keine Haare hätten.«

Sie lachte und zupfte ein paar Grashalme aus dem Boden. Dann nahm sie einen winzigen Schluck aus ihrem Glas.

»Und jetzt sitzen Sie so da, und Sie haben nicht nur Haare auf dem Kopf, sondern trinken auch Bier und sind barfuß. Können Sie mir da vorwerfen, daß ich Sie anstarre?«

»Nein, aber meine Mutter beobachtet uns.«

Er sah zu den Frauen hinüber und erwischte Bertha dabei, wie sie herüberstarrte. Als sie es merkte, sah sie schnell zur Seite.

»Mama kann das alles nicht so gut akzeptieren.«

»Was ist mit Ihrem Vater?«

»Das geht viel besser.«

»Und wie geht es Ihnen?«

»Nun ... es dauert eine Weile. Ich habe seit elf Jahren auf die eine oder andere Art im Kloster gelebt. Es fällt schwer, mit so alten Gewohnheiten zu brechen.« Er konnte es nicht lassen, er mußte ihr Profil studieren, ob ihre Mutter sie nun beobachtete oder nicht. »Manchmal habe ich das Gefühl, als gäbe es hier keinen Platz mehr für mich.«

»Tut es Ihnen leid, daß Sie den Orden verlassen haben?«

»Nein«, antwortete sie, ohne zu zögern. »Aber sehen Sie, es war mein Zuhause. Es war mein Alltag, meine Routine – und glauben Sie mir, wenn Sie in einem Kloster leben, so ist Ihr ganzer Alltag von Routine bestimmt. Das Leben als Nonne hat auch etwas sehr Tröstendes. Niemand erwartet von Ihnen, selbständig Entscheidungen zu treffen. Sie müssen nur die Regeln befolgen, und das Leben plätschert so dahin. Jetzt habe ich keine Routine und kein Zuhause mehr. Ich habe meine Familie, aber ich fühle mich so, als sei ich hier nur zu Besuch.«

»Ich wette, daß Ihre Familie dieses Gefühl nicht hat.«

»Nein, wahrscheinlich nicht. Das bin nur ich. Aber es ist seltsam, wenn man eine erwachsene Frau ist und wieder bei seinen Eltern einzieht.«

Er dachte eine Weile nach, dann sagte er: »Sie haben in Ihrem Brief geschrieben, daß Sie im Herbst wieder zur Schule gehen möchten.«

»Das würde ich gerne. Falls ich genug Geld habe.«

»Ich dachte, Sie würden unterrichten.«

»Sie werden mich nicht lassen, jedenfalls nicht in einer katholischen Schule, und ich bin nicht sicher, ob ich in einer öffentlichen Schule unterrichten möchte.«

»Sie lassen Sie nicht?« rief er überrascht.

»Es hätte einen schlechten Einfluß, wissen Sie.«

Er schnaubte: »Sie? Einen schlechten Einfluß? Wer zum Teufel trifft solche Entscheidungen? Oh, es tut mir leid, Schwester. Ich meine ...«

»Nicht für die Schüler, für die anderen Nonnen.«

»Ah, ich verstehe. Andere könnten sich auch dazu entscheiden, den Orden zu verlassen.«

»Schutz des Ordens nennt sich das.«

»Entschuldigen Sie mich, aber das ist doch dumm.«

»Das ist auch der Grund, warum aus meinem Weggang so ein Geheimnis gemacht wurde. Sie haben mich nicht einmal vorher informiert. Mutter Agnes kam am Tag meiner Abreise in mein Klassenzimmer und sagte mir, ich solle ins Kloster hinübergehen, meine Sachen packen, und dann käme mich mein Vater abholen.« Sie drehte den Kopf, um ihm in die Augen sehen zu können. »Ich wollte Sie finden und ...«

»Hallo. Darf ich mich zu euch setzen?« Sie waren so in ihr Gespräch vertieft gewesen, daß sie Liz gar nicht kommen gesehen hatten. Eddie fühlte sich, als sei er von einem Baum gesprungen und dabei an einem Ast hängengeblieben. Da hing er nun, mitten in der Luft, und Jean hatte sich nur zur Hälfte erklären können. Sie konnte nichts anderes tun, als ihre Schwester anzulächeln und sie einzuladen:

»Natürlich ... bitte, setz dich.«

Liz setzte sich, stützte sich mit einer Hand ins Gras und studierte Eddie. Sie gab sich gar keine Mühe, es zu verstecken.

»Dies ist also der Mann, von dem Jean die ganze Zeit spricht.«

Eddie und Jean antworteten beide gleichzeitig.

Er sagte: »Oh, das bezweifle ich.«

Sie murmelte: »Liz, bitte.«

Liz' Augen strahlten amüsiert, während sie beobachtete, wie sie beide reagierten, und fuhr fort, um weiter Konversation zu machen: »Ich habe mich mit Ihren Mädchen unterhalten. Sie sind wunderbar.« Nun, da das Gespräch auf ein einfacheres Thema kam, legte sich die Spannung etwas. Liz blieb, und sie unterhielten sich lange, und Eddie verstand, warum Liz Jeans Lieblingsschwester war. Sie stellte Fragen und hörte dann den Antworten aufmerksam zu. Man wußte genau, woran man mit Liz war, denn sie spielte nicht mit den Gefühlen anderer Menschen, genausowenig wie mit ihren eigenen. Sie konnte sich loben und mit der gleichen Offenheit zugeben, daß sie in einer Sache falsch lag. Und vor allem liebte sie Jean wirklich und wollte, daß sie glücklich war, was es auch immer dazu brauchte.

Nach einiger Zeit kamen noch andere Familienmitglieder zu ihnen herüber, und plötzlich wurde Eddie klar, daß es schon fast Abend war und er langsam ans Nachhausefahren denken mußte.

Sehr zu seinem Bedauern fanden Jean und er keine Gelegenheit mehr, ihre private Unterhaltung fortzusetzen. Als er die Mädchen einsammelte und in Richtung Lieferwagen ging, waren auch die anderen schon dabei aufzubrechen. Liz, ihr Mann Ron und ein paar Kinder gingen zusammen in Richtung der Autos. Frank schloß sich ihnen an, und auch Bertha tauchte auf. Eddie hatte allerdings den Verdacht, daß sie sich weniger von ihm verabschieden, als vielmehr ihm keine Zeit mit Jean allein geben wollten. Dabei bestand sowieso kaum eine Möglichkeit für ein privates Wort, da Lucy und Anne die ganze Zeit bei ihm waren.

Als sie im Lieferwagen saßen und er den Motor anließ, war Jean die letzte, die ihre Hände noch auf den Fensterrand legte.

»Auf Wiedersehen, Mädchen. Grüßt alle von mir zu Hause.«

»Auf Wiedersehen, Schwester.«

»Wiedersehen, Schwester.« Sie hatten nicht aufgepaßt und nannten sie noch immer bei ihrem alten Namen. Sie schmunzelte über ihr Versehen, dann wandte sie den Kopf und lächelte ihren Vater an.

»Auf Wiedersehen, Mr. Olczak. Bitte kommen Sie wieder.«

»Das werde ich. Auf Wiedersehen.« Auch er fand es schwierig, zum ersten Mal *Jean* zu sagen.

Aber als er den Rückwärtsgang einlegte und die Kiesstraße hinunterfuhr, gab er sich selbst das Versprechen wiederzukommen. Und zwar bald. So bald er könnte, würde er wieder herkommen, um sie zu besuchen.

Ohne die Mädchen.

20

Eine Woche verging, eine heiße, unendlich lange Juliwoche, in der die Sonne so intensiv schien, als wollte sie das Blau des Himmels verblassen lassen. Im Garten wuchsen die Bohnen so schnell, daß man sie zweimal am Tag lesen mußte. Jean erntete sie morgens und abends und half ihrer Mutter, sie einzumachen.

Und dachte dabei die ganze Zeit an Eddie.

In Browerville verbrachte Eddie die Woche damit, die Schultische abzuschmirgeln und neu zu lackieren. Die Dämpfe der Reinigungsmittel machten ihn ganz benommen, und seine Gedanken an Jean waren mindestens genauso verwirrend. Er hatte beschlossen, am nächsten Samstagabend wieder zur Farm hinauszufahren und sie zu besuchen, obwohl die Mädchen ihn bearbeiteten, sich mit ihnen den Gratisfilm unter dem Wasserturm anzuschauen. Im Sommer stellte die Stadt dort nämlich eine Leinwand auf und zeigte immer samstagabends einen Film. Aus einem Wagen wurde Popcorn verkauft, während die Kinder der Stadt »Three Stoges« oder »Ma and Pa Kettle« anschauten und ihre Schnakenstiche kratzten, bis die Knöchel bluteten. Eddie hatte eine bessere Idee, wie er seinen Samstagabend verbringen konnte.

Am Donnerstag sagte er zu seiner Schwägerin Rose: »Könntest du mir am Samstag einen Gefallen tun?«

»Natürlich, was immer du willst, Eddie.«

»Es wäre mir eine große Hilfe, wenn meine Kinder mit euren zur Gratisvorführung gehen könnten und dann nachher bei euch übernachten dürften.«

»O wirklich? Gehst du denn nicht hin?«

Eddie räusperte sich und trat von einem Fuß auf den anderen: »Nein, ich gehe nicht hin.«

»Oh, wohin gehst du denn?« Rose wollte nicht neugierig sein. Das Leben in so einer kleinen Ortschaft bot aber so wenig Überraschungen, daß es schon eine kleine Sensation war, wenn jemand von seinen Gewohnheiten abwich. Und die Gratisfilme unter dem Wasserturm waren eine Gewohnheit.

»Ich werde jemanden besuchen.«

»Jemanden? Warum so geheimnisvoll?«

»Nun ... es ist ... äh, Schwester Regina.«

»Schwester Regina?«

»Schwester Regina?« wiederholte Ruth. Mund und Augen weiteten sich, als habe sie gerade Benzindämpfe eingeatmet. »Du meinst *unsere* Schwester Regina, die keine Nonne mehr ist?«

»Ja, genau die. Nur ist ihr Name jetzt Jean. Jean Potlocki. Sie lebt drüben in der Nähe von Foley.«

Rose sagte: »Na, ich will verdammt sein.«

Eddie trat wieder nervös auf der Stelle und antwortete nicht.

»Wie lange geht das denn schon?« fragte Rose direkt.

»Was?«

»Du. Und deine Exnonne.«

»Die Kinder haben dir also nicht erzählt, daß die Mädchen und ich sie am letzten Wochenende besucht haben?«

»Nein! Davon habe ich nichts gehört!« Sie klang empört, daß man ihr so heiße Neuigkeiten vorenthalten hatte. »Also, was läuft denn da? Gehst du mit ihr aus?«

»Ach, komm schon, Rose.«

»Nun, also?«

»Nein, das habe ich dir doch gesagt. Ich fahre nur rüber, um sie zu besuchen.«

Rose zeigte mit dem Finger auf ihn und machte ein verschmitztes Gesicht: »Edddiiie ... Eddie, Eddie, du wirst ja roooooot.« Ihre Stimme überschlug sich beinahe.

»Hör mal!« sagte er, seine Geduld neigte sich dem Ende. »Wenn ich das alles durchstehen muß, nur damit meine Mädchen bei euch übernachten dürfen, dann suche ich mir lieber einen anderen Ort, wohin ich sie bringen kann!«

»Beruhige dich, Eddie. Ich stelle keine Fragen mehr. Natürlich kannst du die Kinder hierlassen. Weiß Romaine davon?«

»Nein.«

»Dann werde ich es ihm erzählen.«

»Ich bin sicher, daß du das wirst. Und auch allen anderen in der Stadt, nehme ich an.«

»Ist es denn ein Geheimnis?«

»Nein. Wie kann es ein Geheimnis sein, wenn ich letzten Sonntag mit meinen Kindern dort hinausgefahren bin?«

»Ja dann ...« Rose sah sehr zufrieden aus.

Eddie ging aus der Küche und schüttelte den Kopf.

Er kaufte sich für Samstagabend eine blaue Bundfaltenhose und ein hübsches dünnes Baumwollhemd mit kurzen Ärmeln und blassen blau-weißen Streifen. Als die Mädchen sahen, daß er sich schön anzog, fragten sie, ob er tanzen ginge.

»Nein, ich gehe nicht tanzen.«

»Wohin gehst du dann?«

Es war schwieriger, ihnen die Wahrheit zu erzählen, als Ruth.

»Nun ... wie wäre es, wenn ich Schwe ... Jean wieder besuchte?«

»Ohne uns?«

»Aber ich dachte, ihr wolltet zu dem Gratisfilm gehen.«

»Ja, schon, aber ...«

Das war ein raffinierter Schachzug, das wußte er, denn Browerville hatte kein Kino, und diese Gratisfilme waren die aufregendste Sache, die in der kleinen Stadt passierte. Schon zwei Stunden vor Sonnenuntergang kamen die ersten Autos an, und jedes Kind in der Stadt war schon lange vor Filmbeginn dort. Manchmal fingen die Autofahrer ein Hupkonzert an und forderten, daß der Film beginnen sollte, bevor es überhaupt richtig dunkel war, und dann waren die Zeichentrickfilme so schlecht zu sehen, daß man die Augen zusammenkneifen mußte, um die Figuren auf der Leinwand überhaupt erkennen zu können.

Als er ihnen noch eröffnete, daß sie sich Popcorn kaufen dürften, war er sicher, daß es keine weiteren Proteste geben würde.

Aber Lucy versuchte es noch einmal: »Warum wartest du nicht bis morgen, Daddy? Dann könnten wir mitkommen.«

»Ich dachte, wir wollten morgen angeln gehen, am Thunder Lake.«

»O ja, richtig.«

Noch ein geschickter Zug, denn er war in diesem Sommer schon dreimal mit ihnen angeln gegangen, und nun, da sie kürzlich ihren ersten Sonnenfisch gefangen hatten, liebten sie es. Außerdem durften sie immer ihre Badeanzüge mitnehmen und in der Nähe des Ufers baden.

Also holte er ihnen beiden am Samstag kurz nach dem Abendessen eine Decke, die sie zu der Vorstellung mitnehmen konnten, und brachte sie runter zu der Straße, wo der Wasserturm lag. Dort parkten bereits die Autos, und die Kinder rannten in Schlafanzügen mit Decken und Schlafsäcken herum. Er gab beiden Geld für Popcorn und ließ sie mit ihren älteren Cousinen zurück. Es blieben noch zwei Stunden Tageslicht.

Jean erkannte seinen Lieferwagen, als er die Straße heraufkam und eine Staubwolke aufwirbelte, und dachte, *O nein, nein, nein, warum habe ich nicht auf mein Gefühl gehört, ein Bad genommen und schönere Kleider angezogen und die Bohnen für einen Abend Bohnen sein lassen?* Aber sie hatte nicht gewagt, wirklich zu glauben, daß er so bald schon wiederkäme, also war sie in die Arbeitsstiefel ihres Vaters geschlüpft, hatte sich ein Tuch um den Kopf gebunden, um ihre Haare sauberzuhalten und war in den Garten gegangen, um in der Kühle des Abends die zweite Ladung Bohnen zu pflücken.

Dort stand sie inmitten der Bohnen, aufrecht wie eine Vogelscheuche, und beobachtete, wie sich sein Lieferwagen näherte und am Rand eines langen Bandes Himbeersträucher entlangfuhr, die zwischen ihr und der Straße lagen.

Er bemerkte sie nicht, als er auf den Hof fuhr, parkte und zum Haus hinaufging.

Der Garten war riesig. Sie stand fünfzig Meter von der Tür entfernt und sah, wie ihre Mutter auf sein Klopfen hin öffnete und in Richtung der Bohnen zeigte.

Er drehte sich um, suchend, und als er sie entdeckte, kam er sofort auf sie zu. Sie wollte sich bewegen, konnte aber nicht. Es kam ihr vor, als hätten ihre Füße gemeinsam mit den Bohnen Wurzeln geschlagen, und ihr Herz schien schneller anzuschwellen, als die Bohnen wuchsen, von denen sie sich verzweifelt wünschte, sie hätte sie bis zum Morgen vergessen. Statt dessen stand sie da und sah ziemlich eingeschüchtert aus, während der Mann, den sie liebte, durch die Gemüsereihen direkt auf sie zukam.

Er dachte, wie süß sie doch aussieht in den großen Arbeitsstiefeln, die ihr beinahe bis zum Knie reichen, und dem weißen Tuch über dem Haar. Das Tuch ließ sie etwas vertrauter erscheinen, mehr wie die Nonne, die er gekannt hatte, und doch erkannte er sie auch als die neue Jean. Noch zeigte sich kein Lächeln auf ihrem Gesicht. Sie sah einfach umwerfend aus, als er so auf sie zuging. Er zwang sich, langsam zu gehen, obwohl er eigentlich am liebsten auf sie zugerannt wäre.

Kurz bevor er bei ihr war, blieb er stehen, zwischen ihnen ein Eimer Bohnen. Seine Zehen berührten beinahe das blecherne Gefäß, das halbvoll am Boden stand.

Sie hatten sich soviel zu sagen, und doch fiel ihnen nichts ein. Sie sahen einander nur an, während die Sonne langsam dem Horizont näherrückte, und die Bäume im entfernten Hof der Farm ihre Schatten über den Garten warfen und ihn in dunkle Farben tauchten. So lange hatten sie auf diesen ersten ungestörten Moment gewartet und so viele Gefühle unterdrückt, daß sie nun, als sie sie endlich zulassen durften, beinahe von ihnen überwältigt wurden.

Irgendwann, als die Stille vor lauter Sehnsucht schon beinahe unerträglich geworden war, fand er endlich seine Stimme wieder: »Hallo, Jean«, sagte er und nannte sie zum allererstenmal bei ihrem richtigen Namen.

»Hallo, Eddie«, antwortete sie, ebenfalls zum erstenmal.

Sie sprachen leise.

»Ich hoffe, es ist in Ordnung, daß ich schon so bald wieder vorbeikomme.«

»O ja«, antwortete sie schnell. Sie war zu ehrlich, um zu verstecken, wie atemlos sie war.

»Ich hätte ja angerufen, aber ...« Er sprach den Satz nicht zu Ende. »Und ich hätte ein Bad genommen und mich umgezogen, aber ...«

Sie zuckte die Achseln, und sie lachten beide.

»Ich bin froh, daß Sie es nicht getan haben. Es gefällt mir, Sie hier wie eine normale Frau zu finden.«

»Ein bißchen zu normal, fürchte ich«, sagte sie und berührte das Tuch auf ihrem Kopf. »Ich sehe schrecklich aus.«

»Das finde ich gar nicht.«

Sie senkte den Blick und sagte schüchtern: »Kein Mann hat mich jemals zuvor besucht. Ich habe es mir nicht so vorgestellt, daß ich dabei ein Tuch auf dem Kopf und die Arbeitsstiefel meines Vaters an den Füßen hätte.«

»Ich auch nicht. Seit letztem Sonntag habe ich mir Ihr Haar so vorgestellt, wie es aussah, als wir uns unter den Birken unterhalten haben.«

Sie sah ihn wieder an.

»Mein Haar ist nichts besonderes.«

»Mir gefällt die Farbe. Ich habe mir lange überlegt, welche Haarfarbe Sie wohl haben. Darf ich?« fragte er und griff nach dem Tuch.

Sie gab ihm schweigend ihre Zustimmung. Er mußte einen großen Schritt über den Eimer und eine Reihe Bohnen hinweg tun, um das Tuch zu erreichen. Als er es ihr vom Kopf zog, kamen ihre Haare zum Vorschein, und er konnte sie nun anschauen. Sie merkte, wie sie rot wurde, aber sie hatte nichts dagegen, daß er sie aufmerksam studierte.

Schließlich sagte er: »Es gibt so vieles, was ich Sie gerne fragen möchte. Dinge, die ich Sie vorher nicht fragen durfte.«

»Fragen Sie mich jetzt. Fragen Sie mich alles.«

»Nicht hier«, sagte er und blickte über die Schulter in Richtung des Hauses. »Können wir ein Stück gehen?«

»Meilenweit«, antwortete sie und ließ den Eimer mit den Bohnen stehen, wo er war. Seite an Seite gingen sie los, in die entgegengesetzte Richtung des Hauses. Als sie das Ende des Gartens erreicht hatten, bog sie links ab und sagte: »Die Moskitos kommen langsam. Es ist besser, wenn wir auf der Straße laufen.«

Als sie die Straße erreichten, ging die Sonne gerade hinter ihnen unter. Sie gingen langsam, damit sie ihre Füße an die viel zu großen Stiefel ihres Vaters gewöhnen konnte, deren Absätze sie mit jedem Schritt nachzog. Sie knöpfte den Knoten ihres Tuches auf, legte es sich um die Schultern und hielt die Enden in beiden Händen.

»Was wollten Sie mich fragen?«

»Letzten Sonntag, als wir uns unterhielten und Liz uns unterbrach, da wollten Sie mir gerade erzählen, was an dem Tag geschehen ist, als Sie Browerville verlassen haben, daß Sie mich suchen wollten … und dann?«

»Ich wollte Sie finden und Ihnen sagen, daß meine Dispensierung durchgekommen ist und ich fortgehe. Ich wollte mich von Ihnen verabschieden. Und ich wollte Sie wissen lassen, wo Sie mich finden können.«

»Ich habe Sie auch so gefunden, aber ich bin durch die Hölle gegangen, bis ich Ihren Brief bekommen habe. Da wurde mir dann erst klar, daß man Sie davon abgehalten hat, sich zu verabschieden.«

»Ich glaube, wir haben beide eine Menge durchgemacht, seit Krystyna gestorben ist, nicht wahr?«

»Ja.«

»Wie geht es Ihnen in dieser Beziehung?«

»Ohne Krystyna? Ich hatte ganz schöne Schuldgefühle, als ich begann, mich für Sie zu interessieren. Und Sie?«

»Immer noch ungefähr gleich. Ich habe Krystyna geliebt.«

»Alle haben Krystyna geliebt.«

»Ich denke, wir beide werden Krystyna immer lieben, und ich glaube, das ist eine wunderbare Basis, auf der wir unsere Freundschaft aufbauen können.«

»Freundschaft?« wiederholte er und blieb stehen. »Hey, kommen Sie zurück.«

Sie drehte sich um und ging auf ihn zu, ihre Stiefel hinterließen Schleifspuren auf der Straße.

»Ich habe Sie das schon einmal gefragt, aber Sie haben sich geweigert, mir zu antworten, also lassen Sie uns das jetzt gleich klären. Haben Sie ... Fühlen Sie etwas für mich?«

»Ja, Mr. Eddie Olczak, das tue ich.« Sie lächelte und legte den Kopf auf die Seite. »Das tue ich ganz bestimmt. Aber ich hätte ungefähr ein Dutzend Regeln gebrochen, von meinem Keuschheitsgelübde ganz zu schweigen, wenn ich Ihnen damals geantwortet hätte.«

Er nahm ihre Hände von den Zipfeln des Tuchs und hielt sie fest: »Dann ist da noch eine Sache, die ich wissen muß. Bin ich der Grund, weshalb Sie den Orden verlassen haben?«

Sie dachte eine Weile nach, bevor sie ihm antwortete:

»Nein, Sie waren ein Teil davon, aber gewiß nicht der hauptsächliche Grund, der alles ausgelöst hat.«

Er atmete befreit aus und entspannte sich: »Da bin ich aber erleichtert. Ich wollte nicht dafür verantwortlich sein.«

Er streichelte mit seinen Daumen über ihre Handrücken, und sie sahen auf ihre verschlungenen Hände.

Ihre waren zart und an den Fingerspitzen ganz grün. Seine waren breit und rauh, seine Daumen zitterten, als er sie streichelte. »Warum haben Sie den Orden denn verlassen?«

Sie erzählte es ihm. Dabei ging sie bis ein Jahr vor Krystynas Tod zurück, schloß die Ereignisse um ihren Tod mit ein, durch die sich ihre Entscheidung, um Dispensierung zu bitten, klar herauskristallisiert hatte. Sie sprach von all den Dingen, die ihr an dem Leben in der religiösen Gemeinschaft nicht gefallen hatten, von der Angst, die sie während ihres Entscheidungsprozesses ausgestanden hatte, und von der Rolle, die seine Kinder gespielt hatten. Sie erklärte ihm, daß der Kontakt mit seinen Mädchen ihr klar gemacht habe, wie sehr sie sich eigene Kinder wünschte, und welch große Angst ihre Gefühle für ihn in ihr ausgelöst hatten. Sie erzählte ihm, wie es ihr an Weihnachten zu Hause ergangen war und von der Szene beim Weihnachtsessen, Großmutter Rosella in Tränen aufgelöst, und wie sie, obwohl ihre Familie so negativ reagiert hatte, ins Kloster St. Ben gegangen war und dort dann erfahren hatte, daß ihr die katholische Kirche nach ihrer Dispensierung nicht mehr erlauben würde, jemals wieder in einer ihrer Schulen zu unterrichten.

»Ich hatte solche Angst, Eddie.«

Mitten in Jeans Erklärungen hatte der Glanz der untergehenden Sonne den westlichen Horizont blutrot verfärbt, doch noch während er ihr Gesicht eingehend betrachtete, begannen die intensiven Farben bereits zu verblassen.

»Ich auch. Ich habe es Ihnen an dem Tag im Blumenzimmer gesagt, und ich habe noch immer Angst.«

Sie sah überrascht aus: »Wovor?«

»Vor vielem. Daß die Leute zu reden beginnen, daß ich zu früh angefangen habe, hierher zu kommen. Daß ich Krystynas Tod vielleicht noch zu wenig überwunden habe. Wie meine Kinder reagieren werden. Wie es ist, zum erstenmal eine Nonne zu küssen.«

Sie sah sofort schüchtern zu Boden. Seine Stimme wurde noch sanfter: »Sagen Sie mir, wie kann ich mich von dem Gefühl befreien, daß ich Schwester Regina küsse, wenn ich Sie küsse?«

»Ich glaube, das letzte Mal, als ich geküßt wurde, war ich ungefähr zehn Jahre alt. Sie sind also nicht der einzige, der sich fürchtet, Eddie.« Er nahm ihr Gesicht in seine Hände und brachte sie vorsichtig dazu, es zu heben. Als sie aufblickte, hielt er ihr Gesicht wie einen wertvollen Schatz in seinen Händen, seine rauhen Fingerspitzen fuhren sanft ihre Haarlinie nach, die in all den Jahren, seit er sie kannte, von einem Schleier versteckt gewesen war.

»Dann lassen Sie es uns hinter uns bringen«, flüsterte er, senkte seinen Kopf und berührte ihre Lippen mit den seinen.

Ihre Lippen blieben geschlossen, und sie lehnte ihren Körper steif nach vorne. Sie war einen Schritt zu weit weg. Während des Kusses hielt sie den Atem an, und ihm wurde klar, daß sie es einfach nicht besser konnte. Er zog seinen Kopf nur so weit zurück, um ihr ins Ohr flüstern zu können: »Soll ich dir zeigen, wie es noch ein bißchen mehr Spaß macht?«

»Ja«, flüsterte sie, voller Angst, neugierig, aufmerksam und gleichzeitig zögernd.

»Öffne deinen Mund.«

Er zeigte es ihr, legte seine warmen Lippen über die ihren und ermutigte sie, den Kuß zu genießen. Sie zuckte zusammen, als seine Zunge die ihre zum erstenmal berührte. Er lächelte und wartete geduldig, bis sie ihre Hemmungen verlor.

Schließlich sagte er zu ihr: »Du darfst ruhig dabei atmen.« Er nahm ihre Hände: »Und es ist in Ordnung, wenn du deine Arme um mich legst. Es gibt nun keine Heilige Regel mehr.«

Er legte ihre Arme um seinen Nacken und hielt sie dort fest, als sie sich wieder zu küssen begannen, und sie war eine willige Schülerin. Als ihre Zunge einen schüchternen Vorstoß machte und die Wärme der seinen zum erstenmal berührte, fuhr ihr ein angenehmer Schock durch die Eingeweide. Sie verschränkte ihre Hände um seinen Nacken, und sie schmiegte sich an ihn wie der Neumond an den östlichen Himmel. Und endlich küßten sie sich leidenschaftlich.

Sie standen im Licht des aufgehenden Mondes und verabschiedeten den Tag mit einer Zeremonie, so alt wie die Zeit selbst. Der erste Kuß, und sie standen zwischen den Gräben, wo die wilden Nachtblumen ihre gelben Blüten öffneten und die Luft mit Vanilleduft erfüllten. Der zweite Kuß, und er hob sie mit seinen starken Armen von der Straße hoch, und ihre großen schwarzen Stiefel fielen von ihren Füßen hinunter auf den Kies. Der dritte Kuß endete erst, als er sie wieder herunterließ und auf seine glänzenden schwarzen Schuhe stellte, und als ein paar Frösche in einem Teich zu quaken begannen.

Sie stand auf seinen Schuhen und vergrub ihr Gesicht in seinem gestreiften Hemd, das nach Stärke roch.

»O mein Gott«, flüsterte sie und amete schwer, »es ist doch etwas anders mit dreißig.«

»Du bist dreißig? Ich habe mich immer gefragt, wie alt du bist.«

»Ich bin im Mai dreißig geworden.« Sie blickte auf. »Wie alt bist du?«

»Ich bin fünfunddreißig, seit März.«

Sie verglichen ihr Alter wie Leute mit ernsten Absichten. Um die Ernsthaftigkeit ein bißchen aufzulockern, sagte sie:

»Du weißt ja, daß man sagt, ein Mensch sei nie zu alt, um noch dazuzulernen.« Er lächelte und fragte: »Und wie hat es dir gefallen?«

»Es hat mir sehr gut gefallen. Sie sind ein sehr guter Lehrer, Mr. Olczak.«

»Und Sie sind eine sehr gute Schülerin, Schwester Regina.«

»Nenn mich nicht mehr so.«

»In Ordnung, dann nenn mich nicht mehr Mr. Olczak.«

»Das habe ich vergessen.«

»Ich auch.«

»Nein, das hast du nicht.« Sie trat von seinen Schuhen herunter, schlüpfte wieder in die schwarzen Stiefel. »Du hast dich über mich lustig gemacht, weil ich mich mit diesen Dingen nicht auskenne.«

»Nein.« Er zog sie zu sich heran und brachte sie dazu, ihr Kinn zu heben: »Ich würde mich niemals deswegen über dich lustig machen.«

»In Ordnung, dann verzeihe ich dir. Ich verzeihe dir alles, außer daß du mich in schweren Stiefeln und mit dem Aussehen einer Babuschka erwischt hast.«

»Es tut mir leid«, sagte er spielerisch. »Was kann ich tun, um das wieder gutzumachen?«

»Laß mich nachdenken«, sagte sie, blickte in Richtung Westen und machte sich langsam auf den Heimweg. »Ich werde mir etwas ausdenken.« Ihre Absätze schleiften mit jedem Schritt, den sie tat, die Kieselsteine über den Boden. Er lächelte, beobachtete, wie sie sich das Tuch wieder so um den Kopf band, wie sie es zum Arbeiten umgehabt hatte. Falls sie jemals heirateten und zusammen Kinder hätten, so wäre dies eine wunderbare Geschichte, um sie ihren Kindern zu erzählen: Wie ihr Vater ihrer Mutter den Hof gemacht hatte und sie zum erstenmal mitten auf der Straße in den großen Überschuhen ihres Vaters und dem Geschirrtuch ihrer Mutter auf dem Kopf geküßt hatte.

Als sie bei der Auffahrt ankamen, war es völlig dunkel geworden, und sie sagte: »Ich habe mir etwas ausgedacht.«

»Was?«

»Vielleicht denkst du, ich bin zu direkt, wenn ich das sage.«

»Nein, das werde ich nicht. Sag es mir.«

Sie holte tief Luft und sagte zu ihm: »Ich hatte noch niemals ein Rendezvous.«

»Aha!«

»Hmmm.«

»Das heißt, du bittest mich um eines, oder möchtest du, daß ich dich darum bitte?«

»Eddie! Du hast versprochen, dich nicht lustig zu machen.«

»Oh, tut mir leid.« Er grinste in die Dunkelheit hinein. »Es ist einfach lustig, daß du davon anfängst, denn ich habe schon versucht, all meinen Mut zusammenzunehmen und dich darum zu bitten, aber ich war mir nicht sicher, was du davon halten würdest, wenn ich an drei Wochenenden hintereinander hier auftauchen würde. Im Ernst ...« Er hielt sie am Arm fest und hinderte sie weiterzugehen. Sie stand jetzt im Schatten einer der Apfelbäume, der sie vor Blicken aus dem Haus abschirmte.

»Ich würde dich sehr gerne nächsten Samstag wiedersehen, aber was werden deine Eltern denken?«

»Meiner Mama wird es nicht gefallen, aber ich bin dreißig Jahre alt. Ich muß mich wohl daran gewöhnen, sie hin und wieder zu enttäuschen, nicht wahr?«

Er nahm ihre Hand und sagte in ernstem Tonfall: »Ich möchte nur nicht, daß die Leute zu reden anfangen. Deine Dispensierung ist erst vor zwei Monaten durchgekommen.«

»Das gleiche gilt für dich. Es ist noch nicht einmal ein Jahr, daß Krystyna tot ist. Du und ich, wir haben bis Mai in derselben Schule gearbeitet. Was werden die Menschen in Browerville sagen?«

»Das werden wir schon bald herausfinden. Ich mußte Rose erzählen, wo ich heute abend hingehe. Und den Mädchen auch. Nächsten Samstag muß ich es dem Babysitter erzählen, wer auch immer das sein wird. Drei Wochen hintereinander fahre ich nach Gilman, um dich zu sehen. Den Grund werden sie sich alle ausrechnen können.«

Sie wurde sehr ernst: »Unsere Kraft, Eddie, liegt in der Wahrheit, und unsere Wahrheit wird dem Klatsch seine Kraft nehmen.«

Er küßte sie nicht zum Abschied – sie waren schon zu nahe beim Haus –, und obwohl er keine große Lust hatte, ihren Eltern zu begegnen, erinnerte er sich an Irenes Geschichte über den Idioten, der sie am Ende der Einfahrt hatte aussteigen lassen. Also brachte er Jean bis zur Türe. Als sie näher ans Haus kamen, bemerkte er, daß nur die Lichter im vorderen Zimmer brannten. Die Küche, die direkt auf die hintere Veranda hinausging, lag im Dunkeln.

Sie blieben am Fuß der beiden Stufen stehen und drehten sich um, um einander anzuschauen.

»Um halb acht dann, nächsten Samstag?« fragte Eddie.

»Ich werde bereit sein. Und ich werde nicht die Stiefel meines Vaters tragen.«

Eine Bewegung an der Küchentüre ließ Eddie aufmerken und, im Schatten vermutete er Bertha, die sie wütend beobachtete. Er konnte sie nicht sehen, aber er wußte, daß sie dort war und ihnen nachspionierte.

Er nahm Jeans Hand, ein Abschied, der wohl förmlich genug war: »Also dann, gute Nacht.«

»Gute Nacht.«

Ihr kurzer Händedruck war vorüber, und während er zu seinem Lieferwagen ging, fragte er sich, wie er eine Mutter für sich gewinnen sollte, die mit unfairen Mitteln kämpfte.

21

Eddie und Jean unternahmen in dieser Woche beide etwas, um sich besser zu fühlen.

Er trat am Montagnachmittag in Roses Küche, als sie alleine dort war, stützte seine Hände trotzig in die Seiten und erklärte: »In Ordnung! Nur damit du es weißt, ich werde mit Jean Potlocki ausgehen! Ich werde sie am nächsten Samstag wieder treffen, nur damit du das der ganzen Stadt erzählen kannst!«

Rose überraschte ihn damit, daß ihr die Tränen in die Augen traten und sie ihn umarmte.

»O Eddie, es tut mir so leid. Ich habe Romaine erzählt, was ich zu dir gesagt habe, und er wurde so wütend auf mich, daß er mich zwei Nächte lang im Bett nicht einmal angeschaut hat. Er meinte, daß es mich überhaupt nichts anginge, mit wem du ausgehst, und ich mußte ihm versprechen, mich bei dir zu entschuldigen, wenn du also nächsten Samstag mit Schwester Regina ausgehen möchtest, passe ich gerne noch einmal auf deine Kinder auf!«

Er sagte steif: »Danke, Rose, das nehme ich gerne an. Nur daß sie jetzt Jean heißt. Nenn sie doch in Zukunft so.«

Jean ihrerseits brachte es ihrer Mutter möglichst schonend bei: »Ich werde nächsten Samstag mit Eddie ausgehen, und ich möchte mir gerne ein neues Kleid nähen. Wirst du mir dabei helfen?«

Bertha hatte erwartet, daß ihre Tochter zum Thema Ausgehen und Rendezvous lange um den heißen Brei reden würde, und die Direktheit ihrer Tochter brachte sie nun aus dem Konzept.

»Ich?«

»Das würde mich sehr freuen, Mama. Ich werde besonders hart arbeiten beim Einkochen, damit wir abends ein bißchen Zeit finden, um zu nähen.« Ihre Taktik ging in irgendeiner undurchschaubaren Psychologie der Umwege auf. Berthas Tochter ruinierte sich mit all dem Gemüsepflücken und Einmachen in der quälenden Sommerhitze beinahe den Rücken, und wenn sie sie dann um Hilfe bat, wie konnte sie da nein sagen? Und nachdem sie Jean geholfen hatte, das Kleid zu nähen, wie konnte sie da etwas dagegen haben, daß sie es zu ihrem Rendezvous trug?

Liz zeigte Jean, wie sie sich schminken konnte, riet ihr aber ab, irgendwelche aufwendigen Frisuren zu machen.

»Das steht dir einfach nicht, Jean. Wenn ich so schöne kräftige Haare wie du hätte, würde ich gar nichts tun und sie einfach nach dem Waschen im Wind trocknen lassen.«

Jean tat, was Liz ihr geraten hatte, ging mit nassen Haaren nach draußen und ließ den Kopf nach unten hängen, bürstete dabei ihr Haar vom Ansatz her, während der Wind es trocknete. Als es halbtrocken war, ging sie ins Haus und legte sich einige ihrer Locken ums Gesicht. Nachdem die Haare ganz trocken waren, staunte sie selbst, wie gut ihr die neue Frisur stand und wie schön es zusammen mit dem pfirsichfarbenen Lippenstift und der Spur braunem Maskara, mit dem sie ihre Augenbrauen verdunkelt hatte, aussah.

Sie zog ihr neues Kleid an und rannte herunter, um Bertha zu finden. »Machst du mir den Reißverschluß zu, Mama?«

Bertha half ihr, aber sie machte ein mißmutiges Gesicht, während Jean ihre Hände gegen ihren Bauch preßte, der in dem neuen Kleid mit seiner gürtellosen Taille flach wie ein Ofendeckel schien.

»Ich bin so aufgeregt«, sagte Jean.

»Ach um Himmels willen, Jean.«

Frank ließ seine Zeitung sinken und warf seiner Frau einen warnenden Blick zu. »Bertha«, war alles, was er sagte, tief und drohend.

»Nun, sie ist um Himmels willen dreißig Jahre alt und benimmt sich wie ein Teenager!«

»Bertha!« Noch heftiger.

»Ja, ist ja schon gut, schon gut, ich weiß. Sie hat das noch niemals zuvor erlebt.«

»Also halt den Mund!« befahl er ihr, und hielt sich die Zeitung mit einer energischen Bewegung wieder vors Gesicht, und Bertha war endlich still.

Eddie kam zehn Minuten zu früh, und Jean wartete bereits auf den Stufen hinter dem Haus. Als er die Türe des Lieferwagens zuschlug und sie entdeckte, wie sie sich mit einem strahlenden Lächeln auf dem Gesicht erhob, hatte er nur noch Augen für sie.

Obwohl er Frank und Bertha höflich begrüßte, wurde ihnen schnell klar, daß sie nur ein paar grauhaarige Hindernisse im Weg einer beginnenden Romanze waren.

Als Eddie und Jean in den Lieferwagen einstiegen und davonfuhren, sagte Frank:

»Du gewöhnst dich besser an ihn, Bertha.«

Sie grummelte: »Er hat Nerven, das muß man ihm lassen.«

Im Lieferwagen sagte Eddie: »Also, wohin möchtest du gehen?«

»Ich weiß nicht. Ich habe so was noch nie gemacht.« Sie lächelte noch immer, saß ganz aufrecht mit ihrem Rock über dem Petticoat, der knisterte.

»Nun ... möchtest du tanzen gehen?«

»O nein«, sagte sie mit einem kurzen Stirnrunzeln. »Ich habe doch keine Ahnung vom Tanzen.«

»Möchtest du dann irgendwohin gehen und zu Abend essen?«

»Aber ich habe zu Hause schon gegessen.«

»Wie wäre es dann mit einem Film?«

»Ja! Ein Film! O ja, ich würde sehr gerne ins Kino gehen. Aber es muß ein anständiger Film sein, in dem nichts Anstößiges vorkommt.«

»Natürlich. In Little Falls gibt es ein Kino. Wir könnten hinfahren und sehen, was sie spielen.«

»Little Falls, das ist toll! Fahr mich irgendwohin! Ich amüsiere mich so gut wie noch nie, wenn ich einfach nur in meinem neuen Kleid herumgefahren werde!«

Er konnte sich ein Kichern nicht verkneifen und beobachtete aus den Augenwinkeln, wie sie ihn entsetzt ansah. Ihr Kleid hatte einen V-Ausschnitt und geplusterte Ärmel. Sie sah darin recht dünn aus.

»Es ist neu, nicht wahr?«

»Ich habe es selbst gemacht«, sagte sie und preßte den Rock gegen ihren flachen Bauch. »Extra für heute abend. Blau, weil das deine Lieblingsfarbe ist.«

»Woher weißt du das?«

»Du trägst oft blaue Anzüge und blaue Krawatten. Letzten Samstagabend hattest du ein blau-weiß gestreiftes Hemd an. Ich habe ganz vergessen, dir zu sagen, wie gut es mir gefallen hat.«

Er war dabei, sich so heftig zu verlieben, daß sich ihm der Magen beinahe schmerzhaft zusammenzog.

»Komm her zu mir«, sagte er, nahm ihre Hand und zog sie zu sich. »Ich wette, du bist noch nie in einem Lieferwagen gefahren, während ein Mann seinen Arm um dich gelegt hat.«

»Nein, das bin ich noch nie.« Im gleichen Moment bemerkte er, daß sein Necken sie durcheinanderbrachte, denn sie schaute starr geradeaus und versteifte sich.

»Gut, dann weißt du jetzt, wie es ist.« Er legte ihr den Arm um die Schultern und ließ ihn dort liegen, streichelte ihren bloßen Arm. Sie fuhren in Richtung Westen, und die Sonne schien ihm in die Augen. Sie klappte seine Sonnenblende hinunter, und er sagte: »Ich danke dir.«

»Gern geschehen«, antwortete sie, dann saß sie ganz still. Er merkte, wie sie das neue Gefühl in sich aufnahm, sanft am Arm gestreichelt zu werden. Sie bekam eine Gänsehaut, das konnte er an ihrer nackten Haut sehen. Als sie die halbe Strecke nach Little Falls zurückgelegt hatten, kam ihm eine Idee. Doch er beschloß, sie besser nicht mehr zu streicheln, während er ihr den Vorschlag machte, sonst glaubte sie womöglich, er wollte mehr von ihr, als sie beide vorhatten.

Er nahm seinen Arm zurück und sagte zu ihr: »Es gibt in Little Falls auch ein Autokino.«

So weltfremd war sie nun auch wieder nicht gewesen! Sie hatte den »St. Cloud Visitor«, das wöchentliche Mitteilungsblatt ihrer Diözese, gelesen! Sie wußte, was in Autokinos passierte, und wieso sich die katholische Kirche gegen sie aussprach!

»Ein Autokino?« wiederholte sie ungläubig.

Er blinzelte unter seiner Sonnenblende. Ein kräftiger orangefarbener Strahl traf ihn direkt ins Auge. »Nicht mehr lange, und die Sonne geht unter.«

Sie sagte kein Wort, aber er wußte, daß es für sie eine Versuchung war. »Du entscheidest«, sagte er.

Als sie schließlich am Rand von Little Falls ankamen, hatte sie noch immer kein Wort gesprochen. Also fuhr er rechts ran, drehte sich zu ihr um und legte einen Arm aufs Steuerrad. »Hör mal«, sagte er, »du kennst mich. Falls du glaubst, ich möchte dich in ein Autokino locken, nur um dich in irgendwelche kompromittierenden Situationen zu bringen, dann liegst du völlig falsch. Es ist nur ... nun, es macht mir solchen Spaß zu sehen, wie aufgeregt du bist, wenn du neue Sachen ausprobieren kannst. Ich dachte nur, du warst vielleicht vorher noch nie in einem Autokino, und du würdest es gerne einmal ausprobieren.« Er beobachtete sie, wie sie mit letzten Zweifeln kämpfte, aber schließlich lenkte sie ein: »In Ordnung, ich werde also das Autokino ausprobieren.«

»Wenn du möchtest, können wir auch zuerst durch die Stadt fahren und sehen, was sie dort spielen, und dann kannst du entscheiden.«

»Nein, das Autokino ist in Ordnung.«

Trotzdem fuhren sie durch die Stadt, aber dort lief im Kino Humphrey Bogart in »The Enforcer«, was die Sache für sie entschied, denn es war ein Film über Berufskiller, was gewiß ihre Anforderungen an einen anständigen Film nicht erfüllte. Also fuhren sie zum Autokino von Little Falls und schauten sich Doris Day und Gordon McRae an, wie sie sich verliebten und in einem romantischen Musical zusammen tanzten.

Der Film hieß »On Moonlight Bay«. Jeans Augen glänzten während des ganzen Films vor Freude, vor allem wenn die beiden Stars gemeinsam sangen. Als sie »Cuddle up a Little Closer« zum besten gaben und sich auf der Leinwand küßten, beobachtete Eddie Jeans Profil und wünschte sich, er könnte sie auch küssen. Ihre Lippen öffneten sich leicht, und sie starrte fasziniert auf die Leinwand, als wäre sie es, die gerne geküßt werden wollte. Aber er hielt Wort und blieb brav hinter dem Lenkrad sitzen, blickte nur während dieses einen Kusses zu Jean hinüber oder wenn sie lachte oder eine Bemerkung machte, wie hübsch die Kleider und die Frisur von Doris Day doch seien.

Als der Film zu Ende war, und die Scheinwerfer von Hunderten Autos von der Leinwand zurückgeworfen wurden, blieben sie noch und unterhielten sich über den Film und wie sehr ihr vor allem der Gesang und die schönen Kleider gefallen hatten. Dann erzählte sie ihm, wie sie ihre Mutter gebeten hatte, ihr mit dem Kleid zu helfen, das sie heute abend trug, und er erzählte ihr von seinem Gespräch mit Rose, und schon bald begann der zweite Film. Es war wieder »On Moonlight Bay«, also stellte er den Ton leiser, und sie unterhielten sich weiter.

Sie sprachen über die weltlichen Dinge, auf die sie verzichtet hatte, um Nonne zu werden, und wie aufgeregt sie nun war, alles auszuprobieren. Er fragte sie, ob sie irgend etwas bezüglich ihrer Vergangenheit bereute. Sie sprachen über Krystyna und überlegten, ob sie wohl wußte, daß sie heute abend ihr erstes Rendezvous hatten.

Es schien, als würde ihnen der Gesprächsstoff niemals ausgehen. »Möchtest du nach Hause?« fragte er sie irgendwann.

»Noch nicht«, antwortete sie.

Irgendwann wurden sie müde und begannen wieder auf die Leinwand zu schauen, allerdings ohne Ton. Dann fanden sie sich plötzlich wieder, wie sie ihre Köpfe aneinanderlehnten und er ihre Hand hielt. Und sie sahen sich an, anstatt auf die Leinwand zu schauen, und begannen zu verstehen, was die katholische Kirche gegen Autokinos hatte. Er streichelte mit seinem Daumen so heftig über den ihren, daß es beinahe brannte, aber das reichte nicht, nicht nach einer Woche sehnsüchtigen Wartens.

»Jean?« flüsterte er, und dieses einzelne Wort riß sie aus ihren Verankerungen. Sie trafen sich in der Mitte des Sitzes und küßten sich so leidenschaftlich, daß sich alle guten Vorsätze in Luft auflösten.

»O mein Gott, wie ich dich vermißt habe«, stöhnte er, als ihr Kuß in eine heftige Umarmung überging. »Ich dachte, diese Woche würde niemals enden.«

»Oh, ich auch.« Sie drückte ihn an sich. »Ich auch.«

»Als ich dich in deinem blauen Kleid auf diesen Stufen sitzen sah, konnte ich nur daran denken, wie es wäre, dich wieder in meinen Armen zu halten.«

»Ich habe noch niemals in meinem Leben so viele Bohnen geschnitten oder so viele Gläser mit Tomaten gefüllt und mit jedem Glas, das ich gefüllt habe, habe ich nur gedacht, das bringt mich eine Minute näher an Samstagabend. Eine Minute näher zu ihm.«

Sie küßten sich wieder, streichelten sich gegenseitig über den Rücken, fühlten die unglaubliche Kraft der Versuchung. Für ihn war es eine schöne Erneuerung des Altbekannten, und für sie war es eine Entdeckung. Sie, die solche Angst gehabt hatte, unfähig zu körperlichem Kontakt zu sein. Als sie aufhörten sich zu küssen, flüsterte sie ihm atemlos ins Ohr: »O Eddie, was habe ich nur aufgegeben, als ich ins Kloster gegangen bin! Noch niemals zuvor habe ich mich so gefühlt, noch niemals.«

»Ich will dich.«

»Schtt, Eddie, sag das nicht.« Sie schlang ihre Arme noch fester um seinen Hals.

»Aber es ist so. Ich möchte mehr, als dich nur halten und küssen.«

»Schtt. Nicht.«

Er küßte ihren Hals, dann biß er in den Stoff auf ihrer Schulter und hielt ihn zwischen seinen Zähnen fest. Er preßte sie so heftig an sich, daß er ihre schönsten Kurven platt drückte.

»Wenn ich es sage, dann weißt du, woran du bist. Ich wollte dich schon, als du noch Nonne warst. Seit jenem Tag, als ich das Sauerkraut in deinen Keller gebracht habe. Ich bin zur Beichte gegangen und habe es gebeichtet, aber es hat nicht aufgehört. Und es ist *nicht* nur, weil ich lange nicht mit einer Frau zusammengewesen bin, und es ist *nicht*, weil ich Krystyna vermisse. Du bist es. Ich liebe dich, Jean, und ich fürchte, es ist zu früh, um das auszusprechen, aber was soll ich denn tun? Warten, bis der Rest der Welt sagt, es ist okay, daß ich es sage?«

Sie hatte ihren Kopf zurückgelegt, um in seine Augen zu sehen. Er strich ihr die Haare aus dem Gesicht, und sie beruhigte ihn mit fünf Worten.

»Ich liebe dich auch, Eddie.«

»Wirklich?«

»Ich habe dich schon kurz nach Krystynas Tod geliebt. Seit jenem Tag, über den du auch gesprochen hast, jenem Tag, an dem du das Sauerkraut in den Keller getragen hast. Ich bin auch zur Beichte gegangen, aber es hat nicht aufgehört. Und an jenem Tag, als du mich im Blumenzimmer beinahe geküßt hättest, da dachte ich, ich müßte sterben, so sehr wollte ich dich. Danach betete ich und meditierte und sprach Novenen. Ich dachte, so könnte ich vielleicht alle unzüchtigen Gedanken aus meinem Kopf vertreiben, aber sie sind geblieben. Und mit jedem Tag, der vorbeiging, habe ich nur noch mehr an dich gedacht.«

»O Jean, ich wünschte, ich hätte das gewußt. Ich war so unglücklich in jener Zeit.«

»Ich auch.«

»Aber jetzt nicht mehr.«

»Nein, jetzt nicht mehr.« Die Vernunft meldete sich zurück, und er merkte, wie spät es schon war.

»Okay«, sagte er, »es ist schon nach Mitternacht, und bis ich dich nach Hause gebracht habe und nach Browerville zurückgefahren bin, wird es halb vier Uhr morgens sein. Ich werde nur ungefähr drei Stunden schlafen können, bevor ich die Glocken für die Frühmesse läuten muß. Ich kann das nicht jeden Samstagabend tun. Es schlaucht mich zu sehr. Ich liebe dich, du liebst mich, meine Kinder sind verrückt nach dir, und falls ich mich nicht irre, bist du verrückt nach ihnen. Willst du mich heiraten, Jean?« Sie löste sich aus seiner Umarmung.

»Und wo sollen wir leben?« Sie wartete einen Moment, dann fügte sie hinzu: »In Browerville?«

Er wußte, wie anmaßend das klang, aber was konnte er ihr anderes bieten? »Ich lebe dort. Mein Haus steht dort, meine Arbeit ist dort.«

»Ich war dort Nonne. Kannst du dir vorstellen, daß die Leute mich jemals als deine Frau akzeptieren würden?«

Jetzt wurde er wütend: »Sie sollten eigentlich Christen

sein! Gute katholische Christen! Und was hast du letzte Woche zu mir gesagt – unsere Stärke ist die Wahrheit, und unsere Wahrheit wird dem Klatsch seine Kraft nehmen. Vielleicht tut sie das gleiche mit ihren ... Vorurteilen!«

»Laß uns eine Weile darüber nachdenken. Wir sehen uns doch erst seit drei Wochen.«

»Aber ich kenne dich seit vier Jahren – fünf, im kommenden September. Ich werde meine Meinung nicht ändern.«

»Laß uns trotzdem eine Woche darüber nachdenken. Nun sollte ich wohl besser nach Hause.«

Es wurde ein schwieriger Abschied. Es war ihm egal, ob ihre Mutter sie mit dem Fernrohr beobachtete, er zog sie lange an sich und küßte sie mit bereits zugeschnürter Kehle, wenn er daran dachte, daß er nun fortfahren mußte und sie für sieben nicht enden wollende Tage nicht sehen würde.

»Vielleicht kann ich Mitte der Woche einmal vorbeischauen.«

»Nein, Eddie. Du mußt während der Woche mit den Mädchen zusammensein. Du kannst nicht anfangen, hierherzukommen und an einem Werktag bis Mitternacht hier zu bleiben. Bitte ... komm nächsten Samstag. Zur gleichen Zeit. Ich werde auf dich warten.«

Rückwärts trat er von ihr weg, mit ausgestrecktem Arm, bis ihre Fingerspitzen sich nicht mehr berührten. Erst dann drehte er sich um. Er konnte sich kaum daran erinnern, wie er nach Hause gefahren war. Er biß auf seinen Daumennagel, starrte ins Scheinwerferlicht des Wagens. Einmal wischte er sich wütend mit dem Handrücken die Tränen aus den Augen. Dann klemmte er sich den Nagel wieder zwischen die Zähne und fuhr weiter.

Bei der ersten Gelegenheit, die sich bot, sprach er mit Romaine über die ganze Sache, denn Romaine war sein Verbündeter.

Romaine sagte: »Warum redest du nicht mit Pater Kuzdek darüber?«

»Pater Kuzdek! Bist du verrückt? Nachdem ich eine seiner Nonnen dazu gebracht habe, den Orden zu verlassen?«

»Du hast mir erzählt, es sei nicht deinetwegen gewesen.«

»Nein, aber der Pater sieht das wahrscheinlich anders.«

»Da kennst du ihn aber schlecht, Eddie. Vielleicht denkst du von allen Menschen in der Stadt zu schlecht. Du *nimmst an,* sie würden sagen, daß Jean und du schon etwas miteinander hattet, als sie noch Nonne war. Aber vergiß nicht, daß alle sie gekannt haben. Glaubst du, daß irgend jemand, der Schwester Regina kennt, annehmen würde, daß sie ihrem Gelübde jemals hätte untreu sein können? Sag mir, würdest du das denken?« Eddie wurde nachdenklich, aber er antwortete nicht.

Romaine sagte es noch einmal:

»Sprich mit Pater Kuzdek. Ich an deiner Stelle würde das tun.«

Eddie bewegte Romaines Vorschlag drei Tage lang in seinem Herzen, bis er schließlich die Nerven fand, zum Pater zu gehen. Eines Nachmittags, nachdem er dessen Haushälterin geholfen hatte, ein schweres Möbelstück zu verschieben, trat er ins Arbeitszimmer des Paters.

»Kann ich einen Moment mit Ihnen sprechen, Pater?«

»Natürlich, Eddie, kommen Sie herein.«

Eddie schloß die Tür und setzte sich auf einen Stuhl neben Pater Kuzdeks Schreibtisch.

»Ich will gleich zur Sache kommen, Pater. Ich habe mich mit Schwester Regina getroffen, nachdem sie den Orden verlassen hat, und wir lieben uns, und ich möchte sie heiraten.«

Der Pater drehte sich mit seinem großen Stuhl in Eddies Richtung und sah ihn an. Seine Ellbogen hatte er aufgestützt, und er drehte Däumchen, wie er es oft tat, wenn er über etwas Wichtiges nachdachte.

»Sie lieben sich also, nicht wahr?«

»Ja, Pater.«

»Nun, das habe ich kommen sehen ... oh, regen Sie sich nicht auf, Eddie. Ich habe gesehen, wie hart Sie dagegen angekämpft haben. Es ist kein Honigschlecken, in jemand verliebt zu sein, der sein Leben Gott geweiht hat. Und zufällig weiß ich, daß auch Schwester Regina lange deswegen gelitten hat.«

»Sie sind nicht enttäuscht?«

»Sollte ich das sein?«

»Nein ... aber ... es ist natürlich eine delikate Angelegenheit, weil sie den Orden ja erst vor zwei Monaten verlassen hat.«

»Sie hat sich bisher völlig korrekt verhalten. Aber jetzt ist sie frei, ihr Leben so zu leben, wie sie möchte.«

»Also werden Sie uns trauen?«

»Das kann ich nicht, Eddie. Sie muß in ihrer eigenen Gemeinde heiraten. Das ist St.-Peter-and-Paul in Gilman.«

»Oh«, sagte er enttäuscht. Er hatte gehofft, daß sie die Feierlichkeiten in Browerville begehen könnten.

»Pater Donelly müßte Sie dort trauen.«

»Oh«, sagte Eddie wieder.

Es wurde still im Zimmer. Die Däumchen des Paters drehten sich noch immer.

Schließlich fragte Eddie: »Glauben Sie, daß man sie hier als meine Frau akzeptieren würde?«

Der Blick des Paters ruhte auf dem jungen Mann, als er ruhig sagte: »Sie wissen offenbar nicht, wie sehr man Sie und Jean hier in der Gegend schätzt und respektiert, nicht wahr? Und Krystyna ebenfalls. Daß sie Ihnen, den Nonnen und den Menschen hier in dieser Stadt so viel bedeutet hat, wird sicher dazu beitragen, daß man Ihre Heirat mit Jean akzeptieren wird. Und Ihre Kinder kennen und lieben Jean sowieso. Ich denke, Ihre Liebe ist ein Geschenk des Himmels.«

»Wirklich?« Eddie konnte seine Überraschung nicht verbergen. Der Pater nickte nur. Er hatte aufgehört, Däumchen zu drehen.

Der nächste Samstag war der vierte Tag, den Eddie und Jean gemeinsam verbrachten. Sie gingen diesmal nicht ins Autokino, sondern blieben auf der Farm ihrer Familie. Als er angekommen war, hatte er gefragt: »Können wir nicht einfach im Hof sitzen und uns unterhalten?«

Sie hatte ihre Enttäuschung heruntergeschluckt und geantwortet:

»Natürlich, wenn du möchtest.«

»Denn vielleicht müssen wir heute noch mit deinen Eltern sprechen.«

Sie saßen auf zwei gepolsterten Gartenstühlen draußen bei den Apfelbäumen, wo sie Bertha zu ihrer Zufriedenheit vom Fenster aus beobachten konnte. Eddie erzählte Jean von den Gesprächen, die er mit Romaine und Pater Kuzdek geführt hatte, und fragte sie erneut:

»Willst du mich heiraten, Jean?«

Da traten ihr die Tränen in die Augen, und sie nickte ohne Unterlaß, so aufgeregt war sie.

»Heißt das, Ja?« fragte er, erstaunt, sie gar nicht weiter überzeugen zu müssen.

Sie nickte noch einmal, denn sie war unfähig, auch nur ein Wort zu sprechen.

Eddie schloß die Augen und flüsterte:

»Gott, ich danke Dir.«

Ihre Stühle standen nahe beieinander. Er beugte sich vor und nahm ihre Hände. Sie versuchte zu sagen: »O Eddie, ich bin ja so glücklich«, brachte aber kaum etwas heraus. Also beugte er sich noch weiter vor und küßte sie zärtlich. Als sich ihre Lippen wieder trennten, sagte sie schniefend. »Stell dir vor, ich werde Annes und Lucys Mutter!«

In seinem Bauch meldeten sich die altbekannten Schmetterlinge. »Du meinst, ich soll es ihnen also endlich sagen?«

»O ja!«

»Und vielleicht haben wir eines Tages noch ein paar Kinder mehr? Was würdest du davon halten?«

»Schon der Gedanke daran macht mich überglücklich. Wenn ich mir vorstelle, deine Babys zu bekommen ...«

»Aber dein Studium?« fragte er. »Wirst du nicht enttäuscht sein, nicht studieren zu können?«

»Ich hätte das Geld sowieso nie zusammengebracht.«

»Ja dann ...« Er griff in seine Tasche. »Dann habe ich etwas für dich.« Er zog einen kleinen Diamantring aus der Tasche und steckte ihn ihr an denselben Finger, an dem vor kurzem noch ein schlichter Goldring gesteckt hatte.

»O Eddie ...«, sagte sie und betrachtete begeistert ihre ausgestreckte Hand. »O Eddie ...«

Sie beugte sich vor und umarmte ihn, so gut es ihr von ihrem Gartenstuhl aus möglich war.

»Ich liebe dich so sehr.«

»Ich liebe dich auch, Jean.«

Sie saßen eine Weile so da, während die Abendluft den Hof langsam abkühlte und die Frösche ihr Konzert in dem nahegelegenen Teich begannen. Ihre Schläfen berührten sich, und ineinander verschlungen wiegten sie einander sanft.

Nach einer Weile fragte er: »Sollen wir jetzt zu deinen Eltern gehen?«

Sie nickte an seiner Schulter.

»In Ordnung. Was sollen wir ihnen sagen: Wie bald wollen wir heiraten?«

»Bald. Bitte.« sagte sie leise.

Er lächelte und fuhr ihr mit der Hand übers Haar, kniff sie zärtlich in den Nacken und flüsterte: »Na dann, nichts wie los.«

Jean erzählte Eddie später: »Mein Vater muß mit meiner Mutter ein ernstes Wörtchen gesprochen haben«, denn ihre Ankündigung war von Bertha mit stoischer Ruhe aufgenommen worden.

Frank hatte zu ihnen gesagt: »Ihr könnt die Hochzeit hier feiern. Keine meiner Töchter soll heiraten, ohne eine richtige Abschiedsfeier zu bekommen. Mutter wird die Hähnchen schlachten, und deine Schwestern können herüberkommen und bei der ganzen Kocherei helfen. Das haben wir für alle anderen schließlich auch so gemacht.«

Und damit war die Angelegenheit erledigt.

Als Eddie Jean neben seinem Lieferwagen zum Abschied küßte, sagte sie: »Schick mir eine Postkarte und schreib mir, was Anne und Lucy gesagt haben. Und sag ihnen, ich könne es kaum erwarten, ihre Mama zu sein. Oder sollen wir lieber Stiefmama sagen?«

»Mama ist in Ordnung. Das tut Krystyna nicht weh.«

Sie küßten sich noch einmal, erst ziemlich zurückhaltend, doch mitten drin warf Eddie einen Blick zum Haus, schwang Jean herum, so daß sie mit dem Rücken gegen den Lieferwagen stand, und schmiegte sie ans Auto gelehnt fest an sich: »Ich muß zugeben, im Autokino gefällt es mir doch besser,« flüsterte er. »Man ist dort einfach ungestörter.«

Seine Hände glitten von ihrer Taille an aufwärts. Kurz vor ihren Brüsten stoppte sie ihn und sagte: »Gute Nacht, Eddie.«

»Warte nur bis zur Hochzeitsnacht«, warnte er sie, »warte nur, meine Dame.«

»Genau das werde ich tun«, murmelte sie mit ihrer sanften Schwester-Regina-Stimme, schlüpfte zwischen seinen Armen hervor und öffnete ihm die Tür des Lieferwagens.

Als er den Mädchen erzählte, er werde ihre ehemalige Lehrerin heiraten, hellte sich Lucys Gesicht in freudiger Überraschung auf.

»Wirklich? Dann kann ich mein weißes Kleid tragen und dein Blumenmädchen sein?«

»Nun«, kicherte er. »Daran hatte ich noch gar nicht gedacht. Vielleicht.«

»Annie könnte auch Blumenmädchen sein, oder?«

»Vielleicht. Wenn sie möchte.«

»Wird Schwester Regina dann bei uns wohnen?«

»Ihr Name ist jetzt Jean, und ja, sie wird bei uns wohnen.«

»Und sie wird sich um uns kümmern, so wie Mami das immer getan hat?«

»Sie wird sich um euch kümmern, so wie Mami das immer getan hat.«

Lucy klatschte in die Hände und sagte: »Super!« Dann flüsterte sie ihm ins Ohr: »Wird sie ihre alten Nonnenkleider mitbringen, so daß wir damit Schule spielen können?«

Er gab sich die größte Mühe, nicht zu lachen.

»Ich weiß nicht, ob sie die noch hat.«

»Na dann mußt du sie eben fragen«, flüsterte Lucy. »Biiitte, Daddy?«

Anne sagte ganz sachlich zu ihm:

»Ich wußte, daß du Schwester Regina heiraten würdest.«

»Woher wußtest du das?«

»Weil du beim Picknick mit ihr geflirtet hast.«

»Das habe ich nicht! Ich war ein perfekter Gentleman.«

»Ich hab dich aber gesehen.«

»Was habe ich denn getan?«

»Einfach ... ich weiß nicht ... wie du sie angeschaut hast. So ähnlich, wie du Mami manchmal angeschaut hast.«

»Na ja, vielleicht hast du recht. Vielleicht habe ich doch mit ihr geflirtet.« Er legte Anne sanft die Hand auf die Schulter.

»Also, dann findet ihr es in Ordnung, wenn ich sie heirate und sie hierherkommt, um mit uns zu leben?«

Anne kam nahe zu ihm heran und kuschelte sich an ihn:

»Wenn ich meine richtige Mami nicht mehr haben kann, ist sie die zweitbeste.«

Er fühlte einen Kloß im Hals, als er Anne auf die Stirn küßte. Dann Lucy. Beide standen sie neben seinem Küchenstuhl, kuschelten sich an ihn, und alle drei dachten sie an Krystyna.

22

Sie bestellten das Aufgebot und heirateten drei Wochen später an einem strahlenden Samstag des Monats August in der Kirche St. Peter and Paul. Es war eine Woche vor Krystynas Todestag. Halb Browerville war da, einschließlich Pater Kuzdek, und so viele Olczak-Angehörige, daß es aussah wie bei einem Familientreffen. Auch die ganze Familie von Jean war da, selbst Großmutter Rosella, die noch immer nicht überzeugt war, daß ihre Enkelin das richtige tat. Sie brachte aber ein sauberes Taschentuch mit, denn bei Hochzeiten kamen ihr immer die Tränen. Auch Richard und Mary Pribil waren da, nur Irene nicht. Irene ließ ausrichten, sie fühle sich nicht wohl und habe im letzten Moment beschlossen, zu Hause zu bleiben.

Anne und Lucy waren tatsächlich Blumenmädchen. Sie trugen die allerersten langen Kleider, die sie je besessen hatte, pinkfarben und wunderbar bestickt von ihrer Tante Irene. Irene ließ den Mädchen durch ihre Eltern ausrichten, wie leid es ihr tue, daß sie nicht sehen könnte, wie die beiden den Gang entlangliefen, aber daß sie den ganzen Tag in Gedanken bei ihnen sein würde.

Die Braut trug ein weißes Kleid ... zum zweitenmal. Und einen weißen Schleier ... zum zweitenmal. Aber diesmal wartete ihr Bräutigam vor der Kirche, ein echter Mann aus

Fleisch und Blut, den sie liebte und der sie auf ihren besonderen Wunsch hin erst ansehen durfte, wenn sie am Ende des Ganges erschien.

Während sie den Gang entlangschritt, erfüllte die Orgel den Raum mit Mendelsohns Hochzeitsmarsch, und seine Kinder streuten Blumenblüten, die im Garten ihrer Großeltern gewachsen waren. Vor Jean ging Liz in einem selbstgemachten pinkfarbenen Kleid, das einen Ton dunkler war als das der Mädchen. Neben Eddie stand Romaine mit zwei Ringen in der Tasche.

Eddie wartete in einem neuen blauen Anzug mit gefalteten Händen. Seine Füße standen zwar fest am Boden, aber ein Knie bewegte sich nervös vor und zurück. Sein Gesicht war unter seiner Sommerbräune leicht gerötet, als er zusah, wie seine Braut auf ihn zuschritt. Ihr Gesicht war von einem kurzen Schleier umrahmt, und hinter sich her zog sie einen langen Schleier. Als sie näherkam, suchte er ihre Augen – und sie suchte seine aufgeregt, glücklich und nervös gleichzeitig. Ein Stoß Adrenalin durchfuhr ihn und prickelte auf seiner Kopfhaut. *Wie ist das nur möglich? Wie kann ich zweimal in meinem Leben solches Glück haben?* dachte er. Die Philosophen sagen zwar, die Liebe kommt nur einmal im Leben, aber zu ihm war sie zweimal gekommen.

Jeans Vater drückte ihr die Hand und übergab sie Eddie. Als sie seinen Ärmel berührte, nahm er ihre Hand, spürte, wie sie zitterte, schaute zu ihr hinab und lächelte. Er ließ ihre Hand nicht los, bis ihn die Zeremonie dazu zwang.

»In Nomine Patris …«, begann Pater Donelly, und Eddie mußte sich bekreuzigen. Aber sobald er damit fertig war, legte er seine Hand wieder auf die ihre.

Er wollte sie so gerne noch länger ansehen, aber er mußte sein Gesicht dem Priester zuwenden.

Auch sie wünschte sich sehnlichst, ihn anzublicken, mußte sich aber mit der Beständigkeit seiner Hand auf der ihren zufrieden geben. Es schien, als sei die ganze Hochzeitszeremonie so arrangiert, daß sie einander niemals anschauen durften. Sie standen, sie knieten, sie neigten ihre Köpfe, der Pater sprach seine Gebete, und die ganze Zeit mußten sie die weißen Gewänder des Priesters anstarren. Endlich gab er Liz murmelnd Anweisungen, Jean dabei zu helfen, ihren Schleier zurückzuschlagen. Dann sagte er zu Braut und Bräutigam: »Würden Sie sich nun die rechte Hand geben?« Und endlich durften sich die beiden Verliebten ungestört ansehen. Sie sah umwerfend aus mit dem weißem Tüll, der ihren Kopf umrahmte. Sie schaute ihn voll ruhiger Gewißheit an.

Er sah ebensogut aus mit seinem frischgeschnittenen Haar und dem blitzweißen Kragen, der seiner Haut einen kupfernen Ton verlieh. Ihre Herzen schlugen im gleichen Takt, als sie die Worte hörten: »Sprechen Sie mir nach ...«

»Ich, Eddie Olczak, nehme dich, Jean Potlocki, zu meiner angetrauten Ehefrau, will dich lieben und ehren, von diesem Tag an, bis in alle Ewigkeit, in guten wie in schlechten Zeiten, in Reichtum und in Armut, in Gesundheit und in Krankheit, bis daß der Tod uns scheidet.«

Als er diese Worte gesprochen hatte, schlug Eddies Herz so heftig gegen seinen Kragen, daß er meinte, er sei in der Zwischenzeit enger geworden.

Dann sprach sie in ihrer süßen, warmen Stimme, die er so oft gesucht hatte, als es ihm nicht gutgegangen war: »Ich, Jean Potlocki, nehme dich, Edward Olczak ...«

Sie umklammerte seine Finger noch fester mit den ihren, und im Kerzenlicht sah er, wie in ihren Augen die Tränen glitzerten. Sie spürte, wie sie sich formten, während sie die Worte sprach, die sie für den Rest ihres Lebens an Eddie banden: »... bis daß der Tod uns scheidet.«

Der Pater machte das Zeichen des Kreuzes und heiligte ihre Verbindung: »Ich vereine euch im heiligen Bund der Ehe, im Namen des Vaters, des Sohnes und des Heiligen Geistes,

Amen.« Er hob seinen silbernen Weihwasserwedel und segnete sie mit dem heiligen Wasser. Dann bat er um die Ringe, segnete auch sie, und Eddie sprach ihm nach:

»Mit diesem Ring nehme ich dich zu meiner Frau.« Er nahm die schmale Hand seiner Gattin und steckte den Ring an die Stelle, wo vor vier Monaten noch ein anderer Ring gewesen war.

Auch sie flüsterte: »Mit diesem Ring nehme ich dich zu meinem Mann«, und steckte seinen neuen Ring an den Platz, wo Krystynas gewesen war. Ihre früheren Partner schienen in diesem Moment anwesend zu sein, sie schienen genauso real wie die Gäste, die die Bänke hinter ihnen füllten, und sie segneten diese Verbindung und gaben ihren Frieden.

Die Kirche erlaubte inmitten dieses heiligen Sakramentes keinen Kuß. Statt dessen knieten sie während der ganzen Messe Seite an Seite, gaben sich Mühe, auf die Gebete zu achten, wurden aber immer wieder von weltlichen Gefühlen abgelenkt.

Wenn sich ihre Ellbogen berührten, dachten sie an die kommende Nacht, und es wurde ihnen klar, daß sie nun wirklich verheiratet waren, oder ihre Gedanken waren bei dem Hochzeitsempfang, der sie erwartete, den Kindern, die in ihren neuen Kleidern strahlten, bei Krystyna oder Großmutter Rosella. Sie waren verheiratet! Verheiratet! Heute nacht schon würden sie alleine sein, und morgen früh würden sie zusammen in Browerville zur Messe gehen.

Endlich war der Gottesdienst zu Ende.

Die Orgel hörte auf zu spielen.

Sie verließen die Kirche und traten hinaus ins grelle Sonnenlicht, wo er sie endlich auf den hohen Stufen küßte. Es war ein harmloser Kuß, seine Leidenschaft sparte er für später auf, aber er lächelte voller Vorfreude, als sich ihre Münder wieder voneinander lösten und ihre strahlenden Augen einander trafen. »Mrs. Olczak«, sagte er.

»Oh, wie wunderbar das klingt!« antwortete sie.

Dann drehten sie sich um und wandten sich ihren gesellschaftlichen Pflichten zu.

Sie versuchten ungestörte Momente zu finden, außer Sichtweite zu gehen und sich zu küssen, aber es waren einfach zu viele Menschen da und zu wenige Orte, an denen sie sich hätten verstecken können. Ihre Verpflichtungen schienen nicht enden zu wollen: all die Gratulationen, die sie entgegenzunehmen hatten, das Essen im Hof der Farm, die Umarmungen der Gratulanten, all die Geschenke. Sie mußten den Schenkenden danken, sich um Anne und Lucy kümmern und Großmutter Rosella besondere Aufmerksamkeit zuteil werden lassen. Sie durften nicht vergessen, allen Verwandten zu danken, die beim Kochen geholfen, Tische und Stühle gebracht, ihre Blumengarten für sie kahl gepflückt, die Eisbrocken und das gekühlte Bier gebracht, den Farmhof geputzt und die Tische gedeckt, das Essen serviert und danach aufgeräumt hatten.

Der bewegendste Moment war wohl, als Richard und Mary Pribil ihnen gratulierten. Mary gelang es, Eddie eine Minute für sich alleine zu haben. Sie legte ihm den Arm um den Hals und begann zu weinen. Er schloß die Augen und hielt sie fest, versuchte sich vor seinen eigenen Gefühlen zu schützen, während Richard einen Arm um Jean legte.

Lucy, die mit ihren Großeltern ging, zog Jean an der Hand und fragte sie: »Warum weint Großmutter, Jean?«

Jean kniete neben das Mädchen und antwortete:

»Weil sie gleichzeitig glücklich und traurig ist.«

»Aber warum ist sie traurig?«

Jean streichelte Lucy über ihre von der Sonne gebräunte Wange und sagte: »Weil sie deine Mutter vermißt, und ich tue das auch.« Auch Anne stand ganz in der Nähe. Jean winkte sie her und nahm beide Kinder bei der Hand: »Ich war heute sehr stolz auf euch, und ich möchte, daß ihr wißt, wie sehr ich euch beide liebe, und ich werde alles versuchen, euch eine gute Mutter zu sein. Ich habe nicht so viel Erfahrung, deshalb müßt ihr mir vielleicht manchmal helfen und mir sagen, was ich falsch mache, aber in eurer Mutter hattet ihr die beste Lehrerin, die es nur geben kann, deshalb bin ich ganz sicher, daß wir das schon schaffen. Nun seid brav bei Großmutter und Großvater Pribil und sprecht heute abend eure Gebete, okay?«

»Das werden wir.«

»Und falls ihr vor Mittwoch nach Hause kommen möchtet, sagt ihr ihnen einfach, daß sie euch bringen sollen.«

Es war geplant, daß die Mädchen Mittwochnachmittag wieder zurückkommen sollten, um den Frischvermählten vier Tage Flitterwochen zu ermöglichen. Die würden sie allerdings zu Hause in Browerville verbringen, wo Eddie ihr im Haus alles zeigen konnte und auch erreichbar war, um die letzten dringenden Hausmeisterpflichten zu übernehmen, bevor das neue Schuljahr in der nächsten Woche beginnen würde.

Mary hatte sich von Eddie gelöst und wandte sich Jean zu. Sie öffnete ihre Arme und zog Jean nahe heran: »Meine Liebe ... ich wünsche Ihnen ein wunderbares Leben, so wie Sie es verdienen. Und denken Sie immer daran, wenn Sie irgend etwas brauchen, oder Eddie oder die Kinder ... wir sind immer für Sie da.«

»Ich danke Ihnen, Mary. Gott segne Sie.«

»Das gilt für mich genauso«, schloß sich Richard an.

»Danke, Richard, Gott segne Sie auch.«

»Nun, Großmutter, komm«, sagte Richard, »laß uns diese Kinder ins Auto setzen und nach Hause fahren, wo sie uns helfen können. Die Kühe melken sich nicht von selbst.«

Als die Mädchen fort waren, drückte ihre Mutter Jean noch schnell ein paar Lieblingsrezepte in die Hand, Eddies

Brüder luden die Hochzeitsgeschenke auf die Ladefläche seines Lieferwagens und Eddie stand ungeduldig neben seinem Wagen und gab sich Mühe, seine Taschenuhr nicht alle sechzig Sekunden herauszuziehen.

Endlich kam sie aus dem Haus. Sie trug das hübsche blaue Kleid, das sie für ihr erstes Rendezvous genäht hatte. Er setzte sie in seinen Wagen, und jemand stopfte das Hochzeitskleid und den Schleier noch zu ihr herein, so daß sie in die Mitte der Sitzbank rutschen mußte, und dann endlich ... endlich ... konnte Eddie den Motor anlassen, und sie winkten zum Abschied, als sie aus der Ausfahrt herausfuhren und auf der Straße eine Staubwolke aufwirbelten.

Es war ungefähr sechs Uhr abends, die Sonne stand noch immer hoch am Himmel, und die Amseln sangen. Ihre Lieder drangen durch die offenen Fenster des Lieferwagens. Eddie und Jean hatten ihre Gäste hinter sich gelassen und nun den Rest des Abends für sich. Er blickte sie an, sie blickte ihn an, und sie lachten über ihre Freiheit.

»Ich dachte schon, wir kämen niemals weg«, sagte er.

»Ich auch.«

Plötzlich hatte er eine Idee. »Nun warte eine Minute. Warte nur eine einzige Minute«, sagte er und fuhr den Lieferwagen an den Straßenrand. Er bremste, hielt an und sagte: »Komm her, Mrs. Olczak.«

Freudig ließ sie sich in seine Arme fallen, in seinen Kuß, in den Wirrwarr ihres weißen Hochzeitsschleiers. So blieben sie eine ganze Weile, bis ein Wagen mit Hochzeitsgästen auf dem Nachhauseweg an ihnen vorbeiratterte und hupte. Es waren Romaine und Rose und ein Auto voller Kinder.

»Hey, Olczaaak ...«, hörte Eddie. Es hörte sich an wie ein vorüberrauschender Zug. Der Staub, den Romaine aufgewirbelt hatte, drang in sein offenes Fenster.

Er lachte, legte den Gang ein und sagte: »Laß uns nach Hause fahren.«

Er parkte vor seinem Haus aus gelben Ziegelsteinen und sagte: »Laß dein Kleid im Wagen, okay?« Irgendwo zwischen der Farm und seinem Haus hatten sie ihre Verspieltheit verloren. Sie war einer Zurückhaltung gewichen, die eine Menge Nervosität enthielt.

Sie schlüpfte auf der Fahrerseite aus dem Wagen, ließ den Haufen weißen Stoffs zurück, und er führte sie zum Haus.

Er hatte beschlossen, sie durch die Hintertür ins Haus zu tragen, damit man sie von der Straße aus nicht sehen konnte.

Die Tür war niemals verschlossen. Er öffnete sie und sagte: »Ich dachte, ich gebe dir die Ehre«, hob sie auf und trug sie über die Schwelle.

Sie war noch niemals zuvor in seinem Haus gewesen: Sie hatten sich wirklich Mühe gegeben, die Form zu wahren. Noch in seinen Armen liegend sah sie sich in der Küche um – die Einrichtung war aus Holz: weiße Schränke und der Tisch und die Stühle, die er für Krystyna gemacht hatte.

»Laß mich runter, Eddie«, bat sie ihn.

Er stand am Eingang, während sie durch den Raum ging und ihn schweigend erforschte. Die Stuhllehnen, die weiße Spüle, der Doppelspiegel darüber, wo Krystyna ihre Frisur kontrolliert hatte, Behälter in der Form eines Apfels, der Kaffeekrug auf dem kalten Ofen, die Eisbox, eine Wäschemangel hinter der Tür. Sie hatte ihre Runde um den Tisch beendet und war wieder bei ihm angelangt.

Sie blickte ihm ins Gesicht und sagte: »Das ist eine sehr schöne Küche, Eddie. Hast du das alles gemacht?«

»Die Schränke und den Tisch, ja.«

»Das habe ich mir gedacht. Zeig mir den Rest.«

Die Sonne ging langsam unter und schien durch das Wohnzimmerfenster, das nach Westen ausgerichtet war. Draußen spielten die Nachbarskinder Fangen. Ihre Stimmen drangen ins Haus, als er die vordere Eingangstür öffnete und sie den braunen Roßhaarsessel und das Klavier sah, das zu groß war für die Ecke, in der es stand.

»Da draußen steht auch eine Nähmaschine«, sagte er und zeigte in den kleinen Vorraum. »Du kannst sie jederzeit benutzen.«

Sie ging an ihm vorbei zu der Maschine und berührte sie leicht mit ihren Fingerspitzen. Ihm kam es so vor, als spräche sie zu Krystyna, während sie das tat. Sie blieb eine ganze Weile so stehen und betrachtete die Maschine, bevor sie sich wieder zu ihm umdrehte.

»Es gibt auch noch einen ersten Stock.«

»Ja.« Von dort, wo sie standen, konnte man die Treppe sehen. Er ließ sie vorausgehen, und als sie auf die unterste Stufe trat, schlug ein metallener Ring am Ende einer langen Kordel gegen die Wand.

»Was ist das?« fragte sie.

»Das ist eine Kordel, mit der die Kinder das Licht anmachen können, wenn sie hinauf und ins Bett gehen. Krystyna hat sie aufgehängt.«

Er schimpfte innerlich mit sich, daß er Krystyna erwähnt hatte, während Jean an der Kordel zog und nach oben blickte, wo das Licht aufflammte. Sie ging die Treppe hinauf, und er folgte ihr.

»Das ist das Zimmer der Mädchen«, sagte er oben. Sie trat in das sonnendurchflutete Zimmer und lächelte, als sie ihren Blick über die Tapete und die Rosetten auf den Fensterscheiben schweifen ließ. Krystyna hatte die Wände weiß gestrichen. Sugar schlief auf einem der Betten, wachte auf und streckte mit blinzelnden Augen alle Viere von sich. »Das ist Sugar«, sagte er. »Ich bin sicher, du hast schon von ihr gehört.«

»Hallo, Sugar«, sagte Jean und streichelte der Katze kurz über das Fell, bevor Eddie sie zum anderen Ende des Flurs führte.

»Und das ist unser Zimmer.«

Sie standen vor der Tür.

»Oh, es hat eine Balkontür, die nach draußen führt ... das ist ja wunderbar.«

»Wir lassen sie im Sommer oft nachts offen.« Er bemerkte zu spät, daß er *wir* gesagt hatte.

»Darf ich?« sagte sie. Ohne aus der Fassung zu geraten, blickte sie zu ihm auf.

»Natürlich.«

Sie ging über den Linoleumboden und öffnete die Tür, die nach Osten hinausging, und wieder drangen die Kinderstimmen und das grüne Flüstern der Ahornbäume herein. Die Bäume überragten das Haus um einiges. Sie sah hinaus auf das schwarzgeteerte dünne Dach der Veranda und hielt ihr warmes Gesicht in den leichten Wind, der ihr entgegenwehte. »Es gibt auch ein Bad«, sagte er. »Das habe ich eingebaut, und einen Boiler auch.«

»Ich glaube, ich habe ein ziemliches Glück, mit einem so geschickten Handwerker verheiratet zu sein.« Sie ging zu ihm und schaute ins Badezimmer. »Ich glaube, es gibt nichts, was du nicht kannst, Eddie.«

»Hier ist eine Kommode. Ich habe sie für dich ausgeräumt. Und du hast zwei Schubladen im Schrank. Er ist ziemlich klein, aber was immer du hast, wir schaffen Platz dafür.«

»Danke, Eddie.«

Er zog seine Jacke aus und hängte sie in den Schrank. Dann nahm er die Krawatte ab und hängte sie über eine gläserne Handtuchstange, die Krystyna am Innern der Schranktüre angebracht hatte, damit er all seine Sonntagskrawatten aufhängen konnte.

»Weißt du was?« sagte er. »Wir holen besser all die Hochzeitsgeschenke herein, falls es zu regnen anfängt.«

»Soll ich dir helfen?« fragte sie, aber er war schon unterwegs zur Treppe.

»Nein, ich mach das schon. Falls es irgend etwas gibt, das du brauchst, öffne einfach alle Türen. Schau dich ruhig um.«

Sie ging ins Badezimmer und öffnete einen pinkfarbenen Schrank, in dem sie einen sauberen Waschlappen fand. Während er unten laut ins Haus polterte und wieder nach draußen verschwand, wusch sie ihr Gesicht und warf einen Blick in das Medizinschränkchen. Dort waren sein Rasierer und die Rasierschale. Sie nahm den weichen Rasierpinsel und strich sich damit über Wangen und Nase. Dabei erkannte sie den Geruch wieder, den sie auch heute an ihm gerochen hatte oder an jenen Abenden, an denen sie zusammen ausgegangen waren.

Unten schloß Eddie die Türen, zuerst vorne, dann hinten, und kam zurück: Alles war nun für die Nacht geschlossen. Aber es war noch nicht einmal acht Uhr, und die Sonne war noch nicht hinter dem Horizont verschwunden. Sie verströmte ihr Licht durch das westliche Badezimmerfenster, direkt durch die Tür, in der er mit ihrem Koffer stand. »Ich habe dir deinen Koffer gebracht«, sagte er und stellte ihn ans Fußende des Bettes.

»Danke.« Sie ging zum Koffer hinüber, ließ die metallenen Verschlüsse aufspringen, öffnete ihn und nahm ein weißes Nachthemd heraus, während er sich hinkniete und sich wünschte, es wäre schon später. »Eddie, es gibt etwas, das ich dir gerne sagen möchte.« Sie drehte sich zu ihm um. »Es ist mir klar, daß das hier Krystynas Haus war, daß sie hier mit dir gelebt und dein Leben mit dir geteilt hat. Und es ist in Ordnung, wenn du ihren Namen erwähnst und mir sagst, was ihr gehört hat, oder was sie für Anne und Lucy getan hat. Die Erinnerungen an sie werden uns noch lange begleiten, aber weil ich dich liebe und weil ich weiß, daß du mich liebst, nimmt es uns nichts von unserer Ehe weg. Also bitte, Eddie, mach nicht so ein betretenes Gesicht, wenn du ihren Namen erwähnst.«

In dem Moment, bevor er sie in seine Arme nahm, sah sie, wie erleichtert er war.

»Mein Gott, wie ich dich liebe«, keuchte er und umklammerte sie wie ein Kind, das er gerade vor einem heranbrausenden Zug gerettet hatte.

»Ich liebe dich auch«, sagte sie sanft zu ihm.

»Ich glaube, Jean Olczak, du bist eine Heilige.«

»O nein, das bin ich nicht. Ich bin sehr sterblich, zum Beispiel habe ich im Moment unheimliche Angst.«

»Hab keine Angst ...« Er lockerte seine Umarmung und wiederholte sanft: »Hab keine Angst.«

»Was soll ich tun?« fragte sie.

»Geh ins Badezimmer und zieh dein Nachthemd an.«

Alles, was sie nun tat, würde Vorgaben für ihr zukünftiges Verhalten schaffen. Und da sie nicht so leben wollte wie Großmutter und Großvater Potlocki, ließ sie die Tür offen, schlüpfte aber hinter sie, um sich umzuziehen.

Als sie ins Schlafzimmer zurückschlich, lag ihr Koffer verschlossen auf dem Boden, das Bett war aufgeschlagen, und Eddie hatte nur noch seine Hose an. Er lehnte mit einer Schulter am Türpfosten und sah in die Dämmerung hinaus. Die Stimmen der Kinder waren verschwunden. Purpurne Schatten legten sich über das Dorf. Moskitos summten eifrig an den Läden.

Eddie spürte, daß sie zurückgekommen war, warf einen Blick über die Schulter und öffnete seinen freien Arm. Er umarmte sie sanft, als sie bei ihm war, und zog sie an sich. Es gefiel ihr, wie er das tat. Sie fühlte sich getröstet, die Wärme seines Körpers an ihrem Rücken zu spüren, aber sie war trotzdem verwirrt. Es war ihr erster intimer körperlicher Kontakt mit einem Mann. Seine spärliche Bekleidung, ihr Nachthemd, sie waren beide barfuß – alles war noch unschuldig, aber doch mehr, als sie jemals erlebt hatte. Es bereitete ihr noch immer Schwierigkeiten, daß das, wonach sie sich sehnte, ihm körperlich ganz nahe zu sein, nun keine Sünde mehr war. All diese Jahre hatte sie sich so eifrig bemüht, alle Gedanken an fleischliche Lust aus ihrem Kopf zu streichen, und jetzt bemühte sie sich, sie wiederzubeleben, damit sie wußte, was zu tun war und wann. Aber sie hatte natürlich keine Ahnung.

Er begann sie im Nacken zu küssen, seinen rechten Arm hatte er fest um ihre Schultern gelegt.

»Ich sag dir was ...«, sagte er nah an ihrem Ohr.

»Ich habe selbst ein bißchen Angst.«

»Warum?«

»Das fragst du mich? Eine Exnonne?«

»Aber für dich ist es doch nichts neues.«

»O doch, das ist es. Es fühlt sich neu an.«

Also, dachte sie, *muß ich meinen Teil übernehmen,* das bißchen wenigstens, das sie wußte. Sie küßte ihn, streichelte seinen nackten Rücken, folgte ihren Instinkten. Sein Rücken war warm und breit, sein Rückgrat in der Mitte lud sie ein, mit den Fingern daran hinauf- und hinunterzufahren. Während sie das tat, stieß er sich vom Türrahmen ab und begann sie leidenschaftlicher zu küssen, öffnete seinen Mund. Ihn zu berühren, ihn zu schmecken war das beste, was sie jemals erlebt hatte. Es wurde immer einfacher und einfacher, während die Minuten vergingen und sie mit ihren Händen seine Schultern erkundete, seine Rippen, die Haare auf seiner Brust und die Linie entlang seines Gürtels.

Dann lehnte er sich wieder gegen den Türrahmen, zog sie mit sich, schlang einen nackten Fuß um ihren Schenkel und zwang ihren Körper so in einem Bogen gegen den seinen.

Sie paßten wunderbar zusammen, und sie erkundete weiter seinen Leib.

Plötzlich flüsterte er: »Komm mit mir.«

Er führte sie zum Bett. Sie legten sich seitlich darauf, so daß sie einander anschauen konnten. Er küßte ihr Augen, Wangen, Nase, Mund und streichelte zärtlich ihre Brüste.

Sie fühlte sich noch immer, als würde sie all das von außen beobachten, erstaunt über all das Neue. Durch halbgeöffnete Augen betrachtete sie sein Gesicht, seine geöffneten Lippen. Sie spürte seinen kurzen und schnellen Atem, während er seine Hand bewegte, und sie über dem weichen, dünnen Stoff streichelte. Er berührte sie so vorsichtig, als pflücke er reife Früchte von einem Baum. Er schloß die Augen, und seine Wimpern berührten ihr Nachthemd, als er sie durch den Stoff hindurch küßte, erst auf die eine Brust, dann die andere. Schließlich drehte er sie sanft auf den Rücken.

Sie murmelte einmal etwas, er meinte seinen Namen zu verstehen: »O Eddie ...«, bevor sie wieder verstummte.

Er lag auf ihr und ließ sie eine Zeitlang sein Gewicht spüren, damit sie die Bewegungen eines erregten Körpers kennenlernte. Er ließ ihr Zeit, ließ sie die frühen Stadien der Erregung empfinden, zeigte ihr wortlos, was noch kommen würde. Er griff unter sie, streichelte sie entlang ihrer längsten und weichsten Kurve – zweimal, dreimal und noch einmal, bis er wieder in ihrer Kniebeuge angelangt war und endlich spürte, wie ihre Hüften und Beine sich entspannten. Dann legte er ihr seine Hand auf den Bauch, spürte, wie er mit jedem ihrer kurzen, gepreßten Atemzüge bebte, und er ließ seine Hand offen dort liegen. Dann zog er mit seiner Hand den Stoff an ihrem Körper hoch. Ihr Herz zog sich vor Spannung zusammen.

Und endlich, lang ersehnt, berührte er sie unter der zerknitterten Baumwolle.

Sie hielt den Atem an und lag unbeweglich da. Sie hätte eine Statue sein können, so reglos lag sie da, angespannt, in einem Bogen, erwartungsvoll.

Aber Statuen fühlten sich nicht so warm an.

Er flüsterte ihr etwas zu, etwas, das ihre Angst vertreiben sollte, nannte sie *Jean, Liebling, Jean, leg deine Hände auch auf mich, Jean, du kannst, es ist in Ordnung, laß mich das ausziehen, Jean, Jean, ... ahhh, Jean ...*

Er brachte ihr Dinge bei, die er mit Krystyna gelernt hatte, und Krystyna machte ihnen ein weiteres Geschenk. Denn es war ein Geschenk, es war wunderbar, und sie hatten es verdient. Sie hatten gewartet, hatten richtig gehandelt, Geduld zu haben und jedes Vergnügen zu verschieben, bis sie sich das Recht darauf durch die Heirat erworben hatten. Und als sie ihre Ehe vollzogen hatten, dort in der Dunkelheit der warmen Augustnacht, gingen sie erfüllt, liebend und geliebt daraus hervor.

Später sagte sie ruhig und ganz nahe an ihn gekuschelt, mit Verwunderung in der Stimme: »Ist Gott nicht wundervoll ... daß Er sich so etwas ausgedacht hat?«

Eddie küßte sie auf die Stirn und legte seine Wange an ihre. »Ich finde, Er ist wundervoll, weil Er mir dich gegeben hat.«

»Das finde ich auch«, sagte sie und kuschelte ihren Fuß, ihre Hand und ein angezogenes Knie an seinen warmen Körper. »Ich hoffe, du magst es gerne, so aneinandergekuschelt zu schlafen, denn ich werde mir das noch oft wünschen. Ich habe zu lange alleine geschlafen.«

Er kuschelte sich noch enger an sie und legte seine Hand auf ihre Hüfte. Die caramelfarbene Katze schlich geräuschlos durch den Gang. An ihrer Türe blieb sie stehen und lauschte, aber sie bemerkten sie nicht.

Jean sagte: »Eddie, kann ich dich etwas fragen?«

»Sicher.«

Sie brauchte eine Weile, um den Mut zusammenzubringen.

»Wie oft ... ich meine ...«

»Wie oft ...?« ermutigte er sie.

»Nichts. Vergiß es einfach.«

»Nein, du wolltest etwas fragen, also frag.«

»Nun, wie oft machen Männer und Frauen – hmm – das hier?«

Er lachte herzlich, strich über ihre nackte Hüfte und sagte: »Ach, meine wunderbare, jungfräuliche Braut.«

»Du hast mir doch versprochen, nicht über meine Unerfahrenheit zu lachen.«

»Ich lache dich nicht aus, Liebling, es reizt mich nur so, dich zu necken. Du bist so perfekt unschuldig.«

»Also gut, dann, wie oft *macht* man es?

Er beschloß, sie ein bißchen auf den Arm zu nehmen.

»Nun, laß mich mal überlegen – morgen ist Sonntag, und wenn die Messe erst einmal vorbereitet ist, dann haben wir den ganzen Tag für uns, also könnten wir sagen, dreißig-, vierzigmal. Aber dann ...«

»Dreißig- oder vierzigmal!«

»Aber dann an den Werktagen müssen wir das ein bißchen reduzieren. Laß mich überlegen ... ich muß die erste Glocke um halb acht läuten. Wenn wir es zum Beispiel um halb sieben tun, dann könnte ich vor der Mittagsglocke nach Hause rennen, und wir könnten noch einmal reinquetschen, aber vor der Abendglocke wird es schwieriger, denn dann sind die Kinder zu Hause, vielleicht müssen wir dann bis zum Schlafengehen warten. Dann abends im Bett, tja, doch ich glaube, da könnten wir es noch sieben- oder achtmal schaffen, bevor wir einschlafen, wenn wir ...«

»O Eddie, du machst dich über mich lustig.« Sie gab ihm einen Puff durch die weiche Bettdecke.

»Nein, nein! Denk dran, wir haben heute abend auch noch siebenmal vor uns. Wird dir das reichen? Das wäre gut, denn, ich meine, ich muß ja schließlich auch noch *ein bißchen* schlafen. Ein Mensch kann nicht vom Sex allein leben.«

»O Eddie, machst du dich immer so lustig?«

»Wenn ich eine Frau liebe, ja. Und dich liebe ich auf alle Fälle, meine kleine Petunie«, seine Stimme verlor den neckischen Klang, wurde zärtlich und verführerisch. »Ganz gewiß liebe ich dich.«

Sie küßten sich, und dann sagte er zu ihr mit der Stimme eines geduldigen Lehrers: »Wir können es jeden Tag tun, wenn du möchtest. Normalerweise ist es so: Wenn die Menschen frisch verliebt sind, am Anfang, dann wollen sie es mehr als einmal am Tag tun, dann, wenn sie schon eine Weile verheiratet sind, tun sie es seltener. Vielleicht einige Mal pro Woche, manchmal mehr, manchmal weniger. Wenn Frauen schwanger werden, dann haben sie nicht mehr so viel Lust, und am Schluß dürfen sie dann auch nicht mehr.«

Sie dachte eine Weile darüber nach und sagte dann: »Stell dir mal vor ... ich könnte jetzt schon schwanger werden.«

»Und was würdest du davon halten?«

»Ich habe ein Stoßgebet gesprochen und darum gebeten, daß es bald passieren soll.«

Er lehnte sich zurück und sah zu ihr hinab, überrascht.

»Wirklich?« In der Dunkelheit konnte er kaum einen Lichtschimmer auf ihrem Haar erkennen.

»Ja, das habe ich. Ich würde so viele Babys von dir kriegen, wie ich bekommen kann.«

»O Jean ...« Er zog sie an sich und küßte sie zärtlich, dann fuhr er ihr mit dem Finger über die Lippen und sagte: »Ich bin so glücklich.«

Sie dachten über die Kinder nach, die sie haben würden, und über die, die sie schon hatten, und an die Zukunft, wie sie sie alle lieben und hart für sie und füreinander arbeiten würden. Plötzlich spürten sie, wie Sugar auf das Bett sprang und am Fußende herumstolzierte.

Eddie griff ans Bettende und fand die Katze.

»Hey, Sugar, du vermißt wohl die Mädchen?«

»Hallo, Sugar«, Jeans Hand kam zu seiner, sie kraulte Sugars weiches Fell. Sie hatte keine Katze gehabt, seit sie als Mädchen auf der Farm gelebt hatte.

»Ich mag Katzen«, sagte sie.

Die Katze begann zu schnurren.. Langsam wurden sie

wunderbar schwer und schläfrig, ihre Gedanken begannen abzuschweifen.

Plötzlich schoß Jean auf und warf die Decken zurück.

»O mein Gott, ich habe meine Gebete vergessen!«

Sie kletterte aus dem Bett, kniete nieder und faltete die Hände, nackt, wie sie war, während er in der Dunkelheit vor sich hingrinste. Er unterbrach sie nicht, aber er schloß sich ihr auch nicht an. Er hatte während der langen Hochzeitszeremonie genug gebetet für einen Tag. Außerdem kam ihm, was sie zusammen getan hatten, selbst wie ein Gebet vor. Schon bald war sie fertig und kletterte wieder ins Bett. Er hielt ihr die Decke auf, und sie fand ihren alten Platz an seiner Schulter wieder, ein Knie wieder über seinen Körper gelegt.

»Kniest du jeden Abend nieder und betest?« fragte er.

»Es ist eine alte Gewohnheit, ist schwer abzulegen.«

»Ah.« Er verstand.

»Eddie?«

»Hmm?«

»Ich muß den Führerschein machen, aber zuerst muß ich lernen, wie man Auto fährt. Wirst du es mir beibringen?«

»Natürlich. Warum?«

»Damit ich die Nonnen nach St. Cloud oder Long Prairie bringen kann, wenn sie ihre Augen untersuchen lassen oder zum Zahnarzt müssen. Wie Krystyna das getan hat.«

»Oh. Wie Krystyna das getan hat.«

»Ja.«

»Und vielleicht könnten wir deine Mutter oder Krystynas Mutter fragen, ob sie etwas Kraut aus dem Garten übrig haben, damit wir ein großes Faß Sauerkraut machen können für die Nonnen, wie Krystyna das immer getan hat. O Eddie, wir haben dieses Sauerkraut so geliebt, und wir haben jedes Jahr darauf gewartet.«

Er lächelte und dachte sich, was für ein seltsames Gesprächsthema für eine Hochzeitsnacht: Sauerkraut für die

Nonnen. Aber er verstand, daß in seiner Frau Jean immer eine Spur der Schwester Regina zurückbleiben würde. Aber das war in Ordnung für ihn. Schließlich hatte er sich in eine Nonne verliebt.

Als er müde wurde, murmelte er ihr ins Ohr: »Gute Nacht, Schwester.« Aber sie schlief bereits und träumte von den Babys, die sie von ihm bekommen würde.